»Vielleicht ein Narr wie ich«

Detlef Berentzen

»Vielleicht ein Narr wie ich«

Peter Härtling. Das biographische Lesebuch

Kiepenheuer & Witsch

1. Auflage 2006

Umschlaggestaltung: Linn-Design, Köln, unter Verwendung eines Fotos aus dem Privatbesitz Peter Härtlings
Foto Rückseite: © Isolde Ohlbaum
Gesetzt aus der Akzidenz Grotesk und der Stone Serif
Satz und Reproarbeiten: grafik & sound, Köln
Druck: Druckerei C.H. Beck, Nördlingen
Bindung: G. Lachenmaier, Reutlingen
ISBN 10: 3-462-03715-3
ISBN 13: 978-3-462-03715-9

Inhalt

Prolog

Hey you, out there in the cold
Getting lonely, getting old,
Can you feel me?
Hey you, standing lonely in the aisles
With itchy feet and fading smiles,
Can you feel me?
Hey you, don't help them to bury the light
Don't give in without a fight.
(Roger Waters/»The Wall«)

Peter Härtlings Leben wollte erzählt sein. Also habe ich mich auf seine Spur begeben und habe denen zugehört, die mit ihm unterwegs waren, manchmal ein paar Schritte nur oder auch meilenweit. Ich habe in Spiegel geschaut, die am Wegrand aufgestellt waren, ihn abbildeten, mitunter finster, bisweilen leuchtend gar. Habe ihn in den Rahmen der Zeitläufte gestellt, dort sein Für, sein Wider gefunden. Und in Archiven all die Worte und Bilder gesucht, die ihn meinen.

Ich fand ihn in seinen Schriften, in den Romanen, in seinen großen Biographien, in den Kinderbüchern, den Reden, Essays und Zeitungsartikeln, vor allen Dingen aber in seinen Gedichten. Gerade in deren Zeilen scheint der wunderliche und immer reiche »Narr« auf, dem die eigene Kindheit Movens ist. Bis auf den heutigen Tag.

Sein Leben, seine Literatur, seine Suche sind gegründet auf dem Drama einer Kriegskindheit im Dritten Reich. Auf Verlust und Fremde. Diese Fremde ist ihm geblieben und mit ihr der Zorn ob des Zustands der Welt. Ein Zorn, dem er (nicht nur) schreibend oft genug Luft macht. Und doch ist da Wärme, die wärmende Hoffnung des Suchenden, der gefunden hat. Und wieder sucht. Gleich am nächsten Morgen.

So findet Peter Härtling Grenzgänger, die ihm Weggefährten werden: Hölderlin, Landerer, Waiblinger, Schubert, Schumann, Hoffmann. Oder nahe »Verwandte«: die »Oma«, den »Alten John«, »Tante Tilli«. Er kann nicht aufhören zu erzählen. Sucht, findet, immer wieder auch die eigene Familie, stellt sie sich schreibend zur Seite, trägt seine Liebe nach, dem Vater, der Mutter, der Schwester, den Tanten. Ist in Zeilen zuhaus.

Die Fremde bleibt, »wird ärger«, mahnt er. Gerade deshalb wollte Peter Härtlings Leben erzählt sein. Weil es Sätze gegen diese Fremde braucht. Sätze, die bleiben.

Detlef Berentzen, im April 2006

Das ist der Grund meines Schreibens immer gewesen, ob ich nun Biographien schrieb, Romane oder Kinderbücher: es geht mir immer um Menschen, die am Rande leben, auch wenn es ganz große und bedeutende waren, um Menschen, die den Rand erkundet haben, die die Fremde erfahren haben, und es sind immer Menschen, die ein Kind, wenn es im Innern noch lebendig ist, als Gefährten, als Brüder, als Hoffende sehen kann. Und das finde ich etwas unglaublich Wichtiges, daß ich diese Fremde, die ich selber erfahren habe und die für mich eigentlich immer ärgerlicher und ärger wird, um das auch zu sagen, in unserem Land, daß ich diese Fremde gelernt habe und teilen kann. *(PH)*

Laufen lernen
Chemnitz/Hartmannsdorf

Schwieriger Anfang.
Er sucht Halt.

Peter Otto Härtling wird in der Chemnitzer Theaterstraße geboren - ein »Frühchen«, ein Siebenmonatskind, ein dünnes Kerlchen, das zunächst besondere Fürsorge und Lebertran braucht. Im neunten Monat aber können die Eltern bereits mit dem Kind ins nahe gelegene Hartmannsdorf ziehen. Hier lebt Großvater Otto Härtling, einst technischer Direktor einer großen Textilfabrik im mährischen Brünn, mit seiner Frau Elisabeth im Ruhestand. Hier eröffnet der 1906 im nahen Glauchau geborene Vater Rudolf seine zweite Rechtsanwaltskanzlei, trägt graue Zweireiher und schwarzes Haar. Mutter Erika (Jahrgang 1911), geborene Häntzschel, Fabrikantentochter aus Dresden, ist eine Schöne, eine Dunkeläugige im Pelzmantel, der man auf der Straße nachschaut, die bewundert wird. Eine, die mit ihrer Umgebung in Kontakt kommt und bleibt. Wer sich an sie erinnert, zeichnet das Bild einer heiteren, lebenslustigen jungen Frau.

Hartmannsdorf. Unter einem weit gespannten Himmel liegt der Ort, gegründet von Siedlern des 12. Jahrhunderts, hineingebaut ins mittelsächsische Hügelland. Heute ist Hartmannsdorf ein Städtchen mit knapp 5.000 Einwohnern samt Brauerei, Unternehmen für Systemtechnik, Maschinenbau und Landwirtschaft, einem LKW-Museum, geplagt von der üblichen Arbeitslosigkeit, überragt von einer Kirche ohne Namen.
Hier steht das Geburtshaus des leberleidenden Polizeidieners, Nachtwächters und Heimatdichters Carl August Römer (1816–1893), hier lebte Paul Liebert (1891–1982), die weißbärtige Legende des Hartmannsdorfer Turnsports, und an der Apotheke in der Leipziger Straße sind noch die Einschußspuren amerikanischer Panzerwaffen aus dem Jahre 1945 zu sehen – ein »Militärhistorisches Denkmal«. Man bekommt dort trotzdem sein Aspirin.

Wer will, erhält in Hartmannsdorf auch umfangreiche und qualifizierte Auskunft über das Leben des kleinen Peter Härtling. Denn Hartmannsdorf hat seinen Rudolf Müller, einen begeisterten Härtling-Chronisten, einen engagierten Leser, einen längst pensionierten Gymnasiallehrer, der seit Jahren akkurat Orte und Personen aus Härtlings Hartmannsdorfer Vita recherchiert und jene Zeitzeugen gefunden hat, die noch geblieben sind: Rosemarie Schneider zum Beispiel, geborene »Härtling«, aber weder verwandt noch verschwägert, eine weißhaarige alte Dame, die schon als Kind die fehlgeleitete Post vom Inkassobüro ihres Vaters zum Rechtsanwalt Härtling trug.

Dann ist da noch Gerhard Kühn, Inhaber eines Gärtnereibetriebs. Er besuchte in den Kriegsjahren die gleiche Schule wie Peter, seine Mutter war mit Erika Härtling befreundet. Auch Günter Vieweg kann Auskunft geben: Jahrgang 1933, Büromaschinenhändler, ein Klassenkamerad Härtlings auf der Hartmannsdorfer Volksschule: »Damals, in der sogenannten Nazizeit, hatten wir Lehrer, die liefen mit der Pistole am Gürtel rum. Der Rektor und unser Klassenlehrer brüllten immer nur: ›Wir brauchen die Ukraine, wir brauchen mehr Lebensraum!‹« Solche Sätze sind nichts Ungewöhnliches, sind Alltag im nationalsozalistischen Deutschland: »Sie regieren überall und absolut, wo das deutsche Kind atmet, schläft, ißt, lernt, marschiert, heranwächst« (Erika Mann). Auch Lisbeth Röse erinnert sich an solch diktatorische »Normalität«: Weit über 80 Jahre ist sie alt, eine Frau voller Geschichten. Sie wohnte als Kind eine Zeitlang, wie die Härtlings, in der Burgstädter Straße und brachte später dem Vater oft genug Briefe und Aufträge des Textilbetriebs, in dem sie als Lehrmädchen arbeitete.

Sonst gibt es niemanden im Ort, der sich an Peters Familie erinnern würde. Nur die alte Frau Kunze vielleicht, aber die ist schon über 100 Jahre alt und braucht im Altersheim ihre Ruhe. Bleiben die Orte aus Härtlings Kindheit.
Das Wohnhaus der Familie in der Burgstädter Straße steht noch: frisch verputzt, mit neuen Schallschutzfenstern, alten Obstbäumen und verbundsteingepflastertem Hof. Von hier aus führte ein verschlungener Pfad, auch mit dem Dreirad zu befahren, zur Wohnung der Großeltern im Jugendstilhaus Leipziger Straße 10, an dem heute der Verkehr auf der Bundesstraße fast ohne Unterbrechung vorüberlärmt. Gegenüber residierte einst die SA, später die SED.
In der geräumigen Wohnung seiner Eltern hatte Vater Rudolf die Kanzlei eingerichtet: Schreibtisch, Schränke, Aktenstapel, Cognacflaschen. Hinter dem Haus aber begann das Kinderreich des jungen Peter: Wiese, Schuppen, Hecken, Bäume. Hier parkte der begeisterte Rollerfahrer späterer Jahre seinen »Silberpfeil« (mit Klingel und Blinker), wenn er die Großeltern besuchte. Ansonsten war er immer unterwegs. In einem Hartmannsdorf, das längst die Nazis übernommen hatten. Fahnenschwenkend, mit Sieg und Heil.

Auch die alte Schule steht noch, backsteingefügt, die Lehrer tragen heute sämtlich Zivil, und drinnen im dunklen bohnergewachsten Flur, vor den offenen Türen der Klassenzimmer, lärmen die Schüler und wissen Bescheid: »Den Härtling kennen wir! Das Buch ›Oma‹ haben wir doch im Unterricht gelesen! ... Der ist hier zur Schule gegangen? Ey, da sind wir ja auf 'ner Schule, die voll'n Checker ist!«
Und weil es in Hartmannsdorf keine wirklichen Entfernungen gibt, steht auch das weiße Oktagon des Taufsteins nicht weit von der Schule entfernt. Hier, im Altarraum der Kirche ohne Namen, hielt Lore ihr Köpfchen hin, wurde getauft – Peters Schwester, geboren im Juni 1936. Die studierte Lehrerin lebt heute in Bayern am Ammersee, eine

wache, hochsensible Frau, mit durchaus anderen Erinnerungsbildern als der Bruder. Sie war ein neugieriges, dennoch sehr ruhiges Kind, aber auch eines, das im Sommer begeistert mit Mutter, Bruder, Freunden im Hartmannsdorfer Freibad Quartier nahm. Das beliebte „Naturbad" war seitdem lange geschlossen. Vor kurzem wurde es mit Hilfe eines Fördervereins wieder eröffnet.

Viele Badeteiche aus Härtlings Kinderzeit sind im Laufe der Jahre zugeschüttet worden. Keine Spur mehr von ihnen. Kaum eine Erinnerung. Auch vom ehemaligen Heim der Hitlerjugend (HJ) weiß kaum noch jemand. Doch es steht noch, grau, unbewohnt, verkommen. Es wurde im April 1939 eingeweiht, anläßlich des »Führergeburtstags«. Rechtsanwalt Härtling, der ohnehin eine Reihe von Mandanten unter den Fabrikanten Hartmannsdorfs hatte, entwarf 1938 in deren Auftrag die Satzung für den Verein der »HJ-Heim-Förderer«, vertrat dessen Belange und lud im Namen des Vereins zur Einweihungsfeier. Der ängstliche Vater konnte sich seine Auftraggeber nicht aussuchen.

Nachdem Großvater Otto gestorben ist, nachdem der junge Peter gegen den Willen des Vaters zum Bewunderer von Jungvolk, Fähnleinführer und Heldenleben wurde und das Verhältnis zu den Hartmannsdorfer Nazis für Rudolf Härtling zunehmend schwierig, zieht die Familie im Frühjahr 1942 Richtung Osten.
Ins »Reichs-Protektorat« Böhmen-Mähren.

12. November 1933

Bei den Reichstagswahlen stimmen über 90 % der wahlberechtigten deutschen Bevölkerung für die Regierung Adolf Hitlers. Damit erhält die NSDAP alle 661 Sitze im Parlament, jede Opposition ist ausgeschaltet. Eine Alternative zu Hitler und der NSDAP konnte nicht gewählt werden.

Peter Härtling wird am 13. November 1933 in der Chemnitzer Theaterstraße, nahe der Pauli-Kirche, geboren. Nur wenige Wochen später ziehen Vater Rudolf und Mutter Erika mit ihm ins nahe gelegene Hartmannsdorf, wo bereits die Großeltern wohnen.

PETER
GEB. 13./11. 1933

RECHTSANWALT RUDOLF HÄRTLING
UND FRAU ERIKA GEB. HÄNTZSCHEL

CHEMNITZ THEATERSTRASSE 37 II

Die Großeltern: Otto und Elisabeth Härtling

(Geburtsurkunde Nr. 2031): »... zeigte an, daß von der Käthe Erika Härtling, geborene Häntzschel, Ehefrau des Rechtsanwalts Walter Rudolf Härtling, beide wohnhaft hier, Theaterstraße 37, zu Chemnitz am dreizehnten November des Jahres Tausendneunhundertdreiunddreißig vormittags um zweieinhalb Uhr ein Knabe geboren worden sei und daß das Kind die Vornamen Peter Otto erhalten habe ...« (15. November 1933)

Peter und Mutter Erika (Hartmannsdorf)

»Wenn früher die Frauenbewegungen in ihren Programmen viele Punkte enthielten, die ihren Ausgang vom sogen. Geiste nahmen, dann enthält das Programm unserer Nationalsozialistischen Frauenbewegung nur einen einzigen Punkt, und dieser Punkt heißt das Kind ... Jedes Kind, das sie zur Welt bringt, ist eine Schlacht, die sie besteht für das Sein oder Nichtsein ihres Volkes!« *(Adolf Hitler)*

Das ist die Burgstädter Straße, unser Domizil in Hartmannsdorf.
Und auf dieser Straße wollte der kleine Peter mit dem Dreirad nach Burgstädt fahren?

Ganz richtig, die führt schnurstracks nach Burgstädt. Auf dieser Straße fuhren mein einstiger westdeutscher Verleger Hans Altenhein und ich mit dem BMW, weil ich ihm die Strecke vorführen wollte, und da waren wir zu meiner Verwunderung ruck, zuck in Burgstädt. Ich hatte das Tempo meines Dreirads im Kopf, und die Schnelligkeit überholte mich.
Wo haben Sie im Haus gewohnt?
In der zweiten Etage. Im Parterre hauste eine alte Dame mit zwanzig Katzen, was meine Mutter wahnsinnig aufregte, denn es stank im Treppenhaus. Der alten Dame gehörte das Haus. *(PH im Gespräch mit Detlef Berentzen)*

Der Rudolf Härtling war ein stattlicher Mann und seine Frau eine Schönheit. Sie ging öfters drüben zum Bäcker, wirklich bildschön mit ihrem dunklen Haar, und kam immer mit dem kleinen Jungen auf dem Dreirad – das war der Peter Härtling, ein hübsches Kerlchen. Eine Freundin von mir wohnte damals in der Bachgasse und hat Wäsche gebügelt, auch die von den Härtlings. Die fertige Wäsche mußte sie in der Burgstädter Straße abgeben. Sie hat immer wieder betont, was für gepflegte Leute die Härtlings waren. *(Rosemarie Schneider)*

| September 1935

Auf dem »Reichsparteitag der Freiheit« der NSDAP in Nürnberg werden die Rassegesetze verkündet.

»Durchdrungen von der Erkenntnis, daß die Reinheit des deutschen Blutes die Voraussetzung für den Fortbestand des Deutschen Volkes ist, und beseelt von dem unbeugsamen Willen, die Deutsche Nation für alle Zukunft zu sichern«, wird durch das »Reichsbürgergesetz« und das »Gesetz zum Schutze des deutschen Blutes und der deutschen Ehre« die rassistische Hatz auf Juden juristisch fundiert.

Die Firma Vogel war eine Textilfabrik, einer der reichsten Betriebe in Hartmannsdorf. Dort habe ich eine kaufmännische Lehre gemacht. Das Unternehmen bekam Heeresaufträge:

auf den Strickmaschinen wurden zum Beispiel Soldatenunterhosen gefertigt. Unser ehrwürdiger Bürochef war so geizig, daß er keinen Brief mit der Post innerhalb des Ortes verschickte. Und weil wir Mandant beim Rechtsanwalt Härtling waren, hatte ich immer wieder den Auftrag, Mahnschreiben oder andere Vorgänge in die Leipziger Straße zu bringen, die zwei Treppen zur Kanzlei hochzugehen, dort zu klopfen und die Post abzugeben. Meistens hat Rudolf Härtling aufgemacht.

Der Herr Rechtsanwalt war ein großer, fein gekleideter Mann mit Maßanzügen, und ich erinnere mich gut an sein schwarzes gescheiteltes Haar und die große Hornbrille. Wir haben nicht viel geredet, ich war schließlich nur ein Lehrmädchen. Er hat lediglich die Post in Empfang genommmen, das war's dann. *(Lisbeth Röse)*

Meine Mutter hatte Kontakt mit der Erika Härtling – unsere Familie wohnte im gleichen Haus wie die Großeltern vom Peter, und dort trafen die beiden sich oft. Außerdem hatten

sie ja fast gleichaltrige Kinder. Also sind die Frauen mit den Kindern zusammen ausgefahren oder haben hinten im Garten gesessen. Ich erinnere mich an ein Foto: da sitzen mein Bruder und der Peter oben auf der »Kuppe«, dort wo früher einmal der Wald war – heute ist da nur noch ein Steinbruch. Dort stand eine kleine Milchbude, da bekam man Buttermilch und Schokolade, das war ein richtiges Ausflugsziel. Wir sind im Wald rumgetobt, die Frauen haben gesessen und gequatscht. *(Gerhard Kühn)*

Peter und Lore
(mit Nachbarin)

»An der Burgstädter Straße gab es ganz entfernt einen Bauernhof mit einem wunderbaren Teich, der mich als Kind immer anzog, nicht nur weil auf ihm Enten schwammen, sondern weil dieser Teich in dem ganzen Grün wie ein Auge wirkte. Der blaue Himmel, dieser blaue Kinderhimmel, spiegelte sich immer in dem Teich, und das fand ich ganz wunderbar.
Es gab auch ein wunderschönes Freibad in Hartmannsdorf, da lebten wir sommerlang. Meine Mutter war eine leidenschaftliche Schwimmerin und ist mit uns ins Bad umgezogen, wenn man so will. Ich habe dort schwimmen gelernt, als sie mich eines Tages einfach ins Becken warf: Komm Junge, stell Dich nicht an!« *(PH)*

Im »Naturbad«

In dem großen Haus Leipziger Straße 10 haben die Großeltern von Herrn Härtling gewohnt, dort befand sich auch die Kanzlei seines Vaters. Ich bin sechs Jahre älter als

Peter Härtling, da kann man sich noch an Verschiedenes erinnern. Damals lebte mein Vati noch, der betrieb eine Auskunftei, bekam viel Post, und manchmal war versehentlich ein Brief für den Rechtsanwalt Härtling dabei. Mein Vater schickte mich dann immer sofort los: »Schaff den Brief gleich mal rüber, den bringen wir gar nicht erst zur Post zurück.« Ich bin dann los und habe den Brief abgegeben. Oft bei einem älteren Herrn, das wird wohl Peter Härtlings Großvater gewesen sein.
Nach dem Krieg, als die Familie längst fortgezogen und ich als Bürokraft in der Hartmannsdorfer Brauerei angestellt war, ist mir der Name Härtling noch einmal aufgefallen. Ich mußte öfters ins Archiv, um Akten herauszusuchen, und dort habe ich ab und zu auch alte Anwaltsrechnungen von Rudolf Härtling in die Finger bekommen.
(Rosemarie Schneider, geb. Härtling)

Was hinter dem Haus stattfand, das war für mich viel wichtiger: der Garten. Die heutigen Balkone zum Hof gab es damals noch nicht. Das waren die Erker! In einem dieser Erker saß mein Großvater, da war das Bodenniveau erhöht, und dort war ein stattlicher Ohrensessel untergebracht, in dem verbrachte er Vormittage, beobachtete mich und sagte refrainartig: »Der Peter ist doch ein freundliches Kerlchen.« *(PH)*

Hartmannsdorf hat sich dank seiner günstigen Lage im Chemnitzer Industriegebiet zu einer reinen Industriegemeinde entwickelt. (...) Die Kriegsjahre und namentlich die Nachkriegsjahre blieben für das Wirtschaftsleben nicht wirkungslos, sondern hinterließen überall tiefe Spuren.
Seit der Machtübernahme ist an die Stelle der Arbeitslosigkeit und der dadurch unausbleiblichen Produktionsverminderung eine Aufwärtsentwicklung getreten, durch die viele Volksgenossen wieder in Arbeit und Brot gebracht werden konnten.
Der Glaube an den Führer und das deutsche Vaterland wird sowohl der Verwaltung als auch den Dienststellen der Bewegung die Kraft dazu geben, auch die Zukunft günstig zu gestalten. Allen Menschen sollen das Recht und die Pflicht zur Arbeit wieder zuteil werden. *(»Grußwort des Bürgermeisters«, Allgemeine Zeitung Chemnitz, 24. Juli 1936)*

Feste wurden von der Mutter beherrscht. Sie konnte strahlen, sich vorführen, ihre Heiterkeit zog an, ordnete. Ehe die Eltern ausgingen, huschte sie zu uns ins Kinderzimmer, drehte sich in ihrem langen Kleid, ließ uns ihr Parfüm schnuppern, drückte unsere Köpfe an ihre Brust; wir sagten ihr, wie sehr sie uns gefalle, wie schön sie sei, schwarz, alles schwarz, schwarze Haare, schwarze Augen, ein schwarzes Kleid, schwarze Schuhe, und auch der Pelzmantel, in dem ich das Gesicht vergrabe, ist schwarz. Sie hat etwas von einer Zigeunerin, sagt Großvater. Aber die Bewunderung kann auch umschlagen in Neid und Verdächtigung, kann gefährlich werden. Wir ziehen die Köpfe ein, ohne zu wissen, weshalb, wenn Vater sich zornig gegen die Gerüchte wehrt: Was heißt schon jüdischer Typ und semitisches Aussehen. Du benimmst dich anders als sie. Du bist ihnen zu schön, zu frei. Wie können die nur so gedankenlos, so dumm daherreden. *(PH–NL)*

Familie Härtling inklusive Großeltern (1938)

Das Kind geht durch die Nazi-Straßen als ein Nazikind. Nichts dort ist ihm auffällig, nichts der Erwähnung wert oder gar der Kritik. Daß an den Zeitungskiosken beinahe nur noch Nazi-Zeitungen verkauft werden, ist selbstverständlich. Alle deutschen Blätter sind Nazi-Blätter, und alle ausländischen sind verboten, soweit ihr Charakter irgend unerwünscht ist den Nazi-Machthabern. Das Kind blickt auf die schreienden Überschriften, ohne sich zu verwundern. »Unerhörte Gewalttätigkeiten gegen das Deutschtum in der Tschechoslowakei«, steht da, – »Jüdische Gangster regieren Amerika!!!«, – »Kommunistischer Terror in Spanien vom Papst gebilligt«, – »Wieder 150 Geistliche als Sexualverbrecher entlarvt!!«. »Natürlich«, denkt das Kind, – »freilich doch, – so geht es zu in der Welt. Ein Glück, daß wir unseren Führer haben, der es den bösen Tschechen, Juden, Amerikanern, Kommunisten und Geistlichen schon zeigen wird.«

Kommen irgendwelche Zweifel dem Kind, mißfallen ihm die grobe Tonart und hysterische Exaltiertheit der Meldungen? Hält es etwa gar für denkbar, daß solche Berichte gefärbt sein und in keinerlei Einklang mit den Tatsachen stehen könnten? Gewiß nicht. All dies gehört in den Nazi-Alltag, wie »Blockwart«, »Hakenkreuz«, »Heil Hitler« und »Juden ist der Eintritt verboten«. All dies wirkt zusammen, um jene Atmosphäre zu schaffen, in der zu leben dem freigeborenen Menschen Qual bedeutet – jene Luft, die zu atmen vergiftend ist. Die Kinder in Deutschland kennen keine reinere, denn diese weht überall, wo die Nazis regieren, und sie regieren überall und absolut, wo das deutsche Kind atmet, schläft, ißt, lernt, marschiert, heranwächst.« *(Erika Mann, »Zehn Millionen Kinder«, 1938)*

In meinen ersten Erinnerungen an Hartmannsdorf sitze ich in der Kanzlei meines Vaters am Schreibtisch und lese Wilhelm Busch. Gerade die Geschichte von Fips, dem Affen, hat mir damals sehr gefallen. Später kommt zwar auch der Peter in meinen Hartmannsdorfer Erinnerungen vor, aber nicht sehr häufig. Dabei wäre ich gerne mit ihm zusammengewesen. Als er noch Dreirad fuhr, habe ich mich einfach hinter ihn gesetzt. Das war für mich ein wunderbares Gefühl: wir beide zusammen! Leider hatte ich nicht oft Gelegenheit dazu. Er war eben älter und wenig daheim. Beim Mittagessen sahen wir uns allerdings regelmäßig, das war für alle verbindlich. Unsere Eltern waren zwar nicht sonderlich streng, aber sie hatten ihre Regeln: Wenn wir zum Beispiel etwas nicht aufessen wollten, dann mußten wir bis drei Uhr nachmittags vor dem Essen sitzen bleiben. Ich habe zum Schluß dann immer noch in den Teller gespuckt.
(Lore Klemm, geb. Härtling)

Hartmannsdorf – Erster Mai 1938

Oktober 1938

Wehrmachtstruppen beginnen – entsprechend dem mit Frankreich, Großbritannien und Italien geschlossenen »Münchener Abkommen« – mit der Besetzung des Sudetenlandes. Konrad Henlein, Führer der Sudetendeutschen Partei, wird zum Reichskommissar ernannt.Tschechen und Juden fliehen in die noch nicht besetzten Teile der Tschechoslowakei.

November 1938

Reichspogromnacht – SA-Trupps gehen am 9. November in ganz Deutschland mordend und brandschatzend gegen Juden, Synagogen, jüdische Friedhöfe und Geschäfte vor. Reichspropagandaminister Joseph Goebbels hatte zu »spontanen Demonstrationen« ermutigt. Zwei Tage zuvor hatte der siebzehnjährige Herschel Grynszpan einen Anschlag auf einen deutschen Legationssekretär in Paris verübt.

Das HJ-Heim wurde mit Mitteln der Hartmannsdorfer Industrie neu gebaut. Die Industriellen haben das sozusagen gesponsort. Als das Heim eingeweiht wurde, waren hohe Gäste aus dem Gau Sachsen dabei, natürlich auch der Bannführer. *(Rudolf Müller)*

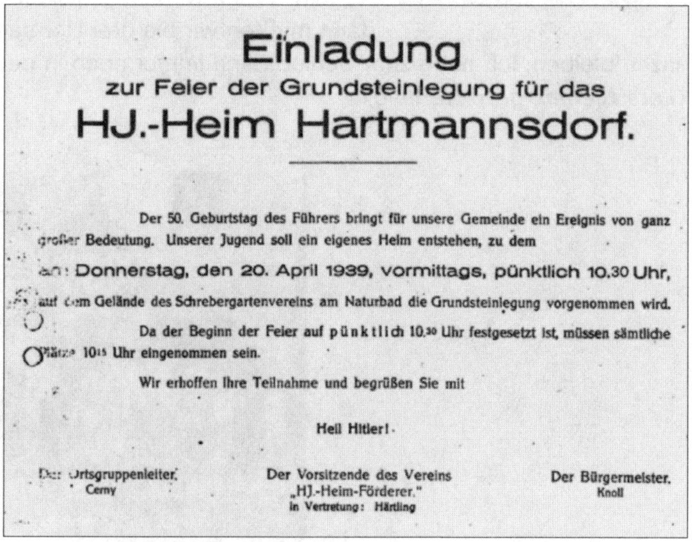

Einladung

zur Feier der Grundsteinlegung für das

HJ.-Heim Hartmannsdorf.

Der 50. Geburtstag des Führers bringt für unsere Gemeinde ein Ereignis von ganz großer Bedeutung. Unserer Jugend soll ein eigenes Heim entstehen, zu dem

am Donnerstag, den 20. April 1939, vormittags, pünktlich 10.30 Uhr,

auf dem Gelände des Schrebergartenvereins am Naturbad die Grundsteinlegung vorgenommen wird.

Da der Beginn der Feier auf pünktlich 10.30 Uhr festgesetzt ist, müssen sämtliche Plätze 10.15 Uhr eingenommen sein.

Wir erhoffen Ihre Teilnahme und begrüßen Sie mit

Heil Hitler!

Der Ortsgruppenleiter. Cerny	Der Vorsitzende des Vereins „HJ.-Heim-Förderer." in Vertretung: Härtling	Der Bürgermeister. Knoll

Ehemaliges HJ-Heim Hartmannsdorf

1. September 1939

Beginn des Zweiten Weltkriegs. Deutsche Truppen überfallen Polen. Als Vorwand dient die von Deutschen in polnischen Uniformen inszenierte Besetzung des Senders Gleiwitz. Zwei Tage später treten Großbritannien und Frankreich in den Krieg ein.

»Für die uns anläßlich des 1. Schulganges unseres Peter gesandten Glückwünsche und Geschenke danken wir herzlichst. Wir haben uns über das Gedenken gerade in ernster Kriegszeit besonders herzlich gefreut. Rechtsanwalt Rudolf Härtling und Frau Erika«. Peter Härtling wird im April 1940 in die erste Klasse der Volksschule in Hartmannsdorf eingeschult. Während des Zweiten Weltkriegs werden neun Hartmannsdorfer Lehrkräfte zur Wehrmacht eingezogen, Klassen müssen zusammengelegt werden. Die Klassenstärken erreichen 42–56 Schüler.

Peter und Lore (1940)

Diese Jugend, die lernt ja nichts anderes als deutsch denken, deutsch handeln. Und wenn nun diese Knaben, diese Mädchen mit zehn Jahren in unsere Organisationen hineinkommen und dort nun zum ersten Mal überhaupt eine frische Luft bekommen und fühlen, dann kommen sie vier Jahre später vom Jungvolk in die Hitlerjugend, und dort behalten wir sie wieder vier Jahre, und dann geben wir sie erst recht nicht zurück in die Hände unserer alten Klassen- und Standeserzeuger, sondern dann nehmen wir sie sofort in die Partei, in die SA oder SS ...
... Und sie werden nicht mehr frei ihr ganzes Leben lang!«
(Adolf Hitler am 2. Dezember 1938 in Reichenberg)

Vor allem eins, mein Kind: Sei treu und wahr,
laß nie die Lüge deinen Mund entweih'n!
Von alters her im deutschen Volke war
der höchste Ruhm, getreu und wahr zu sein.

Du bist ein deutsches Kind, so denke dran!
Noch bist du jung, noch ist es nicht so schwer;
aus einem Knaben aber wird ein Mann;
das Bäumchen biegt sich, doch der Baum nicht mehr.

Sprich ja und nein und dreh und deutle nicht;
was du berichtest, sage kurz und schlicht;
was du gelobtest, sei dir höchste Pflicht;
dein Wort sei heilig, drum verschwend es nicht!

Leicht schleicht die Lüge sich ans Herz heran,
zuerst ein Zwerg, ein Riese hintenach;
doch dein Gewissen zeigt den Feind dir an,
und eine Stimme ruft in dir: »Sei wach!«

Dann wach und kämpf, es ist ein Feind bereit:
die Lüg' in dir, sie drohet dir Gefahr!
Kind, Deutsche kämpfen allezeit!
Du deutsches Kind, sei tapfer, treu und wahr!

(Robert Reinick: »Deutscher Rat«)

»Das war die Kriegszeit, ich kann mich noch entsinnen, daß wir zwei von der schwarzen SS als Lehrer in der Klasse hatten. Bei denen ging das los: Hacken zusammenschlagen, Heil Hitler!, und wehe dem, der da nicht spurte. Es gab zwar auch Lehrer, die tolerant waren, aber es gab eben auch welche, die Betrieb machten.

Die Hartmannsdorfer Schule in den 30er Jahren

Ich muß ganz ehrlich sagen, wir waren damals begeistert, ganz ehrlich, so war's doch damals. Wir hatten hier in Hartmannsdorf ein Haus, das Jugendheim war, das wurde später Wehrertüchtigungslager, dort wurden 14–16jährige von ehemaligen Soldaten an der Panzerfaust ausgebildet, von Soldaten, die schwer verletzt waren, die den Arm oder ein Bein eingebüßt hatten. Und die vom WE-Lager gingen jede Woche ins Kino, da wurde zum Beispiel »Kadetten« gespielt – den Film haben wir dreizehnmal gesehen, weil wir immer mit dabei waren. Also wir waren hell begeistert, so war damals die Zeit.« *(Gerhard Kühn)*

Wenn der Lehrer in die Klasse kam, mußten wir alle aufstehen, ich sehe heute noch den Peter neben seiner Bank. Er hatte so einen auffallenden Ponyhaarschnitt, gerade an diese Frisur kann ich mich gut entsinnen. Und schmächtig war er, aber das waren wir ja alle. Damals, in der sogenannten Nazizeit, hatten wir Lehrer, die liefen mit der Pistole am Gürtel rum, Der Rektor, ein gewisser Herr Lettan, und unser Klassenlehrer, der Herr Süß, die brüllten immer nur: »Wir brauchen die Ukraine, wir brauchen mehr Lebensraum!« Wir haben das damals nicht so recht verstanden.

In der Pause durften wir nicht raus, sollten uns eigentlich ruhig verhalten, trotzdem haben wir auf dem Flur getobt – einer mußte wegen den Kontrollen Schmiere stehen. Wenn dann ein Lehrer kam, brüllte die Schmiere: »Jetzt kimmt er!« Dann sind wir schnell wieder rein in die Klasse. Der Kantor Kessler hat uns aber trotzdem mal erwischt, uns gepackt und angebrüllt: »Ihr Bolschewiken!« Dabei hat er uns hin- und hergeschüttelt. *(Günter Vieweg)*

Juni 1941

»Unternehmen Barbarossa« – Die deutsche Wehrmacht überfällt mit mehr als drei Millionen Soldaten die Sowjetunion. Der Wehrmacht folgen Einsatzgruppen der Sicherheitspolizei und des Sicherheitsdienstes. Deren Aufgabe ist die Ermordung aller Juden, Sinti, Roma, von »asiatisch-minderwertigen« Menschen und kommunistischen Funktionären.

September 1941

»Polizeiverordnung zur Kennzeichnung der Juden«: Das Tragen des »Judensterns« wird Pflicht.

Zinnsoldaten-Schlacht

Holla, die Schachteln aufgemacht! Ihr Zinnsoldaten, 'raus zur Schlacht!
Seid Ihr auch alle nur von Blei, die Trommel ruft – s' ist einerlei,
»rrr – um – perum – pumpum!«

Hat auch der Gaul vom General drei Beine nur, das ist egal,
die Flinte fehlt manch armem Tropf, und einer schießt gar ohne Kopf,
»piff – paff – puff!«

Schon tobt der Kampf in allen Reih'n. Die Erbsenkugeln prasseln drein.
Wer fällt der liegt. Wir halten Stand. Mit Gott für Volk und Vaterland!
»tetere – tetä!«

Die Feinde flieh'n! Ruft all' Hurra! Der Hauptmann hoch! Viktoria!
Und nun marschiert nur hübsch und fein ins Schachtel-Notobdach hinein!
Aus ist der Krieg!

(»Das Jahr voller Freude«, Fibel für das erste Schuljahr)

Im Jungvolk bin ich auch gewesen, Braunhemd, Fahrtenmesser, all das. Wir mußten auch die Pimpfenprüfung ablegen. Die Vereidigung fand am HJ-Heim statt. Drinnen wurde immer gespielt. Oder wir haben beim Fanfarenzug mitgemacht. Das war schon schön. Wir waren einfach begeistert. Da gab es einen gewissen Drill, einen Schliff für die Kinder. Das Alter wurde geachtet, nicht so wie das heute der Fall ist. Wir veranstalteten Geländespiele, sind raus auf die »Kuppe«, haben Krieg gespielt, das war ganz interessant. Da herrschten Zucht, Ordnung und Pünktlichkeit. Das hat mir eigentlich gefallen.
(Günter Vieweg)

Großvater Otto Härtling stirbt am 18. Dezember 1941 nach immer häufiger und schmerzhafter werdenden Erstickungsanfällen (Herzasthma). Sechs Tage später wird seine Urne auf dem Friedhof der Luthergemeinde in Chemnitz beigesetzt.

Als der Großpapa gestorben ist, soll ich gefragt haben, ob er auch warme Socken trägt. Die Großmama war sehr traurig, als sie ihren Mann verlor. Sie war eine ganz liebe Frau. Nach ihr habe ich immer gerufen, wenn der Gottfried wieder einmal versuchte, meiner Puppe Klaus die Augen auszudrücken – Gottfried war der Sohn vom Besitzer des Textilgeschäfts im Haus Leipziger Straße. *(Lore Klemm, geb. Härtling)*

20. Januar 1942

Wannseekonferenz – In Berlin wird die »Endlösung der Judenfrage« beschlossen. Im Protokoll der Konferenz werden die Juden als »Seuchenträger« und »tierisches Ungeziefer« bezeichnet. Ihre systematische Vernichtung soll in den besetzten Ostgebieten stattfinden.

Mein Vater war Mitglied der SPD und stand sehr auf der Arbeiterseite; sogar einen Schrebergarten hat er gehabt. Der Vater meiner Freundin hingegen, der war ein Nazi, ein alter Kämpfer. Und weil ich kein sehr friedliches Elternhaus hatte, meine Eltern haben sich viel gezankt, meine Mutter war sehr herrisch, habe ich mich bei den Eltern meiner Freundin sehr wohl gefühlt. Ich bin dort oft gewesen, und die Elfriede war als erste beim BDM. Also bin ich mitgegangen, weil ich zu Elfriede und ihrer Familie gehalten habe. Und dann kam ich nach Hause und habe HJ-Lieder gesungen. Mein Vater war als SPD-Mann sehr empört, daß ich plötzlich solche Lieder sang. Natürlich hatten wir beim BDM auch eine Führerin, bei der haben wir nur Gutes gelernt. Die hat mit uns gesungen und Handarbeitsabende veranstaltet. Klar sind wir auch marschiert, haben Zeltlager gemacht, aber keine Politik. Wir fühlten uns geborgen, wir haben nichts Schlechtes gelernt. Wir haben geglaubt, was man uns erzählte. *(Lisbeth Röse)*

Mutters Vorwürfe stimmten nicht. Sie und Vater waren nicht unschuldig, daß ich mich »solchen« Kerlen anschloß, denn bei denen wußte ich, woran ich war. Die trugen stolz die Uniformen des Jungvolks, bereiteten sich auf ein Heldenleben vor und hofften, noch als Freiwillige »ins Feld ziehen« zu können. Sie strengten sich an, vorzeitig Männer zu sein: senkten ihre Stimmen, versahen hingebungsvoll ihren Dienst, schossen mit Kleinkalibergewehren, ließen sich von den Eltern nichts sagen, hörten allein auf die Befehle und Prophezeiungen ihres Fähnleinführers, der mir in ihren Erzählungen wie die heroische Zusammenfassung aller meiner Lehrer erschien. *(PH–NL)*

Die Zersetzung der Familie begann erst mit dem Augenblick, in dem das Mißtrauen innerhalb der Familie groß geworden war. Erst als der Vater anfing, der Mutter zu mißtrauen, die Mutter der Tochter, die Tochter dem Sohn, der Sohn dem Vater, war die Familie wirklich gefährdet. Da wagte keiner mehr, sich dem anderen mitzuteilen; da jedes Wort hinterbracht, jede Geste mißverstanden und verraten werden konnte, war die Familie sinnlos, das Leben in ihr qualvoll geworden. Die Liebe zum Führer, die Treue gegen den Staat ist plötzlich oberstes Gebot, und eifersüchtig wachen die Nazis über seine Erfüllung. Nicht mehr sind Privatwohnung und Familienhaus wichtigster Aufenthalt der Familienmitglieder. Wichtigster Aufenthalt sind Versammlungsraum und Parteilokal. Dort spielt sich ab, was entscheidend ist – »daheim« gibt es nur noch nebenher. Wer sein »daheim« zu ernst nimmt, wer zuviel Zeit dort hinbringt, wer sich als »Familienmensch« fühlt mehr denn als »Nationalsozialist«, dessen Situation ist outsiderisch und gefährdet. *(Erika Mann)*

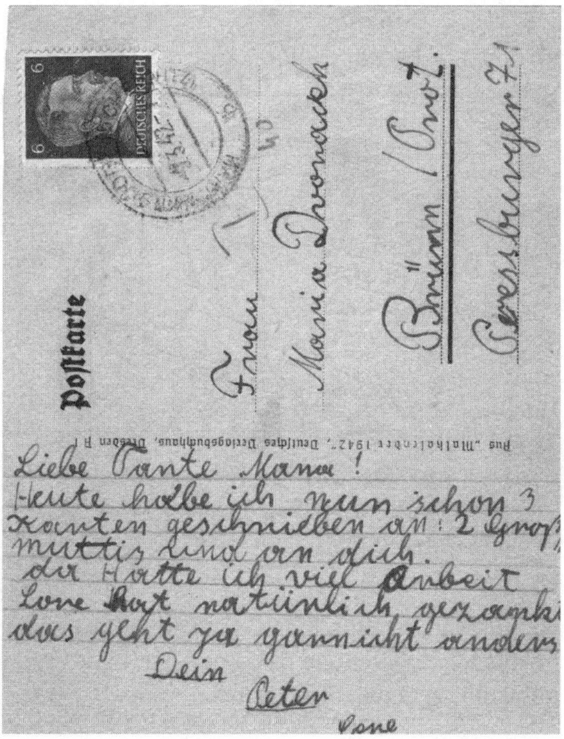

Postkarte an Tante Manja, März 1942

Ich staune, wie schnell eine Wohnung leer und unwirtlich ist. Ich dachte mir, die Möbel seien festgewachsen, die Zimmer könnten nie anders aussehen. Jetzt sind sie leer, und wenn man laut spricht, macht das Echo sie groß und hoch.
Wie eine Wagenburg hat Mutter Koffer und Taschen um uns aufgebaut. Sie befiehlt uns, still zu sitzen, während sie selbst unruhig hin und her trippelt. Ihre Stöckelabsätze hämmern den Linoleumboden, dessen Schäbigkeit plötzlich bloßliegt. Sie hält nichts mehr, sie drängt fort.
Vater steht am Fenster und sagt: Das Taxi ist da. Er sagt es freundlich, beinahe abwesend. So war er den ganzen turbulenten Tag lang gewesen. Er hatte überall geholfen, Aufregungen gedämpft, uns mit kleinen Pflichten abgelenkt. Er hatte sogar, was ich verwegen und gut fand, mit den Möbelträgern aus einer Flasche Bier getrunken.
Das Taxi ist da. *(PH–NL)*

Das verführte Kind

Brünn/Olmütz

Die Flucht hat begonnen.
Anfang vom Ende.

Bevor Vater Härtling die Praxis eines pensionsreifen Anwalts im mährischen Olmütz übernehmen kann, hält er sich noch einige Monate mit Frau und Kindern in Brünn (Brno) auf, dem Familiensitz der Härtlings, an dem er, gebürtiger Sachse, die Jugend verbrachte. Hier, in der Stadt der Kirchen und Klöster, dem »Paris Mährens«, residiert die vom jungen Peter heißgeliebte Babitschka, die lebenslustige, die widerständige. Und hier leben auch Babitschkas Sohn, Peters tschechischer Onkel Beppo, der begeistert vom Grammophon Dvořák und Smetana hört, auch Vaters Schwestern Tante Käthe, Tante Lotte, die Peter und Lore von deren Besuchen in Hartmannsdorf kennen. Dann gibt es noch Tante Cenka, Tante Manja, überhaupt ein ganzes Heer von Tanten und inzwischen auch wieder Großmutter Elisabeth, die nach dem Tod ihres Mannes nicht länger in Hartmannsdorf bleiben wollte und zurück nach Tschechien gezogen ist – in ein Tschechien, das keines mehr sein darf, seit es 1939 von den Nazis zum »Reichsprotektorat« gepreßt und von der Wehrmacht besetzt wurde.

Die Familie wohnt bis zum Umzug nach Olmütz in dem kleinen Hotel »Olymp« und damit in der Nähe der Verwandten, in einem Neubaugebiet, den »Schwarzen Feldern« (Cerno Poli), hoch über der Altstadt von Brünn, unweit jener heute noch existierenden Villa, die sich Grete und Fritz Tugendhat 1929 von Ludwig Mies van der Rohe bauen ließen. Von hier bricht Peter nach Schulschluß Richtung Stadt auf, streift durch die Gassen, bewundert den »Drachen« im alten Rathausgewölbe, der in Wahrheit ein 400 Jahre altes Krokodil aus dem Amazonasgebiet ist. Er stolpert in das bunte Treiben auf dem Krautmarkt und landet letztlich immer wieder an der Kröna, in der prächtigen Wohnung seiner Babitschka.

In den unterirdischen Gewölben von Brünns alter Barockfestung auf dem Spilberk sind Widerstandskämpfer inhaftiert. Juden werden deportiert. Die Babitschka bewahrt die Habe der Verfolgten, bei Onkel Beppo trifft sich der tschechische Widerstand. Und das Kind Peter summt provozierend und leise das Horst-Wessel-Lied, wie es das bei seinen deutschen Lehrern gelernt hat.

Dann aber doch und endlich Olmütz, heute: Olomouc. Eine kleine Stadt, die in allen Winkeln prächtigen Barock ausstellt, in deren Domdekanei der elfjährige Mozart seine sechste Symphonie in F-Dur schrieb, an deren Philharmonie Gustav Mahler Kapellmeister war – ein kunsthistorisches und kulturelles Zentrum.

Unweit des Doms liegt die Palacky-Universität. Hier, am germanistischen Lehrstuhl, finden sich Härtling-Kundige: Die Mitarbeiter der »Arbeitsstelle zur Erforschung der deutsch-mährischen Literatur«, die über die »Kinderjahre« der Marie von Ebner-Eschenbach ebenso arbeiten wie über Rilke, der in Mährisch-Weißkirchen jene Militär-Oberrealschule besuchte, die ihm bittere Erfahrung und Stoff für seine Erzählungen aufdrängte.
Peter Härtling, der in nicht wenigen Romanen und Erzählungen seine Olmützer Zeit beschreibt, ist den Forschern unter all denen, die in oder über Mähren geschrieben haben, ein Besonderer: »Er hat Olmütz in die Weltliteratur gebracht!« – Ludvík Václavek, Dekan der Germanistik und Chef der Arbeitsstelle, ist davon ebenso überzeugt wie seine Mitarbeiter Ingeborg Fialová und Jörg Krappman.
Václavek, Jahrgang 1931, war in Olmütz zur gleichen Zeit jung wie Härtling – nur war er Tscheche und Peter Härtling Deutscher. Ihr Leben fand getrennt voneinander statt. In der Schule, oder auch beim Baden in dem wohl beschaulichsten der Marcharme, am Michaelerausfall, unterhalb der Stadtmauer. Václavek hat Härtlings Lebenszeit in Olmütz, dessen Wege und Orte, genauestens recherchiert und konnte dem »Heimkehrer« im Jahre 1992 eine Spur der Erinnerung durch die Stadt legen.
Da steht noch das guterhaltene Jugendstilhaus an der Wassergasse, in dessen zweitem Stockwerk die Familie eine weitläufige Wohnung samt Herren- und Kinderzimmer bezog. Kein Marcharm fließt heute mehr vor dem Haus, sondern der Verkehr, auf einem breiten Boulevard. In dieser Wohnung sang Peter Weihnachtslieder mit Geigenbegleitung, hier brannte die Kartoffelsuppe an, hier floh der Sohn vor dem Vater, wenn der ihm ob seiner jungvölkischen Renitenz eine Tracht Prügel verabreichen wollte. In der Küche zahlten die Klienten des Anwalts Härtling das fällige Honorar in »Naturalien« - Bauern, Bäuerinnen, auch Tschechen, Juden, die er alle vertrat.
Der Weg zur Kanzlei des Vaters führt nach wie vor durch die lange, taghelle Passage, heute vorbei an Tabakkontor, Fotoladen, Keramikoutlet hinaus auf den Rathausplatz, den Oberen Ring, mit monumentaler Mariensäule, eindrucksvollem Rathaus und vielbestaunter Kunstuhr, mit Cäsar- und Herkulesbrunnen. Ein imposanter Platz, der Geschichte atmet. In »Adolf-Hitler-Platz« wurde der Obere Ring von den neuen Machthabern umbenannt, auf ihm trat der junge Peter im Herbst 1943 mit anderen Kindern in Reih und Glied und seinen Schwur deklamierend an, um knapp zehnjährig, endlich!, ins Jungvolk aufgenommen zu werden.

In der unweit gelegenen Schulgasse drängen sich alte zweistöckige Häuser dicht an dicht. Putz bröckelt. Im Haus No. 1 residierte der Vater, hier besuchte ihn der Sohn, trat wohl ein durch die alte Holztür mit dem vergitterten Oberlicht, ging dann die alte Holzstiege hinauf in den ersten Stock, heute Adresse eines Ingenieurbüros. In der Kanzlei waltete als Bürokraft Frau Spatschek, die spätere »Božena«.

Der Krieg hat wenig zerstört in Olmütz. Die alliierten Fliegerverbände überflogen lediglich die Stadt, hatten andere Ziele, solche in den schlesischen Industriegebieten. Also steht auch Härtlings klassizistisches Gymnasium noch, unten an der Wassergasse, gar nicht weit von der Wohnung der Familie entfernt. Das Gymnasium war seinerzeit eigentlich nur für deutsche Jungen vorgesehen, da aber nicht genügend deutsche Schüler vorhanden waren, wurde es für tschechische Mädchen freigegeben. Per separaten Eingang.

Die Jungen lernten von ihren Oberlehrern, daß Tschechen »Kreaturen« sind und daß Rückzug und Verluste der Wehrmacht im Osten nichts zu bedeuten hatten.
Nichts anderes hörten die »Pimpfe« von ihren Führern im heute leerstehenden, mächtig ramponierten Bannhaus, der Heimstätte von Jungvolk, Hitlerjugend und Mädchenbund. Hier sagten sich Kinder von ihren Eltern los, von hier aus zogen die Jungen marodierend durch die Stadt, organisierten Besäufnisse, betrieben die Verehrung völkischer Helden, schwadronierten über Heldentod, Weiber und Vergewaltigungen. Peter in Uniform mit dabei. Mutter Erika ist verzweifelt, konzentriert sich auf Lore.

Bereits im Februar 1943 haben Nazis und Gestapo genug von einem »reichsdeutschen« Anwalt, der Umgang mit Tschechen und Juden pflegt. Sie schließen Rudolf Härtlings Kanzlei und sorgen dafür, daß der sehschwache und herzkranke Vater zur Wehrmacht einberufen wird. Erst muß er nach Mährisch-Weißkirchen, dann verlegen sie ihn zum Schreibstubendienst ins österreichische Döllersheim.
Die Familie ist ohne Vater. Doch er wird kommen, um seine Familie zu holen, noch vor Kriegsende, als all die Herrenmenschen längst vor den Russen flüchten. Die Angst im Genick.

Am 27. Mai gegen 10.30 Uhr wird der stellvertretende Reichsprotektor Böhmen-Mähren, SS-Obergruppenführer Reinhard Heydrich, bei einem Attentat des Widerstands im Prager Stadtteil Lieben schwer verletzt und stirbt. »10 Millionen Kronen für zweckdienliche Angaben, die zur Ergreifung der Täter führen«, werden zur Belohnung ausgesetzt. Als »Vergeltung« zerstört die SS im Juni den Ort Lidice, mordet alle Männer, verschleppt Frauen und Kinder in Konzentrationslager – eine Augenzeugin: »Wir wollten die Kinder nicht hergeben, sie begannen schrecklich zu weinen und zu schreien, doch ein Gestapomann schoß in die Luft, um uns zu erschrecken. Sie rissen uns die Kinder aus den Händen.«

Reinhard Heydrich, der Stellvertreter des Reichsprotektors, fiel einem Attentat zum Opfer. In der Schule wurden wir zum Appell auf den Hof gerufen, die Fahne sank auf halbmast, der Direktor erzählte uns mit tränenerstickter Stimme von dem strahlenden großen Mann, der befähigt gewesen sei, Böhmen und Mähren endgültig ins Reich zurückzuführen. Der Mord werde, wir könnten sicher sein, furchtbar gerächt werden. *(PH–NL)*

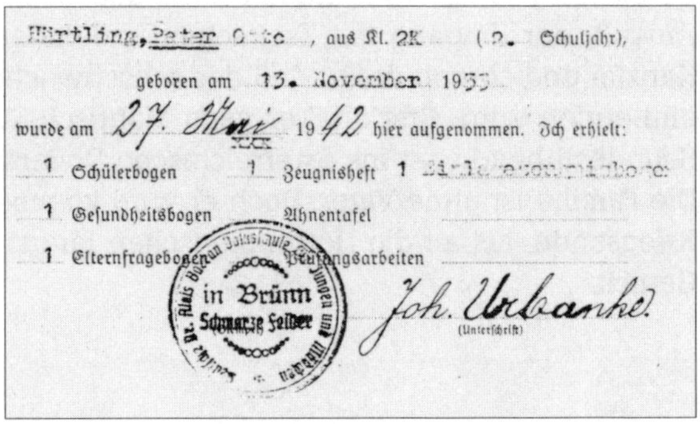

Härtling, Peter Otto, aus Kl. 2K (2. Schuljahr),

geboren am 13. November 1933

wurde am 27. Mai 1942 hier aufgenommen. Ich erhielt:

1 Schülerbogen 1 Zeugnisheft 1 [illegible]

1 Gesundheitsbogen Ahnentafel

1 Elternfragebogen Prüfungsarbeiten

in Brünn Schwarze Felder

Joh. Urbanke

(Unterschrift)

Wir hielten uns länger als geplant in Brünn auf, fast ein Vierteljahr, und ich konnte die Stadt für mich entdecken, umerzählen, neu finden ... Sie wurde zu einer Gegend, die sich fortwährend verwandelte, Häuserschluchten gab es, tiefer als in Dresden, die Festung auf dem Spielberg, die nach der Besichti-

Krautmarkt in Brünn

gung traurige Geschichten von Gefangenen preisgab, die Parks, vor allen Dingen der Augarten, der Duft aus einer Oblatenbäckerei in seiner Nähe, der Drachen im Rathausgewölbe, von dem mir keiner sagen konnte, ob er ausgestopft oder einfach gefälscht sei, der Krautmarkt mit dem Geschrei der Marktweiber und die vier Wohnungen, nach denen sich die Topographie der Stadt ordnete, eigentlich nur drei, denn in dem kleinen Hotel in der Nähe der Villa Tugendhat, deren Architekt Mies van der Rohe, so behauptete Onkel Beppo, nach Amerika habe verschwinden müssen, weil der Führer keine Schachteln aus Beton liebe – in dem kleinen Hotel wohnten wir für die Übergangszeit und schwärmten von dort tagsüber und mitunter auch abends in die Wohnungen aus. *(PH–LL)*

Villa Tugendhat

Die Babitschka war für mich eine Respektsperson. Sie residierte in einem Haus, das außergewöhnlich imponierend war – ein mächtiges Treppenhaus, eine riesige Küche und Zimmer mit hohen zweiflügeligen Türen. Dort wurden auch Gesellschaften gegeben. Dieses Großbürgertum hat uns Kinder schon beeindruckt. Ich durfte sogar mit den Tanten ins Varieté gehen. Wir sind überallhin mitgenommen worden, sogar in die Operette – ich habe schon als Kind in Brünn die »Fledermaus« gesehen. Eine schöne Zeit, aber auch eine schlimme:
Im Hotel »Olymp« hatten wir Kontakt zu einer jüdischen Familie mit Kindern, Bekannte der Tanten vielleicht, jedenfalls habe ich viel mit einem der Mädchen gespielt. Und eines Tages war die Familie nicht mehr da. Ich habe dann irgendwie gehört, oder man hat es mir direkt erzählt, daß die alle ermordet worden sind. Das gab mir damals einen richtigen Stich ins Herz. Das war der erste Schmerz, den ich als Kind im Herzen empfunden habe. *(Lore Klemm, geb. Härtling)*

Nach mehrmonatigem Aufenthalt bei Verwandten im mährischen Brünn zieht die Familie Härtling im Sommer 1942 weiter nach Olmütz. Dort übernimmt der Vater eine Rechtsanwaltskanzlei.

Der Bahnhof in Olmütz sieht aus, als hätte Mussolini ihn gebaut. Ich erinnere mich zwar nicht mehr an unsere Ankunft von Brünn, wohl aber an den Weg vom Bahnhof bis zum Oberen Ring. Es war ein sehr langer Weg, immer der Straßenbahn nach, immer den Schienen nach. *(PH)*

Oberer Ring mit Pestsäule

Beide lebten wir damals im Protektorat Böhmen und Mähren, einem absonderlichen Gebilde, das unter dem Schutz des Großdeutschen Reiches stehen sollte, tatsächlich ihm aber schutzlos ausgeliefert war und eine Kolonie im reinsten Sinne darstellte. Die nationale Spannung zwischen den Tschechen und den Deutschen – d. h. sowohl den Besatzern als auch der eingesessenen deutschen Minderheit – wuchs von Tag zu Tag – verursacht durch die immer stärker werdende Verfolgung. Tschechen wurden in Konzentrationslager verschleppt, allein vier Väter von Klassenkameraden wurden in jenen Jahren hingerichtet. Angst und Terror spürte man in der Schule und zu Hause.

Peter Härtling und ich gingen damals durch die dieselben Straßen, nahmen dieselben Gebäude, Menschen, Ereignisse wahr. Die Gefühle, die damals in uns entstanden sind, dürften in vielem gleich gewesen sein. Das Erlebnis der nationalen und politischen Welt war für Härtling damals dominant und stellte auch eine Kompensation für das dar, was ihm im Familienleben fehlte – so empfand er es im Rückblick. Auch für mich war der Krieg das dominierende Ungeheuer, dem sich alles unterordnen mußte. Das Kind Peter Härtling war damals vom Nationalsozialismus fasziniert, wurde von HJ-Kameraden beeinflußt – ich war ganz gegensätzlich gesinnt und sehnte das Ende des Hitlerreiches herbei. *(Ludvík Václavek)*

Wir haben in der zweiten Etage gewohnt. Unser Kinderzimmer hatte einen Balkon. Es war ein halbrundes Zimmer, in einer veritablen Jugendstilwohnung. Als ich 1992 zum ersten Male wieder vor unserem Haus stand und an der Fassade hinaufschaute, rief ich: »Reiner Jugendstil!« – Ich hatte einfach keine Erinnerung mehr daran, so etwas vergißt man. Leider bin ich nicht in die Wohnung gegangen, aber ich habe mir zumindest das Treppenhaus angeschaut.

Ich weiß nicht, ob Ihnen Herr Václavek das erzählt hat, aber wir sind die Treppe hinaufgegangen, er drängte förmlich in den zweiten Stock, und da war ein Türschild, das kundtat, daß ein Ingenieur hier lebe, und Václavek sagte: »Klingeln Sie!« Ich aber wollte keinen Besuch machen, auf keinen Fall, ich wollte auch kein schlechtes Gewissen wegen meiner Aufdringlichkeit haben müssen, also sind wir wieder gegangen. *(PH)*

Wassergasse No. 16 in Olomouc

Am 2. September 1942 wird Peter Härtling in die dritte Klasse der deutschen Volksschule Olmütz aufgenommen.

Brief Peters an Tante Manja in Brünn

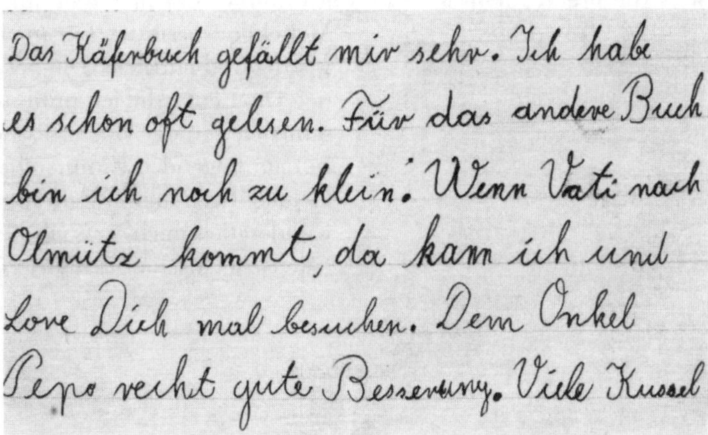

Das Käferbuch gefällt mir sehr. Ich habe es schon oft gelesen. Für das andere Buch bin ich noch zu klein. Wenn Vati nach Olmütz kommt, da kann ich und Lore Dich mal besuchen. Dem Onkel Pepo recht gute Besserung. Viele Kussel

In der Passage, über der auch unsere Wohnung lag, gab es damals ein Kino. Um dort Filme anschauen zu dürfen, mußten Peter und ich zusammenhalten, was wirklich nicht oft der Fall war. Wir bauten uns also immer ganz freundlich vor unserer Mutter auf und fragten gemeinsam: »Liebe Mutti, dürfen wir ins Kino gehen?« Meistens durften wir. Und weil es im Kino immer Wochenschauen zu sehen gab, wurden natürlich auch Bilder vom Krieg gezeigt. *(Lore Klemm, geb. Härtling)*

Passage in Olomouc

Als Härtling im Jahre 1992 wieder nach Olmütz kam, da hat er im Rundfunk gesprochen und auch einen Beitrag über diesen Besuch in einem Sammelband veröffentlicht. Natürlich sind wir gemeinsam durch die Stadt gegangen, haben all seine biographischen Orte aufgesucht, auch die Passage. Er hatte die noch als sehr lang in Erinnerung, 200 Meter lang sogar. Ich habe das exakt nachgemessen: Die Länge der Passage beträgt tatsächlich nur 108 Meter. Die Erinnerung verändert viele Tatsachen. In der Passage war das Buffet, wo Härtlings Vater des öfteren seinen Kaffee getrunken hat, auch das Kino, in dem Peter Härtling deutsche Filme anschaute. *(Ludvík Václavek)*

Schulgasse 1. Über eine schmale Stiege gelangte man in den ersten Stock. Die Tür wurde stets von Frau S. geöffnet. Das Wartezimmer war nicht geräumig, doch mit bequemen Möbeln ausgestattet. Für mich, den Buben, sonderbar würdig und entrückt. Die Sessel waren viel zu groß und tief. Die Leute, die ich mitunter im Wartezimmer antraf, schienen von der Düsternis beschwert und sehr ernst. In dem folgenden Zimmerchen saß Frau S. an einem kleinen Tisch an der Schreibmaschine. Im nachhinein wundere ich mich, daß ich nie gefragt habe, wieso Vater eine tschechische Sekretärin beschäftigte. *(PH–NL)*

Schulgasse 1, Olomouc

Bei den in Olmütz ansässigen Deutschen, das hat mir der Sohn vom Bürgermeister erzählt, war der Anwalt Härtling nicht gerne gesehen, weil er sich um Tschechen und Juden kümmerte. Man wollte keinen Umgang mit ihm. Und zu unseren Leuten, zu den Tschechen, konnte man ihn auch nicht so ganz rechnen. Also hat man auch nichts dagegen getan, als er in die Armee eingezogen wurde. Die anderen Advokaten verstanden es sehr wohl, den Dienst bei der Wehrmacht zu umgehen. Bei Rudolf Härtling hat das nicht geklappt. Man war froh, als er in die Wehrmacht abgeschoben wurde. *(Ludvík Václavek)*

Februar 1943

Die deutsche sechste Armee kapituliert vor Stalingrad. Generalfeldmarschall Paulus hat sich bereits am 31. Januar ergeben. Reichspropagandaminister Joseph Goebbels stellt im Berliner Sportpalast die Frage: »Wollt ihr den totalen Krieg?«

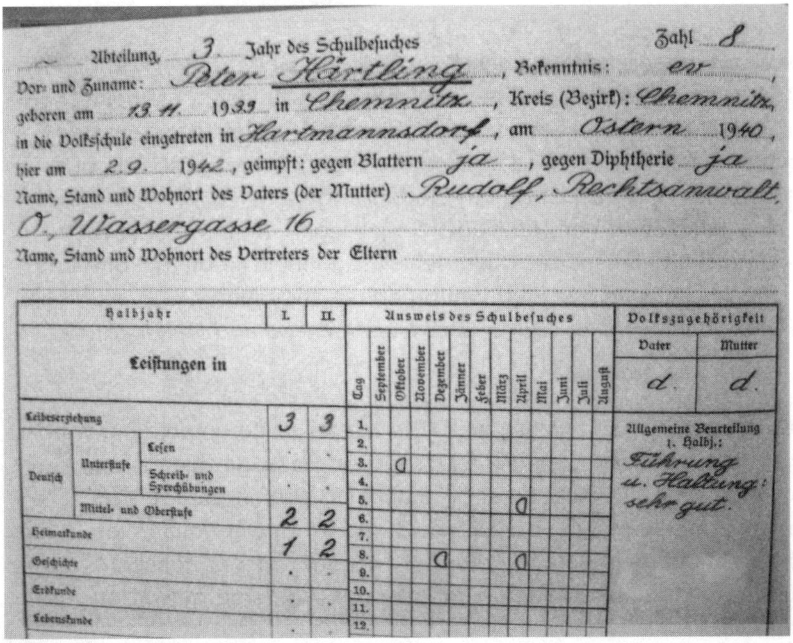

Abteilung, 3. Jahr des Schulbesuches Zahl 8

Vor- und Zuname: Peter Härtling, Bekenntnis: ev,

geboren am 13. 11. 1933 in Chemnitz, Kreis (Bezirk): Chemnitz,

in die Volksschule eingetreten in Hartmannsdorf, am Ostern 1940,

hier am 2. 9. 1942, geimpft: gegen Blattern ja, gegen Diphtherie ja

Name, Stand und Wohnort des Vaters (der Mutter) Rudolf, Rechtsanwalt, O., Wassergasse 16

Name, Stand und Wohnort des Vertreters der Eltern

Halbjahr			I.	II.
Leistungen in				
Leibeserziehung			3	3
Deutsch	Unterstufe	Lesen	.	.
		Schreib- und Sprechübungen	.	.
	Mittel- und Oberstufe		2	2
Heimatkunde			1	2
Geschichte			.	.
Erdkunde			.	.
Lebenskunde			.	.

Ausweis des Schulbesuches

Tag	September	Oktober	November	Dezember	Jänner	Feber	März	April	Mai	Juni	Juli	August
1.												
2.												
3.		[illegible]										
4.												
5.								[illegible]				
6.												
7.												
8.				[illegible]				[illegible]				
9.												
10.												
11.												
12.												

Volkszugehörigkeit	
Vater	Mutter
d.	d.

Allgemeine Beurteilung 1. Halbj.: Führung u. Haltung: sehr gut.

Im Herbst 1943 wird Peter Härtling mit anderen deutschen Jungen ins »Jungvolk« aufgenommen.
Vorsprecher: »... und zündet uns als Fackel an, daß Deutschland dennoch leuchten kann.
Jungvolk: ..., daß Deutschland ewig leuchten kann!«

Im Bannhaus diente ich als Bote des Bannführers, hatte also eine wichtige Funktion für die Aufrechterhaltung des Hitlerreiches – ich war eine dünne, krumme Stütze des Systems. Wir nahmen uns wichtig, wenn der Herr Kreisleiter oder der Herr Gauleiter kamen, dann sprangen wir auf und hoben die Arme, furchtbar! Von dort aus bin ich mit Freunden zu dem großen Platz losmarschiert, der wie alle großen Plätze Adolf-Hitler-Platz hieß. Dort wurden wir vereidigt. *(PH)*

Das ehemalige Bannhaus von Olmütz

Die nationalsozialistischen Jugendorganisationen (Jungvolk, HJ, BDM) boten die Möglichkeit, sich von den familiären, schulischen und religiösen Fesseln zu lösen, Gemeinschaft zu erleben und einen »jugendgemäßen« Lebensstil zu pflegen. Die Nationalsozialisten nutzten die Gemeinschafts- und Erlebensbedürfnisse der Jugendlichen geschickt und füllten sie mit nationalistischem und rassistischem Gedankengut.
Von der HJ-Uniform, über Fähnleinnamen, Ausflüge, Segelfliegen, Motor-HJ, bis hin zu Zeltlagern, Erntedank- und Sonnenwendfeiern wurden das jugendliche Gemüt und das jugendliche Bedürfnis nach Gemeinschaft und Geborgenheit angesprochen.
(Bernhard Haupert/Franz Josef Schäfer: »Jugend zwischen Kreuz und Hakenkreuz«)

Ich erinnere mich, daß Peter nicht nach Hause kam. Die Mutter stand unten, ging wütend auf und ab, wartete mit dem Schlüssel, weil die Eingänge zur Passage abends mit Gittern verschlossen waren – die Tür zu unserem Hausflur lag aber in der Passage. Die Mutter war besorgt, zornig und sie hat ihn deshalb auch mal im Speisezimmer verprügelt. Ich habe das miterlebt und fand es furchtbar. Peter hat es immer wieder geschafft, meine Mutter zur Weißglut zu bringen. Sie ist einfach nicht mehr mit ihm fertig geworden.
(Lore Klemm, geb. Härtling)

Mit den deutschen Jungs wollte man nichts zu tun haben. Es gab sogar Fälle, daß Gruppen von deutschen Jungen ohne ihre Führer herumstreunten und tschechische Jungen insultierten. Ich selber bin einmal überfallen worden. Als sie überrascht feststellen mußten, daß ich Deutsch spreche, haben sie mich laufen lassen.

Doch was haben Peter Härtling und ich im Grunde nicht alles gemeinsam und doch getrennt voneinander in Olmütz erlebt!? »Gemeinsam« gingen wir am Rathaus und an der Dreifaltigkeitssäule am Oberen Ring vorbei und hörten den Trommelschlag des HJ-Aufmarsches, den ich zwar wahrgenommen, aber ostentativ ignoriert habe.
»Gemeinsam« bestiegen wir im Schwimmbad dasselbe Floß und trugen dabei dieselben Abschürfungen davon. »Gemeinsam« kletterten wir auf den Felsen und den abbröckelnden Stadtmauern am Michaelerausfall herum. »Gemeinsam« erlebten wir die völlig verdunkelte Stadt und die nächtlichen Fliegeralarme, die in mir sowohl Furcht als auch Vertrauen in die Kraft der Hitlergegner auslösten. Beide betrachteten wir amerikanische und russische Kriegsgefangene, die durch die Stadt geführt wurden. (...) Wir hörten auch von nächtlichen Schießereien und bemerkten hie und da Kommandos der Gestapo und der uniformierten Polizei bei Razzien. Wir nahmen wahr, wie unsere jüdischen Mitbürger – es waren in Olmütz an die 3000 – verschwanden. *(Ludvík Václavek)*

Juni 1943

Die Großoffensive alliierter Luftverbände gegen deutsche Städte beginnt. Tagsüber fliegen US-Piloten Präzisionsangriffe gegen Luftwaffenstützpunkte, nachts greifen britische Bomber die Städte mit Flächenbombardements an. Zehntausende von Bomben fallen u. a. auf Düsseldorf, Bochum, Oberhausen, Krefeld, Gelsenkirchen und Köln. Die überlebende Bevölkerung verzweifelt. Die NS-Propaganda fordert zum Durchhalten auf und verspricht »Wunderwaffen«.

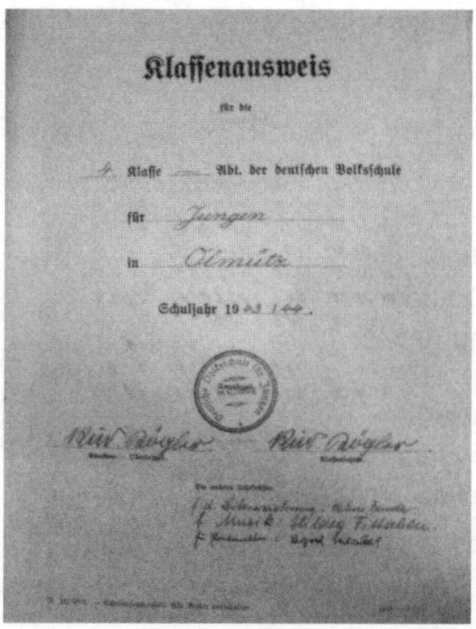

Klassenausweis

für die

4. Klasse — Abt. der deutschen Volksschule

für Jungen

in Olmütz

Schuljahr 1943/44.

Im Juli 1944 erhält Peter Härtling das Entlassungszeugnis der Volksschule und kann im Schuljahr 1944/45 das deutsche Gymnasium besuchen.

Das Deutsche Gymnasium ist erst um 1910 erbaut worden und es war groß angelegt. Als das Gymnasium nicht mehr so viele Schüler hatte, war nur noch eine Hälfte des Gebäudes für deutsche Jungen, die andere Hälfte wurde ein tschechisches Mädchengymnasium. Zu der Zeit ging auch meine Schwester dahin. Sie ging sozusagen mit Peter Härtling auf die gleiche Schule. Allerdings waren die Räumlichkeiten strikt getrennt. *(Ludvík Václavek)*

Gymnasium Olomouc

Meine Schule! Da gingen die Knaben rechts und die Mädchen links hinein. Oder war es umgekehrt? Jedenfalls waren im Deutschen Gymnasium nur Jungen. Es gab durchaus Lehrerinnen, die wir anbeteten, aber es gab auch diese Naziziegen, die noch heftiger agierten als männliche Lehrkräfte. Die hab ich noch in bester Erinnerung. *(PH)*

Ein Küstengeschütz beschießt ein Schiff, das in 12.000 m Entfernung mit einer Geschwindigkeit von 30 Knoten quer zur Schußrichtung fährt. Wie groß ist das Vorhaltemaß? Die mittlere Geschoßgeschwindigkeit sei mit 600m/sec angenommen. *(Handbuch »Wehrphysik«, Kapitel: »Sehen, Messen, Richten«)*

Nun gehen wir in die Bewegung über und behandeln das »Davonstürzen«, beide Arme nach oben ausgestreckt ... Auch das »ohnmächtige Zurückfallen« mit der starken Neigung des ganzen Körpers und der Arme nach rückwärts ist leicht wiederzugeben. Wir betrachten nun die Sanitätsmannschaft bei ihrer Arbeit. Die einfache Gangbewegung des Sanitäters beim Transport der Verwundeten auf den Tragbahren sowie die kniende Haltung machen selbst den Schwächerbegabten wenig Schwierigkeit.
(Joseph Stühler: »Luftschutz im Zeichenunterricht«)

| März 1944

Die Hitlerjugend beginnt in Deutschland die »Kinderlandverschickung« zu organisieren. Tausende von Kindern werden aus bombengefährdeten Gebieten evakuiert und in entlegene Regionen transportiert. An den Evakuierungsorten sind nationalpolitischer Unterricht und vormilitärische Ausbildung obligatorisch.

Härtling hat in unserer Arbeitsstelle für deutsch-mährische Literatur natürlich einen Stellenwert, weil er ein noch lebender Autor ist, der einen wesentlichen Zeitraum in

Mähren verbracht hat ... fast hätte ich gesagt, der aus Mähren kommt, weil seine Schreibweise eine enorm mährische ist, wenn man ihn mit anderen Autoren vergleicht.
Er hat als Kind zwar in Hartmannsdorf gelebt, aber was ihn geprägt hat, das hat hier in Olmütz stattgefunden. Das beschreibt er auch immer wieder, sowohl in seiner Lyrik als auch in seinen vielen Erinnerungsbüchern. Deswegen können wir mit dieser »Nachgetragenen Liebe«, die ja auch in Olmütz spielt und in der die Stadt ja wirklich sehr schön dargestellt wird, im Ausland ein gewisses Renommee pflegen und sagen: »Seht her, Peter Härtling hat dieses Buch geschrieben, so ist Olmütz, das war einmal kulturell wichtig – erinnert euch dran!« *(Jörg Krappmann)*

| Oktober 1944

Millionen Deutsche flüchten vor den Russen aus Ostpreußen Richtung Westen. Tausende werden mißhandelt und getötet. Frauen werden vergewaltigt und anschließend erschossen. Eine millionenfache Vertreibung, auch Sudetendeutscher, beginnt.

Das Rektorat des Olmützer Deutschen Gymnasiums wählt Peter Härtling im Herbst 1944 für die »Napola«, die Schule des Führernachwuchses, aus. Der Junge absolviert erfolgreich einen zweiwöchigen Prüfungskurs.

Du warst nicht da, Mutter, aber ich sehe mich neben dir hergehn, auf der Straße zwischen Schule und Wassergasse, nachdem ich die zweiwöchige Prüfung bestanden hatte, wir auf

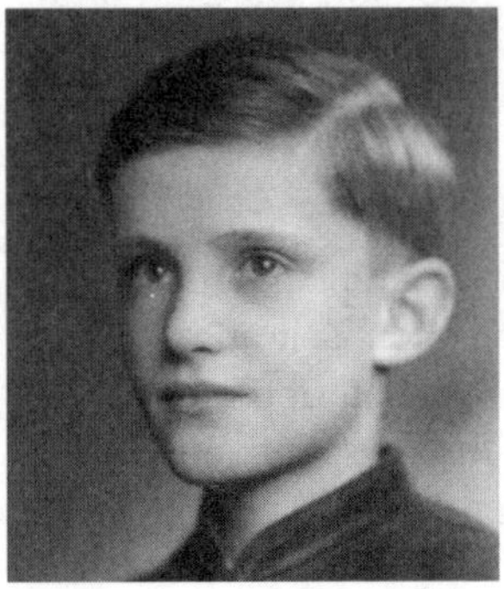

einem verkommenen Schlößchen in der Nähe von Prerau Aufsätze über Hermann Göring und Adolf Hitler schreiben mußten, in Englisch und Mathematik abgefragt wurden, stundenlang am Schießstand lagen, in Nachtmärschen bis zum Schwächeanfall geschlaucht wurden, von der zwölf Meter hohen Schloßmauer in einen Heuhaufen springen mußten, nachts in die Kopfkissen heulten. *(PH–NL)*

Liebe Lotte, ich habe heute herzlich dankend mit großer Freude die schönen Strümpfe für Peter erhalten und die Kleiderkarten. Wenn die Kinder die langen Strümpfe nicht mehr brauchen und die Längen noch halbwegs gut sind, kann man sie anstricken lassen, das ist fein. Peter hat den Lehrgang gut überstanden, und auch die ärztliche Untersuchung ist gut ausgefallen – er ist ganz gesund. Seid alle recht schön gegrüßt. Eure Eri *(Erika Härtling am 12. Januar 1945 an Tante Lotte)*

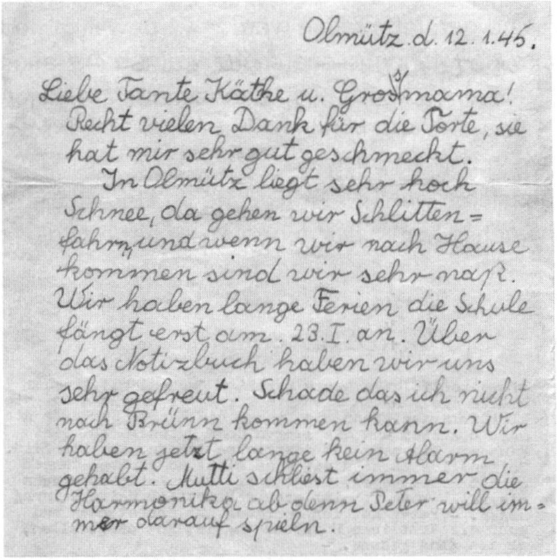

Olmütz d. 12. 1. 45.

Liebe Tante Käthe u. Großmama!
Recht vielen Dank für die Torte, sie hat mir sehr gut geschmeckt.
In Olmütz liegt sehr hoch Schnee, da gehen wir Schlitten=fahrn, und wenn wir nach Hause kommen sind wir sehr naß. Wir haben lange Ferien die Schule fängt erst am 23. I. an. Über das Notizbuch haben wir uns sehr gefreut. Schade das ich nicht nach Brünn kommen kann. Wir haben jetzt lange kein Alarm gehabt. Mutti schliest immer die Harmonika ab, denn Peter will immer darauf spieln.

Brief Lores an die Verwandten in Brünn

Befreiung.
Und doch nicht.

Eine Woche lang sind sie mit der Eisenbahn unterwegs – über Brünn und Prag führt Vater Rudolf seine Familie, samt Großmutter Elisabeth und Tante Käthe, Richtung Süden, nach Österreich. Ins nordwestlich von Wien gelegene Waldviertel, wo er auf dem heute noch existierenden Truppenübungsplatz von Döllersheim stationiert ist und einen Freund in der Kompanie hat, der sie im nahe gelegenen Städtchen Zwettl unterbringen kann. Die Eltern des jungen Richard Neunteufel betreiben dort, mitten im Ort, einen Gasthof. In der Landstraße 51.

Ab Mai 1945 können die Härtlings in einem Raum der rund um den Innenhof gruppierten Wirtschaftsgebäude hausen. Genauer: in der alten »Körstube«, in der die Zuchtbücher für die Viehwirtschaft der Region verwaltet werden – überleben auf vier mal vier Metern im Quadrat. In den übrigen Räumen der Neunteufels sind ebenfalls Flüchtlinge untergebracht. Die Russen marschieren von Osten heran und können täglich in die Stadt einrücken. Zwettl ist zur Durchgangsstation für die Flucht Richtung Westen geworden. Niemand will den Russen in die Hände fallen. Erst recht nicht die Soldaten der längst geschlagenen Deutschen Wehrmacht. Auch dem jungen Peter gerät die Uniform des Jungvolks zunehmend zum Widerspruch. Nichts gilt mehr. Verwirrung greift Platz.

Das heutige Zwettl präsentiert sich als schmucker Ort mit verspieltem Hundertwasser-Brunnen, weiß und gülden leuchtender Dreifaltigkeitssäule und landesweit bekannter Brauerei. Gelegen in einem Talkessel, wo die Flüsse Zwettl und Kamp zusammenfließen, unweit des bekannten Stifts mit seinem triumphalen Barock. Ein altes Städtchen, dessen Rechte aus dem Jahre 1200 datieren und das im Laufe der Jahrhunderte zu einem wirtschaftlichen Zentrum der Region wurde. Reste der alten Stadtmauer stehen noch, auch ein paar ihrer Türme. Der ganze Ort stellt weitgehend unversehrt seine Geschichte aus, und es ist kein Wunder, daß sich diese Stadt einen Archivar leistet, der genauestens über die Historie Zwettls geforscht und manches Werk veröffentlicht hat: Friedel Moll.

Der eifrige Dokumentarist und Härtling-Leser hat selbstverständlich auch Dokumente und Fotografien aus jener Zeit zusammengetragen, in der der junge Peter mit seiner Familie in Zwettl Zuflucht nahm. Und er hält regen Kontakt zu jener Frau, die als einzig intime Zeitzeugin aus jenen Tagen gelten darf – Mimi, die Schwester des jungen Neunteufel, bald achtzig Jahre alt, pensionierte Finanzbeamtin. Eine Frau mit unglaublich jungem Gesicht, darin wache, leuchtende Augen und ein oftmals verschmitzter Mund. Sie hat genaueste Erinnerungen an die Zeit der Härtlings im Gasthof Neunteufel: »Ein schwieriger Junge war er, der Peter, spindeldürr und so nervös!«

Das zweistöckige Haus in der Landstraße existiert nach wie vor, dient einer Versicherung als Filiale. Auch die Wirtschaftsgebäude im Hof sind noch größtenteils erhalten. Nur die »Pawlatschen« fehlt, der balkonartige Umgang aus Holz im ersten Stock, auf der sich das Leben der Familie außerhalb der Körstube abspielte – sie wurde abgerissen. Gleiches gilt für die Scheune, auf deren Heuboden das Mädel Ditta den jungen Peter in puncto Liebe und Berührung unterrichtete. Die Tür, durch die der Zugang zum Garten der Neunteufels am tiefergelegenen Mühlbach möglich war, ist verrammelt. Über den einstmals sandigen Boden des Innenhofs ist Gras gewachsen. Dort lagerten die Russen samt Gerät und Fahrzeugen. Der Krieg war zu Ende. Und doch nicht.

Nach ihrem Einmarsch haben sich Rotarmisten im Gasthof einquartiert. Kurz zuvor hatten die Härtlings noch versucht, eine neue Unterkunft zu beziehen. Am Ufer der Zwettl. Im Haus des ehemaligen Gauleiters Jury, in dem heute unter anderem eine psychiatrische Praxis untegebracht ist. Die Russen finden bei einer Kontrolle die Leiche des Gauleiters auf dem Dachboden – Selbstmord – und requirieren das Haus für sich. Peter kehrt mit seiner Familie in die Körstube zurück. Er freundet sich allmählich mit den Russen an, später auch mit Pjotr, dem Offizier, dem »Sterngucker«, treibt sich herum, stiehlt, organisiert, während der Vater krank darniederliegt: »Womöglich hat er die Ruhr!«

Die schwere Krankheit hält den Vater nicht davon ab, Ende Mai ein letztes Mal seinen grauen Anzug anzulegen und sich auf Anweisung der sowjetischen Besatzungstruppen als ehemaliger Wehrmachtsangehöriger beim Gemeindeamt zu melden. So, wie ungefähr hundert andere Männer auch, unter ihnen der heute in Wien ansässige Friedrich Liebel. Der alte Herr kann sich zwar nicht an den blassen Rechtsanwalt erinnern, dennoch ist er einer der letzten Zeitzeugen für jenen 25. Mai 1945, den Tag, der Vater Härtling von seiner Familie trennte. Die Männer werden registriert, über Nacht im Lagerhaus der Zwetteler Mühle festgehalten, dann folgt ihr Abmarsch als Kriegsgefangene. Richtung Döllersheim, Edelbach, Kaufholz.
Erika Härtling versucht, Kontakt zu ihrem Mann zu halten, doch der bricht ab. Einige Briefe gehen hin und her, mehr nicht. Dann Stille. Der Vater stirbt im Juli 1945, und niemand weiß davon. Erst ein Jahr später, schon in Nürtingen, werden Frau und Kinder davon erfahren. Danach wird es umfängliche Recherchen des Sohnes, gerade auch die des Jahres 1971 für das »Zwettl«-Buch, brauchen, ehe die Umstände seines Todes annähernd rekonstruiert sind. Ein persönliches Grab hat Rudolf Härtling, geboren 1906 in

Glauchau/Sachsen, nie bekommen. Irgendwo in den mustergültig ausgerichteten Gräbern, irgendwo unter einem der strammstehenden schwarzen Kreuze des Soldatenfriedhofs von Allentsteig, versehen mit dem Vermerk »Unbekannt«, ruhen seine Gebeine. In Unfrieden.

Obwohl es im Zwettl des Juni 1945 wenigstens noch Briefkontakt gibt, erfährt Rudolf Härtling nicht, was seiner Frau geschehen ist. Auch nicht von seinem Sohn: »Kein Wort darüber zu Rudi!« Peter ist mit Tante Käthe nach Brünn gefahren, kehrt aufgekratzt zurück und findet die Mutter nicht mehr bei den Neunteufels, sondern im Krankenhaus. Sie wurde vergewaltigt. Von einem russischen Offizier. Das Lachen Erika Härtlings ist erloschen. Der Schmerz wird bleiben. Auch das Trauma der Schwester Lore, die das Grauenvolle miterleben mußte: »Er kam schon mit der Pistole in der Hand herein und hat sie auf mich gerichtet!«

Trotzdem geht alles weiter. Irgendwie. Überleben im Gasthof Neunteufel. Mutter und Tante müssen im Dienste der russischen Administration arbeiten. Lore und Peter gehen zur Schule, sie auf die Volksschule, er auf das Gymnasium, in die schwarzen Baracken unten am Fluß. Peter zieht nachmittags los mit Lebensmittelkarten, besorgt Eßbares, auch »süßen Schaum« aus der Bäckerei, spielt seine Nachkriegs-Spiele. Weihnachten 1945 kann er sogar auf der improvisierten Eisbahn an der Zwettl Schlittschuh laufen – dank eines Geschenks von Tante Käthe. Vom Vater indes gibt es immer noch keine Nachricht. Im neuen Jahr 1946, nach vielfachen Verlängerungen der Aufenthaltsgenehmigung, hat der Aufenthalt in Zwettl ein Ende: »Rückführung« der Härtlings nach Deutschland.

Sie fahren einmal mehr nach Wien. Zu der Polin Bronka, deren Schwester der Vater als Rechtsanwalt vor dem Konzentrationslager retten konnte. Bronka hilft ihnen, besorgt die nötigen Papiere. Für die Fahrt in eine neue Fremde.

Zwettl 2004

27. Januar 1945
Befreiung des Konzentrationslagers Auschwitz durch die Rote Armee. Insgesamt wurden dort von Anfang 1942 bis Ende 1944 schätzungsweise rund 1,5 Millionen Juden sowie viele tausend Sinti, Roma und Polen umgebracht. Die Befreiung weiterer Konzentrationslager folgt in den nächsten Tagen, Wochen und Monaten. Amerikaner und Russen sind an allen Fronten auf dem Vormarsch.

30. April 1945
Adolf Hitler erschießt sich im Bunker unter der Berliner Reichskanzlei.

In Prag saßen wir ein oder zwei Tage auf dem Bahnhof herum. Ab und zu tauchten SS-Offiziere auf, was sie genau taten, ob sie nach jemandem suchten oder Menschen observierten, weiß ich nicht mehr. Einer von denen, ein Belgier, hielt uns Kindern, die wir zum Teil noch unsere Uniformen trugen, große Vorträge über Waffen, die noch nicht geschmiedet seien, aber Deutschland bald zum Siege führen würden. Ich glaubte ihm, ging zu meinem Vater und erzählte ihm das. Ich weiß noch, damals saß man auf zusammengerollten Steppdecken, das war das übliche Mitnahmegut, und mein Vater stand auf und schrie: Das sind doch Mörder! Ich wollte schon aufbegehren, doch da packte er, ich hatte auch ein Winkelchen bekommen, war Hordenführer geworden, er packte mich, riß diesen Winkel von der Uniform und sagte: Jetzt ist es aus mit dem Soldatenspielen! Das war damals so, als risse mir jemand ein Stück Fleisch aus dem Arm. *(PH)*

Im Mai 1945 trifft die Familie Härtling aus Brünn über Prag kommend in Zwettl ein und nimmt in einem Nebengebäude des Gasthofs Neunteufel Quartier.

Gasthof Neunteufel

Ich erinnere mich noch genau. Eines Abends ist der Rudi mit meinem Bruder vom Truppenübungsplatz Döllersheim heimgekommen und hat mit uns darüber geredet, daß er seine Familie unbedingt nach Zwettl holen muß. Und irgendwann später, es war ein warmer Tag im Mai, steht er draußen, der Rudi Härtling, sagt, seine Familie sei da.

Die haben die erste Zeit auf Schreibtischen geschlafen. In der Körstube. Da sind einfach die Schreibtische zusammengerückt worden, und darauf haben sie geschlafen.
Später haben wir Stockbetten für die Kinder organisiert und Pritschen für Vater und Mutter. Die Großmutter hat ein Zimmer bei einer Partei nebenan gekriegt – die alte Frau war ja auch mit. Sie war ganz eine liebe, die Mutter von Rudi. Der Peter war damals sehr dürr und groß. Im Gesicht sah er seiner Mutter ähnlich. Sehr ähnlich. *(Mimi Neunteufel)*

Wahrscheinlich hatte ihn die Großmutter hineingerufen in die Wirtsstube, Mimi N. trug das Essen auf (vielleicht haben auch Mutter und Tante K. die Teller aus der Küche gebracht); es gab oft Waldviertler Knödel (zur Hälfte rohe Kartoffeln, zur Hälfte gekochte Kartoffeln und Mehl) mit einer undefinierbaren Soße, wir aßen sie gern, sie füllten den Magen, und als das schwarze Mehl überhandnahm, kaum mehr Kartoffeln im Teig waren, nannten wir die Knödel Bomben (...) Sie sind dabeigewesen, in der Küche, mit Ihrem Vater, sagt Mimi N., die Poldi spricht häufig von Ihnen, wie Sie durch die Küche gehuscht sind, gefragt haben, was es zu essen gäbe, immer ausgehungert ... *(PH–ZNeE)*

Mimi Neunteufel auf der Pawlatschen

Rudolf Härtling in Döllersheim

Wir endet Unterzeichneten, die wir im Namen des Deutschen Oberkommandos handeln, erklären die bedingungslose Kapitulation unserer Streitkräfte zu Lande, zu Wasser und in der Luft sowie aller übrigen Streitkräfte, die zur Zeit unter deutschem Befehl stehen, vor dem Oberkommando der Roten Armee und gleichzeitig vor dem Oberkommando der alliierten Expeditionsstreitkräfte.
Unterzeichnet: Keitel, Friedeburg, Stumpf

Wir Kinder sind immer in Zwettl herumgestreunt, haben zugeschaut, wie die Erwachsenen untergehen. Kurz vor dem Einmarsch der Russen beobachteten wir an der Straßenkreuzung bei der Dreifaltigkeitssäule, dort wo's runtergeht nach Groß-Gerungs, einen Leutnant, einen jungen Soldaten. Der hatte sein Motorrad an eine Hausecke gelehnt und leitete mit einer unglaublichen Gewalt und Wut die Marschordnung der Flüchtenden um. Die kamen in Achterreihen nebeneinander: Wehrmachtshelferinnen, Soldaten, die zum Teil keine Schuhe mehr hatten. Die alle leitete er um:
Da rüber, dort rüber! Am Abend riß die Kolonne ab, und man hörte jemanden rufen: Die Russen kommen! Plötzlich stand dieser staubige Mann allein auf der Kreuzung, und wir Kinder beteten, hofften, daß er es schafft wegzukommen. Und er schaffte es, schwang sich auf sein Motorrad und fuhr los. Wahrscheinlich hat man ihn irgendwo aufgehalten und wieder zu den Russen zurückgeschickt.

Zwettl: Rathaus und Dreifaltigkeitssäule

Als ich diese Szene beschrieb, in einem kleinen Text über »Zwettl 1945«, erhielt ich zahlreiche Briefe. Offenkundig von Leuten, die an ihm vorbeimarschiert waren, denen sich dieser Mann eingeprägt hatte: Der hat uns die andere Richtung gewiesen! Solch kleine Ikonen bewahrt man im Kopf. Die bleiben. *(PH)*

Russen in Zwettl

Der Mann, der meinem Vater empfahl, die Körstube bei den Neunteufels zu verlassen und in das unbewohnte Parterre eines Hauses im Tal der Zwettl zu ziehen, hat wohl angenommen, daß wir dort vor den Russen sicher sind – eine völlig falsche Vorstellung. Außerdem hat er nicht bedacht, daß im zweiten Stock des Hauses der Gauleiter Jury wohnte. Wir wußten nichts davon und zogen dort ein.

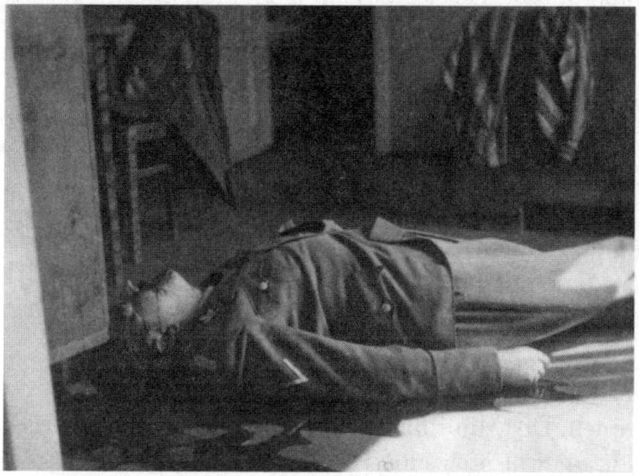

9. Mai 1945: Die Russen marschieren in Zwettl ein. Gauleiter Jury hat sich zuvor in seinem Haus erschossen.

Natürlich wollten die Russen in der Nacht das Haus des Gauleiters für sich erobern. Also marschierten sie bei uns ein, bei uns im Parterre. Mein Vater wurde von einem russischen Offizier, der recht gut Deutsch sprach, gebeten, ihn durchs Haus zu führen. Dieser Offizier drohte ihm auch: Wenn wir Waffen finden, werden Sie erschossen! Mein Vater ging mit ihm, die Frauen begannen zu weinen, alle waren ratlos, auch ich hatte Angst um ihn. Schließlich kam mein Vater wieder, und der Offizier sagte: Nein, es gibt keine Waffen im Haus, dafür aber eine Leiche! Im oberen Stockwerk lag, in seinem Arbeitszimmer, der Gauleiter Jury. Selbstmord.
Die Zwettler holten den Jury dann am nächsten Morgen mit einem Schubkarren ab. Sie warfen diesen kräftigen Menschen in seiner goldbraunen Uniform auf den Schubkarren und traten ihn mit Füßen. In diesem Moment dachte ich: Bei den Erwachsenen stimmt was nicht. Weil ich nicht begriff, warum wird der jetzt noch getreten? Ich hätt's begreifen müssen. Egal, jedenfalls zogen wir danach wieder leidenschaftlich gern in die kleine Körstube. *(PH)*

(...) Möge die Niederholung der Parteifahne, die aller Welt ein Ekel und Schrecken war, auch die innere Absage bedeuten an den Größenwahn, die Überheblichkeit über andere Völker, den provinziellen und weltfremden Dünkel, dessen krassester, unleidlichster Ausdruck der Nationalsozialismus war.

(Thomas Mann am 10. Mai 1945)

Und dann sind wir oben auf der Pawlatschen gestanden und haben die Kinder gesucht. Die Lore war sehr brav, die hat mit der Puppe gespielt, aber der Bub war ja ein Flieger – wir haben gerufen: Peter, Peter, Peter komm rauf! Der Peter kam nicht rauf. Er hat sich halt auch mit den Russen beschäftigt. Wir haben Russen im Haus gehabt, und er ist auf deren Autos herumstolziert. Aber gleichaltrige Freunde hat er nicht gehabt. Keine. Er war so eigenartig.
Also mir war die Lore lieber, das muß ich ehrlich sagen, die war so ruhig und so herzlich. Der Peter war sehr nervös. Zum Beispiel hatten wir ein Kino in Zwettl, irgendwann wurden dort wieder Filme gezeigt. Da haben wir am Abend gesagt: Wir gehen heute ins Kino. Und die Erika, seine Mutter, geht mit. Als der Peter gehört hat, daß sie mit ins Kino geht, hat er sofort vierzig Fieber bekommen. So ein nervöses, so ein sensibles Kind war er. *(Mimi Neunteufel)*

Jaja, ich hab immer mit den Russen gespielt. Die Mimi hat nicht mit den Russen spielen dürfen, das wäre sehr gefährlich gewesen. Sie war aber eine Person, deswegen habe ich sie so genau in Erinnerung, die immer hilfsbereit war. Wenn meine Mutter etwas brauchte, hat sie zu mir gesagt: Geh zu Mimi! Ich ging immer mit etwas Angst zu ihr. Mimis Bruder Richard verdrosch mich auch mal, als ich im Garten am Mühlbach Möhren klaute – das habe ich ihm nie vergessen. Er war einer, der seinen Besitz verteidigte. Das hat die Mimi nie getan, sie war großzügig. *(PH)*

Erika Härtling, Richard und Mimi Neunteufel

Am 25. Mai 1945 liefert sich der kranke Rudolf Härtling mit anderen ehemaligen Wehrmachtssoldaten auf Grund einer öffentlichen Anordnung in russische Kriegsgefangenschaft aus.

Früher ist immer noch ein Trommler durch die Stadt gegangen und hat Anordnungen der Gemeinde verkündet. Das war nach dem Kriegsende nicht anders. Eines Tages rief er aus: Alle deutschen Soldaten, die in Zwettl sind, müssen sich auf der Gemeinde melden! Der Rudi Härtling hat das gehört, ist runtergekommen in die Küche und hat zu meiner

Mutter gesagt: Ich gehe jetzt auf die Gemeinde und melde mich! Da hat meine Mutter gefleht: Gehen Sie nicht, Herr Doktor, Sie sind doch so krank! – er hat's nämlich schlimm mit dem Bauch gehabt. Doch der Rudi hat gesagt: Ich tue meine Pflicht und komme dann wieder! Er kam nie zurück. *(Mimi Neunteufel)*

Der Richard Neunteufel ist noch rechtzeitig geflohen, mein Vater nicht. Der konnte gar nicht anders, er befolgte die Anweisung der Russen. Ich habe dann immer geglaubt, er kommt wieder, bin vor dem Tor des Gasthofs gestanden, habe mich an den Pfeiler gelehnt und mir vorgestellt, mein Vater käme die Straße hoch. Dort habe ich oft gewartet. *(Lore Klemm, geb. Härtling)*

Es gibt im Stadtarchiv eine Liste, auf der auch Rudolf Härtling verzeichnet ist. Auf dieser Liste stehen die Namen von 160 Männern, die sicherlich nicht alle abtransportiert wurden.

Richard Neunteufel wurde zum Beispiel nicht abgeführt. Es gab den Befehl, alle aufgeführten ehemaligen Soldaten hätten sich zu melden, obwohl sie schon aus der Wehrmacht entlassen waren. Viele haben sich geweigert, andere aber waren einfach obrigkeitshörig, wollten keine Fehler mehr machen und haben sich gemeldet. Die mußten ins alte Lagerhaus, unten an der Zwettl. Dort standen die russischen Soldaten und trieben die Männer zusammen.

Ich habe vor kurzem mit einem alten Zwettler, Friedrich Liebel, gesprochen, der mußte wenige Monate vor Kriegsende einrücken, wurde aber nicht mehr an die Front geschickt. Der war glücklich, daß er wieder zu Hause war, doch dann kam dieser Befehl: Du mußt dich melden! Er hat erzählt, daß damals das Gerücht umging, alle, die sich nicht melden, bekämen keine Lebensmittelkarten – das aber wollte er seinen Kindern nicht antun, also meldete er sich. Und mußte als Kriegsgefangener und Arbeitssoldat mit bis nach Rußland, hat dort Furchtbares mitgemacht, aber überlebt. All das nur, weil er sich gemeldet hat. *(Friedel Moll)*

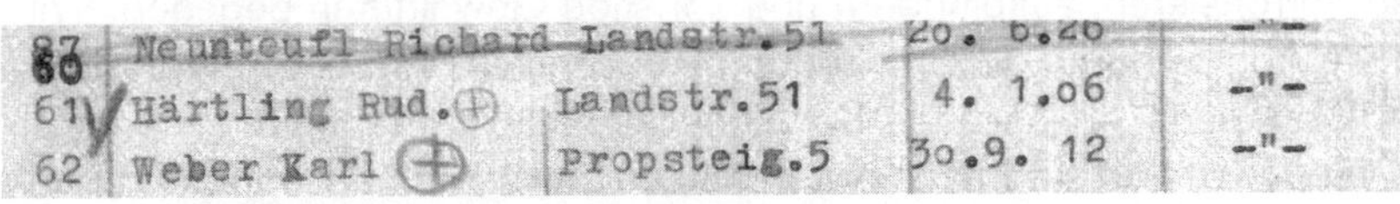

87 60	~~Neunteufl Richard~~	~~Landstr.51~~	20. 6.26	-"-
61	Härtling Rud. ⊕	Landstr.51	4. 1.o6	-"-
62	Weber Karl ⊕	Propsteig.5	3o.9. 12	-"-

Neben der Kampbrücke befand sich die Lagerhausmühle mit einem großen, von einer höheren Mauer umgebenen Hof, in den wir nun hineinmarschierten. Kaum waren wir durch das Einfahrtstor marschiert, wurde es hinter uns geschlossen, und plötzlich waren wir, etwa hundert Mann, von schwerbewaffneten Sowjetsoldaten umgeben.
Später wurden wir in das Mühlmagazin hineingepfercht, und danach war uns endgültig klar, daß wir uns nicht wegen der Lebensmittelkarten oder wegen eines Arbeitseinsatzes gemeldet hatten, sondern daß wir nun Kriegsgefangene waren.
Nachdem nun die ganze Zwettler Bevölkerung von unserer geplanten Einweisung in ein Gefangenenlager wußte, startete ein unvergeßlicher Abmarsch aus der Stadt. Vor allem viele Frauen und Kinder mit ihren Müttern waren bei der Lagerhausmühle versammelt, um ihre Männer und Väter noch einmal zu sehen.
Kaum waren wir aus dem Mühlenhof heraus, stürzten die verzweifelten Angehörigen auf die Kolonne zu, fielen den Gefangenen um den Hals, weinten und schrien. Doch in nur ganz knappem Abstand marschierten die bewaffneten Posten und rissen die Frauen von ihren Männern weg. *(Friedrich Liebel)*

Um auf raschestem Wege improvisierte Kochmöglichkeiten für die unvorhergesehen große Masse von Kriegsgefangenen, vor allem der österreichischen und deutschen Soldaten, die sich in der nächsten Umgebung von Zwettl in Lagern befinden, zu ermöglichen, hat der Stadtkommandant der Roten Armee verfügt, daß heute Mittwoch, den 30., in unserer Stadt die größtmögliche Menge von Großkochgeschirren, vor allem Waschkesseln, aufgebracht, bezw. abgeliefert werden muß.
Nach längeren Besprechungen konnte von mir durchgesetzt werden, daß vorläufig nur jedes 2. Haus den Waschkessel abliefern muß, um für die nächste Zeit die Möglichkeit des Waschens der Wäsche aufrechterhalten zu können. (...) Den gemeindlichen Organen der Sammelaktion ist unbedingt Folge zu leisten; ich rechne zuversichtlich mit dem einsichtsvollen Verständnis der Zwetteler Bevölkerung.
(Stadt Zwettl, Der Bürgermeister, Bekanntmachung vom 30. Mai 1945)

Die Gemeinde macht den Vorschlag, das große Sammellager für zivile Russen nach dem nahe gelegenen Truppenübungsplatz zu verlegen. Dort wäre Unterkunft in etwa 30 leerstehenden Dörfern und in großen Lagern (Edelbach, Kaufholz, Döllersheim) ... Von den hier zu sammelnden zivilen Russen verschwinden viele aus dem Lager in die nahe liegenden Wälder, bilden dort selbständige Banden, welche die anliegenden Dörfer und das Randgebiet der Stadt terrorisieren, ausplündern und sonstige Gewalttaten begehen. Wir bitten hier dringend um Abhilfe durch die Entsendung von Streifen. Von der Polizei wurden die aus dem Wehrdienst entlassenen Soldaten listenmäßig erfaßt, um sie angeblich zu vernehmen. Diese Soldaten sind nach der formellen Einvernahme weggeführt und

in das Lager Kaufholz oder Horn gebracht worden. Diese Männer fehlen hier zur Arbeit, und es wird daher gebeten, ihre Freigabe zu erwirken.
(Zwettler Nachrichten, 10. Juni 1945)

Lehrermangel, Brennstoffknappheit, Beschlagnahme der Schulgebäude für die Unterbringung von Flüchtlingen oder militärische Einquartierungen haben auch unserem Schulwesen tiefe Wunden geschlagen. Im Einvernehmen mit den Bürgermeistern ist nun der Unterricht an allen Schulen, wo dies möglich war, aufgenommen worden. Alle Lehrkräfte werden aufgefordert, sich sofort auf ihren dekretmäßigen Dienstort zu begeben und beim zuständigen Bürgermeister Weisungen über die Wiederaufnahme des Unterrichts einzuholen (...) Der Nazismus ist zermalmt, die Trümmer blieben. Und es blieb eine Jugend, fast sieben Jahre mit Ungeist genährt.
(Zwettler Nachrichten, 10. Mai 1945)

Das provisorische Gymnasium

August 1945

Atombombenabwurf der USA über Hiroshima und Nagasaki, 146.000 Menschen sterben.

um diese Herren zu ersetzen.

Quarantäne über die Stadt Zwettl.

Infolge mehrerer Typhusfälle wurde über die Stadt Zwettl vorläufig bis 1. November 1945 die Quarantäne verhängt.

Die Bevölkerung des Bezirkes wird aufmerksam gemacht, von den Besuchen der Stadt während der Quarantänezeit Abstand zu nehmen. Ebenso ist die Eisenbahnstation in Zwettl auf genannte Dauer für den Zivilverkehr gesperrt.

Nur für äußerst dringende Fälle werden beim Bürgermeisteramt Zwettl Bescheinigungen zum Verlassen der Stadt ausgefüllt.

(Waldviertler Bote, 20. Oktober 1945)

Am Abend ist eine Kontrolle gekommen – Russen! Sie suchten nach Gewehren und Munition, auch im Zimmer der Härtlings. Die sind durchs Haus gegangen und haben halt gesehen, da ist eine junge Frau. Ein Offizier hat dann gesagt, auf dem Dachboden brauchen wir dann ja gar nicht mehr zu suchen. Der hat die Frau Härtling gesehen, und das hat ihm genügt. In der Nacht ist er dann gleich noch einmal gekommen, hat sie mit vorgehaltener Waffe vergewaltigt. Und die Lore mit dabei.
Wir haben vis-à-vis einen Arzt gehabt, den Doktor Löbisch, bei dem ist sie gleich danach gewesen, fragen, ob sie eine Behandlung braucht, ob sie sich angesteckt hat. Aber es ist eh' gut gegangen, Gott sei Dank. *(Mimi Neunteufel)*

Der Offizier hat heftig an die Tür geklopft. Es gab da wohl ein Fenster neben der Tür, oder es war eine Glastür, auf alle Fälle hat man ihn draußen gesehen. Er hatte einen nackten Oberkörper, und ich glaube, er trug eine Mütze mit rotem Streifen.
Der Russe hat da draußen einen Mordslärm gemacht, und ich habe mich damals schon gefragt, warum ihm meine Mutter geöffnet hat – die Tür war verschlossen. Sie wollte wohl, daß der Lärm ein Ende nimmt. Jedenfalls kam er dann rein, schon mit der Pistole in der Hand, und richtete sie auf mich, um meine Mutter zu erpressen. Das habe ich noch vor Augen.
Dann aber habe ich mich zur Seite gedreht und die Decke über den Kopf gezogen. Ich hatte das Gefühl: Du kannst da nichts machen, laß die Erwachsenen! Unter der Decke habe ich mir wohl auch die Ohren zugehalten, zumindest habe ich keine akustische Erinnerung. Nur Bilder von dieser Gestalt und der Pistole, Bilder von einer Gestalt, die schon vor der Tür sichtbar war, und die Frage, warum nur ist meine Mutter aufgestanden und hat den Mann hereingelassen?
Als ich unter der Decke hervorkam, hat sie geweint. Am nächsten Morgen ging sie dann zum Arzt, und ich kam für ein paar Tage zu Bekannten, die neben der Zwettler Molkerei lebten.
Ich mußte von dort aber noch einmal zu den Neunteufels zurück, um meine Sachen zu holen. Auf dem ganzen Weg hatte ich Angst, meine Mutter würde den Mann anzeigen, und er könnte dann noch einmal auftauchen. Ich spürte wahnsinnige Panik und habe mich laufend umgeschaut. Damals hatte ich richtige Angst. *(Lore Klemm, geb. Härtling)*

Wir kamen nach einer abenteuerlichen Reise von Brünn zurück und hörten, daß die Großmama Typhus hatte. Von Doktor Löbisch erfuhren wir dann, daß meine Mutter nach einer Vergewaltigung im Spital lag. Ich bin sofort runter in das Spital hinter der Kirche und dort durch einen Vorraum gegangen, der als Kühlraum für Leichen diente. Jedenfalls glaube ich mich zu erinnern, daß dort viele Menschen ruhten. Dann bin ich zu meiner Mutter hoch.

Meine Mutter war für mich die Inkarnation des Lebens, eine unglaublich lebensfrohe Person. Ich habe durch sie, durch ihre Leidenschaft für Bücher, das Lesen gelernt. Ich habe sie bewundert und gemocht. Aber sie war, nachdem Tante Käthe und ich aus Brünn zurückgekommen waren, verändert. Die Vergewaltigung kam zu all dem alltäglichen Leid und Elend hinzu. Sie war nicht mehr imstande, ihre Lebenslust zu leben, und wurde eine sehr melancholische Person. *(PH)*

Krankenhaus Zwettl

(Suchanzeige, Waldviertler Bote, 8. Dezember 1945)

Reiseziel Hannover, Festungspark.

Suche Kameraden oder Krankenschwestern die mit meinem Manne Rud. HÄRTLING, geb. 4. 1. 1906, ab 15. 7. 1945 in russisch. Gefangenschaft in Edelbach, Bez. Allenteig zusammen waren und über dessen Schicksal etwas wissen. Zuschriften erbittet Erika Härtling, Zwettl., N.-Ö., Landstraße 51.

Achtung! Heimkehrer, wer kann mir Auskunft geben über meinen Mann Baupionier

Das Verschwinden meines Vaters bleibt für mich eines der Rätsel der Bürokratie. Das Verrückte war, daß im Abstand von wenigen Kilometern ein Mensch neben seiner Familie starb, ohne daß diese Familie es wahrnehmen konnte. *(PH)*

Durch den Truppenübungsplatz ging der Marsch der Kriegsgefangenen zunächst in das Lager Edelbach und nach kurzer Zeit ins Lager Kaufholz. Dieses Barackenlager war bis Kriegsende mit russischen Kriegsgefangenen belegt gewesen und in einem ganz verheerenden Zustand: fast keine Möbel, Schlafplatz am Fußboden. Ich hatte Glück und ergatterte meinen Stammplatz unter dem einzigen Tisch in der Stube. Da aber die Verpflegung zum Leben zuwenig und zum Sterben zuviel war, hatte ich beim Hervorkriechen und Aufstehen von meinem Tischplatz bald arge Schwierigkeiten. Oft, wenn ich mich erheben wollte, wurde mir schwarz vor den Augen, und ich fiel wieder hin. *(Friedrich Liebel)*

30. Oktober 1945

Die ersten Vertriebenen erreichen bei Frankfurt/Main den Westen Deutschlands. Insgesamt 12 Mio. Menschen aus Polen, CSSR, Ungarn sind auf der Flucht. Zwei Millionen von ihnen sterben.

Der Sergeant brüllte in die Toreinfahrt hinein, dawai, dawai, Eis, Eis, und er rannte, aufgeregt (...) Er schnallte die Schlittschuhe an die viel zu großen Schuhe, die Tante K. aus den

Restbeständen des Zwettler Winterhilfswerks organisiert hatte, schwarze hohe Schuhe, deren Spitzen sich, wie bei Clownslatschen, nach oben stülpten, der Sergeant zog die Kinder in einer Kette hinter sich her, er fuhr wunderbar, sang lauthals, schüttelte lachend den Kopf, sie fuhren Achter, und bisweilen versetzte sie der Soldat in größte Seligkeit, wenn er auf der Stelle stehenblieb, sich zu drehen begann, die Kinderkette an der rechten Hand, immer schneller kreiselte, und die Kette allmählich riß, die Kinder über's Eis schleuderten, kreischten, noch mal, Soldat, und er von vorn begann, geduldig, selbst eingesponnen ins Spiel, ein großer, kindlicher Mensch mit einem runden Kopf, auf den die Pelzmütze nicht paßte. *(PH–ZNeE)*

Januar 1946

Der Alliierte Kontrollrat in Deutschland verfügt die Entfernung aller ehemaligen NSDAP-Mitglieder aus »Ämtern und verantwortlichen Stellungen«.

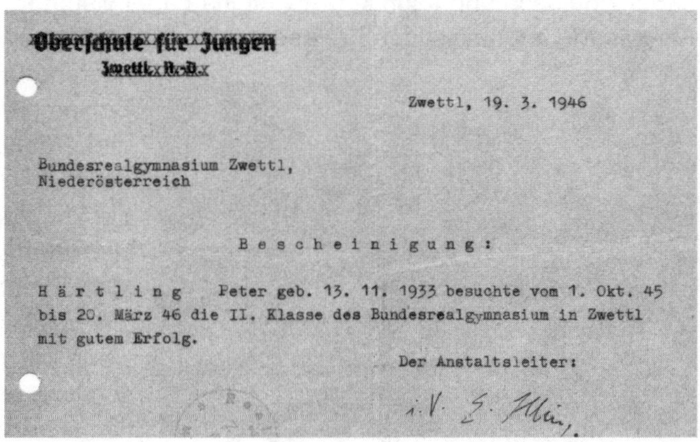

~~Oberschule für Jungen~~
~~Zwettl, N.-D.~~

Zwettl, 19. 3. 1946

Bundesrealgymnasium Zwettl,
Niederösterreich

B e s c h e i n i g u n g :

H ä r t l i n g Peter geb. 13. 11. 1933 besuchte vom 1. Okt. 45 bis 20. März 46 die II. Klasse des Bundesrealgymnasium in Zwettl mit gutem Erfolg.

Der Anstaltsleiter:

i.V. [Unterschrift]

Die Erika hat gesagt, wenn irgendeine Post kommt, sollen wir die an eine bestimmte Wiener Adresse schicken. Und eines Tages, da waren die Härtlings schon längst fort, kam wirklich ein Brief. Ich öffnete ihn und fand ein Schreiben des Pfarrers von Edelbach darin. Der schrieb, daß der Doktor Rudolf Härtling dort und dort, Grab Nummer soundso, begraben wäre. Außerdem hatte er Rudis Brille beigelegt, ein wenig Geld und noch irgendwas. Und das haben wir dann an die Adresse nach Wien weitergeschickt. Und haben lange Zeit nie wieder etwas gehört von den Härtlings. *(Mimi Neunteufel)*

Brotausgabe in Wien

Am Donaukanal

Von Zwettl nach Wien fuhren wir entweder mit dem Zug oder mit dem Lastwagen, jedenfalls war alles sehr gut vorbereitet. Ich weiß noch, daß Bronka uns abholte und wir mit der Straßenbahn in den Bezirk fuhren, in dem sie lebte. Ich habe eine ganze Zeitlang gedacht, es sei der neunte Bezirk gewesen, es kann aber auch der einundzwanzigste gewesen sein.

Bronka war eine absolut verrückte, eine wunderbare Person, ich transportiere sie durch alle meine Bücher. Ihren Nachnamen erinnere ich nicht mehr, aber ich weiß, daß nicht wenige sie kannten. Wahrscheinlich haben Tante Käthe oder Tante Lotte sie irgendwo in Wien gefunden. Bronka war eine Jüdin, die Auschwitz überlebt hatte, eine ganz kleine, derbe und fröhliche Frau, die uns in ihrer großen Wohnung unterbrachte. Plötzlich spüre ich das Bett wieder, die Erfahrung des Kindes, das völlig verwahrlost ist, aber trotzdem in Betten schlupft, das endlich geschützt ist und schlafen darf. Diese weißen weichen Betten der Bronka waren für mich Fluchtburgen. Und sie konnte kochen: Sie hat einen Bohnensalat mit Knofel gemacht, der war so hinreißend, daß ich ihn einfach nur in mich hineinstopfen, mich damit mästen wollte. *(PH)*

In Wien lernte ich auch brav schwarzhandeln, um Zigaretten oder Nylons für die Frauen zu bekommen. Wir haben zum Beispiel Kartoffeln ausgegraben und verkauft. Das war alles ein wenig heikel. *(PH)*

Schwarzmarkt in Wien, 1946

Ich nehme an, Bronka hat unsere Reise vorbereitet, die Papiere bei den Franzosen besorgt und vor allem den Transport unseres Gepäcks zur Abfahrtsstelle geplant, einem Industriegleis an der Donau. Ein Fiaker brachte uns hin. Großmama hielt es für unmöglich, daß wir in Güterwagen reisen sollten. Bronka lachte: Was soll es euch besser gehen als uns Juden, und half uns, in einem der Waggons einen Familienclaim abzustecken. *(PH–LL)*

Schwierige Heimat

Nürtingen (1)

Die Flucht hat ein Ende.
Das Grauen bleibt.

Fünf Wochen überleben die Härtlings mit anderen Flüchtlingen in Güterwaggons, auf Stroh und Decken, werden von Wien über Passau nach Wasseralfingen transportiert. Dann Nürtingen, amerikanische Besatzungszone, Abstellgleis. Frühjahr 1946.

Seit einigen Wochen treffen Transporte mit »Ostflüchtlingen« auf dem Bahnhof der weitgehend unbeschädigten Kleinstadt ein. Dort müssen die Heimatlosen, versorgt vom Roten Kreuz, warten, bis sie einquartiert werden – in schlecht ausgestattete Massenlager oder in beschlagnahmte Zimmer der einheimischen Bevölkerung, die den frisch desinfizierten Fremden nicht über den Weg traut und die »Ostzigeuner« oft mit kaltem Mißtrauen auf Distanz hält. Indes müht sich der Nürtinger »Flüchtlingsausschuß« mit Aufrufen um die Sammlung von Kleidungsstücken, Bettstellen, Matratzen, Tellern und Bestecken: »Bei der großen Not, welche bei den Flüchtlingen herrscht, richten wir an die hiesige Einwohnerschaft die ebenso höfliche wie dringendste Bitte, durch reiche Gaben mitzuhelfen, die Not zu lindern, und den Flüchtlingen zu zeigen, daß wir ihre Not empfinden und ihnen helfen wollen.«

Großmutter Elisabeth und Tante Käthe werden Mitte Mai in dem schmalbrüstigen Haus Marktstraße 15, ganz in Rathausnähe, über der Wohnung der Familie des Flaschnermeisters Wilhelm Schweizer einquartiert. Peter, Lore und Mutter Erika wird derweil eine erste Unterkunft auf einem Bauernhof im Ortsteil Raidwangen zugewiesen. Dort draußen aber will die Mutter nicht bleiben. Sie müht sich intensiv und erfolgreich um ein Quartier in der Stadt, in dem »Kaff«, wie sie das konserviert anmutende Nürtingen anfangs voller Verachtung schimpft.

Das »Kaff« indes hat Stadtrecht seit dem 14. Jahrhundert und präsentiert sich heute historisch wertvoll. Nürtingens alte Oberstadt steigt mit ihren Winkeln und Gassen anmutig über dem Neckar auf, stellt immer wieder überraschende Blicke auf den Albtrauf aus und schickt Besucher gern, auch qua Theaterspaziergang, auf die Spuren von bekannten Söhnen, Stiefsöhnen, Pflegesöhnen:

In Nürtingen besuchte Friedrich Hölderlin die nach wie vor existierende Lateinschule, hier verlor er den Stiefvater Gock, hier schrieb der junge »Fritz« seine ersten Gedichte. Eduard Mörike, zeit seines Lebens ein Getriebener, streifte die Stadt der Mutter immer wieder, nahm hier atemlos Quartier, nicht allzulang. Und Harald Schmidt, Populärer der

Jetztzeit, Kabarettist und TV-Entertainer, riß in Nürtingen bereits als Schüler erste Possen.
Selbstverständlich reiht die Kulturreferentin der Stadt in eben diese Aufzählung bekannter Namen auch den des Ehrenbürgers Peter Härtling ein, weiß aber genau um die schwierige Heimat, die ihm Nürtingen sehr lange Zeit war – seit der Ankunft des zwölfjährigen Flüchtlings und seiner Restfamilie.

Mutter Erika findet für sich und die Kinder im Juli 1946 Unterkunft in der Neuffener Straße. Trotz schlimmer Raumnot können sie eine veritable Wohnung mit zwei Stuben und einer Küche beziehen – in einem heute gräulich verputzten zweistöckigen Haus mit Garten und schmiedeisernem Tor. Hier erreicht Erika Härtling im Spätsommer die Nachricht des Roten Kreuzes vom Tode ihres Mannes. Jetzt erst erfährt die Familie, daß der Vater bereits vor einem Jahr im Kriegsgefangenenlager verstorben ist. Jede Hoffnung hat ein Ende. Auch die Kraft.

Die Mutter nimmt sich das Leben. Achtundzwanzig Schlaftabletten. Erika Härtling stirbt drei Tage lang, vor den Augen ihrer Kinder. Das Morgengrauen des ersten Oktober erlebt sie nicht mehr. Es ist unter anderem ein Pfarrer, der die verwaisten Kinder zu trösten sucht, Martin Lörcher. Er wird dem jungen Peter ein väterlicher Freund bleiben. Großmutter Elisabeth und Tante Käthe ziehen sofort bei den Kindern ein. Die Mutter setzt man in der Ruhe des alten Nürtinger Friedhofs bei, inzwischen ein verkehrsbelärmtes Areal in der Nähe der Psychiatrie. Monate später, im Juli 1947, kommt Tante Lotte aus Brünn nach Nürtingen. Und bleibt. Ebenfalls im Haus Neuffener Straße 75.

Inzwischen geht Peter wieder zur Schule. Das noch zu Kaisers Zeiten errichtete Gebäude mit den auffallenden Dachgauben liegt in Fußweite. In der Oberschule für Jungen am Steinenberg wurden noch bis April 1945 Aufsätze zu Themen wie »Mit welcher Waffe ich dienen will« oder »Wie wir abends abdunkeln« geschrieben, im Biologieunterricht waren die Rassenkunde und damit die Lehre vom Primat der Herrenrasse des »nordischen Menschen mit seinem freien, offenen Blick« obligatorisch.
Die meisten Lehrer betrachten seit Kriegsende die Vergangenheit als erledigt, leugnen Scham und Schuld. Viele von ihnen bleiben die prügelnden Zuchtmeister, die sie waren, tragen lediglich neue Masken und nach ihren Entnazifizierungsverfahren entlastende »Persilscheine« in den Taschen. Der junge Peter spürt ihren Verrat, erstickt fast an den Lügen der Erwachsenen, die ihre massenhafte Amnesie mit der »Stunde Null« begründen. Der ehemalige »Pimpf« sucht Zeugen für den ihm so brutal eingepflanzten Traum vom Nazireich, für das Elend der eigenen Verführung. Er sucht nach neuem Sinn, findet Weggefährten, Zeugnisse in Büchern, wird leidenschaftlicher Leser und findet Menschen, die eine verbitterte, totentraurige Waise ernst nehmen können.

Hildegard Ruoff zum Beispiel, die Frau des von den Nazis verfolgten, verbotenen Malers und Bildhauers Fritz Ruoff. Früher wohnhaft in der Jägerstraße, residiert sie heute unterhalb des Säers, in der Schellingstraße, zusammen mit dem ausgestellten Nachlaß ihres Mannes, der Summe seiner Werke. Hildegard Ruoff ist eine hellwache, inzwischen weit über achtzigjährige Frau, eine Fotografin mit neugierigen Augen. Sie erinnert sich noch sehr genau, wie der junge Peter einst zu ihr kam, in jene Bibliothek, die sie nach Kriegsende für Lesehungrige aufgebaut hatte: »Ein scheuer Junge!« Einer, der enge Freundschaft mit ihrem Mann schließen wird. Und durch ihn folgenreich der Bildenden Kunst begegnet.

Auch in der Oberschule schließt der Flüchtlingsjunge Freundschaften. Nicht zuletzt mit dem Arztsohn Gerhart Maier und dessen Schwester Mechthild, seiner späteren Frau. Beide nehmen ihn mit in ihr Elternhaus, in das lebendige Tosen einer Familie, die allen möglichen Flüchtlingen Unterkunft gewährt, sie betreut und die raren, oftmals rationierten Lebensmittel mit ihnen teilt. Mechthilds ältere Schwester, inzwischen pensionierte Ärztin, ist heute noch lächelnd stolz auf das offene Haus ihrer Eltern. Ingeborg Ningel besuchte die gleiche Schule wie Peter. Christian Phleps, der grauhaarige Zahnarzt, selbst ein Flüchtlingskind aus Siebenbürgen, ging mit ihm in dieselbe Klasse. Er hat seinen Mitschüler Peter als einen Jungen im Gedächtnis, »der eigentlich immer ein Stück reifer war als die anderen«. Er hat ihn nicht allzuoft lachen sehen.

Im Deutschunterricht begegnet der junge Härtling den Werken Rilkes, auch denen Hölderlins, vermittelt durch einen jener zutiefst menschlichen Lehrer, die es neben all den unbelehrbaren Zuchtmeistern auch gab und immer noch gibt: Erich Rall. Einer jener Erwachsenen, die dem Jungen in Nürtingen Halt geben, ihm neue Worte, Bilder einpflanzen, wie eben auch Martin Lörcher, Fritz Ruoff und dessen Frau Hildegard.

Peter stürzt sich weiterhin hungrig auf Literatur, Kunst und Musik. Er liest Trakl, Hermann-Neiße, Thomas Mann, auch Borchert, immer wieder auch den soeben im Nachkrieg verstorbenen Borchert. Er referiert in der Schule über ihn, schreibt bereits selbst erste Gedichte, besucht schon länger Konzerte und Liederabende in der alten Nürtinger Stadthalle, auch in der ehemaligen Aufbauschule. Dort wird dem Fünfzehnjährigen Schuberts erstes Lied der »Winterreise« zum zentralen Thema seines Lebens, zum Begriff für seine verratene Kindheit, für den Schmerz seiner Verluste und die eigene Fremde: »Fremd bin ich eingezogen ...« Fremd zieht Peter Härtling aus der Schule aus. Drangsaliert von einem Lehrer namens Pönitz, einem der vielen Gestrigen, der zynisch Peters Dichter besudelt, der ihm droht und ihn provoziert, die Schule noch vor dem Abitur »freiwillig« zu verlassen. Peters Entscheidung fällt innerhalb von Minuten. Dann verläßt der Junge das Klassenzimmer, das Schulgebäude. Für immer.

Der Siebzehnjährige interessiert sich ohnehin nur für Lesen und Schreiben. Seine Gedichte liegen inzwischen beim Esslinger Bechtle-Verlag. Lektor Kurt Leonhard hat ihm nach der Lektüre Mut gemacht, schickt ihm bald darauf die Korrekturfahnen. Mit den Fahnen im Gepäck reist er auf Vermittlung Fritz Ruoffs zur Bernsteinschule – ein avantgardistisches Künstlerinternat in der Nähe von Sulz am Neckar, das 1946 im ehemaligen Kloster der Waldbrüder und Franziskaner-Terziaren als Akademie-Ersatz gegründet und zunächst von den Malern Paul Kälberer und Hans-Ludwig Pfeiffer geleitet wurde. Ab 1951/52 übernimmt, bei abnehmender Schülerzahl, HAP Grieshaber die Leitungsfunktion. Gut ein Jahr bevor Grieshaber den Vorsitz des Vereins »Freunde der Bernsteinschule« aufgibt, trifft der stolze Jungpoet Härtling auf dem Bernstein ein und unter anderem auf Ludwig Greve, den späteren Archivar und Bibliothekar am Deutschen Literaturarchiv. Er begegnet auch Max und Margot Fürst, zwei Verfolgten des Nazi-Regimes, die längst aus der Zuflucht Israel zurückgekehrt sind und sich intensiv für das Projekt Bernsteinschule engagieren. Härling bleibt eine Woche. Läßt sich beeindrucken. Dann muß er gehen. Zurück nach Nürtingen.

Dort beginnt er, Artikel für Zeitungen zu schreiben. Zunächst für die »Nürtinger Zeitung«, die damals noch zentrumsnah in den alten Gebäuden an der Steinengrabenstraße residierte und heute längst modern geschachtelt in einem nüchternen Gewerbegebiet liegt, aber nach wie vor ein Ort ist, an dem selbst Redakteure der jüngeren Generation, wie Andreas Warausch und Volker Haussmann, »ihren« Härtling kennen. Auf Vermittlung Kurt Leonhards arbeitet er außerdem als freier Mitarbeit für das Feuilleton der »Esslinger Zeitung«.
Härtling schreibt also, dichtet, liest, raucht längst, treibt durch die Tage, immer wieder gehalten von der Liebe zu Mechthild Maier und seinen Freunden, wartet, sucht, hat nach wie vor schwankenden Boden unter den Füßen. Noch.

Die Ministerpräsidenten von Bayern, Württemberg-Baden und Groß-Hessen unterzeichnen das »Gesetz zur Befreiung von Nationalsozialismus und Militarismus«. Ab sofort sind damit deutsche Behörden für die Entnazifizierung zuständig. Jeder Deutsche über 18 Jahren hat einen Meldebogen auszufüllen und darin Angaben zu seiner Vergangenheit zu machen. Entsprechend diesen Angaben werden die Betroffenen in die Kategorien »Hauptschuldige«, »Schuldige«, »Belastete«, »Minderbelastete«, »Mitläufer« und »Entlastete« eingeteilt.

»Wir wollen Brot! Wir hungern!« In den nordrhein-westfälischen Städten der Britischen Besatzungszone kommt es zu Protestkundgebungen. Hunderttausende Arbeiter demonstrieren gegen die Unterversorgung mit Nahrungsmitteln und fordern Lieferungen aus dem Süden Deutschlands.

Nürtingen am Neckar

»Der Flüchtlingszug wurde Samstag nachmittag 18.31 Uhr angemeldet und traf mit einer Stunde Verspätung ein. Die Einweisung in die Quartiere dauerte beinahe bis 22.00 Uhr. Durch eine stürmische Nacht vom 22./23. März war nur eine einzige Beleuchtung an der Güterstelle, so daß die Entleerung der Wagen Schwierigkeiten bereitete. Außerdem wurden von der Quartierkommission zuerst die Einzelpersonen, alsdann Ehepaare und zuletzt kinderreiche Familien untergebracht. In Zukunft muß das umgekehrt geschehen. Durch die vorgeschrittene Zeit sind die Kinder zum Teil in den Wagen wieder eingeschlafen und konnten nicht verpflegt und ebensowenig in ihre Quartiere gebracht werden, da die Kinder nicht mehr aus dem Schlaf geweckt werden konnten. (...) Die Unterbringung zur Verpflegung der Flüchtlinge war günstig, und die Abwicklung der Verpflegung bei Herrn Fritz Lorch z. Löwen vollzog sich in tadelloser Ordnung.«

Ankunft von Flüchtlingen

(Amtlicher Bericht über die Ankunft der ersten 349 Ostflüchtlinge in Nürtingen am Samstag, den 23. März 1946)

Die Härtlings – Peter, Lore, Mutter Erika, Tante Käthe, Großmutter Elisabeth – kommen im April 1946 mit einem Flüchtlingstransport auf dem Bahnhof der Stadt Nürtingen an.

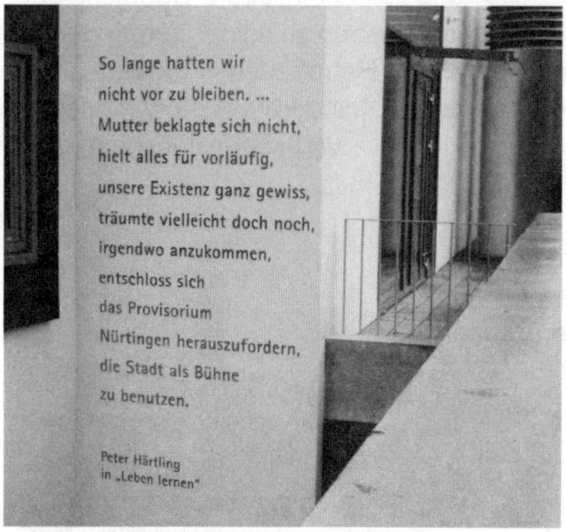

Nürtingen, Stadthalle 2006

Unser Transport war drei oder gar fünf Wochen unterwegs. Wir standen unaufhörlich auf Gleisen herum, auf kaputten Bahnhöfen. Ich werde das alles nie vergessen. Nach diversen Irrfahrten kamen wir in Wasseralfingen an, dort wies man uns in ein Lager ein. Ein Lager, in dem etwa 50, 60, 70 Menschen in einer Baracke wohnten. Nach einigen Wochen wurden wir mit einem kleinen Transport, wieder in Viehwaggons, nach Nürtingen gebracht, standen dort drei oder vier Tage auf dem Abstellgleis, finster, argwöhnisch und ängstlich beobachtet von den Einheimischen, wie eine Truppe fahrender Zigeuner. Nürtingen war unbehelligt geblieben vom Krieg, nur wenige Bomben waren dort gefallen. Selbst die Gemüter der Nürtinger hatte der Krieg kaum erreicht. Es gab dort so unbeschadet Nazis wie Gleichgültige. Aber sie hatten alle Furcht vor den Neuankömmlingen. *(PH)*

In Wasseralfingen waren wir auch öfters außerhalb des Lagers unterwegs, haben die Ortschaft erkundet, einmal auch einen dieser verlockenden schwäbischen Gärten.
Wir sind einfach über den Stacheldrahtzaun gestiegen – Peter, ich und noch ein Flüchtlingsjunge.
Als wir uns in dem Garten umschauen, sehen wir plötzlich eine Leiter, über die jemand seine Jacke gehängt hat, und da kommt auch schon ein Mann gerannt. Er hatte uns beobachtet. Der Peter nahm sofort die Beine in die Hand, rannte los, hin zum Zaun, wand sich geschickt zwischen dem Stacheldraht durch und rutschte den Hang hinter dem Zaun

hinunter, der andere Junge machte das gleiche. Auch ich lief weg, blieb aber vor dem Zaun stehen, weil ich die letzte Kleidung, die ich noch hatte, nicht zerreißen wollte. Der Mann kam, packte mich und setzte mir sein Messer ans Genick. Er wollte dem Flüchtlingskind Angst machen, mich bestrafen. Dann hat er mich gehen lassen.
(Lore Klemm, geb. Härtling)

Marktstraße 15

Künstlerische Seelen haben oft das Problem, sich eher als andere fremd zu fühlen. Ich würde das jetzt, als junger Mensch, nicht unbedingt nur an Nürtingen festmachen, dieses Fremdsein – nach dem Krieg war das natürlich ein wesentliches Gefühl der Flüchtlinge. Auch meine Eltern sind Vertriebene, und die kennen diesen Satz genau: »Hättest du was gehabt, wärst du nicht hergekommen« .... Das hat man damals hier von den Schwaben oft gehört. Diese Haltung hat sicherlich auch Peter Härtling sehr weh getan. Und genau das drückt er immer wieder aus. Dieses Fremdsein. Ganz klar. *(Andreas Warausch, Nürtinger Zeitung)*

Ich bin alter Nürtinger und auf die gleiche Schule gegangen wie Peter Härtling. Ich habe sogar noch einige der Lehrer gekannt, mit denen Härtling Ärger hatte. Es gab dieses gespannte Verhältnis zu den Flüchtlingen in der Stadt tatsächlich. Mit ebendieser distanzierten Haltung gegenüber Flüchtlingen bin ich großgeworden, also immer das etwas Spitzige, das Angespannte, das Spöttische, das Herablassende. Zu dieser Haltung bin ich als Kind erzogen worden und habe dann eigentlich erst später umgedacht.
(Volker Haussmann, Nürtinger Zeitung)

Amtsblatt für den Landkreis Nürtingen, 11. Mai 1946

Meldepflicht der Ostflüchtlinge

Alle meldepflichtigen Ostflüchtlinge (männliche Personen im Alter von 14—65 Jahren und weibliche Personen im Alter von 15—50 Jahren) des **Altkreises Nürtingen**, sofern sie noch nicht erfaßt und eingesetzt sind, haben sich bei ihrer zuständigen Arbeitsamtsnebenstelle in Nürtingen zu melden. Bei den Bürgermeisterämtern, ausgenommen Nürtingen, können die Ostflüchtlinge den beruflichen Erfassungsbogen abholen und ausgefüllt bei der Meldung auf der Arbeitsamtsnebenstelle abgeben. Dort werden die Ostflüchtlinge karteimäßig erfaßt und erhalten ihre Meldekarte, die zum Bezug der Lebensmittelkarten berechtigt, ausgehändigt. Die in Nürtingen untergebrachten Ostflüchtlinge erhalten die beruflichen Erfassungsbogen bei der Meldung auf der Arbeitsamtsnebenstelle.

Arbeitsamt Eßlingen, Nebenst. Nürtingen.

Uns einheimischen Kindern ging es nicht schlecht in Nürtingen. Wenn ich mir vorstelle, daß wir in eine völlig fremde Stadt hätten fliehen müssen, das wäre für uns eine gewaltige Umstellung gewesen. Ohne Hab und Gut in der Fremde. Das ist entsetzlich ...
(Ingeborg Ningel, geb. Maier, Nürtingen)

Peter Härtling besucht die dritte Klasse der Oberschule für Jungen. Im April 1946 wird er, aufgrund von Leistungsmängeln, in die Klasse 2c zurückgestuft. Dort begegnet er u. a. Mechthild und Gerhart Maier.

Natürlich waren einige unserer Lehrer durch und durch braun und taten sich schwer im Unterricht. Ich erinnere zum Beispiel unseren Geschichtslehrer, einen im Grunde umgänglichen Mann, der uns mal fragte, welche Themen wir behandeln wollten. Ich schlug ihm vor, über den Nationalsozialismus zu reden, weil die deutsche Geschichte damals regelmäßig mit Wilhelm dem Zwoten aufhörte. Der Lehrer hat sich ein ganzes Schuljahr um dieses Thema gedrückt, es kam nie zur Sprache.
Die Zeit des Nationalsozialismus, mit deren Bewältigung unsere Eltern noch kämpften, wurde einfach nicht vermittelt. Man hat uns politisch nicht orientiert. So wurde es schwer, nach der Erziehung durch die Nazizeit, einen neuen, eigenen Weg zu finden.
(Christian Phleps, Nürtingen)

Im Juli 1946 wird Nürtingen aufgrund seiner hohen Zahl von Flüchtlingen in das Programm der »Cooperative for American Remittance to Europe« (CARE) einbezogen. Wochen später wird eine CARE-Paket-Ausgabestelle im Evangelischen Pfarramt der Stadt eröffnet.

Frau

Erika H ä r t l i n g 19.7.1946

N ü r t i n g e n

Neuffenerstr.75

109

2 neue Stühle 8.-- 16.--

Schließlich bekamen wir eine kleine Wohnung in der Neuffener Straße, da zogen wir ein, wiederum mißtrauisch beobachtet von dem Hausbesitzer und seiner Tochter. Für uns war es dennoch ein großes Glück: Es gab eine eigene kleine Küche, und es gab ein Klo, das wir benutzen konnten, ohne daß wir die Wohnung der Vermieter betreten mußten. *(PH)*

Juli 1946

Die ersten Heimkehrer aus sowjetischer Kriegsgefangenschaft treffen in der Nähe von Frankfurt/Oder ein. Insgesamt befinden sich noch ca. 3 Millionen ehemalige Wehrmachtsangehörige in sowjetischen Lagern.

»Die Unterbringung von Ostflüchtlingen in der Kreisstadt Nürtingen macht immer größere Schwierigkeiten. Fast sämtliche Wohnräume sind vollständig ausgeschöpft und mit Ostflüchtlingen belegt. Insgesamt sind bis zum 30. 7. 1946 hier 3.250 Ostflüchtlinge untergebracht. Die Beschaffenheit mancher Räume läßt viel zu wünschen übrig, da es einfach nicht möglich ist, alle Flüchtlinge in einwandfreie, ausgestattete Zimmer unterzubringen. In sehr vielen Fällen fehlen die Öfen sowie Kochgelegenheit. Die Bedürftigkeit an Kleidern und besonders Schuhen ist sehr groß, und man ist nicht in der Lage, selbst dringende Fälle zu befriedigen. Oft kann eine Arbeit nicht angenommen werden, da keine Schuhe zur Verfügung stehen.«
(Flüchtlingskommissar der Stadt Nürtingen, »Lagebericht über das Flüchtlingswesen« vom 31. Juli 1946)

Als Schuhwerk trug ich Sandalen mit einer Sohle aus Autoreifen. Die Riemen waren aus einem schwarzen Lackgürtel von Tante Käthe gemacht: Mit unserem Transport war auch ein Schuster gekommen, der in Raidwangen lebte und improvisieren konnte.
Zu den Mahlzeiten gab es immer Bohnen, immer wieder Bohnen. Wir hatten nur einen einzigen Topf zugeteilt bekommen, einen rotbraunen Topf, ziemlich groß, darin wurde so ziemlich alles gekocht. Meine Mutter hat sogar mal einen Kuchen vorbereitet, ihn in den Topf getan, und Peter und ich mußten den Kuchen, wie es damals üblich war, zum Backen in die Bäckerei nahe der Mörikeschule bringen. Damit er beim Tragen nicht runterfällt, hatte die Mutter den Deckel verkehrt herum auf den Topf gesetzt. Die Bäckerin aber bringt den Deckel nicht mehr heraus. Plötzlich kriegt der Peter einen Wutanfall und schimpft auf die Mutti, wie die so dumm sein kann, den Deckel derart zu verklemmen. Wir gehen raus, und ich beklage mich beim Peter, wie er öffentlich so über die Mutti schimpfen kann.
Da hat er mich noch vor der Mörikeschule verprügelt. *(Lore Klemm, geb. Härtling)*

Todesanzeige

Am 21. Juli 1945 um 16.30 Uhr verstarb auf Block 0
der Panzer Grenadier Rudolf Härtling, geb. 4. 1. 1906 in Glauchau.
Todesursache: Lungenembolie
Beisetzung: erfolgte am 23. Juli 1946 um 9 Uhr auf dem Soldaten Friedhof
hinter dem Lazarettgelände
Grablage: III. Reihe, Grab No. 1.
Nachlass
1.) ein Soldbuch mit drei Fotos, eine Bescheinigung und Mk. 27.– (Siebenundzwanzig)
2.) eine Hornbrille, ein Notizbuch

Im Prozeß gegen hauptverantwortliche NS-Kriegsverbrecher verkündet der Internationale Gerichtshof in Nürnberg die Urteile. Zwölf der 21 Angeklagten werden zum Tode verurteilt.

Laufende Nummer 170
Härtling, Erika, geb. Häntzschel
Wohnsitz: Nürtingen
Geburtstag: 18. 2. 1911
Tag und Stunde des Todes:
1. Oktober 1946, 4.00 Uhr
Selbst-Vergiftung
Schlafmittel
(Sedormid 12 Tabl., Quadronal 16 Tabl.)
Leichenstarre
Totenflecken

(Auszug aus dem Nürtinger Leichenregister)

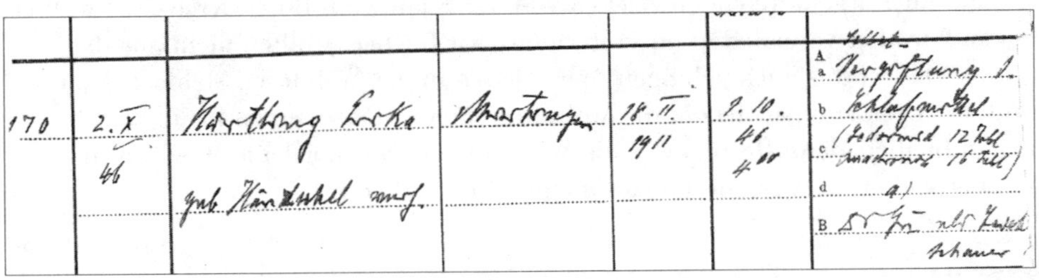

170	2. X 46	Härtling Erika geb. Häntzschel verh.	Nürtingen	18. II. 1911	1. 10. 46 4⁰⁰	Selbst- Vergiftung Schlafmittel (Sedormid 12 Tabl. Quadronal 16 Tabl.)

Die Mutti war am Tag vorher beim Arzt und danach sehr traurig gewesen. Ich habe mir Sorgen gemacht, bin am nächsten Morgen schon gegen fünf Uhr aufgewacht und zu ihr hinübergegangen. Sie lag zwar aufgedeckt, schlief aber offensichtlich. Ich habe mich gefreut und gedacht, alles sei in Ordnung. Den Zettel in der Küche habe ich übersehen. Dann bin ich wieder in mein Bett gegangen, aber als sich um acht, neun Uhr immer noch nichts rührte, bin ich wieder hinüber, ganz nah an sie ran, habe sie zugedeckt, damit sie nicht so bloßliegt. Erst danach habe ich den Zettel in der Küche gesehen: Sollte etwas mit mir passiert sein, holt Tante Käthe!
Da habe ich den Peter geweckt und ihm das mit dem Arzt und der Traurigkeit gesagt. Er hat dann den Doktor geholt. In der Zwischenzeit, wir hatten kein Bad, kein fließend Wasser in der Wohnung, nur ein Lavoir im Treppenhaus, habe ich darin einen Wasch-

lappen feuchtgemacht und den der Mutti auf die Stirn gelegt. Ich habe gedacht, ich könnte ihr damit helfen.
Was uns beide gewundert hat, war, daß der Arzt ihr nicht den Magen ausgepumpt hat. Vielleicht hatte er festgestellt, daß nichts mehr zu machen war.
Die leeren Tablettenschachteln haben in dem kleinen Ofen gelegen. Wir hatten auf Bezugsschein einen roten Ofen mit zwei Kochplatten bekommen – darin lagen sie, hinter dem Türchen. *(Lore Klemm, geb. Härtling)*

Den ersten Halt gab ein Mensch, den ich bis heute nicht vergessen habe, der nicht mehr lebt, ein Pfarrer, Martin Lörcher, ein wunderbarer, schwerer, nach Äpfeln duftender Mann, der erst einmal nichts anderes tat, als mich in die Arme zu nehmen. Und der es zu meiner Verwunderung auch akzeptierte, daß ein Junge, der vorher noch Uniform trug und dem aufgetragen war nicht zu weinen, denn das tun Männer nicht, daß dieser Junge hemmungslos, hilflos, sich an seiner Brust ausweinte. Das war toll.
Meine jüngere Schwester Lore reagierte bei weitem noch erschrockener als ich. Ihre Hilflosigkeit wurde für mich in gewisser Hinsicht zum Auftrag, auf sie achtzugeben. Aber andererseits hat auch sie mir geholfen, indem sie immer wieder nach den Gründen gefragt hat, die unsere Mutter in den Tod trieben.
Es kamen dann auch irgendwelche Menschen von der Stadt, vom Roten Kreuz, die wollten uns wegholen. Wir aber verteidigten unseren Stand, wir blieben, wollten nicht aus der Wohnung raus. Das ist uns auch gelungen. Wir blieben in der Wohnung. Meine Tante und die Großmutter zogen zu uns, obwohl die Wohnung für vier Personen zu klein war. Es war aber richtig zu bleiben, denn für uns war die Wohnung ein Stück gelebtes Gedächtnis. Sie repräsentierte ein Stück Erinnerung an meine Mutter. *(PH)*

Alter Friedhof Nürtingen

Über alle Gräber wächst zuletzt das Gras,
Alle Wunden heilt die Zeit, ein Trost ist das,
Wohl der schlechteste, den man dir kann erteilen;
Armes Herz, Du willst nicht, daß die Wunden heilen.
Etwas hast du noch, solang es schmerzlich brennt;
Das Verschmerzte nur ist tot und abgetrennt.

(Friedrich Rückert, »Kindertotenlieder«)

Tante Käthe und Großmutter Elisabeth ziehen am 9. Oktober 1946 von der Marktstraße in die Neuffener Straße und übernehmen die Betreuung von Peter und Lore.

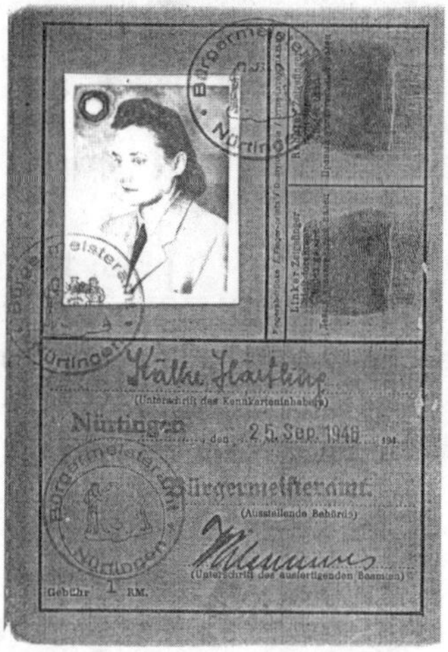

Tante Käthe

Oktober 1946

»36 Männer. 54 Frauen. 31 Kinder. Munitionsverbrauch 347 Schuß ...«
»Was denn, Menschenskind, da war doch Krieg, das waren doch ganz andere Verhältnisse, was habe ich denn heute damit zu tun? Jetzt ist doch Frieden!«
(»Die Mörder sind unter uns«, Spielfilm, DEFA)

24. November 1946

Bei der Landtagswahl erhalten die CDU in Nürtingen 1.569 Stimmen, die SPD 1.385, die DVP 1.360 und die KPD 890 Stimmen.

Das Haus der Familie Maier in der Marktstraße

Ich weiß nicht, wann ich den Peter zum ersten Male gesehen habe, aber ich erinnere mich schon an diesen schmächtigen Buben. Und ich weiß auch noch, daß die Mechthild

mit ihm befreundet war und daß meine Eltern sich auch Sorgen gemacht haben, weil sie sahen, daß der Peter einfach Hilfe brauchte. Es ging ihm wirklich nicht gut.

Meine Eltern waren unheimlich offen zu den Flüchtlingen. Sie haben ihnen auch geholfen, Möglichkeiten zur Weiterfahrt in ihre Heimatorte zu bekommen. Falls das nicht möglich war, konnten sie sogar eine ganze Weile bei uns bleiben.

Durch seinen Arztberuf ist mein Vater viel aufs Land gefahren. Wir hatten zwar keine Bananen oder Orangen im Haus, aber mein Vater hat immer wieder Milch und Butter mitgebracht, auch mal Käse. Wir Kinder haben nicht hungern müssen und der Peter bestimmt auch nicht. Alle, die bei uns waren, haben zu essen bekommen. Das war selbstverständlich. Meine Mutter war da sehr großzügig, hat eigentlich immer alle mit verköstigt. Und da war der Peter auch mit eingeschlossen, wenn er da war. *(Ingeborg Ningel, geb. Maier)*

Mai 1947

Beginn der »Hooverspeisung« (so genannt nach ihrem Begründer, EX-US-Präsident Herbert Hoover). Kinder und Jugendliche zwischen sechs und 18 Jahren erhalten aufgrund ihrer Unterernährung für wenige Groschen eine tägliche Zusatzmahlzeit von 350 Kalorien – Nudeln, Suppen, Brei, Marmelade.

Lotte Hlávka, geborene Härtling, die Schwester von Rudolf und Käthe, kommt am 9. Juli 1947 mit einem Transport von Brünn und nimmt Wohnsitz in Nürtingen, Neuffener Straße 75. Zwei Wochen später erhält sie die obligatorische »Kennkarte«. Tante Lotte wird Arbeit im Versand der Korkfabrik Greiner finden, Tante Käthe arbeitet derweil als Zuschneiderin in der Strickwarenfabrik Fischer.

Nach dem Krieg habe ich eine Leihbücherei aufgezogen. Eine Stadträtin hatte mich gebeten: Frau Ruoff, wir müssen etwas für die Flüchtlinge tun, die lesen sogar Telefonbücher! Da habe ich ja gesagt, denn ich bin selbst eine leidenschaftliche Leserin. Mit den verstaubten Resten der Gemeindebibliothek habe ich den Anfang gemacht – 30 Bücher, alle schwarz eingebunden, brave Bücher, keine schlechten, Johanna Spyri, Heidi, ganz liebe, herzerwärmende Titel, die man nach dem Krieg gut brauchen konnte.

Dann schrieb ich an über 300 Verlage, bat um Remittenden und bot dabei ganz großzügig an, die Portokosten zu übernehmen. Ich bekam mit der Zeit fast 2.000 Bücher. Gleichzeitig organisierte ich einen Lesezirkel. Die Arbeiterwohlfahrt hatte mir ein Büro überlassen, da saß ich an einem großen Schreibtisch, hinter mir ein großer Schrank, darin standen die Bücher in zwei oder drei Reihen hintereinander, für die legte ich eine Kartei an.

Und dann kamen die Leser. Die Sache hatte sich schnell herumgesprochen. Es kamen Flüchtlinge, Einheimische und Schüler vom Gymnasium. Am Gymnasium waren die Bücher noch nicht entnazifiziert, hatten noch keine Persilscheine.

Und dann kam eben auch der Peter, scheu war er. Seine Schwester kam, auch seine beiden Tanten. Peter war ein leidenschaftlicher Leser. Und ich hatte in meiner Bücherei erst einmal genug, was er brauchen konnte: Exupéry, Dostojewski – die Bibliothek war nicht schlecht sortiert. *(Hildegard Ruoff, Nürtingen)*

10. September 1947

Am Bannwaldsee bei Füssen treffen sich Mitarbeiter der von den Amerikanern verbotenen Nachkriegszeitschrift »Ruf«: Wolfgang Bächler, Nicolaus Sombart, Hans Werner Richter, Wolfdietrich Schnurre, Isolde und Walter Kolbenhoff u. a., um eine neue literarisch-satirische Zeitschrift zu gründen. Gemeinsame Lektüre und die Kritik literarischer Werke sollen das Projekt vorbereiten. Das Treffen gilt als Gründungstagung der »Gruppe 47«, der einflußreichsten Autorenvereinigung der Nachkriegszeit.

»Es wird darauf aufmerksam gemacht, daß die Ausgabe der Weihnachtsspenden bei unserer Feier nur gegen Ausweis erfolgt. Die Schüler, die an der Schulspeisung teilnehmen, haben ihren Zettel vorzuweisen. Die über 14 Jahre alten Schüler erhalten auf die rosafarbene Marke beide Spenden. Die weißen Marken berechtigen zum Empfang der Nürtinger Spende, aber nicht der Sonderspende aus der Hooverspeisung.«
(»Umlauf«-Nachricht der Nürtinger Oberschule für Jungen vom 22. Dezember 1947)

Herr Bürgermeister!
Meine Herren Gemeinderäte!
Die Neubürger bilden ein Viertel der Bevölkerung dieser Gemeinde. Wir wissen, daß wir hier unerwünscht und nicht gerne gesehen sind, aber auch uns, Sie können es glauben, wäre es lieber, wir wären in unserer Heimat und brauchten niemandem zur Last zu fallen.
Wir sind durchaus keine Flüchtlinge. Wider jedes sittliche Recht aus unseren Wohnungen gejagt und der Heimat vertrieben, jeglicher Habe beraubt, sind wir ungewollt und ungefragt, jedenfalls nicht freiwillig hierhergebracht worden. (...)
Nun hat ein jeder von uns die Erfahrung gemacht, daß er auf Schritt und Tritt nur Schwierigkeiten und Ablehnung begegnet. Nach dem Gesetz steht uns wohl Gleichberechtigung zu, aber deren Durchführung ist ungenügend und wird auch von den Verwaltungsinstanzen oft hintertrieben. Bei Bewerbungen um freie Stellen, bei Ämtern und Anstalten, lautet die erste Frage: Ist es ein Flüchtling? Wenn ja, erfolgt ein ablehnender Bescheid, bestenfalls eine Hilfsanstellung. (...)
Ich bitte zu bedenken, dass wir den Krieg nicht allein verloren haben, und wir können nicht glauben, dass wir allein ihn mit unserem ganzen Hab und Gut bezahlen sollen, wir erwarten da einen gerechten Ausgleich der Lasten. Wir bitten Sie deshalb um Verständnis für unsere Lage und um Unterstützung.
(Franz Reinelt, Gemeinderat in Nürtingen, am 14. Januar 1948)

Kammersänger Hanns Braun trägt neben dem Prolog aus dem Bajazzo und den schönsten Arien aus »Die Meistersinger von Nürnberg« auch Schubert-Lieder vor. 20.00 Uhr, Stadthalle. *(Amtsblatt für den Landkreis Nürtingen, 27. Mai 1948)*

Juni 1948

Währungsreform. In den besetzten Zonen Westdeutschlands (»Trizonesien«) wird die Deutsche Mark eingeführt. Pro Kopf können sofort 40 Reichsmark gegen 40 DM umgetauscht werden. Die Lebensmittelgeschäfte füllen sich mit spekulativ gehorteten Waren. Die Schwarzmärkte der Westzonen hören auf zu existieren.

Dann kam der Tag, an dem ich kein Buch mehr hatte, das ich dem Peter zum Lesen geben konnte, er las ja nicht einmal ersatzweise Krimis, so eine Lektüre lag ihm nicht. Er hatte schon damals einen hohen Anspruch. Also habe ich zu meinem Mann gesagt: Ich habe da einen jungen Menschen, einen Schüler, einen Flüchtlingsjungen, der hat aus der Bücherei bereits alles gelesen, was lesenswert ist, kann ich dem nicht mal ein Buch von uns geben? Da hat mein Mann gesagt: Bring den Kerl doch mal her!
Und Peter kam zu uns, immer öfter, nahm sich irgendein Buch aus den Regalen, hockte

sich hin und las. Wir haben immer gesagt, der Junge ist eine Mimose, scheu, hochverletzlich, das hatte er mit meinem Mann gemeinsam. Zwischen den beiden herrschte bald eine wunderbare Symbiose von jung und alt. Im Grunde waren beide gleich jung und gleich alt – Peter hatte ja durch seine tragischen und schmerzlichen Erlebnisse frühzeitig Erfahrungen gemacht, die manch älterer Mensch in seinem ganzen Leben nicht machen mußte.

Mein Mann und der Peter haben sich also sofort verstanden. Und bald sind sie gemeinsam über den Säer gelaufen, haben geredet, diskutiert: über van Gogh, Cezanne, Barlach, Käthe Kollwitz.
(Hildegard Ruoff)

Fritz und Hildegard Ruoff in der Jägerstraße

Ich habe geklingelt, und er hat mir geöffnet. So lernte ich Fritz Ruoff kennen, den Bildhauer und Maler, den großen Maler. Wenn ich mir heute klarmache, mit welcher Souveränität er mich empfing, mich, einen aufsässigen, störrischen Kerl, dann wünsche ich diese Offenheit, diese unglaubliche Freundlichkeit all jenen Kindern, die suchen, die sich suchen – er hat mir mächtig dabei geholfen, mich zu finden –, Fritz Ruoff nahm mich auf, was mich irritierte, auch anzog, auch antrieb. Es war ein Wunder. Er war genauso alt wie mein Vater, Jahrgang 1906, und behandelte mich als ebenbürtigen Freund, als in Alter und Erfahrung ebenbürtigen Freund. Unsere Gespräche zogen sich über Jahre hin. Es waren Gespräche über Kunst, über seine Kunst, übers Malen, übers Bildhauen, übers Schreiben. Und ich fing an zu schreiben. *(PH)*

Ich habe mir damals oft vorgestellt, wie es wäre, wenn meine Eltern noch lebten. Meine Mutter, mein Vater, der Rechtsanwalt. Davon habe ich geträumt und deshalb nicht mehr viel vom Schulunterricht mitbekommen. Ich hatte zwar viele Freundinnen, war auch in deren Familien aufgenommen, oft wie das eigene Kind, aber mich hat gleichzeitig immer diese Ungerechtigkeit umgetrieben: Wieso habe ich alles verloren, Eltern, Besitz, einfach alles, und die anderen nicht? Es war mir immer bewußt, daß diese Menschen mich nicht ausstoßen, im Gegenteil, aber es gab einfach auch dieses Gefühl des Fremdseins.
(Lore Klemm, geb. Härtling)

Die Nürtinger Zeitung erscheint im Februar 1949 als Nachfolgerin des »Amtsblatts«.

März 1949

Premiere des Films »Liebe 47« von Wolfgang Liebeneiner in Göttingen, einer Bearbeitung von Wolfgang Borcherts »Draußen vor der Tür«.

Mai 1949

In Bonn wird das Grundgesetz der Bundesrepublik Deutschland von den Ministerpräsidenten der Länder sowie den Landtagspräsidenten unterzeichnet und von Konrad Adenauer verkündet. Artikel 1 des Grundgesetzes: »Die Würde des Menschen ist unantastbar. Sie zu achten und zu pflegen ist Verpflichtung aller staatlichen Gewalt.« Knapp vier Monate später gewinnt die CDU die Wahlen zum ersten Deutschen Bundestag. Kurz darauf wird Konrad Adenauer als Kanzler vereidigt. Theodor Heuss wird Bundespräsident.

Trümmer umgeben mich, welche die nationale Katastrophe sinnfällig zurückgelassen, und ich finde das Land zerrissen und aufgeteilt in Zonen der Siegermächte, und ich verstehe nur zu wohl den patriotischen Gram, die bittere Ungeduld, aus der, laut oder leise, das Wort »Fremdherrschaft« bricht. Lassen wir es wahr sein, daß die Herrschaft des Ungeistes, die zwölf Jahre über Deutschland lag und aus der dies alles hervorging, schlimmere Fremdherrschaft war. Was nun ist, schmerzt und reizt und lastet doch schwer genug, und die Sehnsucht, es möchte enden, wäre keinem Volk auf Erden fremd. Eines Tages muß und wird es enden. Mir aber, wie ich hier stehe, gilt es schon heute nicht. Ich kenne keine Zonen. Mein Besuch gilt Deutschland selbst, Deutschland als Ganzem, und keinem Besatzungsgebiet. Wer sollte die Einheit Deutschlands gewährleisten und darstellen, wenn nicht ein unabhängiger Schriftsteller, dessen wahre Heimat, wie ich sagte, die freie, von Besatzungen unberührte deutsche Sprache ist?
(Thomas Mann, »Ansprache im Goethejahr, 25. Juli 1949«)

Oktober 1949

Der Deutsche Volksrat proklamiert in Ost-Berlin die Deutsche Demokratische Republik. In den folgenden Tagen wird Wilhelm Pieck zum Präsidenten gewählt und Otto Grotewohl als Ministerpräsident bestätigt.

Februar 1950

Entnazifizierungsskandal in Württemberg-Baden: Minister Karl Stroele muß zurücktreten – im »Ländle« waren »Persilscheine« käuflich. Auch in Nürtingen gab es, wie man später erfuhr, gegen Entgelt »weiße Westen« – Händler war der Verteidiger in Entnazifizierungsprozessen August Meyer. Sein Motto: »Meyer macht alles!«

Auf Grund der vor einiger Zeit erfolgten Gründung einer Notgemeinschaft auf Landesbasis fand in Nürtingen, ähnlich wie in anderen Kreisen, auch die Gründungsversammlung einer Ortsgruppe Nürtingen der »Notgemeinschaft ehemaliger berufsmäßiger Wehrmachtsangehöriger von Württemberg-Baden« statt. (...) Es kam immer wieder klar zum Ausdruck, daß die Wehrmacht keine »verbrecherische« Organisation war, daß aber heute ehemalige aktive Soldaten, die vom Gesetz 104 nie betroffen waren, nach wie vor diskriminiert und wirtschaftlich boykottiert werden, während Staatsbeamte, die Betroffene sind, entweder Pensionen erhalten oder wieder zum Teil in hohen Stellungen sitzen ...
(»Notgemeinschaft macht Schule«, Nürtinger Zeitung, 14. Juni 1950)

Wenn Erich Rall Gedichte vorlas, mit uns besprach, kam ich in Fahrt, war endlich der Klasse überlegen, wenn ich behauptete, Rilkes Verse drehten sich, gäben den Rundlauf des Karussells wieder, was allein durch den Refrain deutlich wurde: Und dann und wann ein weißer Elefant. Ralls Lachen knirschte, als ob man Leder reibt. Mehr und mehr zog er mich in sein Vertrauen, sah aber dem, wie ich mich gegenüber Lehrern verhielt, mich wehrte und in Auseinandersetzungen verwickelte, kommentarlos zu, als spielte ich vor ihm auf einer Bühne.
Als mich Hausmeister Schroth, nach einer Keilerei auf dem Schulhof, im Auftrag des Direktors mit dem Stock verprügelte, bat er mich in der nächsten Pause in sein kleines Bibliothekszimmer und bot mir eine Zigarette an. Ich weiß, daß du rauchst. Es folgte kein Wort über die Schmach, die ich eben erfahren hatte. *(PH–LL)*

Erich Rall

Ich erinnere mich an eine Szene, wir hatten noch Erich Rall als Klassenlehrer, bekamen einen Aufsatz zurück, und Rall forderte den Peter auf: Nun lies mal deinen Aufsatz vor! Wir hörten zu, und es war für uns absolut undenkbar, daß jemand von uns so schreiben konnte. Ganz klar, er war da einfach extrem begabt.

Peter war eigentlich immer ein Stück reifer, auch ernster als die anderen, nicht zuletzt bedingt durch das Schicksal, das er später in seinen Büchern ausführlich beschrieb. Ich habe ihn damals nie richtig herzhaft lachen sehen. Gut, er war fröhlich, wenn wir in der Tanzstunde Blödsinn gemacht haben, da war er natürlich dabei. Aber er war damals eigentlich nicht der Typ, der Vergnügen oder Geselligkeit gesucht hätte. Er hat sich eher zurückgezogen, aber nicht ausgeschlossen, und hat sich auch nicht als etwas Besseres aufgeführt. Ihm waren einfach andere Dinge wichtiger. Ohnehin war ja immer Mechthild für ihn da, die seine literarischen und sonstigen Ambitionen durchaus mittrug. Sie war es, die sich bemühte, ihn zu verstehen. Sie hat ihn geliebt. *(Christian Phleps, Nürtingen)*

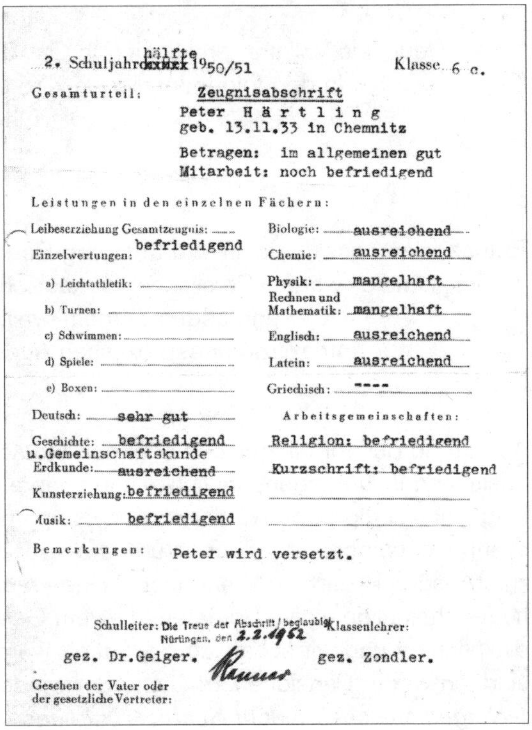

2. Schuljahrhälfte 1950/51 Klasse 6 c.

Gesamturteil: **Zeugnisabschrift**

Peter Härtling
geb. 13.11.33 in Chemnitz

Betragen: im allgemeinen gut
Mitarbeit: noch befriedigend

Leistungen in den einzelnen Fächern:

Leibeserziehung Gesamtzeugnis: befriedigend	Biologie: ausreichend
Einzelwertungen:	Chemie: ausreichend
a) Leichtathletik:	Physik: mangelhaft
b) Turnen:	Rechnen und Mathematik: mangelhaft
c) Schwimmen:	Englisch: ausreichend
d) Spiele:	Latein: ausreichend
e) Boxen:	Griechisch: ----
Deutsch: sehr gut	Arbeitsgemeinschaften:
Geschichte u. Gemeinschaftskunde: befriedigend	Religion: befriedigend
Erdkunde: ausreichend	Kurzschrift: befriedigend
Kunsterziehung: befriedigend	
Musik: befriedigend	

Bemerkungen: Peter wird versetzt.

Schulleiter: gez. Dr.Geiger. Klassenlehrer: gez. Zondler.

Die Treue der Abschrift / beglaubigt
Nürtingen, den 2.2.1962

Gesehen der Vater oder der gesetzliche Vertreter:

Peter Härtling (re.) und Mitschüler

Die Schüler der Oberschule gehören zu einer Gemeinschaft, deren erfolgreiche Arbeit in erster Linie auf Zucht und Ordnung aufgebaut ist. Die Zugehörigkeit zur Schulgemeinschaft beginnt nicht erst mit dem Eintritt ins Schulgebäude,

vielmehr muß sich der Schüler stets der damit verbundenen Verpflichtungen bewußt sein und dies in seiner inneren und äußeren Haltung zeigen.
An den Unterrichtstagen sollen die Schüler, mit allem, was zum Unterricht nötig ist, versehen, zum Beginn desselben 5 Minuten vor dem Glockenschlag sich pünktlich einfinden, ihre Plätze im Klassenzimmer unter Vermeidung unnötigen Lärmens und Pfeifens in Ruhe einnehmen und das für die nächste Stunde Erforderliche bereithalten.
In den Pausen erfolgt der notwendig werdende Wechsel des Klassenzimmers ohne Lärm. Der Ordner verläßt als letzter das Klassenzimmer. Beschädigungen sind von ihm sofort dem Klassenlehrer zu melden.
(Neue Schulordnung der Oberschule für Jungen, Nürtingen, 4. Oktober 1951)

Januar 1952

Der Sicherheitsbeauftragte der Bundesregierung, Theodor Blank, gibt Pläne für den Aufbau einer 400.000 Mann starken Armee bekannt. Wochen später spricht sich der Bundestag mit den Stimmen der CDU für die Mitwirkung in einer europäisch geführten Armee aus.

Das erste Gedicht, das ich schrieb, das mir haltbar schien, war das Eröffnungsgedicht zu einem kleinen Zyklus über Don Quichotte, den ich den Trümmerclown nannte. Es hatte die erste Zeile: Vielleicht ein Narr wie ich ... Fritz Ruoff las dieses Gedicht, ich werde es nie vergessen, und sagte: Jetzt bist du ein Dichter! Ich nahm das sehr, sehr ernst. Und hielt mich auch für einen Dichter. *(PH)*

vielleicht ein narr wie ich
narren sind sich immer gleich
und wunderlich
und immer reich

warst es auch du
ein flugzeug macht mich ganz verrückt
doch du hältst deinen Speer gezückt
und stößt hart zu

ich möchte dich bruder nennen
feierlich und sehr zart
doch du wirst meine stimmung nicht kennen
du fühlst dich sicher genarrt

Peter Härtling verläßt am 12. März 1952 nach einer Auseinandersetzung mit seinem Deutschlehrer Pönitz, dem Vertreter des erkrankten Erich Rall, die Nürtinger Oberschule.

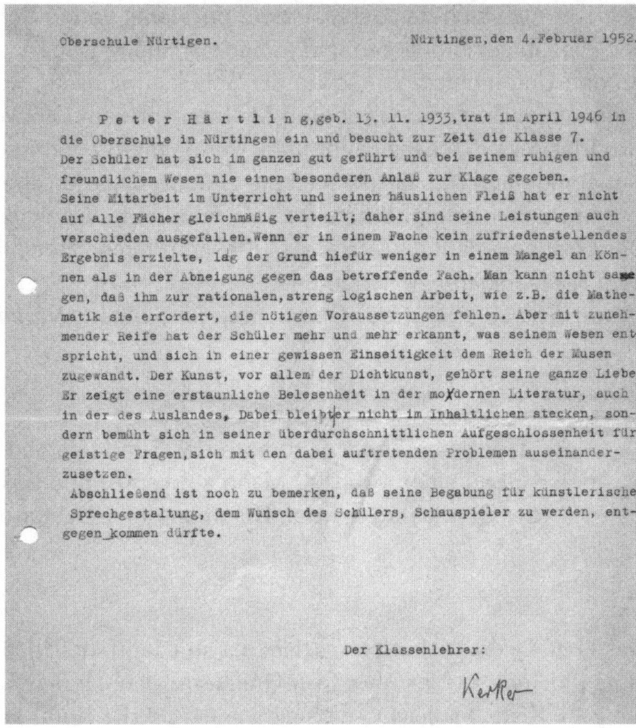

Oberschule Nürtigen. Nürtingen, den 4. Februar 1952.

Peter Härtling, geb. 13. 11. 1933, trat im April 1946 in die Oberschule in Nürtingen ein und besucht zur Zeit die Klasse 7.
Der Schüler hat sich im ganzen gut geführt und bei seinem ruhigen und freundlichem Wesen nie einen besonderen Anlaß zur Klage gegeben.
Seine Mitarbeit im Unterricht und seinen häuslichen Fleiß hat er nicht auf alle Fächer gleichmäßig verteilt; daher sind seine Leistungen auch verschieden ausgefallen. Wenn er in einem Fache kein zufriedenstellendes Ergebnis erzielte, lag der Grund hiefür weniger in einem Mangel an Können als in der Abneigung gegen das betreffende Fach. Man kann nicht sagen, daß ihm zur rationalen, streng logischen Arbeit, wie z.B. die Mathematik sie erfordert, die nötigen Voraussetzungen fehlen. Aber mit zunehmender Reife hat der Schüler mehr und mehr erkannt, was seinem Wesen entspricht, und sich in einer gewissen Einseitigkeit dem Reich der Musen zugewandt. Der Kunst, vor allem der Dichtkunst, gehört seine ganze Liebe. Er zeigt eine erstaunliche Belesenheit in der modernen Literatur, auch in der des Auslandes, Dabei bleibt er nicht im Inhaltlichen stecken, sondern bemüht sich in seiner überdurchschnittlichen Aufgeschlossenheit für geistige Fragen, sich mit den dabei auftretenden Problemen auseinanderzusetzen.
Abschließend ist noch zu bemerken, daß seine Begabung für künstlerische Sprechgestaltung, dem Wunsch des Schülers, Schauspieler zu werden, entgegen kommen dürfte.

Der Klassenlehrer:

Kerler

Erich Pönitz war ein braun durchgefärbter Knochen, dem alles suspekt war, was von seinen Vorstellungen abwich. Er hatte keinerlei Toleranz, war ein sehr autoritärer, unbeherrschter, wahrscheinlich auch kranker Mann. Die Toleranz und geistige Überlegenheit eines Erich Rall gingen ihm ab. Welche Gründe genau dazu geführt haben, daß es zu dieser Eskalation mit Peter Härtling kam, kann ich explizit nicht erinnern. Jedenfalls war der Pönitz ein Mensch, mit dem der Peter nicht konnte. Mit dem wir alle nicht konnten. *(Christian Phleps, Nürtingen)*

Ich habe die gleiche Oberschule wie mein Bruder besucht, in einer Klasse mit jüngeren Jahrgängen zwar, habe aber auch den Pönitz als Lehrer gehabt. Der hat oft böse Bemerkungen über den Peter gemacht, zum Beispiel, der bilde sich wohl ein, ein Genie zu sein, und hat mich außerdem im Literaturunterricht mit Anspielungen auf Peter provoziert.
Der Pönitz war auch äußerlich ein sehr häßlicher Mensch – sein ganzes Gesicht war vernarbt. Er litt zudem unter der Basedowschen Krankheit, deswegen haben wir ihn auch »Frosch« genannt. Der Mann war zynisch und konnte einen Schüler fix und fertig machen. Beim Dr. Rall hatte das Lernen noch Freude gemacht, aber dann kam der Pönitz, und alles war kaputt. Diesem Lehrer war unsere Klasse bis zum Abitur ausgeliefert.
(Lore Klemm, geb. Härtling)

Der Peter war weder renitent noch aufsässig, sondern er hat es gewagt, eine eigene Meinung, eine eigene Anschauung zu haben, Renitenz ist überhaupt kein Charakterzug von ihm. Er hat es gewagt, eigene Ansichten zu haben, und eben das war unerwünscht. Damals existierten bei den Lehrern noch Relikte des Nationalsozialismus, in dem jedes selbständige Denken verboten war.
Für mich war Peter einfach ein junger Mensch. Fritz und ich hatten zwar selbst keine Kinder, sind für ihn aber immer ganz offen gewesen. Peter hat mich an meine eigene Jugend erinnert. Man kann dann so einen Jungen verstehen, auch, daß er wegen dieses Lehrers die Schule verlassen hat. *(Hildegard Ruoff)*

Peter Härtling reist Ostern 1952 zur Bernsteinschule.

Im Januar und Februar 1952 präsentiert sich die Bernsteinschule in Tübingen eindrucksvoll als eine avantgardistische Kunstschule, die für die Industrie arbeiten möchte. In den Rezensionen wird der prägende Geist Grieshabers, der die Produktion auf Urtümliches, Ursprüngliches zurückführt, erkannt. Für den gelernten Schriftsetzer scheint in der Einheit von individuellem künstlerischen Schöpfertum und industrieller Nutzanwendung kein Widerspruch.
Doch dem Höhenflug folgt die Ernüchterung. Bereits im Frühjahr 1952 hat die Bernsteinschule kaum noch Schüler. In einer dritten Phase möchte Grieshaber nun eine Künstlergemeinschaft aufbauen, wobei nur fünf Schüler vorgesehen sind, während die übrigen Zellen des Klosters für Freunde und Gäste aus Frankreich, England und Israel reserviert werden sollen. *(Bernhard Rüth u. a.: »Die Bernsteinschule 1951–1955«)*

Bernsteinschule 1952

An diesem Morgen, nun unter hoher Sonne, führte er (Grieshaber) uns zu der Grabkammer der früheren Waldbrüder, die in der dem Kloster zugewandten Außenseite der Kirche lag. Sie war erbrochen worden, erzählte er; die Schädel lagen auf dem Boden herum, als sei mit ihnen Allotria getrieben worden. Er hatte sie wieder bestattet. Mit den Schottersteinen, die in Haufen am Straßenrand lagen, setzte er ihnen dann ein spätes Denkmal,

das Mosaik eines Engels, unbeholfen in seinen Flügeln gefangen wie Baudelaires Albatros, der in Trauer und Zorn die Toten schützt; auch unsere Toten.
Wir standen in der dunklen Kammer davor.
(Ludwig Greve, »Erinnerungen an den Bernstein«)

Fritz Ruoff meinte, ich müsse in eine andere Umgebung, ich müsse raus aus diesem Kaff. Er schlug mich dann HAP Grieshaber als Schüler auf dem Bernstein vor. Dort reiste ich hin, wurde empfangen von ein paar wunderbaren Leuten, Max Fürst und Ludwig Greve, dem Dichter. Ich brachte auch die Fahnen meines ersten Gedichtbandes »Poeme und Songs« mit. Aber ich merkte, daß ich auch da nicht hineinpaßte, obwohl Max Fürst unendlich lieb, unendlich besorgt war. Er war viele Jahre mit Paul Geheeb an der Odenwaldschule gewesen, war vor allem Pädagoge und sagte zu mir: Du mußt nach Genf auf Geheebs Schule, auf die Ecole d'Humanité. Ich aber wehrte mich dagegen und fuhr nach kurzer Zeit wieder nach Nürtingen. *(PH)*

Mai 1952

Dritte Tagung der Gruppe 47 in Niendorf/Ostsee. Walter Jens erinnert sich: »Die Veristen, handwerklich gute Erzähler, lasen aus ihren Romanen. Dann plötzlich geschah es. Ein Mann namens Paul Celan (niemand hatte den Namen vorher gehört) begann, singend und sehr weltentrückt, seine Gedichte zu sprechen; Ingeborg Bachmann, eine Debütantin, die aus Klagenfurt kam, flüsterte, stockend, heiser, einige Verse; Ilse Aichinger brachte, wienerisch-leise, die ›Spiegelgeschichte‹ zum Vortrag.«
(Walter Jens, »Deutsche Literatur«)
Ilse Aichinger erhält den diesjährigen Preis der Gruppe 47.

DER SAND AUS DEN URNEN

Schimmelgrün ist das Haus des Vergessens.
Vor jedem der wehenden Tore blaut dein enthaupteter Spielmann.
Er schlägt dir die Trommel aus Moos und bitterem Schamhaar;
mit schwärender Zehe malt er im Sand deine Braue.
Länger zeichnet er sie als sie war, und das Rot deiner Lippe.
Du füllst hier die Urnen und speisest dein Herz.
(Paul Celan)

Er findet Halt in Worten.
Die Fremde weicht. Manchmal.

Im August 1952 beginnt der achtzehnjährige Härtling unter Chefredakteur Bruno Nies ein Volontariat bei der »Nürtinger Zeitung«, im Hause der Druckerei Senner in der Steinengrabenstraße. Die bislang unverbindliche und freie Mitarbeit wird zur festen. Der schlaksige Brillenträger mit dem Dichterherzen wird zum Journalisten, der durch die Stadt streift, Marktnotizen verfaßt, Reportagen und Berichte schreibt, mitunter auch kleine Kolumnen. Gleich zu Beginn seines Volontariats muß er mit Block und Bleistift runter zum Neckar – die Korkfabrik Greiner brennt. Wieder einmal.

Derweil liegt die Mutter, unter einem Fliederstrauch begraben, auf dem Nürtinger Friedhof, der Vater in der gleichgültigen Erde eines österreichischen Soldatenfriedhofs. Nichts ist vergessen – »manchmal hört er noch die Mutter, dunkel, wie hinter schweren Vorhängen«. Zwar haben Tanten und Großmutter, die nach wie vor in der Neuffener Straße wohnen, ein Auge auf ihn, sind immer noch nicht ohne Argwohn gegen den Widerborstigen, doch ist er ihnen längst entlaufen.

Peter Härtling hat sich los- und freigemacht – unterstützt von den Freunden Fritz und Hildegard Ruoff, dem ehemaligen Lehrer Erich Rall, den Maiers in der Marktstraße, seinem Lektor und Förderer Kurt Leonhard beim Bechtle-Verlag, getragen auch von seiner andauernden Liebe zu Mechthild Maier, der er weiterhin Gedichte vorträgt und der er jene kleine, mit eigenen Händen in Ruoffs Atelier gefertigte Figur schenkt, die sie bis heute sorgfältig aufbewahrt: eine »Venus« der besonderen Art. In der Zeitung geben sie ihm einen neuen Namen: »Yamin«, Kürzel für den BenJamin der Redaktion. Einer der Handsetzer von damals, Alfred Hau, ein umtriebiger Grauhaariger, der schier birst vor Erinnerungen und Anekdoten, sieht den Yamin heute noch genau vor sich: »Er trug gern schwarz!«

Während Härtlings »Poeme und Songs« auf Veröffentlichung warten, er schon an neuen »Yamin«-Gedichten feilt, macht ihn Kurt Leonhard bekannt: mit dem Dichter Johannes Poethen, der ihn tief berührt, mit Wolfgang Bächler und bald darauf gar mit Helmut Heißenbüttel, den Härtling an der Alster besuchen wird. Davon kann er erzählen, den anderen, den Kollegen aus der Redaktion, mit denen er sich schon lange im alten Café Zimmermann gegenüber der Kreuzkirche trifft. Dort wird gestritten, geschrieben, getrunken, geraucht, eine ausgelagerte Redaktionsstube, wie es heute keine mehr gibt

- »leider«, hört man von den Redakteuren Haussmann und Warausch in den modernen Großraumbüros der heutigen Nürtinger Zeitung. Hier wird nur noch »geschafft«, Tastaturen klappern, Bildschirme flimmern, selbst Satz und Umbruch geschehen elektronisch, direkte, persönliche Kontakte reduzieren sich aufs Nötigste. Fraglich, ob eine solche Liebelei, wie seinerzeit zwischen dem irritierten Volontär Härtling und der immerhin älteren Redaktionssekretärin, mag die gebürtige Ungarin nun Lisa oder Anni geheißen haben, heute möglich wäre. Wohl eher nicht.

Derweil haben die Nürtinger ihre im Krieg zerstörte Neckarbrücke wieder errichtet, begehen jährlich ihre traditionellen Maienfeiern, weihen stolz neue Tankstellen ein, auch ihre neuen »ABC-Lichtspiele«, erleben die Aufbauphase der Bundesrepublik unter Bundeskanzler Konrad Adenauer, produzieren, wie die meisten Deutschen, das »Wirtschaftswunder«, debattieren, vielleicht, über die »Remilitarisierung« und machen ansonsten in Familie. Während Flüchtlinge und Heimatvertriebene, oft genug skeptisch beäugt, auf der Basis ihrer Stuttgarter »Charta« politisch zunehmend aktiver werden und es geschafft haben, den »Lastenausgleich« für ihre Verluste durchzusetzen.

»Eng« empfindet der junge Flüchtling Härtling die Stadt, immer noch, auch spießig, voll von Verdrängern. Er will, kann nicht vergessen – fühlt sich fremd, allein mitunter, draußen vor der Tür, immer noch Borchert, hält wieder einen Borchert-Vortrag, zu dessen Todestag –, er ist eben ein besonderer Volontär. Einer, der Loerke und Hemingway liest, in seiner alten Oberschule über »Moderne Vaganten der deutschen Dichtung« referiert und seine Unterschrift gegen die »Wiederbewaffnung« leistet. Einer, dem Adenauers Restauration zuwider ist, der sich mit den konservativen Redakteuren der Nürtinger Zeitung - »Seid unbequem, seid Sand, nicht das Öl im Getriebe der Welt!« - durchaus streitet. Einer, der wandernd Mut und Unterstützung findet, wenn er mit Fritz Ruoff über die Hochebene des Säers zieht, Camus, Büchner, Beckett erörtert und sich in Ruoffs Tuscharbeiten wiederfindet, in dessen menschlichen Figuren, überschlanken Gestalten und Gezeichneten. Zeichnungen, die auch Härtlings Gedichtband illustrieren, der endlich im Herbst 1953 als sechzehnseitiges Heftchen erscheint: »Nie wieder war ich so stolz auf ein Buch, nie wieder so glücklich!« Er ist ein Journalist, der Reportagen über neuerrichtete Schulgebäude schreibt und gleichzeitig auf seinem Redaktionsschreibtisch den eigenen Gedichtband ausstellt.

Die meisten der älteren Kollegen, die dem jungen «Trümmerclown« zu seinem »Werk« gratulierten, oder auch nicht, leben nicht mehr. Er war der jüngste, ein Benjamin, der Yamin. Der alte Gebäudekomplex von Sennerduck und Nürtinger Zeitung dient heute unter anderem als Lagerstätte, wirkt unbelebt, verlassen. Als Härtling Ende 1953, zwanzigjährig, die Zeitung verläßt, quellen hier noch die Aschenbecher über, rotieren die Druckmaschinen, und die Reakteure berichten, neben all dem Lokalen, über die

Bambiverleihung an Ruth Leuwerik und O. W. Fischer, über die Vergabe des Literaturnobelpreises an Winston Churchill und über Massenfluchten aus der DDR.
Der dichtende Journalist Härtling indes ist auf dem besten Wege, ein ungewöhnlich junger Feuilletonredakteur auf der entlegenen Ostalb zu werden.

Mai 1952

In Bonn unterzeichnen Konrad Adenauer und die Außenminister der alliierten Westmächte den »Deutschlandvertrag«. Die Bundesrepublik wird souverän. Der Besatzungsstatus erlischt.

Juni 1952

Die BILD-Zeitung erscheint erstmals: »Täglich im Bild durch Deutschlands modernste Zeitung«. Startauflage: 250.000 Exemplare. Verleger der BILD ist Axel Cäsar Springer, der seit 1946 bereits mit der Programmillustrierten »Hör Zu« und seit 1948 mit dem »Hamburger Abendblatt« am Markt ist.

Juli 1952

Die Staatsanwaltschaft Bonn läßt die aktuelle Ausgabe des SPIEGEL beschlagnahmen. Rudolf Augsteins Magazin hat Pläne publiziert, nach denen Konrad Adenauer im Kriegsfall eine Exilregierung plant.

Korkmühle der Firma Greiner explodierte

Korkmühle vollständig ausgebrannt — 80 000 DM Sachschaden

Gestern nachmittag, gegen 12.30 Uhr, brach in der hiesigen Korkwarenfabrik C. A. Greiner & Söhne wieder einmal ein Brand aus, dem diesmal die Korkmühle vollständig zum Opfer fiel. Die Brandursache ist noch nicht geklärt. Man nimmt aber an, daß ein metallischer Fremdkörper, der in der Mühle Funken erzeugte und den Korkstaub entzündete, die Explosion der Korkmühle ausgelöst hat. Bei der Detonation, die wie ein Bombenschlag wirkte, wurden Türen und Fenster des Gebäudes gesprengt. Das Gebäude stand nach kurzer Zeit in Flammen und brannte völlig aus. Die gesamte Inneneinrichtung wurde durch das Feuer völlig zerstört. Der Gesamtschaden dürfte ungefähr 80 000 DM betragen.

Der Werkfeuerwehr der Firma Greiner und den Nürtinger und Kirchheimer Löschzügen gelang es glücklicherweise, den Brand einzudämmen und ein Uebergreifen auf die eng angebauten Lagerräume, Fabrikhallen und Wohngebäude zu verhindern. Ein Arbeiter der Firma erlitt bei der Explosion Brandwunden. Er wurde ins Krankenhaus eingeliefert.

Die ungeheure Wucht der Explosion dürfte in erster Linie darauf zurückzuführen sein, daß der gemahlene, feine Korkstaub, der aus Korkabfällen gewonnen und zur Herstellung von Preßkorkwaren verwendet wird, hochexplosiv ist. Theoretisch hätte sich diese Explosion nicht ereignen können, zumal alle Korkabfallstücke, ehe sie in die Korkmühle gelangen, durch eine Maschine laufen, in der starke Magneten alle Metallteile abziehen. Doch auch hier gilt, daß keine Regel ohne Ausnahme ist.

Die Mauern des Gebäudes selbst sind im wesentlichen heil geblieben, da es sich um einen Eisenbetonbau handelt. Lediglich eine Bretterwand wurde völlig zerstört, während eine Mauer einen erheblichen Riß abbekam.

Unsere Feuerwehrmänner haben sich auch in diesem Falle wieder einmal bewährt, indem sie durch ihr energisches Eingreifen den übrigen Fabrikkomplex vor Schaden bewahrten. Mit rund einem Dutzend Strahlrohren bezwangen sie das Feuer. Ein glücklicher Umstand war, daß das Löschwasser dem Nekkar entnommen werden konnte und man nicht ausschließlich auf die Hydranten angewiesen war. Leider muß in diesem Zusammenhang wieder einmal das unverständliche Verhalten des Publikums erwähnt werden. Es ist vorgekommen, daß zahlreiche Zuschauer sich bis in den Innenhof des Fabrikgeländes vordrängten und mit ihrem Gaffen die Feuerwehr an der Arbeit hinderten.

Unsere Lichtspie

„Angela“

Kronenlichtspiele: Ein neuer österreichischer Film, der die Beziehung von Natur und Technik zueinander in einer ansprechenden Handlung darstellt. Ort der Handlung ist ein Alpendörfchen, über dessen Stille und Unberührtheit von der Außenwelt die Technik auf einmal hereinbricht. Es wird ein gigantisches Stauwehr erbaut, durch dessen Anlage Millionen von Menschen elektrisches Licht gebracht wird, während Wiesen und Felder in seiner Nähe durch die Ableitung von Gebirgsbächen versteppen. In den Kampf zwischen Natur und Technik wird ein junger Ingenieur gestellt, der in dem Alpendörfchen aufgewachsen ist und nach seiner Rückkehr aus Amerika als erfolgreicher Baufachmann die technische Leitung des Stauwehrs übernommen hat. Dadurch, daß der Hof, auf dem er geboren wurde und der 300 Jahre lang sich im Besitz der Familie befindet, durch die Anlage des Stauwehrs seines Lebensnervs, des Wassers, beraubt wird, erhält die Handlung eine betont dramatische Note. Nicht zuletzt die sorgfältige Auswahl der Darsteller und eine geschickte Kameraführung machen den Film zu einem sehenswerten Streifen.

„Fregola“

Stadthalle-Lichtspiele: In diesem großen Revue-Film ist es Marika Rökk, die im Wirbel wechselnder Szenerien singend und tanzend das Publikum unterhält. Als „Fregola“, eine Tänzerin und Verwandlungskünstlerin, in Genf gastiert, erfährt sie am Abend ihres

Am 1. August 1952 beginnt Peter Härtling offiziell sein Volontariat bei der Nürtinger Zeitung. Zwei Tage zuvor hat er bereits seine erste Reportage über einen Brand in der Korkwarenfabrik Greiner abgeliefert. Der Artikel wird vor Erscheinen mehrfach redigiert.

Gestern nachmittag, gegen 12.30 Uhr, brach in der hiesigen Korkwarenfabrik C.A. Greiner & Söhne wieder einmal ein Brand aus, dem diesmal die Korkmühle vollständig zum Opfer fiel. Die Brandursache ist noch nicht geklärt. Man nimmt aber an, daß ein metallischer Fremdkörper, der in der Mühle Funken erzeugte und den Korkstaub entzündete, die Explosion der Korkmühle ausgelöst hat. Bei der Detonation, die wie ein Bombenschlag wirkte, wurden Türen und Fenster des Gebäudes gesprengt. Das Gebäude stand nach kurzer Zeit in Flammen und brannte völlig aus. Die gesamte Inneneinrichtung wurde durch das Feuer völlig zerstört. Der Gesamtschaden dürfte ungefähr 80.000 Mark betragen. *(PH, Nürtinger Zeitung, 30. Juli 1952)*

Man hatte auf dem gestrigen Nürtinger Wochenmarkt den Eindruck, als ob die Hausfrauen durch den Sommerschlußverkauf recht kauflustig geworden seien. Allenthalben an den Ständen drängten sie sich und begutachteten Waren und Preise, denn sie wollten natürlich das Billigste und Beste erstehen. Und das war oft gar nicht so leicht. Glaubte man, an einem Stand die Äpfel zu 38 Pfennig besonders preiswert zu bekommen, so mußte man feststellen, daß der nächste Händler für 36 Pfennige noch schönere und bessere hatte. Die Händler unterboten sich wie üblich; dabei gab es oft Schwankungen zwischen 1–3 Pfennigen ...
(PH, »Wochenmarkt im Schatten des Sommerschlußverkaufs«, Nürtinger Zeitung, 8. August 1952)

Ich war damals noch ein ganz junger Bursche, ein Lehrjunge, habe auch nie direkt mit Peter Härtling gesprochen, sondern ihn nur beobachtet. Damals war er noch ziemlich schlank und trug gern schwarz. Der Redakteur schickte ihn oft auf den Wochenmarkt, und wenn er zurückkam, seinen Artikel geschrieben hatte, dann hat es den Peter Härtling immer erschüttert, wenn der Redakteur meinte, das könne man nicht so lassen, das müsse total umgeschrieben werden. Die Redakteure waren eben schon älter, hatten die nötigen Erfahrungen. Bei denen konnte er das journalistische Schreiben lernen. *(Alfred Hau, Nürtingen)*

September 1952

In Luxemburg wird das »Wiedergutmachungsabkommen« mit dem Staate Israel unterzeichnet. Die Bundesrepublik verpflichtet sich darin zu Zahlungen in Milliardenhöhe, um damit die Kosten der Aufnahme jüdischer Flüchtlinge in Israel zu erstatten. Die DDR fühlt sich als »antifaschistischer Staat« nicht für die Greuel der NS-Zeit verantwortlich.

Natürlich konnten wir den Krieg nicht vergessen, die Menschen, die Soldaten, denen man das Töten beigebracht hat, all die Verbrechen, das war doch nicht einfach vergangen. Wir

Auf dem Säer

waren unglaublich froh, daß eine Zeit begonnen hatte, in der keine Bomben mehr fielen, in der nicht getötet wurde, man wieder lesen und sagen durfte, was man denkt, und nicht verfolgt wurde, weil man eine andere geistige Hautfarbe hatte. Doch wie sollte man all die Greuel der Nazizeit vergessen können? Der Schmerz war längst nicht vergangen. Dieses ständige Nachdenken, das Sichkonfrontieren mit der Vergangenheit, das war für uns, auch für Peter, ein anstrengender Prozeß. Viele wollten das nicht leisten. Das Analphabetentum des Herzens war doch sehr weit verbreitet. Gleichzeitig aber sehe ich immer noch diese beiden, Fritz und Peter, den Alten und den Jungen, in Frieden über den Säer wandern, diese Vertikale zwischen Himmel und Erde – in dem Bewußtsein, endlich aufrecht gehen zu können.

Mein Mann und ich haben die Freundschaft mit Peter Härtling als Geschenk für unser Leben empfunden. Fritz Ruoff hat nie gesagt: »Mein Peter!«, sondern immer »Der Peter!«. Er hat ihm alle Freiheit gelassen, auch Treue zu ihm empfunden. Und das ist auf beiden Seiten so gewesen.
(Hildegard Ruoff, Nürtingen)

»Das war eine Zeit, die bei mir geprägt war von einem tiefen Pessimismus über eine Zeitsituation, die doch unser aller Zukunft bedrohte und auch heute wieder sehr präsent ist. Titel belegen mein damaliges Anliegen: Apokalypse, Golgatha, Zeichen, Menetekel, Vision usw ... Zusammenfassend sehe ich dieses Jahrzehnt als Nachwirkung des Hiroshima-Geschehens ...«
(Fritz Ruoff anläßlich der Ausstellung seines expressiven Werks 1949–60 in der Galerie Schloss Remseck)

Härtlings »Venus«

Bruno Nies und ich, wir mochten uns politisch nicht, er war einer der Mitbegründer der CDU in Baden-Württemberg, prägte das Blatt mit seinen Ansichten, so daß ich, wenn ich Einfluß nehmen wollte, mit ihm aneinandergeriet. Wir stritten uns. Wenn ich heute an diese Auseinandersetzungen denke und sie mit dem vergleiche, was mir über heutige politische Auseinandersetzungen in Redaktionen erzählt wird, wie da Leute unter Druck gesetzt werden, dann muß ich sagen, wir haben offen gestritten, und es gab einen Respekt, den jeder vor dem anderen hatte. Ich konnte diesen Bullrichsalzfresser zwar nicht ausstehen, er konnte mich dünnen asthenischen Trottel nicht leiden, und wir haben uns das auch gesagt, aber wir haben miteinander gelebt und gearbeitet. *(PH)*

Bei uns zu Hause gab es sehr erregte Diskussionen. Peter und Mechthild waren immer dabei. Da sind manchmal die Fetzen geflogen. Es ging um die Politik der Adenauer-Ära. Peter war dabei immer etwas links, und wir Geschwister waren eher rechts. Hitzige Diskussionen waren das, die für alle Beteiligten anstrengend waren.
(Ingeborg Ningel, Nürtingen)

(...) Nein, schlaft nicht, während die Ordner der Welt geschäftig sind!
Seid mißtrauisch gegen ihre Macht, die sie vorgeben für euch erwerben zu müssen!
Wacht darüber, daß eure Herzen nicht leer sind, wenn mit der Leere Eurer Herzen gerechnet wird!
Tut das Unnütze, singt die Lieder, die man aus Eurem Mund nicht erwartet!
Seid unbequem, seid Sand, nicht das Öl im Getriebe der Welt!
(Günther Eich, »Träume«)

Kurt Leonhard, unser poetischer Verbindungsmann, der Zauberer, brachte im Büro am Esslinger Marktplatz zwei seiner Poeten zusammen: Johannes Poethen, ein Tübinger Student, der bereits in der Neuen Rundschau Gedichte veröffentlicht hatte und dessen erster Band bei Bechtle für 1956 geplant war, und mich mit meinem grünen Heft und dem sich ankündigenden YAMIN. KuLes Magie wirkte nicht gleich. Poethen benahm sich, schien mir, wie einer, der sich auf einen Stapel eigener Bücher stützen kann, nicht großspurig, aber eigentümlich wendig. Das dunkle Haar hatte er glatt und glänzend nach hinten gekämmt, wie mein Vater. (...) Poethen holte mich in Tübingen vom Bahnhof ab ... Es brauchte nicht länger als einen Nachmittag und einen langen Abend, dass ich ihn mochte, liebte. *(PH–LL)*

Kurt Leonhard

Vierzehn Nürtinger Künstler stellen seit Samstag ihre Werke im Stucksaal der Höheren Landesschule aus. Was man hier zu sehen bekommt, reicht von den Naturalisten bis zu den Abstrakten und spiegelt die Vielfalt der in Nürtingen (und anderswo) vertretenen Kunstrichtungen. (...) Gleich links vom Saaleingang stellt Fritz Ruoff einige bemerkenswerte neue Temperabilder (Temperazeichnungen würde man fast sagen) aus: den »Ecce homo«, wuchtig und erschütternd in seiner Aussage – übrigens ein graphisches Parallelstück zu dem in einem früheren Aufsatz von uns bereits besprochenen »Sitzenden«, einer langgezogenen Gipsfigur, die gleichsam »ihr Gesicht verloren« hat –, ein in erdenschweren Farben gehaltenes »Paar«, zwei Figuren auf blauem Grunde und zwei künstlerisch hochwertige, in metaphysisch-abstrakten Bezirken wandelnde Bilder, »Trümmerblume« und »Ruinennacht«. Ruoffs Bilder gehören zu den besten der Ausstellung, manche von ihnen können sich mit Klee und Baumeister messen.
(Nürtinger Zeitung, 24. November 1952)

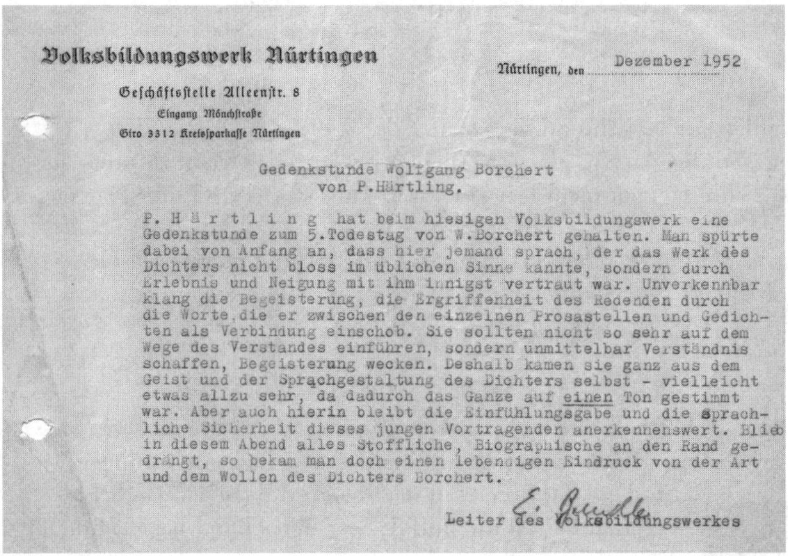

Volksbildungswerk Nürtingen

Geschäftsstelle Alleenstr. 8
Eingang Mönchstraße
Giro 3312 Kreissparkasse Nürtingen

Nürtingen, den Dezember 1952

Gedenkstunde Wolfgang Borchert
von P.Härtling.

P. H ä r t l i n g hat beim hiesigen Volksbildungswerk eine Gedenkstunde zum 5.Todestag von W.Borchert gehalten. Man spürte dabei von Anfang an, dass hier jemand sprach, der das Werk des Dichters nicht bloss im üblichen Sinne kannte, sondern durch Erlebnis und Neigung mit ihm innigst vertraut war. Unverkennbar klang die Begeisterung, die Ergriffenheit des Redenden durch die Worte,die er zwischen den einzelnen Prosastellen und Gedichten als Verbindung einschob. Sie sollten nicht so sehr auf dem Wege des Verstandes einführen, sondern unmittelbar Verständnis schaffen, Begeisterung wecken. Deshalb kamen sie ganz aus dem Geist und der Sprachgestaltung des Dichters selbst - vielleicht etwas allzu sehr, da dadurch das Ganze auf einen Ton gestimmt war. Aber auch hierin bleibt die Einfühlungsgabe und die sprachliche Sicherheit dieses jungen Vortragenden anerkennenswert. Blieb in diesem Abend alles Stoffliche, Biographische an den Rand gedrängt, so bekam man doch einen lebendigen Eindruck von der Art und dem Wollen des Dichters Borchert.

E. [illegible]

Leiter des Volksbildungswerkes

Dezember 1952

Deutsche Erstaufführung von »Casablanca« in Westberlin. Hauptdarsteller sind Ingrid Bergman und Humphrey Bogart.

Kurrie empfing uns, als sei er der Gastgeber, allerdings ohne die Verpflichtung, unsere Rechnung zu übernehmen. Das Café gehörte ihm. Er tänzelte, dienerte zwischen den Tischen, dirigierte ein unsichtbares Heer von Kellnern, wedelte mit Servietten, fächelte sich und Frau Bednarek, die im offenen Eingang stand und auf unsere Bestellungen wartete, Luft zu, wischte sich mit einem schon stark gebrauchten Taschentuch den Schweiß von der Stirn und schien dennoch die Hitze zu genießen. Servus, was hab ich für einen Durst, Kaffeedurst, Sprudeldurst, Durst auf einen Gespritzten, einen eiskalten Riesling – es ist mir völlig gleichgültig, in welchem Zustand mich der Abend sehen wird. (...)

Café Zimmermann, Nürtingen (1952)

Kurrie nahm sich in blanker Wut auseinander, war nahe daran, seine Existenz für null und nichtig zu erklären, sich durch sich selbst zu vertilgen.
Auf der Bühne des Cafés Zimmermann gelang ihm ein wüstes und unvergessenes Kunststück. *(PH–HW)*

Nein, man geht leider nicht mehr ins Zimmermann und auch sonst nirgends mehr hin. Es ist schade, daß die Kollegen eigentlich nur noch zur Arbeit herkommen und hinterher wenig miteinander machen. Ein Gedankenaustausch nach der Arbeit findet nicht mehr statt. *(Volker Haussmann, Nürtinger Zeitung)*

Ich komme als Lokalredakteur in Nürtingen mit der großen Literatur nur in Verbindung, wenn Härtling schreibt, mit ihm kann ich reden. Ein intellektueller Austausch findet ansonsten nicht statt. Und eine Szene, in der man Literatur oder Geschichte debattieren könnte, gibt es in Nürtingen nicht. Das gehört eher in die gute alte Zeit.
(Andreas Warausch, Nürtinger Zeitung)

| Januar 1953

In Paris hat Samuel Becketts »Warten auf Godot« Premiere. Publikum und Kritik schwanken zwischen Zustimmung und Ablehnung.

Februar 1953
Die rechtsradikale Organisation »Freikorps Deutschland« wird wegen Verfassungsfeindlichkeit verboten. Ihre Funktionäre werden inhaftiert. Die Paramilitärs orientierten sich am Programm der NSDAP.

„Ich schreibe mein Herz in den Staub der Landstraße"

Ueber moderne Vaganten der deutschen Dichtung sprach vorgestern abend P. Härtling in der Oberschule vor einem kleinen Kreis, der aufgeschlossen und verständnisvoll seinen Ausführungen folgte. Es war recht anregend, die heutige Dichtung einmal unter diesem Blickwinkel, der den jungen Redner vorteilhaft von aller Schablone und Systematik befreite und ihm die Möglichkeit gab ein Stück seines Herzens, seines innersten Anliegens dieser Betrachtung mitzugeben — und das war wohltuend, war teilweise ergreifend. Wer da gekommen war, erwartete nicht ein Stück Literaturgeschichte, sondern die ichgebundene Aussage eines Menschen, und indem er sie hörte, erschlossen sich ihm doch neue, weitere Horizonte.

Was sind sie nun, diese Vaganten, und wer sind sie? Sind Kunst und Künstler sowieso nur in einem bedingten Maß Funktion und Wirkung innerhalb der gesellschaftlichen Ordnung, so stehen diese „Brüder der Straße" im besonderen außerhalb, sie verkörpern die Freiheit künstlerischen Tuns und Sagens in stärkstem Maß. Sie stellen den „Aufstand gegen die Schablone" dar, die sind die Fahrenden ohne bürgerliche Sicherheit und Festigkeit, die ewig Unruhigen, die Freien und im höchsten Grade Gefährdeten, wie ihr frühes Urbild, François Villon, zeigt. Aber das sind nun nicht einfach Bummler, sie sind ewig unterwegs nach hohen Zielen, die immer fern winken, bis sie in erfüllten Augenblicken irdische Wirklichkeit werden. Sinn dieses Daseins ist, den Seßhaften den Zauber und die Seligkeit der Freiheit zu zeigen.

Mannigfaltig sind die menschlichen und künstlerischen Erscheinungsformen dieser Vaganten, weit spannt sich der Bogen vom natur- und gottinnigen Peter Hille, fast im Sinne des heiligen Franziskus, bis zu den scharfen und unerbittlichen Anklägern B. Brecht und F. Wedekind. Bedeutende und wohlvertraute Namen sind darunter: Hermann Hesse mit seinem „Knulp" und einigen Gedichten, der von vielen geliebte „Oberschwäbische Eulenspiegel", Dr. Owlglass und J. Ringelnatz, der in einen Vers den ganzen Zauber des Fernwehs gelegt hat:

In eines Holzes Duft lebt fernes Land.

Manch schönes Wort, manchen tiefen Gedanken, manchen größeren Klang vernahm man im Lauf dieses Abends. Vielleicht hätten weniger Namen genannt werden, dafür einige stärker in den Mittelpunkt gerückt werden sollen — mancher Ton verklang allzu schnell. Man war wohl auch nicht mit allen Formulierungen, die manchmal etwas zu allgemein und unbestimmt anmuteten, einig. Aber was will es besagen, wenn man bedenkt, daß all das von einem kaum Zwanzigjährigen kam? Die Hörer waren für diesen Abend dankbar und bezeugten es durch ihren Beifall.

Portland-Zementwerke

Umsatzentwicklung im Geschäftsjahr 1952 befriedigend war. Die Auflösung der Verkaufsverbände im Jahr 1945, die sich erst nach Beseitigung der Bewirtschaftung voll auswirkte,

In Gedanken berührt er sie. Und er redet sich ein, daß es ihm genüge. Nur wenige Male ist er bei ihr zu Besuch. Da betritt er unerlaubtes Terrain. Ihre Mutter mißtraue ihm, sie höre halt auf den Klatsch. Sie begnügen sich mit den wenigen Orten, an denen ihr Zusammensein kaum auffällt, mit der Redaktion, der Druckerei, dem Fenstertisch im Café Zimmermann. *(PH–HW)*

Doch, diese Redaktionssekretärin gab es und auch dieses Ledersofa in der Redaktion, an das kann ich mich genau erinnern, das war eines von denen, die früher bei Ärzten im Wartezimmer standen. Die Frau war tatsächlich von einem besonderen Format. Wenn die in die Setzerei kam, dann war immer Highlife. Sie hatte oft einen Schal um den Hals gelegt, war überhaupt sehr modisch gekleidet und hatte ein ungemein sicheres Auftreten. Nachdem Härtling fort war, wollte ein Kollege, ein Maschinensetzer, sie daheim besuchen, ganz klassisch, mit einem Blumenstrauß, weil das ihre Mutter gern gesehen hat. Ich weiß aber nicht, ob sie ihn reingelassen hat. *(Alfred Hau, Nürtingen)*

Mit keinen allzu großen Erwartungen fuhren wir gestern abend auf den Hohenneuffen, wohin uns die Firma Elektro-Haußmann zu einer erstmaligen Fernsehvorführung eingeladen hatte. (...) Das war für uns ein eigenartiges Gefühl, gewissermaßen ein »historischer« Augenblick, als wir auf dem Hohenneuffen in der Gastwirtschaft vor den beiden Empfängern standen. So hatten wir uns das nicht vorgestellt! In vollkommener Klarheit, wie gute Fotografien, wechselten die Bilder auf dem Empfangsschirm. An das leichte Flimmern, das aber vom Sender herrührt und eine Eigenart des Fernsehens ist, gewöhnte man sich bald. Sogar einige zufällig anwesende Amerikaner waren begeistert.
(Nürtinger Zeitung, »Fernsehen auf dem Hohenneuffen«, 5. Juni 1953)

Juni 1953

Sowjetische Panzer gehen in Ostberlin gegen Streikende und Demonstranten vor. Aus einem Streik gegen die Erhöhung von Arbeitsnormen ist ein DDR-weiter Aufstand geworden. Viele Demonstranten werden getötet. Andere werden später zum Tode verurteilt. Drei Monate zuvor war Joseph W. Stalin gestorben.

Juli 1953

In Hannover findet das erste große Soldatentreffen nach Kriegsende statt. 15.000 ehemalige Wehrmachtsoldaten und Angehörige der Waffen-SS nehmen daran teil.

Kein Beruf. Verheiratet. Amputation des linken Armes (1941 Rußland) und Lebensunterhalt durch Kriegsversehrtenrente. Studium (versucht): Architektur. Studium (durchgeführt): Deutsch und Kunstgeschichte. Erinnerung an verschiedene Städte: Wilhelmshaven (1921 bis 1932), Papenburg (ab 1933), Krefeld (als Soldat), Dresden und Leipzig (bis 1945), Hamburg (nach 1945). Schreibend seit dem 15. Lebensjahr, unregelmäßig. Frühe Einflüsse: Strindberg und George. Einfluß durch Abwehr: Rilke. Als Lehrer zu bezeichnen: Kassner, Ernst Jünger, Rudolf Borchardt, Adorno und Wittgenstein. Spätere Einflüsse: Benn, Pound, Arp, Brecht. Lieblingslektüre: Bilder von Klee und Picasso; Tristram Shandy, Lichtenberg, Flaubert, Faulkner und Kino.
(Helmut Heißenbüttel, »Stenogramm«)

Lieber Peter Härtling! Bitte. Kommen Sie vorbei. Aber seien Sie nicht enttäuscht. Zu Haus bin ich bis mittags 12, nachmittags meist ab 4, abends selten. Bitte dreimal klingeln. Mit Quartier ist es schlecht, da ich als billiges nur mein eigenes kenne, und das sind 6 qm. Aber ich werde mich noch mal umsehn. Hamburg ist teuer (und spießig).
(Helmut Heißenbüttel, Brief vom 19. September 1953)

Helmut Heißenbüttel

KLEINE MUSIK FÜR DICH
thema: träumend wirds gelingen ... - K. L.-

1.
das ist so ein tag
traurig und hingeweint
soll ich dir davon erzählen
der feldweg der durch deine
hände führt
mit den holpernden bauernwagen
der fremde gast aus dem
morgenland
der kleine schmerz
der auf deinen wangen tollt
sentimentale gefühle
der lauen winde
die sich im winter verloren haben
schweigendes schrein
in den bäumen
die sich umarmen

2.
in eine pfütze träum
ich dein gesicht
du bists nicht
und doch bist dus
meine liebe macht die pfütze
leuchten

ein auto bespritzt meine hose
die wir chagallhose nennen
und ein haus fällt auf meine brust

Im Herbst 1953 erscheinen »Poeme und Songs«, versehen mit Zeichnungen von Fritz Ruoff, »als manuskript gedruckt« im Bechtle-Verlag Esslingen. Ihnen vorangestellt ist ein Zitat von Jakob Haringer: »aber des herzens verbrannte mühle tröstet ein vers«. Dann folgen die Gedichte:
QUICHOTTE – schlafbruder songmacher trümmerclown (für mechthild)
KLEINE MUSIK FÜR DICH – thema: träumends wird's gelingen ... -K.L.
DEM ZAUBERER CHAGALL UND GEBET AN DEN LIEBEN GOTT
POEM DES MORGENS

Das geplante Bändchen brauchte seine Zeit. Je länger wir debattierten und prüften, um so weniger Gedichte blieben übrig. Würden sie überhaupt ausreichen? Leonhard kam auf die Idee, daß Ruoff ein paar Zeichnungen beisteuern solle. Die Klischees müßten wir allerdings selber bezahlen. Und das Heft würde »als Manuskript« gedruckt werden, die Rechte blieben also bei mir, der Verlag sorge für Werbung und den Vertrieb. Er denke an eine Auflage von 300 Exemplaren. Im Herbst 1953 holte ich mir die Belege ab. Nie wieder war ich so stolz auf ein Buch, nie wieder so glücklich. Es war ein Ausweis für die Zukunft. *(PH, »Vielleicht ein Narr wie ich«)*

Oktober 1953

Hans Globke, ehemaliger »Spezialist für Judenfragen« im Reichsinnenministerium, wird Staatssekretär für Inneres im Bundeskanzleramt. Konrad Adenauer hatte zuvor die Bundestagswahlen unerwartet hoch gewonnen und die Regierung aus einer Koalition aus CDU/CSU, FDP, DP (»Macht den rechten Flügel stark«) und BHE gebildet.

(...) Die Jugend zweier Weltkriege marschierte an Musäus vorbei, und Musäus nahm bleich die Parade ab. Die Mütter zweier Weltkriege zogen stumm an Musäus vorüber, und Musäus grüßte bleich ihren schwarzumflorten Zug. Die Staatsmänner zweier Weltkriege schritten mit Orden bedeckt zu Musäus hin, und Musäus unterschrieb bleich die Verträge, die sie ihm vorlegten. Die Generale zweier Weltkriege kamen mit Orden übersät im Stechschritt vorbei; sie stellten sich vor Musäus hin, zogen ihre Säbel, salutierten und forderten Pensionen. Musäus gewährte bleich die Pensionen, und die Generale packten ihn, führten ihn auf den Schindanger und überlieferten ihn dem Henker (...)
(Wolfgang Koeppen, aus: »Das Treibhaus«, Stuttgart 1953)

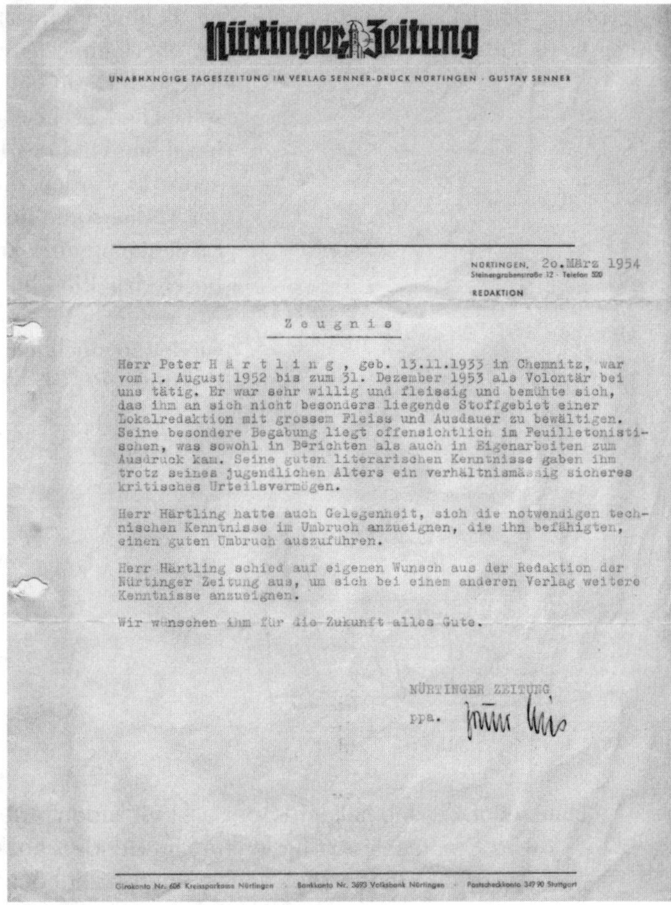

Nürtinger Zeitung

UNABHÄNGIGE TAGESZEITUNG IM VERLAG SENNER-DRUCK NÜRTINGEN · GUSTAV SENNER

NÜRTINGEN, 20. März 1954
Steinengrabenstraße 12 · Telefon 520

REDAKTION

Z e u g n i s

Herr Peter H ä r t l i n g , geb. 13.11.1933 in Chemnitz, war vom 1. August 1952 bis zum 31. Dezember 1953 als Volontär bei uns tätig. Er war sehr willig und fleissig und bemühte sich, das ihm an sich nicht besonders liegende Stoffgebiet einer Lokalredaktion mit grossem Fleiss und Ausdauer zu bewältigen. Seine besondere Begabung liegt offensichtlich im Feuilletonistischen, was sowohl in Berichten als auch in Eigenarbeiten zum Ausdruck kam. Seine guten literarischen Kenntnisse gaben ihm trotz seines jugendlichen Alters ein verhältnismässig sicheres kritisches Urteilsvermögen.

Herr Härtling hatte auch Gelegenheit, sich die notwendigen technischen Kenntnisse im Umbruch anzueignen, die ihn befähigten, einen guten Umbruch auszuführen.

Herr Härtling schied auf eigenen Wunsch aus der Redaktion der Nürtinger Zeitung aus, um sich bei einem anderen Verlag weitere Kenntnisse anzueignen.

Wir wünschen ihm für die Zukunft alles Gute.

NÜRTINGER ZEITUNG

ppa.

Girokonto Nr. 606 Kreissparkasse Nürtingen · Bankkonto Nr. 3693 Volksbank Nürtingen · Postscheckkonto 34790 Stuttgart

Peter Härtling beendet im Dezember 1953 sein Volontariat bei der Nürtinger Zeitung. Im obligatorischen Zeugnis wünscht man ihm für die Zukunft alles Gute.

Er verdichtet sein Leben.
Wächst.

Auf Empfehlung seines Verlegers Bechtle kann Peter Härtling sein Volontariat zu Beginn des Jahres 1954 bei der »Heidenheimer Zeitung« fortsetzen. Damit lebt er zwar in einiger Distanz zu den hilfreichen Nürtinger Freunden, aber mit der besseren Berufsperspektive für einen, der sich in den Zeilen des Feuilletons eher zu Haus fühlt als im alltäglichen Lokaljournalismus. Doch bevor er die Weihen eines Feuilletonredakteurs empfangen kann, schlägt er als Volontär noch einmal hart im lokalen Tagesgeschäft auf. Zusammen mit seinem Heidenheimer Volontariatskollegen wird Härtling »buchstäblich geschliffen«. Uli Renz, heute gelassener und fröhlicher Rentier, Buchautor zum Thema NS-Prozesse, ehemaliger Chef von United Press International, wohnhaft in Karlsruhe, nennt ihre gemeinsame Zeit unter der heftig autoritären Fürsorge des Lokalchefs Dankwart Reissenberger eine der gemeinsamen »Leiden«. Derlei Leid indes schweißt zusammen, ermöglicht Nähe und Freundschaft, stiftet gegenseitigen Halt.

Die beiden halten gegen den konservativen Druck zusammen, verschaffen sich zudem Literatur, leben nach Feierabend in Büchern, debattieren über Hemingway, Faulkner und verrichten am nächsten Morgen ihre alltäglichen Aufgaben. Härtling schreibt Reportagen, auch wieder Kolumnen, solche über den »Zeitungsmann«, jenen »alten Mann mit der riesigen Ledertasche«, ebenso wie über all die »Kalenderblätter«, die er laufend vergißt abzureißen und deshalb permanent mit dem aktuellen Datum hadert – ein hochkonzentrierter Dichter eben. Inzwischen liegen Yamins Zeilen im Verlag vor, und auch die erste Rezension von »Poeme und Songs« ist erschienen: »unsicherer Geschmack« mitunter, aber auch »Verse, in denen die Gewichte der Welt leichter schwingen«, werden ihm attestiert. Ihm, den sie in der neuen Redaktion nicht mehr »Yamin« nennen wie noch in Nürtingen, sondern »Pickart«, ostälbisch für den Tiefseeforscher Jacques Piccard, der seit einiger Zeit mit seinem Vater den tiefsten Meeresgrund erkundet und die Haare ebenso unverschämt »lang« trägt wie der junge Härtling. »Alle nannten ihn nur den Pickart, ob Redakteur oder Setzer«, weiß Renate Oetinger, einst Redaktionssekretärin, noch genau und auch, daß die meisten Kollegen mit den Gedichten des Journalisten wenig anfangen konnten.

Heute zeugt man dem Dichter hingegen Respekt. Nicht nur am »HZ-Stammtisch«, der ständig die ehemaligen Reakteure der Zeitung zum Palaver ruft, sondern überhaupt im nüchtern durchrenovierten, vom industriellen Anlagenbau dominierten Heidenheim, das sich stolz zeigt, wenn Härtling im Konzert-, Rat- oder Gemeindehaus liest. Immer wieder ist dann vom »ehemaligen HZ-Redakteur« die Rede, der sich einen Namen gemacht hat, der auch mit »unserer Stadt« zu tun hat. So aufmerksam wie die engagierte Besitzerin der kleinsten Buchhandlung vor Ort verfolgt Heidenheim das Schaffen des einstigen Volontärs, der im Januar 1954 zunächst möbliert in der Bismarckstraße wohnt, dann aber in die höher gelegene Martinstraße umzieht, in eine kleine »Bude« mit Blick auf das alte Schloß Hellenberg, inzwischen beliebter Aufführungsort für manch klassische Symphonie.

Als Sportredakteur Erwin Roth den Lokalchef Reissenberger auf dessen Posten ablöst, wird es mit dem »Schleifen« von Härtlings Artikeln nicht besser. Er habe eben »den Lokalnachrichten die Lyrik austreiben« müssen, meint Roth noch heute ganz selbstverständlich – ein kleiner herzlicher Mann, fünffach in Rußland verwundet, »auch ein Auge habe ich dort gelassen«, der nach dem Krieg Germanistik studierte und 1948 bei der frisch lizenzierten Heidenheimer Zeitung anfing, später dann als Presseattaché im diplomatischen Dienst beschäftigt war. Trotz aller Strenge war er es, der sich zuvor für Härtlings Anstellung eingesetzt hatte, ihn abwegig und daher interessant genug fand, eine Redaktion zu bereichern, in der selbst ein bunter, später erzkonservativer Vogel und Sprecher der Bundesregierung wie Johnny Klein sein Wesen trieb. Und es war die Wohnung von Erwin Roth und seiner Frau Nane, in der Härtling aufgenommen wurde, in der er Freunde, Nähe fand und manch guten Rat.

Selbstverständlich zieht es ihn an den Wochenenden immer wieder nach Nürtingen. Fritz und Hildegard Ruoff sind neugierig, auch die Tanten, aber erst recht muß er nach Tübingen, wo Mechthild Psychologie studiert. Zunächst fährt er mit dem Bus zu ihr, dann mit der Redaktions-Vespa. Die Übungsstunden für den PKW-Führerschein, der ihm (bis heute) vieles erleichtert hätte, hat Härtling abgebrochen, weil der Fahrlehrer einer jener »Altnazis« ist, die nach wie vor zahlreich zum Alltag im postfaschistischen Adenauer-Deutschland gehören. »Pickart« fährt hilfsweise auf dem Motorroller, teilt sich den mit Uli Renz, schreibt, recherchiert, sogar einen Mord: den »Mordfall Böhler«. Inzwischen ist er, noch keine einundzwanzig Jahre alt, Feuilletonredakteur geworden, bespricht Filme, Konzerte, Theateraufführungen, führt Interviews, auch eines mit dem Clown Grock, winkt ihm nach, schreibt ihm einen »Abschiedsbrief«, als der große Alte das Städtchen Heidenheim samt Zirkuswagen verläßt.

Die Arbeit im Feuilleton macht Härtling zunehmend frei. Sie läßt ihn zu seinen Dichtern, zu seinen Vorbildern, zu Schiller, Hesse, auch zu Thomas Mann kommen, dem er zum 80. Geburtstag enthusiastisch eine ganze Zeitungsseite widmet, kurz darauf aber auch den Nachruf schreiben muß. Er baut Sätze in Sachen Kultur, schreibt auch nebenher auf seiner »Hermes Baby«, die er sich auf Anraten von Uli Renz als erstes »Schreibmaschinchen« vom mageren Gehalt geleistet hat, tippt Eigenes für andere Zeitungen und will bald nichts anderes mehr als: frei schaffen, unabhängig sein. Doch der Freundeskreis rät ihm ab.

Im frühen Herbst 1955 erscheint Härtlings zweites Buch: »Yamins Stationen«, mit einem einfühlsamen Nachwort von Kurt Leonhard, der die Haltung seines Autors zur Welt wohl erkannt hat: »Nichts ist begreifbar, niemand findet heim, nirgends ist Dauer.« Die Kritik nimmt den Gedichtband mehrheitlich positiv auf. Selbst Karl Krolow schreibt eine Rezension in der Stuttgarter Zeitung: »so reizvoll wie heikel« beurteilt er die »große Empfindsamkeit« von Härtlings Lyrik.

Und geht dann doch. Macht sich frei. Verläßt Ende 1955 Heidenheim und ist wieder in Nürtingen, Achalmstraße. Härtling sucht nach einem weiteren Anfang, will sich versuchen. Er träumt. Von einer Literaturzeitschrift, die alle seine Gegenwarts-Dichter vereinigt. Nur ein Traum. Und doch mehr. Bald wird er seine Dichter – Ingeborg Bachmann, Günter Eich, Walter Höllerer, Helmut Heißenbüttel, Johannes Poethen u. a. – in einem ersten Prosaband versammeln, sich in ihren »zeilen zuhaus« fühlen, das Gedichteschreiben und Gedichtelesen als Abenteuer feiern. Doch zunächst schreibt er journalistisch, veröffentlicht, hie und da, auch in der »Deutschen Zeitung« in Stuttgart, deren Chef, Helmut Cron, ihn überraschend einlädt, anwirbt und offiziell am 15. Februar 1956 als Redakteur im Feuilleton anstellt.

Täglich fährt Härtling nun von Nürtingen oder Tübingen nach Stuttgart. Ins, heute leerstehende, Verlagsgebäude Silberburgstraße. Ein junger Feuilletonist unter einer Menge Edelfedern. Hier heißt er nicht mehr Pickart, sondern ist der Härtling, Kürzel: »Hg.«. Hier schreibt er Rezensionen, Preis-Würdigungen, auch über Arno Schmidt, auch Impressionen eines Urlaubs in der Provence, während die »Suezkrise« die Welt an den Rand eines globalen Krieges drängt und die Demokratiebewegung der Ungarn nur einen Monat später von sowjetischen Panzern niedergewalzt wird. Solche Bedrohungen rühren an schmerzhafte Erfahrungen und Ängste, wollen eine Form finden. Härtling verfaßt den »Hymnus Magyar«, gewidmet dem ungarischen Volk und dem Andenken des Dichters Sandor Petöfi: »Phosphor fließt über die Lippen der Dichter.«

Inzwischen hat er Mechthild Maier einen Heiratsantrag gemacht, in der Nürtinger Marktstraße das nötige Einverständnis ihrer Eltern bekommen, auch einen weit vorgeschobenen Termin, erst einmal nur für die Verlobung: Sylvester 1957. Peter Härtling wird Mechthild lang vor diesem Datum aus dem Manuskript vorgelesen haben, das der Neske-Verlag im Verlobungsjahr als Buch veröffentlicht: »in zeilen zuhaus« – die lang vorbereitete Prosa-Hommage an die »Vaganten«, deren Poesie ihn seit Jahren begleitet. Er erntet durchaus Lob dafür, aber auch den ersten (nicht den letzten), immerhin umfangreichen Verriß: »Zerschwatzte Lyrik«. In der ZEIT erscheint zudem eine etwas ambivalente Kritik aus der Feder eines in England ansässigen Emigranten namens Erich Fried, der gerade selbst seinen ersten eigenen Lyrikband in Deutschland veröffentlicht hat.

Endlich ist Härtling verlobt, hat seiner Liebe qua Ritual festen Grund gegeben. In dieser Zeit schreibt er im Feuilleton der DZ über den »sowjetzonalen Schriftsteller« Stephan Hermlin, bricht Lanzen für die modischen Extravaganzen von »Sonderlingen« und tritt der vierzehnjährigen Tochter der Schauspielerin Lana Turner zur Seite, die den Liebhaber ihrer Mutter »mit dem Brotmesser erstochen« hat. All dies sind professionelle Notate im Feuilletonisten-Alltag, hinzu kommen Beiträge für den Rundfunk, Dichterporträts, Reden zu Ausstellungseröffnungen, Ruoff natürlich, während gleichzeitig weitere Gedichte entstehen, schon entstanden sind und bei Bechtle veröffentlicht werden: »Unter den Brunnen«. Die Kritik ist sich nicht einig, wie soll sie auch, aber heraus ragt jene »Schlachthof«-Kolumne Peter Rühmkorfs in der Studentenzeitung »Konkret«, die offensichtlich dem ironischen Diktum Walter Benjamins gefolgt ist: »Wahre Kritik hat sich ihren Gegenstand so liebevoll zuzurichten wie der Kannibale den Säugling.« Zum ersten Male fühlt sich Peter Härtling genötigt, auf eine Kritik zu antworten. Nicht ohne Wut.

Derweil arbeitet er schon länger für den Goverts-Verlag an seinem ersten Roman, erweist sich dabei als renitent gegen wohlwollende Kritik von Freunden wie Helmut Heißenbüttel, überzeugt indes seinen Lektor Franz Schonauer und präsentiert den Prosaerstling im Jahre 1959. Zuvor aber muß Härtling, Ende 1958, eine Entscheidung über Raum und Zeit treffen: Die »Deutsche Zeitung« hat konservative Finanziers aus der Wirtschaft gefunden, wird auf tägliches Erscheinen umgestellt und soll von Stuttgart nach Köln umziehen. Alles gerät in Bewegung. Ein neuer Chefredakteur wird eingestellt, Kollegen gehen, nicht zuletzt zur »Frankfurter Allgemeinen«, andere werden eingestellt, auch im Feuilleton, darunter auch der Schriftsteller Hans Bender, Gründer der Zeitschrift »Konturen« und seit 1964 mit Walter Höllerer Herausgeber der Zeitschrift »Akzente«. Neue Verhältnisse, neue Perspektiven.

Peter Härtling bespricht sich mit Mechthild, den Freunden, auch mit Fritz Ruoff, und zieht mit der Karawane. Mechthild wird nachkommen. Er verabschiedet sich von den Tanten, besucht noch einmal das Grab der Großmutter, die nach monatelanger Pflege durch Schwester Lore vor mehr als drei Jahren gestorben ist. Härtling löst sich einmal mehr von der Stadt Nürtingen, die ihm so lang ungeliebt und eng, aber doch Zuflucht war. Zieht aus. Nicht so fremd, wie er eingezogen ist.

Januar 1954

Franz Josef-Wuermeling, Familienminister der Adenauer-Regierung, fordert »Volkszensur« gegen »familienzersetzende« Filmproduktionen

Elvis Presley nimmt, neunzehnjährig, seine erste Platte auf: »That's All Right Mama«. Er bekommt einen Plattenvertrag. Spätestens jetzt beginnt die Ära des Rock 'n' Roll.

Im Januar 1954 zieht Peter Härtling auf die Ostalb und setzt sein Volontariat bei der Heidenheimer Zeitung fort. Gehalt: 250 Deutsche Mark.

Xaver Spang, der sich im ersten Stock des Eisenbahnerwohngebäudes Nr. 18 aufhielt, bemerkte plötzlich, daß Rauch durch die Fugen des Bodens drang. Er lief sofort in das Erdgeschoß, wo ihm beißender Rauch aus der Tür, die zum Wohnraum der Familie eines Bundesbahnbediensteten führt, entgegenschlug. Spang brach die Tür auf und drang in den Raum ein, konnte vor Rauch jedoch kaum mehr etwas erkennen. Bei einem jähen Lichtschein sah er eines der drei Kinder, die sich im Raum befanden. Er riß es mit sich und packte auch das zweite, das er gerade noch bemerkte. Beim Herausstürzen konnte er noch das dritte der Kinder entdecken. Er lief noch einmal zurück, um auch dieses Kind vor dem Erstickungstod zu retten.
(PH, »Zugführer rettet das Leben dreier Kinder«, Heidenheimer Zeitung, 8. Januar 1954)

Ich war der erste, der ihn überhaupt gesehen hat. Es gab anläßlich des Einstellungsgesprächs Widerstand, auch beim Lokalchef Dankwart Reissenberger, die waren sich alle nicht sicher, ob man einen wie den Härtling nehmen sollte. Ich habe mich hundertprozentig für den Peter eingesetzt. Was die anderen irritiert hat, das waren seine Hilflosigkeit, seine Sprunghaftigkeit. Er machte einen tatterigen Eindruck, genau das aber hat mir an ihm gefallen. Er hat mir auch von seinen Poemen und Songs erzählt, von seinem ersten Bändchen, das bei Bechtle verlegt wurde, die Kollegen haben wenig Verständnis dafür gezeigt. Ich habe zwar auch wenig davon verstanden, aber mir war es sympathisch, daß ein junger Kerl solche Gedichte schreibt. *(Erwin Roth, Heidenheim)*

Der Peter Härtling hat damals ein wenig mißtrauisch durch seine dicken Brillengläser geschaut, war dürr, trug einen verschlissenen braunen Cordanzug und sein erstes gedrucktes Büchlein, die Poeme und Songs, bei sich. Das Büchlein hat in der Redaktion einiges Aufsehen erregt, weil das ganz moderne Lyrik war und alles klein geschrieben. Ein paar ältere Herrschaften haben sich darüber lustig gemacht. Also der erste Eindruck war der eines Menschen, der sich uns einigermaßen mißtrauisch näherte und den auch wir skeptisch beäugt haben. Das hat sich aber sehr schnell gelegt, weil wir gemerkt haben, daß der Peter Härtling ein sehr guter Journalist, ein sehr guter Reporter war und im Umgang außerdem ein sehr angenehmer Mensch. Die anderen haben denn auch sehr schnell Kontakt zu ihm bekommen, aber vor allem wir zwei Volontäre haben uns gut verstanden. Ich habe ihn schon bald den »Obervolontär« genannt, weil ich damals noch im ersten Ausbildungsjahr war und er schon im zweiten. *(Ulrich Renz, Karlsruhe)*

Wegen seiner relativ langen Haare bekam Peter Härtling von einem Rotationsdrucker den Namen »Pickart« – in bezug auf den Meeresforscher Piccard, der auch längeres Haar trug. Ob Drucker, Setzer oder Redakteur, bei allen war er nur als Pickart bekannt. Am Pickart fiel zudem auf, daß er dichtete. Von allen wurde er belächelt, weil er schon sein erstes Gedichtbändchen herausgebracht hatte. Wir konnten ohnehin mit Lyrik nicht viel anfangen, und außerdem reimte es sich nicht. Das war besonders schlimm: Seine Verse reimten sich nicht. *(Renate Oetinger, Heidenheim)*

Peter Härtling (geb. 1933) nennt sich selbst einen Träumer und »Songmacher«. Was er uns auf den 16 Seiten seines Heftchens anbietet, hat tasächlich etwas von der scharfen Würze des Songs, der kraß belichtet und entsprechende Schlagschatten wirft. Dann wieder verschwimmen diese Strophen sehr effektvoll in einem ätherischen Surrealismus – oder der junge Härtling schluchzt im bunten Scheinwerferlicht der Gefühle auf, daß es einem manchmal an die ästhetischen Nieren geht. Einiges zeugt also noch von einem recht unsicheren Geschmack. Wo aber das ganz Absichtslose, Verspielte sich Ausdruck verschafft, lesen wir Verse, in denen die Gewichte der Welt leichter schwingen.
(Rezension von Heinz Piontek, 1954)

Mai 1954

Der Fotograf Robert Capa wird im Indochinakrieg durch eine Mine getötet. Kurz zuvor ist die französische Festung Die Bien Phu in Nordvietnam durch die Belagerung kommunistischer Vietminh gefallen. Capa wurde besonders durch seine Kriegsfotografien berühmt, veröffentlichte u. a. in den Magazinen »Life« und »Time«. Weltbekannt ist sein Foto aus dem Spanischen Bürgerkrieg, das einen republikanischen Freiwilligen zeigt, der von einer Kugel tödlich getroffen wird.

Wir haben eine gewisse Leidenszeit durchstehen müssen, weil unsere Ausbilder sehr hart waren. Wir sind von zwei Redakteuren buchstäblich geschliffen worden, der eine hieß Dankwart Reissenberger, der andere Erwin Roth – die haben uns sehr hart rangenommen. Dankwart Reissenberger hat mich eine Meldung, eine Zwölfzeilenmeldung, sechzehnmal umschreiben lassen, bis sie ihm gepaßt hat. Der konnte redigieren, daß man den eigenen Text hinterher kaum wiedererkannt hat. Oder er hat uns zu einem Polizeibeamten geschickt, den er vorher instruiert hatte. Der Beamte hat uns lang und breit einen Unfall geschildert, und daraus sollten wir dann eine Sechszeilenmeldung machen. Solcherart war die Ausbildung.

Wenn ich heute Peter Härtling treffe, denken wir noch oft daran, daß wir diesen Ausbildern gelegentlich gern Gift in den Kaffee geschüttet hätten. Andererseits sind wir uns klar darüber, daß diese Ausbildung ganz hervorragend war und daß wir unsere weitere journalistische Laufbahn vor allem diesen beiden Redakteuren zu verdanken haben.
(Ulrich Renz, Karlsruhe)

Der damalige Redaktionsleiter, Dankwart Reissenberger – er ging später nach Bonn und wurde Vorsitzender der Bundespressekonferenz –, war ein Siebenbürger, ein fröhlicher Sadist, wir mochten ihn alle sehr. Der Reissenberger hat dafür gesorgt, daß Uli Renz und ich hintereinander saßen, an zwei kleinen Volontärsschreibtischen, die im Vergleich zu den Redakteursschreibtischen winzig waren. Wir beide fühlten uns verbunden, konkurrierten mitunter, hatten aber auch immer gemeinsame Lektüre. Ich werde nie vergessen, wie der Uli, der ein großer Kenner war, mich in die amerikanische Literatur einführte. Mein erster Faulkner ist ihm geschuldet. *(PH)*

Der Peter hat am Anfang seine Lyrik in die Lokalnachrichten eingebracht, und die mußte man ihm eben austreiben. So wie der Johnny Klein zum Beispiel jeden Artikel wortreich mit einem großartigen Bild angefangen hat, das ich ihm streichen mußte, so hat auch der Peter die harte Berichterstattung lernen müssen.
Dankwart Reissenberger hingegen konnte durchaus zynisch sein, der hat dem Peter sehr zugesetzt. Wenn Peter zu seiner Mechthild nach Nürtingen wollte, hat sich der Dankwart einen Sport daraus gemacht, den Peter kurz vor der Abfahrt noch mit irgendwelchen Aufgaben zu nerven. Er war wohl noch strenger als ich. Ich habe einfach sehr auf das Stilistische geachtet. Die Kerle sollten so trocken wie möglich, aber auch so farbig wie möglich schreiben. Das haben sie im Laufe der Zeit auch alle gelernt.
(Erwin Roth, Heidenheim)

Abschiedsbrief an den großen Clown Grock

Heute letzte Vorstellungen auf der Drehmanege im Circuszelt auf dem Erchenplatz

Lieber GROCK!

Sie saßen an dem runden Tisch im Restaurationszelt Ihres Zirkus und sprachen über frühere Zeiten. Niemand wird es vergessen, der dabei war. Denn da entstand von neuem eine Welt, die für uns Junge schon längst versunken ist. Eine Welt, die ebenso aus Trauer und Freude bestand, die aber mehr glanzvolle Stunden hatte als die unsere. Sie sprachen von Düsseldorf, Berlin und Köln, wo Sie auftraten und wo Ihnen das Publikum zujubelte. In Ihrem Gesicht stand noch die Freude, die Sie damals wohl empfunden hatten. Wir sahen das große Publikum, das in den zwanziger Jahren vor der Varieté-Bühne saß und Ihre Kunst bestaunte.

Ich weiß nicht, ob das alle Menschen gleich empfunden hatten, als sie gestern rund um die Manege des Zirkus Grock in Heidenheim saßen. In mir auf jeden Fall lebte Traurigkeit und Freude auf einmal. Ich dachte an das, was Sie auf der Bühne in fünf Jahrzehnten in allen Städten der Welt erfahren haben. Ich dachte an die Gesichter, die Sie während der Vorstellung sahen und die ständig ihren Ausdruck wechselten. Wie viele Gesichter haben Sie wohl schon in Ihrem Leben gesehen — offene und verschlossene, verhärmte und vergeistigte. Ich weiß, Sie kennen die Herzen der Menschen genau, Sie sehen in sie hinein und empfinden mit ihnen.

Gestern, als wir uns unterhielten, sagten Sie sehr bescheiden: „Ich bin nur ein Clown." Aber was ist alles in diesen Worten enthalten: Die Weisheit eines ganzen Lebens. Lieber Grock, Sie sind nicht nur ein Clown, Sie sind ein Künstler, der den Menschen das bringt, was sie so nötig brauchen: Freude. In dieser grauen und müden Zeit, die wir gerade erleben, sind Sie einer der Lichtpunkte, die ständig neue Kraft ausstrahlen.

Ich habe gehört, daß Sie Ende Oktober von der großen Bühne Ihrer Laufbahn abtreten wollen. Ich kann es gut verstehen, denn Sie sind schon 74 Jahre alt, und das allabendliche Auftreten nicht vergessen, lieber Grock. Sie sind eine jener Gestalten, die sich einprägen und die wie Leuchttürme in die Zeit ragen. Das Licht, das Sie ausstrahlen, ist gütig und groß, und Ihr Spiel, das Sie jeden Abend von neuem in der Manege zeigen, ist nicht nur das eines einfachen Clowns, sondern das eines Weisen, der erfahren hat, daß der Mensch im Grunde seines Herzens gut ist. Jeder Mensch!

Sie erzählten uns gestern von allen Völkern der Erde, und Sie berichteten, wie Sie von allen — ohne Ausnahme — freudig empfangen wurden. Sie selbst wissen genau, daß es nur einen Grock gibt. Eben jenen Grock, der vor 53 Jahren diesen bezaubernden und einmaligen Namen fand. Damals waren Sie nur ein einfacher Artist in einem Schweizer Zirkus. Später ergänzte Ihr Name in Leuchtreklame an allen großen Varietés der Welt: in London, Paris, Rom und Moskau. Wie schön ist es, daß Sie sich mit allen Menschen verständigen können, daß Sie in 14 Sprachen Ihre behutsamen Späße sprechen können. Die Sprache Ihres Gesichts ist jedoch für jeden verständlich. Für mich wird es unvergeßlich sein, wie Sie gestern plötzlich als ein mächtiger, schwerer Urwaldelefant erschienen, wie sich Ihr Gesicht in tiefe Runzeln verzog und wie aus Ihrem Mund auf einmal dunkle und bösartige Schreie erklangen. Sie können einfach alles. Sie können ein Elefant sein, ein Löwe, ein Mann, der nichtstuend die Straße entlanggeht, und ein Mensch, der sich über eine Alltäglichkeit freut.

Sie haben viel gesehen auf Ihren Fahrten, und dieses Erleben spricht aus jeder Ihrer Gebärden. Ich darf es Ihnen wohl sagen, lieber Clown Grock, daß Sie zu einem der ganz großen Künstler in Ihrem Fach gehören. Ich spreche mit Charlie Chaplin, der vor einigen Monaten, als er mit Ihnen lachte und mit Ihnen weinte, das gleiche empfand. Ihre Kunst und Ihr Können sind einmalig.

Wir werden alle traurig sein, wenn Ihr unvergleichliches „Warum" nicht mehr ertönt, wenn wir Ihr erstauntes Kindergesicht und Ihre wundervollen großen gläubigen Augen nicht mehr sehen dürfen. Aber Sie brauchen nun endlich Ruhe. Ich wünsche Ihnen und mit mir alle, die Sie schon sahen, einen Lebensabend, der den gleichen Glanz hat wie Ihre ganze Laufbahn. Sie sind „nur ein Clown", aber Sie haben einer ganzen Welt das Erlebnis der Freude von neuem geschenkt.

Ihr Peter Härtling

Monatsversammlung der Ungarndeutschen

Pläne für eine Nebenerwerbssiedlung erörtert

In der Monatsversammlung der Ungarndeutschen Landsmannschaft, die am letzten Samstag in der Schloßbräugaststätte stattfand, begrüßte der 2. Vorsitzende, Georg Hüll, Kreisoberinspektor Harald Propp, Stadtrat Architekt Kuhn und das Vorstandsmitglied des Landesverbandes der Ungarndeutschen Landsmannschaft Dr. Steer. Der 1. Vorsitzende, Michael Schlichter, gab anschließend bekannt, daß bei genügender Beteiligung in Heidenheim eine Nebenerwerbssiedlung gebaut werden solle. Stadtrat Architekt Kuhn referierte anschließend über die Finanzierung eines [illegible] oberinspektor Harald Propp hielt einen kurzen Vortrag über Probleme aus seinem Arbeitsbereich. Zum Abschluß der Versammlung sprachen Dr. Steer und Vorsitzender Schlichter den Vertretern der Behörden ihren Dank aus.

Neue Bebauungspläne

Die zweite Erweiterung des Bebauungsplanes „Westliches Heckental" zwischen Heckental-, Beethoven- und Händelstraße, sowie der Plan zur Baulinienänderung in der Hauptstraße sind in der Zeit vom 22. Juli bis 28. Juli im Stadtbauamt aufgelegt. Die Neufest-

Gestern, als wir uns unterhielten, sagten Sie sehr bescheiden: »Ich bin nur ein Clown.« Aber was ist alles in diesen Worten enthalten: die Weisheit eines ganzen Lebens. Lieber Grock, Sie sind nicht nur ein Clown. Sie sind ein Künstler, der den Menschen das bringt, was sie so nötig brauchen: Freude.
In dieser grauen und müden Zeit, die wir gerade erleben, sind Sie einer der Lichtpunkte, die ständig neue Kraft ausstrahlen.
(PH, Heidenheimer Zeitung, 21. Juli 1954)

Im Sommer 1954 übernimmt Peter Härtling, zwanzigjährig, bei der HZ den Posten des Feuilletonredakteurs. Die Stelle ist durch den Fortgang von Ingeburg Reissenberger vakant geworden.

»(...) Ich entsinne mich der ersten Begegnung mit seinen Schriften. Antiquarisch erstand ich mir »Vormittag bei einem Buchhändler«, das schmale, aber in seinem Inhalt weitreichende Gedenkbuch an den Dichter Rainer Maria Rilke. Die Sprache, in der die Erinnerungsstücke niedergeschrieben waren, tat's mir an: das Luzide und dennoch irgendwie Kompakte, das Leuchtend-Metallische, das sich in warmen Tönen gab. Wenig später war es mir möglich, durch einen Kenner seiner Werke die anderen Arbeiten zu erhalten: Die liebenswerten Erinnerungen an den Freund Hugo von Hofmannsthal, die beispielhafte Monographie über Maria Theresia und der mächtige erste Band seiner Richelieu-Biographie, die in der ersten Reihe meiner Bücher steht. (...)« *(PH, Heidenheimer Zeitung, 25. 9. 1954)*

Friedenspreisträger 1954: Carl Jacob Burckhardt

ph. Wenn immer die Großen einer Zeit das Wort erheben, so geschieht das still und ohne Aufsehen. Die Wirkungen lassen sich erst später ermessen, vertiefen sich und treffen. Doch in den Sätzen, die von ihnen niedergeschrieben werden — auch das geschieht in weiser Zurückhaltung —, erfahren die Strömungen der Tage eine neue und tiefere Deutung. So auch in den Schriften des Basler Historikers, Schriftstellers und Diplomaten Carl Jacob Burckhardt, der vor zwei Tagen unter der Kuppel der Paulskirche stand, um den Friedenspreis 1954 des deutschen Buchhandels in Empfang zu nehmen. Vor ihm waren es Max Taut, Albert Schweitzer, Romano Guardini und Martin Buber, die diesen Preis erhielten.

Welch eine erlesene Reihe: Der Arzt und Organist Schweitzer, der auf unheimlich beispielhafte Weise den Weg eines starken und gewissenhaften Menschen geht, der Humanist Guardini, der sich gnadenlos und einsichtig mit den Engeln der Duineser Elegien Rilkes schlug und vollends der jüdische Philosoph Buber, der, im hohen Alter stehend, die noch immer glühenden Zeichen des Hasses mit sanfter Hand auf die Seite schob und vergab, weil es Gott so fordert.

grafie über Maria Theresia und der mächtige erste Band seiner Richelieu-Biographie, die in der ersten Reihe meiner Bücher steht.

1952 schließlich waren es die „Drei Erzählungen", die in der literarischen Welt arg Aufsehen erregten. Die erste reine Erzählprosa Burckhardts, sehr ausziseliert, bis ins Letzte ausgewogen und von einer feinen ruhigen Leuchtkraft. Unterm lauten Geschrei, das sich in den Neuerscheinungen immer wieder erhebt, ein ganz eigner und seltener Ton. Schier von einem andern Stern kommend, aber doch erdennah und von behutsamer Heilkraft.

Die Gegenkräfte

Nun endlich wurde ihm die Ehrung zuteil. Nicht daß er darauf wartete, aber wir warteten darauf. Wir standen in Schuld. Der Mensch Burckhardt hatte uns nicht umsonst vorausgelebt. Wie Burckhardt seine Kraft gewann, wie er es vermochte, daß aus der Stille seiner Werke eine kraftvolle Stimme tönte, weiß der Schweizer Essayist Max Rychner, Feuilletonredakteur der Tageszeitung „Die Tat", zu erklären: „In der Landschaft, im Kunstwerk gewahrt er seine Zeichen, mit besonderer Berührtheit aber an Menschen, denn er weiß um deren stete Gefährdung, um die Sterblichkeit dessen, was an einem Menschen die Vortrefflichkeit ausmacht, noch zu seinen Lebzeiten, und er kennt aus Erfahrung die Gegenkräfte dieser Welt, die es nicht dulden."

Inmitten des vielfältigen Gewirrs der Buchmesse in Frankfurt, die heute ihre Pforten schließt, findet der Festakt statt. Vielleicht ist der Bücherkenner Burckhardt einmal durch die Standreihen gegangen, hat einige neue Bücher durchgeblättert, neue Rufe, neue Mahnungen, neue Verkündigungen aus der Welt des Geistes, die dennoch und noch immer lebt und weiterleben wird. In ihren Wirkungsfeldern, die weit in das tägliche Leben hinausstrahlen, erwachsen vielleicht neue Hoffnungen, neue Menschen, deren Schritte die gleiche Richtung gehen, eine Richtung, die klar vorgezeichnet ist, deren Beschwernisse aber nicht leicht zu ertragen sind. Es mag auch der Mut genügen, diesen Weg wenigstens zu beginnen, ihn nicht voll auszuschreiten, diesen Weg, den Burckhardt mit einem weisen Satz umschrieb: „Ein Geheimnis der Lebenskunst besteht in der Fähigkeit, Duldung und Verzeihung für große Vorzüge, angeborene Gaben und günstige Umstände zu finden."

Kräftemessen in der HZ-Redaktion

Wir hatten bei dem gleichen Fahrlehrer Unterricht; dieser Fahrlehrer war ein alter Nazi, der laufend dumme Sprüche losgelassen hat: »Wenn wir wieder an die Macht kommen, werden wir sie alle aufhängen!« Das war oft unerträglich.
Ich hab mir dieses Gequatsche angehört, habe zwischendurch versucht abzuschalten, aber der Peter Härtling hat nach etlichen Fahrstunden gesagt: »Das halte ich nicht mehr aus!«, hat den Motor abgestellt, ist ausgestiegen, weggegangen und hat deshalb bis zum heutigen Tag keinen Führerschein.
Die Erbitterung über die fortdauernden Einflüsse der alten Nazis in der neuen Bundesrepublik war bei ihm ohnehin immer zu spüren, da hat er mich, wie in vielen anderen Dingen auch, sehr beeinflußt. Ich habe mich dann später auf die Berichterstattung über NS-Prozesse konzentriert, überhaupt auf die Auseinandersetzung mit den Verbrechen des NS-Regimes. Wenn Peter Härtling nicht gewesen wäre, wäre ich vielleicht nicht auf dieses Thema gestoßen. Auf alle Fälle hat er mir in diese Richtung einen gewaltigen Schub gegeben. *(Ulrich Renz, Karlsruhe)*

Also bin ich mit der Vespa des Verlags gefahren. Ich hatte mich nämlich in Nürtingen um einen Führerschein bemüht, weil mein späterer Schwager Uli, Mechthilds Bruder, ein leidenschaftlicher Motorradfahrer war. Ich fuhr mit ihm des öfteren auf seiner DKW 125 und wollte unbedingt auch selbst Motorrad fahren. Für den Zweirad-Führerschein mußte man damals noch keine Fahrprüfung ablegen – ich ging einfach zur Polizei, machte eine kleine Eignungsprüfung und bekam den Führerschein Klasse Vier. *(PH)*

Wir wohnten noch in der Neuffener Straße, da ist Peter schon mit der Vespa aus Heidenheim gekommen. Das war ein schwieriges Unterfangen, der Weg war weit, man konnte sich schon Sorgen machen – einmal wollte er abends zurückfahren, obwohl es ganz stark regnete. Er hat sich einfach das Cape umgehängt und ist losgefahren. Ich hatte meine Zweifel, ob er heil in Heidenheim ankommt. Aber er hat es doch geschafft, rauf auf die Alb.
Die Liebe zwischen Peter und Mechthild war damals schon ein wenig mehr sichtbar. Aber sie war von den Maiers noch nicht in jeder Hinsicht geduldet – eines Abends kam nämlich der Uli Maier, Mechthilds Bruder, und mußte sie aus unserer Wohnung holen. *(Lore Klemm, geb. Härtling)*

Januar 1955
Moskau erklärt den Kriegszustand mit Deutschland offiziell für beendet. Die Beziehungen zur Bundesrepublik sollen normalisiert werden.

In der Frankfurter Paulskirche wird ein »Manifest« gegen Remilitarisierung und die Spaltung Deutschlands verabschiedet: »Die Aufstellung deutscher Streitkräfte in der Bundesrepublik und in der Sowjetzone muß die Chancen der Wiedervereinigung für unabsehbare Zeit auslöschen und die Spannung zwischen Ost und West verstärken. (...) Das furchtbare Schicksal, daß sich die Geschwister einer Familie in verschiedenen Armeen mit der Waffe in der Hand gegenüberstehen, würde Wirklichkeit werden.« Zu den Unterzeichnern des Manifests gehören u. a. Helmut Gollwitzer, Gustav Heinemann, Walter Dieks und Margret Boveri.

Wir konnten dem Peter so etwas wie Heimat geben. Er wohnte ja, wie die anderen Redakteure auch, in einer »Bude«, wir aber hatten eine richtige romantische Wohnung unter'm Dach mit schrägen Wänden, die hat dem Peter unheimlich gut gefallen.
Der Kern der Clique, die sich immer bei uns traf, waren Peter Härtling, Uli Renz, meine Frau und ich. Wir vier haben über die intimsten Dinge geredet. Peter hat, das war das Erstaunliche, offen und ehrlich unter dem frühen Verlust seiner Eltern gelitten. Diese Not hat er uns anvertraut, einem Ehepaar, das für ihn wie ein Elternpaar war. Er hat ob mancher Hilflosigkeit Rat gebraucht. Den hat er bei uns bekommen.
(Erwin Roth, Heidenheim)

Die Verluste seiner Kindheit waren bei ihm immer irgendwie spürbar, es gab da eine gewisse Tragik. Ich habe einfach gespürt, da ist ein junger Mann in meinem Alter, der schon so viel mitgemacht hat, daß es bei anderen für ein ganzes Leben gereicht hätte. Das habe ich ganz deutlich so empfunden. *(Ulrich Renz, Karlsruhe)*

Juli 1955

Hunderttausende von Heimatvertriebenen organisieren Protestkundgebungen in der gesamten Bundesrepublik. Sie fordern den Fall der Oder-Neiße-Linie, die Rückgabe der deutschen Ostgebiete und die Wiedervereinigung Deutschlands.

Thomas Mann stirbt am 12. August überraschend im Züricher Kantonsspital. Noch am 4. Juni hatte Peter Härtling ihm in der Heidenheimer Zeitung mit der Hommage »Höllenfahrt und Sternenwanderung« zum bevorstehenden 80. Geburtstag gratuliert: »Eine seiner Gestalten befindet sich noch auf Wanderschaft: Felix Krull. Was kann man ihm anders zum Geburtstag wünschen, als daß ihm die Kraft ausreiche, den Helden neuen Abenteuern entgegenzuführen. Nichts bleibe so frisch erhalten wie die machtvolle Kraft der Beschwörung.« Nun muß er ihm den Nachruf schreiben.

Viele sahen ihn noch vor wenigen Wochen in Stuttgart. Heute dürfen wir schon sagen: Sie hatten das Glück und die Gnade, ihn noch einmal zu erleben. Diesen großen Mann, dessen Stimme tief und voll durchs Staatstheater klang, den Genius Schillers beschwörend, den Geist der Freiheit, die dem Menschen gegeben ist, wenn er ihn nicht schlägt und erdrückt. Ergriffen dankten ihm die Hörer damals stehend. Er winkte ab – für einen Dienenden hielt er sich in diesem Augenblick, doch war er mehr: Er war der Rufer, dessen mahnende Stimme durch die Einöde drang, durch die geistige Wirrnis unserer Zeit. (...)«

(PH, »Der alte Meister«, Heidenheimer Zeitung, 15. August 1955)

Der alte Meister / Zum Tode Thomas Manns

Am Freitagabend starb, wie bereits berichtet, Thomas Mann im Alter von 80 Jahren im Kantonspital in Zürich. Er war der größte unter den deutschen Dichtern der Gegenwart. Noch wenige Tage vorher hatten die Ärzte von einer Besserung gesprochen; sein Tod kam ganz überraschend. Umso erschütterter trauert die gesamte literarische Welt um diesen alten Meister deutscher Sprache.

Er hat ihn nicht mehr vollenden können, seinen „Felix Krull". Noch vor zwei Jahren war ein zweiter langerwarteter Band erschienen, vielbewundert und vielbeschrieben — wie hatten wir damals auf eine Fortsetzung gehofft, die der rüstige Dichter selbst noch angekündigt hatte. Inmitten seiner ruhlosen Laufbahn hebt für den Hochstapler Krull die große Ruhe an. Wie ist sein Schöpfer hingegen durchs Leben gegangen, hat es auf wunderbare Weise erhoben und für sich vollendet! Wie überlegen trug er den Glanz des Ruhms und zog sich schließlich zurück in die Klause weiser Bescheidenheit. Gewiß, oft stand er noch im Schlaglicht der Welt, trug seine Meinungen vor, wurde angefeindet und gerühmt. Doch stets hat wohl seine menschliche Haltung obsiegt. Der Magier bezwang die raunende Masse: Er wußte in vielen Fällen um den brennenden Schmerz, der auf den Wunden der Welt lag. Oft erhob er seine mahnende Stimme, sprang in das Niemandsland, in das sich kein anderer wagte: Die Botschaft Schillers trug er auch hinter den Eisernen Vorhang. Manche nahmen es ihm übel, doch wenige wohl, mehr staunten über die Kraft, mit der er sich für die Einigkeit einsetzte. Für die Einigkeit unter den Sternen der Humanitas, unter dem Gestirn, das Schiller einst mühselig über unser Volk setzte.

•

Viele sahen ihn noch vor wenigen Wochen in Stuttgart. Heute dürfen wir schon sagen: Sie hatten das Glück und die Gnade, ihn noch einmal zu erleben. Diesen großen Mann, dessen Stimme tief und voll durchs Staatstheater klang, den Genius Schillers beschwörend, den Geist der Freiheit, die dem Menschen gegeben ist, wenn er ihn nicht schlägt und erdrückt. Ergriffen dankten ihm die Hörer damals stehend. Er winkte ab — für einen Dienenden hielt er sich in diesem Augenblick, doch war er mehr: Er war der Rufer, dessen mahnende Stimme durch die Einöde drang, durch die geistige Wirrnis unserer Zeit.

•

Als er am 6. Juni seinen 80. Geburtstag feierte, schrieb ihm der Freund Hermann Hesse, daß es ihm, dem vielgerühmten Verfasser der „Buddenbrooks" vielleicht noch einige Jahre vergönnt sei, die Wege seiner Gestalten weiterzuverfolgen, ihnen jenes zaubrische Leben zu schenken, was die Leser einer Welt bezwang. Oh nein: Heut mag der greise Hermann Hesse in seinem Tessiner Landhause in Gedanken noch einmal ihrer beider Weg nachschreiten. Den jenes Lübecker Patriziersohnes vor allem, der für uns einen neuen Faust schrieb, den von Qualen zerrissenen, an Schmerzen geschmiedeten Faust unserer Zeit. Den Faustus des zwanzigsten Jahrhunderts, den Faustus der unter dem Schatten der Kriege seine Gnade verlor.

•

Wie viele Jahre sind indessen vergangen, da dem Dichter Thomas Mann eine deutsche Universität den Ehrendoktor absprach, weil es ihrem Rufe nicht dienlich sei. Er hat ihn zurückerhalten. Wiederum stand er denn, aus Amerika zurückgekehrt, zwischen den Fronten und versuchte zu schlichten. Er schrieb in der Sprache eines Volkes, durch dessen Herz eine trennende Linie führte. Wie schmerzlich muß ihn das berührt haben, wie viele Nächte muß er um dessen Wohlergehen gebangt haben, ehe er aufstand und mahnte.

•

Er war einer unserer Großen: Doch nicht nur, weil ihm der Nobelpreis verliehen wurde, weil er die akademische Würde zahlloser Universitäten trug, blickten wir zu ihm auf. Er war ein Mensch. Ein Mensch, dessen gütiges Herz — von der Ironie aller Weisen gestreift — am Ende eines langen Lebens **für uns** schlug. Jene Ironie aber, von der wir soviel sprachen, die noch das Thema mancher Arbeit sein wird, verliert sich, wenn wir uns dem Wesen seiner Humanität nähern, die nichts anderes war, als die Lebenserkenntnis eines alten Meisters, den die Weltläufte gelehrt hatten, daß in **einem** Herzen Gewalt und Sanftmut, Größe und Niedrigkeit nebeneinander Platz finden. Dieses Wissen füllt seine Werke. Die Werke eines großen Dichters und eines wahrhaft ehrlichen Menschen.

Peter Härtling

YAMIN wirbt um madame
der sprung im fenster lächelt
vor den schmiegsamen ästen
doch keiner fängt den ball

madame verklagt die zärtlichkeit
ein seidentuch umfängt die welt
YAMIN im aufgeschlagenen Buch

madame wirbt um YAMIN
vielleicht verspätet sich der zug
spricht ein stern
doch keiner fängt den ball

(PH, »Yamin umwirbt Madame«)

Der Gedichtband YAMINS STATIONEN von Peter Härtling bedeutet die Entdeckung eines neuen Dichters. In der Gestalt des Wanderers YAMIN wird das Ich als dritte Person auf die Ebene einer magischen Wirklichkeit projiziert. Aber nicht nur wegen dieser Bemerkung erscheint uns Härtling bemerkenswert. Vor allem gehört er in die Reihe jener heute selten gewordenen Lyriker, die schon im jungen Alter ganz Eigenes aussagen, weil sie ganz Eigenes erfahren haben. Wir denken etwa an Hölty, Hofmannsthal, Trakl, Rimbaud, Verlaine. Was dieser junge Poet schreibt, hat die unverwechselbare Färbung einer zwanzigjährigen Sensibilität, die bei allem Erleiden der Welt noch arglos mit den Dingen zu spielen wagt.
(Die Bücherkommentare, Berlin-West, August 1955)

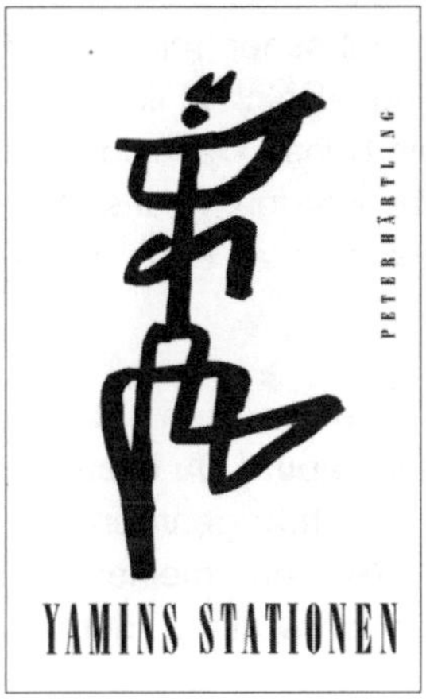

(...) Alle Stücke des schmalen Bandes von Peter Härtling sind Bruchstücke einer jugendlich hochbegabten Traumreise, die freilich ihren Sturz in die Wirklichkeit, ihre Bewährungsprobe noch vor sich hat. (...) Härtlings Verse sind nervöse Spielmusik, faszinierend, voller zauberhafter Blicke ins Leichte, Ungefähre. Man muß sie lesen und lieben und nicht danach fragen, wie es bei diesem Autor weitergehen kann und ob nicht vielleicht schon YAMIN eine Erscheinung ist, über die es – für diese Begabung – nicht hinausgeht.
(Karl Krolow, Stuttgarter Zeitung, 3. September 1955)

(...) Einzelne Metaphern lassen zwar eine verborgene dichterische Begabung erraten; so wenn er schreibt: »die gesichter der mädchen sind / kleine intermezzi falschgespielt«. Aber in der vorliegenden Form stellt sein Werk nur die Fixierung auf eine Entwicklungsstufe dar, in der Gedichte noch nicht druckreif zu sein pflegen (...)
(Andreas Donath, Frankfurter Hefte, März 1956)

Heidenheim (1955)

30. September 1955

Der US-Schauspieler James Dean stirbt bei einem Autounfall. In Filmen wie »Jenseits von Eden« und »Denn sie wissen nicht, was sie tun« stand er für die Verkörperung des sensiblen Rebellen, der sich an der konservativen Welt der Erwachsenen reibt. Peter Härtling besprach »Jenseits von Eden« in der Heidenheimer Zeitung: »Solche Filme sind notwendig. Obschon manches an ihnen auszusetzen ist, sind sie Kunst. Deshalb, weil Urprobleme aufgegriffen und gleichsam als Spiegelbild vorgesetzt werden. In uns allen lebt Kain, aber in uns allen ist auch Abel.«

Es hat manchmal Ärger mit dem Kinobesitzer gegeben, weil Peter Filme verrissen hat. Der Verleger erklärte ihm dann: »Du machst uns den Anzeigenkunden kaputt! Du hast nur eine Inhaltsangabe zu machen und keine Kritik!« Das hat den Peter furchtbar geärgert. Er hatte eine Leidenschaft für Kinofilme. Übrigens ging er oft mit Uli Renz und meiner Frau ins Kino. Die waren ebenso begeistert wie er, was mich heute noch wundert, denn sie begeisterten sich ausgerechnet für Western und Krimis.
Dann gab es immer öfter Diskussionen um seine Zukunft. Peter hat den Wunsch nach Unabhängigkeit lang mit sich herumgeschleppt. Er hat davon geträumt, ein freier Schriftsteller zu sein, doch es gab einige, die ihm abgeraten haben, genau wie ich. Er hat dabei viel auf die Ratschläge meiner Frau gehört, erstaunlich viel. Wir haben nächtelang gequatscht. Manchmal haben wir uns bei diesen Debatten bis zum Rand vollaufen lassen.
(Erwin Roth, Heidenheim)

Peter Härtling verläßt im Dezember 1955 die Heidenheimer Zeitung. In den nächsten Wochen schreibt er als »Freier« für diverse Zeitungen der Stuttgarter Region.

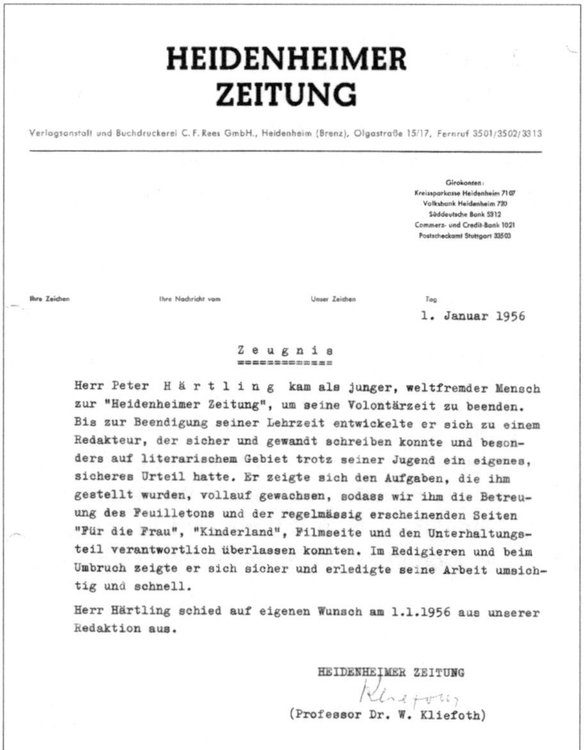

HEIDENHEIMER ZEITUNG

Verlagsanstalt und Buchdruckerei C. F. Rees GmbH., Heidenheim (Brenz), Olgastraße 15/17, Fernruf 3501/3502/3313

Girokonten:
Kreissparkasse Heidenheim 7107
Volksbank Heidenheim 720
Süddeutsche Bank 5312
Commerz- und Credit-Bank 1021
Postscheckamt Stuttgart 33503

Ihre Zeichen | Ihre Nachricht vom | Unser Zeichen | Tag 1. Januar 1956

Z e u g n i s

Herr Peter H ä r t l i n g kam als junger, weltfremder Mensch zur "Heidenheimer Zeitung", um seine Volontärzeit zu beenden. Bis zur Beendigung seiner Lehrzeit entwickelte er sich zu einem Redakteur, der sicher und gewandt schreiben konnte und besonders auf literarischem Gebiet trotz seiner Jugend ein eigenes, sicheres Urteil hatte. Er zeigte sich den Aufgaben, die ihm gestellt wurden, vollauf gewachsen, sodass wir ihm die Betreuung des Feuilletons und der regelmässig erscheinenden Seiten "Für die Frau", "Kinderland", Filmseite und den Unterhaltungsteil verantwortlich überlassen konnten. Im Redigieren und beim Umbruch zeigte er sich sicher und erledigte seine Arbeit umsichtig und schnell.

Herr Härtling schied auf eigenen Wunsch am 1.1.1956 aus unserer Redaktion aus.

HEIDENHEIMER ZEITUNG
Kliefoth
(Professor Dr. W. Kliefoth)

Januar 1956

In Siersdorf (Niederrhein) treffen die ersten fünfzig »Gastarbeiter« ein. Das kleine Kontingent ist Vorbote von insgesamt 100.000 Italienern, die den Mangel an ungelernten Arbeitern in bundesdeutschen Betrieben ausgleichen sollen. Ein entsprechendes Abkommen zwischen Deutschland und Italien wurde im Jahr zuvor unterzeichnet.

Die ersten 800 Freiwilligen der Bundeswehr rücken in die Kaserne von Andernach ein. Zeitgleich verabschiedet die Volkskammer der DDR das Gesetz über die Schaffung der »Nationalen Volksarmee«.

Ich hatte der Deutschen Zeitung Glossen und Rezensionen geschickt, und eines Tages kam von einem Redakteur namens Helmut Cron die Bitte, ich möge mich doch im Verlag vorstellen. Ich ging auch hin, allerdings in der Hoffnung, daß man mich nach der Vorstellung wieder ins Freie entläßt, gleichzeitig aber schwante mir schon, daß ich wohl wieder in die Fron muß. Ich wurde von leitenden Redakteuren, die alle später zur FAZ gingen, rundum geprüft. Ich bestand die Prüfung und war mit einem Male Jungredakteur. Jungredakteur zu sein bedeutete, daß man weniger Geld bekam. An den Jungen sparte man. *(PH)*

Ehemaliges Verlagsgebäude der Deutschen Zeitung (Stuttgart, Silberburgstraße)

Gestatten Sie mir, als einem Schriftsteller, zu der furchteinflößenden Frage einer Wiedereinführung der Wehrpflicht Stellung zu nehmen.
(...) Wollt ihr wirklich den ersten Schritt tun, den ersten Schritt in den Krieg? Den letzten Schritt, den in das Nichts, werden wir dann alle tun.
(...) Keines unserer Parlamente, wie immer gewählt, hat von der Bevölkerung Auftrag oder Erlaubnis, eine allgemeine Wehrpflicht einzuführen. Da ich gegen den Krieg bin, bin ich gegen die Einführung der Wehrpflicht in beiden Teilen Deutschlands, und da es eine Frage auf Leben und Tod sein mag, schlage ich eine Volksbefragung darüber in beiden Teilen Deutschlands vor.
(Bertolt Brecht, »Offener Brief an den Deutschen Bundestag Bonn«, 4. Juli 1956)

Juli 1956

Im Bundestag wird gegen die Stimmen von SPD und und FDP das Wehrpflichtgesetz verabschiedet. Alle männlichen Deutschen vom vollendeten 18. Lebensjahr an sind nun bis zum 45. Lebensjahr wehrpflichtig. Es kommt in vielen westdeutschen Städten zu Protestaktionen.

August 1956

Die Kommunistische Partei Deutschlands (KPD) wird vom Karlsruher Verfassungsgericht verboten. Das Parteivermögen wird beschlagnahmt, die Parteibüros werden geschlossen, Funktionäre verhaftet. Die Parteispitze hat sich noch vor der Urteilsverkündung nach Ostberlin abgesetzt.

Duft spanischer Rosen

Der englische Poet Laurie Lee, im spanischen Bürgerkrieg als vermeintlicher Spion festgehalten und schließlich freigelassen, kehrt nach fünfzehn Jahren wieder und entdeckt — Spanien („Eine Rose für den Winter", Karl Rauch Verlag, Düsseldorf, 187 Seiten, 8,80 DM). Er hat nichts nachgetragen; läßt in seinen Aufzeichnungen wohlbedacht das Wort Falange aus, und von politischen Dingen ist nicht die Rede. Er schaut sich das Volk an, er lebt mit ihm. Farbig sind denn auch jene Kapitel, in denen er die andalusischen Bräuche schildert, von einer Hochzeitsgesellschaft mitgerissen wird, jubelnd-trunken sich in fremden Räumen findet, mit Bettlerfreunden tiefgründige Dialoge führt, die Hotelportiers zur Ehrlichkeit erzieht. Lee, so scheint es, wird zum Enthusiasten, wenn er von Spanien spricht. Man kann es ihm nicht verübeln. Der Nordländer holt sich seine Winterrosen aus dem glühenden Süden. Schade nur, daß er bisweilen — überschwenglich — die Sprache entgleisen läßt und kitschig wird. Die Uebersetzerin Paridam von dem Kneesebeck hätte das ohne Zweifel etwas dämpfen können. So muß man auf mancher Seite schneller lesen, um wieder den verzaubernden Duft spanischer Rosen genießen zu können.

Hg.

(Hg., »Duft spanischer Rosen«, Deutsche Zeitung, 19. September 1956)

November 1956

Sowjetische Truppen beginnen mit der Niederschlagung des Volksaufstands für Demokratie und Souveränität in Ungarn. Der gewählte Reformpolitiker Imre Nagy hatte zuvor den Austritt aus dem Warschauer Pakt und die Neutralität Ungarns erklärt. Unter seiner Regierung hatten bislang verbotene Parteien die Arbeit wieder aufnehmen können, die Pressezensur war aufgehoben worden, man hatte kommunistische Parteigebäude gestürmt und Stasimitarbeiter gelyncht. Als Hunderte von sowjetischen Panzern anrollen, beginnt ein zehntägiger Kampf, begleitet von Massenverhaftungen und Deportationen. Viele Ungarn fliehen in den Westen.

Peter Härtling verfaßt im November 1956 als Reaktion auf die sowjetische Invasion in Ungarn das Gedicht »Hymnus Magyar«. Die Funkversion wird auf Initiative von Alfred Andersch am 27. Januar 1957 im 1. Programm des SDR gesendet.

- 1 -

Sprecher: (mit Chorstimmen)	Löscht die Gesichter mit Phosphor aus Löscht die Städte mit Phosphor aus Löscht die Klage mit Phosphor aus
Sprecher 1:	Erzählungen, dass die Männer unter Denkmälern standen und jubelten Und dass die Denkmäler Dichter darstellten. Erzählungen, dass im Kampfe den Steppenvögeln nichts geschah Dass man sie ausnahm und bewahrte Sie schickte in Baumhöhlen und warnte
Sprecher 2:	So werden Krieger von Sängern geführt, Wenn sie vom Untergange wissen Und jetzt auch von Verlust.
Sprecher 3:	Solche Städte hat es noch selten gegeben, Die man aufrichtete zwischen Inseln und zarten Hügeln Solche Männer mit polierten Stiefeln zum Tanz
Sprecherin:	Manchmal dringen Rufe zu uns, Es solle geholfen werden Es solle das Brot gesättigt werden mit Wein, Um der Kraft Kraft zu schenken
Sprecher 1:	Jetzt wollen wir helfen, Wenn wir auch wissen, Die Gewalt ist nicht zu brechen Die Gewalt steht neben den zärtlichen Hügeln Und wartet Die Gewalt steht neben den Küssen Und stählt sie

Manuskriptseite »Hymnus Magyar«

Gleichzeitig Dichter und Journalist zu sein, war eine zweischneidige Sache – es war schwierig und eine Belastung. Ich schrieb als Journalist, als Kritiker Bücher. Das neideten mir die Journalisten, und das zahlten mir die Kritiker heim. Es war eine Erfahrung, die ich habe machen müssen. Ich habe oft darüber nachgedacht und empfinde diese Reaktion im Grunde als sehr menschlich, denn die meisten wünschten sich nichts anderes als das, was ich realisierte. Ich erfüllte mir immer wieder die Wünsche der anderen, und das mochten sie nicht. *(PH)*

Peter Härtling, der sich mit seinen leisen, deutlichen, eigenwilligen Gedichten vor zwei Jahren ins Literaturgespräch gemischt hat, veröffentlichte jetzt ein Prosabuch »in zeilen zuhaus« (Verlag Günther Neske, Pfullingen, 84 Seiten, 7,50 DM), das »Vom Abenteuer des Gedichts, des Gedichtschreibens und Gedichtlesens handelt«. Schon der Titel macht aufmerksam, wie ganz beheimatet Härtling in der Poesie ist; »ein junger Mann, der seiner Faszination folgt«, charakterisiert ihn Kurt Leonhard.
(...) Peter Härtling schiebt alle Richtungen beiseite, der Dichter als Einzelerscheinung ist ihm wichtig, nur eine Richtung läßt er gelten: »Die Richtung des eigenen Schritts!« – »Avantgarde« setzt er in Beistriche, weil er sie anders verstanden wissen will, als das Schlagwort sie trifft: »Der neuschöpfende Einbruch in die bereitgehaltenen Gebirge von Metaphern, der Einbruch in die Zeit, die nie Neu-Zeit war, sondern immer Jetzt-Zeit. Wissend, daß es kein Gestern gibt im Gedicht, kein Heute und kein Morgen, sondern Dauer.« Freilich, so radikal ist er wieder nicht, daß er keine Verwandtschaft bei zeitgenössischen Kollegen anerkannte. Den größeren Teil seines Buches hat er der Betrachtung von Gedichten gegenwärtiger Lyriker eingeräumt.
(...) Bei Heißenbüttel, Poethen und Krolow reicht die Anteilnahme in private Sphären. Er nimmt wichtig, daß Heißenbüttel sein Gedicht »Interieur« auf »wolkiges Durchschlagpapier« schreibt, Poethen den Wein aus Tessiner Keramikkrügen schenkt und Karl Krolows Gesicht dem eines Aristokraten gleicht, »der die Krone aus dem Taschentuch getrennt hat«.
Hier zeigt sich eine Gefahr des Prosaisten und Lyrikers Härtling: die Neigung zum Preziösen, aus der er sich rasch aufrichten sollte.
(Hans Bender, »Die Richtung des eigenen Schritts«, Deutsche Zeitung, 5. Oktober 1957)

DIE ZEIT
Literatur

Lyrik aus zweiter Hand

In einem kleinen, aber vorzüglich geführten Verlag, der unter seinen Autoren stolz *Martin Heidegger, Walter Jens, Beda Allemann* und *Ludwig Binswanger* nennen kann, erschien — mit dem Untertitel „Interpretationen moderner Lyrik" — ein Bändchen des jungen Lyrikers und Feuilletonredakteurs

Peter Härtling: „In Zeilen zuhaus." Günther Neske Verlag, Pfullingen. 84 S., 7,80 DM.

Härtling geht es um zeitgenössische Gedichte: *Wilhelm Lehmann, Ingeborg Bachmann, Walter Höllerer, Helmut Heißenbüttel, Johannes Poethen, Günter Eich, Karl Krolow, Paul Celan* sind mit je einem Gedicht vertreten, das Härtling dann genauer untersucht.

Die Wahl ist nicht immer glücklich, aber daß Härtling jedes einzelne Gedicht liebt, ist unverkennbar. Jedes erhält von ihm eine Art zusätzlichen Titel, der auch für Härtlings Betrachtung gilt. Wer die Gedichte unter ihren eigentlichen Titeln im Inhaltsverzeichnis sucht, geht leer aus.

Vor und nach den Gedichtbetrachtungen einige Zitate, aphoristische Übungen, der Versuch einer „schöpferischen Konfession". Die Arbeiten über die Gedichte sind ein gewagtes Gemisch von Lyrikanalyse, Kritik mit eingeflochtenen Anekdoten, apodiktischen Sentenzen. Und immer wieder der Versuch, durch Intuition, vielleicht durch dichterische Intuition, besonders innig zu fühlen, was der Dichter sagte und sagen wollte. Ergebnis: Peter Härtling erliegt der Versuchung — oder gibt sich ihr willig hin —, Prosagedichte über die Gedichte zu schreiben, von denen er spricht.

Die Wirkung ist manchmal komisch, oft sehr unbefriedigend, weil ein Dichter Gedanken und Bilder anders gebraucht als ein Erklärer und Kritiker. Aber Härtlings Liebe, jugendliche Begeisterung und Verständnis für diese Gedichte geben ihm doch oft ein besonders gutes Wort der Erklärung, eine blitzartige, ganz intime Einsicht.

Das Büchlein wäre sicher geeignet, manchem mehr Verständnis und Gefühl für moderne Dichtung zu geben. Es wird aber leider durch seine Eigenart oft gerade die abstoßen, die es gut brauchen könnten. Man hat den Eindruck, daß Härtling selber nicht recht wußte, wie er den Gedichten gerecht werden wollte. So hat er keinen erklärenden kritischen Gedankengang vorwärtsgetrieben, sondern sich von seinen eigenen dichterischen Assoziationen treiben lassen, freilich manchmal zu schönen Funden.

Dennoch möchte man nach dem Lesen dieses Bändchens lieber neue eigene Gedichte von Peter Härtling sehen — ein Band soll im Frühjahr erscheinen —, als diese synthetischen Analysen und ekstatischen Kritiken, die eigentlich doch nur als tapfere und oft rührend unbeholfene Versuche eines sehr leicht begeisterten Dichters zuweilen liebenswert und manchmal in ganz unbeabsichtigter Richtung aufschlußreich werden. *Erich Fried*

Albert Camus erhält in Stockholm den Literatur-Nobelpreis für sein »wichtiges literarisches Werk, das mit klarsichtigem Ernst die Probleme des menschlichen Bewußtseins unserer Zeit erhellt«. Camus gilt als »Philosoph des Absurden«. Werke u. a.: »Der Fremde«, »Der Mythos von Sisyphos«, »Die Pest«, »Die Gerechten«, »Der Mensch in der Revolte«.

Die Tanten und Lore waren zu Gast in der Marktstraße. Meine winzige Abordnung bei der großen Maierfamilie. Alle Geschwister Mechthilds und deren Partner feierten uns, nebst den Schwiegereltern. Es fiel mir schwer, zu ihnen Vater und Mutter zu sagen. Vati und Mutti, das sind meine Kinderwörter gewesen. Erst später, als es die Eltern schon nicht mehr gab, konnte ich sie Vater und Mutter nennen.

Verlobung, 31. Dezember 1957

Die Schwiegereltern kannte ich seit zehn Jahren. Ich hatte sie schätzen gelernt; meine Schwiegermutter mochte ich sehr. Paps und Musch wurden sie von ihren Kindern gerufen. Die beiden Einsilber brachte ich allenfalls als Zitat über die Lippen. Der Wechsel vom Sie zum Du fiel mir hingegen leichter. Ich legte Mechthild das Halsband um. Sie beschenkte mich mit einem alten silbernen Samowar. *(PH–LL)*

(...) Ich habe einen Freund, einen jungen, sehr zurückhaltenden Mann, der aus dem Norden unseres Landes stammt und sehr genau weiß, was understatement ist. Dieser Mann kam kürzlich in einem papageiengrünen Anzug zu mir – da blieb mir der Atem stehen. Seine Extravaganz war wahrhaft beklemmend. Warum trägt er nicht Grau, das heute wieder einmal protegiert wird und das seinem Wesen bestimmt mehr anstünde als dieses fatal-leuchtende Grün? Nicht, daß er jetzt auch sein Benehmen geändert hätte – nein, er ist noch immer so leise, so klug-bestimmt wie vordem, aber eben alles in Grün. Ich wagte nicht zu fragen, was ihn zu der absonderlichen Farbe bestimmt habe; ich begann nachzudenken und versuchte mir die Mimikry von Grau zu Grün zu erklären. Er, der nun wirklich ein Gentleman ist, ärgerte sich ganz einfach über die Wandlung aller zum Konfektionsgentleman, obwohl die meisten gar nicht ahnen können, was dazugehört, ein

vollendeter Gentleman zu sein. Und er, der sich in seinem Stand gekränkt sieht, bricht aus, läßt die Konventionen fahren und kleidet sich, was die anderen in Grau nun gewiß nicht tun werden: er kleidet sich in Grün. Er trägt zu seinem grünen Anzug bunte Ringelsocken und lächelt entschuldigend, wenn ein alter Bekannter ihn verwundert ansieht. – So leise beginnen Revolutionen.
(Hg., »Von Grau zu Grün«, Deutsche Zeitung, 10. Mai 1958)

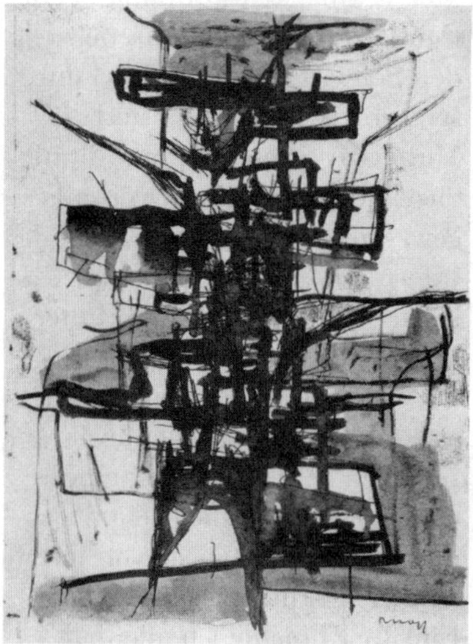

Fritz Ruoff, »Ohne Titel« 1958

WEIL TAGE
(für paul celan)

weil tage nicht nur tage sind

abgetragene zeiten in bergen vergraben

warten
auf steinbrüche
einmal warten
auch ohne zärtlichen bast
für die hände

diesen tagen den atem abnehmen
und beeren süßen

solange erstarren tränen im stein
weil tage nicht nur tage sind

(PH, »Unter den Brunnen«, Esslingen 1958)

In den neuen Gedichten von Peter Härtling klingt die Erlebnistiefe auf dem Instrument des Wortes mit zarten, tiefen Tönen. Rein formal nur kurz, aphoristisch mitunter nur Impressionen von schwer greifbarer Hintergründigkeit, spiegeln sie Denken und Fühlen eines sehr sensiblen Menschen. Wenngleich jenseits aller klassischen Formen, bannen diese schwebenden, leichten Verse eine tiefe Erlebnisfähigkeit und eine so persönliche Gabe der Wortverwandlung, daß sie mit unverwechselbarem Ton zum empfänglichen Leser sprechen. *(A. L., »dpa-Buchbrief/Kultur«, 27. Juni 1958)*

Das ist der Opportunismus einer bis zur Unfruchtbarkeit demoralisierten Generation: die ihre Abenteuer am Gängelband der Autoritäten besteht, bestehen will, und die nicht den Hauch einer Ahnung davon hat, was es heißt, ein Zeitalter auf eigene Faust herauszufordern. Nein, es ist Herrn Härtling und so unter seinesgleichen nicht Zufall, daß man sich bei der Mitdichterschaft angenehm ins Gehör bringt, daß man sich mit fünfundzwanzig Jahren aufs Klinkenputzen versteht wie sonst nur noch aufs Reisigsammeln und das geschickte Arrangement der Angelesenheiten. Und es ist nicht der besonderen Art des vorliegenden Buches (»in zeilen zuhaus«) zugute zu halten, daß sich ein Jungdichter mit bereits Bessersituierten ins Benehmen setzt, da wir das Parallelbeispiel sofort aus einem anderen Buch des nämlichen Autors beziehen können, aus dem Gedichtbändchen »Unter den Brunnen«, das wiederum ein Gedicht Herrn Poethen widmet, eines Kurt Leonhard, eines Karl Krolow, eines Paul Celan, eines dem Tode von Gottfried Benn.

Bei soviel präsumptiver Absicherung besteht dann wohl ein Anteilsrecht auf die Bezeichnungen »Wagnis« und Abenteuer«, und es ist kaum verwunderlich, wenn diese Begriffe bei Härtling so oft fallen, als sie gerade nicht passen.
(»Leslie Meiers Lyrik-Schlachthof«, in Konkret 9/58)

Dear Mister Leslie Meier, sehr geehrter Herr Rühmkorf:

Besten Dank. Die Schlachtung ist fast perfekt. Doch auch Dreck kann man sich abwischen. Es steht mir nicht zu, an der Kritik, die sie an meinen Gedichten und Aufsätzen übten, zu mäkeln. Das ist Ihre Ansicht. Gut. Doch ein Vorwurf ist so persönlich, dass ich am liebsten nach Ihrer Devise vorgehen möchte: in die Fresse hauen. Sie sagen mir Opportunismus nach und glauben den Vorwurf damit belegen zu können, indem Sie die Widmungen aus "Unter den Brunnen" aufzählen und ausserdem Ihren Lesern noch mitteilen, über wessen Gedichte ich in dem Band "In Zeilen zuhaus" geschrieben habe. Dear Leslie: über die Gedichte habe ich geschrieben, weil es mir Spass machte. Dass man sich an solcherart Gedichten freuen kann, ohne an Klinkenputzen zu denken, können Sie sich gar nicht vorstellen. Das jedoch ist Ihr Fehler. Solche Unterstellungen kann nur der äussern, der selbst daran denkt.

Ich finde die Alternative: entweder zertrampeln oder gemeinsam rüpelnd "die Wölfe zu verteidigen" (welche Wölfe?), reichlich infantil.

Die Widmungen in "Unter den Brunnen" habe ich deshalb über die Gedichte gesetzt, weil ich diese Gedichte als Geschenke an Menschen betrachte, die entweder meine Freunde sind oder die mir, ohne mich näher zu kennen, ratend in ziemlich trüben Tagen beistanden. Dass man sich mit Gedichten (ob sie gut oder schlecht sind – dieses Urteil bleibe Ihnen überlassen) bedanken kann, scheint ihnen völlig unvorstellbar: ohne opportunistischen Hintersinn; aus Freundschaft. Und dass diese Freunde Dichter sind, liegt leider in unser ~~aller~~ Neigung begründet. War Werner Riegel nicht auch Dichter?

Herr Rühmkorf! Kritik und Verrisse nehme ich gern entgegen, aber persönliche Beleidigungen nicht. Ich könnte Ihnen ja auch --- es ist so einfach. Ist das nicht auch Opportunismus: sich anbiedernd gegen den Osten abzusichern, wissend, dass der Westen (über dessen Mängel wir uns wohl einig sind) die "Wildlinge" doch wieder mit offenen Armen aufnimmt. Mir ist jeglicher autoritäre Staat zuwider. Ich habe darüber schon oft geschrieben. Opportunismus auf diesem Gebiet ekelt mich an. Gegen KZs, wo immer sie auch sich befinden mögen, werde ich aufbegehren. Auch dann, wenn die Mauern rot gestrichen sind, Herr Rühmkorf! Moskau-Reisen sind interessant, ich würde, wenn ich die Mittel dazu hätte, auch gerne hinfahren, ich würde mich bemühen anzuerkennen, was anzuerkennen ist, aber ich würde nie vergessen, dass dortzulande schon einmal Dörfer gezeigt wurden, die keine waren.

(Auszug aus Peter Härtlings Leserbrief vom 19. August 1958)

Oktober 1958

Bei einem Gastspiel des Rock 'n' Roll-Sängers Bill Haley kommt es im Westberliner Sportpalast zu schweren Ausschreitungen. Mehrere hundert »Halbstarke« stürmen die Bühne, zerstören Equipment, prügeln sich mit Ordnern. Monate zuvor gab es bereits bei einem Gastspiel von Johnny Ray ähnliche Krawalle. Seit Jahren kommt es in deutschen Großstädten immer wieder zu gewaltsamen »Kundgebungen« der »skeptischen Generation« (Schelsky). Deren Parole: »Die Zukunft hat schon begonnen!«

November 1958

»Zugegeben: ich bin Insasse einer Heil- und Pflegeanstalt ...« – Günter Grass erhält beim Treffen der Gruppe 47 in Großholzleute/Allgäu den Preis für die Lesung des ersten Kapitels aus seinem Roman »Die Blechtrommel«.

Ich bin Peter Härtling erstmals am sechsten Januar 1959 in Stuttgart in der Redaktion der »Deutschen Zeitung« begegnet, das weiß ich noch sehr genau. Ich war gerade vom Feuilletonchef, Otto Friedrich Regner, als Redakteur engagiert worden, weil die Deutsche Zeitung nach Köln umziehen und vom zweimal wöchentlichen auf tägliches Erscheinen umstellen sollte. Deshalb wurden mehr Redakteure gebraucht.
Peter Härtling war mir natürlich als junger Dichter bekannt, ich hatte bereits einen Gedichtband von ihm besprochen, außerdem hatte Johannes Poethen mir von ihm erzählt. Ich erinnere mich noch gut, wie ich damals in Stuttgart irgendein kleines Zimmerchen betrat, und darin saß dieser Peter Härtling. Er war schlank, fast mager, auch freundlich, aber nicht zu freundlich. Ich hatte das Gefühl, er war ob meiner Person etwas gespalten – ich war ja kein gelernter Journalist, während Härtling in dieser Zeit schon eine Menge Berufserfahrung hatte, und ich war mir nicht sicher, ob er mich überhaupt anerkennen würde. Ich habe eigentlich erst sehr spät bei der Lektüre seines Erinnerungsbuchs »Leben lernen« erfahren, daß es von seiner Seite in unserem Verhältnis keine Schwierigkeiten gab.
Wir arbeiteten damals noch mit Bleisatz, und die Redakteure mußten den Umbruch machen. Es wurden Kürzungen vorgenommen, Überschriften verlängert – Härtling war ein Genie bei der Herstellung eines Feuilletons im Bleisatz. Ich hab das zwar von ihm gelernt, wurde aber nie so gut wie er. *(Hans Bender)*

TREPPEN

immer wandern treppen
vor deinen schritten

schlaf hat gesprochen
in den häusern

aber schon steigen treppen
und zerbrechen die Berge

(PH, »unter den brunnen«)

Er steht auf festem Grund.
Zukunft scheint auf.

Köln ist anders. Kein Schwaben, nirgends. Peter Härtling trifft dort Anfang des Jahres 1959, mitten im Wiederaufbau, ein, um am neuen Sitz der »Deutschen Zeitung« seine Arbeit als Feuilletonredakteur fortzusetzen. Die Redaktion ist, bevor sie in der Apostelnstraße Residenz nimmt, zunächst im Jugendstil des alten »Kaufhaus Peters« untergebracht, in der Nähe der graumächtigen Oper und des Funkhauses des WDR. Als Feuilletonchef firmiert Otto Friedrich Regner, ein kundiger »Ballettführer«, der bereits im Fischer-Verlag zum Thema »Tanz« veröffentlicht hat. Heinrich Vormweg, Germanist, Literaturkritiker und später, neben Böll, einer der beiden großen »Heinrichs« der Domstadt, wird neuer Kollege.

Hans Bender, der schmale, fragile, heute weit über 80 Jahre alt, nach wie vor wohnhaft in Köln, weiß noch, daß er im Juni 1959, seinen Roman »Wunschkost« im Gepäck, aus der zunehmend verwaisenden Stuttgarter Redaktion nachreiste und am Schreibtisch, direkt gegenüber von Härtling, Platz nahm: »Er hat immer sehr schnell geschrieben. Ich habe oft gedacht, warum läßt er sich nicht mehr Zeit!?« Es sind unterschiedliche Temperamente: Vormweg, Bender, Härtling, doch man findet zusammen. Als Härtling sein ungeliebtes möbliertes Zimmer am Eigelstein, eine Art Notunterkunft, aufgibt und in die Brüderstraße 3, gleich neben die Oper zieht, wohnt er gar mit Bender gemeinsam in einem Haus. Peter Härtling mietet die Wohnung nicht von ungefähr: Er wird im Juli heiraten, in Nürtingen. Mechthild Maier hat ihr Tübinger Psychologie-Studium abgeschlossen, zieht zu ihm nach Köln. Sie kann dort weiter Psychologie mit Richtung Promotion studieren.

Eine Hochzeitsreise findet nicht statt, dafür bleibt keine Zeit. Aber das Paar freut sich des ganz und gar Eigenen und richtet sich fröhlich in der Brüderstraße ein. Dann wieder Alltag. Auch Zeitungsalltag. Einer, der viel Raum für Experimente und Entwicklungen läßt. Auch für Vorlieben. Härtling schreibt eine Ode auf Hemingway zum Sechzigsten, notiert Texte zu Heißenbüttel, der ihn öfter besucht, widmet sich neuen Gedichten, arbeitet weiter für den Rundfunk – nicht ohne bei alldem enthusiastisch zu rauchen: »Wir haben beide diese furchtbaren Reval geraucht. Ob in der Redaktion oder in der Wohnung, überall hing der Reval-Geruch. Wir rauchten, obwohl wir von den Gräbern dort im Tal wußten, in denen angeblich die Raucher von Reval lagen!« (Hans Bender)
Im Herbst dann Premiere: »Der Schein des Kometen«, Härtlings erster Roman, wird end-

lich im Goverts-Verlag publiziert; die Deutsche Zeitung hat bereits Ende September begonnen, ihn in Folgen vorabzudrucken. Karl Krolow lobt Temperament und Sprache, die Deutsche Presseagentur konstatiert Mängel, aber auch eine beachtenswerte Zukunft für den jungen Autor, während der Kritiker der »Volksbibliothekare« das Werk, lang nach seiner Veröffentlichung, schlicht als »jammervoll« ablehnt. Die ganze Bandbreite der Kritik also, kein Grund zu lang andauernder Trübsal. Weiter.

Nicht nur Feuilletonthemen bewegen Härtling in dieser Zeit. In Westdeutschland häufen sich antisemitische Provokationen, auch die Kölner Synagoge wird beschmiert, die rechtsextreme »Deutsche Reichspartei« macht von sich reden, der Bundestag im nahen Bonn beschließt die Anschaffung von Atomraketen. Ein staatlich finanziertes »Rotbuch« gegen »kommunistische Kulturarbeit« erscheint und listet die Namen von 452 Intellektuellen auf, der israelische Geheimdienst Mossad entführt im Mai 1960 den ehemaligen SS-Obersturmbannführer Adolf Eichmann aus Argentinien – die Deutsche Zeitung hat allemal Spektakuläres, zunehmend auch Verstörendes über den Zustand der Republik zu berichten. Es gibt genügend Stoff für Diskussionen in der Feuilletonredaktion, in der »Hausgemeinschaft« Brüderstraße, im Künstlercafé »Campi«, auch im Redaktionstreff »Bieresel« oder anläßlich zahlreicher privater Einladungen. Dort knüpft Härtling Beziehungen, geht Freundschaften ein, unter anderem mit dem Schriftsteller Jürgen Becker, dessen Sohn Boris er ein Gedicht widmen wird. Gleichzeitig akquiriert Härtling neue Autoren, pflegt Kontakte, nicht zuletzt zu Heinrich Böll, der gerade vor ein paar Monaten sein »Billard um halbzehn« vorgelegt hat, eine Polemik gegen Restauration und Saturiertheit der Adenauer-Republik.

Außerdem nehmen die Härtlings, wenn es die Zeit erlaubt, am kulturellen Leben der Stadt teil: Konzerte im Funkhaus, Kunstausstellungen, »Don Giovanni« in der Oper, die unter ihrem Generalintendanten Oskar Fritz Schuh viel Neues versucht - was vielleicht den »Kölner Stadt-Anzeiger« provozieren mag, nicht aber die Feuilletonisten der Deutschen Zeitung. Hier ist man neugierig. Auch auf neue Kollegen. Einer wird zu Gespräch und Volontariaten ins Feuilleton geladen, nachdem er bereits aus Westberlin mehrere Glossen geschickt hat: Der gebürtige Thüringer Wolfgang Werth, ein Publizistikstudent, träumt von der Karriere zum Chefredakteur. Ein Traum, der später in Erfüllung gehen wird. Werth, der Ruhige, Bedächtige mit dem leisen Humor, war viele Jahre Literaturchef der »Süddeutschen Zeitung« und lebt heute mit seiner Frau in München. Er hat Peter Härtling nie aus den Augen verloren. Und erinnert sich an den jungen Werth, der Bender und Härtling, den beiden dichtenden Redakteuren der Deutschen Zeitung, zunächst mit steifer Bewunderung begegnete: »Das waren wirklich die ersten beiden Schriftsteller, die ich leibhaftig traf.« Der allzugroße Respekt wird sich legen.

Peter Härtling hat inzwischen an seinem Schreibtisch daheim nicht nur weiter an Gedichten wie »Der letzte Elefant« oder »Olmütz 1942–1945« für einen neuen Lyrikband gearbeitet, er hat auch eine Reihe von Essays verfaßt, die er als »Galerie literarischer Geister« zunächst im Funk präsentiert, um sie dann im Frühjahr 1961 unter dem Titel »Palmström grüßt Anna Blume« als Buch erscheinen zu lassen. Die Kritiker reagieren allesamt vergnügt ob der Geister, die Härtling rief: Jarrys »König Ubu«, Brechts »Keuner«, Marceaus »Bip«, Morgensterns »Palmström«, Schwitters »Anna Blume« und andere mehr.

Wenige Monate später, am 13. August 1961, geschieht Hochdramatisches: Die DDR, geführt von »Spitzbart« Walter Ulbricht, zäunt ihr Volk im Ostsektor Berlins ein und läßt eine Mauer, DIE Mauer, bauen. Die Sektoren der Westalliierten geraten in eine Insellage, der bislang kalte Krieg droht »heiß« zu werden. Posttraumatisierende Tage für die Nachkriegsdeutschen brechen an. Doch es bleibt beim bedrohlichen Säbelrasseln, und Peter Härtling kann sich in aller Unruhe überlegen, ob er dem Ruf der Zeitschrift »Monat« ins eingemauerte Westberlin folgen will. Bei dem US-finanzierten Magazin mit den großen Namen will man ihn als Redakteur.

Das Angebot kommt ihm gerade recht: Die Deutsche Zeitung beginnt seit einiger Zeit, ob der liberalen Verlagspolitik ihres Chefredakteurs Hans Hellwig, den Rückhalt bei ihren konservativen Geldgebern aus der Wirtschaft zu verlieren. Übernahmegerüchte werden gehandelt. Wieder einmal gerät alles in Bewegung. Einige gehen, andere kommen: Wolfgang Werth im September 1961, er wird Redakteur im Feuilleton. Derweil hat Otto Friedrich Regner die Zeitung bereits verlassen, seine Leitungsfunktion hat Hans Bender übernommen. Peter Härtling residiert abseits der Unruhe als Literaturchef im eigenen Redaktionszimmer. Bald schon wird er Köln verlassen und mit seiner Frau Mechthild aus- und weiterziehen. Auf die Insel Westberlin. Im Februar 1962 beginnen sie dort mit der Wohnungssuche.

Januar 1959

Der Naturwissenschaftler Robert Jungk veröffentlicht seinen »Ruf zur Wiederbelebung der sozialen Phantasie«: »In einer Welt des beschleunigten Wandels und der Überraschungen, die durch immer neue Erfindungen auf dem Gebiete der Technik charakterisiert ist, müßte die soziale Phantasie eigentlich Überstunden machen, um wenigstens auf dem Papier mit dem stürmischen Fortschritt eines tatkräftigen, aber richtungsblinden Fortschrittes mitzukommen.«

Februar 1959

Die Rock-'n'-Roll-Stars Buddy Holly, Ritchie Valens und Paul Richardson kommen gemeinsam bei einem Flugzeugabsturz im US-Staat Iowa ums Leben. Ihre Hits, wie »Peggy Sue«, »That'll be the day«, »Donna« und »Chantily Lace«, hatten auch in Deutschland große Popularität erreicht.

Kaufhaus Peters

Die Deutsche Zeitung fand neue Geldgeber und wollte sich einen Höhenflug erlauben. Man stellte vom zweimaligen wöchentlichen Erscheinen, am Dienstag und Freitag, auf tägliches Erscheinen um und zog nach Köln, um von dort aus propagandistisch für den deutschen Mittelstand zu sprechen. Ich ging mit, arbeitete im Feuilleton und übernahm später das Literaturblatt. *(PH)*

Mai 1959

»Sie küßten und sie schlugen ihn« (Les quatre cents coups) – Francois Truffaud erhält für sein genial einfach und kommentarlos erzähltes Fürsorgedrama in Cannes die »Goldene Palme«. Er gilt als einer der wichtigsten Protagonisten der »Nouvelle Vague«.

Unsere Zusammenarbeit in der Deutschen Zeitung war ideal. Ich war zunächst verantwortlich für die Samstagsbeilage, das Literaturblatt, und habe dafür u. a. eine Seite

konzipiert, auf der immer auch eine Short story veröffentlicht wurde. Peter Härtling war indes für das Tagesfeuilleton zuständig. Ganz so streng haben wir es mit der Trennung der Ressorts allerdings nicht genommen, vielmehr haben wir uns dauernd gegenseitig mit neuen Einfällen angeregt: zum Beispiel haben wir es geschafft, das Literaturblatt im klassischen Format des »Times Supplement« herauszubringen. Chefredakteur Hellwig ist uns gegenüber sehr großzügig gewesen. Er hat oft gesagt, wir seien ja gar keine richtigen Journalisten, sondern Dichter, was eben auch hieß, daß uns alles erlaubt war. Das war einfach ein schönes Privileg: man macht eine Zeitung und darf trotzdem ein Dichter bleiben. *(Hans Bender)*

Mechthild Maier und Peter Härtling heiraten am 3. Juli in Nürtingen. Kurz darauf beziehen sie in Köln eine Wohnung im zweiten Stock des Hauses Brüderstraße 3.

Haus Brüderstraße 3

Dalla sua pace la mia dipende;
quel che a lei piace vita mi rende,
quel che le incresce morte mi dà.
S'ella sospira, sospiro anch'io,
è mia quell'irà, quel pianto è mio!
E non ho bene s'ella non l'ha.

(Don Ottavio in Mozarts »Don Giovanni«)

Schritt für Schritt nahm Mechthild die Wohnung in Besitz. Wahrscheinlich gingen uns die gleichen Gedanken durch den Kopf: Niemand kann uns hier mehr reinreden. Zum ersten Mal richtig erwachsen sein. Wir stellten unsere Koffer im Entree ab, als könnten wir uns erst empfangen, wenn die Möbel aufgestellt sind. Der Möbelwagen hätte längst da sein müssen. Ich lehne zum Wohnzimmerfenster hinaus, schaue auf die Brüderstraße. Am frühen Nachmittag klingelt es. Ein junger Mann überreichte Mechthild ein Blumenstöckchen als Willkommensgruß. Er wohnte direkt unter uns. Es war Hans Georg Schwark, der Lebensgefährte Hans Benders. Wir stellten das Alpenveilchen mitten ins Wohnzimmer. *(PH–LL)*

Plötzlich war Peter Härtling nicht nur am großen Doppelschreibtisch der Redaktion mein Nachbar, sondern auch in der Brüderstraße. Ich wohnte unter ihm. Er hatte einen festen Schritt, ich hörte genau, wenn er oben hin- und herging, sich dann an den Schreibtisch setzte, auf der Maschine tippte, vielleicht ein Gedicht schrieb. Manchmal ging er eine Stunde später die Treppe herunter, raus zum Briefkasten, warf einen Brief mit dem Gedicht ein, und schon in der nächsten Woche konnte man es in irgendeiner Zeitung lesen. Er hat die Veröffentlichung seiner Texte immer bewundernswert clever betrieben. Nachdem sich das junge Paar eingerichtet hatte, gab es die ersten Einladungen. Ich empfand die Mechthild als unerhört sympathisch. Manchmal habe ich ob ihres Psychologiestudiums gespottet, daß sie ja wohl jedermann durchschauen könne und daß mir dabei gar nicht wohl sei. *(Hans Bender)*

Er war Boxer, er war Partisan; er war – im Paris der Gertrude Stein – Avantgardist und ist längst Legende. In diesem Jahr soll, obschon zögernd angekündigt, ein neues Buch von ihm erscheinen. Das letzte war die Geschichte vom alten Mann und dem Meer und dem riesigen Fisch, eine Geschichte, die ihn lesebuchreif macht; denn da kam kein Schlafsack, kein Säufer und kein arbeitsloses Mädchen darin vor. »Wem die Stunde schlägt«, »Fiesta«, »In einem anderen Land«, »Durch den Fluß und in die Wälder« sind Titel anderer Romane.

Wer kennt sie nicht? Er kann schreiben, dieser Riesenmann, der auf Kuba residiert, es angeblich vorzieht, die Schreibmaschine in die Badewanne mitzunehmen, und sich von seiner vierten Frau in einer Luxusvilla pflegen läßt. Er kann schreiben. Das hat er denen voraus, die sich vielleicht mehr Gedanken darüber machen, wie man schreiben soll. Er schreibt unverwechselbar. Seit dreißig Jahren immer gleich. Er schreibt seine Zeit. Seit dreißig Jahren immer dieselbe Zeit, obwohl sich die Zeiten gewandelt haben. Das mag ihm gleichgültig sein. Denn er ist Ernest Hemingway.
Dieser Mann, der das Abenteuer stets dem gepflegten Leben vorzog, das wiederum auch nicht von sich wies, dieser Mann hat einige Geschichten geschrieben, die dem Leser zu jeder Zeit den Atem rauben können. Keine Romane: Geschichten. Ein paar Seiten trockener, ausgeklügelter und ausgewogener Prosa. Eine lese ich immer wieder. Es ist die Geschichte eines alten Mannes, der im Spanienkrieg auf einer Brücke steht, das Heer an sich vorbeiziehen sieht und nicht weiß, warum er gerade da steht, aber auch nicht weiß, weshalb er nicht da stehen sollte. Der Krieg – hier blitzt es jäh und blendend auf. Ein stacheliges Gedicht.
(Hg., »Der faszinierende Vollbart – Ernest Hemingway wird 60 Jahre alt«, Deutsche Zeitung, 21. Juli 1959)

Oktober 1959

Alt-Bundespräsident Theodor Heuss (seit Juli ist Heinrich Lübke sein Nachfolger im Amt) erhält den Friedenspreis des Deutschen Buchhandels. Während der diesjährigen Buchmesse stehen zwei Titel im Zentrum des Interesses: »Die Blechtrommel« von Günter Grass sowie »Mutmaßungen über Jakob« von Uwe Johnson.

Was er schildert, ist die Geschichte einer Jugend unter dem seinem blutigen Untergang zutaumelnden Nationalsozialismus. Der sich dieser verdorbenen, im Blute des großen Krieges erstickten Jugend erinnert, ist ehemaliger Offizier, nun Barmusiker geworden, heißt Martin Farrant und erlebt – wieder und wieder – noch einmal, was an ihm und seinen Freunden, seiner Umwelt, seiner Generation geschehen ist.
(...) Härtlings Buch ist ein Roman geworden, in dem noch Heftigkeit, jähes Geschehen, Unheil einen leisen Unterton bekommen, einen Kammerton gleichsam, der dafür sorgt, daß die Verhängnisse junger Jahre durch eine Sprache gedämpft werden, an der man Behutsamkeit rühmlich finden mag. Sie verhindert auch, daß es zu reißenden, alles (also auch den Autor) verschlingenden Wirbeln kommt, wiewohl all das, was

geschildert wird, alles andere als idyllisch ist. Hinter dem, was Härtling schreibt, früher in der Lyrik, jetzt in der Prosa, steht eine Kraft, die es nicht zum Äußersten kommen läßt, eine Geste, die eher etwas Beruhigendes als etwas Aufwühlendes bedeutet. Sie ist Ausdruck eines Temperaments, das solcher Ruhe bedarf, um sich literarisch mitteilen zu können und nicht – zu zerbrechen.
(Karl Krolow, »Die Geschichte einer Jugend«, Braunschweiger Presse, 3. Dezember 1959)

Unübersehbar ist bereits die Zahl der gedruckten Versuche, sich mit der fluchbeladenen Welt des nationalsozialistischen Reiches denkerisch und dichterisch auseinanderzusetzen. Man kann nicht sagen, daß alle diese Versuche gründlich genug unternommen, geschweige denn gelungen seien. Am schwersten haben es vor allem die jungen Menschen, die unschuldig und noch unfähig, das dämonische Geschehen der nationalsozialistischen Machthaber zu begreifen, in den Mahlgang der geschichtlichen Katastrophe hineingerissen worden sind.
(...) Dieser Roman von Peter Härtling »Im Schatten des Kometen« ist schlicht und einfach in der Sprache und anschaulich in der Zeichnung des Geschehens. Wir glauben zwar nicht, dass dem noch jungen Autor der Hintergrund des Dritten Reiches treffend gelungen sei. Auch einige Gestalten bleiben unvollständig charakterisiert und daher etwas unverständlich. Trotz dieser Mängel verdient der Roman Härtlings als ein zukunftversprechendes dichterisches Erzeugnis aus der jungen Generation volle Beachtung.
(Werner Knuth, dpa-Buchbrief/Kultur, 9. Dezember 1959)

Januar 1960

Bundeskanzler Konrad Adenauer verurteilt in einer Fernsehansprache die antisemitischen Vorfälle der letzten Wochen. In ganz Westdeutschland waren öffentliche Gebäude, Kirchen und Synagogen mit Parolen wie »Juden raus« beschmiert worden, jüdische Bürger hatten Drohbriefe erhalten. Im Zusammenhang mit den Vorfällen wurden u. a. jugendliche Mitglieder der Deutschen Reichspartei (DRP) festgenommen. »Wenn Ihr irgendwo einen Lümmel erwischt, vollzieht die Strafe auf der Stelle und gebt ihm eine Tracht Prügel. Das ist die Strafe, die er verdient«, empfiehlt Adenauer seinen »deutschen Mitbürgern«.

Chefredakteur Hellwig erwähnte einmal bei der täglichen Konferenz, er habe kürzlich etwas wunderbar Zutreffendes gehört: die Deutsche Zeitung sei schwarz, weiß, aber auch rot. Ich habe gleich erwidert, daß dieses Urteil wohl keiner weiteren Erklärung bedürfe, weil mit Rot sicher das Feuilleton gemeint sei – genauso dachten nämlich er und die Kollegen aus der Politik über uns. Die waren mit unserer Haltung nicht ganz zufrieden, aber sie machten uns auch keine Vorschriften. Der Regner, der Härtling und ich, wir hatten unsere Freiheit. *(Hans Bender)*

Seit Kriegsende mußte ich mit ansehen, wie sich die Politik meiner Vatergeneration wieder einmal über mich hinwegsetzte, diesmal auf eine eher freundliche Art. Doch diese Politik ließ mich mit meinen Zweifeln, mit meinen Projektionen und Hoffnungen allein, und das führte grundsätzlich zu Einwürfen von meiner Seite.
Ich hatte, und dies ist ein Unterschied zu heute, komischerweise immer Kollegen und Kontrahenten unter den Konservativen, die diese Auseinandersetzung mochten. Konstellationen wie damals sind in heutigen Redaktionen kaum denkbar – in der Deutschen Zeitung arbeiteten so unterschiedliche Köpfe wie Johannes Groß, Heinrich Vormweg oder ich, dennoch führten wir ganz exzellente und genaue Diskussionen.
Man hatte Gegner, die gegenteilige Meinungen bedachten und respektierten. Das ist etwas, was ich jungen Journalisten von heute viel mehr wünsche: wir hatten Kontrahenten, die für ihre Gegner offene Räume schufen. Es scheint verrückt, aber das gab es. Wenn ich heute Zeitungen anschaue, ob es nun die Welt, die FAZ oder manchmal auch die Frankfurter Rundschau ist, dann beugen die jungen Journalisten dort doch gemeinsam die Knie. Und stehen danach auch wieder gemeinsam senkrecht. Das macht mich untröstlich. *(PH)*

Ich weiß nicht mehr ganz genau, ob es schon in die Zeit meines ersten Volontariats bei der Deutschen Zeitung fällt, daß ich bei Mechthild und Peter eingeladen war. In der

Brüderstraße. Damals habe ich den ganzen Abend recht steif dabeigesessen, während die beiden irgendwelche bedeutenden Probleme erörterten, zu denen ich nichts sagen konnte. Ich fühlte mich eigentlich sehr befangen, was allerdings nichts mit Peter zu tun hatte. Er war ein freundlicher Mensch, auch nicht viel älter als ich ... obwohl ich bis heute das Gefühl habe, daß Peter älter als die vier Jahre ist, die uns tatsächlich trennen. Auf alle Fälle empfand ich die Mechthild und Peter seinerzeit als ein sehr ernsthaftes Paar – sie waren profanen Dinge nicht besonders aufgeschlossen. *(Wolfgang Werth)*

(...) Mir erscheint es wie gestern. Ich arbeitete als junger Journalist in einer Zeitungsredaktion in Köln und bereitete eine Seite mit Geschichten und Gedichten für die Sonntagsbeilage vor. Eine Geschichte hatte mir die Dichterin Martha Saalfeld geschickt. Dieses Mal steckte in dem großen Briefumschlag nicht nur ihr Manuskript, sondern ein Blatt aus festem Papier. Sie lege, schrieb sie, »einfach zur Ansicht« eine Zeichnung ihres Mannes bei. Ich wußte, daß sie mit dem Maler Werner von Scheidt verheiratet war. »Einfach zur Ansicht ...«. Ob Martha Saalfeld klar war, daß sie mir keineswegs bloß einen gezeichneten Elefanten schickte? Daß sie mir vielmehr einen Elefantenschock versetzte! Ein Blick genügte und der Dickhäuter fing an zu reden. Natürlich nicht laut. Die Kollegen in der Redaktion hätten mich für verrückt gehalten. Nein, er redete in mir. Ich hatte mich in ihn verguckt. In seine Schwere, in die Wellenlinien, die seinen Leib runzelig machten. Ich spürte, wie müde er war. Wie allein. »Ich bin der letzte Elefant«, sprach die Stimme in meinem Kopf. Ich schaute auf die Zeichnung und wußte wie von selbst die Geschichte des Elefanten: Vor hundert Jahren fand/mich ein schwarzer Prinz/und band/ an seinen Traum mich fest.«
(PH, »Wie ich das Gedicht vom letzten Elefanten schrieb«)

Werner von Scheidt: Ruhender Elefant

November 1960

John F. Kennedy, demokratischer Senator von Massachusetts, wird zum Präsidenten der USA gewählt. Gegenkandidat war Richard M. Nixon. Kennedy trifft vor allem bei Jugendlichen und Intellektuellen auf große Resonanz. Er folgt im Amte dem Republikaner Eisenhower nach.

Der Regierende Bürgermeister von Berlin, Willy Brandt, wird von der SPD zum Kanzlerkandidaten für die Bundestagswahlen des Jahres 1961 bestimmt. Brandt gilt als populär, sein Image soll von der Aufbruchstimmung in den USA profitieren.

Bundesdeutsche Schriftsteller wie Ilse Aichinger, Heinrich Böll, Günter Grass, Walter Jens, Marie Lusie Kaschnitz, Martin Walser u. a. sprechen sich gegen das geplante »Deutschland-Fernsehen« der Regierung Adenauer aus, das im Jahre 1961 als bundeseigenes Zweites Fernsehprogramm auf Sendung gehen soll. Die Schriftsteller lehnen jede Mitarbeit am »Adenauer-Fernsehen« ab. Monate später scheitert das Projekt an einer Klage der Länder beim Bundesverfassungsgericht.

Ich bin ein Imi. Ich bin kein Waschmittel. Ich bin etwas anderes: ich bin ein anderer, bin ein Zugewanderter, kein Hiesiger bin ich, kein rheingetaufter Kölner. Ich imitiere, imitiere den Kölner; obschon ich gar nicht dazu geneigt bin, sind die Colonienser dieser Meinung, hartnäckig – und ich weigere mich nicht. Es spricht für ihre verspielte Egozentrik; sie beziehen alles auf sich, auch die, deren Name Imi ist. Ein Imi geht zum Karneval. Da finden wir viele Imis. Zu Beginn ... Nachher mündet ihr fremder Quergeist in die schäumende und schunkelnde Seligkeit derer, die am Straßenrand sitzen und warten. Der Imi wird zum Kölner. Doch dies nur, solange der Karneval dauert. Dann ist er wieder Imi. Kein Waschmittel.
(...) Der Zug kam. Ein pompöser Wagen nach dem anderen. Dazwischen die Garden, friderizianisch und Gesichter unter den Dreispitzen, die so preußisch waren, so Zietensch, daß der Imi vor Staunen den Mund aufsperrte und der Hohenfriedberger wie ein Choral in seinen Ohren dröhnte – nur von Synkopen angefressen. Das ist aber der Karneval: er ist antimilitaristisch bei allem Fahnen- und Uniformprunk, er ist ungemein menschlich und – unzweifelhaft – sehr monarchistisch. Denn als der Prinzenwagen um die Ecke schwankte, ein riesenhaftes Gefährt, groß wie ein Rheindampfer, da riß es die Menge zum letzten dröhnenden Aufschrei: KAMELLE!!! ...
(PH: »Konfetti – gesammelt beim Kölner Karneval«, Deutsche Zeitung, 13. Februar 1961)

Köln 1960

Bip ist aufgerufen. Wer kennt ihn nicht? – ein Märchen, eine Geschichte, eine Legende. Ist Bip Legende? Bip ist Wirklichkeit. Bip ist Unwirklichkeit. Bip ist ein Traum. Bip ist unser aller freundlicher Freund. Wer ist Bip?
Bip ist der Pantomime Marcel Marceau; Marcel Marceau ist Bip. Und doch sind beide nicht beides. Will Marceau Bip sein, schlüpft er in Bip. Will Bip Marceau sein, verläßt er ihn. Bip ist eine Kreation, doch keine Kreatur. Bip ist eine Schöpfung, doch kein Geschöpf. Bip ist ein Einfall, und doch ist der Einfall Person, Figur-Figurine.
(...) Bip dauert als Imagination, und als solche Figur begleiten ihn Brüder genug, nicht auf der Bühne, in der Poesie. Während seine literarischen Confrères der Phantasie des Lesers bedürfen, erscheint er leibhaftig. Wir sehen ihn und haben vorher schon von ihm geträumt. Der Buchstabe fängt das Leben der anderen ein, die viele Namen haben, eigentümliche

Namen, Echonamen, Traumnamen, Arabeskennamen. Sie sind Literatur und haben eine lange Geschichte. Es ist die Geschichte der Imagination, die Geschichte der poetischen Verwandlungssehnsucht, der Wunschträume, von der Erde loszukommen, schwerelos zu sein, zauberische Kräfte auszustrahlen und mit den Sternen auf Duzfuß zu stehen, sie alle treten dafür ein: Plume und Palmström, Maldoror und Roi Ubu, Elis und Monsieur Teste, Anna Blume, Moel und die Medosemen, Kaidoh und Lesabéndio, Prinz Jussuf und Doktor Enzian, Herr Keuner, Tubutsch und Sfaira, Gugummer und Jean sans Terre.
Nicht mit Anna Blume beginnt die Historie, sondern mit der »blauen Blume«.
(PH, aus: Palmström grüßt Anna Blume, Goverts, Stuttgart 1961)

Man könnte Peter Härtling einen Orchideenjäger nennen, der den in der menschlichen Phantasie wild wuchernden Wundergewächsen nachgeht, jenen manchmal so schönen Blüten des Aberwitzes, des Absurden, Abstrusen und Alogischen, die sich zu einem oft nur spaßhaften, oder aber auch tiefsinnigen, ja düsteren Gesamt-Allotria verbinden. Mit seinem allerliebsten Buch hat er eine kleine Anthologie des Surrealismus geschaffen, oder wie man vielleicht besser sagt: des Schlehemilismus.
(...) Und daß ihm dann und wann ein kleiner Schnitzer unterläuft (er verwechselt einmal Konfuzius mit Laotse, oder er nennt Monsieur Teste einen Aristokraten, ja einmal einen Dandy, was auf diesen Ausbund von bürgerlicher Methodik ganz kurios paßt), erhöht nur den Reiz des Buches. Denn man weiß von ihm, daß er wie eine Jungfrau erröten wird, wenn er erfährt, was man ihm vorhält. Gerade diese entzückenden Unbewandertheiten bezeugen aber das Echte der Begeisterung, das Unpedantische seiner Forscherlaune. Man wird dies hochgescheite und gut belegte Buch mit Vergnügen lesen.
(R. J. Humm: »Palmström grüßt Anna Blume«, Weltwoche, Zürich, 14. April 1961)

13. August 1961

Grenzpolizei und Betriebskampfgruppen beginnen das Staatsgebiet der DDR mit Stacheldraht und Sperrzäunen abzuriegeln. Tausende von Ostberlinern versuchen noch im letzten Moment zu fliehen. Zwei Tage später beginnt der Bau der Mauer. Hunderttausende DDR-Bürger hatten in den Jahren zuvor das Land qua »unerlaubtem Grenzübertritt« verlassen. Rudolf Augstein, Herausgeber des SPIEGEL, schrieb noch kurz vor dem Mauerbau in seinem Artikel »Geht Berlin verloren?« von einem Flüchtlingsstrom, »der die DDR strukturell bis zur Anämie schwächt«, und warnte ob der unhaltbaren Position der Bonner Politiker in Sachen Grenzanerkennung und Atomwaffen vor dem »Konkurs« der Berlin-Frage.

(...) Viele Bürger Ihres Staates halten die DDR nicht mehr für bewohnbar, haben Ihren Staat verlassen und wollen Ihren Staat verlassen. Die Massenflucht, die von Ihrer Regierung ohne jeden Beweis »Menschenhandel« genannt wird, kann und darf die Aktion vom 13. August weder erklären noch entschuldigen. Stacheldraht, Maschinenpistole und Panzer sind nicht die Mittel, den Bürgern Ihres Staates die Zustände in der DDR erträglich zu machen. Nur ein Staat, der der Zustimmung seiner Bürger nicht mehr sicher ist, versucht sich auf diese Weise zu retten.
Wenn westdeutsche Schriftsteller sich die Aufgabe stellen, gegen das Verbleiben eines Hans Globke in Amt und Würden zu schreiben; wenn westdeutsche Schriftsteller das geplante Notstandsgesetz des Innenministers Gerhard Schröder ein undemokratisches Gesetz nennen; wenn westdeutsche Schriftsteller vor einem autoritären Klerikalismus in der Bundesrepublik warnen, dann haben Sie genauso die Pflicht, das Unrecht vom 13. August beim Namen zu nennen ...
(Günter Grass/Wolfdietrich Schnurre: »Offener Brief an die Mitglieder des Schriftstellerverbands der DDR«, 16. August 1961)

Das Unrecht vom 13. August? Von welchem Unrecht sprechen Sie? Wenn ich Ihre Zeitungen lese und Ihre Sender höre, könnte man glauben, es sei vor vier Tagen eine große Stadt durch eine Gewalttat in zwei Teile auseinandergefallen. Da ich aber ein ziemlich gutes Gedächtnis habe und seit vierzehn Jahren wieder in dieser Stadt lebe, erinnere ich mich, seit Mitte 1948 in einer gespaltenen Stadt gelebt zu haben, einer Stadt mit zwei Währungen, zwei Bürgermeistern, zwei Stadtverwaltungen, zweierlei Art von Polizei, zwei Gesellschaftssystemen, in einer Stadt, die beherrscht wird von zwei einander diametral entgegengesetzten Konzeptionen des Lebens. Die Spaltung Berlins begann Mitte 1948 mit der bekannten Währungsreform. Was am 13. August erfolgte, war ein logischer Schritt in einer Entwicklung, die nicht von dieser Seite der Stadt eingeleitet wurde. *(Stephan Hermlin, Brief vom 17. August 1961)*

Als ich kurz nach dem Mauerbau endlich bei der Deutschen Zeitung als Redakteur anfing, firmierte Hans Bender bereits als Leiter des Feuilletons. Peter Härtling selbst war Literaturchef der Zeitung geworden. Er hatte sich ein wenig von der Redaktion entfernt, ein eigenes Zimmer bekommen, das nicht im Feuilletonkomplex lag. Es mag auch an dieser räumlichen Distanz gelegen haben, daß er fast wie ein Besucher in unsere Redaktion kam. Was mich allemal erstaunte und zu Bewunderung Anlaß gab, war seine Souveränität – er kam und ging, wann er es für richtig hielt. Unsereiner mußte sich wegen Produktion und Reglement schon ein wenig an die Zeiten halten, er aber war sein eigener Herr, eine autonome, eine selbständige Einheit.
Im Grunde war Peter damals bereits auf dem Absprung nach Berlin. Weil ich gerade von

dort gekommen war, fragte er mich natürlich, wie es an der Spree so wäre. Ich habe ihm geantwortet, daß dort immer schönes Wetter sei, so schön, daß man keinen Mantel bräuchte. Ich selber hatte wirklich keinen Mantel, brauchte auch keinen. Peter aber hat den fellgefütterten Mantel, den er sich gerade gekauft hatte, später in Berlin noch bitter nötig gehabt. *(Wolfgang Werth)*

Ich konnte jetzt zwar das Literaturblatt der Deutschen Zeitung in eigener Regie machen, hatte auch unglaubliche Freiheiten, war zudem frisch verheiratet, wir hatten eine schöne Wohnung, aber irgendwie spürte ich, daß all das nicht mehr lange gehen konnte, weil es mich nicht so recht weiterbrachte. Damals schrieb ich schon hin und wieder Essays für den »Monat«, und eines Tages kam ein Anruf von Fritz von Alemann, der damals Mitherausgeber war, ich möge doch, so ich Lust hätte, die Redaktion des Monats in Berlin besuchen, Melvin Lasky würde da sein, auch Hellmut Jaesrich. Ich tat's. Noch am Nachmittag meines Besuchs wurde ich als Redakteur eingestellt, wenig später war ich Mitherausgeber. *(PH)*

Peter Härtlings Wechsel in die Redaktion des »Monat« haben wir als Aufstieg begriffen. Zwar war die Deutsche Zeitung sehr wichtig für uns, und wir haben die Jahre dort durchaus als glückliche Zeit empfunden, aber wir sind alle auch gerne weitergezogen. Ohnehin waren die Geldgeber ausgestiegen. BDI und CDU, alle, die die Zeitung unterstützt hatten, beendeten ihr Engagement, weil Chefredakteur Hellwig nicht so recht nach ihrer Pfeife tanzen wollte.
1964 erschien die Deutsche Zeitung letztmalig. Danach ist sie von »Christ und Welt« geschluckt worden, noch später vom »Handelsblatt«.
(Hans Bender)

Abschiedsfoto Köln 1962

Deutsche Zeitung

CHEFREDAKTION

Köln, Apostelnstraße 13 · Postfach 490 · Fernschreib-Nummer 08 881641 · Telegramm-Adresse: Dezet Köln

Köln, 22. März 1962
Fernsprecher 2057, 346/347 oder 20571

Z e u g n i s

Herr Peter H ä r t l i n g gehörte von Februar 1956 bis März 1962 der Redaktion der Deutschen Zeitung an. Er hat sich in der Redaktion ihres Feuilletons besonders auch das technisch-handwerkliche Rüstzeug des Redakteurberufes angeeignet und mit großem Nutzen anzuwenden verstanden, als die Zeitung im Jahre 1959 in eine Tageszeitung umgewandelt wurde. Seit dieser Zeit wurde Herr Härtling immer mehr auch zu selbständigen und leitenden Aufgaben innerhalb der Feuilleton-Redaktion herangezogen. Seit 1960 redigierte er selbständig die Literatur-Rundschau der Deutschen Zeitung, deren heutige Gestalt hauptsächlich sein eigenes Werk ist. Herr Härtling ist ein an selbständiges Arbeiten und Denken gewöhnter Redakteur, dessen Ausbildungsgang ihn von den meisten Berufskollegen unterscheidet. Wie sein dichterisches Werk für ihn selbst spricht, so auch seine Journalistische Leistung, soweit sie außerhalb der Redigiertätigkeit in gezeichneten Artikeln und Glossen der Deutschen Zeitung sichtbar geworden ist.

Herr Härtling verläßt die Deutsche Zeitung auf eigenen Wunsch, um die Leitung des Feuilletons einer Monatszeitschrift zu übernehmen. Wir wünschen ihm alles Gute auf seinem künftigen Berufsweg.

Hans Hellwig

(Dr. Hans Hellwig)

Curt E. Schwab G.m.b.H. & Co. Verlagsgesellschaft, (14a) Stuttgart W, Silberburgstr. 193 · Telefon: Sa.-Nr. 77646 · Fernschr. 07 22631 · Telegr.-Adr.: Dezet Stuttgart

Die ganze Familie
Berlin

Berlin gerät fruchtbar.
Fordert ihn heraus.

Im Frühjahr 1962 tritt Peter Härtling als Redakteur beim Westberliner »Monat« an. Die Zeitschrift für »Politik und geistiges Leben« hat ihren Sitz im Haus Schorlemer Allee 28, einer nüchternen, schnörkellosen, aber geräumigen Dahlemer Villa, verfügt dort, wo heute ein Wirtschaftsprüfer residiert, über eine kleine, feine Redaktion und ist bekannt für die »kosmopolitische Weite« *(Max Frisch)* ihres inhaltlichen Horizonts. Eine Weite, die nicht zuletzt durch all die namhaften Autorinnen und Autoren repräsentiert wird, die seit der Gründung der Zeitschrift im Jahre 1948 für das von den USA unterstützte Projekt schrieben: George Orwell, Hannah Arendt, Thomas Mann, Arthur Koestler, Raymond Aron, Ignazio Silone, Hans Sahl, T. S. Eliot, Saul Bellow, Milovan Djilas, Hermann Kesten, um nur die Federn der frühen Jahre des »Monat« zu nennen.

Gründervater Melvin Lasky, ehemaliger Kriegshistoriker der US-Armee und berühmt-berüchtigt als umstrittener, weil äußerst engagierter Verfechter westlicher Werte, hat es geschafft, all die großen Namen unter dem Banner der »Kulturellen Freiheit« und des »Anti-Totalitarismus« zu versammeln. Die Zeitschrift hat sich zum Organ einer hochqualifizierten liberalen Streitkultur in Nachkriegsdeutschland entwickelt und sendet gleichzeitig unübersehbar kämpferische Signale aus der Frontstadt Berlin in Richtung »Ostblock«. Die nötigen Gelder für das ehrgeizige und renommierte Projekt kommen offiziell von der »Ford Foundation« und dem US-State-Department. So ist zumindest der Stand der Dinge, als Peter Härtling, knapp ein Jahr nach dem Mauerbau, seine Arbeit in der Redaktion aufnimmt.

Im Frühjahr 1962 hält sich Melvin Lasky nur noch ab und zu in Berlin auf. Er gibt inzwischen in London die Zeitschrift »Encounter« heraus. Der Schweizer Fritz René Allemann hat jetzt Laskys Position in der Schorlemer Allee übernommen; Allemann und Hellmut Jaesrich waren es, die Härtling für den »Monat« haben wollten. Beide lassen dem Neuen freie Hand bei Themen- und Autorenwahl. Der »Zugereiste« aus Köln organisiert Themenschwerpunkte, läßt beispielsweise in einem Heft »Alle unter Dreißig« schreiben, rezensiert aktuelle Lektüre, nimmt die Endzeit der Adenauer-Republik aufs Korn, schreibt zudem häufig die Kolumnen für das Entree der Zeitschrift: über »Geschorene Eierköpfe« ebenso wie über das deutsche »Fräulein-Wunder«.

Wohnsitz haben die Härtlings im Lichterfelder Osten genommen. In der Goethestraße. Keine schlechte Wohngegend, mit grünen Parks, altem Baumbestand, die Häuser klein und bürgerlich, Vorgarten inklusive. Als sie die neue Wohnung samt Wintergarten im Haus No. 31 beziehen, die Bibliothek und die Möbel bereits die Transitstrecke nach Berlin hinter sich haben, aber noch auf einen festen Platz warten, erscheinen jene Gedichte, die Härtling in Köln notierte: »Spielgeist – Spiegelgeist«. »Der Band zeigt den Lyriker Härtling auf neuen Wegen«, behauptet die Werbung des Goverts-Verlags. Freund Helmut Heißenbüttel wird in der »Deutschen Zeitung« genauer: »Selten ist in der neueren deutschen Lyrik mit solcher Leichtigkeit geredet worden wie in diesen Gedichten. Ihre Gebärde ist zart, flüchtig und unverrückbar zugleich.« Der Deutschlandfunk läßt das »Wiegenlied für Stefan« ebenso wie die »Murmelverse«, überhaupt eine Auswahl der Gedichte, in der Sendung »Lyrik Heute« vortragen. Bald schon wird Härtling Wiegenlieder nicht mehr nur für »Stefan« dichten können – Frau Mechthild ist, kaum in Berlin, schon »guter Hoffnung«. Ein wahrer Kindersegen bahnt sich an, wird angebahnt.

Mag Berlin Frontstadt sein, Mauerstadt, Brennpunkt, Vorposten, egal, die Stadt vibriert, inspiriert, macht wichtige Begegnungen möglich. Günter Grass, Ingeborg Bachmann, Uwe Johnson, Peter Szondi, Walter Höllerer, sie alle leben und schreiben hier. Auch in der Schorlemer Allee verkehren noch immer bekannte Autoren – Walser, Krippendorf, Kantorowicz, Drewitz –, man verbringt manchen Abend zusammen. Draußen, am Wannsee, tagt Ende Oktober 1962 (gerade werden die Redaktionsräume des SPIEGEL in einer groß angelegten Aktion von der Staatsanwaltschaft durchsucht) Hans-Werner Richters »Gruppe 47« mit geladenen Gästen. Es ist traditionell immer Richter, der einlädt – Härtling bekam keinen Anruf. Noch nicht. Ohnehin stehen nicht wenige Autoren, auch Peter Härtling, der Gruppe 47 skeptisch gegenüber. Aus einer lebendigen Diskussionsrunde von Kollegen ist durch die zunehmende Anwesenheit von Verlegern, Medien und Kritikern so etwas wie eine »Literaturbörse« geworden.

Allerdings gibt es im Berlin der 60er Jahre noch andere »Börsen«. Die sind zwar nicht so namhaft wie die der Gruppe 47, aber dennoch effektiv: Kneipen, Cafés, in denen man sich trifft und austauscht: das Friedenauer »Bundes-Eck« zum Beispiel (unweit der Niedstraße, in der Günter Grass seine Gäste empfängt). Ein paar Häuser weiter, in der Görrestraße, lädt der »Buchhändlerkeller« ein, oder man begegnet sich, wesentlich nobler, im »Habel« am Zehlendorfer Roseneck. Wo auch immer, man ist in Kontakt, befördert einander, je nach Fraktion und Eitelkeit.

Im Februar 1963 wird Fabian Härtling geboren. Der erste Sohn. »Ein kleiner Römer, mit Fransen im Gesicht«, erinnert sich Wolfgang Werth, der die Härtlings öfter besucht, bereits von Köln aus für den »Monat« schreibt und bald wieder, mit Frau Gisela, zurück nach Berlin ziehen wird: Die »Deutsche Zeitung« bietet ihm keine Perspektive mehr.

Wolfgang Werth wird später in der Schorlemer Allee als Redakteur mitarbeiten und zum Freundeskreis der Härtlings gehören. Deren Leben beginnt sich mit dem Erstgeborenen zu ändern. Mechthild Härtling muß ihr Promotionsstudium, das sie an der Freien Universität fortgeführt hat, einschränken, später ganz aufgeben. Sie wird wieder schwanger werden. Bald schon.

Der Berliner Senat, Willy Brandt (SPD) steht ihm als Regierender Bürgermeister vor, möchte indes das Image der Stadt noch fester mit Literatur und Literaten verbinden. Er stellt dem neugegründeten Verein »Literarisches Colloquium Berlin« (LCB) im Jahre 1963 das Haus »Am Sandwerder« zur Verfügung. Jene gediegene Wannseevilla, in der im Jahr zuvor die »Gruppe 47« tagte. Die erste Veranstaltung im LCB ist eine Schreibwerkstatt mit dem Titel »Prosaschreiben«. Mentoren wie Günter Grass, Peter Weiss und Peter Rühmkorf betreuen vierzehn junge Autoren, die gemeinsam den Roman »Das Gästehaus« schreiben sollen, unter ihnen auch der Schweizer Peter Bichsel: »Da kamen eines Tages ein paar Leute, setzten sich hin, und denen sollten wir vorlesen. Da war auch Härtling dabei. Mit Bauch, Weste und goldener Uhrenkette. Damals habe ich ihn zum ersten Mal gesehen.«

Noch hat Primarlehrer Bichsel seinen Erstling »Eigentlich möchte Frau Blum den Milchmann kennenlernen« nicht veröffentlicht. Und noch ist Peter Härtlings »Niembsch« ein Konvolut aus Notizen, Sätzen, Anfängen, das er in seiner Lichterfelder Dachstube zu einem Roman komponiert: Franz Nikolaus Niembsch alias Nikolaus Lenau auf den Spuren Don Giovannis, auf der Suche nach der »Chance, dem Zeitwahn zu entweichen, jenem gewaltigen Ticken hinter seiner Stirn, das ihm die Zeilen und Gedanken zerstörte«. Härtling schreibt morgens an dem neuen Roman, erledigt danach seine Redaktionsarbeit beim »Monat«, abends schreibt er weiter ... wenn er keine Termine hat und der Sohn ihn nicht fordert. Peter Bichsel versteht das unaufhörliche und nimmermüde Schreiben des Freundes Härtling bis heute nicht.

Inzwischen hat John F. Kennedy, der junge US-Präsident, im Juni 1963 Berlin besucht und vor dem Schöneberger Rathaus postuliert, daß »alle freien Menschen dieser Welt West-Berliner sind«. Man hat ihm, der nur noch fünf Monate zu leben hat, zugejubelt. Und ihn sicherlich auch mit dem altersmüden Nachkriegskanzler Adenauer verglichen, der Monate später, 87jährig, das Bonner Kanzleramt verläßt. Dem greisen Konrad folgt Ludwig Erhard nach. Gleichwohl, die Bundesrepublik steuert auf ganz andere Veränderungen zu. Ihre konservative Führung erfährt zunehmend Widerspruch, auch der mittlerweile banalisierende Umgang vieler Medien mit der Nazivergangenheit – Peter Härtlings Kolumne »Mensch Adolf« fährt im März 1964 der Verharmlosung in die Parade: »Wir sehen den Menschen Adolf schon in der ›Revue‹ und im ›Stern‹ vor uns, in der ›Bunten‹ und im ›Wochenend‹, und auch die Damen ›Brigitte‹ und ›Constanze‹ werden sich seiner wohl erbarmen müssen; vielleicht können sie Rezepte der vegetarischen Platten ausgraben, die er bevorzugte, die Rechnungen seines Schneiders oder seines Zahnarztes .... Sein Menschentum wird die Federn beflügeln.«

Zumindest die Feder, mit der Härtling den »Niembsch« schrieb, ruht inzwischen. Das Buch wird im Herbst 1964 erscheinen und er damit die erste große Anerkennung ernten: die des »Kritikerverbandes«, der den als »Suite« komponierten Roman in der Westberliner Akademie der Künste mit seinem Literaturpreis auszeichnet. Ein weiterer Anfang, einer, der ihm Türen öffnet, ihn einmal mehr sichtbar macht. Und Härtling nutzt seine Möglichkeiten. Sein Name wird zunehmend in Debatten und Aufrufen auftauchen, in denen es um die politische Intervention von Intellektuellen geht. 1965 auch im Wahlkampf für die SPD.

Auf Initiative von Günter Grass ruft Härtling zusammen mit F.C. Delius, Rolf Haufs, Klaus Wagenbach, Peter Schneider u.a. das »Wahlkontor Deutscher Schriftsteller« ins Leben, um den Kanzlerkandidaten Willy Brandt zu unterstützen. Sie schreiben »Standardreden«, redigieren Vorlagen, entwickeln Slogans: »Auch jedes alte Wahre wird einmal zu einem neuen Unwahren« (Wagenbach). Günter Grass hält Wahlreden über »Des Kaisers neue Kleider«, und Peter Härtling schreibt Reden, »ausgerechnet!«, für den Militärexperten Fritz Erler. Doch das Engagement des »Kontors« hat nicht den gewünschten Erfolg. Die SPD kann die Wahl im September 1965 nicht gewinnen. Eine große Koalition bahnt sich an.

Zwei Monate später sitzt der Mitherausgeber des »Monat« auf dem sogenannten »elektrischen Stuhl« der Gruppe 47. Hans-Werner Richter hat Peter Härtling zur Tagung der Gruppe ins »Literarische Colloquium« eingeladen. Härtling liest, wie gefordert, aus einem unveröffentlichten Manuskript. Gleich nach dem »Niembsch« hat er ein neues Buch begonnen, ein sehr persönliches, eines, das erstmals an den Tod der Mutter, an die Wunden der Vergangenheit rührt: »Janek«. Daraus liest er vor, erregt, heftig atmend, verfällt dabei des öfteren in schwäbischen Dialekt, was Mitglieder der Gruppe zunächst kritisieren läßt, der Text sei in Mundart geschrieben. Zunächst. Fast hätte Härtling für »Janek« den Preis der Gruppe erhalten, wäre da nicht neben anderen noch Peter Bichsel gewesen, der aus seinem Manuskript »Die Jahreszeiten« vortrug. Hans-Werner Richter zählt mehr Stimmzettel für den Schweizer Schriftsteller. Zum Ende der Tagung unterschreiben die meisten Autoren der Gruppe 47 eine kritische »Erklärung zum Krieg in Vietnam«.

Je mehr der Krieg in Südostasien seit dem offiziellen Kriegseintritt der Amerikaner eskaliert, je öfter Bundeskanzler Erhard Partei für die US-Regierung ergreift, die mit Napalmbomben und anderen Vernichtungswaffen Zehntausende von Leben im Namen ihrer »Freiheit« auslöscht, desto stärker regt sich Widerstand in der Bundesrepublik. Auch in Westberlin. Gerade der SDS betreibt hier schon länger intensive Aufklärungskampagnen über den Krieg in Vietnam. Eine ungestüme Rebellion gegen etablierte Politik und kalte Werte beginnt. Die Rebellen bauen ideologische Fronten auf, provozieren. Auch Peter Härtling. Die »jungen Herren« stören - »Ho-Ho-Ho-Chi-Minh!« - seine Lesungen, wollen diskutieren. Er wehrt sich. Gegen solche Anfänge.

Doch auch auf ihn, der in den Berliner Jahren zum dreifachen Vater geworden ist – Fabian, dann Friederike, im Mai 1966 Clemens –, der also eine Familie zu versorgen hat, auch auf ihn wartet ein weiterer Anfang: Der »Monat« hat an Bedeutung, an Auflage verloren. Neue Zeitschriften, wie das »Kursbuch«, repräsentieren den rebellischen Zeitgeist konsequenter. Die Redakteure des »Monat« sitzen plötzlich zwischen den Stühlen – man differenziert nach wie vor tapfer dort, wo Parteinahme erwartet wird.
Fritz René Allemann hat die Zeitschrift längst verlassen, der Frankfurter S.Fischer-Verlag engagiert sich für den »Monat«, insbesondere dessen Leiter Klaus Harpprecht, der im Nebenberuf auch Autor des »Monat« ist. Dennoch ist nicht zu leugnen, daß das vielgerühmte Projekt seinen Zenit überschritten hat. Von Redaktionsverlagerung ist die Rede, von Möglichkeiten, die oft keine sind. Als Klaus Harpprecht ihm den Posten des Cheflektors in Frankfurt anbietet, sagt Peter Härtling zu. Zieht weiter. Mit der ganzen Familie. Und wird bleiben.

April 1962

John Lennon, Paul McCartney, George Harrison und Ringo Starr treten zum ersten Mal gemeinsam im Hamburger »Star Club« auf. »The Beatles« tragen Pilzköpfe und den Rock 'n' Roll in die Köpfe der Zuhörer. Ihre Musik, wie auch die der Rolling Stones oder Animals, wird zum Soundtrack einer Jugendbewegung, die sich bereits wenige Monate später mit neuerlichen Schwabinger »Sommerkrawallen« ankündigt.

Mai 1962

Adolf Eichmann, Ex-Obersturmbannführer, (mit-)verantwortlich für die Ermordung von Millionen Juden, wird in Israel gehängt. Seine Schlußworte im vorangegangenen Prozeß: »Ich bin nicht der Unmensch, zu dem man mich macht. Ich bin das Opfer eines Fehlschlusses. (...) Ich bin der tiefsten Überzeugung, daß ich hier für andere herhalten muß. Ich habe zu tragen, was das Schicksal mir auferlegt.«

Schorlemer Allee 28

Der Monat

Redaktion: Fritz René Allemann, Peter Härtling, Reimer Kay Holander und Hellmut Jaesrich
Redaktion, Vertrieb und Anzeigenverwaltung: 1 Berlin 33 (Dahlem), Schorlemer-Allee 28 (Gesellschaft für internationale Publizistik m. b. H.)
Telefon: 76 36 02 Fernschreiber: 85 519
Telegrammadresse: Monat Berlin
Postscheckkonto: Berlin West 83
Bankkonto: Delbrück Schickler & Co., Berlin, Nr. 2147
In Österreich für die Herausgabe verantwortlich: Hans G. Cramer, Wien I, Freyung 6
Vertrieb: Morawa & Co., Wien I, Wollzeile 11
Druck: Brüder Hartmann, Berlin 62 (Schöneberg)
Einzelpreis des Heftes in Deutschland DM 2,50
Bezugspreis jährlich DM 22,00
Die in den Beiträgen dieser Zeitschrift wiedergegebenen Gedanken stimmen keineswegs immer mit der Ansicht der Redaktion überein. Nachdruck nur mit besonderer Genehmigung. Für unverlangt eingesandte Manuskripte wird keine Gewähr übernommen.

Der Monat war für mich die internationale Schule. Dort habe ich unglaublich viele Leute kennengelernt, die in der Europäischen Literatur eine Stimme hatten. Diese Begegnungen waren anregend, die Diskussionen mitunter politisch sehr aufregend. Gerade mit Melvin Lasky, dem kältesten aller Krieger, hatten wir sehr häufig Auseinandersetzungen. *(PH)*

Goethestraße 31, Berlin-Lichterfelde

Peter Härtling war eben erst nach Berlin gegangen, da konnte er schon für den »Monat« ein Sonderheft betreuen: »Alle unter Dreißig!« – die Twens unter den Autoren sollten schreiben. Mich hat er freundlicherweise auch dazu eingeladen. Er machte mir den Vorschlag, ich sollte als einer, der aus der DDR in den Westen gekommen ist, über meine Erfahrungen mit diesem Wechsel berichten. Nachdem ich meinen Artikel abgeliefert hatte, hat er noch, vielleicht zum Schutze des Verfassers, aus meinem Titel »Republikflüchtling W.« den »Republikflüchtling L.« gemacht, obwohl meine Identität offenkundig war. Aufgrund dieses Artikels bekam ich vom Insel-Verlag ein Angebot, das Ganze doch zu einem Buch auszubauen. Nachdem dort aber die Verlagsleitung gewechselt hatte, kam das Projekt nicht mehr zustande. Dafür erhielt ich vom Hessischen Rundfunk den Auftrag, alle drei Wochen die neu angelaufene Taschenbuchproduktion der Bundesrepublik zu besprechen. Der Artikel im »Monat« hat mich ganz schön befördert. *(Wolfgang Werth)*

Seit Peter Härtling seinen »Yamin« als einen etwas gar zu ätherischen Geist in die Welt schickte, sind ein paar Jahre vergangen, die der junge Autor zu allerhand essayistischen Arbeiten benutzte. Besonders angetan haben es ihm dabei die Meister der modernen Groteske wie Morgenstern oder naivgeniale Gestalten wie Jakob Haringer. Dieses aufmerksame und wertende Lesen ist dem neuen Gedichtband gut bekommen. Härtling ist durchaus ein eigener geblieben, aber sein Vers hat an Eindringlichkeit gewonnen. Härtling ist zum Reim zurückgekehrt, aber zum Reim in seiner frühesten, archaischen Stufe, wo er nicht Schmuck, sondern Lautmagie ist. Ganz bewußt wird an Kinderreime angeknüpft, an ihr sinnlos beschwörendes Geraune. So entstand manch schönes Gedicht.
(Walter Schmähling: »Die Bücherkommentare«, II/1962)

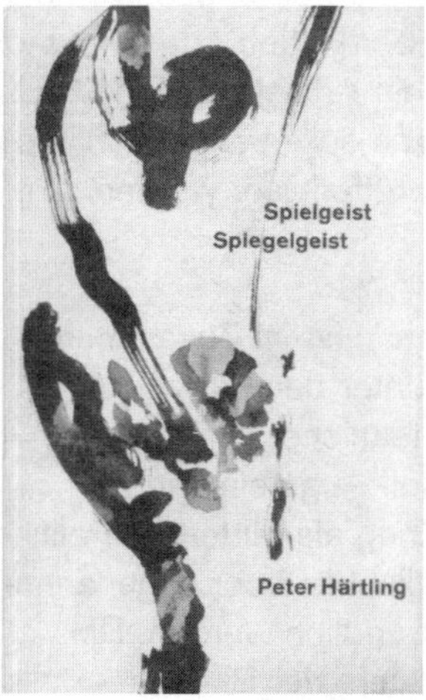

MURMELVERSE

niemand mag den schmurgelstein
tupfengleich und blink –
reib die nase glatt und rein
an dem schnurreschmirgelstein –
auf drei beinen hink.

pfropf den mond ins plunderhorn
glimmerdünn und weiß –
geh dann weiter ungeschorn
durch das krumme wunderhorn –
zahl den flunkerpreis.

(PH, aus »Spielgeist-Spiegelgeist«, Goverts Verlag 1962)

Oktober 1962

Die USA erhalten durch Luftaufnahmen Informationen über die Stationierung von atomaren Angriffswaffen der Sowjetunion auf Kuba. US-Präsident Kennedy ordnet eine Seeblockade der Insel an, Kubas Ministerpräsident Fidel Castro reagiert mit der Mobilmachung seiner Streitkräfte. Die Welt steht am Rande eines Nuklearkrieges. Erst Wochen später lenkt Kremlchef Nikita Chruschtschow ein und erklärt sich bereit, die Raketen abzuziehen.

»SPIEGEL-Affäre« – Ermittlungsrichter, Staatsanwaltschaft und Polizei besetzen die Redaktionsräume der Zeitschrift in Hamburg. Herausgeber Rudolf Augstein und mehrere seiner Redakteure werden festgenommen. Vorwand ist ein Artikel des SPIEGEL über die Herbstmanöver der Bundeswehr. Darin sollen angeblich Top-Secret-Informationen veröffentlicht worden sein.

Der deutsche Journalist und SPIEGEL-Herausgeber Rudolf Augstein ist im Zusammenhang mit dem Verrat sogenannter militärischer Geheimnisse und unter dem Vorwurf, sie der Öffentlichkeit mitgeteilt zu haben, verhaftet worden. Ein Akt staatlicher Willkür begleitet diese Verhaftung. Die Unterzeichner drücken Herrn Rudolf Augstein ihre Achtung aus und sind mit ihm solidarisch. In einer Zeit, die den Krieg als Mittel der Politik unbrauchbar gemacht hat, halten sie die Unterrichtung der Öffentlichkeit über sogenannte militärische Geheimnisse für eine sittliche Pflicht, die sie jederzeit erfüllen werden. Die Unterzeichner bedauern es, daß die Politik des Verteidigungsministers der Bundes-

republik (Franz-Josef Strauß) sie zu einem scharfen Konflikt mit den Anschauungen der staatlichen Macht zwingt. Sie fordern diesen politisch, gesellschaftlich und persönlich diskreditierten Minister auf, jetzt endlich zurückzutreten.
(Gruppe 47 – Manifest für den »Spiegel«, unterschrieben von Alfred Andersch, Hans Magnus Enzensberger, Hans Werner Richter, Marcel Reich-Ranicki, Martin Walser u.v.a.m.)

Im Februar 1963 bringt Mechthild Härtling im Krankenhaus Berlin-Neukölln einen Sohn zur Welt.
Die Eltern geben ihm den Namen Fabian.

Im März 1963 kündigt sich der »Niembsch« an. Peter Härtling trägt während einer Tagung der Evangelischen Akademie in Westberlin seinen Aufsatz »Ahnungen von einem neuen Don Juan – Über die Wandlungen von Sexus und Eros in der neueren Literatur« vor. Die Tagung selbst trägt den Titel »Apotheose des Fleisches? – Das Obszöne im modernen Roman«. Ausgangspunkt waren Thesen Ludwig Marcuses zum Thema.

Sagt es ihnen (1964)

Die Zeiten des »Niembsch« habe ich sehr direkt miterlebt. Alles fing im Grunde mit jener Tagung in der Evangelischen Akademie an, bei der über »Obszönität und Literatur« gesprochen wurde. Ludwig Marcuse selbst war anwesend. Peter hat einen Vortrag gehalten, bei dem es um Don Giovanni ging. Ich war zu jener Zeit noch DZ-Korrespondent und mußte über die Tagung berichten. Mein Kollege Dieter Hildebrandt von der FAZ überschrieb seinen Tagungsbericht damals übrigens mit dem Titel: »Das liebe Fleisch«.
In seinem Vortrag hatte Peter zwar bereits die Thematik des Niembsch angerissen, war aber noch auf der Suche nach einer Figur, der er das Thema zuschreiben konnte. Es sah eine Weile so aus, als würde es Don Giovanni werden, aber dann kam er irgendwann aus der Redaktion des »Monat« in unsere neue Wohnung – die war in Dahlem, hatte hinten einen schattenreichen großen Balkon, den ich »mein Davos« nannte –, und auf diesem Balkon eröffnete uns der Peter: »Jetzt habe ich die richtige Figur! Es gibt da einen Dichter namens Niembsch!« Er war ganz verblüfft, daß ich den Namen kannte. Doch mein Großvater war ein großer Verehrer Lenaus gewesen. Also wußte ich, um wen es ging. *(Wolfgang Werth)*

Ihre Ahnungen von einem neuen Don Juan haben mich beeindruckt. Die Kennzeichnung der Literatur, die Sie herangezogen haben, überzeugt mich. Aber da ist Ihre Charakterisierung der Jugend ... und da kommt eine ganze Menge zusammen, was ich einwenden würde, wenn Sie hier säßen. So nur ein paar Stichworte. Es ist nicht nur die Jugend, es ist nicht nur die Äußerung des Sexus – die Zeit ist untheatralischer geworden. Sehen Sie auf ein anderes Gebiet: die Polemik. Von Börne und Heine bis zu Kraus, Harden und Kerr ... dieses Pathos gibt es nicht mehr. Weshalb nicht? Entvitalisierung? Vordringen der Skepsis? Aber wenn Sie dies generelle Ereignis im Bereich der Sexualität neue Scham nennen, wenn Sie Böll enthusiastisch citieren: »Mit ihr verband mich etwas, was Menschen mehr verbindet als miteinander schlafen« ... so versteckt sich da schon wieder ein Dogma. (...) Es gibt keine Scham, weil es keine Schamlosigkeit gibt: es gibt nur Unechtes und Plumpes. Ich weiß nicht, ob Sie nicht einverstanden wären, wenn man im Gespräch einige Wortschranken wegräumen könnte. *(aus: Ludwig Marcuse, Brief vom 27. April 1963)*

Mai 1963

Der Verein «Literarisches Colloquium Berlin« (LCB) wird gegründet. Der Berliner Senat hat dem neuen Verein das Haus »Am Sandwerder« zur Verfügung gestellt, die Ford Foundation half mit einer großzügigen Anschubfinanzierung. Ein weiterer zentraler Veranstaltungsort des LCB befindet sich noch bis 1970 in der Carmerstraße 4 in Charlottenburg.

Die inhaltliche Arbeit beginnt mit der Schreibwerkstatt «Prosaschreiben«. Unter der Mentorenschaft von Hans Werner Richter, Peter Weiss, Günter Grass, Peter Rühmkorf und Walter Höllerer arbeiteten 14 junge Autoren an dem Gemeinschaftsroman »Das Gästehaus«:

Peter Heyer, Martin Doehlemann, Klaus Stiller, Wolf Simerith, Hermann Peter Piwitt, Jan Huber, Joachim Neugröschel, Peter Bichsel, Corinna Schnabel, Nicolas Born, Hubert Fichte, Hans Christoph Buch, Elfriede Gerstl, Wolf Dieter Rogosky.

Härtling war zu jener Zeit, er ist nur zwei Jahre älter als ich, bereits in der Szene etabliert und war unter diesen Etablierten ein außerordentlich freundlicher Mensch, auch außerordentlich solidarisch. Damals mag mir dieser Literaturbetrieb noch ein wenig gefallen haben, heute aber gefällt er mir eigentlich nicht mehr. Sobald ich mit Literaten zusammen bin, kriege ich riesige Sehnsucht nach meiner Kneipe daheim. Ich habe dann Sehnsucht nach ekelhaft dummen Menschen, die sind viel angenehmer als die ekelhaft gescheiten. Und zu den ekelhaft Gescheiten gehörte Härtling überhaupt nicht. Es gibt eben mitunter auch Literaten, die lesen. Ich glaube, das hat uns wirklich verbunden, Härtling und mich. Wir sind und waren beide intensive Leser, haben uns später gegenseitig Bücher empfohlen, vor allem auch miteinander über Bücher gesprochen, die wir gelesen hatten. Leser mag ich sehr. Leser sind etwas anderes als der Literaturbetrieb. *(Peter Bichsel)*

November 1963

US-Präsident John F. Kennedy wird im texanischen Dallas Opfer eines Attentats. Als mutmaßlicher Mörder wird Lee Harvey Oswald verhaftet. Ein Prozeß kommt nicht zustande, weil Oswald zwei Tage später von dem Nachtklubbesitzer Jack Ruby erschossen wird. Die Hintergründe der Morde bleiben im dunkeln. Lyndon B. Johnson wird neuer US-Präsident.

Als ich erfuhr, daß man Kennedy ermordet hat, bin ich sofort zu Peter gefahren. Ich hatte zuvor eine Veranstaltung des Kabaretts »Die Wühlmäuse« besucht, und dort hatte man schon vor der Pause gemerkt, daß irgend etwas nicht in Ordnung war – es herrschte große Unruhe auf der Bühne. Schließlich hat sich jemand, es wird wohl Didi Hallervorden gewesen sein, hingestellt und mitgeteilt, Kennedy sei ermordet worden. Ich bin sofort ans Telefon und habe die Härtlings angerufen. Die haben nur gesagt: »Komm!«, und in der Goethestraße haben wir dann geredet. Dieser Mord war für uns wie eine private Tragödie. Außerdem wußte man, daß so ein ungeheuerliches Ereignis durchaus Folgen für den Status von Berlin haben könnte. *(Wolfgang Werth)*

(...) Als die Sowjets den mutmaßlichen Mörder Kennedys, den gemordeten Oswald, als Trotzkisten qualifizierten, waren nicht wenige beeindruckt von dieser höflichen, schier alle Schwierigkeiten beseitigenden Geste. Die amerikanischen Journalisten kommentierten die verworrenen kommunistischen Vorstellungen des jungen Mannes ohnehin mit Zurückhaltung. Andererseits erwies es sich an diesem Exempel, wie einfach man jemanden abtun kann, der zwar rot, aber nicht richtig rot ist. Ein Wort genügt, und wer wüßte nicht, daß mit der Bemerkung: »Der ist ein Stalinist« heutzutage im Osten wie im Westen einer in die Mottenkiste plumpst. Gewiß, die Stalinisten sind uns nicht geheuer, Gespenster einer hoffentlich für alle Zeiten vergangenen Ära. Aber wer sind sie? Das freilich liegt im Ermessen des jeweils Urteilenden. Und hier wird die Sprachregelung, die freiwillige wie die unfreiwillige, höchst diffizil.
Als kürzlich Peter Jokostra den Altkommunisten Willi Bredel, der unser Mitleid sicher nicht wünscht, einen Stalinisten hieß, weil er allzeit zu Hammer und Sichel kroch, da war doch zu überlegen, ob man Bredel so schlichtweg in die kommunistische Hölle schicken könne. Für die Leser von Jokostras Aufsatz wird Bredel fürderhin ein schrecklich böser,

in veralteten Begriffen verhafteter Mann sein. Es sei denn, sie wußten davon, daß Bredel als Präsident der Ost-Berliner Akademie sich schützend vor jüngere Literaten gestellt und mit einer Rede gegen den dogmatischen Girnus seine Position gefährdet hat. (...) Enzensberger, zu Recht empört über den entstellenden Aufsatz, der seine Begegnung mit Jewtuschenko in Leningrad schildert, schilt dessen Verfasserin schlichtweg eine Stalinistin. Vielleicht war sie aber eine Chruschtschowistin oder eine Iljitschowistin, gar eine Phantastin? Aber da sie nun einmal eine Stalinistin ist, braucht man sich nicht mehr mit ihr zu beschäftigen. (...) So sehe jeder, wen er finde – als seinen Stalinisten. Die anderen sind es nämlich alle nicht. Begriffe wandern und wandeln sich. In Moskau sind die Stalinisten fast so schlimm wie die Trotzkisten; sieht man von Moskau auf Peking, gewahrt man dort entsetzlich viele Trotzkisten; aus der Pekinger Perspektive wiederum entdeckt man in Moskau einen Haufen Revisionisten. Im Westen betrachtet man die Trotzkisten wohlwollend als Sekte, die Revisionisten als Hoffnung, schließt sich jedoch dem Moskauer Urteil über die Stalinisten an und findet sie überall dort, wo man seine Hände nicht mehr zu Freundschaft überm Haupt zusammenschlagen möchte.
(PH, »Jedem sein Stalinist«, Monat, Januar 1964)

| August 1964

Im Golf von Tonking greifen nordvietnamesische Patrouillenboote zwei US-Zerstörer an. Präsident Johnson ordnet daraufhin die Bombardierung Nordvietnams an und läßt sich vom Kongreß weitgehende Vollmachten für eine Ausweitung des Krieges geben. Erst Jahre später wird durch die Veröffentlichung der »Pentagon-Papiere« aufgedeckt, daß die USA bereits vor dem »Zwischenfall« von Tonking über Angriffspläne verfügten und auch Militäroperationen gegen Nordvietnam durchgeführt haben.

| September 1964

Tagung der »Gruppe 47« in Sigtuna/Schweden. Im Anschluß finden in Stockholm öffentliche Lesungen von Autoren der Gruppe statt.

Die Tagungen der Gruppe 47 waren eine Schriftsteller-Kirchweih. Und diese Kirchweih war nicht unbedingt eine ernste Angelegenheit. Als ich damals in Schweden das erste Mal an einer Tagung der Gruppe 47 teilnahm, habe ich drei Nächte nicht geschlafen, drei Tage lang durchgefeiert und mußte meine Augenlider während der Lesungen mit den Fingern offenhalten, um nicht total einzuschlafen. In der Gruppe gab es ein herrliches Wir-Gefühl, mit Feindschaften, mit Streitereien, mit allem, was dazugehört.
Das Wunderbare an dieser Gruppe war doch, daß sie keine Mitglieder hatte, auch keine Statuten. Es gab nur Hans Werner Richter, der Autoren einlud. Feldwebel haben ja ihren

schlechten Ruf zu Recht, aber es gibt auch gute Feldwebel, die einem sympathisch sind – Hans Werner Richter war solch ein guter, er war der Feldwebel der Literatur.
(Peter Bichsel)

Monat, Oktober 1964

Repräsentanten

Der Empfang ist vorbei; die Blätter haben gerauscht; die Macht und der Geist haben einander auf die Backen geküßt; wohlbehalten sind sie hierzulande wieder eingetroffen, von Huldigungen noch bewegt, nordisch bestürmt — der angesehene Haufe der Gruppe 47. Sie sind in Schweden gewesen, die Zeitungen haben darüber alles Wissenswerte mitgeteilt, man sieht die deutsche Literatur heftig umworben. Die deutsche Literatur? Gut, das ist die Prämisse, der man sich jauchzend beugt. Wiewohl — und hier wären wir bei dem Punkt, der aus Hans-Werner Richters, des beliebten Gruppenvaters, einstigem Konzept herausspringt — der ganze schön glänzende Trubel mit „Freunden, die sich ihre neuesten Arbeiten vorlesen" nichts mehr zu tun hat. Sie lesen sich zwar noch immer vor, sie kritisieren auch noch, nicht minder heftig als ehedem, aber was sie vor allem treiben, ist das, was man in der Industrie und in anderen ökonomischen Bereichen „repräsentieren" oder auch „Öffentlichkeitsarbeit" nennt. Sie sind die „Repräsentanten" einer angesehenen Firma, einer Holdinggesellschaft (Poesie und Kritik), die sich im Festhalten ein bißchen zu übernehmen scheint.

Nein, wir wollen nicht Hans Habe beipflichten, der unlängst überaus verstimmt wider die Siebenundvierziger wetterte, wider ihre angemaßte Allmacht, und die Hoffahrt, mit der sie übersähen, daß es auch noch andere Schriftsteller von Bedeutung gäbe (wir nennen, was der allzusehr mit sich beschäftigte Habe gar nicht erst unternahm, beispielsweise Arno Schmidt, Koeppen, Hagelstange, Nossack, Krolow, Frisch und Dürrenmatt). Aber so ist es nicht; sie übersehen es nicht. Es ist Richters gutes Recht, einzuladen, wer ihm gefällt oder wer ihm empfohlen worden ist. Es ist auch sein gutes Recht, mit ihnen allen in Bebenhausen oder Stadelheim zu lesen, lesen, lesen. Aber nun ist der gesammelte Erfolg über sie hereingebrochen. Erst kam die fast unangetastete Monopolstellung, dann meldete sich das Bedürfnis zu exportieren. Was Nordhoff mit Gewinn betreibt, möchte auch Richter tun. Selbstredend beginnt man in einem sozialistisch regierten Land (dem ein Monarch vorsteht — das würde dem republikanischen Monarchisten Eisenreich ins Konzept passen, der kein 47er ist). Alles wird aufgeboten, Empfänge, Vorlesungen, berauschte Interpretationen, Ausschließlichkeit — schon jetzt pflegen skandinavische Verleger die Agenten deutscher Verlage zu fragen, wenn ihnen ein deutsches Buch zur Übersetzung angeboten wird: „Gehört der Mann zur Gruppe 47?" — „Nein". — „Tut mir leid."

Es ist Richter gelungen, die deutsche Diplomatie zu überspielen. Man reist nach Leningrad, Chruschtschow empfängt — „Delegationen" heißt das in seiner Sprache, auch wenn man nicht als Gruppe aufgebrochen ist. Was jetzt in Schweden weilte, war ebenfalls ein Kollektiv, mögen die Individuen, die ihm mehr oder weniger angehören, das Ansinnen auch betroffen von sich weisen. „Wir sind Einzelgänger und scharen uns um einen Mann." Das geht, solange man nicht Regierungen gegenübertritt: Dann wird vertreten — durch den oder durch den. Und die Gruppe wiederum vertritt dann die ganze lebende deutsche Literatur. Da freilich schießt sie übers Ziel, welche Talente, gar Genies, sie auch immer umfasse. Die Angelegenheit wird öffentlich, formell. Wie man liest, waren auch die mächtigen Herren der Presse geladen, den Triumph zu kosten und zu vermitteln, Rudolf Augstein, Rudolf Walter Leonhardt und andere — die Publicity soll gewaltig sein, damit endlich der letzte europäische Dörfler erfahre, wie einträchtig die deutsche Literatur sich zu Kohorten ordnet.

Der Vorlesezirkel in schäbigem Nachkriegsrock hat sich zum literarischen Corps herausgemausert, das taktisch klug geführt wird. Haben die Einzelgänger in Deutschland kein Recht mehr zu schreiben? Wer vertritt sie im Ausland? Sie sind bei der Gruppe nicht akkreditiert, sie haben keinen Legationsrat für poetische Angelegenheiten. Sie schreiben vor sich hin, bei den Bauern unweit von Celle oder anderswo. Dann lesen sie erstaunt in der Zeitung, daß die deutsche Literatur kürzlich in Stockholm empfangen worden sei, in Leningrad ebenso. Und da sie phantasievoll wie tolerant sind, entwerfen sie verständnisinnig eine Gruppenuniform: in Kord für Vereinstage im Inland — mit bronzener, silberner, goldener Siebenundvierziger-Nadel; in echtem Tweed für die Straße; und in Shantung (mit Erfolgsspange, auf der rechten Brust zu tragen) für Präsidentendiners. — Das nächste Mal Warschau? Oder London? Wir sind unbesorgt; die Repräsentanten kennen ihren Wert. P.H.

Härtling schrieb eine Paraphrase über ein Thema von heute. Auf dem Wege der Imitation des Historischen wird Gegenwart gemeint, und zwar mit dem Thema der Verlassenheit, Einsamkeit und Wortunfähigkeit. N. scheitert bei Härtling nicht an Don Juan, sondern am Unvermögen, sich verständlich zu machen. Es gibt kein Entrinnen aus der »Zeit«, es sei denn in die Wortlosigkeit, in die sinnende Melancholie.

(...) Was Härtling am meisten liegt, ist die Imitation des »Schwebenden«. Darin übertrifft er die scheinbare Vorlage Lenau bei weitem: Lenaus Stil war graziös und kapriziös wie der einer jungen Dame, »feinsinig« würde man heute sagen, aber epigonal und meist ein bißchen unerträglich. Härtling gibt seiner Sprache mittels einfallsreicher Interpunktion und artistischer Satzperiodik etwas Geschmeidiges, Biegsames, Gelenkiges. Seine Dialoge kommen auf Taubenfüßen. Wo – in Niembsch selbst – das Sentimentale durchbricht, fängt Härtling es ironisch auf. Er hat eine Vorliebe für leichte Bilder, für die »Luftzeichnungen der Möwen«, für »Gedanken, die der Wortlosigkeit zuneigen«, für die Unruhe der Blicke oder das Spiel der Hände.
(...) Doch bleibt bei aller Kunstgelehrigkeit und allem Sprachwitz eines festzuhalten: Härtling schreibt zwar mit klarem Kopf, aber nicht kalt. Er scheut, wie ungünstig die Zeiten immer sein mögen, nicht ein gewisses Engagement im Humanen. Sage einer nur, daß man dabei keine gute Prosa schreiben kann.
(Martin Gregor-Dellin: »Versuch der Zeit zu entrinnen«, Die Zeit, 30. Oktober 1964)

Goethestraße (1965)

Ich weiß noch ganz genau, wo ich den Niembsch gekauft habe: 1964 in Herisau, dort wo Robert Walser begraben liegt. Ich machte Ferien und bin mit meinen zwei Kindern zum Grab von Walser gegangen, von dem damals kaum jemand sprach. In der Nähe war eine Buchhandlung und darin eine Buchhändlerin, die auch mein Buch, den »Milchmann«, schon kannte und auf mich einredete: Da gäbe es ein wunderbares Buch von einem Härtling. Und ich habe gesagt: Ja doch, den kenne ich! Also habe ich den Niembsch dort gekauft und war total begeistert. Es ist ein grandioses Buch.
(Peter Bichsel)

Januar 1965

Der Regierende Bürgermeister von West-Berlin und Kanzlerkandidat der SPD, Willy Brandt, kündigt für den Fall seines Wahlsiegs im Herbst dieses Jahres eine neue Ostpolitik an.

In der Niedstraße, bei Günter Grass, gründeten wir das »Wahlkontor deutscher Schriftsteller«, später betrieben wir es in einem Haus der Gewerkschaft. Ich habe damals Reden für Fritz Erler, einen Militärfachmann, geschrieben. Begegnungen, wie solche mit Erler, kann man sich nur wünschen – ich erklärte ihm, daß ich Pazifist sei, doch er schaute mich nur an und antwortete: »Na gut, dann können wir voneinander lernen!« Ich war übrigens immer stolz, wenn meine Slogans in den Zeitungen abgedruckt wurden. *(PH)*

Grass-Domizil Niedstraße

Die Unsicherheit im politischen Leben der Bundesrepublik wächst. Sie muß überwunden werden. Mit großen Worten und Versprechungen versuchen die Regierungsparteien, von ihrer Erschöpfung abzulenken, Kritik wird verhöhnt, Opposition nur als lästig empfunden. Wir brauchen eine Politik, die auf die Zukunft vorbereitet ist, Sachlichkeit und Verhandlungsbereitschaft müssen das Wunschdenken ablösen, das die Regierungspolitik kennzeichnet. Eine veränderte Welt verlangt neue Erkenntnisse auch in der Politik.
Darum ist der Wechsel nötig. Darum plädieren wir für eine Regierung der Sozialdemokraten.
(Zeitungsanzeige des »Wahlkontors deutscher Schriftsteller«, unterzeichnet von Ilse Aichinger, Hans Bender, Ernst Bloch, Günter Grass, Peter Härtling, Siegfried Lenz, Reinhard Lettau, Marcel Reich-Ranicki, Martin Walser u.v.a.m.)

September 1965

Die CDU gewinnt (47,6 %) mit Ludwig Erhard die Bundestagswahlen und setzt ihre Koalition mit der FDP fort. Die SPD erhält nur 39,3 % der Stimmen.

November 1965

Siebenundzwanzigste Tagung der »Gruppe 47« in Westberlin.

Ich lese das gekürzte erste Kapitel aus einem Roman, der »Janek oder die Explosion« heißt und von einem deutsch-böhmischen Coupletsänger handelt:
... Mama, hörst mich? Auf dem Nachtisch stand ein Glasröhrchen, ein leeres Wasserglas. Mama, was willst von mir? Wen soll ich holen? Toll raste er in der Stube umher, die Schranktür riß er auf, Tisch und Stühle schob er zusammen, die Frau nicht aus den Augen lassend und das Wasserglas. Was soll ich tun? schrie er und erschrak. Hatte sie sich gerührt, war sie zusammengefahren, erreichte sein Schrei sie noch? Er brüllte, Mama, ich bin's, der Janek, du mußt aufwachen, ich muß in die Schul'! Mama, du hast vergessen mich zu wecken. Ich bitt' dich, Mama.
Rennt herum, macht das Fenster auf, die Tür zum Flur zu, wischt eine Zeitung, die auf dem Boden liegt, zur Seite, kämmt sich, mit ihrem Kamm, sein Haar. Aber was denn, was magst? Du bist gemein. Er war verdutzt über den Haß, der seine Brust klemmte. Hab ich dich nicht liebgehabt, ja, ja, aber du hast mich nicht lieb. Du machst das. Machst das einfach. Weg. Weg. Er merkte, daß er weinte, und ein anderer stand außer ihm und schaute schmerzlos und starr auf ihn, den Krischpel, der nicht an sich halten konnte, der winselte, schrie, Leben erflehte, Erwachen erbat. Sie friert, auf ihrem Hals ist Gänsehaut. Sie wird mir wegsterben, die Hex' ....
(PH, Transkript des Hörfunkmitschnitts seiner Lesung in der Gruppe 47, November 1965)

Gruppe 47 (Tagung 1965)

Mir scheint, daß Härtling versucht, den Thesen vom modernen Roman eine andere These entgegenzusetzen. Nicht theoretisch, sondern mit dem, was er schreibt. Wenn der moderne Roman sich zunehmend auf einzelne Texte zugespitzt hat, die aneinandergereiht sind, so setzt Härtling einen rhapsodischen Sturm dagegen.
Er versucht eigentlich, den Roman zum Epos zurückzuverwandeln, und man hat bei weiten Passagen dessen, was er vorgelesen hat, das Gefühl, es handelt sich um eine Art von neuem Versepos.
(Walter Höllerer, Diskussion über Härtlings Vortrag in der Gruppe 47)

Ich habe aus dem »Janek« gelesen und Peter Bichsel aus den »Jahreszeiten«. Danach gab es eine kräftige Diskussion, es wurde abgestimmt, der Peter bekam mehr Stimmen als ich und damit den Preis.
Ich habe mich in der Gruppe 47 ja nur ein einziges Mal auf den berühmten heißen Stuhl gesetzt. Hans Werner Richter hat zum Glück immer dafür gesorgt, daß die Kritik den Vortragenden nicht allzusehr verletzte. Auch unter den Zuhörern gab es wichtige Korrektive.
Mir ist eine Diskussion unvergessen, die Marcel Reich-Ranicki, nachdem Günter Eich aus seinen »Maulwürfen« vorgelesen hatte, mit dem harten Satz begann: »Das ist ja nun Altersprosa!« Peter Bichsel und ich saßen nebeneinander, wir begehrten gemeinsam auf. Wir wehrten uns für Günter Eich. So hat die Kritik innerhalb der Gruppe 47 immer funktioniert. Es gab die Starkritiker – Reich-Ranicki, Kaiser, Jens, Baumgart, Höllerer –, und es gab die Autoren, die in die Bresche sprangen und auf der Grundlage ihrer eigenen Schreiberfahrungen korrigierend eingriffen. Deren Funktion fand ich sehr wichtig. *(PH)*

(...) Die amerikanische Regierung bezeichnet den Krieg in Vietnam als einen Konflikt zwischen beiden Teilen des Landes, entstanden durch eine Aggression des Nordens gegen den Süden. In Vietnam habe der Kommunismus die freie Welt angegriffen.
(...) Die amerikanische Regierung erklärt, die Bombardierung Nordvietnams solle dem Expansionsstreben Chinas Einhalt gebieten. Der Krieg diene der Erhaltung des Weltfriedens.
Tatsächlich ist der Krieg in Südvietnam ein Bürgerkrieg, der bis zum Eingreifen der Vereinigten Staaten fast ausschließlich ein Kampf zwischen südvietnamesischen Revolutionären und der Regierung in Saigon war. Die USA haben das Genfer Abkommen von 1954, das freie Wahlen innerhalb von zwei Jahren vorsah, bewußt negiert und die Regierung Diem und deren Nachfolger gegen den Willen der Bevölkerung an der Macht gehalten. (...)
160.000 Zivilisten sind allein zwischen 1961 und 1964 umgekommen.
Folterungen und Gefangenenmord sind seit Jahren an der Tagesordnung.

Tausende von Siedlungen werden vernichtet, ihre Einwohner getötet oder in sogenannte Wehrdörfer deportiert, die nichts anderes als Konzentrationslager sind.
Napalmbomben, Giftchemikalien und neuartige Vernichtungswaffen treffen im wachsenden Ausmaße die Zivilbevölkerung.
Durch diese moderne Strategie der »Verbrannten Erde« droht sich hier der Tatbestand des Völkermords zu erfüllen ...
(Erklärung von Mitgliedern der Gruppe 47 zum Krieg in Vietnam, November 1965)

Februar 1966

Bei einer studentischen Demonstration gegen den Vietnamkrieg kommt es in Westberlin zu einem Sitzstreik vor dem Amerikahaus. Eier werden geworfen, die US-Flagge auf halbmast gesetzt. Tags zuvor waren vier Studenten des SDS bei einer Plakataktion festgenommen worden.
Infolge der Demonstration beschließt der Senat der FU, keine politischen Veranstaltungen mehr in den Räumen der Universität zuzulassen. Der AstA tritt daraufhin unter Protest zurück.

Mai 1966

An der DDR-Grenze bei Tettenborn wird eine junge Frau bei einem Fluchtversuch erschossen. Ihr Partner erreicht den Westen.

Ich hatte als Westberliner natürlich keinen Reisepaß der Bundesrepublik, aber als Redakteur des »Monat« durfte ich wenigstens immer zur Leipziger Buchmesse fahren. Einmal hat mich der Peter aus heiterem Himmel gefragt, ob er nicht mitfahren könne. Ich hatte natürlich nichts dagegen.
Auf dieser Fahrt nach Leipzig blieb mein 2CV unter einer Brücke bei Dessau stehen. Ich kannte die Macken meiner »Ente« schon und erklärte Peter, daß wir uns jetzt mal ein paar Schritte vom Auto entfernen müßten, dann würde es sich schon erholen. Genauso war es auch.
Während der Messe war er eigentlich ein eher stiller Zuschauer. Er hatte damals keinerlei offiziöse Beziehungen wie später, als er mit den Leuten vom Aufbau-Verlag viel in der DDR herumreiste. Während dieses ersten Messeaufenthalts war er sehr beobachtend, verhielt sich freundlich und unauffällig. *(Wolfgang Werth)*

Ist eine Politik, die urteilt, verurteilt, ohne Vorurteile denkbar? Faßt politische Deklamation die Wirklichkeit, die sie rühmt oder beklagt? Kennt sie die Wirklichkeit, will sie sie kennen? Jemanden, der zum ersten Male in die DDR reist, zur Leipziger Messe, begleiten solche Fragen. Er hat viele Reportagen und Kommentare über diesen Teil Deutschlands gelesen. Er hörte private Berichte. Alle unterschieden sich beträchtlich voneinander, doch was er für sich daraus destillierte, blieb grau, bedrückt, unkonturiert. Daß es ein Leben neben der Politik gibt, verhältnismäßig ungeschoren und auch gedeihend, war kaum vorstellbar. Der Augenschein widerlegte, korrigierte und verschlimmerte. Und nichts wurde in Leipzig so deutlich wie die Diskrepanz zwischen privater Existenz und politischer Konzeption. Die klassenlose Gesellschaft erweist sich als Fiktion: die eingereisten Kapitalisten könnten sich ihres Klassenstands gar nicht stärker bewußt werden als in einem Staatsgebilde, das den Imperialismus als Abstraktum prügelt und seine Sendboten mit vielen Privilegien hätschelt. Valuta ist Trumpf, die DDR-Bürger nippen allenfalls am Segen der verflixten Besucher. Dennoch – sie sind nicht mehr demütig, und Ulbricht wandelt nicht allerwege. Sie haben aus eigener Kraft viel gewonnen und genießen in vollen Zügen den Fortschritt. Sie kleiden sich gut; sie essen viel. Die Sächsin pflegt ihre Fülle. Noch hat der Luxus gescholtene Grenzen, aber wie lange werden sie einengend spürbar bleiben. Der kleine Bürger hat sein bitteres Schicksal geschluckt und schickt sich, nicht sonderlich hoffnungsfroh, in die Gegenwart, aus der das Beste zu machen ist – privat. (...)
(PH, »Von Leipziger Speisekarten«, Der Monat, Oktober 1966)

Berlin 1966

DER MOHR

der mohr der manchmal mit mir geht:
ich könnt ihn malen doch er ist schon weiß –
weil er sich auf einer kinderwunderscheibe dreht
verlaß ich seinen kreis.

doch wenn ich traurig bin da hält er an,
verbeugt sich, steigt von seiner scheibe –
schwarz streicht er meine finger an:
damit ich sanft von seiner unrast schreibe.

(PH, aus: »Spielgeist Spiegelgeist«)

Position beziehen

Frankfurt

Zeit der Revolte.
Er führt Geschäfte.
Gerät zwischen die Fronten.

Im Januar 1967 gründen Dieter Kunzelmann, Ulrich Enzensberger, Dorothea Ridder gemeinsam mit anderen Experimentellen in Westberlin die »Kommune 1«. Die Radikal-Oppositionellen wollen gemeinsam neue Protest- und Lebensformen entwickeln, high sein, frei sein – »Wir wollten andere Menschen werden, auf einer kleinen Insel im falschen Leben ein richtiges versuchen!« (Rainer Langhans). Monate später wird in Frankfurt der erste antiautoritäre Kinderladen eröffnet. Demonstrationen und Protestaktionen gegen Vietnamkrieg, Notstandsgesetze und restauratives Establishment sind in der Mainmetropole ebenso alltäglich wie an der Spree. Die Republik gerät in Unordnung. Zunehmend.

Peter Härtling hat die Redaktion des »Monat« und die tosende Mauerstadt verlassen und ist unter Klaus Harpprecht Cheflektor des traditionsreichen S.Fischer-Verlags geworden, der Werke solch renommierter Autoren wie Thomas Mann, Hermann Hesse, Alfred Döblin, Franz Werfel, Stefan Zweig und Franz Kafka ediert. Er ist damit neben all den Aufbrüchen (u.a. »Schülerladen Rote Freiheit«, »Marxismus-Psychoanalyse-Sexpol«), die junge Lektoren und Autoren per Taschenbuch organisieren werden, auch ein Hort bürgerlicher Literatur, der gehegt und gepflegt werden will. Nach einer Odyssee durch das kriegsverwirrte Europa und der Trennung von Peter Suhrkamp hat der Verlag seinen Sitz in der Mainzer Landstraße Numero 10 genommen, hinter der edelgrauen Steinfassade der »Villa Sander«, die heute, zwischen babylonische Türme aus Glas und Stahl gezwängt, hohen Herren als Begegnungsstätte dient.

Härtling trifft im Verlag nicht nur auf Bermann Fischer, Rudolf Hirsch oder Hans Altenhein, einen seiner späteren Verleger, nicht nur auf neue Autoren und alte Nachlaßverwalter, sondern auch und gerade auf einen jüdischen Herrn, der ihn im Laufe der Jahre mit wortreicher Grazie und feinstem musikalischen Gespür betören wird: J. Hellmut Freund. Der ehemalige Exilant ist Lektor, seit 1960 im Verlag, ein wacher alter Herr, einer, der druckreif spricht, sprach, sich 83jährig, Monate vor seinem Tode, im Sachsenhausener Arbeitszimmer noch bildgenau an jene Umstände erinnert, unter denen er von seinem neuen Vorgesetzten erfuhr. Ein bißchen schwer hat er damals schon geatmet: »Harpprecht lud mich zum Essen ein und brachte mir bei, daß er Härtling zum Cheflektor berufen, also sagen wir es ruhig, ihn mir vor die Nase setzen wollte.« Doch Freund und Härtling arrangieren sich. Mehr als das.

Frankfurt beschert Härtling einen weiteren jüdischen Freund, einen, dem er ein ganzes Buch (»Felix Guttmann«) widmen wird: Alexander Besser, den Rechtsanwalt, der sich zunächst um seine Verträge kümmert und ihm dann auch jenes Haus im nahen Städtchen Walldorf vermittelt, das dem Schriftsteller bis heute familiäres Domizil, Refugium, Debattenzentrum, Bibliothek und Schreibstätte ist: Der Architekt Richard Neutra hat dort, »naturnah«, eine Siedlung gebaut. Flache Bungalows, nüchtern, mit klaren Linien, mit gläsernen Fronten, durch die heute das Grün der Gärten in die Wohnräume leuchtet: Finkenweg Numero 1. Hier zieht die Familie mit ihren drei Kindern ein und weiß noch nicht, daß sie bleiben wird.

Der Pater Familias arbeitet tagsüber in Frankfurt, begreift den Verlag, schafft Kontakte, lektoriert und ist doch Autor. Also schreibt er weiter für den »Monat« (der unverhofft in die Schlagzeilen gerät, als bekannt wird, daß die renommierte Zeitschrift auf Umwegen mit Geldern der CIA finanziert wird), schreibt nun auch für den »Spiegel«, weiter für die »Akzente« sowie bereits am nächsten Roman, wieder einem historischen, einem, der trilogisch »Niembsch« und »Janek« folgt. Härtling nimmt den Fund eines schwäbischen Familienbuchs zum Anlaß, um die Vergangenheit seiner Figuren im Jetzt zu befragen, dabei Zweifel an Wahrheit und Erinnerung zu säen und das »Ende der Geschichte« einzuläuten.

Draußen vor den Türen von Verlag und Walldorf-Kubus, an den Universitäten, auf den Straßen, werden indes andere Zweifel laut. Zweifel an der Vätergeneration, an den Verantwortlichen der Zeitgeschichte, an der herrschenden Politik – Zweifel und Wut, die gerade in der Presse des Axel Cäsar Springer Rufe nach alter Ordnung provozieren. Dramatischer Höhepunkt des Jahres 1967: In Berlin wird der Student Benno Ohnesorg während einer Demonstration gegen den Besuch des persischen Schahs erschossen. Gewalt eskaliert. Zunächst die verbale. Auch Härtling unterschreibt gegen Springer. Betrachtet aber gleichzeitig ideologiegefärbte Proteste der Studenten und ihrer Unterstützer mit Skepsis, legt sich gar mit Erich Fried und dessen anklagenden Vietnamgedichten an, hat etwas dagegen, »wenn ein Gedicht Parole sein will!«. Selbst der Freund Günter Grass mit seinem Gedichtband »Ausgefragt«, Untertitel: »Protestgedichte gegen Protestgedichte«, gerät ins Visier.

Man liest ihn, hört ihn, streitet mit ihm, Härtling wird 1967 Mitglied der Akademien zu Mainz und Berlin, all das bringt zwar Halt und Anerkennung, doch keine Ruhe. Denn auch im Verlag brodelt es, zuviel ist politisch in Bewegung, als daß es nicht beim Personal neue Haltungen zu Verlag und Programm provozierte – sehr zum Unwillen der Inhaber des S.Fischer-Verlags, der inzwischen zum ständig wachsenden Imperium des Georg von Holtzbrinck gehört und als dessen Vertreter Werner Schoenicke firmiert. Heute schmunzelt der muntere Achtzigjährige in seinem noblen Stuttgarter Büro über

Proteste und Linke im Verlag, schaut souverän zurück: »Das alles stimmte nicht mit unserer liberalen Grundhaltung überein. S. Fischer ist nie ein politisch festgelegter Verlag gewesen.« Die oberste Führung gibt sich konservativ, während in der Abteilung Taschenbuch die Revolte tobt und in anderen Verlagen, auch in neugegründeten, Rebellion und Opposition zunehmend Thema werden. Eherne Notwendigkeiten gelten zunehmend weder als ehern noch notwendig, mancherorts wird gegen Autoritäten schier Sturm gelaufen – Paris, Frankfurt, Berlin, Berkeley, auch in Prag ... bis dort die Panzer rollen.

»Times are a'changing«, das gilt auch in der Mainzer Landstraße. Überraschend verläßt Klaus Harpprecht im Jahre 1968 den Verlag, Peter Härtling wird in aller Eile zu seinem Nachfolger berufen. Er stellt ein kollegiales Führungsteam zusammen, wird dessen Sprecher und muß von nun an im Verlag zwischen »Aufrührern« und »Bewahrern« vermitteln, auch und immer wieder eigene Positionen finden. Das geht nicht ohne Streit ab, nicht ohne Konflikte um Titel, Autorität und Betriebsrat, nicht ohne Konfrontationen, auch auf der Buchmesse, auch mit linken Protestierern.

Härtling schreibt und interveniert nicht nur, er moderiert auch, baut Beiträge, beim Fernsehen des HR für »Titel, Thesen, Temperamente«, für das »Frankfurter Studio«, und trifft dabei wieder auf neue Gesichter, auch auf das von Eva Demski: »Ich war Jungredakteurin und kriegte den Verleger, Dichter und ausgewiesenen Kenner selbst entlegenster Literatur als Kundschaft. Er hat als Erfinder der Reihe im Fischernetz für Lesestoff gesorgt, den ich nie vergessen habe. Den »Fall La Ronciere« beispielsweise oder Flakes wunderbare Geschichten. Per trojanisches Pferd wurde die herrliche Lese-Konterbande mitten in die strenge linke Zweckleserei geschmuggelt.« Die beiden finden zusammen, auch gegen den Strom des Zeitgeistes. Und der neue »Kunde« wird weiterhin für Funk und Fernsehen arbeiten. Sein »Literaturquiz« steht noch heute auf dem Programm.

Dann stehen die Wahlen 1969 vor der Tür und natürlich wieder Grass, noch einmal »Wahlkontor«: Auch Härtling reist und spricht für Willy Brandt, ihm und der SPD ist er politisch verbunden, nach wie vor, hier bekennt er sich, hier entsteht Hoffnung: »Demokratie wagen!« Und man wagt. Die große Koalition aus CDU und SPD wird abgelöst, die Sozialliberalen treten an. Alles neu und anders. Ganz anders. Zwar ist 68 vorbei – Härtling hat sogar versucht, in der Zeitung »Christ und Welt« die Summe der Revolte zu ziehen –, doch den Terror und die Polarisierung, die den Frankfurter Kaufhausbränden und der späteren gewaltsamen »Befreiung« von Andreas Baader folgen, hat auch er so nicht ahnen können. Er wird die folgende Eskalation zornig, oft hilflos, mitunter verstummt, erleben.
Inzwischen ist er noch einmal Vater geworden, Sophie kam hinzu, das vierte von Härtlings Kindern. Die Geburt des Mädchens markiert einen weiteren, folgenreichen

Anfang. Bereits während Mechthilds Schwangerschaft hat Peter Härtling begonnen, Gespräche seiner Kinder zu protokollieren: Kindersätze über die ungeborene Sophie ebenso wie über Papa, Mama, Alltag – »Kindertagesläufe«. Sie werden die Grundlage für sein erstes Kinderbuch sein. Und für das Erzählen weiterer Kindergeschichten.

»Ein Besessener«, so hat Werner Schoenicke seinen Freund Peter Härtling im Gespräch bezeichnet. Einer, der nicht aufhören kann, zu schreiben, zu erzählen, Worte, Geschichten zu suchen, zu finden. Noch während seiner Zeit bei S. Fischer veröffentlicht der Nimmermüde, den man, so Hellmut Freund, fast nie ohne brennende Zigarette antrifft, das Buch »Ein Abend eine Nacht ein Morgen«. Es ist Härtlings Variante der Geschichte vom alternden, ausgebrannten, geschichtsverletzten Sinnsucher und dessen hilfsweise junger Geliebten – »ein wenig Schnitzler, ein wenig Maupassant, ein wenig Tschechow. Eine angenehme, niveauvolle Lektüre«, urteilt die »Presse« aus Wien über das Buch, das bereits in Härtlings neuem Verlag, bei Luchterhand, erschienen ist. Der finanzschwache Goverts-Verlag hatte u. a. noch das Erscheinen vom »Familienfest« besorgen können, dann gab seine Verlegerin auf und verkaufte. An Holtzbrinck.

Härtling führt zwar weiter intensiv die Verlagsgeschäfte, u. a. Golo Manns »Wallenstein« erscheint, allerdings nicht ohne bereits die Arbeit am nächsten Buch zu beginnen: 1971 ist er erstmals wieder nach Zwettl gereist, hat sich auf die Spuren seiner Verletzungen begeben, das Gedächtnis der Orte und Personen befragt und macht sich nun schreibend daran, die eigene Erinnerung »nachzuprüfen«. Zuvor hat er noch ein Bühnenstück verfaßt, ein »Kostümstück aus der Revolution«, in dessen Zentrum die Figur des »Gilles« steht, jener junge Harlekin, gemalt von Watteau, der nun im Greisenalter auf der Bühne Girondisten und Jakobinern als Bote dient ... und seinem Autor als Zweifler an all den Inszenierungen von Ideologie und Dogma in der Jetztzeit. Die Kritiken reichen von »nicht so arg originell« bis »subtil und zugleich kraftvoll«. Wie auch immer, das Stück erhält in Berlin den Gerhart-Hauptmann-Preis.

Bei den Bundestagswahlen 1972 zeigt Härtling erneutes Engagement: »Es geht um diese Republik, um ihren Fortschritt, um ihre Wandlungsfähigkeit, um ihre Zukunft«, postuliert er in »Christ und Welt«. Er schreibt mittlerweile auch für »Pardon«, taucht ab und zu gar im »Playboy« auf und verfaßt (»ein Besessener!«) sogar einen Text über die »Kehrwoche«, i.e. über »Hintergründe einer schwäbischen Leidenschaft«.
Kein Zweifel, es ist das Schreiben, nicht das Verlegen, das ihn treibt und das er braucht wie das Atmen. Es geht um jenen Sog, der ihn fortreißt in das Leben und die Gefühle seiner Romanfiguren oder auch in die Stille, in der er mit Worten Bilder malt, sie zu Versen verdichtet. Gerade Gedichte hat er lange nicht mehr schreiben können, war atemlos geworden, erst jetzt fügt er wieder Zeilen, neue, die auch ihn meinen, ihn reflektieren, ihm helfen, sich zu vergewissern.

Die Zeit bei S. Fischer geht also, folgerichtig, bereits dem Ende zu, als im Frühjahr 1973 die ersten Rezensionen des »Zwettl«-Buches erscheinen und dem Werk ganz eigene Titel geben: »Report vom vergangenen Ich« (FAZ) oder »Obsession: Erinnerung« (Süddeutsche Zeitung). Zu diesem Zeitpunkt keimt bereits die Idee für das nächste Buch (»Eine Frau«), wird zur neuerlichen Obsession und braucht schon jetzt Raum und Atem. Nun zieht Härtling den Schlußstrich, teilt Georg von Holtzbrinck in einem Brief mit, daß »die Kraft für beide Berufe nicht reicht« und daß er zum Ende des Jahres seine Stellung beim S.Fischer-Verlag kündigt. Um sich ganz und gar dem Schreiben zu widmen.

Februar 1967

Die US-Luftwaffe beginnt das hochgiftige Pflanzenschutzmittel »Agent-Orange« großflächig auf den vietnamesischen Dschungel zu sprühen. Ziel ist die Entlaubung der Bäume und damit die Verbesserung der Möglichkeiten zum Aufspüren und Vernichten des Vietcong. Natur und Menschen werden durch das Gift langfristig schwer geschädigt.

April 1967

Die NPD zieht nach den Landtagswahlen in Schleswig-Holstein und Rheinland-Pfalz in die dortigen regionalen Parlamente ein. Im Juni folgt Niedersachsen, im Jahr darauf Baden-Württemberg.

Im Januar 1967 bin ich hier eingezogen, im März kamen die Möbel aus Berlin. Mein Rechtsanwalt Alexander Besser wohnte selbst in der Neutrasiedlung, gleich um die Ecke, und er war es, der mich auf das Haus aufmerksam machte. Als ich es zum ersten Male sah, war hier zwar noch nichts so recht begrünt, der Garten war lediglich angelegt, alles sah ziemlich kahl aus, doch ich schaute mich in Ruhe um und sagte: Das ist es! *(PH)*

Walldorf, Finkenweg 1

Eines Tages lud mich Klaus Harpprecht zum Essen ein und brachte mir bei, daß er Härtling zum Cheflektor berufen, also sagen wir es ruhig, mir vor die Nase setzen wollte. Ich habe dann still abgewartet, doch Härtling trat schließlich mit soviel Charme, Liebenswürdigkeit, Rücksicht und der spürbaren Kompetenz eines »Homme de Lettre« ein und auf, daß ich keinen Groll, keine psychologischen Schwierigkeiten mehr hatte. Ich glaube, zwischen uns herrschte fortan ein sehr gutes Einvernehmen.

Er war damals tatsächlich der nominelle Cheflektor, trotzdem haben wir uns über eine Menge Projekte ausgetauscht – ich weiß noch, daß ich ihm ein Buch brachte, das nicht zur

großen Literatur gehört, mir aber wichtig und lieb war: die Erinnerungen der Grete Busch an ihren Mann, den Dirigenten Fritz Busch. Harpprecht hatte zuvor gesagt, er wolle das Buch nicht machen, doch Härtling erzählte mir nach der Lektüre, er habe den Schluß des Manuskripts mit Tränen in den Augen gelesen. Es war ihm zu verdanken, daß das Buch posthum bei uns verlegt wurde.
Solch Einvernehmen und Rührung gab es häufig, wie überhaupt der Mann Härtling ja fähig zur Rührung, zur Emotion war. Was keinesfalls heißt, daß er unkritisch gewesen ist.
(J. Hellmut Freund, Frankfurt)

Ich kenne keine Poetik der Revolution, nur eine des Widerstands. Verspannt zwischen utopischem Fernweh und den uns entzückenden Etymologien beschreiben wir das, was wir sind, was wir zu sein vorgeben, Bekenner und Falschmünzer, halten in Figuren die Zeit an, setzen durch Gestikulationen furchtsam Zukunft ein, denn allmählich wissen wir zuviel, um dem Vorauswurf zu trauen, der unsere Untaten entsühnen, uns von der Verzweiflung lösen und den alten Kontinent heiligen wird. Unsere Wörter, unsere Begriffe, unsere Ideen sind ermattet. Sie haben den Schmelz von Antiquitäten, alexandrinisch sammeln wir sie. Wir sind verfallen der Reminiszenz.
(...) Wir wissen, wie man die Welt zerstört. Wir wissen nicht, wie diese Zerstörung ins Wort finden kann. Unsere Psychologie erklärt sich durch die Antike, unser Atheismus antwortet Götter- und Gottesgeschichten, und arglos projizieren wir Mythen auf die Verwüstungen der Gegenwart. Die Philosophie hat die Technik nicht erreicht; die Technik ist sprachlos; die wahren Revolutionen sind stumm, frostig und harren der Exegeten. (...) Sind wir Revolutionen noch gewachsen? Wir haben ein Menschenbild ersonnen und zerstört. Wir haben die Zerstörung als Hoffnung ausgegeben. Jetzt lesen wir die Fragmente zusammen und finden, zu spät, daß sie vollkommen sind. Vielleicht begreift sich die vielbedachte, blutig erstrebte Zukunft in den Scherben Europas.
(PH, »Literatur als Revolution und Tradition«, Akzente 3/67)

Juni 1967

Der Westberliner Student Benno Ohnesorg wird am 2. Juni bei polizeilichen »Maßnahmen zum Schutz der öffentlichen Ordnung« in einem Hinterhof der Deutschen Oper von dem Polizeiobermeister Karl Heinz Kurras erschossen. Demonstranten hatten vor der Oper gegen den Besuch des Schahs von Persien protestiert. Zuvor war es bereits vor dem Schöneberger Rathaus zu Gewaltakten von sogenannten »Jubelpersern« gekommen, die, ungehindert von der anwesenden Polizei, mit Latten auf Demonstranten eingeprügelt hatten. Kurras wird in einem späteren Verfahren entlastet und freigesprochen.

(...) Wir halten fest: Seit Monaten wiegelt die Springer-eigene Presse von Berlin die Bevölkerung und also auch die Polizei gegen die Studenten auf. Die blutigen Ausschreitungen wurden bereits am Mittag von Anhängern des Schahs ausgelöst, die mit Stöcken und Totschlägern bewaffnet waren. Erst der Einsatzbefehl des Polizeipräsidenten Duensing, erteilt, nachdem der Schah die Oper bereits betreten hatte, hat die blutigen Vorgänge vor der Deutschen Oper verursacht. Wir klagen an: den Verleger Axel Springer der Anstiftung zur Körperverletzung, den Polizeipräsidenten Duensing der Beihilfe zur Körperverletzung bis Totschlag. Nicht die Studenten – ein feudaler Potentat, eine hysterische Presse, ein kopfloser Polizeipräsident haben dem Ansehen der Stadt Berlin, die wir lieben und in der wir arbeiten, unabsehbaren Schaden zugefügt ...
(»Zum Tod des Studenten Benno Ohnesorg«, Protestnote, unterschrieben von Nicolas Born, Hans Christoph Buch, Günter Grass, Reinhard Lettau, Peter Schneider, Ingeborg Drewitz, Hanspeter Krüger, Klaus Wagenbach u.v.a.m, 5. Juni 1967)

Dies ist, wenn einer über Vietnam Gedichte schreibt, der Ausgangspunkt: Er hat gelesen, gehört, er ist nicht dort gewesen; er empört sich nach Vorlagen und nach Erinnerung. (...) Ich werde kein Gedicht über Vietnam schreiben, keinen Roman dieses Kriegs. Ich wehre mich gegen die selbstgefälligen Außerungen einiger Schriftsteller, die eine vorgefertigte Moral mit einer veralteten Ästhetik vereinen. Welche Zeilen sind dem allem gewachsen: der sengenden Technik, der geknebelten, gemordeten Bevölkerung, den ideologischen Verkrustungen und Verlogenheiten? Vom Schrecken, vom Brand entstellte Gesichter, zeichnen Strophen sie nach? Die literarische Empörung ist ehrenwert, doch sie geht nie über die Literatur hinaus. Ihre Armseligkeit verletzt. Der Aufruhr endet im Formalen.
In Erich Frieds Gedichtband »und Vietnam und« stehen auf Seite 57 Strophen, die »Einleuchtend« überschrieben sind, und da ich Fried schätze, seine politischen Kommentare für die BBC oft gutheiße, machen sie mich zornig. Ich will mich bemühen, meinen Ärger, indem ich die Sätze prüfe, zu erklären:

Es kann nicht sein
daß die Amerikaner
ohne Notwendigkeit
vietnamesische Kinder verbrennen

Es kann nicht sein
daß die Amerikaner
Marschall Ky unterstützen
wenn er wirklich ein Schurke ist

Die beiden Anfangszeilen höhnen, sie reden das Gegenteil ein: es kann sein. Es ist so. Und Fried weiß es, ich weiß es. Fried weiß aber auch: Was ist »Notwendigkeit« in einem Krieg? Er wirft vor, und seine Zunge teilt sich. (...) Er fragt in seinem Buch niemals nach der Gegenseite, will nicht wahrhaben, daß auch nordvietnamesische Soldaten Kinder und Frauen töten, foltern, entläßt die schwarzen Kittel unbeschrieben in die Ehrbarkeit. (...) Wir haben keine Poetik gefunden, die das Entsetzen unserer Zeitgenossenschaft reflektiert. Die überkommenen Formen reichen nicht. So machen wir uns unmündig, indem wir, nach Auswegen fahndend, einer Beschreibungsliteratur das Wort reden. Wir ziehen uns an die Oberfläche zurück, begnügen uns mit der Haut der Dinge, halten uns in den Peripherien der Ereignisse auf. Wir objektivieren aus Angst. Dahinter reckt sich das Unbeschreibliche, die Blutschuld, die wir ungerührt Geschichte heißen, von unseren Vätern dazu angehalten; die wir mit Politik begründen und durch Politik entschuldigen.
(PH, Christ und Welt, 21. Juni 1967)

Mit mehreren, ihm offenbar besonders wichtigen, politischen Gedichten seines neuen Bandes »Ausgefragt« hatte Günter Grass bei einigen Kritikern wenig Glück. (...) Namentlich Peter Härtling ging mit seinem Lob so fehl wie mit seinem Tadel. Er behauptete von den politischen Grass-Gedichten: »Sie reagieren genau, sagen Bescheid, aber das Wissen widersetzt sich dem gebundenen Wort. Das macht sie brüchig, anfechtbar.« Und vom Gedicht »In Ohnmacht gefallen« sagte er: »Was das Gedicht will, ist richtig. Es geißelt das Sekundärerlebnis, weigert sich, mit Wohlstandsprotestanten das Maul aufzureißen und in aller Bescheidenheit den Mord mit Napalm nicht zu verhindern ...« Aber gleich darauf – und ohne Beweise – behauptet Härtling von diesem Thema: »Ins Gedicht will es nicht hinein.«
Hinter solchen Abfertigungsversuchen verbirgt sich ein Vorurteil gegen das politische Gedicht überhaupt. (...) Das wirklich Fehlerhafte an den »Protestgedichten gegen Protestgedichte« aber ist gerade das, was Härtling an ihnen lobt, etwa die (mißglückte) »Geißelung des Sekundärerlebnisses« – als könne man Vorgänge nur dann kennen und gegen sie Stellung nehmen, wenn man sie an Ort und Stelle miterlebt hat! Allerdings macht sich der Kritiker Härtling dieser unsinnigen Informationstheorie – die fast allen heute lebenden Deutschen jede Stellungnahme gegen die Gaskammern unmöglich machen würde – hier und anderwärts weit schuldiger als Grass, bei dem sie sich nur angedeutet findet; freilich bei Grass immer noch gefährlicher, weil einprägsamer formuliert.
(Erich Fried, Protestgedichte gegen Protestgedichte, in: Die Zeit, 18. August 1967)

Ich schrieb damals im Spiegel, daß es im Grunde einem Gedicht schadet, wenn es zur Parole werden will, und daß diese Art von Estradenlyrik zwar für den Moment nützlich sein mag, aber nicht zum Gedicht taugt. Diese Kritik hat Erich verletzt, also rief er mich an und fragte: »Hast du das wirklich ernst gemeint? Ich weiß, du wirst es zurücknehmen!« Doch ich entgegnete ihm, daß ich diese Auffassung niemals zurücknehmen würde.
Erich aber war einer, der nicht vergaß. Als er in den 80er Jahren schon sehr krank war, hatten wir in Mainz eine gemeinsame Lesung, spürten dabei eine innige Zuneigung, kurzum: es war ein wunderschöner Abend. Am nächsten Morgen rief er an und forderte: »Jetzt nimmst du es aber zurück!« Ich kam erst nicht darauf, was er meinte, erinnerte mich dann aber an unseren Disput über die Vietnamgedichte und antwortete: »Nein, Erich, das werde ich nicht!« Er aber wußte mich daraufhin ganz leise ins Unrecht zu setzen, indem er zart erwiderte: »Du tust mir schon weh damit!« *(PH)*

Auf der Frankfurter Buchmesse 1967 (mit Alexander Besser)

Oktober 1967

Heinrich Böll erhält in Darmstadt den Georg-Büchner-Preis.

Die Gruppe 47 trifft sich in Waischenfeld bei Erlangen in der Gaststätte Pulvermühle. Rebellierende Studenten demonstrieren vor Ort gegen den »bürgerlichen« Literaturbetrieb. »Spät in der Nacht oder früh am Morgen tanzte Augstein überaus verwegen nach dem Beatles-Song ›All you need is love‹, und Wagenbach tat's ihm nach.« *(PH)*
Am nächsten Tag verabschiedet die Gruppe, u.a. auf Initiative Erich Frieds, ein Manifest »Gegen das Monopol von Springer«.

Karikatur der Springer-Presse

Der Springer-Konzern kontrolliert 32,7 Prozent aller deutschen Zeitungen und Zeitschriften. Dadurch ist die zuverlässige Information der Öffentlichkeit gefährdet. Die Schriftsteller der Gruppe 47 halten diese Konzentration für eine Einschränkung und Verletzung der Meinungsfreiheit und damit für eine Gefährdung der Grundlagen der parlamentarischen Demokratie in der Bundesrepublik Deutschland.

1. Wir haben daher beschlossen: Wir werden in keiner Zeitung oder Zeitschrift des Springer-Konzerns mitarbeiten.
2. Wir erwarten von unseren Verlegern, daß sie für unsere Bücher in keiner Zeitung oder Zeitschrift des Springer-Konzerns inserieren.
3. Wir bitten alle Schriftssteller, Publizisten, Kritiker und Wissenschaftler, die Kollegen im PEN und in den deutschen Akademien zu überprüfen, ob sie eine weitere Zusammenarbeit mit dem Springer-Konzern noch verantworten können.

(»Gegen das Monopol von Axel Springer«, unterschrieben von Ilse Aichinger, Ernst Bloch, Heinrich Böll, Peter Härtling, Walter Höllerer, Klaus Wagenbach, Martin Walser u.v.a.m.)

Als uns Klaus Harpprecht 1968 verließ, etablierten Georg von Holtzbrinck und ich Peter Härtling als Verlagsleiter bei S. Fischer – was den Peter sehr verwunderte, denn er war

eigentlich nicht darauf vorbereitet, Chef eines so berühmten Verlages zu werden. Ich, als derjenige, der im Hause Holtzbrinck für die Verlage verantwortlich war, hatte unbedingtes Vertrauen zu ihm. Ich war sehr froh, mit Härtling einen literarisch versierten und verantwortungsbewußten Verlagsleiter zu bekommen.

Wir hatten ohnehin in Sachen Literatur die gleiche Wellenlänge, ganz anders als in politischen Dingen, da gab es noch manches Problem mit ihm. Im Laufe der Zeit entstand aber eine freundschaftliche Beziehung zwischen uns, die irgendwann sogar zu einem Du führte. *(Werner Schoenicke, Stuttgart)*

Nach meinem Wechsel in die Geschäftsführung wurden wir literarischer. Ich hatte großes Interesse an der Geschichte des Hauses und versuchte den Verlag entsprechend zu präsentieren. Ich bemühte mich zum Beispiel um die Edition von sogenannten zweitrangigen Autoren der zwanziger Jahre und machte daraus eine ganze Reihe, die ich »Fischernetz« nannte. Auch das Gespräch im Hause wurde literarischer.
Natürlich habe ich gleichzeitig eine sehr intensive Erinnerung an die Auseinandersetzungen des Jahres 1968, die wir, auch aus politischen Gründen, führten. Unweit, im Suhrkamp-Verlag, gab es Aufstände, dort verließen die Lektoren das Haus. Und ich mußte als Verwalter eines Konzerns darauf achten, daß dieser Konzernverlag nicht vorführt, was Kapitalismus ist. Da war es von Vorteil, daß ich nicht zu Chefallüren neige, auch nicht zu Distanzen. In der Herstellung gab es Leute wie Dieter Kohler, Franz Greno, das waren Beteiligte, Engagierte, manchmal meschugge, auch oft politisch von der Rolle, das war ganz schwierig, aber ich habe mich jedesmal gefreut, wenns Krach gab, politischen Krach.
Ich konnte danach in Hellmut Freunds kleines Zimmer gehen und mit ihm über Hoffmannsthal sprechen oder über Mozarts Musik. Es war einfach ein Raum, in dem uns die Bildung zusammenhielt. *(PH)*

April 1968

Gegen zwei Frankfurter Kaufhäuser werden Brandanschläge verübt. Dabei entsteht Sachschaden in Millionenhöhe. Als Täter werden kurz darauf Gudrun Ensslin, Andreas Baader, Thorwald Proll und Horst Söhnlein verhaftet, die angeben, diese Brände gelegt zu haben, »um gegen die Gleichgültigkeit der Gesellschaft gegenüber dem Morden in Vietnam zu protestieren«. Im Herbst des Jahres verurteilt ein Frankfurter Gericht alle vier Beteiligten zu je drei Jahren Zuchthaus.

Der 23-jährige Bauhilfsarbeiter Josef Erwin Bachmann schießt auf dem Berliner Kudamm, unweit des SDS-Büros, den Studentenführer Rudi Dutschke nieder und verletzt ihn mit drei Kugeln lebensgefährlich. Kurz darauf stellt die Polizei den Täter. Es kommt zu gewaltsamen Protesten von Studenten vor dem Springer-Hochhaus in der Kochstraße. Dutschke überlebt, wird aber, Jahre später, an den Folgen des Attentats sterben.

Deutsche Nationalzeitung, 22. März 1968

Die Rebellen sind in die Ferien gegangen, oder zu Sommerkursen, haben sich in Gruppen zurückgezogen, um neue Aktionen vorzubereiten, und sie haben, nicht überall, Verwüstung und Melancholie hinterlassen, bübisch und sinnlos zerstörte Amtsräume, nachdenklich gewordene Protektoren und triumphierende Gegner. Die letzte Phase ihres Aufstands war miserabel; sie haben unbesonnen auf die Unnachsichtigkeiten ihrer Kontrahenten reagiert, sie haben sich nicht oder kaum artikulieren können und sie haben, so in die Ecke gedrängt, um sich geschlagen. Das ist zu bedauern, denn im nachherein zeigt sich, daß sie Terrain gewonnen haben. Zwar war eine große Mehrheit nicht willens, ihre Feindschaft gegen die parlamentarische Demokratie und ihre historisch unzulänglich belegte Propaganda für die Räterepublik zu akzeptieren; aber ihre Kritik an der Verlogenheit dieser Gesellschaft, die sich in Absprachen hätschelt, die die Demokratie zu einem wohlgeölten Apparat von Interessengruppen gemacht hat, griff zu und veränderte.
(...) Die Utopien haben ihre Grenzen in einer Zivilisation, die unaufhörlich Utopien überholt, nur nicht die vom menschenwürdigen Dasein. Die Minister, die Professoren, haben in ihrer Mehrheit die Studenten nicht verstanden, vor allem dort nicht, wo sie sachkundig und bedrängt, mit Hilfe einiger weitsichtiger Lehrer, Reformen durchzusetzen versuchten.
(...) Die jungen Leute haben die Welt zwischen Prag, Berlin und Berkeley, Stockholm, Paris und Tokio in den Zwiespalt gebracht, den sie seit eh und je fürchtete und den sie unter dem Deckmantel eines autoritären Sozialismus und einer gleichmacherischen Demokratie verbarg: daß die Träume des Menschen vom Menschen im politischen Alltag zu verkrüppeln drohen. *(PH, »Zu unserem Heft«, Der Monat, August 1968)*

Buchmesse 1968, mit Rudolf Augstein

August 1968

In Prag wird das Experiment von Reformkommunisten, den »Sozialismus mit menschlichem Antlitz« zu etablieren, von Panzern der Sowjetunion und Truppen des Warschauer Pakts brutal beendet. Die militärische Intervention trifft auf den erbitterten, oft todesmutigen Widerstand der Bevölkerung. Alexander Dubček, KP-Chef und Reformer, wird verhaftet, andere Regierungsmitglieder werden nach Moskau verschleppt, die CSSR zwangsweise befriedet.

Da ich das Glück hatte, an einem Buchmesseabend teilzunehmen, über den inzwischen etwa so viele Legenden existieren wie über die Schüler Adornos, will ich Ihnen meine Sicht der Dinge erzählen. Peter Härtling hat den Abend in seiner Autobiographie leider ausgespart – es handelt sich um ein Hanser-Fest, DAS Hanserfest, im Senckenberg-Museum, in der majestätischen Gegenwart jener knöchernen Viecher, auf die Kinder heutzutage so scharf sind. Eine Gruppe jener Autoren, die die Schmalheit ihres Œuvres durch die Breitheit ihres Zustands unsichtbar machen wollten, marodierten grölend, dumm, anmaßend und rundherum abscheulich durch die irritierte Gemeinde. Es war die Zeit der totalen Permissivität. Es wurde höchstens indigniert gekichert, während die Herren aus der Alpenrepublik weiblichen Gästen Kartoffelsalat in die Haare schmierten und Hand an Tyrannosaurus rex und Archaeopterix zu legen drohten.
Ein wackeres Häuflein bürgerlicher Streiter fand sich: Herbert Heckmann, Peter Härtling und ich. Wir wollten uns hauen. Wir fanden, das seien wir der Kultur und ihren Werten sowie unserer eigenen Laune schuldig. Das heißt, ich wollte nicht hauen, ich wollte den Oberbefehl. Die beiden Herren waren in zufriedenstellender körperlicher Verfassung und konnten mehr vertragen als der depravierte Haufen von dialektlallenden Möchtegerndichtern.
Leider – ich möchte sagen, aus Gründen bürgerlicher Ehre – beschlossen wir, den Gastgeber vorher einzuweihen. Christoph Schlotterer, Gott hab ihn selig, ebenfalls ein wackerer und guterzogener Trinker von bürgerlichem Format, bat uns inständig, von unserem Plan Abstand zu nehmen. Dann käme die Polizei, sagte er.
Die käme sowieso, sagte der Dichter Härtling trocken, wenn die Saukerle noch länger an den heiligen Knochen herummachen würden.
»Ja«, sagte Schlo, »aber wenn wir sie rufen, gibt's eine saumäßige Presse.«
Schlo sprach schwäbisch, Härtling auch. Sekundiert wurden sie von Heckmanns einheimischem »Jetzt wird net lang geredd! Mer haue se fort unn schmeiße se naus!« und meinem Idiomanklang, der dem der Feinde – für Nicht-Bayern – glich.
Während wir uns im demokratischen Diskurs verwickelten – was damals eine ganze Generation ausdauernd tat –, gellten spitze Schreie, schepperten Teller und klirrten tablettweise Gläser auf den steinernen Museumsboden.
Schlo beharrte auf seiner biblischen Haltung und beschloß an diesem Abend, nie wieder ein Hanser-Fest zu machen. Heckmann, Härtling und ich verließen grollend die Wallstatt und zogen selbander in Jimmys Bar, wo wir stark trinken mußten und einander die besten Absichten versicherten. An uns hatte die Kapitulation vor den Barbaren des kleinen, räuberischen Bergvolks nicht gelegen. Auf, auf zum Kampf, zum Kampf! war für uns nicht nur ein leeres Wort!
(Eva Demski, aus: Laudatio für Peter Härtling. Zur Ehrenbürgerschaft in Walldorf 2003)

Wie überliefert sich Geschichte, wie wird sie zerredet, wie kann aus Lügen eine Wahrheit werden, und aus der Wirklichkeit Lüge? Diese Fragen beschäftigten mich, als ich meinen

Roman »Das Familienfest« begann, aus dem ich Ihnen ein Stück vorlesen werde.
Ich hab das Thema in Varianten bereits beschrieben, in den Romanen »Niembsch« und »Janek«, ein Thema, das jeden, der mit Sprache umgeht, beunruhigt: Erinnerung und Zeit, Gedächtnis und Geschichte. Ein Glücksfall spielte mir das Familienbuch einer schwäbischen pietistischen Familie in die Hände, und die Lektüre bestätigte mir, was ich geahnt hatte: Von Generation zu Generation verändert sich eine Gestalt in der erzählten Geschichte. War sie am Anfang, dies nur ein Beispiel, ein Außenseiter, ein schwarzes Schaf, so erscheint sie nach drei Generationen als rühmliche Ausnahme. Sie ist umerzählt worden.
(PH, Einleitung zur Lesung im Deutschlandfunk, 21. Mai 1969)

Es ist die Zeit für Betrachtungen, wie denn die Revolutionäre sich in Zustände der Restauration schicken. Ebendies ist das Thema von Härtlings jüngstem Buch. Der Titel suggeriert eine Familien-Saga, die nicht geliefert wird. Im nachhinein entpuppt er sich dann als schriller Hohn, denn die Familie, deren intellektuelle Vertreter hier vorgestellt werden, begegnet sich vorzüglich mit Mief, Lügen und Seelen-Clinch. Das Damals trägt die Jahreszahl 1857.
(...) Härtling bietet ein Geflecht von unentwegt wechselnden Gedächtnis-Monologen; das liest sich gut, wenn auch anstrengend; selten gleitet es sprachlich aus. Insgesamt ein nervöses und überaus melancholisches Prosa-Stück, dem niemand den ästhetischen Anspruch bestreiten wird. Sein (für mich) empfindlichster Mangel ist der an erzählter Wirklichkeit.
(Rolf Schneider, »Enttäuschte Revolutionäre«, SPIEGEL, 15. September 1969)

In atemberaubenden Erzählketten rezipiert Härtling kleindeutsche Vergangenheit: »Die Wirklichkeit der Welt, die mit jedem Tod erlischt.« Bei Härtlings Familienparty wird das Schicksal des Georg Lauterbach memoriert. Georg ist im Gegensatz zum frommen Bruder Immanuel ein gescheiter Revoluzzer, ein APO-Mann der Romantik (...) Zwischen der menschlichen Misere vergißt Härtling die politische Sendung nicht. Um Georg Lauterbach hat sich in Tübingen, wo er als Dozent lehrt, eine Revolutionstruppe geschart. Hier wird der idealistische Praktiker mit einem reaktionären Grafen konfrontiert: »Sie

wünschen das Land zu zerschlagen zugunsten einer Idee ... Sie lassen die Bauern aufwiegeln, die Arbeiter in Reutlingen, schicken die Burschen zu den Leuten, Sie fordern, heißt es, den Aufstand.«
(Hans Bertram Bock: »Lied für Revolutionäre«, Abendzeitung München, 18. September 1969)

Pressekonferenz zur Buchmesse 1969 im S.Fischer Verlag

Was die 68er betrifft, so spürte man bei Härtling keine starke Aktivität, aber Sympathie. Er war von der Gesinnung her – wenn das Adjektiv überhaupt stimmt und präzise ist – immer ein liberaler Mensch. Ich habe an ihm auch nie etwas Engherziges wahrgenommen, nichts Eiferndes. Er konnte einen gewissen Zorn haben, aber er war fast immer, auch in der Personalführung, sehr gerecht. Ich glaube auch sagen zu können, daß er sehr beliebt war. Wir hatten das Gefühl, er würde auf Dauer Verleger sein.
Härtling lachte viel, auch laut. Und er rauchte viel. Ich habe ihn oft beim Rauchen beobachtet, und da gab es einen sehr merkwürdigen, ganz unbewußten Rhythmus: Er zündete sich eine Zigarette an, tat einige wenige Züge, griff dann in die Innentasche seines Jacketts, holte ein gediegenes Etui heraus und entnahm dem eine neue Zigarette. Die vorherige war zu diesem Zeitpunkt immer nur maximal zu einem Drittel verbraucht, die drückte er im Aschenbecher aus, zündete sofort die neue an. Und dann, nach ein paar Zügen, griff die Hand wieder automatisch in die, glaube ich, linke innere Jackentasche und zog das Etui mit der nächsten Zigarette heraus. *(J. Hellmut Freund, Frankfurt)*

September 1969

Eine Sensation: Nach den Wahlen zum Deutschen Bundestag verfügen SPD und FDP über eine rechnerische Mehrheit. Willy Brandt und Walter Scheel entschließen sich gemeinsam zu regieren. Ihr Ziel: »Wir wollen eine Gesellschaft, die mehr Freiheit bietet und mehr Mitverantwortung fordert!«

Peter Härtling war kein 68er, er war ein viel zu starker Idealist und war doch sehr dem Verlag und der Literatur verpflichtet. Er stand der SPD sehr nahe. Das Schönste war, daß er einen Dienstmercedes fuhr und während des Wahlkampfs einen Aufkleber am Wagen angebracht hatte: Wählt SPD! Das fand natürlich, in einem liberalen Haus wie dem unseren, keine Zustimmung – Wahlwerbung an einem Dienstfahrzeug! Ob dieser politischen Orientierung bekam er wohl auch manchmal Streit mit Hans Altenhein, dem Leiter des Taschenbuch-Verlags. Peter hatte sich sehr stark dem Taschenbuch zugewandt. Überhaupt gab es Streit wegen einiger Titel. Merkwürdigerweise rief mich sogar einmal die Druckerei an und sagte, da läge ein Titel im Taschenbuchprogramm vor, mit dem ich nicht einverstanden sein könne, der sei propagandistisch ausgerichtet. Da habe ich entschieden: Nehmen Sie den erst einmal aus dem Programm. Natürlich hat auch der Inhaber, Georg von Holtzbrinck, davon erfahren, der sofort aufbrauste und sagte, das sei unmöglich: Härtling soll herkommen! Dann haben wir den Titel aus dem Programm genommen. Doch Härtling konterte, er sei der Verlagschef. Also wurde über Verantwortung und Kompetenz gestritten. Wir haben nie eine politische Grundeinstellung vorgegeben, doch das Haus S. Fischer war immerhin dazu angehalten, seine literarische Tradition zu bewahren. *(Werner Schoenicke, Stuttgart)*

Vieles, was damals diskutiert wurde, fesselte und bewegte auch mich, und ich förderte, zum Beispiel, mit Verve die Politisierung des Taschenbuchs. Nicht zur Freude des Konzernherrn. Er mißtraute diesem Aufbruch, der seinem politischen Selbstverständnis ganz und gar widersprach. So fochten wir unsere Sträuße aus: er – konservativer Kaufherr; ich – ein für ihn mitunter unbelehrbarer Linker; und Du in der Rolle des Mittlers, der allerdings, wenn es darauf ankam, beharrlich die Interessen des Konzerns vertrat.

Die Titel mancher umstrittener Bücher habe ich längst vergessen, nicht jedoch die Aufregungen, die Telefonate, die großen Auftritte und dramatischen Gespräche. Wir vermochten uns dennoch immer zu verständigen, und – bis auf eine Ausnahme – habe ich alle meine Projekte durchsetzen können. Vielleicht lag's daran, daß keiner von uns mogelte, einer den anderen mit Vernunft und Herz richtig einschätzte.

(PH, in: »Briefe an einen Freund – Werner Schoenicke zum 21. Juni 1985«)

Autoren drohen

LONDON — Mit einem Kultur-Boykott gegen die Sowjetunion drohten gestern 31 international bekannte Schriftsteller und Kritiker. In einem von der „Times" veröffentlichten Brief forderten sie, die „Verfemung" des kürzlich von den Sowjets gemaßregelten Schriftstellers Solschenizyn zu beenden. Zu den Unterzeichnern gehören Arthur Miller, Mary McCarthy, Hannah Arendt, Sir Julian Huxley, Graham Greene und andere. Von deutscher Seite unterzeichneten Günter Grass, Uwe Johnson, Peter Härtling und Klaus Harpprecht. (dpa/sad)

(BZ, 19. Dezember 1969)

Hölderlin war am verwundbarsten von allen. Er war offen. Er wartete auf Anstöße, auf jene schmerzhaften Zustände, die seine Geschichte in eins bringen konnten mit der Gegenwart, aus der er zu fliehen bereit war. Seine Ideen wurden politisiert. Kant und Rousseau trafen aufeinander. Bemerkenswert in seinem flehenden Ton, in seiner Provokation ist ein Brief an den Stiefbruder Karl. Er ist aus Tübingen abgeschickt, also um 1791 geschrieben (auch Bertaux zitiert ihn): »Meine Liebe ist das Menschengeschlecht, freilich nicht das verdorbene, knechtische, träge, wie wir es nur zu oft finden, auch in der eingeschränktesten Erfahrung. Aber ich liebe die große, schöne Anlage auch in den verdorbenen Menschen. Ich liebe das Geschlecht der kommenden Jahrhunderte. Denn dies ist meine seligste Hoffnung, der Glaube, der mich stark hält und tätig, unsere Enkel werden besser sein als wir, die Freiheit muß einmal kommen, und die Tugend wird besser gedeihen in der Freiheit heiligem erwärmenden Lichte als unter der eiskalten Zone des Despotismus.«
(PH, »Mythologe der Vernunft«, Zum zweihundertsten Geburtstag Hölderlins, Stuttgarter Zeitung, 14. März 1970)

Mai 1970

Andreas Baader wird, während eines Besuchs im Westberliner Zentralinstitut für Soziale Fragen, mit Waffengewalt von maskierten Tätern aus dem Justizgewahrsam befreit. Zwei Beamte werden leicht, ein Angestellter lebensgefährlich verletzt. Baader hatte sich im Institut angeblich zu Lektürezwecken mit Ulrike Meinhof getroffen. Sie flieht mit Baader und den Maskierten.

Nationalgardisten erschießen im US-Bundesstaat Ohio auf dem Universitätsgelände von Kent vier Studenten. Die vier waren Teilnehmer einer Demonstration gegen den Einmarsch der USA in Kambodscha. Nachdem die Gardisten ihr Tränengas verschossen hatten und sich weiterhin von den Studenten bedroht fühlten, griffen sie zu scharfer Munition. Es kommt weltweit zu Protesten.

Gut, wir sind also Einzelgänger – mehr oder weniger sensibel – der eine hat die kaltgewordene Tasse Kaffee neben sich stehen, raucht Zigaretten, der andere hat die Rotweinflasche zur Hand und hält sich an der Tabakspfeife fest; der eine arbeitet nachts, der andere morgens; einer schreibt auf der Schreibmaschine ganz gute Sachen, der andere mit Bleistift oder Füllfeder weniger gute oder umgekehrt.
(...) Einigkeit der Einzelgänger – das klingt, als suchten wir die Quadratur des Kreises – oder eine platte Gleichmacherei. Wir suchen beides nicht. (...) Dieser Verband kann nur sozialpolitisch Avantgarde betreiben, er kann damit viel Zeit und Freiheit für den Hintergrund erwirken. *(Heinrich Böll, aus: Rede auf dem Stuttgarter Kongreß zur Gründung des VDS, Süddeutsche Zeitung, 23. November 1970)*

Ich schreibe das am 14. Februar 1971. Wir sind heute spät aufgestanden. Um elf haben wir groß gefrühstückt, denn am Sonntag essen wir nicht zu Mittag, damit alle mehr Zeit haben.
Fabian, Friederike, Clemens und ich sind zum Kiosk von Frau Geyer gegangen, haben Zeitungen, Zigaretten und Kaugummi geholt, und dann haben wir, ehe der nächste Regenguß kam, noch einen Spaziergang durch die Siedlung gemacht. (...) Ich habe angefangen zu schreiben, und die Kinder sagen, ich soll ihnen eine Platte auflegen, die von Peter, Paul and Mary und den Kindern, die mitsingen - ihr Lieblingslied ist »Make-Believe-Town«, der Song von der Phantasiestadt. Wir haben noch einen ganzen Nachmittag vor uns. Es hat aufgehört zu regnen.
Ich höre ein Flugzeug aufsteigen. Walldorf ist nicht groß und kaum bekannt. Wenn ich fortfliege, kann ich es aus der Luft sehen, die grauen Häuserzeilen, die Schnitte der Straßen und den Wald, der nicht aufhört bis Darmstadt.
(PH, aus: »Nachrichten aus Walldorf«, Manuskript für einen Lesebuch-Artikel)

aus: Pardon 04/1971

Peter Härtling

Schreiben, um die Zeit sichtbar zu machen

Ich schreibe, weil ich –
es fragt sich, wann? Brachten mich die Erklärungen Kurt Leonhards zum „Yasmin" auf die Spur? die Briefe Heißenbüttels? das Scheitern mit dem ersten Roman? –
Ich schreibe, weil ich sah, wie die Zeit Figuren und Handlungen in die Sprachlosigkeit reißt, ein rasender Strom, der im Sprachlosen und im Bilderlosen mündet: ich sehe mich umgeben von einer Wirklichkeit, die die Apokalypse provoziert, die an den Fesseln der Existenz zerrt, und vergißt, daß der Einzelne sprechen muß, um in der Zeit zu bleiben, um sichtbar zu werden, um, im Strom, eine Schnelle zu sein. Ich habe Stimmen gesucht, viele, die meine und die Stimmen anderer, habe Vergangenheiten aus der Sprachlosigkeit gehoben, Existenzpartikel, ich habe die Zeit sichtbar gemacht. Die Zeit ist nur Zeit, wenn man sie denkt; der Gedanke braucht die Sprache. Die Zeit in den Wörtern schafft Bilder.
„Warum schreiben Sie?"
Weil ich noch nicht alle Wörter kenne.

Gilles, so will es Härtling, ist zu alt und hat zu viel erfahren, um noch an irgend etwas glauben zu können, es sei nun der christliche Gott oder die Revolution. Er kann denn auch im Schauspiel der Revolution nur noch eine Szene erkennen: »Wie die Welt sich selber auffrißt«.
(...) Abgesehen von der Erfindung seiner Hauptfigur hat Härtling keinen großen Aufwand bei der dramatischen Aufbereitung seines Stoffes betrieben. Manches liest sich, als sei es direkt aus Büchners »Dantons Tod« entlehnt, nur daß Härtling auch nicht im entferntesten die Authentizität

Peter Härtling
Gilles
Ein Kostümstück
Goverts

und atmosphärische Dichte dieses großen Dramas erreicht, von anderen Qualitäten ganz zu schweigen. Sieht man sich die Gestalt des Gilles näher an, so ist auch sie nicht so arg originell, denn sie geht ohne weiteres als etwas greisenhafter Bruder des Valerio aus »Leonce und Lena« durch, so daß Härtlings Schauspiel sich fast wie ein Zusammenschnitt der Büchnerschen Werke ausnimmt – nur eben, daß das gewaltige Geschehen der Revolution von 1789 und der Erfahrungsüberdruß eines Leonce in seiner poetischen Dimension für den späteren Nachfahren um mehrere Nummern zu groß ist.
(Willem P. Engel, dpa – Buchbrief/Kultur, 8. März 1971)

Merkur, 16. April 1971

Härtling bei Luchterhand

PETER HÄRTLINGS neues Buch „Ein Abend — eine Nacht — ein Morgen", wird im Herbst bei Luchterhand erscheinen. Härtling ist Leiter des S. Fischer Verlags; nach Eingliederung der Produktion des Goverts Verlages, wo seine Bücher bisher erschienen, in den S. Fischer Verlag, hat Härtling beschlossen, mit seinen Sachen zu Luchterhand zu gehen, da er sich nicht selbst verlegen will.

Gilles hat keine Hoffnung mehr, daß die Revolution die Verhältnisse ändern wird. Und doch will er den Traum nicht aufgeben, den Traum von der Utopie: »...vielleicht ist dieser Traum gewaltig, vielleicht schwemmt er alles weg.« Doch wenig später schon resigniert er: »Der Traum ist nicht möglich. Ist Dir aufgefallen, daß kein Mensch lacht, niemand lächelt in Paris? Sie sind alle vergiftet von einem bleiernen Ernst. Die Revolution kann nicht lachen, sie fletscht die Zähne. Das Volk reißt das Maul auf und speit Blut.«
Am Ende wird auch Gilles, der ewige Komödiant, zum Opfer der Revolution: Robespierre, den Gilles öffentlich des Mordes an Marat bezichtigt hat, zerreißt das Watteau-Bildchen, das dem Greis als Ausweis dient, und vernichtet ihn damit.
(...) Peter Härtling hat ein subtiles und zugleich kraftvolles Schauspiel geschrieben, das beim Lesen überzeugt. Hoffentlich findet es Regisseure, die es auf der Bühne entsprechend den Intentionen des Autors realisieren, die Aktionen der Sprache herausarbeiten, ihm jene spezifische Leichtigkeit belassen, mit der man sich hierzulande auf der Bühne wie in der Literatur so schwer tut.
(Jürgen P. Wallmann, »Traum von der Utopie«, Fürther Nachrichten, 4. Juni 1971)

Zwei Jahre mußten sich die Preisrichter damit zufriedengeben, Stipendien zu verteilen. Jetzt endlich fanden die von der Freien Volksbühne bestellten Experten unter fast 200 Bewerbern wieder einen jungen Dramatiker, der ihnen des Gerhart-Hauptmann-Preises würdig schien. Am Sonnabend übereichte Professor Helmut R. Külz als Vorsitzender des

Gutachterausschusses die Urkunde des mit 8.000 Mark dotierten Preises im Haus an der Schaperstraße an Peter Härtling für seinen bisher noch nicht aufgeführten dramatischen Erstling »Gilles«.
(...) »Gilles«, das der Autor selber ein Kostümstück nennt, entstand auf Anregung des Düsseldorfer Theaterchefs Karl-Heinz Stroux, der im »Niembsch« Härtlings »dramatische Phantasie« entdeckt und ihm geraten hatte, ein Stück zu schreiben.
(...) Härtling, der sich als Journalist immer sehr um die Klärung politischer Zusammenhänge bemüht hat, bekennt sich als Schriftsteller ganz zum Subjektivismus. Agitationsliteratur in der Art Majakowskis ist gut, findet er, aber er selbst ist nicht in der Lage, »Plakate zu malen«. Härtling: »Ich versuche nur unaufhörlich, mich selber zu erklären.«
(J.S., »Dramatischer Seitensprung«, Der Abend, 13. Dezember 1971)

Jetzt,
wenn ich mein Gesicht
im Spiegel sehe
und nachdenke
über das Alter der Haut, der
Augen, und wann
es zu reden anfängt:
nicht mehr der, von dem
ich weiß, er wollte
hindurchgehn und nichts
hinterlassen als seine Masken:
Sätze und Figuren
einige Wörter, die
ihm nachreden, ohne
Spott, aber lachend, und
mit Lust,
jetzt,
wenn ich ihn ansehe,
lerne ich sein Alter und
die gewohnte Verzweiflung, die
die Haut nicht spannt.

(PH, »Selbstporträt 1972«, »Neue Gedichte«,
Bläschke-Verlag, Darmstadt 1972)

Januar 1972

Heinrich Böll veröffentlicht Anfang des Monats im SPIEGEL den Artikel »Will Ulrike Gnade oder freies Geleit?«: »Ulrike Meinhof hat dieser Gesellschaft den Krieg erklärt, sie weiß, was sie tut oder getan hat, aber wer könnte ihr sagen, was sie jetzt tun sollte? (...) Es ist sinnloser Krieg, nicht nur nach meiner Meinung, nicht nur generell, auch im Sinne des publizierten Konzeptes. (...) Ulrike Meinhof will möglicherweise keine Gnade, wahrscheinlich erwartet sie von dieser Gesellschaft kein Recht. Trotzdem sollte man ihr freies Geleit bieten, einen öffentlichen Prozeß, und man sollte auch Herrn Springer öffentlich den Prozeß machen, wegen Volksverhetzung.« In Folge des Artikels beginnt eine publizistische Hetzjagd auf Böll, die ihn zum Sympathisanten und geistigen Mittäter zu stempeln sucht. Als u. a. Erich Fried ihm qua Leserbrief zur Seite tritt, gerät auch der ins »Schußfeld« der Kritik. Wenige Monate später werden Andreas Baader, Jan Carl Raspe, Holger Meins, Gudrun Ensslin und Ulrike Meinhof festgenommen.

Die Regierungschefs der Länder beschließen gemeinsam mit dem Bundeskabinett in Bonn »Grundsätze über die Mitgliedschaft von Beamten in extremen Organisationen«, den sogenannten »Radikalenerlaß«.
Verfassungsgegner sollen aus dem öffentlichen Dienst ferngehalten werden.

Ich will gleich sagen, daß ich nicht Heinrich Bölls Meinung bin: ich halte es für notwendig, daß ein Schriftsteller in dem Land, in dessen Sprache er schreibt, in dem er zu Hause ist, nicht nur auf Konsens warten kann, im Gegenteil: daß er durch die Auseinandersetzung, die er mit seinem Widerstand provoziert, die Schäden, die Schwächen, die Gefährdungen und Gefahren enthüllen kann und muß.
(...) Über zwanzig Jahre lang ist dieses Volk depolitisiert worden von einer Regierung, die in den Anstrengungen des Anfangs sich politisch nicht artikulieren konnte und hernach es aus Bequemlichkeit unterließ. Keine Experimente! Hätte man sie nur gewagt. Hätte man Demokratie nicht nur als eine Art von Nährmittel an die schuftende Menge verkauft, sondern als eine politische Existenzform, die sich in der Befragung immer wieder konstituieren muß. Nichts dergleichen.
So fahren denn die Bombenwerfer, in der Anpassung das System verhöhnend, nur die feinsten Wagen, und die kontrollierende Polizei braucht sich nicht um des kleinen Mannes Kisten zu kümmern. So werden die Aufrührer in Nobelboutiquen oder neben Sportwagen gefangengenommen und nicht in Fabrikhallen oder auf verarmten Bauernhöfen.
(...) Mit einem Male stellt man die Schwächen einer parlamentarischen Demokratie fest; mit einem Male gibt selbst die Verfassung keinen Halt mehr; mit einem Male entdeckt man die »wahren Missetäter« wieder: die Linken, die Labilen, die Fragenden, die Asphaltliteraten.
(...) Was jetzt not tut – und das steht im Widerspruch zu allem Abwiegeln –, ist eine

bewußte Politisierung: die Demokratie braucht Demokraten, mit allen Rechten und Pflichten, vor allem mit Mut.«
(PH, »Klima-Beschreibung«, Deutsche Zeitung/Christ und Welt, 30. Juni 1972)

Ich werde nach Zwettl fahren, Ende Juli, ich werde Straßen sehen, Häuser, Zimmer. Ich werde Fragen stellen. Ich werde Leute kennenlernen, die ich kannte. Ich werde mich bemühen, das alles zusammenzufügen zu einer Geschichte, die ich gewesen bin.
(PH, »Ein möglicher Anfang«, Manuskript »Luchterhand Almanach 1972«)

Ich entsinne mich eines Moments, den ich nur behutsam nacherzählen kann: Er hatte die Reise nach Zwettl gemacht und kam kurz darauf in mein Arbeitszimmer. Wir tranken gemeinsam Wein, und er hat von dieser Reise erzählt. Dieser Moment gehört zu den großen Erinnerungen meines Lebens, weil ich niemals einen Menschen so habe erzählen hören. Ich habe viele Erzähler gekannt, auch Musiker, aber wie Härtling von Zwettl erzählt hat, das bleibt mir unvergeßlich. Und da er ja ein Buch über seine Suche schreiben wollte, habe ich geglaubt: das wird eines der schönsten deutschen Bücher überhaupt. Ich tue ihm, glaube ich, nicht Unrecht, wenn ich sage, so weit ist es nicht gekommen. Dieses sicher schöne, gute, auch inhaltlich wichtige Buch gehört nicht zu seinen bedeutendsten und blieb hinter meinem ersten Eindruck zurück. Doch was ich da in meinem Büro von ihm gehört habe, das ist eine ganz unvergeßliche und ungemein Härtlingsche Geschichte, zumal sie auch sein Wesen fühlen ließ, das halb bekannt und halb verschwiegen wird – hinter der großen Heiterkeit und der bewußten Gefälligkeit: die Melancholie. Eine Melancholie, die bewirkt, daß er sehr vieles wohl nur unterdrückt oder nur gelenkt fließen läßt. Allerdings in sein Werk fließen läßt, und das legitimiert ihn.
(J. Hellmut Freund, Frankfurt)

Was Härtling in »Zwettl« »abfragt«, ist dieses im Buch eingeführte »er«: der zwölfjährige Junge von einst, den es nie wieder geben wird, »eine Stimme neben meiner Stimme, die heller ist, die sich überschlägt, wenn sie laut wird«. Die Reproduktion von einmal gelebtem Leben bleibt etwas Labiles, ein Gewebe, bis ins Verbale solcher Wiedergabe: »Ich

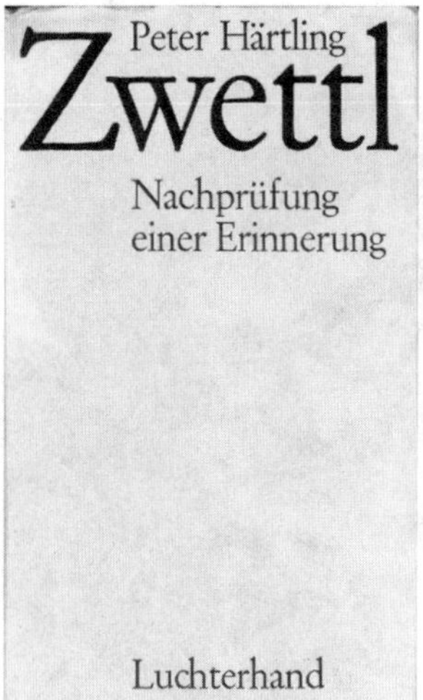

frage mich, ob ich die Spiele so wiedergebe, wie er sie spielte, ich merke, daß die Reproduktion ungefähr bleibt.« Es bleibt schließlich die »Andeutung von vergangener Wirklichkeit«, von der »Zwettl« erfüllt ist.
(..) Das Girlandenhafte ist in dieser sehr sensitiv angelegten Prosa unübersehbar. Und unüberhörbar ist am Ende auch das, durch das sich Peter Härtling immer ausgezeichnet hat: verbale Zärtlichkeit, etwas, das bei manchem heute Ärgernis erregt, aber das schließlich Ausdruck einer literarischen Zartheit bleibt, die man nicht tilgen kann, jedenfalls nicht bei Härtling. Kennzeichnend eine Bemerkung auf der Schlußseite: »Wer zärtlich zu ihm war, hatte ihn in der Hand.«
(Karl Krolow, »Erinnerungs-Puzzle«, Darmstädter Echo, 28. April 1973)

Im letzten Drittel des Buches, wo der Autor seine Nachprüfung langsam vergißt, bricht sein altes erzählerisches Temperament zuweilen wieder durch, kräftigt sich die Sprache, findet für Momente ihre biegsame Schönheit, ihre Lebendigkeit wieder; die Szene mit der Draisine, die der Bub auf einem toten Bahngleis fahren darf, hängt sich ein: »Er träumte sich fort, die Draisine war das Fuhrwerk seiner großen, um die Erde reichenden Flucht, und noch heute sehe ich die Schienenbänder, die sich im Fluchtpunkt bündeln, schimmernd in der Sonne ...«
Vorher in der unheiligen Nüchternheit, die Peter Härtling nicht bekommt, war die Sprache arm, linkisch zuweilen, ein selbstgedrehter Strick um den Hals eines der sprachbegabtesten deutschen Autoren. (...) Peter Härtling wird sich langsam zu entscheiden haben, Experimente aufgeben müssen, seine Ausdruckswelt akzeptieren lernen. Moden dürfen den Verfasser vom »Niembsch« kalt lassen, seine Sensibilität, seine Artistik können ihn tragen.
(Barbara Bondy, »Die Obsession: Erinnerung«, Süddeutsche Zeitung, 13. Mai 1973)

Er war ein Besessener. Das ist der richtige Ausdruck. Er hat neben seiner Arbeit im Verlag viel publiziert, auch viele kleinere Aufsätze und Artikel. Er hielt seinen Namen, auch außerhalb des Verlagsgeschäfts, ich sage es mal salopp, sehr am »swingen«. Bis er dann eines Tages zu mir sagte: »Nun habe ich genug, ich will nur noch Bücher schreiben!«
Mit der Verlagsarbeit hatte er sich wohl auch den nötigen finanziellen Grundstock erarbeitet, um frei schreiben zu können.
Er hatte in Walldorf einen tüchtigen Anwalt, Alexander Besser, mit dem ich dann zwei-

oder dreimal gesprochen habe, um zu klären, wie Peter Härtling aus dem Vertrag herauskam. Das gelang uns aber alles sehr freundschaftlich. Wir haben bis heute Kontakt gehalten. Natürlich entstanden auch immer wieder sehr lange Phasen, in denen wir uns nicht sahen. Aber wie Ledig-Rowohlt mir einmal schrieb: »Wir spürten unsere Nähe!«
(Werner Schoenicke, Stuttgart)

»Klassentreffen« (Buchhandlung Cordes, Kiel 1973)

Anfänge erzählen

Kinder- und Jugendbücher

Er lernt von Kindern.
Sucht ihre Wahrheiten.
Schreibt sie auf.

Das Leben mit Kindern verändert. Der Alltag bekommt einen anderen Rhythmus, einen neuen Sound. Leben tobt durch Räume, die zuvor verschlossen waren; da summt es, brummt es und schreit, Fragen tauchen auf, die zuvor niemand stellte. Der Blick in die Augen des Kindes provoziert zudem die Erinnerung an eigene Erfahrungen, konfrontiert Vater und Mutter mit Bildern und Emotionen der eigenen Kindheit. Wie also mit den Gören umgehen? Wie mit dem, was die aktuelle Gesellschaft als Grundlagen von »Erziehung« anbietet, wie mit den Bedürfnissen, die Kinder täglich anmelden? Wo liegen die Grenzen, die ein Kind braucht? Und warum hat Julia ausgerechnet das schwarzpolierte Klavier mit Fingerfarben bemalt? Das Leben mit Kindern verändert.

Als Peter Härtling im Jahre 1968 für die Süddeutsche Zeitung erste Rezensionen von Kinderbüchern schreibt, ist er Vater von drei Kindern, zudem hoch beanspruchter Verlagschef bei S. Fischer und nimmermüder Autor für die Medien der Erwachsenenwelt. Er beugt sich Zwängen und Verpflichtungen, muß den Alltag mit Fabian, Clemens und Friederike weitgehend seiner Frau Mechthild überlassen und doch: Er ist neugierig auf das Leben der drei, läßt sich von ihnen berühren, nimmt sich die Kinder, ihr Leben, zuvorderst ihre Lektüre, zum Gegenstand. Er schreibt über all die Bücher, die man ihnen als »kindgerecht« anbietet, die er aber verlogen findet, die ihm nicht gefallen, ihn »zornig machen, denn sie kennen keine Wirklichkeit, sie beschönigen; sie kennen keine Träume, sie verwässern. Angst gibt es in ihnen nicht. Und die Freude ist stilisiert.«

Solche Kinderbücher spiegeln das herrschende Bild von Erziehung und Kinderleben. Doch das verliert gerade in jenen Jahren an Farbe und Wirkung, und Härtling ist mit seiner Kritik längst nicht allein: Aus der Unruhe der 68er ist unter anderem eine Bewegung entstanden, die versucht, dem autoritären Bild vom »kleinen Erwachsenen« und der zwanghaften Pädagogik eigene Entwürfe, neue, oft sehr gewagte und folgenreiche »antiautoritäre« Initiativen und Experimente entgegenzusetzen. Die »Genossinnen und Genossen« in Frankfurt und Berlin wollen ihre Kinder nicht länger den staatlichen Erziehungsanstalten überlassen, betreuen ihren Nachwuchs in eigenen Kinder- und Schülerläden, diskutieren über A.S. Neilles »Therorie und Praxis der antiautoritären Erziehung« ebenso wie über »Revolutionäre Erziehung« oder die »Befreiung der kindlichen Sexualität«.

Solch radikale Opposition provoziert die Öffentlichkeit, die »Rotkäppchen« von »Mao« verdrängt sieht, doch sie verändert, provoziert neues Denken auch in liberalen Köpfen. Kinder werden ein Thema - und bleiben es über Jahre hinweg. Fragen an Bildung und Erziehung werden gestellt. Auch an die Literatur für Kinder. In den Kinderbuchverlagen rumort es. Junge Lektoren, oft selber Väter, verlangen Manuskripte, in denen nicht das Immergleiche restauriert, sondern Kinder und ihre Realität ernst genommen werden.

Peter Härtling trifft 1969 auf einen dieser Lektoren. Als er ihm begegnet, erwartet Mechthild ihr viertes Kind, es wird Sophie heißen. Härtling hat bereits begonnen, seinen Zorn auf die gängigen Kinderbücher in Recherche zu verwandeln. Er belauscht den Alltag seiner Kinder, protokolliert ihre Gespräche und fertigt aus diesen Protokollen eine kleine Serie für seine süddeutsche Redakteurin Barbara Bondy. Hans-Joachim Gelberg, der Lektor, hat diese Alltagsminiaturen gelesen, auch den Essay »Verwandlung der Einfalt« über Josef Guggenmoos, den Kinderbuchautor, den Härtling bereits vor Jahren verfaßte.

Der Lektor des Bitter-Verlags teilt die kritische Haltung in Sachen Kinderliteratur. Er ermutigt Härtling zu weiter gehender öffentlicher Kritik und bittet ihn, im Namen des »Arbeitskreises Jugendliteratur« anläßlich der Verleihung des Deutschen Jugendbuchpreises 1969 in Bayreuth eine Rede zum Thema zu halten: »Die Wirklichkeit der Kinder«. Dort, in Wagner-Nähe, spricht Peter Härtling über Wahrnehmung und Realität der Kinder, darüber, daß beide ins Kinderbuch gehören. Er redet auch über die Wirklichkeit der eigenen Kindheit, über die Erfahrungen der Vergangenheit, die ihm nicht minder Movens für die Auseinandersetzung mit dem aktuellen Kinderleben sind: »Eine autoritäre Erziehung hat lange Jahre eine autoritäre Literatur geschaffen. (...) Generationen von Eltern halfen mit, seelische und geistige Krüppel ins Leben zu schicken, gelehrige Untertanen, die gelernt hatten nicht aufzumucken: dem Vater gegenüber nicht, dem Lehrer, dem Staat gegenüber nicht.«

Härtling will den realen Alltag der Kinder, ihre Ängste und Sehnsüchte, ihren Schmerz, ihre Fragen an die erwachsene Welt in der Kinderliteratur etabliert wissen. Er will all den Anfängen der Kinder wahrhaftig begegnen, aber noch schreibt er nicht für sie. Zunächst sind da nur diese protokollierten Tagesläufe, und eben die will Hans-Joachim Gelberg samt Illustrationen in einem Buch zusammenfassen: »Und das ist die ganze Familie«. Härtlings erstes »Kinderbuch« erscheint 1970 im Bitter-Verlag, erregt aber kein allzu großes öffentliches Aufsehen. Man registriert den »Geniekult mit Papa«, die ZEIT publiziert gar eine bissige Parodie auf die Protokolle, die andernorts auch als »gelungen« bezeichnet werden – all dies zumeist weibliche Reaktionen aus jenen Reservaten maskulin geführter deutscher Tageszeitungen, in denen bis heute über Kinderliteratur und Kindheit wie über Ereignisse auf einem abseitigen Schauplatz reflektiert wird.

Dennoch, ein Anfang ist gemacht. Es ist aber nicht das konservative Ressentiment der Etablierten, das Peter Härtling daran hindert, umgehend ein Kinderbuch zu schreiben, das die eigenen Ansprüche einlöst. Da ist zum einen die Zeit, die dem »Besessenen« Grenzen setzt. Es muß zunächst ein innerer Raum entstehen, in dem die Autorenschaft für Kinder ihre Voraussetzungen findet. Zum anderen braucht es eine Figur, eine Geschichte, die erzählt sein wollen. Er wird beides finden, auch auf Drängen von Jochen Gelberg, der bereits 1971 einen eigenen Kinderbuch-Verlag gegründet hat und Härtling neben Christine Nöstlinger, Janosch und anderen als Autor einbeziehen will. Hilfsweise schickt Härtling an »Beltz&Gelberg« kleine Erzählungen über Erlebnisse mit den eigenen Kindern. Eine Zeitlang schreibt er die »Protokolle« fort und reflektiert gar öffentlich – ehrlich genug – über den ganz und gar nicht widerspruchsfreien Alltag mit der eigenen Viererbande. Doch zunächst ist es noch die eigene Kindheit, die ihn nach seinem Besuch in Zwettl an Schreibtisch und Diktiergerät zwingt.

Während Teile jener jungen Generation, die sich Ende der 60er Jahre in Tabubruch und Widerstand übte, auch nach 68 über Autorität und Familie, über Gewalt gegen Kinder und neue Bildungskonzepte diskutiert, sucht das fast vierzigjährige Kriegskind Härtling in »Zwettl« nach Spuren der frühen Biographie, die ihn einsam, leidend und renitent machte. Er spürt ihr nach, aber findet nicht zurück. Auch nach »Zwettl« sucht er weiter und findet ein »sprachloses, geplagtes, unverstandenes Wesen«, eine »fast brüderliche« Figur in der Jetztzeit, die ihn dann doch sein erstes Kinderbuch schreiben läßt: den »Hirbel«. Die Geschichte eines behinderten Jungen, den Mechthild, die studierte Psychologin, während eines Praktikums in einer Stuttgarter Einrichtung der Erziehungshilfe fand. Hirbels Wirklichkeit, seine Suche, wird Härtlings Thema, und sie hat kein Happy-End.

»Das war der Hirbel«, leuchtet Härtling bis heute voran. Die 1973 erschienene Erzählung macht ihn als Kinderbuchautor realistischer Couleur bekannt. Das Buch wird viele Auflagen erleben, Generationen werden damit aufwachsen, Schulen werden es zur Pflichtlektüre machen, sich gar nach seinem Autor benennen und Kinder werden Briefe schreiben, eine Flut von Briefen, in denen sie sich oftmals über das fehlende Happy-End beschweren oder gleich die Geschichte selbst zu einem guten Ende erzählen.

Peter Härtling wird weiter Kinderbücher schreiben - über die »Oma« (das Lieblingsbuch von Walter und Inge Jens), über »Tante Tilli«, wird von »Krücke« erzählen und daß »Ben« die »Anna« liebt. Er wird eigentümliche Figuren erfinden und sie in der eigenen Biographie entdecken, immer wird er auch von sich erzählen. Er wird vor und zwischen Kindern in Schulen und Bibliotheken lesen, sich geduldig ihren Fragen stellen, und wer genau hinschaut, kann feststellen, daß er während dieser Lesungen bei den Kindern zu Hause ist, bei den Neugierigen, bei den Fragestellern. Da lächelt es in ihm, bis hinter die Augen.

September 1968

Die Filmemacherin Helke Sander berichtet in Frankfurt während der 23. Delegiertenkonferenz des SDS über den Erfolg der Arbeit in den ersten Berliner Kinderläden. Helke Sander hält die Rede im Namen des »Aktionsrats zur Befreiung der Frau«, der Monate zuvor von Frauen gegründet wurde, die mit den paternalen Strukturen im SDS nicht einverstanden waren: »Die Hauptaufgabe besteht darin, daß unsere Kinder nicht auf Inseln fernab jeglicher gesellschaftlichen Realität gedrängt werden, und dafür zu sorgen, den Kindern durch Unterstützung ihrer eigenen emanzipatorischen Bemühungen die Kraft zum Widerstand zu geben.«

Oktober 1968

Die Kultusministerkonferenz spricht eine Empfehlung für die Einführung des Sexualkundeunterrichts an Schulen aus. Ziel ist es, die oft hilflosen Aufklärungsversuche der Eltern pädagogisch zu flankieren. Der »Sexualkunde-Atlas« von Bundesgesundheitsministerin Käte Strobel (SPD) wird im Juni des folgenden Jahres vorgelegt.

Ein mit Kunstverstand hingetuschter Hase rennt über papiernen Schnee; er ist hübsch anzusehen, hat, vermutet der Betrachter, den Knopf im Ohr, der seine Qualität metallen bezeugt; er rennt aus dem Kunstgewerbe heraus in ein von Erwachsenen arrangiertes Kinderland: es ist ein Land ohne Kleckse, ohne Dreck, ohne Geschrei. Es ist wohlanständig. In ihm darf nicht geschwindelt werden, obwohl es verlogen ist. Bücher, die eine solche Welt bauen, gibt es in Serie.
Wenn ich mich an einige Bücher meiner Kindheit erinnere, fallen mir unverzüglich Einzelheiten ein: wie die Jacke des jungen Helden geschnitten war, wie die Landschaft aussah, in der er lebte, die Stube, die Gesichter der Eltern. Ich frage mich, woran sich Kinder erinnern werden, die mit den aufwendigen Kunstkinderbüchern von heute umgehen: Vielleicht an ein aufregendes Rot oder an einen kunstvoll verwachsenen Hasen.
Ich kann das prüfen. Meine Kinder sind fünf, drei und zwei Jahre alt. Sie gucken sich Bücher an und wählen aus. Sie blättern rasch, bleiben an einer Seite hängen. Sie urteilen sehr unterschiedlich, nach Alter, nach Temperament, nach Phantasie. Immer aber gefallen ihnen gemalte oder geschriebene Wirklichkeiten, die mit den ihren korrespondieren.
(PH, Süddeutsche Zeitung, 14/15. Dezember 1968)

Postkarte (ausgemalt) von Peter an Tante Manja 1942

Pedantisch über Herstellung von Gegenständen – Anschauungsmitteln, Spielzeug oder Büchern –, die sich für Kinder eignen sollen, zu grübeln, ist töricht. Seit der Aufklärung ist das eine der muffigsten Spekulationen der Pädagogen. Ihre Vergaffung in Psychologie hindert sie zu erkennen, daß die Erde voll von den unvergleichlichsten Gegenständen kindlicher Aufmerksamkeit und Übung ist. Von den bestimmtesten.
(Walter Benjamin, »Baustelle«, in: »Anleitung für eine revolutionäre Erziehung No. 2«, Hg.: Zentralrat der sozialistischen Kinderläden Westberlins, 1969)

Mai 1969

Der Bundestag beschließt eine Reform, die die Diskriminierung unehelicher Kinder beseitigen soll: Nichteheliche Kinder werden den ehelichen fortan rechtlich gleichgestellt.

August 1969

»By the time we went to Woodstock, we were half a million strong« – 500.000 junge Menschen pilgern in die Nähe von New York zum Woodstock-Festival. Jimi Hendrix, Ten Years After, The Who, Grateful Dead und viele andere Rockgruppen treten dort unter freiem Himmel auf. Drei Tage lang »Love and Peace«, »Sex, Drugs and Rock 'n' Roll«.

Ich fragte im Namen des Arbeitskreises für Jugendliteratur bei Härtling an, ob er die Rede zur Verleihung des Jugendbuchpreises in Bayreuth halten wollte. Er sagte zu. Ich kannte natürlich seine Bücher, vor allem hatte mich sein wunderbarer Essay über Josef Guggenmoos beeindruckt. Guggenmoos war ja ein Autor, den ich mit seinem Buch »Was denkt die Maus am Donnerstag« für den Bitter-Verlag gewonnen hatte. Härtling schrieb in diesem Essay über Guggenmoos, daß die poetische Einfalt dieses Dichters vielleicht auch nur deshalb möglich wurde, weil er für Kinder schreibt. Diese Bemerkung von Härtling hat mir irgendwie signalisiert, daß er ansprechbar für Kinderliteratur war. Und dann hielt Härtling diese Rede in Bayreuth über »Die Wirklichkeit der Kinder«.

Sein Vortrag war eindringlich und machte hellhörig, denn 1969 war die Wirklichkeit der Kinder in der Kinderliteratur eigentlich noch nicht begriffen. Kinderbücher schilderten oft genug nur den Schonraum, den Kinder angeblich brauchen, aber nicht ihre harte Realität. Es herrschte wenig Verständnis dafür, daß man nicht nur immer von oben nach unten sprechen kann, daß Kinder eine ehrliche Kommunikation auf Augenhöhe brauchen. *(Hans-Joachim Gelberg)*

Carlos Ossandón Guzman: »Kindermaskerade«

Es gibt eine Literatur für Kinder, deren Verlogenheit kränkend ist: Die Welt wird verschönt, verkleinert, bekommt Wohnstubengröße. In ihr geschieht nichts Unzuträgliches und wenn, dann springt immer ein Held aus der Ecke, um das Kind zu schützen. Man kann Kinder nicht schützen. So nicht. Ein Kind geht unverhohlen und durchaus vertrauensvoll mit der Wirklichkeit um, aber das Mißtrauen ist ihm mitgegeben. Ich könnte hier viele Theorien über das Kind und die Realität anführen und zitieren. Von Psychologen und Soziologen, von Freud und Bernfeld, Pestalozzi und Maria Montessori. Ich könnte hier auf Heimexperimente verweisen, auf schulische Versuche oder gar auf die Kinderläden. Ich stelle mich dumm. Ich stelle mich auch in der Erziehung meiner Kinder wissentlich dumm, frage mit ihnen. Denn sie überrumpeln einen und wissen es oft besser.

Peter Härtling 1969

Mein dreijähriger Sohn kennt ungleich mehr Automarken als ich. Von wem er das gelernt hat, weiß ich nicht. Als ich meinem sechsjährigen Sohn und seiner kleineren Schwester erklärte, wie die Kinder im Bauch der Mutter wachsen, ehe

sie zur Welt kommen, betrachtete er mich aufmerksam und erwiderte dann: »Das ist klar. Das ist wie bei den Tieren.« Ich sagte: »Wie bei den Säugetieren.« Er sagte: »Ja, die Vögel legen Eier.« Wir redeten eine Weile darüber. Ich war zufrieden in meinem aufklärerischen Eifer, auch mit seinen Kenntnissen, da überraschte er mich mit dem Einwand: »Warum kriegst du eigentlich keine Kinder?« Die Sicherheit wurde mir so geraubt. Ich mußte von vorn anfangen. Von vorn? Wünscht nicht jede Kinderfrage, daß die Antwort ganz am Anfang beginnt?
(...) Die Wirklichkeit von 1969 ist nicht die Wirklichkeit von 1900, in der sich die Literatur für Kinder häufig bewegt. Nicht, daß ich dem Wort den Traum rauben wollte, der uns alle treibt, der die Sprache reicher macht und Figuren belebt. Das Wort braucht die Unruhe, die ständige Revolte und auch jenen Streifen Glück, der es zum Atmen bringt.
(PH, »Die Wirklichkeit der Kinder«, Rede zur Verleihung des Deutschen Jugendbuchpreises 1969 am 7. November 1969 in Bayreuth)

Ich fragte Härtling noch in Bayreuth nach einer möglichen Zusammenarbeit. Er hatte nach der Rede einen Augenblick Ruhe, wir saßen zusammen auf einem Sofa, und ich erzählte ihm von meinem spontanen Eindruck: »Herr Härtling, das ist ein Kinderbuch, was Sie da in Ihrer Rede versteckt haben!« Dann habe ich versucht, ihn weitergehend für das Schreiben von Kinderliteratur zu erwärmen, was nicht weiter schwierig war. Natürlich sprachen wir auch über seine Kinderprotokolle, aus denen bald darauf sein erstes Kinderbuch entstand: »Und das ist die ganze Familie«. Dieses Buch war aufregend, nur sein Erfolg war mittelprächtig. Es ist nie ein Seller geworden und war im Grunde auch kein Kinderbuch: Es ist ein Buch über Kinder für Erwachsene. *(Hans-Joachim Gelberg)*

Clemens: Warum sind Kinder im Bauch? Ich bin nie im Bauch gewesen.
Friederike: Aber die Mama hat einen dicken Bauch, und da soll eins drin sein.
Fabian: Das ist auch drin. Der Clemens ist blöd. Er war auch drin. Ich auch.
Friederike: Ich auch!
Fabian: Die ganz kleinen Kinder sind im Bauch, damit ihnen nichts passiert. Mamas Bauch paßt auf das Baby auf. Wenn das Baby Luft holen kann, muss es aus dem Bauch raus. Dann geht der Bauch auf, und der Doktor holt es raus.
Die Mama sagt, manchmal geht es auch ohne den Doktor.
Clemens: Aber stopf mal so ein großes Baby in den Bauch rein.
Fabian: Wenn ein Baby in den Bauch reinkommt, das macht der Papa, dann kann man es gar nicht sehen.
Friederike: Ein Baby sieht man immer.
Clemens: Es schreit auch.
Friederike: Aber nicht im Bauch.

Fabian: Aber im Bauch kann es stramplen. Die Mama hat gesagt, es lutscht sogar schon im Bauch. Am Finger. Mama, laß mal fühlen. Es strampelt wirklich. Fühl mal, Clemens.
Clemens: Das rumst. Hat es schon ein Gesicht? Und Augen? Und eine Nase?
Friederike: Aber es hat doch ein Gesicht, wenn es lutschen kann.
Clemens: Warum sieht man das Gesicht denn nicht? Kann ich mal reingucken?
Friederike: Morgen kommt das Baby.
Fabian: Überübermorgen.
Clemens: Ich setz es dann in meine Lokomotive, wie die Dorette.
Fabian: Das kann man mit dem Baby alles nicht tun.
Clemens: Ich schon.
(PH, »Und das ist die ganze Familie«, Georg-Bitter-Verlag, Recklinghausen 1970)

Aus dem Buch gewinnt man den Eindruck, daß eine im Kern liberale Einstellung der Eltern eine Atmosphäre schafft, in der die Kinder unbefangen über alles reden: über den

Vater, der morgens »einen dummen Kopf« hat und wütend auf störenden Lärm reagiert, über die Mutter, deren Geduld aufs Äußerste strapaziert wird, so daß sie der beim Aufbruch trödelnden Friederike Haue androht. Damit hat es sich dann aber. Liebe als oberstes Erziehungsprinzip schließt eine natürliche Disziplin nicht aus. Den drei Kindern ist die vertrauensvolle Hinneigung zu den Eltern offensichtlich so selbstverständlich wie die Respektierung ihrer Autorität. Diese amüsanten Kinderberichte zeigen, daß man unbekümmert um pro- und antiautoritäre Thesen oder Modelle für die Welt von heute erziehen kann.
(L. Wischeropp, Deutsches Allgemeines Sonntagsblatt, 27. September 1970)

Jetzt redet der Clemens! ... Ist doch gar nicht wahr, daß ich jetzt rede. Es ist immer noch der Papa. Und er wird reden, bis das Buch aus ist. Deshalb ist er ja auch so toll schlau. Einmal sage ich, daß Papa nicht über mich schreiben soll. Dabei schreibt das Papa selbst. Das findet unser Papa ganz schrecklich lustig. Immerfort muß er was schreiben oder so. Uns allen ist das schon zuviel. Aber Papa hört nicht auf. (...) Papa freut sich sehr, daß er ein Buch über uns macht. Alle Leute sehen gern Kinderfotos. Da braucht er nicht soviel zu schreiben. Papa sagt, es ist schön, wenn die anderen Leute sehen, daß wir eine ganz richtige Familie sind, mit einer Mama und vielen Kindern.
(Karl Hoche, »Schreibmaschinentypen(7)«, ZEIT, 13. November 1970)

(...) Er benutzt die Sprache der Kinder selbst, so wie sie für jedes einzelne, sein Temperament und sein Alter typisch ist, benutzt sie als Material, denn natürlich muß er das endlose Kinderstubenparlando zu Geschichten – die waren in der Süddeutschen Zeitung abgedruckt – beziehungsweise zu Kapiteln des Buches zusammenbacken. Diese halb realistische, halb geformte, quasi autonome Kindersprache setzt aber auch die Grenzen des Interesses. Ein Buch »für Eltern und Kinder« ist das kaum. Kinder finden es so aufregend nicht, daß da ein Altersgenosse auch gern doof und Scheiße sagt, und die so musterhaft unbefangenen Reden über das Baby im Bauch der Mutter beeindrucken just unbefangene Kinder erst recht nicht. Wen sonst? Fröhlich-intellektuelle Väter vielleicht. Mütter hätten einiges auszusetzen an der Familienidylle: mit dem Papa wird ein rechter Geniekult getrieben, während des Dichters Gattin unermüdlich werkelt, nicht anders als das Mütterlein in älteren bayerischen Schulfibeln.
(Helene Rahms, »Geniekult mit Papa«, FAZ, 12. Dezember 1970)

Foto aus der Brieftasche Peter Härtlings:
Mechthild mit den Kindern (und Tante Käthe)

Der Papa steht nicht so früh auf wie andere Papas. Der Papa sagt, daß er am Morgen einen dummen Kopf hat. Wir sollen nicht mit ihm reden, er redet auch nicht viel. Die Mama sagt immer, wir sollen ihn lieber in Frieden lassen. Er frühstückt im Wohnzimmer, wir frühstücken mit der Mama in der Küche. Er liest die Zeitung. Die Zeitung holt Friederike rein. Clemens holt die Brötchentüte rein. Wenn Clemens die Zeitung mitnimmt, heult die Friederike, und Clemens heult, wenn Friederike die Brötchentüte holt.
Fabian sagt: Papa hängt die Zeitung, wenn er sie gelesen hat, wie ein Hemd über die Stuhllehne. Dort hängt sie manchmal den ganzen Tag, und wenn der Papa nach Hause kommt, liest er weiter. Fabian sagt, ich esse morgens auch so wenig wie der Papa. Er ißt ein Brötchen, trinkt Kaffee und raucht zwei Zigaretten hintereinander. Dann regt er sich auf. Er rennt in sein Zimmer, sucht Bücher und Blätter, die er nie findet. Wenn er sie dann gefunden hat, steckt er sie in die Tasche und fährt in die Stadt.
(...) Am Abend kommt der Papa oft spät heim. Dann sitzen wir schon beim Abendessen.

Er fragt Fabian, was er in der Schule aufbekommen hat. Er fragt die Friederike und den Clemens, was sie gespielt haben. Nach dem Essen spielen wir mit ihm. Er kann nicht immer gut spielen. Nur wenn er gut gelaunt ist.
Der Papa erzählt vom Verlag. Er liest der Mama Briefe vor oder etwas, das er geschrieben hat. Hat die Mama viel zu tun oder der Clemens quengelt, dann sagt die Mama: Kannst du das nicht später?
Wenn wir gebadet haben, kommt er zu uns ans Bett. Er erzählt selten eine Geschichte. Nachts schreit die Friederike oft. Dann kommt er ins Zimmer gesaust, schimpft; schreit die Friederike weiter, nimmt er sie mit und legt sie der Mama ins Bett.
(PH, »Und das ist die ganze Familie«, a.a.o.)

Für mich war das Buch sozusagen die Ouvertüre für Härtling als Kinderbuchautor. Ich kam mit ihm ins Gespräch, wir lernten uns immer näher kennen und waren uns damals schon sehr sympathisch. Wir konnten miteinander. Als ich den Bitter-Verlag verließ, fing ich ab Januar 1971 sofort an, mein Programm im Beltz-Verlag aufzubauen. Natürlich hatte ich meine wichtigen Autoren wie Janosch, Guggenmoos und Christine Nöstlinger mitgenommen, und Härtling signalisierte, daß er an einem Kinderbuch arbeitete, am »Hirbel«. Wir hatten damals in den 70er Jahren, verursacht durch die Debatten um Bildung und Erziehung, das letzte Mal jene Aufbruchstimmung, die uns heute so fehlt. Das war ein Aufstand, der an den Universitäten stattfand, auch bei den Bürgern, überhaupt in den Köpfen der Erwachsenen. Man entwickelte neue Pläne und Ideen, man hatte Utopien damals. Eine realistische Kinderliteratur, die das aufgriff, hatte es damals relativ leicht sich durchzusetzen. Viel leichter als heute in den Harry-Potter-Zeiten. *(Hans-Joachim Gelberg)*

Fritz Ruoff, 1971

Juni 1971

In der Zeitschrift STERN bezichtigen sich 374 Frauen, abgetrieben zu haben, unter ihnen Senta Berger, Romy Schneider und Ursula Noack. Weitere Selbstbezichtigungen folgen. Zunehmend werden Demonstrationen gegen die strafrechtlichen Bestimmungen des § 218 organisiert.

September 1971

Das Bundesausbildungsförderungsgesetz (BaföG) tritt in Kraft. Erstmals wird die finanzielle Förderung von Schul- und Hochschulbesuchen einheitlich geregelt. Ziel ist die Verbesserung der Bildungschancen für sozial benachteiligte Gruppen.

Erziehung müßte ernst machen mit einem Gedanken, der der Philosophie nicht fremd ist: daß man die Angst nicht verdrängen soll. Wenn Angst nicht verdrängt, wenn man sich gestattet, real so viel Angst zu haben, wie diese Realität Angst verdient, dann wird gerade dadurch wahrscheinlich doch manches von dem zerstörerischen Effekt der unbewußten und verschobenen Angst verschwinden.
(...) Wenn irgend etwas helfen kann gegen Kälte als Bedingung des Unheils, dann die Einsicht in ihre eigenen Bedingungen und der Versuch, vorwegnehmend im individuellen Bereich diesen ihren Bedingungen entgegenzuarbeiten. Man könnte meinen, je weniger in der Kindheit versagt wird, je besser Kinder behandelt werden, um so mehr Chance sei. Aber auch hier drohen Illusionen. Kinder, die gar nichts von der Grausamkeit und Härte des Lebens ahnen, sind, einmal aus dem Geschützten entlassen, erst recht der Barbarei ausgesetzt. *(Theodor W. Adorno: »Erziehung nach Auschwitz«)*

Es ist heilsam zu sehen, wie ausweglos Erwachsene sind, wenn sich Kinder ihrer pädagogischen Ordnung bewußt nicht fügen; wie hartnäckig wir auch in der wohlwollendsten Erziehung mit ihrer Unterwerfung rechnen; wie unsere schwerste Anfechtung die ist, wenn Kinder von sich aus selbstbestimmt sind und dies nicht erst vermöge unserer Erziehungskünste in den dafür vorbestimmten Bereichen werden. (...) es ist heilsam, die Wahrheiten wiederholt zu bekommen: daß die Mittel der Unterdrückung niemals zugleich die Mittel der Förderung sein können; daß alle Pädagogik davon abhängt, wie ehrlich wir sind; daß große Änderungen der kleinen bedürfen, um wirksam und wirklich zu werden. *(Hartmut von Hentig, Vorwort zu »Die Schule überleben« von James Herndon, 1972)*

Mit Kindern angeregt und vergnügt leben, bedeutet nicht f ü r Kinder leben. Dieses angespannte »FÜR« hat nicht wenige Familien ruiniert. Die Kinder werden zum Zentrum stilisiert (allerdings auch mit größter Härte bestraft), die Mutter ist n u r für sie da, rackert und jammert, der Vater geht n u r für sie zur Arbeit: wenn s i e nicht wären! Es ist ein Selbstbetrug, der die eigene Unlust, Unzufriedenheit in Leistung für die Kinder umredet. Es wäre auch ohne Kinder so, fürchte ich. Aber da die »lieben Kleinen« dem Prestige dienen, »einmal ein gutes Fortkommen haben sollen«, sich unverzüglich der Umwelt der Großen anpassen müssen, werden sie früh belastet, schwinden Freude und Unbefangenheit, und das Altern beginnt in kurzen Hosen.

(...) Hier gehen sechs Menschen miteinander um, von denen zwei mehr wissen, »verständiger« sind und die Aufgabe haben, zu schützen, sinnvoll zu leiten. Ich kann, und das werden aufgeklärte Pädagogen für schändlich halten, wütend mitten ins Chaos stürzen und dem Entfesselten den Hintern verhauen. Die Strafe »erlöst« nicht, so wie manche meinen.
Sie schmerzt Strafenden wie Bestraften. Deshalb wird sofort erklärt, und ich pflege, was wiederum unverzeihlich ist, den Delinquenten in die Arme zu schließen.
Freilich nehmen sich die Kinder auch das Recht, empört auf ihren Vater einzuschlagen oder ihn homerisch zu beschimpfen. Flüche, die ich nicht mag, die ihnen nicht auszureden sind, die ihnen, in der Wut, auf die Lippen kommen: »Du verdammter Blödian« und – ich bitte um Pardon – »Du alter Arsch«. Wenns darauf ankommt, zahle ich mit harmloserer Münze zurück. Es hat sich eingebürgert, es ist, nehme ich an, »falsch«.
(PH, »Komfort mit Kindern«, Manuskript August 1972, für: Süddeutsche Zeitung)

Illustration (von Peter Knorr) zu Peter Härtlings früher Kindergeschichte »Was ist aus dem Frosch geworden?«

Frühjahr 1973

»Darüber spricht man nicht« – Das Sexualaufklärungsstück des Berliner Kinder- und Jugendtheaters »Rote Grütze« hat Premiere – Zielgruppe sind Kinder ab sechs Jahren und Erwachsene. Aufgrund des großen Erfolgs beginnt die Gruppe um Helma Fehrmann und Holger Franke mit der Entwicklung eines ebensolchen Stücks für Jugendliche: »Was heißt denn hier Liebe?«

Das Schreiben eigener Kinderbücher hat ihn das Abseits erkennen lassen, in dem sich diese Bücher befinden. Daran vermochten auch die Romane so namhafter Autoren wie Erich Kästner und Astrid Lindgren nichts verändern. Beide Schriftsteller wurden zu Ausnahmeerscheinungen in ihrem Fach erklärt, und damit stimmte das bildungsbürgerliche Weltbild wieder: Bücher für Kinder dürfen nicht zur Literatur gerechnet werden. Traditionell handelt es sich um billige Ware.
Das Verblüffende an diesem Urteil über Kinderliteratur, auch das hat Härtling durch die eigene Arbeit erfahren, bestand darin, daß die Kinderbuchautoren insgeheim selber daran

glaubten. Ihre Produkte litten unter diesem verordneten Minderwertigkeitsgefühl. Härtling aber war nicht nur seit langem wieder ein Autor, der seine Geschichten im Kinderdiesseits ansiedelte und keine Phantasietiere mit runden Schnauzen auf die Reise schickte. Er war auch der erste, der seine Forderung, Romane für Kinder sollten so realistisch sein, wie es die Erwachsenen, wenn sie zu einem Buch für ihre Altersstufe greifen, ganz selbstverständlich erwarten, auch formulierte und vertrat. Damit setzte er neue Maßstäbe und verhalf der Diskussion über Kinderliteratur zu ernstgemeinten Tönen.
(Klaus Siblewski, Nachwort, in: Peter Härtling, »Wer vorausschreibt, hat zurückgedacht«, Luchterhand, Frankfurt 1990)

1973 haben wir den Hirbel gebracht. Das war ein Kinderbuch, das ungeheuer stark wirkte und großes Aufsehen erregte, auch Ärger: Christa aus dem Siepen hatte die Illustrationen gemacht, und eine davon zeigte den Hirbel und die anderen Heimkinder nackt im Waschraum – Günther Stiller, der für den Einband verantwortlich war, nahm genau diese Illustration auf den Titel. Nackte Knaben auf einem Kinderbuch, das war damals ein starkes Stück. Viele Buchhändler sagten: Das Buch werden wir auf keinen Fall ins Fenster legen, können Sie den Einband nicht ändern?
(Hans-Joachim Gelberg)

Ich bin im Ansatz nie mehr so kühn gewesen. Ein sprachloses, geplagtes, unverstandenes Wesen so zu schildern, daß es auf wenigen Seiten für mich auch heute noch beinahe brüderlich lebendig ist, das ist ein Anfang gewesen, auf den ich eigentlich stolz bin. Und ich habe mir damals etwas zugetraut, was man sich eigentlich erst nach einigen Stufen zutrauen sollte: Ohne groß auf die Umgebung zu gucken, mit nur ganz wenigen Sätzen die anderen Personen beschreibend, eine Hauptfigur, die, wie Kinder das oft in aller Gemeinheit sagen, »abartig« ist, so aufzunehmen, daß sie sichtbar wird in ihrer ganzen Fülle und ihrer ganzen Armut und nicht mehr abartig ist. Das habe ich so nie mehr gemacht, das geht auch nur einmal! *(PH, in: »Werkstattbuch«, Beltz & Gelberg, Weinheim 1998)*

Andersartige, die durch ihre Sprache, ihr Aussehen oder ihr Benehmen aus dem Rahmen des Üblichen und des Gewohnten fallen, haben es immer schwer. Und Hirbel ist so ein Kind: ein zu klein geratener, in mancherlei Hinsicht verkümmerter Wicht, der an sich selber und seiner Umwelt leidet. Bei seiner Geburt hat man etwas falsch gemacht. Hirbel leidet unter Kopfschmerzen, Sprachstörungen und etlichen anderen Schwierigkeiten. Für seine Umwelt ist er verrückt. Doch halt: so simpel hat Peter Härtling seine Geschichte nicht angelegt. Immerhin gibt es da im Heim eine Lehrerin, die den verqueren und hilfsbedürftigen Hirbel zu verstehen sucht, und auch der alte Schäfer, dessen Schafe Hirbel, das Heimkind, für Löwen gehalten und zu denen er sich auf der Suche nach Wärme und Geborgenheit geflüchtet hat, bringt dem Kleinen mit dem großen Kopf Sympathie entgegen. (...) Härtling zeichnet Hirbels Umwelt nicht als einseitig und verständnislos. Sie alle reagieren auf den kleinen Außenseiter »normal«. So normal, wie wir alle angesichts eines gestörten Kindes, das weder schön noch artig, noch besonders intelligent ist, reagieren würden.
(Heide Seele, »Hirbel als Heimkind«, Rhein-Neckar-Zeitung, 5. September 1973)

Härtlings Psychogramm eines gepeinigten Jungen, den keiner brauchen kann und lieben will, markiert eindringlich und minuziös, was krank macht und wer: letztlich wir alle. Es verdeutlicht auch, ohne ins Sentimentale abzugleiten, wie ein derart betroffenes Kind reagieren muß, regressiv, verängstigt, »böse«. Dabei werden die Erzieher in diesem Durchgangsheim nicht als die Versager oder gar Schinder hingestellt. Sie erscheinen durchweg aufgeschlossen und bemüht. Härtling hat an dieser Falldarstellung, obgleich sie sich an Kinder richtet, nichts gemildert. Es wird klar, daß der Hirbel keine Chance hat. Schon der Titel klingt ja wie ein Nachruf. Man sollte Kinder, zumal sensible, mit diesem Buch nicht allein lassen.
(Ursula Valentin, »Verstört in den Heimen«, FAZ, 11. Dezember 1973)

Szenenfoto aus »Krücke«, Film nach dem gleichnamigen Buch von Peter Härtling

An der Wahl seiner Figuren merkt man mitunter schon, daß auch er ein Fremder ist, einer, der ewig unter den Verlusten seiner Kindheit leiden wird. Solche Erfahrungen überwindet so leicht niemand. Ich meine nicht diese furchtbare Nazizeit, auch nicht den Krieg – ich gehöre zur gleichen Generation, bin Jahrgang 1930, ich habe das auch alles erlebt. Aber dies nicht: wenn einem als Kind Zuwendung, Liebe, Zärtlichkeit genommen werden, dann sucht man danach ein Leben lang weiter. Deshalb sind Härtlings Figuren eigentlich aus dem Bewußtsein seiner Verluste geboren. Er hat ein inniges Verhältnis zu Kindern und ist auf der Suche nach der eigenen verlorenen Kindheit. *(Hans-Joachim Gelberg)*

Hans-Joachim Gelberg hat es geschafft, daß ich mich, neben allem, was ich trieb und machte, immer wieder auf ein Kinderthema konzentrierte, ob auf den »Hirbel« oder auf die »Oma«. Wir haben oft diskutiert, rabiat diskutiert über Form, Stil und Sprache – er war ein glänzender Verleger, und ich muß sagen, ein höchst aufmerksamer Lektor. *(PH)*

Man spürt am ehesten die Qualität seiner Texte, wenn man sie laut liest. Härtling schreibt Texte, in denen der Klang der Sprache, das Leise und das Laute, überhaupt die Formung der Sätze ganz aus der Lautmalerei kommen. Durch seine Sprache entstehen genaue und sehr schöne Bilder. Es ist sein Stilmittel, die Sprache so zu formen, daß sie Bilder erzeugt. Er ist der Augenzeuge seiner eigenen Erzählungen. Peter Härtling gehört für mich zu den beglückenden Autoren, die sich manchmal auf umfangreiche Änderungen im Manuskript einlassen können. Er ist ein Erfolgsautor, ein selbstbewußter Autor, aber kann im Lektorat zugänglich und weich sein. Er hört zu, er sieht auch Argumente sofort ein. Auf meinen Rat hin mußten mitunter ganze Kapitel gestrichen werden, die er bereits geschrieben hatte; da war ich natürlich schon ein wenig bedrückt, solche Interventionen fallen sehr schwer – einem Autor bei seinem Erstlingswerk derlei rabiate Kürzungen vorzuschlagen, ist leicht, und ein Anfänger ist immer sehr dankbar ... auch wenn man sich irrt. Aber einem Autor wie Härtling zu sagen: »Das stimmt nicht, da hast du überdreht, willst du das nicht rausnehmen?!« und darauf ein: »Du hast recht!« zu hören, das sind für mich sehr beglückende Momente. *(Hans-Joachim Gelberg)*

Bei den paar Kinderbüchern, die ich von Härtling gelesen habe, ist mir bald schon gar nicht mehr aufgefallen, daß es sich um Kinderbücher dreht. Ich habe sie zu meinem Vergnügen gelesen. Es sind einfach Bücher von Härtling. Ich finde mich als erwachsener Leser, als inzwischen siebzigjähriger Leser, von Härtling einfach ernst genommen, auch wenn ich seine sogenannten Kinderbücher lese. *(Peter Bichsel)*

Schreiben wie atmen.
Und doch nicht frei.
Ein Bürger in Aufruhr.

Die Kündigung bei S. Fischer ist eine Zäsur. Peter Härtling traut sich, traut sich zu, endlich. Er will nur noch erzählen, sich frei schreiben, versucht einen weiteren, einen elementaren Anfang, einen, von dem er schon in den 50er Jahren träumte. Er erfüllt sich diesen Traum, muß ihn sich erfüllen, hat er sich doch zuvor mit der Doppelexistenz als Verlagschef und Autor an den Rand der Erschöpfung gearbeitet und atemlos innehalten müssen. Härtling, immerhin selbsternannter Versorger einer sechsköpfigen Familie, entscheidet sich für die Existenz eines »freien Schriftstellers«, mit allen Risiken und Unwägbarkeiten. Er setzt alles auf nur noch die eine Karte. Doch ist er auf dem Markt der Worte kein Unbekannter, sondern ein Etablierter, kann fortsetzen, was er begonnen hat, auch den Roman, an dem er seit Monaten schreibt: »Eine Frau«.

»Zwettl« hatte ihn einmal mehr und fast dokumentarisch auf die Spur der eigenen Erinnerung gesetzt, und die »Frau«, um die es geht, Katharina Wüllner, führt ihn nun nach Dresden, nach Prag, nach Brünn, führt ihn an all die Orte der Kindheit und läßt ihn Personen finden, die ihm nahestanden und die er als Figuren neu entwirft – auch Mutter Erika und den Vater. Peter Härtling erzählt aus der Perspektive der Wüllner, erzählt mit ihr viele Jahrzehnte Zeitgeschichte und gleichzeitig die Geschichte ihrer schwierigen Emanzipation. Nicht ohne Erfolg. Als das Buch 1974, im Jahre eins der »freien« Existenz, erscheint, wird es nicht nur goutiert, sondern erreicht im November gar Rang 10 der SPIEGEL-Bestsellerliste.

Die Kritik stellt das neue Werk in die Nähe von Fontanes »Frau Jenny Treibel«, lobt das »lebendige« Erzählen, nennt den Roman »brillant«, kritisiert aber auch sein »gespanntes Verhältnis« zur Sprache oder wirft ihm schlicht vor, allzu »leicht«, zu »unterhaltend« zu sein. Und tatsächlich: Härtling erreicht mit »Eine Frau« ein weitaus größeres Publikum als bisher. Zehntausende Exemplare werden verkauft. Er hat erzählt, erinnert, einfach erzählt, und die Leser sind begeistert, umstandslos. Daran erinnert sich auch sein Lektor, der ihm schon früh bei Luchterhand zur Seite stand: Thomas Scheuffelen, heute in Marbach zuständig für literarische Museen, Archive und Gedenkstätten in Baden-Württemberg: »Uns hat es alle im Verlag gefreut, als Rolf Michaelis über das Buch in der ZEIT schrieb, Peter Härtling sei mit dieser Geschichte etwas gelungen, ›das es in der zeitgenössischen Literatur gar nicht gibt, einen ernst zu nehmenden Unterhaltungsroman‹.« Die ARD wird bald darauf aus Kapiteln des Buches einen Fernsehfilm produzieren: »Intermezzo für fünf Hände«.

Der Erfolg trägt den freien Schriftsteller, nimmt ihm Sorgen von der Brust. Längst nicht alle. In einer Zeit, in der nach wie vor die »Rote Armee Fraktion« mit ihrem mörderischen »bewaffneten Kampf«, aber auch die »Bewegung 2. Juni« Schlagzeilen machen, in der es um »Hungerstreiks«, Anschläge und Entführungen, autoritäre Staatsräson, Radikalenerlaß und »Sympathisantensumpf« geht und in einem Klima, in dem viele Utopien und Visionen verbrennen, erkennt Härtling einmal mehr, daß die Zeit für Revolutionen »der Gesinnungs- und Vorstellungsarten« nicht reif ist. Verstummt, verzweifelt mitunter, mischt er sich nicht zuvorderst, wie Böll oder Fried, in die Debatten um die brutalen Irrtümer der bewaffneten Kämpfer. Härtling läßt nur hilfsweise seinen »Gilles«, das Stück über den altersweisen Zweifler an Dogmen und Ideologien, am Hamburger Schauspielhaus uraufführen. Die Inszenierung von Dietrich W. Hübsch fällt durch – fehlende Dramatik, humorlos, ohne Energie, so steht zu lesen. Härtling wird noch ein Theaterstück schreiben, Jahre später. Also weiter.

Weiter geht es, indem er für das Fernsehen (u. a. »Titel-Thesen-Temperamente«) arbeitet, Beiträge schreibt, für Zeitungen und Zeitschriften, auch für Anthologien. Und natürlich liest er, viel sogar, unüblich genug, auch die Werke seiner Schriftstellerkollegen: »Mirakulös!« (Eva Demski). Kalles »Oma« erscheint im Jahre 1975, natürlich von Jochen Gelberg verlegt. Das Buch erzählt die Geschichte eines Jungen, der seine Eltern verliert, von der Großmutter aufgenommen wird und sich mit der alten Frau zusammenrauft. Es erhält 1976 den Deutschen Jugendbuchpreis, wird viele Auflagen erleben, in viele Sprachen übersetzt werden. Wer Schüler heute nach ihrer obligatorischen Härtling-Lektüre fragt, bekommt fast immer auch die »Oma« genannt.

Noch bevor Peter Härtling den Jugendbuchpreis in Darmstadt entgegennehmen kann, tut sich im Luchterhand-Verlag beinahe »Revolutionäres«. Bislang waren Mitsprache und gemeinsame Entscheidungen über die Verlagspolitik nur in den linken Verlagen, zuvorderst den neu gegründeten Verlagskollektiven (Rotbuch etc.) und in den Autorenverlagen, möglich gewesen. Noch bei S. Fischer wurde zu Härtlings Zeiten der Versuch, einen Betriebsrat und Mitbestimmung zu etablieren, ganz selbstverständlich von den Inhabern geblockt. Nicht anders verhielt es sich bei Suhrkamp, sprich: Siegfried Unseld. Nun aber kommt auf Initiative von Günter Grass bei Luchterhand im August 1976 ein »Beirat« zustande, der die Mitsprache der Autoren bei wesentlichen Verlagsentscheidungen sichert. Das Gremium, um das es Jahre später noch erbitterten Streit geben wird, besteht aus Autoren, Vertretern der Geschäftsleitung und einem Delegierten des Gesamtbetriebsrats. Peter Härtling wird zum Sprecher gewählt und sieht zumindest die Möglichkeit, daß im Luchterhand-Verlag alles »ein wenig anders als bisher« laufen wird.

Die Arbeit am »Hölderlin«, der im gleichen Jahr erscheint, hat ihn angestrengt, sie zerrte an ihm, provozierte ihn, ließ ihn immer wieder glühen und erkalten. »Fritz« ist ihm ein Gefährte seit den Nürtinger Jugendjahren, dem er sich nähert, in dessen Haut er schlüpft und doch auch wieder nicht. Hölderlin ist ihm nah, ist ein Verwandter, ein Bruder, den die Verhältnisse, auch die »bleierne Zeit«, ebenso fremd machten wie später den einstigen Flüchtlingsjungen. Härtling schreibt das Buch in einer bleiernen Zeit, und er schreibt es gegen sie. Er setzt Hölderlin in dessen historischen Alltag, versucht ihn dort zu erspüren, erzählt ihn, gibt ihm Atem, seinen Atem, nicht den der Interpreten und Wissenschaftler. Das fällt auf, und es fällt auf Härtling zurück.
Nicht daß Härtlings »Hölderlin« die Leser gefehlt hätten. Die Leser folgen ihm, werden ihm auch weiter folgen. Es ist die professionelle Kritik, die sich an seiner empathischen Methode reibt, die sich auch später immer wieder daran reiben wird. Härtlings Erkundung der Figur Hölderlins, die in der Geschichte so vielfältige, auch verwirrende Interpretationen erfuhr, ihr Transit in eine angenommene Wirklichkeit, scheint manchen Kritikern fahrlässig, verwegen »populär« (Ingeborg Drewitz) oder ein Verrat an Hölderlins »Größe« (Hans Mayer). Härtling hat Nähe produziert, den »Fritz« statt in Seminare in die Wohnstuben gebracht - von Lesern allerdings, in deren Stuben der »Hölder« nie zuvor daheim war.

Härtling nimmt seinen Hölderlin mit, reist mit ihm, absolviert Lesung auf Lesung. Er reist durch ein Land, dessen Bewohner er als ängstlich schweigend, als resigniert empfindet. Er, der eben noch aktiv die Sozialdemokratie im Wahlkampf unterstützt hat, nimmt die Distanz der Menschen zur offiziellen Politik wahr, registriert aber auch all die neuen außerparlamentarischen Initiativen, all die alternativen Projekte, die sich dem politischen Establishment verweigern. Und Peter Härtling sorgt sich. Muß sich im Grunde noch mehr sorgen, als der »Deutsche Herbst«, mit seinen Entführungen, Morden und Selbstmorden, den dramatischen Höhepunkt einer Republik in Krise und Paranoia markiert. Im Herbst 1977 ist er bereits Stadtschreiber von Bergen-Enkheim, hat kurz zuvor seine Antritts- und Dankesrede gehalten und gewarnt: »Menschlichkeit droht zu einem hohlen, von Zynikern verhöhnten Begriff zu werden. Es ist gleichgültig, ob Bürokraten, Funktionäre, Technokraten – ihre oft abstrakt gewordene, ins Ungreifbare geratene Macht bedroht Freiheiten. Und die Angst, die Anpassung, die Hoffnungslosigkeit, die Sattheit, die Trägheit helfen ihnen.«

Härtling warnt weiterhin in Reden, Artikeln, Essays vor Anpassung und Resignation und ist auch schon längst im Geiste mit »Hubert« unterwegs, schreibt an einem neuen Roman. Damit läßt er der »Frau« einen »Mann« folgen, holt Hubert von Kassel nach Brünn, wieder an einen Ort der Härtlingschen Kindheit, und schreibt über einen, der schon als Kind der Weimarer Republik zur Anpassung gezwungen wurde, der den Gehorsam während der Nazizeit in Uniform fortsetzt und dann hilfsweise beginnt, seine Leere mit Träumen und geliehenen Identitäten aus der Welt des Kinos zu füllen: Casablanca, Regenmantel, hochgestellter Kragen, Schlapphut, Zigarette im Mundwinkel - »Bogey« zum Beispiel.

Härtlings »Prosamaschine«, wie Kritiker mißtrauisch seine immense Produktion, seine Existenzform »Schreiben« bezeichnen, sie läuft ununterbrochen. 1979 folgt wieder ein Kinderbuch: »Ben liebt Anna«. Erneut ein Buch, das verfilmt werden und ein Bestseller sein wird. Danach sogleich Notizen zu einem neuen Roman, der diesmal ohne Umschweife Härtlings ganz und gar Eigenes meint, stärker noch als »Zwettl«, viel stärker. Ein Roman, der keine biographische Bestandsaufnahme ist, keine dokumentarische Spurensuche, sondern die Suche nach einem Gefühl, die Suche nach dem Körper des Vaters hinter den Worten. Ein Sturz auf den inneren Grund der Autobiographie, um dort liebevoll Verschüttetes freizulegen und mit dem Gefundenen wieder und neu aufzusteigen.
Härtlings »Nachgetragene Liebe« erscheint in einer Zeit der weitverbreiteten literarischen Vatersuche. Autoren wie Ingeborg Drewitz (Gestern war heute), Paul Kersten (Der alltägliche Tod meines Vaters), Gerhard Wagner (Die Tage werden länger), Siegfried Gauch (Vaterspuren), Peter Henisch (Die kleine Figur meines Vaters) und andere haben begonnen, ihre Väter, deren Schweigen, deren Schuld, deren Verlust zu erinnern. Sie rufen ihnen nach, attackieren sie, rechnen ab und auf, finden Worte für ihre vergebliche und andauernde Sehnsucht nach Halt und Geborgenheit.

Es ist die Zeit der Wendung vom kollektiven »Wir« auf ein allemal durch Krieg und Nachkrieg beschädigtes »Ich«. Nach dem Objekt gerät das Subjekt, insbesondere seine verlorene Kindheit, ins Blickfeld. Kritische Pädagogik, Psychologie und Psychotherapie haben Konjunktur. Es sind gerade auch Sachbücher, die diesen Trend signalisieren: Dieter Duhm hat die »Angst im Kapitalismus« beschrieben, Arthur Janov längst seinen »Urschrei« publiziert, Tilmann Moser hat »Lehrjahre auf der Couch« verbracht, Klaus Theweleit seine »Männerphantasien« veröffentlicht, und Alice Miller macht Furore mit Büchern wie dem »Drama des begabten Kindes« und »Am Anfang war Erziehung« (1980).

Die ehemaligen Kinder, auch Peter Härtling, wenden sich also – nicht ohne Leidensdruck – nach innen, kümmern sich um ihre Anfänge, um das Erinnern und Durcharbeiten, leben dabei aber in der Jetztzeit. Sie sind längst selbst Eltern, müssen sich zu ihren Kindern verhalten, auch zu deren Zukunft. Erst recht dann, wenn eine schlecht regierte Gegenwart die Bedürfnisse der Menschen verachtet, wenn Profitdenken Lebensgrundlagen entzieht und zerstört, wenn wie in Wyhl und Brokdorf Atommeiler geplant werden, in Gorleben radioaktiver Müll deponiert werden soll, wenn Politiker gemeinsam mit Frankfurter Flughafenbetreibern die Wälder um Mörfelden-Walldorf, die

Lungen der Region, dem Lärm- und Abgasterror einer neuen Startbahn-West opfern wollen. Peter Härtling hat die Unruhe des Startbahnkonflikts direkt vor der Tür, ist unmittelbar betroffen, ebenso wie seine Kinder, deren Engagement gegen die Pläne auch den bald Fünfzigjährigen immens mobilisiert.
Er schreibt und unterschreibt nicht nur gegen den ökologischen Wahnsinn, er zieht auch selbst die Gummistiefel an. Peter Härtling stapft durch den Flörsheimer Wald, nächtigt im »Hüttendorf« und wird Teil des Widerstands gegen den Flughafenausbau, lebendiger Teil einer Bürgerinitiative. Er geht mit denen, die ihre Opposition außerparlamentarisch sichtbar machen, und stellt sich gegen die herrschende Sozialdemokratie. Der »radikale Pazifist« erlebt Polizeieinsätze am eigenen Leib, bebt oft genug vor Wut, auch vor Angst.
Peter Härtling hat den Schreibtisch verlassen, sucht gemeinsam mit Jungen und Alten die Pläne der Mächtigen zu stören. Und ersehnt doch nichts mehr, als an eben diesen Schreibtisch zurückzukehren und in seinem nächsten Roman zu verschwinden.

Februar 1974

Der sowjetische Schriftsteller und Regimekritiker Alexander Solschenizyn (»Archipel Gulag«) wird in Moskau verhaftet und in den Westen abgeschoben. Nach der Landung in Frankfurt am Main empfängt ihn Heinrich Böll in seinem Landhaus in Kreuzau bei Langenbroich. Tage später reist Solschenizyn weiter in die Schweiz und läßt sich in Zürich nieder. Seine Frau veröffentlicht derweil in Moskau den Wortlaut einer vorbereiteten Erklärung ihres Mannes, in der er u. a. jedes russische Tribunal über seine Literatur als »inkompetent« bezeichnet und noch einmal betont, daß er »die Wahrheit über die russische Geschichte« geschrieben hat.

Mai 1974

Willy Brandt tritt vom Amt des Bundeskanzlers zurück. Damit übernimmt er die Verantwortung für die »Affäre Guillaume«. Sein gleichnamiger persönlicher Referent war im Monat zuvor als Spion der DDR enttarnt worden. Mit dem Rücktritt verläßt ein Kanzler das Amt, der gerade auch in der Außenpolitik Historisches für die Entspannung geleistet hat: Er unterzeichnete die »Ostverträge« mit Polen und der Sowjetunion ebenso wie den Grundlagenvertrag mit der DDR. Sein »Kniefall« vor dem Denkmal der Opfer des Warschauer Gettos wird in die Geschichtsbücher eingehen. Brandts Nachfolger ist Helmut Schmidt (SPD).

Wählerinitiativen für die Sozialdemokraten sind nicht mehr in Mode, sie sind nicht mehr schick. Der Drang prominenter und weniger prominenter Leute, der Partei zu helfen und sich dabei auch selbst Öffentlichkeit zu schaffen, hat beträchtlich nachgelassen. Meinen Freunden von der Hessischen Wählerinitiative fällt es mitunter schwer, Rat und Hilfe zu finden. (...) Der Rückzug in die konservative Beschwichtigung, ins verdrossene Abwarten, ist auch bei Intellektuellen beträchtlich. Er wird, fürchte ich, nicht ganz aufzuhalten sein, denn er ist durch einen allgemeinen Klimawechsel bedingt.
Es wurde auch von Seiten der Sozialdemokraten in letzter Zeit von der »Mitte« gesprochen und eine Mitte beschworen. Ich halte diese Proklamation für gefährlich. Sie wünschen etwas, was es politisch nicht gibt. Die Mitte war, zumindest in der Kunst, der Literaturwissenschaft und in der Philosophie, ein anthropozentrischer Begriff und meint den Menschen als Maß aller Dinge. Für den Politiker ist der Mensch von vornherein das Grundthema. Doch an welchem Idealbild setzt er sein Maß an?
Wenn heute Mitte gesagt wird, wird abgewiegelt; Mitte bedeutet offenkundig so etwas wie politische Ruhe. Und Ruhe kann es, darf es in der Politik nicht geben, vor allem nicht in der Politik einer Partei, die nur das ermessen sollte, was für den Menschen an Menschenwürdigem hinzugewonnen werden kann. Das hat mit Mitte nichts zu tun. (...) Also bedarf es unaufhörlich einer beschreibenden Aufklärung. Die Sozialdemokraten haben sich oft

dieser schwierigen Pflicht unterzogen. Sie müssen es weiterhin tun. Sie dürfen nicht dem augenblicklich starken Drang zu politischer Bequemlichkeit nachgeben. Das ist einer der Gründe, weshalb ich und einige Freunde von der Wählerinitiative weiter, ohne Parteibuch, für die Partei in Wahlen arbeiten. Nicht nur in Wahlen.
(PH, »Grußwort zum Landesparteitag der hessischen SPD in Gießen am 17. August 1974«)

Ich habe während meiner Zeit bei S. Fischer zwar Bücher geschrieben, aber mit zunehmendem Kräfteverschleiß. Also habe ich mit meiner Frau über den Schritt ins Freie gesprochen, und nach langen Debatten haben wir schließlich gesagt: Entweder es gelingt oder nicht! Den Roman »Eine Frau« hatte ich noch während meiner Verlagsarbeit begonnen und ihn dann als freier Schriftsteller hier in Walldorf beendet. Als das Buch im Herbst 1974 erschien, wurde es ein recht großer Erfolg. Damit konnte meine finanzielle Lage erst einmal als gesichert gelten – das war mir tatsächlich sehr wichtig. *(PH)*

»Die Geschichte einer zögernden Emanzipation« nennt der Autor diesen großangelegten Roman. Es ist ein »neuer Peter Härtling«, ein Buch mit breiter Reichweite, eine zeitgenössische Antwort auf die ›Jenny Treibel‹ Fontanes, eine Fortsetzung und eine entschiedene, aus den Erfahrungen einer späteren Zeit gewonnene Entgegnung. Am Beispiel einer ›ganz normalen‹ Frau erzählt Härtling einen repräsentativen deutschen Lebenslauf, versucht die Abenteuer, die Bedingungen, die Fragwürdigkeiten eines Menschen in unserem Jahrhundert zu schildern. Diese Person ist Spielball. Sie hat sich mitspielen lassen. Und hat erst allmählich gelernt, sie selber zu sein.

aus: Luchterhand Verlagswerbung 1974

Den Namen Peter Härtling kannte ich schon als Schüler, zuerst durch seine Anfänge (»poeme und songs« und den »Yamin«) bei Bechtle in Esslingen, dann durch seine Kolumne »Vergessene Bücher« in der »Welt der Literatur«. Außerdem hatte mein Vater in jenen Jahren die (längst verschwundene) »Deutsche Zeitung« abonniert, zu der ein wunderbares und inzwischen legendäres Feuilleton gehörte, für das Peter Härtling und Hans Bender verantwortlich waren. Dort konnte man zum Beispiel ausführliche Erinnerungen von Überlebenden des Expressionismus lesen, gelegentlich aber auch Erzählungen zeitgenössischer Autoren, zusammen mit Zeichnungen von Albrecht Appelhans.

Jetzt aber befand ich mich in der Rolle des Lektors, und vor mir lag das Manuskript eines Romans, der ganz offenkundig für ein breites Publikum gedacht war. Daß dieses Buch eine Existenz als freier Schriftsteller begründen sollte, war eindeutig. Für einen Berufsanfänger im Lektorat war das bestimmt keine ganz einfache, aber eine sehr reizvolle Aufgabe, und es hat uns alle im Verlag gefreut, als Rolf Michaelis über das Buch in der »Zeit« schrieb, Peter Härtling sei »mit dieser Geschichte vom Verfall einer Familie und von der bedächtigen Emanzipation einer Frau« etwas gelungen, »das es in der zeitgenössischen Literatur gar nicht gibt, einen ernst zu nehmenden Unterhaltungsroman«.
Schon der erste Satz: »Es konnte immer nur der Garten sein, der von wandernden Lichtern durchbrochene Schatten der Buchenhecke, der Pavillon, die Laubhütte unter den Birken ...« – schon dieser erste Satz klang wie eine Melodie, und diesen so schwebenden Beginn des Romans ›Eine Frau‹ haben wir uns beim Lektorieren, damals auf der sommerlichen Terrasse in Walldorf, einige Male laut vorgelesen, bis wir zufrieden waren.
(Thomas Scheuffelen)

Katharina heißt die gar nicht außerordentliche Frau. Sie hört auf den gleichen Namen wie die Heldin in Heinrich Bölls jüngster Erzählung. Doch scheint sie nicht in gleicher Weise auf die Bedeutung ihres Namens fixiert wie Bölls Heldin. Härtlings Katharina ist keine »Reine«. Auch wird sie – obwohl von den Zeitläuften gebeutelt und keineswegs so robuster Art, daß sie ihr Leben selbst zu bestimmen vermöchte –, anders als Bölls heiligmäßige Katharina Blum, nicht schlankweg ein Opfer der Verhältnisse. Die Geschichte der Katharina Wüllner liest sich vielmehr als der aufhaltsame Prozeß einer schwierigen Emanzipation.
(...) Härtlings Vorliebe für und sein im Zentrum dieser Vorliebe waches Mißtrauen gegen Erinnerung – zentrales Thema seiner bisherigen Bücher – treten in diesem Roman nicht mehr demonstrativ und konfliktreich auseinander: er wirkt ganz aus der entspannenden Erfahrung geschrieben, daß sich in der Literatur Realität und Fiktion unvermeidlich und stimulierend durchdringen, unablösbar miteinander verbunden sind. Er hat mit diesem Roman eine erfrischende Lockerheit als Erzähler erreicht: das befreiende Ergebnis seiner Versuche, schreibend Erfahrungen über die Rolle der Phänomene Zeit und Erinnerung im Bewußtsein und im Handwerk des Erzählers zu gewinnen.
(Günther Schloz, »Die Geschichte einer Frau«, Deutsche Zeitung, 23. August 1974)

Härtling erzählt die Lebensgeschichte der Katharina Wüllner, die kurz nach der Jahrhundertwende in Sachsen geboren wird und in der behüteten Welt des Großbürgertums als Tochter eines lebenslustigen Fabrikanten aufwächst. Katharina heiratet standesgemäß, aus der Fabrikantentochter wird eine Fabrikantenfrau, die mit ihrem Mann zunächst in Prag, dann – vier Kinder werden geboren – in Brünn lebt. (...) Die Katastrophe des

Zweiten Weltkriegs, den sie, nach der Terminologie jener Jahre eine »Halbjüdin«, unversehrt übersteht, trifft auch ihre Familie. Sie wird vertrieben, gelangt als Flüchtling nach Stuttgart und steht dort vor dem Nichts. Nun beginnt sie ihr Leben neu einzurichten, macht sich, soweit ihr das möglich ist, von Zwängen und Konventionen frei.
(...) Dieser Roman Härtlings ist leicht zu lesen, so leicht wie ein Unterhaltungsroman. Eben das haben ihm inzwischen schon einige Kritiker zum Vorwurf gemacht, weil sie wohl das Fehlen der Härtlingschen Artistik bedauern, die übrigens gelegentlich bis zur Manieriertheit gehen konnte. Ich halte solche Vorwürfe für unangebracht. Man sollte doch eher erfreut sein, wenn es einem Schriftsteller gelingt, ohne Substanz- und Niveauverlust so zu schreiben, daß sein Buch auch für ein größeres Publikum akzeptabel ist.
(Jürgen P. Wallmannn, »Der Weg der Katharina Wüllner«, Schwäbische Zeitung, 5. Dezember 1974)

(Leserinnenbrief: R.K., Frankfurt/Main)

Die Hauptfrage blieb für mich jedoch: Wie kann ein Mann, also Sie, Peter Härtling, das Allerinnerste einer Frau, so behutsam, zart, aber ganz präzise, erfühlen, erdenken und dann so tiefempfunden wiedergeben? Wie ist so etwas möglich? Woher weiß das ein Mann? Gibt es so starke Beziehungen von Frau zu Mann (evtl. die eigene Mutter?) die so tief sind, daß solches möglich wird?

Nachdem ich diesen Roman gelesen hatte, kam ich mir irgendwie nackt vor! Nackt in meinem Innersten - und ein ganz unbestimmtes Angstgefühl vor der Zukunft beschlich mich. Wovor Angst, werden Sie fragen! Ja - vielleicht, daß wir Frauen in einem gewissen Sinne alle eine Katharina Wüllner sind, auch heute noch. Katharina hatte einen Enkel, werden wir alle am Ende einen solchen Enkel haben? Wie gesagt, selten hat mich ein Buch mehr aufgewühlt als das Ihre, sehr geehrter Herr Peter Härtling!

Peter Härtling 1974

Ich schreibe, und es ist mir gleichgültig, ob mich die Linken für einen Bourgeois, manche bürgerliche Kritiker für einen Altmodischen und die Konservativen für einen Linken halten. Mich scheren Methoden wenig, ob durch Werbung oder Ideologie gefördert. Ich bemühe mich, aufmerksam zu sein. Ich höre zu, lese. Mich verblüffen und ärgern die Taumelnden, die sich hurtig Anpassenden, Kritiker wie Reinhart Baumgart, die erst der Literatur ganz und gar Valet sagen, ein wenig später eine Popliteratur kreieren und, nach der Lektüre

des »Lenz« von Peter Schneider, doch wieder Literatur entdecken. Der Pegasus, der da behend geritten wird, hält seine Nase ins Lüftchen des Tages.
(PH, »Bekenntnisse eines bürgerlichen Schriftstellers«, Lesekabinett/Bücherkommentare, Oktober 1974)

Härtling mag andere Autoren. Nicht nur das: er las und liest sie auch. Dazu muß man wissen, daß das Gros der lebenden Kolleginnen und Kollegen lieber Regenwürmer lebendig schluckt, als Texte ihrer Zeit- und Altersgenossen zur Kenntnis zu nehmen. Man genieße einmal die liebliche Choreographie, wenn A. dem B. sein neues Buch hat schicken lassen und ihm nun bei einem Empfang, einer Vernissage oder in einer Kneipe auflauert. B. sagt, er nähme es in den Urlaub mit, seine Frau lese es gerade; er selbst sei mit – na was? – seinem neuen Buch SO verstrickt, daß anderweitige Lektüre ihn umgehend mundtöten würde – und natürlich kriegt dann A. das neue Buch von B., aus Rache. Und muß sich Gründe ausdenken, die ihn am Lesen hindern. Jeder kennt das. Aber Härtling liest. Liest ganz einfach, sagt was, schweigt auch manchmal lautstark: Im Grunde aber mag er Schriftsteller. Unbegreiflicherweise findet er nicht wie die allermeisten Kollegen, der Beruf sei mit ihnen selber zur Genüge abgedeckt. Ihn freut es offenbar sogar manchmal, daß es viele gibt. Er stößt keine Zorneswolken aus, wenn wieder mal ein dusseliges Küken zur Jahrhunderterzählerin hochgequasselt wird. Wahrscheinlich denkt er: das arme Mädle, ... weil er weiß, daß die Gute nicht lange auf ihrer Weltliteraturwolke hocken wird. Man kann das gar nicht verwundert genug zur Kenntnis nehmen. Und weil hier im Saal doch einige anderen Berufen nachgehen, will ich es noch einmal betonen: Ein Autor, der Autoren mag und liest! Mirakulös! *(Eva Demski, Walldorf 2003)*

Bei der täglichen Post im Verlag lag eines Morgens auch ein dicker Brief von Peter Härtling, ein Brief an seinen Lektor. Er sitze, schrieb er mir, gerade zwischen zwei Stoffen. Der eine sei ein Kriminalroman aus dem Journalisten-Milieu, angeregt durch Erfahrungen bei der Heidenheimer Zeitung. Daneben aber sei er wieder auf alte Hölderlin-Notizen gestoßen und habe sich jetzt darin festgelesen. Beide Stoffe erläuterte er eingehend und fragte schließlich, welches der beiden Projekte er nun weiterverfolgen solle.
Als ich den Brief gelesen hatte, ging ich damit zu unserem Werbeleiter. Der meinte, das sei doch klar, Peter Härtling solle jetzt erst mal unbedingt den Krimi schreiben, auf jeden Fall, man wolle das Buch schließlich verkaufen, und Hölderlin, das klinge doch eher schwierig.
Ich ging dann wieder über den Hof, nach oben in mein Büro, setzte mich an den Schreibtisch, griff zum Telefon und gab ein Telegramm auf, dessen Wortlaut mir noch genau im Gedächtnis ist: »Lieber Peter Härtling, schreiben Sie den Hölderlin! Auf bald, Ihr Thomas Scheuffelen.«

An jenem Nachmittag, als das Telegramm kam, so sagte mir Mechthild Härtling später, habe er gleich mit dem Schreiben des »Hölderlin«-Romans begonnen, der dann übrigens sein nachhaltigster Erfolg geworden ist aus diesen frühen Jahren bei Luchterhand.
(Thomas Scheuffelen)

November 1974

Der mutmaßliche RAF-Terrorist Holger Meins stirbt in der Haftanstalt Wittlich an extremer Untererernährung. Meins befand sich (gemeinsam mit RAF-Häftlingen anderer Anstalten) im Hungerstreik gegen seine Haftbedingungen. Es kommt umgehend zu Protest und Demonstrationen. Am Abend des nächsten Tages wird in Berlin der Kammergerichtspräsident Günter von Drenkmann ermordet. Eine Aufbauorganisation der RAF übernimmt die Verantwortung.

Dezember 1974

Jean-Paul Sartre besucht im Hochsicherheitstrakt von Stuttgart-Stammheim das RAF-Mitglied Andreas Baader.

April 1975

US-Präsident Gerald Ford zwingt den südvietnamesischen Präsidenten Van Thieu zum Rücktritt und erklärt den Vietnamkrieg von amerikanischer Seite für beendet. Tage später kapituliert Saigon vor der Guerilla und ihren nordvietnamesischen Verbündeten. Bereits 1973, nach dem »Pariser Abkommen«, hatten sich die US-Truppen aus Vietnam zurückgezogen. Ihre Bilanz: Zwischen 1965 und 1973 starben 58.000 US-Soldaten. Auf Seiten der Vietnamesen wurden 1,5 Millionen Todesopfer gezählt.

31. Juli 75 – Ich habe nie vorgehabt, ein Tagebuch zu schreiben; es widerstrebt mir, Tätigkeiten zu addieren. (...) Daß ich heute dennoch mit derartigen Notizen beginne, vorsätzlich auf eine Veröffentlichung zu, hat einen zweifachen Grund: ich arbeite seit einem halben Jahr an einem Buch über Hölderlin, wovon ich im Laufe der Zeit hier sicher noch manches erzählen werde, und bin gleichwohl abgelenkt durch ein anderes Thema (...)

1. August 75 – Es ist sehr heiß; ich ertrage die Hitze nicht gut: jede Zeile, die ich schreibe, fällt mir schwer. Warum schreibe ich fast immer gegen Widerstände? (Viele meinen, es fällt mir leicht. Sie täuschen sich. Oder ich täusche sie, indem ich nicht aufgebe, einfach fleißig bin. Jeder Satz hat plötzlich einen Makel, will wieder gelöscht sein. Er stimmt nicht. Die Verbindung zwischen dem, was ich wollte, und dem, was ich sage, ist gestört.

5. August 75 – Die Arbeit am Hölderlin geht gut voran. Gestern war T. Sch., mein Lektor, zu Besuch, und es gelingt mir, den Bauplan des Buches, den ich bisher nur im Kopf gewälzt hatte, angeregt durch seine Erwartung, aufzuschreiben. So werde ich allmählich immer sicherer.

16. August 75 – Manchmal scheinen mir die Schwierigkeiten unüberwindlich. Der Stoff - dieses ganze Leben – widersetzt sich. Ich glaube, den Umriß eines Kapitels, im Augenblick ist es Hölderlins Aufenthalt in Maulbronn, zu erkennen, dann werde ich unsicher: jeder Satz wird mühsam – wo zielt er hin? Ich kann mir nur helfen, indem ich nicht nachgebe, von neuem ansetze, mich von vergangener Wirklichkeit zu vergangener Wirklichkeit taste. Noch nie habe ich mich so an einen vorgegebenen Text halten müssen. Beim »Niembsch« konnte ich spielen, beim »Familienfest« ohnedies. Bei »Eine Frau« waren die Texte Material, das ich nutzen konnte oder nicht. Hier ist alles vorhanden, ist Literatur. Seine Stimme gegen meine Stimme: ich will nicht ergriffen sein, will kühl bleiben. Es gelingt mir nicht immer. Dann wiederhole ich Zeilen, die gleichsam gegen ihn stehen.
(...) Es ist Sonntag. Es regnet. Ich bin träge, ich versuche mich der Fron zu entziehen. Ich werde nie mit dieser Arbeit fertig.
(PH, Auszüge der Tagebuchaufzeichnungen Juli/August 1975)

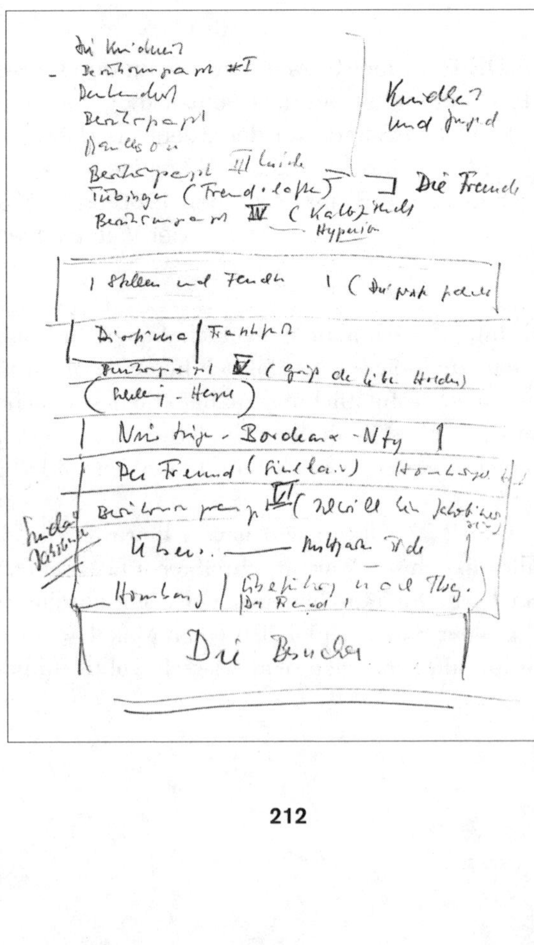

Hölderlin-Skizze
4. August 1975

Lesung, Hamburg 1975

Nicht immer haben prominente Autoren, wenn sie sich erstmals an Jugendbüchern versuchen, soviel Erfolg wie Peter Härtling; seine Kindergeschichte »Das war der Hirbel« erreichte mit der zweiten Auflage respektable 15.000 Exemplare und landete prompt auf der Auswahlliste zum Deutschen Jugendbuchpreis. Nun ist »Oma« da. Das Buch erzählt von Kalle, der mit fünf Jahren seine Eltern durch einen Autounfall verliert. Wie selbstverständlich nimmt ihn seine Großmutter – hier aus der Konvention entsprechend und durchaus liebevoll »Oma« genannt – in ihrer Münchener Wohnung auf. (...) Peter Härtling erzählt diese leise Geschichte mit großem psychologischen Einfühlungsvermögen. Wie schon in seinem ersten Kinderbuch hat er durchaus erzieherische Absichten, ohne aber jemals den Zeigefinger zu erheben. Auch heiklen Fragen weicht er nicht aus: zu den schönsten Kapiteln zählt das letzte, in dem die lebenslustige Oma ans Sterben denkt und Kalle behutsam darauf vorbereitet, daß er irgendwann ohne sie auskommen muß. Auch sprachlich erfüllt dieses Buch hohe Ansprüche: Es ist Literatur für Zehnjährige.
(Wolfgang Nagel, »Kalle muß viel lernen«, Die Welt, 9. Oktober 1975)

Genau wie mein Mann bin ich ein großer Fan von Härtlings Buch »Oma«. Das ist zwar ein Buch, das im Hier und Heute angesiedelt ist, aber es erzählt auch eine Geschichte, die sich vor hundert Jahren in ähnlicher Weise hätte ereignen und auch damals hätte geschrieben werden können. Das macht für mich eine besondere Qualität der Härtlingschen Kinderbücher aus: sie sind ein wenig ins Zeitlose transponiert. *(Inge Jens)*

Er war ja immer der Ansicht, die Kinderbücher seien ihm ebenso wichtig wie Erwachsenenbücher, und daraufhin fragte ich ihn einmal – es war, ich erinnere mich genau, auf einem Bahnhof: »Wenn du nun für Oma einen großen Preis bekommst, bist du dann in gleicher Weise glücklich, wie wenn du einen Preis für deinen Hölderlin bekommen würdest?« »Das nun doch nicht!« hat er geantwortet. Die Kinderbücher sind ihm wichtig, doch die Bücher für die Großen noch ein wenig wichtiger. Aber er ist auf beiden Feldern gleich kundig. Es gibt keinen Autor, der vergleichbar für Sechs- und für Sechzigjährige schreiben kann, und viele sind durch seine Kinderbücher zur hohen Literatur gekommen – die Großmütter haben den Enkeln die Härtling-Bücher in die Hand gedrückt, und die Enkel sind Leser geblieben. Härtling ist einer der ganz wenigen Leseerzieher, die es in unserem Land gibt. *(Walter Jens)*

»Warum ist überhaupt Seiendes und nicht vielmehr nichts?« – Der wegen seiner Vergangenheit in Nazi-Deutschland nicht unumstrittene Existenzphilosoph Martin Heidegger stirbt im Alter von 86 Jahren in Freiburg/Breisgau.

Ulrike Meinhof wird in Stammheim erhängt in ihrer Zelle aufgefunden. In Frankfurt und Berlin kommt es daraufhin zu Demonstrationen und Straßenschlachten mit der Polizei. Die offizielle These vom Selbstmord der Meinhof wird bezweifelt.

Titelblatt der Luchterhand-Informationsbroschüre

Autoren im Verlag:

DER LUCHTERHAND BEIRAT

Informationen und Kommentare

Als im Suhrkamp Verlag die Mitbestimmung diskutiert wurde, trennte sich Verleger Unseld von Lektoren. Bei anderen Verlagen ist selbst Gewerkschaftsmitgliedschaft unerwünscht. Verleger, die ihr Kapital einsetzen, lassen sich die Entscheidung nicht gern aus der Hand nehmen. (...) Grass hat mit diesem Vorstoß, der für die Kontinuität der Zusammenarbeit von Autoren und Verlag, also auch für die Verleger positiv ist, ein Zeichen gesetzt, dem auch andere hochkarätige Autoren (Böll bei Kiepenheuer und Witsch, Frisch bei Suhrkamp usw.) folgen könnten, wenn sie nur wollten. Er hat vor allem den Verlegern jene Schwellenangst genommen, die sie als Kapitaleigner vor jeder Mitsprache zurückzucken ließ. Grass' Modell ist verantwortungsbewußt zu jeder Seite hin; deshalb ist es praktikabel.
(Heinz Ludwig Arnold, »Günter Grass und sein Modell«, Allgemeines Deutsches Sonntagsblatt, 20. Juni 1976)

Die Autorenvertreter des literarischen Zweigs sind für die ersten beiden Jahre Günter Grass und Peter Härtling, mit Gabriele Wohmann als Stellvertreterin. Der Fachverlag, der vor allem amtliche Periodika veröffentlicht, wird wahrscheinlich einschlägig erfahrene Wissenschaftler oder Beamte als Autorenvertreter benennen. Die Mehrheit also liegt bei den Autoren; die Autorenvertreter werden jedoch nicht von den Verlagsautoren, der Belegschaft, einem Schriftstellerverband oder gar einer Ad-hoc-Versammlung von Literaturproduzenten gewählt, sondern von den Gesellschaftern berufen; so bleibt der Beirat Teil des Unternehmens. Die Konstruktion wird im Gesellschaftervertrag verankert; das heißt, ein etwaiger späterer Aufkäufer hätte den Beirat, so wie er ist, zu übernehmen und könnte das Modell nicht außer Kraft setzen.
(Dieter E. Zimmer, »Gewonnen haben beide Seiten«, DIE ZEIT, 18. Juni 1976)

Daß Härtling gewußt hat, was er sich aufgeladen hat, zeigen seine Textinterpretationen, zu wenige, um den Roman zu prägen (und mich stört nicht, daß sie sich im Widerspruch zum Stand der Hölderlinforschung befinden, denn ein Autor hat das Recht und die Chance, einen Autoren der Literaturgeschichte subjektiv zu deuten). Mich stört, daß Härtling sein Thema zu leicht nimmt, daß er nacherzählt, was die Forschung aufgedeckt hat. (...) Mich stört, daß Härtling anfangs (später seltener) beinahe aufdringlich manieriert seinen Annäherungsversuch an Hölderlin reflektiert, was beim jungen Hölderlin, über den wenig dokumentiert ist, noch angehen mag, was ihn aber zuweilen zur sentimentalen, beinahe schon Gartenlaubenbeschreibung verführt.

(...) Mir gefällt die dichte Beschreibung der Landschaften, Städte, die Atmosphäre der Häuser, in denen sich Hölderlin als Hofmeister versucht hat, die Charakterisierung der Mutter, der Familie, auch die Sinclairs. Mir gefällt Härtlings Mut, eine Hölderlinbiographie in der Art englischer, französischer biographischer Romane zu schreiben. Und darum, gerade wegen der Bereitschaft zur Sympathie für das Unterfangen, enttäuscht mich dieser Roman, der mich an UFA-Filme erinnert, weil er etwas populär darstellen will, was sich der Popularität entzieht.
(Ingeborg Drewitz, »Nichts Neues über Hölderlin«, Deutsche Volkszeitung, 16. September 1976)

Man könnte – um ein Bild zu verwenden – von einer großen Hölderlin-»Sinfonie« Härtlings sprechen. Das Sinfonische, Musikalische ist jedenfalls bei der »Kunstfigur« Hölderlin evident. Die Statik des »Porträts« ist aufgehoben. Dieses Buch atmet ein Leben nach, um es poetisch auszudrücken. Härtling schreibt von heute her. Er flüchtet sich nicht ins achtzehnte Jahrhundert. Er sieht seine Hauptfigur von seinem Standpunkt und vom Standpunkt des Jahres 1975 aus, wie einmal nachdrücklich vermerkt ist.
Eine gewisse melancholische und melodiöse Weichheit der Prosadiktion Peter Härtlings ist nicht zu übersehen. Auch nicht seine Neigung zur melodischen Arabeske, zum schönen Schnörkel, zu sanften verklärten Einzelheiten, zum Verweilen bei bestimmten Stellen und eine Neigung zur Rückkehr zu solchen »lyrisch«-durchlässigen Passagen. Das Lockere läßt dennoch nicht zu, daß man die organisierte Straffheit des Gesamtverlaufs aus dem Auge verliert. (...) Ein wunderschönes Buch. Der Ausdruck ist hier angebracht.
(Karl Krolow, »Ein Leben nachgeatmet«, Hannoversche Allgemeine Zeitung, 4./5. September 1976)

(...) Hat man diesen Roman zu Ende gelesen, der sich als Titel einfach einen Dichternamen wählte, so bleiben Episoden, rührende und komische, viele berühmte Namen waren vorgekommen, Schiller und Goethe, Fichte und Hegel und Schelling. Stets im heiklen Gleichgewicht zwischen Forschung und Fiktion. Immer wieder oszilliert der Romantext zwischen der Chronistenhaltung und der Erfindung von – durchaus möglichen – Erlebnismomenten Friedrich Hölderlins.
Diese Romanfigur Friedrich Hölderlin aber hat ein weitgehend ereignisloses Alltagsleben geführt. Ihre Bedeutung erhält sie nicht dank der epischen Gestaltungskraft des Verfassers, sondern mit Hilfe unserer eigenen Kenntnis von Friedrich Hölderlins Leben und Werk. Zugespitzt: Peter Härtling hat nicht die Geschichte eines Menschen erzählt, der das Werk Friedrich Hölderlins zu hinterlassen vermochte. (...) Fritz Hölderlin nämlich und Friedrich Hölderlin, das ist zweierlei. Unser Romancier hat es gewußt. Sein Roman beweist, daß da kein Weg führen kann von diesem zu jenem. Weder bei Peter Härtling noch bei irgendeinem anderen.
(Hans Mayer, »Fritz Hölderlin und Friedrich Hölderlin«, FAZ, 11. September 1976)

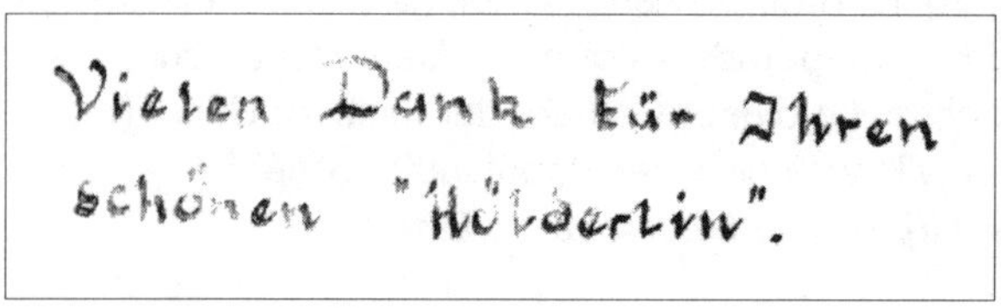
Vielen Dank für Ihren schönen "Hölderlin".

(Leserinnenbrief, E.-M. S.)

Härtling hat Hölderlin zurückgeholt in die Mitte des Lebens, zurückgeholt nach Schwaben, wie einen, der zu ihm gehört. Ich hab immer das Gefühl, sämtliche Bücher von Härtling spielen in seiner Wohnstube. Er holt sich die Leute nach Hause. Er holt sich Schubert, er holt sich Schumann, er holt sich Mörike, er holt sich den Waiblinger, den Hölderlin nach Hause und sagt: Setz dich nur hin! Er gibt ihnen zu essen und zu trinken, macht es sich mit ihnen gemütlich.
Das ist natürlich ein gefährliches Prinzip, diese Gemütlichkeit, es hat seine Abgründe, und es braucht Mut, sich solche Figuren von der Straße zu holen. Doch Härtling hat eine so absolut intelligente Haltung zu diesen Begegnungen, daß sie ihm sämtlichst gelingen. Gerade das habe ich immer bewundert. Etwas, wofür ich allerdings kein Verständnis habe, ist sein Fleiß, der ist mir völlig fremd. Ich weiß nicht, wie man das macht, so fleißig zu sein. Ich habe dafür wirklich null Verständnis. *(Peter Bichsel)*

November 1976

Dem Ostberliner Liedermacher Wolf Biermann wird während einer Konzertreise durch die Bundesrepublik die Staatsbürgerschaft der DDR entzogen und die Rückkehr in die heimatliche »Chausseestraße« verweigert. Biermann steht schon lange unter Beobachtung der Staatssicherheit und gilt dem Regime Erich Honeckers als unerwünschte Person. Die Ausbürgerung des Dichters ist Auftakt einer Kampagne gegen kritische Künstler und Schriftsteller in der DDR. Es kommt zu Protesten.

»Wolf Biermann war und ist ein unbequemer Dichter – das hat er mit vielen Dichtern der Vergangenheit gemein. (...) Wir identifizieren uns nicht mit jedem Wort und jeder Handlung Wolf Biermanns und distanzieren uns von den Versuchen, die Vorgänge um Biermann gegen die DDR zu mißbrauchen. Biermann selbst hat nie, auch nicht in Köln, Zweifel darüber gelassen, für welchen der beiden deutschen Staaten er bei aller Kritik eintritt. Wir protestieren gegen seine Ausbürgerung und bitten darum, die beschlossenen Maßnahmen zu überdenken.
(»Gegen die Ausbürgerung Wolf Biermanns«, Frankfurter Rundschau, 23. November 1976, unterschrieben von: Sarah Kirsch, Christa Wolf, Erich Arendt, Jurek Becker, Volker Braun, Stefan Hermlin, Heiner Müller u. a.)

Januar 1977

Tschechoslowakische Bürgerrechtler gründen in Prag die Gruppe »Charta 77« – Die Mitglieder kritisieren die Verletzung der Menschen- und Bürgerrechte unter der Herrschaft der KP und fordern eine politische Liberalisierung. Zu der Gruppe gehören Künstler und Wissenschaftler wie Pavel Kohout, Václav Havel, Jaroslav Seifert und Jan Patočka.

Lesung in Stuttgart (1977)

58 Tage bin ich unterwegs gewesen und habe in 58 Städten aus meinem Buch über Hölderlin vorgelesen (oft las ich zusätzlich in Schulen oder Buchhandlungen aus meinem Kinderbuch »Oma«). 58mal habe ich die Tür zu einem anderen Hotelzimmer geöffnet, habe versucht mich auszuruhn, habe aus dem Fenster auf die Straße, auf

einen Hinterhof oder in einen Garten geschaut, 58mal bin ich durch eine andere, mir nicht selten unbekannte Stadt spaziert, war mit mir (noch) fremden Leuten verabredet, und die dauernde Anspannung machte mich empfindlich und aufmerksam. (...) Ich reiste durch ein stiller gewordenes Land und bekam es allmählich mit der Angst zu tun, denn hier wurden Unwillen wie Erwartungen nicht mehr laut; hier vertraute man sich nicht mehr den Politikern – gleich welcher Couleur - an, sondern sammelte sich, ging es um kommunalpolitische Probleme, in Bürgerinitiativen; hier spottete man über »irgendwelche Parteiprogramme« und reagierte lieber pragmatisch. In vielen Städten erfuhr ich von derartigen Initiativen, hörte neugierig zu, begriff aber erst nach einer Weile, wie gefährlich diese Parzellierung des Mißtrauens für das parlamentarische System werden kann. Schuld haben nicht die ins Schweigen getriebenen und aus Not aufmuckenden Bürger, sondern die Politiker, die Parteien, die es längst aufgegeben haben, Politik zu erklären, hinter Schlagworten ihre Hilflosigkeiten verbergen und bis auf den Tag nicht ahnen, was sie mit ihren elenden Slogans zerschlugen.
(PH, »Reise durch ein stilleres Land«, Neue Rundschau, Heft 1/77)

Lieber Herr Härtling, es drängt mich schon seit Wochen – u. zwar täglich, denn ich stehe immer noch unter dem Eindruck des Buchs –, an Sie zu schreiben, um Ihnen in notgedrungen dürren Worten zu sagen, wie sehr ich Ihren Hölderlin genossen habe. Allerdings ist es nun nicht mehr »Ihr« Hölderlin, sondern auch meiner. Er hat mir in den letzten Wochen mehr zu denken und zu fühlen gegeben als irgendein Buch während der letzten Jahre, u. ich werde es wohl in diesem Leben nicht loswerden. Das ist gut so. Haben Sie ganz außerordentlichen Dank dafür! Ihre Lilli Palmer. *(Brief vom 9. April 1977)*

Wenn man meine Kolleginnen und Kollegen systematisch verleumdet – von Amery bis Zwerenz reicht die Liste der letzten Wochen; wenn weder Luise Rinser noch Heinrich Böll vor Verteufelung sicher sind; wenn Westentaschen-McCarthys vom Schlage eines Abg. Dr. Günter Müller über Literatur richten wollen; wenn schon die Wadenbeißer gegen uns losprechen dürfen (...), packt mich eben Zorn. Er richtet sich weniger gegen die Giftspritzer selbst als gegen deren Auftraggeber, vor allem aber gegen jene, die dazu schweigen, wo sie entschiedensten Protest erheben müßten.
Wir, die deutschen Schriftsteller, werden unsere Verantwortung nicht so vergessen, wie es viele Politiker jetzt tun. Wer der terroristischen Gewalt, die wir verabscheuen, unsere rechtsstaatliche Ordnung opfern will; wer die Aufhebung der Grundrechte fordert und nach Vorbeugehaft, Folter, Geiselerschießungen und »kurzem Prozeß« schreit, der wird weiter auf unseren entschlossenen Widerstand stoßen. Wir lassen uns durch die Verleumdungswelle nicht einschüchtern. Noch ist dies auch unsere Republik, mit allen ihren Fehlern, die zu kritisieren wir als unsere Pflicht erachten, wobei sich für uns die

Frage nicht stellt, wie sympathisch diese Kritik den anderen ist, sondern nur, ob sie berechtigt genannt werden darf.
(Bernt Engelmann: »Plädoyer« auf der Pressekonferenz des Verbandes Deutscher Schriftsteller während der Frankfurter Buchmesse im Oktober 1977)

Oktober 1977

Terroristen bringen die Lufthansa-Maschine »Landshut« auf dem Flug von Frankfurt nach Mallorca in ihre Gewalt. Sie nehmen Besatzung und Passagiere als Geisel und fordern die Freilassung von elf RAF-Häftlingen, u. a. Andreas Baader, Gudrun Ensslin und Jan-Carl Raspe. Nach diversen Zwischenstationen landet die Maschine in Mogadischu. Dort stürmt ein Kommando der GSG 9 das Flugzeug, nur eine Entführerin überlebt. Stunden später begehen Raspe, Baader und Ensslin in ihren Zellen Selbstmord. Am nächsten Tag wird der bereits im September entführte Arbeitgeberpräsident Hanns Martin Schleyer ermordet aufgefunden. Schleyers Ermordung war im April die von Generalbundesanwalt Siegfried Buback vorausgegangen. Die Ereignisse des Oktober 1977 gehen als »Deutscher Herbst« in die Geschichte ein.

Sie haben mir
die Haut abgezogen
und debattieren
über meine Wunden.

Ich versuche
mitzureden,
ihnen zu erklären,
daß ich friere
und meine
Seele
ihren Balg braucht.

Aber sie,
denen ich vieles
nachsah,
wissen es besser:
frierende Seelen
seien derzeit
üblich.

(PH, »An meine Feinde«, in »Anreden«, Gedichte 1972–1977, Luchterhand Verlag, Darmstadt 1977)

Lesereise Sommer 1978 (in Bonn)

August 1978

Hans Filbinger, Ministerpräsident des Landes Baden-Württemberg, tritt von seinem Amt zurück. In den Monaten zuvor war bekannt geworden, daß Filbinger während der NS-Zeit, noch kurz vor Ende des Krieges, als Marinerichter an Todesurteilen über Soldaten mitgewirkt hat. Peter Härtling hatte »gegen Filbinger« ein Gedicht mit dem Titel »Landesklage« verfaßt, in dem er u. a. schrieb: »... wenn der verwesende/Schubart in/meinen Traum bricht,/dann verfluche ich mein Land,/das diesen Mann erträgt,/ohne alle Stimmen zu sammeln,/ gegen ihn/und ihn/auszustoßen aus/unserer Geschichte.«

Ich habe mich immer wieder gefragt, warum die Geschichte von Hubert, der als Kind zur leeren Hülle degradiert wird und als Erwachsener die Leere mit einem Hut dekoriert, mich nicht überzeugt hat. (...) Zugegeben, das Problem ist komplex, und es wäre falsch, Huberts Identitätsverlust monokausal erklären zu wollen. Aber was in der Soziologie und Psychologie richtig ist, kann für die Literatur schädlich sein. Wenn Härtling auf die Komplexität nicht verzichten wollte, müßte dem vielschichtigen Inhalt eine kompliziertere Erzähltechnik entsprechen. So aber geht es dem Erzähler wie Hubert: Weil er sich heraushält, weil er niemals in die Geschichte eingreift, kommt sie ihm schließlich abhanden.
(Gisela Ullrich, »Wie Humphrey Bogart«, Frankfurter Rundschau, 16. September 1978)

Es bleibt ein Wort zur Sprache zu sagen. Ich vermag dem Einwand mancher Kritiker nicht zu folgen, die dem Roman zwar sprachliche Schönheit und Feinheit der psychologischen Zeichnung bescheinigen, aber meinen, er gemahne an einen Wochenroman für eine anspruchsvolle Illustrierte, weil beim Lesen keine große Anstrengung notwendig, weil das Buch »gar so spekulativ gefällig« sei. Es ist wahr, seine Sprache ist geradlinig. Aber muß das denn sein, was vor Jahren literarische Mode war, die Verschachtelung in Vor- und Rückblenden, die sich auf verschiedenen Ebenen bewegende Erzählung? Publikumsnähe muß kein Makel sein.
(rz, »Wie Peter Härtling zu Hubert kam«, Nürtinger Zeitung, 14. September 1978)

Ich zähle mich zu den gebrannten Kindern: Als Vierzehnjähriger sah ich zu, wie aus großen und kleinen Nazis mit einem befohlenen Atemzug Demokraten wurden. Seither bin ich wachsam und mißtraue noch immer den Aktionen dieser so rasch Verwandelten. (...) Wir alle haben in den letzten Jahren zahllose Fälle von Überwachung, Zensur, Berufsverboten gehört und erfahren. Wir haben uns dagegen gewehrt, und manche haben sich gegenseitig geholfen.
Ich könnte hier auf einzelne Fälle eingehen – doch mir geht es um den Nährstoff dieser bösen bürokratischen Paranoia. Es ist eine sich wuchernd ausbreitende denunziatorische Gesinnung. Überall wird geschnüffelt und zum Schnüffeln aufgefordert. Es wird fotografiert und archiviert, Taschen werden durchwühlt nach falschen Inhalten, Köpfe geprüft auf falsches Denken. Daten gehortet für den Krisenfall.
Es wird im einzelnen und für einzelne sicher eine Erleichterung bedeuten, daß in einigen Bundesländern die Praxis der Berufsverbote geändert wird. Aber kann, was sie auslöste, geändert oder aufgehoben werden? Das verdeckte Mißtrauen, das verratende Flüsternde hinter der vorgehaltenen Hand, die schwindende Solidarität, die sich ausbreitende Angst, die Vereinzelung, das Schweigen.
Wenn ich lese, wie spielerisch heute manche Auguren links und rechts vertauschen und die Mythologen Mode machen, wie leichtfertig Hoffnungen preisgegeben werden, wie man anfängt, gleichsam nur noch die Reservate zu verteidigen, längst an den Rand gedrängt, dann bleibt mir nichts anderes übrig – und das ist schwierig genug –, als die Vernunft vor dem Zynismus zu bewahren.
Die gepeinigte und beleidigte Vernunft hat die Rechte der Menschen geschrieben, der politische Zynismus hat sie immer wieder in Frage gestellt. Ich beharre auf diesen Rechten.
(PH, »Ich zähle mich zu den gebrannten Kindern«, Vortrag beim Arbeitskreis »Verteidigung der verfassungsmäßigen Rechte«, Frankfurt, 24. Oktober 1978)

März 1979

In Gorleben beginnen auf dem Gelände des geplanten »nuklearen Entsorgungszentrums« die ersten Baumaßnahmen. Bereits seit 1977 protestieren Atomkraftgegner gegen die bedrohlichen Pläne der niedersächsischen Landesregierung unter Ministerpräsident Albrecht – Bauern, Bürger und Alternative vereinen sich in gemeinsamem Widerstand.

April 1979

Die erste Ausgabe der in Berlin verlegten Tageszeitung »taz« erscheint. Ziel der Gründergeneration der taz ist es, »ein umfassendes Nachrichtenblatt zu machen, in dem außer den in bürgerlichen Zeitungen üblichen Nachrichten und Informationen auch solche stehen, die gewöhnlich unterdrückt oder verfälscht werden«. Nachdem es in Städten und Regionen bereits viele Produkte der Alternativpresse (»Pflasterstrand«, »Schnüss« etc.) zu lesen gibt, bietet die taz nunmehr bundesweit »täglich eine linke, radikale Zeitung«. Die Gründung der taz ist nicht zuletzt eine Reaktion auf die angepaßten Positionen vieler Medien im »Deutschen Herbst«.

Sollte einmal ein neunmal Gescheiter im dritten Jahrtausend die Epoche nach dem Zweiten Weltkrieg erkunden wollen, dann wird er, hoffe ich, in die Bücher Arno Schmidts geraten, in denen die Baracke zum Tempel wird, die Konservenbüchse zum Opfergefäß, die Ruinenlandschaft zur Gelehrtenrepublik. Er wird die Hoffnungen aus den Scherben lesen können und über das kleinbürgerliche Gehabe der Götter staunen. Ein listiger Knabe hat sie zweifelnd in eine Zukunft geschickt, die der Greisenkopf auf seinem Leib ohnedies für elend hielt. *(PH, »Zum Tode von Arno Schmidt«, Stuttgarter Nachrichten, 8. Juni 1979)*

Härtlings »Literaturquiz« (HR) anno 1979

Bisher war der Vater in Härtlings Büchern immer eine Figur gewesen, die draußen stand, die nicht wirklich vorhanden war. In dem schmalen Buch »Nachgetragene Liebe« aber ging es nun ganz ausdrücklich um diesen Vater, und beim Lektorieren habe ich gemerkt, wie heikel dieser Stoff für Peter Härtling war. Im Gegensatz zu mir hat Peter Härtling ja Krieg und Nachkriegszeit sehr bewußt erlebt, und in solchen Augenblicken wurde deutlich, wie ihn diese Zeit und der frühe Verlust der Eltern traumatisiert haben. *(Thomas Scheuffelen)*

Ja, auch er hatte einen Vater. Merkwürdig, wie oft das in letzter Zeit vorkommt. Bald nachgetragen – im einen oder anderen Sinn –, bald auch nachtragend wird uns Bericht erstattet, autobiographisch, selbstkritisch, zeitkritisch, abrechnend. Jeweils steht dann der Vater für Macht oder Ohnmacht, Recht oder Unrecht, Verworfenes oder Versäumtes, Gewesenes oder Fortwirkendes – oder für all das zugleich. Härtlings Kindheit muß so verlaufen sein, wie sein Buch sie erzählt. Da steht nichts, was zu erfinden sich lohnte. Was hier geschieht, desgleichen geschieht ohnehin; erinnert man sich, so kann man es aufschreiben.Tatsächlich scheint das Gedächtnis die Auswahl unmittelbar zu verantworten: was noch da ist, wird nachgetragen. Dem Vater nachgetragen.

(...) Härtlings Verfahren wird dann verständlich, wenn man bedenkt, daß »Nachgetragene Liebe« ein literarischer Text ist. Das bedeutet zwar nicht, daß Erfundenes mitgeteilt, Mitgeteiltes ausgewählt, Ausgewähltes geordnet wäre; doch es bedeutet, daß wenigstens die Perspektive schwankt; daß der Vater bald viel zu nahe, bald sehr weit weg, bald aber auch, überraschend und kurz, auf bequeme Distanz erscheint. Solche Kunstgriffe abgerechnet, kann man das kleine Buch als Dokument nehmen – dafür, daß Peter Härtling mit Fug und Recht seines Vaters gedenkt. *(Hg., »Ja, auch Härtling«, Neue Zürcher Zeitung, 22. Februar 1980)*

Ganz am Anfang teilt uns der Autor mit, daß ihn der Vater mit einer Geschichte hinterlassen habe, »die ich seit dreißig Jahren nicht zu Ende schreiben kann«. Das klingt so, als habe er sich zu dem Entschluß durchgerungen, ein Trauma zu bewältigen, das er bisher zu verdrängen suchte. Ein riskantes Unternehmen wird da angekündigt, das, wie immer es ausginge, gewichtiger sein müßte als alles, was Härtling zuvor geschrieben hat – gegen geringeren Widerstand. Nicht bloß ein neues Buch also. Sondern d a s Buch, von dem aus betrachtet sich alle vorausgegangenen als Präliminarien, Nebenwerke oder literarisierte Ausflüchte erweisen.

(...) »Mein Vater hinterließ mir eine Nickelbrille, eine goldene Taschenuhr und ein Notizbuch ...« So beginnt der erste Satz (den Luchterhand für die Buchwerbung verwendet). Das heißt zwar nicht unbedingt, daß es keine anderen Reliquien gibt, aber es soll doch wohl so verstanden werden. Die drei Hinterlassenschaften werden nur erwähnt, um zu signalisieren: Ich, der Autor, habe nichts, woran ich mich bei meiner Suche nach dem Vater halten kann – außer der eigenen Erinnerung. Denn auch das vom Vater im Lager selbstgefertigte Notizbuch bleibt für den Sohn belanglos, weil »nichts als« ein Eichendorff-Gedicht, einige Nestroy-Zitate und die Adressen zweier dem Autor Unbekannter darin enthalten sind. »Nichts als«? Es befremdet, daß der Schriftsteller Härtling die literarischen Zitate nicht als Winke dessen zu erkennen sucht, dem sie doch wohl etwas bedeutet haben müssen. Er teilt dem Leser nicht einmal mit, um welches Gedicht, welche Nestroy-Bissigkeiten es sich handelt.
Die Erklärung für dieses Ausweichen liefert das Buch. Es zeigt nämlich, daß Härtling noch immer nicht den Mut gefunden hat, an die große Wunde zu rühren, die ihm von seinem Vater zugefügt wurde. (...) In Wahrheit führt er ja nur ein Revisionsverfahren durch, bei dem gar nichts schiefgehen kann, weil der einzige Zeuge (Peter Härtling) nur aufgerufen wird, um dem Anwalt (Peter Härtling) Erlebnisse zu schildern, die dessen schon vorab feststehende Beurteilung des Vaters rechtfertigen.
(Wolfgang Werth, »Revisionsverfahren für Rudolf Härtling«, Süddeutsche Zeitung, 23. Februar 1980)

Ich glaube, ich würde heute noch zu dem stehen, was ich damals gegen die »Nachgetragene Liebe« einzuwenden hatte. Peter meinte zwar, diese Kritik habe ihre Ursache in meiner eigenen Vaterbeziehung, aber das war's nicht. Mich wunderte, wie das Buch mit den Einträgen im Notizbuch des Vaters umgeht. Ich habe mir gedacht, wenn ich so ein Notizbuch meines Vaters fände, dann wäre ich dem Inhalt mehr nachgegangen. Ich hätte nicht nur nachgetragen, ich hätte auch nachgefragt. Und da bin ich in meiner Kritik vielleicht ein bißchen zu grundsätzlich geworden. Ich weiß noch genau, es hat mich einigen Mut gekostet, diese Rezension in der Süddeutschen zu veröffentlichen, gerade auch weil mir mein Kollege Joachim Kaiser nach der Lektüre sagte: Wenn jemand so über mich schreiben würde, dem würde ich die Freundschaft aufkündigen. Erst bei einem späteren Gespräch mit Peter, das Heinrich Vormweg in der Küche unserer Münchener Wohnung moderierte, kam tief nach Mitternacht heraus, daß diese Kritik eine nicht gesuchte Gelegenheit war, mich ein wenig vom Peter abzusetzen, um im öffentlichen Urteil über ihn freier zu werden.

(Wolfgang Werth)

Walldorf 1980

Verrisse schmerzen immer. Wer dem widerspricht, ist entweder (aus Not) arrogant oder (aus Verzweiflung) gleichgültig. Zum Glück gibt sich der literarische Richter bisweilen eine Blöße. Dann sollte der Autor, auch wenn es ihm schwerfällt, aufmerksam weiter lesen. Eine Rezension, in der der Kritiker, herausgefordert von einem mißlungenen Buch, seine eigenen Wünsche und Träume, seine eigenen Hoffnungen offenbart. Das Buch dient ihm nur als Vorwand, um ein gelungeneres, ja vollkommenes hinzudeuten, das allerdings den Vorzug hat, nie geschrieben worden zu sein. Es ist das Wunschbuch des Rezensenten.
(...) Welch eine Narretei, kann der bedrängte Autor nur seufzen, warum wird von mir ein Buch verlangt, das ich nie schreiben wollte? Ja, warum?
Vielleicht, weil es vor Jahren einen ehrgeizigen Knaben gab, der ein berühmter Romancier werden wollte und ein gefürchteter Kritiker wurde. Vielleicht darum. Sicher aber, weil eine durch Kenntnisse eingeschüchterte, auf Antworten gedrillte Phantasie sich für Augenblicke erlösen möchte. Der Mittler will Macher sein.
(PH, »Die ungeschriebene Bibliothek«, in: »Festschrift für Marcel Reich-Ranicki«, Hg.: Walter Jens, 1980)

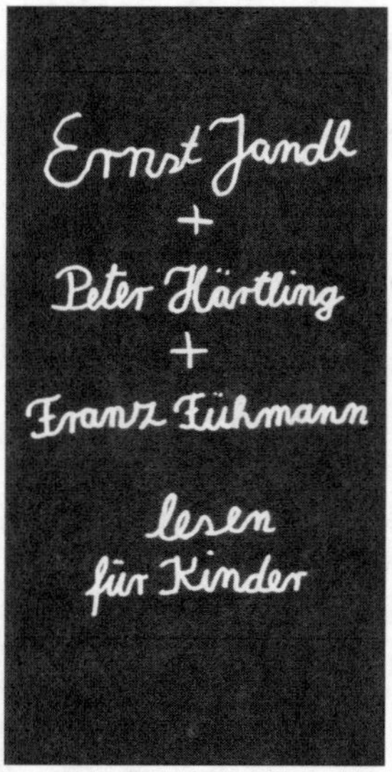

Veranstaltungsankündigung der Berliner Akademie der Künste, März 1980

Juni 1980

Die »Republik Freies Wendland« wird von Polizei und Bundesgrenzschutz geräumt. Das Hüttendorf mit Kirche, Radiosender und Freundschaftshaus wurde von Atomkraftgegnern auf dem Gelände der geplanten Atommülldeponie bei Gorleben errichtet. Ca. 3500 Beamte samt Hubschraubern sind an der Räumung beteiligt, Pressevertreter werden vom Ort des Geschehens entfernt, die Bewohner des Hüttendorfs vom Platz verschleppt.

September 1980

Bombenattentat auf das Münchener Oktoberfest. Dreizehn Menschen sterben, mehr als 200 werden teilweise schwer verletzt. Unter den Toten befindet sich auch der mutmaßliche Attentäter, ein Sympathisant der rechtsextremen »Wehrsportgruppe Hoffmann«. Nur zwei Monate zuvor hatte ein Anschlag von Neofaschisten auf den Bahnhof der norditalienischen Stadt Bologna 83 Todesopfer gefordert.

Oktober 1980

Der Konflikt um die von der Frankfurter Flughafen AG geplante (dritte) »Startbahn-West« beginnt zu eskalieren. Lokalpolitiker der Gemeinde Mörfelden-Walldorf treten in den Hungerstreik, unter Polizeischutz wird das erste Waldstück gerodet, Demonstranten werden entfernt. Alle Versuche, den Bau der Startbahn politisch oder gerichtlich zu verhindern, hatten nichts genutzt. Der profitable Ausbau des Flughafens und »die Schaffung von Arbeitsplätzen« haben Vorrang. Mehr als vierhundert Hektar Wald sollen gerodet werden, drei Millionen Bäume fallen. Das Flörsheimer Wäldchen wird mit Schutzhütte und Hüttendorf zu einem Zentrum des Widerstands gegen die Startbahn werden.

Familie Härtling 1980

Lieber, verehrter Willy Brandt, Sie wissen es, denn Sie haben uns geholfen: 1965 begannen Schriftsteller die Sozialdemokraten in einem Wahlkontor zu unterstützen. Seither hat sich viel verändert. Viele, die sich damals beteiligten, sind nicht mehr dabei. Günter Grass, Siegfried Lenz und ich sind unter den Ausdauernden. Wir reisten und redeten, wenn auch mitunter zähneknirschend, weiter für die Partei, ohne ihr als Mitglieder anzugehören. Doch nun bin ich dabei, meine tätige Sympathie aufzukündigen. Ich fühle mich nicht nur enttäuscht, sondern auch verletzt.

(...) Ich frage mich, ob man Sie im einzelnen darüber unterrichtet hat – über diese ökologische Untat und über den Aufruhr der Bürger, ihren Zorn, ihre Verzweiflung. Über ein Wunder an Solidarität, das alle Parteien und alle Gesellschaftsschichten umfaßt. Ich kann es mir nicht vorstellen, sonst erwartete ich Sie, lieber Willy Brandt, nämlich an unserer Seite, gegen einen Teil Ihrer Partei.
(...) Meine beiden Söhne waren unter denen, die Tag und Nacht über »ihre« Bäume wachten. Sie erlebten zum erstenmal, wie Polizei gegen Bürger vorging, die auf Gewalt verzichteten. Sie fanden bei den jungen Polizisten kein Gehör, die wohl alle aus Nordhessen herbeigeholt worden waren, die Probleme der Gegend nicht kannten und »halt ihre Pflicht taten«. Das erinnert mich, verzeihen Sie, an Machenschaften in Diktaturen: Die Macht zur Pflicht werden und sie durch Unbeteiligte, durch »Fremde« ausüben lassen.
(...) Müssen wir uns wirklich eine Wüste schaffen, um arbeiten zu können? Wer diesen Widerspruch nicht löst, wird an ihm zugrunde gehen. Wir, in Südhessen, beginnen das zu begreifen. Und wir werden handeln. Gegen die regierende Unvernunft.
Darum, lieber Willy Brandt, werde ich meine Arbeit für die SPD vorerst einstellen und auf Antwort warten. *(PH, »Offener Brief an Willy Brandt«, geschrieben am 31. Oktober 1980)*

Im Flörsheimer Wäldchen (1981, mit Horst Karasek u. a.)

Daß Peter Härtling im Widerstand gegen die Startbahn-West zu finden war, hat mich überhaupt nicht überrascht. Das war nur konsequent und für ihn ganz selbstverständlich. Mit welcher Entschiedenheit er dort seine Empörung geäußert hat und wie ihn dieser ökologische Wahnsinn noch heute aufregt, wenn er darüber spricht, das war und ist bewegend für mich. Ich habe seinen Mut bewundert, aber auch die Art, wie er dann über das Erlebnis des gemeinsamen Widerstands geschrieben hat. *(Thomas Scheuffelen)*

Das Hearing zur Startbahn-West hat anders gewirkt, als manche entschiedene Gegner des Flughafenausbaus hofften. Zwar kam jeder zu Wort, der Anschein von Fairneß blieb gewahrt, doch wer über Geld und Arbeit spricht, findet noch immer mehr Gehör als einer, der von Holz, Wasser und Luft redet. (...) Die Einsicht, daß Ökonomie ohne Ökologie nicht mehr auskommen kann, daß der vom industriellen Fortschritt gesättigte und geblendete Mensch am Übermaß ersticken wird, diese Einsicht kann eine allein vom ökonomischen Denken getragene Politik nicht beunruhigen. Eben das wurde auch während des Hearings deutlich. Und darum resignieren nicht wenige, die vorher mit Witz, Eifer und wachsendem Sachverstand gegen den Größenwahn der Ausbauer argumentiert und agitiert haben.
Laßt Euch, Freunde, nicht entmutigen, denn es geht nicht nur um den Flughafen, um den Fortschrittsasphalt, der Wälder erstickt. Es geht darum, daß in dieser Auseinandersetzung und in ähnlichen anderen die ersten Sätze einer neuen möglichen Politik geschrieben werden. Sätze, die vorsichtig und bestimmt nicht selbstsicher vom arbeitenden Menschen reden, von seinen Ängsten, Möglichkeiten und Hoffnungen, Sätze, in denen Gemeinsamkeit ausprobiert wird, Nähe.
(PH, »Laßt Euch, Freunde, nicht entmutigen!«, Gastkommentar, Der Sozialdemokrat, Bezirk Mörfelden-Walldorf, März 1981)

Oktober 1981

»Für Abrüstung und Entspannung in Europa« – 300.000 demonstrieren in Bonn gegen die Rüstungspolitik des US-Präsidenten Ronald Reagan und den NATO-Doppelbeschluß, der ab 1983 die Aufstellung weiterer Raketen und Marschflugkörper vorsieht. Unter den Demonstranten: Petra Kelly von der im Januar 1980 neugegründeten Partei »Die Grünen«, Ex-General Gert Bastian sowie Zukunftsforscher Robert Jungk und Heinrich Böll.

Im Moment stimmt nichts mehr, alles ist aus dem Lot. Im Haus stolpere ich auch tagsüber, über Schlafende, verheddere mich zwischen Schlafsäcken, komme kaum zur Arbeit. Ich bin, wozu ich nicht sonderlich taugte, zum Waldläufer geworden, bleibe an Wurzelsträngen hängen, falle nachts fluchend in »Schutzgräben«. Wenn es nur das wäre.
Selbst daß ich, wiederum zwischen Schlafsackfreunden, in einer Erdhütte kaure und am ganzen Leib bibbernd die nächtlichen Minuten zähle oder, zum Vergnügen meiner Kinder, Autos stoppe, um vom Wald wieder nach Hause zu gelangen, scheint mir nicht mehr ungewöhnlich.
Aber daß ich in einer Reihe mit angesehenen Walldorfer oder Mörfelder Bürgern im Dreck sitze, Arm in Arm, und auf den Sturm der Polizisten warte, nein, das hätte ich mir bis vor kurzem beim besten Aufmuckerwillen nicht vorstellen können. Mir fällt das schwer. Auf die Dauer werde ich es nicht können.

(...) Am Sonntag, nach einer Kundgebung in Walldorf und während eines Gottesdienstes draußen im Walddorf, lehrte uns die Legalität, uns alle hier, endgültig das Fürchten. Nachdem sich Polizei und Demonstranten einen Tag und eine Nacht gegenübergestanden hatten, frierend unter Flutlicht, nachdem sich die Geduldigsten von dem Platz, der untertunnelt werden soll, hatten wegtragen und abtransportieren lassen, Demonstranten wie aus einer Gandhi-Fibel, nach alldem entdeckten die Einsatzleiter der Polizei und des Grenzschutzes (was für ein Aufgebot des Rechts: Wasserwerfer, Spähwagen ...) vermummte Chaoten, die die von ihnen gezogene Betonmauer angriffen.
(...) Um den »vermummten Angreifern«, die unter anderem, ihre Kinder an der Hand, vielleicht ein bißchen zu neugierig zwischen Kirchlein und und Mauer hin- und herspazierten, um diesen Strolchen zuvorzukommen, öffnete die Polizei ein Stück in ihrem Schutzwall und stürmte. Die schon Geübteren von uns setzten sich unverzüglich auf die Erde. So haben wir's inzwischen gelernt. Dieses Mal half uns die freundlich-widerständische Gebärde nicht. Sie schlugen auf alle ein. Auf Junge und Alte. Auf die, die sich gegen Tränengas und Chemical Mace vermummt hatten (und nur darum), und auf die, die blind herumtappten.
(PH, »Legalität lehrt das Fürchten«, SPIEGEL, 26. Oktober 1981)

Welche Unvernunft wiegt schwerer, die von Schmidt, Kohl, Börner und Wallmann, die ihre Polizei gegen eine zwar rabiate, aber nicht ganz unvernünftige Minderheit antreten lassen? Oder die von Hunderttausenden Betroffenen, die ihre menschlichen Wertvorstellungen von mehr Freiheit, gesünderer Umwelt und größerer Bürgernähe gegen die verfassungskonforme Mehrheit verteidigen?
Schwach ist nicht der Staat, dessen Regierende bereit sind, sich zu korrigieren. Schwach ist nicht der Staat, der den vernünftigen Dialog mit seinen Minderheiten sucht.
Schwach ist der Staat, dessen Regierende sich darin erschöpfen, in Geheimzirkeln politische Überlebensstrategien zu entwickeln, in stundenlangen Kabinettssitzungen ergebnislos über Jahrhundertprobleme wie das Verbot der Butterfahrten auf der Ostsee beraten. Schwach ist der Staat, dessen Poltiker sich für unfehlbar halten und hinter den Schilden der Polizei verstecken. Unruhe wird dann zur Bürgerpflicht.
(Erich Böhme, »Recht haben und Rechthaben, SPIEGEL, 23. November 1981)

Komm, sing mir was.
Komm, red mich mir
aus.
Komm, schrei endlich,
du träge Zunge, du
geschontes Herz –
jetzt hältst du
nichts mehr
aus
und zerspringst.

(PH, »Vorwarnung«,
in: »Vorwarnung«, Luchterhand 1983)

Albwellen

»Flüchten oder Standhalten?«

Er häutet sich.
Findet neue Gefährten.

Durch die Erfahrungen an der Startbahn-West hat der Citoyen Peter Härtling die politische raison d'être verloren. Die Republik, für die er in Wahlkontoren gestritten hat, für die er sich seit dem Nachkrieg schreibend und redend engagierte, auch die parlamentarische Demokratie, die den Menschen und seine Bedürfnisse ins Zentrum stellen sollte – all das sieht Härtling, wie viele andere, korrumpiert. Korrumpiert durch den kaltmächtigen Willen der Herrschaften aus Politik und Wirtschaft, die technologischen »Fortschritt« und profitables »Wachstum« mit Gewalt und ökologischer Barbarei durchsetzen wollen.
Die Tage und Nächte im Flörsheimer Wald haben den Schriftsteller auf seiten der Außerparlamentarischen, der Widerständigen gesehen und ihm die Arroganz der bewaffneten Staatsmacht vorgeführt. Sie haben in seine Träume und Nächte den Alb gepflanzt. Und auch in seine Tage. An denen erhält er Briefe, die ihn als »Roten Penner« oder »Grünes Schwein« beschimpfen. Gorleben, Wyhl, Brokdorf, Kalkar, Startbahn-West stehen für Projekte einer Moderne, die den Bürger vor sich hertreibt und zunehmend fremd macht. Sie polarisieren, produzieren Angst und schaffen zwecks Entlastung neue Feindbilder. Derweil dräut für die regierenden Sozialdemokraten bereits das Finale, Helmut Kohl wird kommen, bald schon, und von einer »Wende« sprechen, die frieren macht.

Eben noch hat Härtling Zeit gefunden, sich samt dem alten Mörike an den Schreibtisch zurückzuziehen, um mit ihm Mozart, »Ach, der Giovanni!«, zu hören und ihm noch einmal schreibend die »Peregrina« zur Seite zu stellen – jenes »Irrsal in den Mondscheingärten einer einst heil'gen Liebe« namens Maria, das den Eduard in jungen Jahren so sehr verwirrte. Eben noch hat Härtling dem rastlosen, schwermütigen Poeten seine Liebe erklärt, hat das Manuskript schließlich bei seinem neuen Luchterhand-Lektor Klaus Siblewski abgeliefert, da steht er auch schon wieder vor dem Gingko im Walldorfer Garten, verwirrt und suchend: Es ist Zeit, Gedichte zu schreiben, um sich in ihrem Spiegel zu betrachten, um die »Unruhe« wahrzunehmen, die ihn heimsucht. Er muß sich eingestehen, daß ihn »die Sätze nicht mehr halten«, daß er sich nicht mehr »in sich« zurechtfindet. Peter Härtling hat den Weg verloren.

Doch da ist auch die Alb, jenes hochaufragende »Riff im schwäbischen Meer«, das Peter Härtling seit seiner Nürtinger Jugend kennt, das er später mit den Kindern und Mechthild immer wieder über dessen Steigen erklommen hat. Da ist Erpfingen mit seinem Gasthof »Hirsch«, den Windhösels, und der weite Himmel, unter dem er atmen kann.

Und da ist seit einiger Zeit noch mehr: Die Erpfinger Mühle zum Beispiel, darin eine alternative Künstlergemeinschaft, Maler und Musiker, und im nicht weit entfernten Melchingen seit 1981 der »Lindenhof«, eine Theater-Compagnie, die ihr Projekt »selbstbestimmt«, außerhalb der staatlichen Institutionen betreibt und inszeniert: »Kultur für den schöpferischen Menschen und gegen jedwede Form seiner Vernichtung und Unterdrückung« (Satzung des Kulturvereins Lindenhof). Überall im Land wachsen solche »Alternativen«. Gegen-Kultur ist entstanden.

Im Juni 1982 wird Härtling in den Lindenhof zu Literaturkurs und Lesung geladen. Wochen zuvor war schon Peter Bichsel mit seiner »Frau Blum« dort, Peter Rühmkorf, Michael Spohn, Inge und Walter Jens werden folgen. Die Alternativen, die neuen Linken, die engagierten Neinsager, auch die Theaterstürmer entdecken seit einiger Zeit ihre literarischen Defizite und lassen sich von ausgesuchten Schreibern belesen. Härtling liest den Lindenhöflern aus seinem Hölderlin. »Erst danach habe ich angefangen, mich richtig mit Friedrich Hölderlin zu beschäftigen«, gesteht Uwe Zellmer, Lehrer, Autor und heute ausgewiesener »Präsident« der inzwischen weithin bekannten Lindenhof-Theatertruppe. In und nach den wilden 68er-Zeiten ließ man den schwierigen »Neckar-Heroen« in Tübingen und anderswo ausgerechnet links liegen. Sein Freund, der Schauspieler und Intendant Bernhard Hurm, erinnert sich, daß man Härtling gerade durch die nachholenden Debatten über Theater, Literatur und Kunst näherkam. Immer näher. Ganz nah: »Trotzdem wir aus höchst unterschiedlichen Bewegungen stammten«. Hölderlin bleibt. Die Theaterleute erkunden ihn mit Härtlings Hilfe und werden den Fritz wachküssen. In den Straßen von Tübingen. Auf dem Neckar. Im Turm. Jahre später.

»Flüchten oder Standhalten?« Die Alternativen von Erpfmühle, Lindenhof und sonstwo, sie sind nicht geflüchtet, sondern ausgestiegen ins Eigene. Genau das tut auch Georg Landerer, der Suchende, der Müde, der Abenteurer. Er steigt, um die fünfzig, aus seiner bürgerlichen Existenz aus und zieht hinauf auf die Alb, in eine Mühle, zu einem Künstler namens Kannabich, setzt gemeinsam mit jungen »Ökos« ein »Windrad« gegen die »Pfründenhalter, Schönredner und Bonzen«, versucht es zumindest. Peter Härtling mußte das »Windrad« schreiben, wollte sich aus der Krise hinaus-, weg- und fortschreiben, flüchtete in eine Figur, die seiner Wut, seiner Trauer Ausdruck gibt, aber auch – trotz aller Ambivalenzen – Wege findet für die eigene Hoffnung.

»Zu schnell geschrieben«, urteilt die Presse, sieht einen »Individualisten in der Krise« oder einen »sanften Aussteiger« am Werk. Die Rezensenten orten »starke und interessante Charaktere«, auch »ästhetisches Ungenügen« – soweit die etablierte Öffentlichkeit. Denn Härtling ist nicht nur in die Kreise von Startbahngegnern geraten und unter Volkstheaterrebellen gefallen, das »Windrad«, Härtlings literarische Wendung zu aktuellem Widerstand und Utopie, ruft auch die alternative Presse auf den Plan. Bei »taz«, »Schnüss« und »Communale« wird man aufmerksam, interviewt, rezensiert den »Alten«, der sein »Überlaufen zu anderen Ufern« immerhin »literarisch« betreibt.

Doch Härtling läuft gar nicht über, er sucht und findet nur neue, auch jüngere Gefährten und Strukturen, die ihn interessieren, ihm Möglichkeit, Begegnung und Perspektive bedeuten. Er geht zu den Jungen beim Kirchentag 1983, diesmal in Hannover, zu den Friedensbewegten, die sich gegen die Spirale der Nachrüstung, gegen die Aufstellung von Pershing-II- und SS-20-Raketen und die Planung neuer Schlachtfelder wehren. Das alte Kriegskind akzeptiert keine Waffen, keine Gewalt, es fürchtet sie, nach wie vor, und nähert sich doch jenem »spanischen Soldaten«, den Robert Capa im Augenblick des Todes fotografierte. Härtling findet ihn als Manifestation der eigenen Irritationen und Kränkungen, rekonstruiert dessen Leben, auch das des Fotografen. Das Gefundene trägt er während seiner Poetik-Dozentur in Frankfurt (1983/84) vor, immer noch voller Zweifel, mitunter verzweifelt: »Wir alle schreiben, ob wir es wahrhaben wollen oder nicht, eine Endzeit-Literatur, erzählen beharrlich von dem Menschen vor der uns alle bedrohenden Fiktion.«

Selbst das Jugendbuch, das Härtling nach »Sofie macht Geschichten« und »Alter John« und noch vor den Frankfurter Vorlesungen im Beltz-Verlag veröffentlicht hat, offenbart seine Verzweiflung, den Wunsch, zu flüchten und sich von Figuren der Phantasie gegen die kalte Welt umarmen zu lassen. Es nimmt sich den Tod, das Ende zum Thema. Jakob (»hinter der blauen Tür«) hat den Vater verloren, den Halt, stört die Ordnung, rettet sich in Träume und Provokationen. Am Ende steht lediglich die Möglichkeit, den Weg aus der hilflosen Illusion zu finden. Mehr nicht. Die Verstörung bleibt.

Der atomare Rüstungswahn der 80er Jahre, die Provokationen aus Bonn, Washington und Moskau, sie machen angst, bringen Hunderttausende auf die Straße, zu Demonstrationen, Lichterketten, Blockaden. Auch die »Alten«, für die die neuerliche Hitze des Kalten Krieges ein Stück Re-Traumatisierung bedeutet: Böll (der nicht mehr lange leben wird), Albertz, Staeck, Jungk, Grass und andere blockieren ebenso wie Härtling US-Militärstützpunkte, setzen sich neben all die Jungen, die den Wahn der Herrschaften nicht als eine »Gnade der späten Geburt«, sondern als »no future« begreifen. Die Alten empören sich, verlassen einmal mehr ihre Schreibstuben und Akademien und werden auch vor Ort zu Handelnden. An vielerlei Orten.
Peter Härtling ist inzwischen Direktor der Abteilung Literatur der Berliner Akademie der Künste. Doch seine Rede anläßlich der Verleihung des Preises der »Stiftung zur Förderung der geistigen und künstlerischen Arbeit« in Tübingen 1985 ist kein höflicher und wohlgesetzter Hymnus, sondern radikale Fragestellung: »Wird hier nicht womöglich ein Oasenkult betrieben, der uns die stetig wachsende Wüste für Augenblicke ver-

gessen läßt? Nicht eine Wüste, in der Hunger und Durst herrschen, sondern Sattheit und Gedächtnisschwund, Anpassung und Mittelmaß. Was können Geist und Kunst da noch ausrichten?«

Inmitten dieser wachsenden Wüste hat Härtling in den letzten Monaten dennoch und immer wieder den Weg in seine Schreib-»Oase« gefunden und erinnert sich dort mit dem Herzen. Er schreibt die Geschichte des vor Jahren verstorbenen Freundes Alexander Besser, figuriert ihn als »Felix Guttmann« neu und setzt dem jüdischen Rechtsanwalt so ein Denkmal. Einem Unpolitischen, der im Berlin der Nazis Überleben und Fluchten organisierte, auch die eigene, der nach alldem wieder aufstand, der seine Wärme und sein Lachen, seine Freundlichkeit behielt. »Sympathisch«, loben die einen, »Patchwork«, kritisieren andere, »Vollbluterzähler«, rühmt ihn einige Zeit später die »Sächsische Zeitung«. In der DDR erscheinen Härtlings Bücher, auch der »Hölderlin«, im Aufbau-Verlag.

Seine Kinderbücher erscheinen bislang im Ostberliner Kinderbuchverlag. Dann, ab Mitte der 80er Jahre, nicht mehr. Als das Lektorat eine ideologisch motivierte Korrektur an Härtlings »Oma« fordert, weigert er sich: »Kein Kinderbuch erschien dann mehr von mir. Nicht ein einziges!« Man kennt ihn in Kreisen der DDR-Herrschaften und ihrer Staatssicherheit bereits als Renitenten, der bei seinen Lesereisen auch schon mal, durchaus hörbar, die herrschende »Zensur« kritisiert oder zu inoffiziellen Treffen mit DDR-Schriftstellern einreist: Christa und Gerhard Wolf, Stephan Hermlin, Volker Braun, Günter de Bruyn. Härtling ist mit ihnen in Kontakt, nicht nur auf der Leipziger Buchmesse.

Derweil schreibt er auf Lese- und Vortragsreisen Briefe an seine Kinder, die er im befreundeten Stuttgarter Radius-Verlag veröffentlichen wird. Er ist viel unterwegs, schreibt der Viererbande auf, was ihn bewegt ... oder auch schmerzt: »Das Herz!«, es meldet zu hohe Belastungen. »Ich möchte mich nicht schonen« – das indes schreibt er erst viele Jahre später, aber schont sich auch jetzt nicht, hat es nie getan, treibt sich rauchend weiter, raubt sich mitunter den Atem. Bis es plötzlich, im April 1986, allen den Atem verschlägt: Tschernobyl, der Super-Gau. Der elementar beschleunigte »Fortschritt« der »Pfründenhalter« kulminiert im Desaster. Lang vorgetragene Ängste werden zum Schrei, gerade bei Kindern und Jugendlichen. »Die große Angst vor dem Kaputtgehen«, diagnostiziert Härtling in Presse-Interviews. Aber Kannabichs »Bonzen« werden nichts daraus lernen.

Einen Monat nach der Reaktorkatastrophe hat der »Hölderlin« des Lindenhof-Theaters in den Gassen Tübingens und auch auf dem Neckar Premiere. Intensiv beraten von Peter Härtling, auch von Inge und Walter Jens, machen die Melchinger den Hölderlin zugänglich, bringen ihn – höchst erfolgreich – den Zuschauern nah, befreien den Fritz aus seinem »Literaturkerker« (Hurm) und können an solch »poetischem Volkstheater« nur Richtiges finden – schließlich will man die Vielen erreichen und nicht nur eine Elite.

»Freund, nun ist es genug ...« Gerade noch klingt die Freude über den gemeinsam mit den Lindenhöflern ins Leben gebrachten Hölderlin nach, da stirbt der, der ihm väterlicher Freund war, der Härtling Wege wies, in die Kunst, in die Schrift, ins Leben: Fritz Ruoff, der diese Wege bis zu seinem Tod von Nürtingen aus wachsam und kommentierend begleitete. Härtling wird Ruoffs Stimme fehlen. »Fritz schrieb ihm in Blicken und Bildern«, erinnert sich Hildegard Ruoff, »er war immer für ihn da. Diese Freundschaft war einfach selbstverständlich.«
Kurz darauf stirbt auch Ingeborg Drewitz, die Kollegin. Sie wollte Peter Härtling anläßlich der Verleihung des Hermann-Sinsheimer-Preises im Jahre 1987 die Laudatio halten. Ihn faßt der Schrecken, daß auch sie (ebenso wie Böll) nicht mehr präsent ist, mit ihren Fragen, ihren Zweifeln, ihrem Aufbegehren und Protest, mit ihrem Willen, Geschichte nicht vergehen zu lassen, sondern die Gegenwart mit Erinnerung aufzuladen. So wie es auch Härtling selbst wieder und wieder versucht, er, der nicht vergessen kann, was ihn so früh fremd und hilflos machte, was ihm Verluste in die Seele brannte, ihn über Kriegs- und Nachkriegstrümmer stolpern und Halt suchen ließ. »Was fang ich an, ein Kind in einem Mann?« hat er vor Jahren in seinen Gedichten gefragt. Auch heute spürt er noch und wieder die bohrenden Fragen dieses Kindes, dessen Verzweiflung, auch dessen Stärke, und erinnert sich an jene, die ihm zur Seite standen. Nicht zuletzt auch an »Krücke«, den Einbeinigen, der ihm, dem Flüchtlingskind, in Wien begegnete. Härtling schreibt die gemeinsame Geschichte auf.

»Auch du, mein Herz, im Kampf und Sturm/So wild und so verwegen,/Fühlst in der Still erst deinen Wurm/mit heißem Stich sich regen«. Die Kälte der eigenen »Winterreise« hat Härtling nie verlassen, er hat sie oft gespürt – und immer wieder Schubert. Er setzt sich mehr denn je mit ihm, dem Lied, der Romantik auseinander. Die Freundschaft mit der Sängerin Mitsuko Shirai und dem Pianisten Hartmut Höll, dem künstlerischen Leiter der Stuttgarter »Hugo-Wolf-Akademie für Gesang, Dichtung und Liedkunst«, läßt Härtling, wie er es nennt, »in den Bauch der Musik geraten«. Seit ihrer ersten Begegnung hat er immer wieder die Konzerte der beiden besucht, immer drängender ist sein Wunsch geworden, eine Begegnung von Musik und Literatur stattfinden zu lassen, Grenzen zu überschreiten.

»Und so fragten wir Peter Härtling, ob er Lust habe, einmal bei dem Sommerkurs einer unserer Meisterklassen in Finnland mitzumachen, dem Unterricht zuzuhören und sich auch fragend, erklärend einzumischen. Genau das hat sich in schönster Weise bewährt.« Hartmut Höll läßt Härtling Liedtexte erklären, den Musikstudenten Auskunft über Goethe, Heine oder Rückert geben, auch über Schubert, selbstverständlich. Hier, im finnischen Sommer, beginnt eine kreative und folgenreiche Entwicklung, die dazu führt, daß der Schriftsteller 1987 gemeinsam mit Shirai und Höll, aber auch mit der Bratschistin Tabea Zimmermann, auf der Bühne steht, um eine ganz eigene, eine neue Version der »Winterreise« vorzutragen: Nicht nur, daß eine Sängerin, kein Sänger, vom »Lindenbaum« erzählt, auch die Bratsche intoniert das Lied des »Wanderers«, das Gefühl der Fremde auf ihre eigene dramatische Weise. Härtling wird im Bauch dieser Musik bleiben, sich in einzelnen Figuren der Romantik aufgehoben fühlen, wird Schubert und andere »Grenzgänger« zu seinen Gefährten machen. Er wird sie sich in seinen Romanen zur Seite stellen, um ihre Fremde zu erkunden. Eine Fremde, die auch er, hier und jetzt, zunehmend spürt.

Indes war eine Zeitlang gar nicht klar, wo seine Romane, auch die Erzählungen und Gedichtbände weiterhin erscheinen werden. Luchterhands Fachbuch- wie auch die Literatursparte sollen verkauft werden: Erst ist die holländische Kluwer-Gruppe als Käufer im Gespräch, dann die WAZ-Gruppe, dann doch wieder Kluwer. Als nach dem Willen der Gesellschafter im August 1987 Kluwer den Zuschlag erhält und der Autorenbeirat erneut sein Mitspracherecht anmahnt, wird plötzlich klar, daß der Passus über dessen Funktion bereits vor Jahren – klamm und heimlich – aus dem Gesellschaftervertrag gestrichen wurde. Ein Affront. Peter Härtling teilt mit, daß Luchterhands Autoren aus Ost und West mit »kollektivem Austritt« drohen. Man einigt sich. Vorübergehend. Es wird noch ärger kommen.

Doch erst einmal bleibt, was war. Härtling läßt ein weiteres Buch über einen Randständigen bei Luchterhand erscheinen, einen verzweifelt Suchenden, der auf die Frage »Sind Sie fremd hier?« die Antwort denkt: »Wo bin ich es nicht?«. Sein Titel: »Waiblingers Augen«. Gleichzeitig hat er unter dem Titel »Mörsinger Pappel« Gedichte versammelt, in denen er sich einmal mehr betrachtet und mitunter staunend aus dem Gefängnis seiner Schwermut auszubrechen vermag, bisweilen sogar »Das andere Leben« wagt: »Brich auf, erwärmte Seele.« Härtling beginnt Grund zu finden. Neuen.

Januar 1982

Anläßlich einer Kundgebung gegen den Bau der Startbahn-West kommt es zu der bislang heftigsten gewaltsamen Auseinandersetzung mit der Polizei. Tausende von Demonstranten hatten sich versammelt, um gegen den Entscheid des Hessischen Staatsgerichtshofs zu protestieren, der ein Volksbegehren gegen das Projekt abgelehnt hat.

Februar 1982

In Dresden versammeln sich junge DDR-Bürger in der Kreuzkirche zu einem Friedensforum. Ihr Protest richtet sich gegen Rüstung und Militarismus. Sie fordern die Abschaffung der Wehrerziehung an den Schulen und die Einführung eines Wehrersatzdienstes. Ihr Motto u. a.: »Schwerter zu Pflugscharen«. Kurz zuvor hatte der Ost-Berliner Jugendpfarrer Rainer Eppelmann den »Berliner Appell – Frieden schaffen ohne Waffen« in Umlauf gebracht.

Welche mörderische Halbwahrheit steckt in der Wendung »Kalter Krieg«. Sie legt uns nahe, auf die tödliche Hitze als Alternative verweisend, unter Angst und Bedrohung zu frieren. Und so präpariert den Frieden zu verteidigen. Was heißt »verteidigen« für einen Friedfertigen? Welcher Frieden soll da so kriegerisch gehütet werden. meiner, deiner, unserer, eurer? Ist Frieden teilbar, läßt er sich als guter oder schlechter qualifizieren, ist er womöglich das Eigentum von Staaten, von Konzernen, von Parteien, Kanzlern oder Staatsratsvorsitzenden? Nein und abermals nein!

mit Stephan Hermlin vor der Berliner Akademie der Künste

Nur haben wir den Frieden noch nicht denken gelernt. Wir finden kaum Vokabeln, die ihn aufnehmen und weitergeben. Im Gegenteil: die Herrschenden in aller Welt ziehen es vor, in einer Art globalen Weisungssprache Verhältnisse und Konflikte festzuschreiben. Diese Sprache schließt den anderen aus. Sie hat das Gespräch vergessen. (...) Es kann nicht unsere Sprache, die Sprache des Menschen sein. Es ist die der unkontrollierten Macht, der technologischen Arroganz, der unmenschlich gewordenen Bürokratie. Unsere Sprache muß all diese Ängste, die uns noch ungenau ergreifen und schütteln, aussprechen und umdenken lernen in Gemeinsamkeit und Hoffnung, sie muß ihre Wörter, Begriffe und Metaphern tastend aussenden in eine Zukunft, in der Konflikte nicht in der schlagenden Wortlosigkeit enden.

(PH: »Für eine veränderte, empfindlichere Sprache«, Erklärung zum »Schriftstellertreffen für den Frieden« in Den Haag, initiiert von Stephan Hermlin, Mai 1982)

Von der Tagung der Hölderlin-Gesellschaft in Tübingen macht der Schriftsteller Peter Härtling einen Abstecher nach Melchingen. Am kommenden Freitag, dem 4. Juni, liest er um 20.00 Uhr im »Lindenhof«, vor allem aus seinem Hölderlin-Roman. (...) Dieser 1976 erschienene Roman enthält die Summe seiner Erfahrungen mit Hölderlin; fünf Jahre hat er sich mit den Dichtungen, den Briefen, zahlreichen zeitgenössischen Dokumenten auseinandergesetzt, drei Jahre brauchte er für die Niederschrift des Romans.
Härtling zieht Parallelen zwischen der Zeit um 1800 und 1968: ähnliche Aufbruchgefühle, Hoffnung auf große politische Veränderungen, Spannungen zwischen utopischen Entwürfen und konkretem Handeln. Härtling schildert Hölderlin als Zeitgenossen der französischen Revolution und nicht, wie bisher fast ausschließlich geschehen, als hehren Dichter, als Kopf ohne Leib und geradezu heiliges Un-Wesen. Härtlings Hölderlin spricht daher auch schwäbisch. *(Presseerklärung des Theaters »Lindenhof«, Mai 1982)*

Man kann nicht sagen, daß wir uns als zornige Menschen trafen. Das wäre falsch. Die Qualität dieser Begegnung ist eine andere, eine der gemeinsamen großen Gefühle für Romantik, Poesie und Freundschaft.

Ohnehin ging es zunächst ganz stark um das Thema »Hölderlin«. Wir entdeckten durch Peter den Hölderlin zum ersten Male richtig. Im Jahre 1982 fand die Lesung statt, und danach haben wir uns oft mit ihm getroffen, um all die wichtigen Fragen zu diskutieren: War Hölderlin ein Rebell, hat er simuliert, oder haben, ob all der Leiden an seiner Realität, bei ihm die Nerven versagt? Darüber haben wir nächtelang debattiert. *(Uwe Zellmer)*

Wir haben uns wirklich hauptsächlich über Literatur, Kunst und Theater kennengelernt. Obwohl Peter Härtling und das Theater Lindenhof aus höchst unterschiedlichen politischen Bewegungen kommen, war das für unsere Freundschaft nicht mehr wichtig und auch kein Gegenstand von Streit. Ich glaube, daß er in diesem Theater, in unserer Compagnie, Leute gefunden hat, die er mag, und daß er sich durchaus auch vorstellen könnte, bei uns mitzumachen, wenn er noch jünger wäre. Unsere Haltung zur Welt ist ein Stück weit auch die seine, die Nähe zum Publikum, die das Theater möglich macht, ist etwas, das ihn fasziniert. Peter mag, denke ich, an diesem Theater die Kraft und die Vitalität, das Bilderstürmerische, das Ungestüme dieser Albtruppe. Ich glaube, das liebt er sehr. *(Bernhard Hurm)*

Seit einiger Zeit bekomme ich anonyme Anrufe und finde Post ohne Absender in meinem Briefkasten. Ich werde »roter Penner«, »linker Verräter«, »grünes Schwein« geschimpft, und eine »endgültige Abrechnung« wird mir angedroht. Es sind Eingriffe in mein Leben, nicht Hausfriedens-, sondern Seelenfriedensbrüche. Ich bin dazu verurteilt, stumm zu bleiben, denn die feige Anonymität der Stimmen läßt mich nicht reden, antworten. Ihre denunziatorische Besserwisserei greift mich nur an. Aber was wissen sie denn von mir? Welches Bild machen sie sich, und welches Bild wird ihnen gemacht? Wissen sie, daß ich ein Gespräch vorziehe, selbst wenn ich mich davor fürchtete? Wissen sie, daß ich es längst aufgegeben habe, mir Feinde auszumalen, es vorziehe, das waffenlose, doch nicht wortlose Gegenüber zu sein? Solche Versicherungen würden mir nicht helfen. Auf wen kann ich also hoffen? Auf die Vernunft, die sich zwar von niemandem pachten, doch von jedem kleinen Totschläger vertreiben läßt? Auf meine Republik, in der ich aufwuchs, für die ich stritt, an der ich mich rieb, um deren demokratischen Grund ich seit eh und je bange? Hätte ich nicht Freunde im Zweifel und im Hoffen, ich liefe vor den Nichtswürdigen, Namenlosen davon. So halte ich weiter aus.
(PH, »Erfahrungen mit Halbritter«; Manuskript für die Büchergilde, 1982)

Mit Hans-Joachim Gelberg (1983)

März 1983

Die CDU/CSU gewinnt die Wahlen zum Deutschen Bundestag mit 48,8 % der Stimmen. Helmut Kohl bleibt Bundeskanzler. Die »Grünen« ziehen erstmals ins westdeutsche Parlament ein.
Im Jahr zuvor war SPD-Kanzler Schmidt per »Konstruktiven Mißtrauensvotum« von der Mehrheit des Deutschen Bundestags entmachtet worden. Zwei Monate später hatte Kohl die Vertrauensfrage gestellt, wie beabsichtigt keine Mehrheit bekommen und damit den Weg für Neuwahlen erzwungen.

April 1983

Das Hamburger Magazin »Stern« verkündet den Fund der »Hitlertagebücher«. Die Tagebücher sollen aus einem abgestürzten Flugzeug stammen und von dem Stern-Reporter Gerd Heidemann entdeckt worden sein. Kurz darauf wird der Fund als simple Fälschung entlarvt: der Stuttgarter Militaria-Experte Konrad Kujau hatte die Tagebücher erdichtet und gefälscht. Die Geschichte des Dritten Reichs muß also nicht, wie behauptet, »neu geschrieben« werden.

Meine Sätze halten
mich nicht mehr
aus.
Ich höre nichts mehr
von mir.
Die Wörter haben
mich verlassen
und totgesagt.

(PH, »Der andere Zustand«,
aus: »Vorwarnung«, Luchterhand 1983)

Jetzt hat es also auch die Älteren erwischt – literarisch zumindest: In Peter Härtlings neuem Roman »Das Windrad« ist es keiner der »no-future-Generation«, der aussteigt und die Gegenwart verweigert, sondern einer, der mit seiner Vergangenheit die Gegenwart nicht mehr für lebenswert hält. Georg Landerer, seit 24 Jahren verheirateter Familienvater und Druckereibesitzer, dreht zum letzten Mal den Haustürschlüssel des Eigenheims um – verschließt quasi die Vergangenheit – und bricht aus. (...) Die Hauptthemen gebündelt: ein Aussteiger im »deuxieme age«, das Windrad als Metapher für Naturzerstörung und schließlich die Sprachlosigkeit des Jungen (Pokko) – jedes für sich ein großes Thema – das, zusammengenommen, den einen Roman überfordert. (...) Der Eindruck bleibt, daß dieser Roman schnell, zu schnell geschrieben wurde. Davon profitiert die Utopie mehr als die Realität – die in diesem Falle sicher das Interessantere wäre.
(»Ein Ausstieg in die Utopie«, Deister- und Weserzeitung, Hameln, 5. September 1983)

Aussteigen hat Konjunktur. Alternativ leben ist »in«, sich aus dem etablierten gesellschaftlichen Wahnsinn ausklinken und zu neuen phantasievollen Lebensformen finden, erst recht. (...) Die Umarmung Landerers mit den neugewonnenen Freunden, die symbolisch für ein hoffnungsvolleres, menschliches Zusammenleben stehen, gerät mir zu ekstatisch. Die Vehemenz und Direktheit, mit der sich Landerer diesen Menschen und ihren gänzlich anderen Lebensgewohnheiten an die Brust wirft – dies alles konstruiert Härtling nicht genügend glaubwürdig (...) Besonders klebrig-süßliche Züge bekommt diese Verbrüderung und Kameradie dann, als das Windrad Kannabichs, des Künstlers und Sonderlings, inzwischen Landerers bester Freund, im Wald aufgestellt werden soll. Hunderte von jungen Menschen aus der Umgebung sind angereist, um die Errichtung des Rades, des Symbols der Phantasie, der Hoffnung, des Widerstands mitzuerleben. Spätestens hier wird die Erzählhaltung Härtlings zu naiv, zu blauäugig, zu pathetisch. (...) Recht verstanden: Härtling macht sich in diesem Roman nicht zum Apologeten einer alternativen Protestszene, wird kein Bhagwan im grünen Rock. Dafür ist seine Literatur zu subtil, und er selbst zu sehr Schriftsteller, denn Agitator. (...) In dem sanften Licht, in dem Härtling seinen Roman beschließt, spiegelt sich am Ende jedenfalls mehr als modisches Aussteigertum oder die gar zu platte Propagierung »alternativen Lebens«. Hier schimmert dann plötzlich das auf, was Härtlings Roman im wesentlichen ausmacht: Die Hoffnung auf Veränderung durch Phantasie, Liebe und der Glaube an eine menschlichere Zukunft. *(Martin Klein, »Kleine Fluchten auf die schwäbische Alb«, Communale, Heidelberg, 3. November 1983)*

Härtling, dieser vorsichtig nachtragende Autor, hat sich mit diesem neuen Roman (erstaunlich) weit vorgewagt: bis an die Grenze einer positiv bestimmten Utopie. Er hat versucht, den Aufbruch zu beschreiben. (...) Er hat, auch hier wieder, Zwischentöne gefunden, Nuancierungen, zärtliche Wendungen. Doch ist er bis an die Grenze gegangen und seinem eigenen Vorsatz untreu geworden: »Die Literatur trägt nach, sie eilt selten voran.« Das hatte er einst geschrieben und allen entgegengehalten, die mit Literatur voraneilen wollten. Heute scheint es, setzt er sich selbst an die Spitze: »Schau sie dir an, rief Leo, schau sie dir an, lauter Verbündete, lauter Körnerfresser, Friedensfreunde und Staatsfeinde.« *(Martin Lüdke, »Die Zeichen zukünftiger Zeit«, DIE ZEIT, 11/1984)*

Ich schrieb »Das Windrad« in einer Lebens- und Arbeitskrise. Nach den Erfahrungen, die ich an der Startbahn-West gemacht habe, und den Auseinandersetzungen mit einer Obrigkeit, die anders wollte als die Bürger, habe ich »Das Windrad« geschrieben als Fluchtversuch in die Landschaft, die mir die vertrauteste ist, als Fluchtversuch auf die Alb. Und um mich selbst wieder zu fassen, mir auch selber wieder Schwung zu geben, erfand ich diesen Aufbruch zweier Menschen. Es ist noch ein Kind dabei, Pokko, ein sprachloses, ein autistisches, und eine Gruppe von Menschen, die sich gegen eine verfestigte Realität auflehnt. Diese Gruppe versucht nun, weil ein alter Bildhauer – dabei dachte ich ein wenig an HAP Grieshaber auf der Achalm – den Traum von einem Windrad hat, ein solches aufzustellen. Zuerst als Symbol für die Befreiung von Energien, dann auch als Energiespender. In diesem Roman geht es um Befreiungen.
(PH, »Eine eigene Vertrautheit«, Interview mit Thomas Vogel, in: »Komm' ins Offene Freund«, Klöpfer und Meyer, Tübingen 1997)

Friedenscamp in Mutlangen (1983)

September 1983

Die US-Militärstützpunkte Bitburg und Mutlangen werden von Friedensdemonstranten blockiert. Darunter viel Prominenz, auch Peter Härtling. Günter Grass nimmt im SFB zu überzogenen Reaktionen der Polizeikräfte Stellung: »Es ist eine so inhumane Art und Weise, auf demokratisches Verhalten zu reagieren, daß ich Angst bekomme, ob auf seiten der Behörden in diesem Herbst nicht die Sicherungen durchbrennen. Was die Friedensbewegung betrifft, habe ich keine Bange. Ich war sehr beeindruckt von den jungen Menschen dort, die drei Wochen im Friedenscamp gewesen sind, die, wenn man so will, auf deutsche und etwas übergenaue Art regelrecht geübt haben, wie man gewaltlos demonstriert. Aber der Ernst, mit dem die Demonstranten ihre Proteste begründen, hat mich beeindruckt. Diesen Ernst teile ich.«

Die Blockierung der Zugänge zu den kontinuierlich bestehenden Mordinstallationen muß ebenfalls kontinuierlich stattfinden, pausenlos! Auch Polizisten erfüllen ja ihre Pflicht nicht nur intermezzohaft, um Verbrechen zu verhindern, sondern ständig – und recht haben sie. Dasselbe Recht der Kontinuität haben und beanspruchen wir. Die Zugänge, d. h. die zu den Mordinstallationen führenden Zufahrten, haben wir, u. U. weit von den Installationen entfernt, pausenlos unverwendbar zu machen und zu halten. Damit wir Menschen nicht zerstört werden, haben wir die zu den Installationen hinführenden Straßen ständig zu sabotieren! Ständig. Wir sind mehr wert als die Tötungsmaschinen. Das berühmte Gebot des zweiten Buch Moses lautet ja nicht: »Du sollst die Tötungsmaschinen beschützen!«, sondern: »Du sollst nicht töten!« (...) Mein Spruch »Rampen für Raketen sind Untergangsmagneten« gilt leider heute wie vor zwanzig Jahren. Freunde, Fremde und Feinde: »Wer nicht mit uns ist, ist gegen sich selbst!«
(Günther Anders/Philosoph, 81 Jahre alt, »Sabotieren wir die Friedenssaboteure«, taz, 22. Oktober 1983)

Ich schaffe es nicht mehr, mich in die vergangene Wärme, in diese Lesehöhlen zu flüchten. Schlimmer noch: die Sätze, denen ich traute, die mir halfen, Welt zu erfahren, haben ihre

wunderbare Kraft verloren. Ist es meine Schuld? Kann ich nicht mehr ohne Vorbehalt lesen, mich nicht mehr phantasierend fallen lassen? Was hindert mich, mich mit ihnen zu vergessen und erneut zu finden? Vielleicht muß ich mir diese unerwartete Schwäche so genau wie möglich klarmachen, damit ich zu den lebenden, mich belebenden Sätzen zurückfinde. Vielleicht bieten mir diese Vorlesungen die Möglichkeit, über die Öde hinwegzugelangen oder sie wenigstens zu beschreiben, zu erkennen. Ich habe mich lange genug gescheut, die Gründe für meine Irritationen zu erkunden, geschweige denn zu definieren. Es könnte nämlich sein, daß sie auch den Impuls angreifen, der mich schreiben läßt. Ich wüßte nicht, was mir bliebe.
(...) Als ich vor Wochen Capas Soldaten für eine Erzählung fand, mit der ich meine Vorlesung abschließen will, war ich noch nicht so weit von den Büchern entfernt und mir so nah. Allmählich begreife ich. Ich muß den Soldaten finden. Er könnte mir helfen, über diese Kluft zu gelangen. Vielleicht habe ich ihn gefunden, um erfindend davonzukommen. Mir ist, als falle der ins Riesenhafte gewachsene Schatten des Soldaten auf uns alle. Er wird zum Boten unserer Geschichte, die uns über den Kopf wächst (...) Wer schaut ihm nach, wer wird betroffen sein und wer fängt ihn auf? Wohin fällt er? Auf die schrundige Erde, in unser Gedächtnis, ins Nichts? Geht seine Seele verloren? Er hat mir beigebracht, weshalb die Bücher nichts mehr taugen. Er ist das Inbild meiner Kränkung.
(PH, »Der spanische Soldat«, Frankfurter Poetik-Vorlesungen 1983/84)

Härtling ist politischer Essayist aus Not. (...) Er ergreift Partei für seine eigene Person, und er sieht überhaupt nicht ein, weswegen er aus seinem Denken die eigene Person und die der anderen herausoperieren soll. Für ihn zählt nur eines (ein erzromantischer Gedanke), das Individuum, und zum Schreiben bringt ihn nur, wenn er sich verletzt, gekränkt, übergangen, zurückgesetzt, entmündigt fühlt oder wenn er das bei anderen verspürt. *(Klaus Siblewski, »Von uns. Für uns«, Luchterhand 1990)*

Peter Härtling ist seit über zwanzig Jahren Abteilungsdirektor der Akademie, ein Sachwalter der Literatur. Man hat ihn immer wiedergewählt, weil er erstens verläßlich, zweitens sympathisch und drittens von Grund auf freundlich ist – Brechtsche Freundlichkeit, die verbinde ich mit ihm. Härtling ist ein vernünftiger, freundlicher Mensch, einer, der, ohne Kompromisse machen zu müssen, oft genug dort Synthesen findet, wo andere nur Gegensätze sehen. *(Walter Jens)*

Ich finde es wunderbar, daß Peter den Direktor unserer Literarischen Abteilung macht. Er liebt die Arbeit in dieser Abteilung offensichtlich, während ich furchtbare Mühe damit habe. Sie können sich nicht vorstellen, was das für eine Vereinsmeierei ist. Daran hat Härtling nicht die geringste Schuld, aber wenn Statuten und Tagesordnungen diskutiert werden, finde ich das einfach furchtbar. *(Peter Bichsel)*

Wer aus einer Wirklichkeit flieht, hat Gründe. Wir waren lange der Meinung, Wohlstand und Fortschritt seien soziale Bindemittel. Sie sind es nicht. So wie es nicht nützen kann, Geschichte zu tilgen, um eine neue Geschichte zu beginnen. Wir haben Sachwerte gehäuft, unsere Emotionen an Leistung vergeudet und uns zunehmend ins Schweigen zurückgezogen. Wir haben Leistung und Machen zur Ideologie werden lassen und fürchten uns vor der Liebe wie vor dem Leiden.
Bücher können das Leben nicht ersetzen. Aber mit ihnen kann man zurückgewinnen, was schon aufgegeben scheint. Sie können erzählen, den Kindern erzählen, von dem, was wir uns ausgetrieben haben, um voranzukommen. Sie können uns Helden zurückgeben, Liebende, Geschlagene, Verzweifelte, Hoffende. Sie können wärmen. Sie können beibringen, wie man zusammenlebt, was Nähe bedeutet. Sie können uns den verfluchten Wohlstandsegoismus austreiben. Sie dürfen und sollen sich aber nicht von einer beschädigten Wirklichkeit abwenden, sondern sie aufreißen durch Rückgewinnen und neue Erfahrungen.
(...) Die große Literatur ist immer parteiisch für den Menschen gewesen, nicht für den Mächtigen, sondern für den Ohnmächtigen, für den Suchenden, für den Zweifelnden, den Hoffenden. Also lassen wir Schüler wieder mit Literatur umgehen! Lesen wir wieder mit ihnen. Geben wir ihnen Bücher. Geben wir ihnen Phantasie!
(PH: »Helft den Kindern, helft den Büchern«, Tagungsvortrag, Akademie für Sprache und Dichtung, Darmstadt 1984)

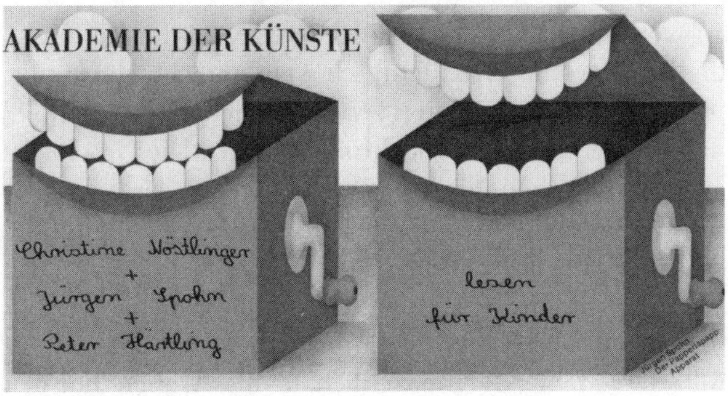

März 1984

März 1985

Michail S. Gorbatschow wird nach dem Tod von Parteichef Tschernenko vom Zentralkomitee der KPdSU zum Generalsekretär gewählt. Der erst 54jährige Gorbatschow kündigt die »Perestroika«, eine reformorientierte Wirtschaftspolitik, an, außerdem nimmt er die Abrüstungsverhandlungen mit dem Westen wieder auf. In den kommenden Jahren wird er mit »Glasnost«, der Liberalisierung der politischen Öffentlichkeit, beginnen.

Mai 1985

Der Präsident der Berliner Akademie der Künste, Günter Grass, geht anläßlich des Gedenkens an den 8. Mai 1945 in seiner Rede »Geschenkte Freiheit« mit der Bildenden Kunst der Nachkriegszeit ins Gericht: »Von all dem Häßlichen, das man glücklich hinter sich zu haben meinte, sollte möglichst nichts zu erkennen zu sein. (...) Kein Dix, kein Kirchner, kein Beckmann zwang das erlebte Grauen ins Bild.«
Es kommt zu Protesten und Diskussionen um die Grasssche Auffassung.

Bundeskanzler Helmut Kohl besucht mit US-Präsident Ronald Reagan den Soldatenfriedhof von Bitburg, um eine weitere »Versöhnung über den Gräbern« zu zelebrieren. Der Besuch gerät in die öffentliche Kritik: Auf dem Friedhof befinden sich auch die Gräber von Angehörigen der Waffen-SS.

Juli 1985

Der Literaturnobelpreisträger Heinrich Böll stirbt im Alter von 67 Jahren. Mit ihm verliert Deutschland einen engagierten Schriftsteller, der sich oft genug in Widerspruch zu Politik und Zeitgeist setzte. Böll protestierte gegen Militarisierung, Notstandsgesetze, Radikalenerlaß und Nachrüstung, kämpfte für Dissidenten, suchte noch dort zu verstehen, wo andere längst abwinkten. Sein rigoroser Sinn für Demokratie und Gerechtigkeit schaffte ihm, neben guten Freunden, auch viele Feinde.

Ich wehre mich gegen den Erinnerungsverlust, die Geschichtslosigkeit, gegen die am Tag haftenden, kleinmütigen Wörter der heute Herrschenden, denn ich weiß, daß im Rücken derer, die schon verloren scheinen, sich eine Gegend ausbreitet, die das Gedächtnis bewahrt. Die Geschichte des Menschen. Sie läßt sich immer wieder und immer von neuem erzählen und fortsetzen, solange wir den Mut dazu aufbringen, solange wir unsere herrliche, reiche, schmutzige, das Glück suchende und das Elend bestreitende Phantasie nicht den Maschinen überlassen. Sie, die menschlichste aller Gaben, hat den Göttern Gestalt gegeben, Gott einen Himmel, dem Teufel die Hölle und der Zukunft die Hoffnung; sie hat Melodien in unseren Köpfen ertönen lassen, Bilder vor unsere Augen gespannt und Sätze auf unsere Lippen gelegt, die uns erst sein lassen.
(PH, »Gegen den propagierten Gedächtnisschwund«, Zelt-Rede in Bergen-Enkheim, August 1985)

Bergen-Enkheim 1985 (mit Marcel Reich-Ranicki)

Felix Guttmann, Peter Härtlings neuester Roman, handelt vom Finden und Erfinden, erzählt die Geschichte des Freundes und Vaters, des »kleinen Herrn von nebenan«, des Herrn Doktor B. Neugierig, hartnäckig helfend steht dieser kleine Gardeoffizier da, Anwalt in Scheidungsfragen; drängt sich in das Leben des Autors, läßt sich erzählen, hört zu, berichtet, jedoch kaum über sich selbst. (...) Peter Härtling erhebt seinen tatsächlichen Doktor B. zur Fiktion. Er muß ihn erfinden, nennt ihn Felix Guttmann; ein einfacher Name, aber auch ein symbolischer. Härtling rückt die Wirklichkeit auf Distanz, muß dies tun, um sie sich erklären zu können; vielleicht auch, um sie sich erträglicher machen zu können. (...) Sprache wird hier zum Instrument, greift Stimmungen auf, behutsam intonierend, reagiert mit feiner Sensibilität auf den Wechsel der Tempi und der Dynamik. Es ist die Sprache Niembschs, des Hölderlin ebenso wie der Maria des Mörike. Der musikalische Sprachduktus dirigiert das Erzählte ebenso wie das Lesen. (...) Und Felix führt, lenkt durch eine Zeit, in der plötzlich Kisten auf den Bahnhöfen standen, »via Amsterdam«, in der Menschen plötzlich nicht mehr da sind, Angst haben, stumm geworden sind. Felix treibt durch einen ekstatischen Rausch aus Ohnmacht und Glorie. Benommen folgt man. *(Lioba Rüdell: »Vom Zwang eines Autors, Figuren zu erfinden«, Darmstädter Tagblatt, 11. Oktober 1985)*

Dieser Roman ist perfektes zeithistorisches Patchwork. Das Gefundene – in der Erinnerung des Autors, in Tagebüchern und Dokumenten des geliebten Ersatzvaters, aber auch in Steins Kulturfahrplan und Berliner Reminiszenzen-Literatur – hält der Autor schlank. Das Erfundene jedoch bläht er auf, es macht was her, sprüht Vitalität, träufelt Sentiment. (...) Spätestens seit Brecht ist der Held, der nicht zu kämpfen, wohl aber sich zu fürchten weiß, ein triviales Topos. Fast reibungslos schlängelt sich Peter Härtling zwischen Finden und Erfinden durch, sicher im An- und Nachempfinden. Fraglos meisterlich aber ist er im Verwischen der Gleitspur. Dieser Schriftsteller läßt keine Chance, mißverstanden zu werden. *(Günther Schloz: »Zeithistorisches Patchwork«, DIE ZEIT, 11. Oktober 1985)*

»Heilbronner Begegnung« (1985)

Nachdenklich derzeit auch die Stimmung bei Luchterhand. Seit Jahren ja offenes Geheimnis, daß Verleger Eduard Reifferscheid sein Nachfolgeproblem wohl nur über einen Verkauf des gesamten Unternehmens wird lösen können. Vor Jahren schon war man in engstem Kontakt mit der holländischen Kluwer-Gruppe (derzeit mit »Metzner/Kommentator« schon mit einigen Beinchen im deutschen Markt) und angeblich schon zur Unterschrift bereit. (...) Auch mit der WAZ-Gruppe war man sich im Frühjahr schon einig: nach uns vorliegenden Informationen hatte man sich schon auf einen Kaufpreis von rd. 24 Mill. Mark geeinigt für beide Luchterhand-Verlage und auch das Sorgenkind Druckerei. Doch da hatte der Autorenbeirat (u. a. Günter Grass) sein Veto eingelegt – allein bei Luchterhand gibt es eine Vereinbarung, daß bei einem Inhaberwechsel alle Verlagsrechte an die Autoren zurückfallen und sie somit völlig frei sind. (...) Doch im Unternehmen kommt man nicht zur Ruhe: den Mitarbeitern wurde als Sprachregelung verordnet, man verhandele jetzt wieder mit Kluwer, aber lediglich über eine Kooperation in Auslieferung und Vertrieb, ggf. auch eine engere Zusammenarbeit mit »Metzner/Kommentator«. Daß es tasächlich dabei bleibt, mag allerdings – solange Reifferscheid (inzwischen weit über 80) nicht unterschrieben hat – keiner glauben. Nicht einmal die potentiellen Käufer! – Es gibt im übrigen noch mehr Interessenten, etwa einen Verlag in Hamburg.
(»Klatsch und Tratsch«, BuchMarkt 11/85)

Ich habe viel über Heinrich Böll gelesen in den letzten Wochen, viel lesen müssen, was mich aufbrachte, denn es waren Sätze, die sich krümmten vor Verlogenheit, vor nachträglich falscher Pietät. Seine Gegner, seine Verleumder waren seiner nicht wert.. (...) Es sind die kleinen Sätze. Überlebenssätze. Böll hat ihnen viel zugetraut und ihnen seine Gestalten anvertraut. Sie sprechen oft wie aufmuckende Kinder, die an den undurchschaubaren Übereinkünften der Erwachsenen leiden und die belebende Nähe ihrer anarchischen Existenz vorziehen; denen die Engel, die man ihnen als Schutz versprach, nicht erschienen sind. So halten sie aus, schlagen sich durch, reden wahr und manchmal wirr: Hans Schnier in »Ansichten eines Clowns«, die Fähmels in »Billard um halbzehn«, Fendrich im »Brot der frühen Jahre«, die Gruhls, Vater und Sohn, in »Ende einer Dienstfahrt« und Leni in »Gruppenbild mit Dame«.
Beherzt und unangepaßt widersetzen sie sich den Fixen, den Erfolgreichen, den Vergeßlichen. Sie holen nach, was die meisten, schon satt, unterlassen haben. Trotzig bestehen sie auf Gerechtigkeit, Freundlichkeit, und es kann passieren, daß ein Militärjeep in Brand gesteckt wird. Ein kleines Fanal in einer eingeebneten Landschaft, mehr noch nicht.
Doch dann wird eines der Böllschen Kinder frühzeitig alt, will nicht mehr sanft auf Gegenkurs steuern, begehrt auf, wird laut. Was um so mehr erschreckt, weil es eine Eigenheit der Böllschen Figuren ist, leise zu sein, nur selten die Stimme zu erheben, so wie Böll selbst sprach, zurückhaltend wie nachdrücklich, selbst im Zorn noch mit einem Beiklang von Begütigung. Katharina Blum hingegen schreit. Mit ihrem Aufschrei endet die lange, in vielen genauen Bildern eingeholte Periode des Nachkriegs in Bölls Büchern. Die Vergangenheit ist endgültig Teil der Gegenwart, und dieser bösen, bitteren Verquickung will Katharina nicht zum Opfer fallen. Sie sagt ihr den Kampf an.
Mit Katharina hat Heinrich Böll viel von seiner Geduld verloren. Er mischte sich noch energischer ein, wurde noch wachsamer, und seine Verletzlichkeit wurde zur Prüfung für die professionell Unverletzbaren. Das nahmen sie ihm übel. Worunter er wiederum, ein Gerechter, litt. Denn er stritt – nach seinem Verständnis – nicht gegen sie, sondern im Grunde für sie: daß sie ihr Gedächtnis wiederfänden, daß sie ihre Anmaßung und Selbstgerechtigkeit begriffen. Aber sie haben ihm, fürchte ich, nie zu Ende zugehört, geschweige denn nachgedacht, denn sonst hätten sie ihm, der selbstlos war – nur nicht in der Kunst –, nicht so übel zugesetzt.
Er nämlich konnte zuhören. Wenn ich an ihn denke, denke ich vor allem auch an den Zuhörer, diesen mit seinem ganzen Wesen Lauschenden: Etwas nach vorn gebeugt sitzend, sein Gegenüber nicht aus dem Auge lassend, den Mund ein wenig offen, immer wieder auffordernd nickend. Ganz Ohr. Einer, der nicht vergaß, was er erfuhr, und nichts veruntreute, wenn er davon erzählte.
(PH, Vorrede zur Böll-Gedenklesung, Akademie der Künste 10. November 1985)

Januar 1986

Die Polizei räumt gewaltsam ein »Hüttendorf« im oberpfälzischen Wackersdorf. Atomkraftgegner hatten das Gelände im Landkreis Schwandorf besetzt, um dessen Rodung und den geplanten Bau einer kommerziellen Wiederaufbereitungsanlage für atomare Brennstoffe zu verhindern. Nicht nur vor Ort, sondern auch in der Landeshauptstadt München hatten Zehntausende gegen die Pläne von Staatsregierung und Atomindustrie protestiert.

Keramik (Spemann)

Lieber Peter, immer noch vom Husten geplagt und etwas wackelig auf den Beinen, schicke ich Dir Martin Walsers pünktlich eingereichten Antrag mit meiner Unterschrift. Da ich eine Menge Termine aus meinem Kalender gestrichen habe, werde ich mich im März drei Wochen lang erholen können. Dir, lieber Freund, rate ich, Deine Lesereisen zu halbieren, auf Deine Frau zu hören, auf daß wir uns noch länger erhalten bleiben. Freundlich grüßt Dich Dein Günter. *(Günter Grass, Brief vom 26. Februar 1986)*

April 1986

Eine Wasserstoffexplosion zerstört das Gehäuse des Reaktorblocks 4 im ukrainischen Atomkraftwerk Tschernobyl (Ukraine). Unmengen von Radioaktivität werden freigesetzt. Menschen sterben, werden verseucht, an Krebs erkranken. Eine radioaktive Wolke dehnt sich bis nach Nord- und Mitteleuropa. Pflanzen, Tiere, Menschen sind auch hier durch Strahlung gefährdet. Angst und Panik machen sich breit. Reporter warnen irritiert über ihre Radiostationen (SFB, 5. Mai 1986): »Wenn es regnet, sollte man auf keinen Fall Kinder und Schwangere ins Freie lassen und hinterher abwarten, bis Meldungen kommen, die dann hoffentlich Genaueres aussagen.« Die These von der »sicheren Atomkraft« wird absurd ...

Wann endlich werden die tollkühnen Risikobewältiger der Technokratie in West und Ost gezwungen sein einzusehen, daß sie uns laufend die Hölle von heute als den möglichen Himmel von morgen verkaufen, daß sie nicht nur uns, die Betroffenen, sondern auch sich selbst auf die erbärmlichste Art und Weise belügen? (...) Wir sollten einsehen, daß radio-

aktive Teilchen nicht die einzigen Nebenprodukte der Atomspaltung sind. Die anderen sind die Lügen, die von niemandem so sehr und in so vielfältiger Form verbreitet worden sind wie von den Betreibern und Unterstützern der Kernkraft-Industrie. Es ist zu bequem, wie es jetzt geschieht, nur die Vereinfachungen, Verheimlichungen, Wahrheitsentstellungen der seit Jahren in diesem Geschäft geübten Sowjetbürokraten anzuprangern. In Frankreich (siehe die Greenpeace-Affäre um den Atomtestplatz Mururoa), in England (siehe die Dementis der Regierung Thatcher über die seither zugegebene Lieferung von Waffenplutonium an die USA) und nicht zuletzt in der BRD können sie das auch, ja eigentlich besser, weil sie die Kunst der Wahrheitsentstellung subtiler und eleganter zu handhaben wissen als die tapsigen Herren der staatlichen Atombehörde in Moskau.
(Robert Jungk, Zukunftsforscher: »Strahlen und Lügen – der Fallout der Atomgesellschaft«, taz, 5. Mai 1986)

Mit Adolph Muschg
(als Juror in Klagenfurt 1986)

»Hölderlin.Tübingen.Turm.« hat im Mai 1986 Premiere. Das von Uwe Zellmer und Bernhard Hurm verfaßte Stück wird von den Ensembles des Theaters »Lindenhof« sowie des Tübinger »Zimmertheaters« an Originalschauplätzen zwischen Burse und Neckar aufgeführt. Peter Härtling hat zuvor die Autoren intensiv beraten. »Im Turm«, das letzte Kapitel seines Hölderlin-Romans, dient der Inszenierung als Ausgangspunkt.
42 Aufführungen, statt der geplanten siebenundzwanzig, können 12.000 Zuschauer begeistern. Der Ministerialdirigent des Ministeriums für Wissenschaft und Kunst empfiehlt die Inszenierung den Landtagsabgeordneten Baden-Württembergs per Rundschreiben: »Das Stück schildert Hölderlins Stationen in Tübingen und sein Verhältnis zu den Menschen seiner Umgebung teilweise im Stil besten Volkstheaters auf eine sehr direkte, literarisch interessante und insbesondere menschlich berührende Weise.«

Wir haben es an unserem Theater nicht nur mit literarisch gebildeten Menschen zu tun. Manchen würde es sogar schwerfallen, einen Roman wie »Hölderlin« mit all seinen Brüchen zu lesen. Vielen aber hat Härtling den Hölderlin erst nahegebracht. Da bekommt man schon einen anderen Blickwinkel auf das, was er da leistet. Man hat ihm ja auch gerade beim Hölderlin vorgeworfen, es sei schier unmöglich, den Fritz schwäbisch sprechen zu lassen. Ich finde aber, daß genau das der Nahbarkeit der Figur gedient hat. Härtling hat den Hölderlin aus seinem engen Literaturkerker und den Literaturzirkeln herausgeholt. *(Bernhard Hurm)*

Wenn man den Peter einen »Volksschriftsteller« nennt, kann ich darin nichts Negatives sehen. Wir machen Volkstheater und brauchen auch nicht immer zu betonen, daß wir nichts Seichtes oder Anbiederisches machen, sondern in der besten Tradition stehen: Büchner, Brecht, Kroetz – wir stehen in der Tradition des poetischen Volkstheaters. Insofern kann ich den Begriff Volksschriftsteller kaum als Vorwurf verwenden. *(Uwe Zellmer)*

Peter Härtling erzählt in ganz wunderbarer Weise Biographien und Dichterleben. Die eigene Erfahrung und das nachvollziehende Verstehen eines anderen Lebens durchdringen sich bei ihm, sind insofern kein theoretisches Wissen mehr, sondern werden lebendig. Das Faszinierende ist, daß man in Veranstaltungen und Seminaren einen leibhaftigen Dichter und Schriftsteller vor sich sitzen hat, als sei es Mörike persönlich, und man kann ihn fragen: Wie machst du ein Gedicht? Das sind unglaublich intensive Erlebnisse für unsere Studierenden, mit der Folge, daß man seinen Heine wirklich hinterher anders singt.

Die ersten Kurse, in denen Peter Musikstudenten begegnete, waren die in Savonlinna. Mitsuko Shirai und ich hatten seit unserer ersten Begegnung – nach einem Liederabend an der Frankfurter Oper – schon oft mit Peter Härtling über das Verhältnis von Dichtung und Lied diskutiert. Also fragten wir ihn eines Tages, ob er Lust habe, in Finnland bei einer unserer Meisterklassen mitzumachen. So gerieten wir zusammen nach Savonlinna. Der Unterricht fand seinerzeit noch in einer kirchlichen Einrichtung statt. Dort gab es eine größere Turnhalle, und da saßen dann wir samt Klavier und Studenten. Schon damals haben wir gemerkt, daß die Musik ganz tief in ihm sitzt, ihm körperliches Bedürfnis ist. *(Hartmut Höll)*

Das Treffen mit Mitsuko Shirai und Hartmut Höll war eine Lebensbegegnung. In jedem Leben gibt es Begegnungen, die einen satt und froh machen, die man für den eigenen Stoffwechsel braucht, für den Stoff-Wechsel von Mensch zu Mensch. Die beiden schenkten mir einen neuen Umgang mit Musik, ich bin in den Bauch der Musik geraten. Sie produzieren eine Musik, die mir sehr nahe ist: das Lied. Und das Lied hat mit dem Gedicht zu tun, mit Sprache, mit konzentrierter Sprache – wer zum Beispiel Rückert vertont hat oder Mörike, der kann mit Sprache umgehen. Sie haben mir beigebracht, mich auf Musik einzulassen und Musik auch zu erklären. *(PH)*

Oktober 1986

Der Diplomat Gerold von Braunmühl wird von einem Kommando der RAF erschossen. Ein Bekennerschreiben bezeichnet ihn als »eine der zentralen Figuren in der Formierung westeuropäischer Politik im imperialistischen System«. Drei Monate zuvor hatten Mitglieder der RAF den Siemens-Manager Karl Heinz Beckurts sowie dessen Fahrer ermordet.

Fritz Ruoff 1971

Nein, unser Gespräch ist nach seinem Tod nicht abgebrochen; es läßt sich fortführen und verengt sich nicht, wie zu befürchten wäre, zum Monolog. Fritz Ruoff hat mir beigebracht, auf Dauer mit ihm zu sprechen. (...) Er hat Nürtingen nie für längere Zeit verlassen. Es war sein Ort. Sehr früh muß er sich entschieden haben, ihn anzunehmen als sein Gefängnis, sein Zuhause und als seine Welt. Mir half er auszubrechen. Er wußte, ich würde an der Enge leiden, meine Sätze müßten hier ersticken. Er blieb, obwohl er litt, obwohl ihm die Stadt, ihr Geschwätz, ihr Unverständnis zu schaffen machten. (...) Er, der ungern reiste, entdeckte im vertrauten Ausschnitt die Welt; die Linien, die er zog, führten in die Weite. Die Kugeln, die er über Wegspuren schweben ließ, wurden zu Projektionen unseres Planeten: die Erde, die die Erde umkreist. Das Wunschgestirn. Es verheißt ein noch ungelebtes Glück.
Da findet er endlich die Antwort auf die Frage, die er sich ein Leben lang voller Trauer und manchmal auch voller Zorn stellte: Warum der Mensch nicht fähig ist, mit sich und der Natur auszukommen, warum er Kriege führt, zerstört und tötet, warum er Glück verschmäht und Leiden zufügt. Ruoff schuf aus dem, womit er lebte, was er konnte, immer wieder gesehen hatte, die neue Erde. Sie war, er wußte es, ein Inbild, sein Orplid – aber sie besteht in der Wirklichkeit seiner Kunst.
(PH, »Fritz Ruoffs Landschaft«, Rede zur Ausstellungseröffnung in der Nürtinger Kreuzkirche, 2. November 1986)

Februar 1987

Andy Warhol stirbt. Der amerikanische Künstler und Filmregisseur des Underground war ein Großmeister der »Pop-Art« (und der Selbstinszenierung). Warhol beförderte die trivialen Bilderwelten aus Konsum und Unterhaltungsindustrie in die Klischees seiner Kunst und schuf damit eine bildwürdige Warenästhetik von eigenem Rang. Seine Siebdruckporträts, u. a. der Marilyn Monroe, haben bis heute Kult-Status.

Mai 1987

Volkszählung in der Bundesrepublik. Daten über alle Bürger sollen erhoben werden. Viele Initiativen, auch die Grünen, rufen zum Boykott auf, fürchten eine Verletzung des Datenschutzes. Nach einem Jahr wird klar sein: »Selten ist bislang in der Geschichte der BRD ein Gesetz auf so breite Ablehnung gestoßen« (taz) – die Erhebung bleibt aufgrund allzu vieler Datenlücken ohne Erfolg.

Peter bat mich irgendwann: »Spiel doch mal nur die Vorspiele der Lieder aus der Winterreise, einfach aneinandergereiht!« Ich tat das, und plötzlich wurde klar, daß Schubert in den Vorspielen den Charakter jedes Liedes ganz überdeutlich angelegt hat und daß man sich, wenn man dieses Material aufführt, eigentlich schon mitten im Erlebnis der Winterreise befindet.

Aus diesem kleinen Anfang in Savonlinna entstand ein langes Gespräch mit Peter Härtling, und als ich einmal in Köln nach dem Konzept einer ganz besonderen Veranstaltung gefragt wurde, antwortete ich sehr spontan: »Wir könnten doch eine Winterreise zu viert machen – Tabea Zimmermann, Peter Härtling, Mitsuko und ich!« Man war sofort begeistert, und so standen wir im Jahre 1987, an einem fürchterlich heißen Julitag, in Düsseldorf auf dem Podium, an einem Tag, der sich nicht nach »Winterreise« anfühlte, sondern eher nach finnischer Sauna. Peter Härtling las seinen Essay zu Franz Schubert und Wilhelm Müller, danach gab es einen instrumentalen Teil, ein Nachdenken über das musikalische Material, bei dem Tabea auf der Bratsche und ich am Klavier ausgewählte Lieder musizierten, und Peter Härtling las dort hinein immer wieder die Gedichte Müllers. Im zweiten Teil sang dann Mitsuko Shirai, von mir begleitet, noch einmal die Winterreise. Das war ein unglaubliches spannendes Projekt, bei dem wir immer wieder Neues entdeckten.

Zum Beispiel in dem Lied vom »Irrlicht«: Peter fand heraus, daß genau in diesem Lied der Bach unter die Erde verschwindet. Vorher gibt es noch den zugefrorenen Bach der Winterreise, aber nach diesem Lied kommt er im Werk wirklich nicht mehr vor. Mit dem Bach verschwindet der Gesprächspartner, auch die Orientierungslinie. Eben da beginnt, wie Peter Härtling schrieb, die moderne Zeit. Auch das hat mit Fremde zu tun, mit der Unwirtlichkeit der Welt. Die Winterreise ist ohnehin ein Lied, in dem der Wanderer Glaube, Liebe, Hoffnung hinter sich läßt. Selbst ein Stück wie »Lindenbaum« ist eigentlich ein Selbstmordlied. Diese Reise ist so trostlos, daß ich nie verstehen konnte, wieso gerade bei diesem Zyklus die Säle immer ausverkauft sind, egal wer singt. Diese Winterreise geht viel, viel weiter, als ich es jemandem wünschen würde. *(Hartmut Höll)*

Ein großes Erschrecken soll gefaßt werden, erzählend, im intellektuellen Rekurs oder in einer Mischung aus beidem, um dieses große Erschrecken mitteilbar zu machen. Denn bei allen Zumutungen und Alterseernüchterungen ist Härtling doch von einer Resthoffnung getragen, dies alles, was ihm zugemutet wurde und was ihn hat nüchtern werden lassen, dem »alles aufnehmenden Gedächtnis«, (dem) weltohr« mitzuteilen. Angeregt durch die Romantik wird er von einer deutlicher hervortretenden literarisch-pantheistischen Vorstellung geleitet, daß alles Gesagte nicht vergeblich ausgesprochen worden ist. Er wird gehört und zumindest aufbewahrt. Das läßt ihn nicht nur Kraft schöpfen, darin sieht er eine Herausforderung für sein Werk. Denn je präziser er sich faßt, je gefühlsklarer seine Gesänge werden, um so sicherer kann er sich sein, daß das, was ihm zusetzt, ausgedrückt, also empfangen worden ist. Auf paradoxe Weise wird damit die Literatur tatsächlich zum Wichtigsten, was er hat und womit er sich beschäftigen kann.
(Klaus Siblewski, »Das Weltohr«, in: »Peter Härtling – Erzählungen, Aufsätze, Vorlesungen«, Kiepenheuer & Witsch, Köln 2000)

Der Preis trägt einen Namen, der mir tief vertraut ist, der mich anging und angeht. Den Namen Friedrich Hölderlins. Ich kann ihn so aussprechen, so vor mich hinsprechen, als spräche ich ihn an. Immer noch. Wie damals, als ich ihn mir schreibend rief, mit ihm sein wollte, aber auch die unerhörte und schmerzliche Entfernung zu ihm empfand. Ich habe ihn nicht erfinden können. Ich habe ihn gefunden, weil ich ihn finden wollte, weil er mir nachging, seit ich in seiner Stadt, in Nürtingen, noch als Schüler, anfing zu schreiben. Anfing zu buchstabieren, was ein Gedicht sein könnte. Genauer gesagt, hat er mich gefunden. Ich habe ihn erwartet.

Graffito am Hölderlinturm Tübingen

Ich begann mit ihm seine Landschaft zu erkunden, seine Tage nachzuerzählen, seine Briefe zu lesen, als wären sie an mich gerichtet. Drei Jahre begleitete ich ihn und merkte bald, wie wenig ich seiner Unrast, seinem Pathos, seinem Anspruch an die Zeit gewachsen war. In ungeheuren Sprüngen war er mir voraus. Und ich begriff, daß ich ihm nur standhalten könnte, wenn ich auch von mir erzählte, auf der Distanz zu ihm beharrte. Zugegeben, es fiel mir nicht immer leicht. Denn das Menschenbild, das er, gegen

den Widerstand seiner Epoche, entwarf, galt und gilt auch mir, auch uns. Doch vor der Grenze, die er überschritt, machte ich halt. Tu es bis heute noch immer, verwundert und verwundet.
(PH, aus: Dankesrede anläßlich der Verleihung des Hölderlin-Preises in Bad Homburg, 1987)

Der Verkauf des Luchterhand-Verlags an die niederländische Verlagsgruppe Kluwer ist perfekt. Wie Luchterhand-Geschäftsführer Fritz Berger mitteilte, hat Kluwer nicht nur den Fachbuch-, sondern auch den literarischen Bereich des Verlags übernommen. Gegen diesen Verkauf war es in der Belegschaft des in Darmstadt ansässigen literarischen Programms bei Luchterhand und unter den Autoren zum Aufruhr gekommen. Auf dem Spiel stand immerhin einer der renommiertesten deutschen Literaturverlage mit Autoren wie Grass, Christa Wolf und Peter Bichsel sowie eine Menge Arbeitsplätze.
Auf dem Spiel stand ebenfalls das berühmte Beiratsstatut des Verlags, das Autoren und Belegschaft den Gesellschaftern 1976 abgetrotzt hatten und das ihnen »Transparenz und Einfluß« bei einem Verkauf oder bei Umstrukturierungen des Verlags zusicherte. Als Autoren sitzen in diesem Beirat, der halbjährlich tagt, Günter Grass, Peter Härtling, Peter Bichsel und Max von der Grün. Hinzu kommen zwei Vertreter der Geschäftsleitung und ein Belegschaftsmitglied. Dieser Beirat wurde von den Eigentümern ausgetrickst. Bevor die Gesellschafter des Verlags nämlich mit Kluwer in Verkaufsverhandlungen traten, hatten sie den Beitragspassus aus dem Gesellschaftervertrag still und heimlich gestrichen. Das war 1984. Der Beirat tagte unverdrossen weiter, nicht wissend, daß er von den Gesellschaftern längst abgeschafft war. Erfahren haben es die Vertreter der Autoren und der Belegschaft erst jetzt, als sie auf die im Statut verbrieften Rechte pochten.
(...) In einer gemeinsamen Presseerklärung heißt es, Kluwer sei sich der Bedeutung des literarischen Verlags bewußt, was auch für den beträchtlichen Anteil der DDR-Literatur daran gelte. Kluwer wolle ihn weiterführen, und zwar unabhängig. Der Verlag appelliert an die literarischen Autoren von Luchterhand, an dieser Umorganisation mitzuwirken.
Das Programm soll, bei Beibehaltung seiner Autonomie, einem niederländischen oder einem deutschen Verlag angegliedert werden. Am nächsten Dienstag treffen sich Autoren und Belegschaftsvertreter, um mit Kluwer die neue Struktur und das Beiratsmodell zu diskutieren. Die Autoren drohen, so Härtling zur taz, nach wie vor mit kollektivem Austritt aus dem Programmm, falls es nicht in seiner bisherigen Autonomie weitergeführt wird.
(Thierry Chervel, »Doch Lösung im Autoren-Clinch?«, taz, 6. August 1987)

Da saß also einer der Herren Direktoren da, spielte mit einem Zettelchen, und als wir gerade abstimmen wollten, schaute er auf den Zettel und sagte: »Ich habe hier eine Mitteilung von unserem Chef Reifferscheidt. Der Autorenbeirat ist gekündigt, er existiert nicht mehr!« Da ist Max von der Grün aufgesprungen und hat empört gerufen: »Also

diesen Text würde mir mein Lektor streichen!« Zunächst sah es noch ganz danach aus, daß wir mit diesem Herrn Sommer vom Kluwer-Verlag, einem sehr freundlichen und gebildeten Herrn, gut auskommen würden. Doch dann kam alles anders. Und das war schlimm. Und traurig. Ich würde heute nicht mehr in Verlagen mitwirken wollen.
(Peter Bichsel)

Natürlich geraten wir manchmal aneinander (wenn auch moderat, also nach seiner Art); natürlich mißtraue ich ihm ab und zu, obwohl er eher weniger als zuviel verspricht; natürlich enerviert mich sein abwiegelnder Sachverstand, wenn ich, eben mit einem Buch fertig, ihn mir als höchsteigenen Marktschreier wünsche; und natürlich kommen wir ohne die üblichen Spannungen zwischen Verleger und Autor nicht aus – aber: In diesem »Aber« steckt meine Zuneigung zu Hans Altenhein. Er wird am 10. September 60 Jahre alt, und das gibt mir Gelegenheit, mein Aber auszupacken. (...)

Hans Altenhein

Vor genau 20 Jahren liefen wir uns über den Weg. Nicht als Autor und Verleger, sondern als Verlagsmanager, gemeinsam ins Geschirr gespannt. Zwei Jahre, nachdem ich Sprecher der Verlagsleitung von S. Fischer geworden war, verließ er den Verlag. (...) Er übernahm später von Otto F. Walter, der mich als Autor zu Luchterhand geholt hatte, die Leitung des Verlags in Darmstadt. Nun war er mein Verleger. Und nach mehr als einem Dutzend Jahren kann ich ihm nicht mehr vorwerfen als das Übliche. (...) Ein paarmal sind wir zusammen in die DDR gefahren, in eine Gegend, in der wir beide unsere Kindheiten verbrachten. Hans Altenhein ist ein spröder Mann, er gibt wenig von sich preis. Aber in Leipzig, zum Beispiel, fing er an, von sich zu erzählen, führte mich zu Plätzen und Häusern, die sein Kindergedächtnis bewahrte, und die Schutzhaut riß auf. Da ahnte ich Verletzungen und Träume.
(...) Doch neuerdings üben wir uns wieder in »Krisensitzungen«. Die Zukunft unseres Verlags, des literarischen Luchterhand-Verlags, ist zu diesem Zeitpunkt, da ich ihm gratuliere, keineswegs gesichert. Was werden soll, lieber Hans, können wir uns nur ausmalen. So zuversichtlich wie möglich. In Erinnerung an alle gemeinsam erfahrenen Krisen frage ich uns mit dem gebotenen Trotz: Warum nicht?
(PH, »Gruß an Hans Altenhein«, Börsenblatt, 8. September 1987)

November 1987

An der Startbahn-West werden zwei Polizisten erschossen. Nach einer Demonstration anläßlich des sechsten Jahrestags der Räumung des Hüttendorfes kommt es im sogenannten »Chaoten-Eck« zu Krawallen und gewalttätigen Auseinandersetzungen mit der Bereitschaftspolizei. Im Verlauf der heftigen Kämpfe fallen plötzlich Schüsse. Zwei Beamte sterben, andere werden verletzt. Der seit Jahren eskalierende Streit um den Bau der Startbahn hat einen grausamen Höhepunkt erreicht. Joschka Fischer, Fraktionsvorsitzender der hessischen Grünen: »Mit den Schüssen auf die Polizei ist ein Tabu verletzt worden.«

Peter Härtling (1987)

Komm übers Haus
mit Wind mit Regen mit Schnee.
Reiß an den Ziegeln,
drück die Fenster ein,
setz Dielen unter Wasser
und Teppiche in Brand.

Zu lange puppte ich mich ein
und lebte leblos nur
mit Launen und Gespenstern.
Redete mit Schatten
und las alte Briefe leer.

Jetzt endlich friere ich
und brenne. Die Worte klumpen
mir im Mund. Sie werden Fleisch.
Ich spuck sie aus. Ein Glück,
daß mir nichts bleibt als du.

(PH, »Sturmlied«, in: »Die Mörsinger Pappel«, Luchterhand 1987)

Wanderer
Nachdenken über Deutschland

Er stößt an Grenzen.
Will fremd bleiben.
Spürt das Kind.

»Mit fünfzehn Jahren hörte ich zum ersten Mal mein Lied«. Während Demonstranten in der DDR lauthals gegen die autoritäre Kälte des SED-Regimes protestieren, Demokratie und Bürgerrechte, »Perestroika« und »Glasnost« einklagen, während Kriege, auch im Irak und Iran, neue Opfer, Flüchtlingsströme und Vertreibung provozieren, schreibt Peter Härtling den »Wanderer«. Er wird darin einmal mehr seine eigene Fremde, auch die seiner Gefährten, erkunden. Härtling entkleidet die Figur des Wanderers aller süßlich-romantischen Illusion, er markiert mit ihr die Suchenden, Vertriebenen, in die Kälte Gestoßenen, und findet so sich und die anderen. Findet einen Begriff von Fremde, der ihm, dem Unruhigen, oft Getriebenen, zum Fokus wird und Atem gönnt, mitunter.

Zumindest eine Atempause bietet die Übernahme der Luchterhand-Literatur durch die Damen Vitali und Raabe vom Züricher »Arche-Verlag«. Kluwer hat endlich verkauft, die Mitbestimmungsrechte der Autoren werden bestätigt, und für kurze Zeit besteht die Hoffnung, alles könnte gut werden. Peter Härtling, Günter Grass, Peter Bichsel und Max von der Grün, sie sind wieder im Beiratsamt und müssen achtgeben. Werden achtgeben. Folgenreich.

Peter Härtling hat nicht achtgegeben. Lange Jahre nicht. Er wußte darum, schrieb es auf, auch für seine Frau Mechthild: »Ich weiß, mein Bauch gefällt Dir nicht, mein Zigarettenkonsum macht Dir angst ...« Härtling hat sich nicht geschont, allemal den Druck im Innern verstärkt, (es) sich schwergemacht, und nun steht er am Rand: das Herz, wieder das Herz, immer das Herz, der Kreislauf – die Arterien verstopft, die Herzwand auf Elefantenstärke verdickt. Hinzu kommt dieses Beben, das Zittern, die Angst davor, was werden soll. Doch die Ärzte kurieren ihn. Schaffen mit dem Katheter freie Bahn für das Blut des Schriftstellers. Und der macht weiter, tut, was er tun muß: schreiben, erzählen, wie noch vor der Operation, als er, ob der Ernennung zum »Tübinger Ehrensenator«, von verlorenen Himmeln, von »unserer Fremde«, von Godot, von Goethens »Wanderer« im zweiten Faust, von Philemon und Baucis sprach. Härtling wird weiter dichten, erzählen, auch über die Herzwand, denn »er hält es ohne Schreiben einfach nicht aus« (Hans-Joachim Gelberg). Dann: das Jahr 1989.

Zunächst erhält er wieder Drohanrufe. Peter Härtling hat öffentlich (im Radio) aus den »Satanischen Versen« von Salman Rushdie gelesen. Kurz zuvor war vom iranischen

Ayatollah Khomeini gegen den britischen Schriftssteller die »Fatwa«, ein Mordaufruf, verkündet worden: Rushdies Buch richte sich gegen Koran, Propheten und Islam – fundamentalistischer Terror, der auch all jene bedroht, die Rushdies Werk übersetzen, verlegen, verkaufen, lesen. Die Reaktion: weltweite Empörung und überall Solidaritätsveranstaltungen. Als Giselher Klebe, noch Präsident der Berliner Akademie der Künste, eine solche Veranstaltung in den Räumen am Hanseatenweg wegen der Gefährdungslage absagt und anderswo stattfinden läßt, erklärt Günter Grass in einem »Offenen Brief« an Peter Härtling, der die Entscheidung Klebes unterstützt, den Austritt: »Indem die Akademie ihre Räume verweigert, gibt sie terroristischem Druck nach!« Peter Härtling antwortet dem zornigen Freund: »Keiner in der Akademie stimmte gegen Dich, gegen Rushdie ... Ich verstehe Dich nicht!« Weitere Mitglieder erklären ihren Austritt aus der »ängstlichen« Akademie – Günther Anders zum Beispiel. Der alte Widerständige kritisiert solche »Erpreßbarkeit«, er hat – ebenfalls – nicht verstanden.

Peter Härtling steht wieder, herzgerecht verschlankt. Er hält eine Laudatio auf Walter Jens, der den Sinsheimer-Preis erhält, dann einen Vortrag über »Heimaten« auf dem Kirchentag in Berlin, auch über die eigene Heimat, die das einst »sprachlose Kind« einzig, so ist zu hören, in der Sprache gefunden hat, in der Sprache von Hölderlin, Büchner und Joseph Roth. Weiter. »Fränze« ist bereits geschrieben, mitten hinein in eine gesellschaftliche Realität aus Arbeitslosigkeit, Wut und Resignation, die ihren Ausdruck noch in den letzten Sätzen findet: »Die Erschöpfung breitet sich in ihrem ganzen Körper aus. Sie holt den hölzernen Esel aus der Tasche und wärmt ihn mit ihren Händen.« Weiter. Er beginnt »seinen Roman« zu schreiben, »Herzwand«, fügt Skizze auf Skizze, findet sich währenddessen sommers in Italien, Montepulciano, verzagt mitunter, aber reißt auch die Arme hoch: Ich bin, werde sein.

»Hört nicht auf beunruhigt zu sein!« tippt er im Oktober 1989 fordernd aufs Papier: Härtling wird der Compagnie vom Theater Lindenhof eine Hymne zur Verleihung des Hölderlin-Preises vortragen und entwirft den neuen Freunden gar ein »Melchinger Organon« mit fünf Paragraphen: »Die wahre Heimat ist Utopie«. Danach steigt er hinauf auf die Alb, besser: läßt sich hinauffahren, hält die Laudatio unter dem unglaublich weiten schwäbischen Dichterhimmel und hat natürlich den Hölderlin dabei. Eben noch murrt er, weil das Vaterland den Fritz ausspuckte, da sind sie im eingezäunten Osten dieses Vaterlands längst aufgestanden, über Ungarn oder Tschechien entkommen oder skandieren in Leipzig: »Wir sind das Volk!« Die Bürgerbewegten werden dafür gejagt, geprügelt, verhaftet und werden doch immer mehr, halten stand, geben nicht auf. Honecker muß zurücktreten, andere folgen, und was dann »volkt«, ist schier unbegreiflich, läßt die vielen jubeln, weinen, tanzen: »Wahnsinn!« Die Mauer fällt. Die grauen Herren der DDR-Führung sind revolutionäre November-Geschichte.

»Zur Zeit haben wir es mit einem Deutschland der gefühlsseligen Stotterer zu tun!« Peter Härtling warnt bereits Wochen nach der friedlichen Revolution in der Walldorfer Hüttenkirche vor »vorschnellen, marktschreierischen, dreist-nationalistischen Bekundungen« im neuen, alten, großen Deutschland, das vom Ausland skeptisch beäugt wird. Nach einem kurzen Winter der Anarchie, der Experimente und Utopien möglich macht, Träume leuchten läßt, wird die neue Einheit treuhänderisch in die Mühlen von Macht, Ökonomie und Verwaltung geraten. »Ein Witz des Volksmundes: Die DDR sei ein Haufen Staub und die BRD ein Staubsauger, man kann sich vorstellen, was passiert, wenn die Maschine angestellt wird!« warnt auch der Hallenser Psychologe Hans-Joachim Maaz – einer der wenigen, die genau hinschauen, welche Geschichte(n) sich da eigentlich vereinigen, und schon früh erkennen, daß nach Jahrzehnten der Repression lang Verdrängtes historisch bewußtlos aus den Schatten tritt und Gewalt gegen alles Fremde produzieren wird – im Alltag, in Hoyerswerda, in Rostock, in Mölln.

Peter Härtling wird mit anderen gegen den Taumel »Nachdenken über Deutschland«, »Reden über Deutschland«, wird die Deutschen in Ost und West auffordern, sich ihre Geschichte(n) zu erzählen, sich zuzuhören. Denn die sich jetzt begegnen, sind sich fremd geworden. Die Sprache, das Sprechen sollen deshalb vermitteln, gegen die Fremde antreten – all das ist nur eine notdürftig wärmende Hoffnung, die sich gegen den kalten Schwung der Geschichte stellt, die derweil auf den »Anschluß« und eine profitable Vereinigung deutscher Konsumenten zusteuert. Einmal mehr wird Härtlings Begriff der Fremde aktuell aufgeladen.
Während er sich noch in Salzburg – als Dozent der Sommerakademie des »Mozarteums« – anläßlich eines Vortrags über Schuberts »Winterreise« fragt, »ob man wohl erst im Winter begreifen kann, was man im Sommer verloren hat?«, während er in Schuberts Liedern den Kältestrom der Moderne ortet, erscheinen im neuen Deutschland die ersten Kritiken der inzwischen ausgelieferten »Herzwand«. Nur wenige der Kritiker fragen sich nach der Lektüre zu Recht, warum Härtling nicht fragt: Was trieb mich an den Rand? Warum gerät mir die Gesundheit gleichgültig gegen das Schreiben? Hingegen nehmen sich viele das Buch mehr oder weniger kühl vor, sprechen von »Familienvater-Prosa« (Spiegel), von einer bloß »gefälligen Erzählung« (Basler Zeitung) oder treten gar (wie einst »Leslie Meier«) zur Schlachtung an: »einfallslos, kunstfern, larmoyant, gräulicher Kitsch« – der Autor der FAZ zertrümmert den Roman mit derart sadistischer Lust, daß eine Zeitschrift wie das »Journal Frankfurt«, nicht unbedingt bekannt als eine Publikation von Härtling-Verehrern, antritt, um dem »prominentesten Schlachtopfer der Saison« gegen die »Autoren-Killer« beizustehen: »Verfolgt man das Niveau der Debatten heute, muß man leider vielen Schriftstellern recht geben, etwa Günter Grass, der intoniert: Einst sorgsam gepflegte Freiräume – Feuilleton genannt – sind zu Hinrichtungsstätten umfunktioniert worden.«

Derlei »Hinrichtungen« verletzen, lassen Härtling schwer atmen, kurz nur: Er schreibt bereits an seinem »Schubert« (auch in Wien), lebt weiter mit dessen Musik, weiß noch nicht, wohin er dabei gelangen wird, ist mit ihm auf der Flucht vor der kalten Ignoranz der Zeitgenossen. Er folgt dem »Franzl« leise, dem Fremden, dem »Stadtwanderer«, folgt ihm emphatisch, mit dem, was Gabriele Wohmann als Härtlings »Einfühlungsgenauigkeit« loben wird, und nennt den Schubert: »Mein fremder Freund«. Gleichzeitig blickt er auf Deutschland, erkennt im wesentlichen einen »Stand-Ort« und verdichtet seinen Wider-Willen für einen kommenden Gedichtband: »Fremd bin ich/will ich bleiben«.

Doch eben dieses Fremd-Bleiben, Härtlings Unvereinbarkeit, die oft fast trotzig das Sein gegen das Haben postuliert, die mit Emphase von randständigen Menschen, von großen, von kleinen erzählt, sie trifft auf ein Publikum, das ihm und seinen Figuren folgt. Mancherorts hält man sein Erzählen gar für so wertvoll, daß Schulen ihre Namensänderung beantragen und Härtling als Patron wollen. Dies ist nicht zuletzt eine Wirkung seiner Kinderbücher, von Ben, Anna, Jakob und immer wieder und gerade vom »Hirbel«. So ist es denn im Frühjahr 1991 auch eine »Schule für Behinderte«, eine in Schleswig, die ihn mit viel Engagement als »Schutzgeist« gerufen hat. Mehr als ein Dutzend weiterer Schulen, gerade auch solche der Erziehungshilfe, werden folgen.

Die »Anfänge« der Kinder sind für ihn weiterhin ein Auftrag. Mit Entsetzen schaut er deshalb auf jene, deren »Anfänge« durch Repression und Ideologie blockiert wurden und die jetzt im Osten der Republik als jugendliche »Delegierte« (Helm Stierlin) kolonisierter Eltern ihren Haß gegen alles Fremde austoben: Asylantenheime überfallen, Ausländer durch Straßen jagen, Sieg und Heil brüllend vor ihrem eigenen Wahn strammstehen. »Im Grunde ist alles, was wir in diesen Tagen aufschreiben, nichts als eine verzweifelte Notwehr.« Peter Härtling erinnert sich folgerichtig an diese Worte aus den frühen Tagebüchern des verstorbenen Max Frisch, als er ihm in der Akademie nachruft – in der Westberliner Akademie, die sich in wenigen Monaten unter ihrem Präsidenten Walter Jens »en bloc« mit der Ostberliner vereinigen wird. Nicht ohne ein Prélude mit heftigem Streit.

Streit gibt es auch andernorts. Der Autorenbeirat von Luchterhand schlägt Alarm, vor allem Günter Grass: Er wirft den neuen Verlegerinnen »Mißmanagement und Unprofessionalität« vor. Zwei teure Verlagsumzüge hat man bereits hinter sich, sitzt nunmehr in Hamburg, der Hardcover-Umsatz ist um 50% rückläufig, die Einnahmen aus DDR-Lizenzen bleiben nach der Vereinigung aus, die Personalkosten sind zu hoch, der Verlagsleiter hat versagt. All das geben Regina Vitali und Elisabeth Raabe in erregten Diskussionen mit dem Beirat zu Protokoll. Ein »fröhlicher Fatalismus« (Peter Bichsel) hat sich in den letzten Monaten breitgemacht, einer, der nun das Lachen verschlägt. Günter Grass wechselt zu Steidel, Peter Härtling verläßt den Autorenbeirat. Sein »Schubert« erscheint 1992 noch bei Luchterhand. Danach wird es neuen Ärger geben.

»Schubert« erscheint, und Härtling polarisiert wieder einmal: »Schöner wurde dieses Leben nie in Worte gesetzt«, urteilen die einen, von der »Einfachheit eines Romantikaufklebers«, sogar »Schlüssellocherotik« (BILD Hamburg!) sprechen die anderen. Man spreizt sich, selbst die FAZ kann sich zu einem »allgemeinverträglich« durchringen. Während manche Kritiker noch mit ihrem Ego um eine Rezension ringen, sitzt Härtling erstmals wieder in einer Redaktion, u. a. mit Ralph Giordano, Horst-Eberhard Richter und Jens Reich. Die Autoren werden gemeinsam eine Ausgabe der Berliner »taz« mit Artikeln gegen die geplante Grundgesetzänderung des Asyl-Paragraphen (»Politisch Verfolgte genießen Asylrecht«) verfassen. Die Bundesregierung unter Helmut Kohl reagiert auf die Attacken gegen »Fremde« mit juristischen Restriktionen gegen die Opfer. Peter Härtling widerspricht in der taz dieser Farce (ebenso wie kurz zuvor auf einer Protestveranstaltung der Frankfurter Buchmesse) wütend und radikal: »Nein, ihr Verdränger, ihr Vergeßlichen! Nein, ihr von Erfolgen blankgeriebenen Egoisten! ... Wir gäben denen nach, die entweder fett in sich selber ruhn oder die mordlustig darauf warten, uns von Rechts wegen wegzuräumen!«
Er schreibt dies an prominenter Stelle in einer Zeitung der Linken, deren Autoren früher schon gerne mal seinen »unguten Altmännergeist«, auch seine »intellektuelle Verelendung« ausstellten oder kritisierten, daß seine Sprache »auf den abgetretenen Wegen deutscher Innerlichkeit latscht«. Die junge Kritiker-Generation steht auf gegen die »alten Männer« der Literatur, sie übt sich im »Vatermord« und setzt lieber auf postmoderne Gefühlswelten, in denen moralische und politische Haltungen gründlich verspottet werden. Doch jetzt geht es um Brandsätze gegen Menschenrechte, da steht man fraglos zusammen – und kann doch nicht verhindern: weder die Grundgesetzänderung noch Solingen noch Lübeck, all den brutalen Irrsinn.

Eines bleibt allerdings wahr: Härtling ist zumindest alt an Jahren geworden, ziemlich alt: »Schon zählen die Tage mich aus«, notiert er in seinem neuen Gedichtband (»Das Land, das ich erdachte«). Aber er widerspricht auch dem Ende, das ihn mitunter anweht, steht auf, faßt Mut, will noch Berge versetzen, »ehe der Welt der Atem vergeht«. Stellt sich gar Engel zur Seite, »Nachtengel«, »Kinderengel«, »Grenzengel«, ... Wesen, die gerade das Kind braucht, das er einst war, das »immer spürbarer« in ihm wird. Dieses verratene, verlassene und immer noch wütende Kind tobt jetzt oft in ihm, stellt sich ihm schmerzvoll in den Weg. Und doch läßt er sich feiern: 60. Geburtstag im Dezember 1993. Peter Bichsel organisiert gemeinsam mit dem Radius-Verlag eine »Festgabe«, in der viele Weggefährten gratulieren, sich erinnern, ob Christa Wolf, Günter Grass, Ernst Jandl, Erwin Roth oder Hildegard Ruoff. Auch die Kinder schreiben, sogar Mechthild, die leise, kleine, große Frau hinter ihrem zutiefst öffentlichen Mann. Sie blickt zurück: »... viel Glück und Nahsein; dann auch große Ferne, Hilflosigkeit und Versagensängste, wenn Du etwas Neues anfängst – immer wieder, bei jedem Deiner Bücher.«

Härtling hat bereits das nächste Buch in Arbeit. Es wird nicht zuletzt von jenem Kind diktiert, das dauernd wissen will, nachspürt, neugierig ist: Bereits im Oktober 1992 hatte sich Peter Härtling einmal mehr auf die Spur seiner Kindheit gesetzt, war erstmals wieder nach Olmütz, längst »Olomouc«, gereist, war von Ludvík Václavek durch die barocke Stadt geführt worden, staunend, irritiert oft, fast »somnambul« mitunter. Und hatte wiederum gefunden, auch einen jungen Mann, der von der Geschichte jener Frau Spatschek erzählte, die einst Sekretärin seines Vaters in der Schulgasse war: »Gleich nach dem Krieg hat sie in einer winzigen Kammer bei Verwandten in einem Dorf, nah von hier, gehaust. Furchtbar einsam, sage ich Ihnen, weil sie mit den Deutschen kollaboriert hat. Mit Ihrem Vater ... Sie bekam den Makel nicht los.«

Als er diese Begegnung 1994 im Rahmen der Tübinger Ringvorlesung »Erzähltes Leben« intoniert, trägt Frau Spatschek bereits den Namen »Bozena«. Das neue Buch soll bei Kiepenheuer & Witsch erscheinen – nach Wohmann, Grass und Bichsel hat auch Peter Härtling bei Luchterhand gekündigt. Die finanzschwachen Damen Vitali und Raabe hatten sein Gesamtwerk bereits auf dem Markt feilgeboten. Doch Luchterhands neuer Geschäftsführer und Mehrheitsgesellschafter Dietrich von Boetticher will ihn nicht gehen lassen, erwirkt eine einstweilige Verfügung gegen KiWi und stoppt die geplante Auslieferung. Härtlings neuer Lektor in Köln, Martin Hielscher, heute Cheflektor bei C.H. Beck, fand die damalige Intervention von Luchterhand »nicht ganz koscher«: »Härtling hatte weiß Gott gute Gründe für seine Kündigung und keine silbernen Löffel gestohlen. Da läßt man einen Autor doch gehen und einigt sich gentlemanlike.« Von wegen Gentlemen! Wut und Verzweiflung treiben Peter Härtling in die Öffentlichkeit: »Mit juristischen Finessen versucht der neue Verlagsherr, meine Existenz zu ruinieren, mich zum Schweigen zu bringen, meine Phantasie zu lähmen!« Sein Buch erscheint doch. Im Verlag von Reinhold Neven DuMont.

»Ein Glück für unsere Literatur«, ... »poetisch sensibel, radikal«, ... »vorzüglich komponiert« – Härtlings »Božena« begeistert und bewegt, wird bald darauf für den »Europäischen Literaturpreis« nominiert. Wieder hat Härtling emphatisch die Fremde einer Figur erzählt, von der Kälte einer Wanderschaft berichtet, die keine Heimkehr möglich macht. Er tritt an gegen diese Fremde, als er Monate später »seiner« Bratschistin Tabea Zimmermann zum »Frankfurter Musikpreis« gratuliert und dabei den »Mut« des Wanderers aus dem Zweiundzwanzigsten Lied der Winterreise zitiert: »Lustig in die Welt hinein/gegen Wind und Wetter!/Will kein Gott auf Erden sein/Sind wir selbst die Götter.«
Doch der »Leiermann«, barfuß, schwankend, mit starren Fingern, ungehört, spielt derweil seine Lieder auf dem Balkan – Vertreibungen, Massaker, Bombardierungen. Neue Fremde. Neue Trauer. Auch als Härtling den Freund verliert, dessen Aufmerksamkeit stets »den Geprügelten, Verstoßenen, den zu Unrecht verfolgten, den unselig Armen«

galt – Horst Karasek, der Anarchist, der Autor, mit dem Härtling den Wald gegen den Beton der Startbahn-West verteidigte: »Wir haben uns einmal zu wenig umarmt.«

Als Karasek im Dezember 1995 stirbt, ist Peter Härtling längst aus Finnland zurück, hat dort Wochen mit der Familie, mit Hartmut Höll, Mitsuko Shirai und mit einem längst verstorbenen Gefährten verbracht: Robert Schumann. »In ihm spüre ich die Fremde, die er selbst hergestellt hat, die Distanz, die er brauchte, um in seiner Musik zu sein.« Anläßlich des Mainzer Literaturpreises hat sich »Stadtschreiber« Härtling für einen Roman über den Komponisten entschieden, dessen Genie im Wahn endet, dem er die Figur eines hochsensiblen Pflegers, Tobias Klingelfeld, zur Seite stellt: »Ich bin Ihr Diener für die nächste Zeit, Herr Musikdirektor.« Das Original des Krankenprotokolls der Heilanstalt hat Härtling im Archiv der Berliner Akademie einsehen dürfen. So kann er Schumanns Leben auch aus den Schatten heraus, vom Ende her erzählen.

Die Kritik goutiert den Roman mehrheitlich, spricht gar vom »reifen Spätwerk«, von der »Schönheit der Sprache«, vom »ruhigen, erzählerischen Atem«. Härtling ist schreibend bei sich, hat wieder Heimat und Sprache gefunden in der unruhigen Fremde seiner Figuren. Er erkundet deren Melancholie, ihre Depressionen, ihre Schmerzen und Verluste und damit auch die eigenen: »Im Grunde ist alles, was wir schreiben, Autobiographie« (Peter Bichsel). Doch schon folgt wieder ein Schmerz, der ihm den Atem verschlägt. Ein weiterer Freund stirbt: Helmut Heißenbüttel. Eben noch hat Härtling ihm in der Berliner Akademie eine Treppenrede zum 75. Geburtstag gehalten, sich an die frühen Begegnungen in Stuttgart und Hamburg erinnert, auch an die einfachen Sätze des Freundes: »Ich habe mich einverstanden erklärt/ich lebe«, da nutzt Monate später keinerlei Erklärung mehr: »Ich sammle meine Toten ein«.
Härtling denkt gerade auch an diese Toten, die als »gebrannte Kinder« mit ihm gegen die »verordnete Vergeßlichkeit« des Nachkriegs auftraten, als er Ende 1996 in Wiesbaden die »Wilhelm-Leuschner-Medaille« erhält und von den neuen Kriegen, von Gleichgültigkeit und sozialer Kälte spricht: »Die untergründige Wut, die Armut und Hilflosigkeit könnten sich zur Gewalt ballen, die uns das Fürchten lehren wird, wenn wir dem nicht mit demokratischem Gemeinsinn zuvorkommen, mit Einigkeit.«

Dem Kind, das sich mit zunehmendem Alter mehr und mehr in Härtling regt, muß man das Fürchten nicht erst beibringen. Es hat seine Ängste wachgehalten, macht den Erwachsenen hochsensibel, zum Seismographen für jede Erschütterung, läßt ihn die alte Wut neu spüren, wenn er sieht, wie die Kinder der Jetztzeit um ihre Anfänge, ihre Lebendigkeit, ihre Rechte gebracht werden. »Nein«, sagt er, »ohne das Kind in mir käme ich nicht mehr aus.« Und läßt es erzählen, nicht nur von den Plagen, auch von den Freuden, vom Trost der bunten, schillernden Figuren seiner Kindheit: »Tante Tilli macht Theater«.

In den neuen Gedichten des im Jahre 1997 erstaufgeführten »Horizonttheaters« spricht Peter Härtling dann wieder von »wachsender Unruhe«, von Zorn, aber auch von der Sehnsucht nach einem ganz besonderen »Glück«: »Nichts mehr, was dich treibt!« Und tatsächlich sind da zumindest Momente, in denen ihn nichts treibt: Es gibt Stunden voller Musik, Begegnungen mit Büchern, da sind die blauen Abende mit Familie und Freunden auf der Terrasse, die Gelage in Cafés und Kneipen, da ist die Alb, der Melchinger »Lindenhof«, der Erpfinger »Hirsch«. Dort wird parliert, gelacht, gegessen, getrunken, reichlich mitunter, dort wird die Welt erörtert, erobert oder zum Teufel gewünscht. Da wird gelebt. Immer und noch.

Januar 1988

Während einer Demonstration zum Gedenken an Rosa Luxemburg und Karl Liebknecht werden in Ostberlin mehr als hundert Regimegegner aus Friedens-, Umwelt- und Menschenrechtsgruppen der DDR verhaftet. Die »Landesverräter« und »Rowdies« hatten u. a. Presse- und Reisefreiheit gefordert. Unter den Festgenommenen befinden sich auch Vera Wollenberger (»Kirche von unten«) und der Liedermacher Stefan Krawczyk.

März 1988

Die Truppen des irakischen Machthabers Saddam Hussein greifen den von Kurden bewohnten Grenzort Halabja mit Giftgas an – 4.000 Bewohner sterben. Der Golfkrieg zwischen Irak und Iran begann im Jahre 1980 und wird bis zu seinem Ende, im August 1988, ca. eine Million Menschen umbringen.

In Frankfurt am Main stimmen die Arche-Verlegerinnen Elisabeth Raabe und Regina Vitali einer Vereinbarung zu, nach der der von ihnen übernommene Luchterhand-Literaturverlag »mit sofortiger Wirkung einen Autorenrat als Beirat der Geschäftsleitung« erhält. Der Autorenrat hat ein Mitbestimmungsrecht bei der Bestellung der Geschäftsleitung, berät den Verlag in Fragen des Lektorats sowie des Verlagsprogramms, die Änderung der Inhaberverhältnisse bedarf seiner Zustimmung.

Liebe M., ich weiß, mein Bauch gefällt Dir nicht, mein Zigarettenkonsum macht Dir angst, und Du drängst mich wohl zu Recht, gegen meine zunehmende Bresthaftigkeit etwas zu unternehmen. (...) Wir kennen uns seit vierzig Jahren, seit dreißig sind wir verheiratet. Unsere vier Kinder sind erwachsen, einer nach dem anderen verläßt das Haus, das mir vorkommt wie ein zu weiter Mantel. Gut, daß sie immer wieder zurückkehren, unser Leben in ihres einschließen. Doch wenn es still ist, fangen die Wände des Hauses an zu tönen, geben wieder, was sie im Laufe der Jahre schluckten. Das Lachen und Weinen der Kinder, Geflüster und Geschrei, Gespräche und Streit – die Geräusche eines Familienalltags. Sie sind Dir noch vertrauter als mir.

(...) Nein, wir waren uns nicht immer nah. In unseren Träumen, Wünschen konnten wir sogar voreinander weglaufen. Es gab Augenblicke der wildernden Unlust, vielleicht auch des Hasses. Aber wir fanden uns immer wieder von neuem. (...) Und nun? Nichts ist erkaltet. Im Gegenteil. Unsere Liebe ist leiser, behutsamer geworden. Sie prüft sich an den Erinnerungen, die wir teilen. Eine Liebe, die in ihrer Fülle spart: denn wir begreifen mehr und mehr, was wir versäumten, verspielten, was wir gewannen und einholten, was uns bleibt. Die Zeit, die wir oft gedankenlos durchmaßen, wirft einen Schatten vor uns, eine Grenze. *(PH, »Die beiden Alten«, Manuskript 1988)*

Nachdem qua Tomographie eine durch jahrelangen Bluthochdruck verursachte Verdickung der Herzwand festgestellt wurde, unterzieht sich Peter Härtling im Juli 1988 in der Münchener Universitätsklinik einem diagnostischen Eingriff.

Natürlich hat Peter Härtling viel zu wenig auf seine Gesundheit geachtet. Ich habe ihn damals als heftigen Raucher erlebt, die Zigarette gehörte bei ihm dazu, und wie wir alle hat er gern Wein getrunken, oft und lange gefeiert. Wann er überhaupt geschlafen hat, weiß ich nicht. Trotzdem hat er morgens, äußerst diszipliniert und höchst professionell, zu arbeiten begonnen – wie er das immer wieder geschafft hat, ist mir ein Rätsel. Er hat sich jedenfalls nie geschont, sondern sich immer das Äußerste abverlangt, und seinen Büchern hat diese Lebensweise bestimmt nicht geschadet. *(Thomas Scheuffelen)*

Der Fünfzehnjährige hört die »Winterreise« zum ersten Mal wenige Jahre nach Kriegsende in Nürtingen. Es ist der Vorgang der Initiation: Selbsterkenntnis im Spiegel der Kunst, Aneignung von Wort und Musik im Medium eigener traumatischer Kindheitseindrücke. (...) So bedeutet die Begegnung mit der »Winterreise« für den Heranwachsenden, dem es die Sprache verschlagen hatte, Erlösung von Stummheit, Befreiung bestimmter »wie eingewachsene Gräten in meinem Schlund« verwahrter Wörter – ein Prozeß, der noch nicht abgeschlossen ist und von dem Härtlings jüngstes Buch einen fixierten Moment darstellt. Es ist der Prozeß einer Bewußtwerdung, in der das Thema von Fremdheit und Wanderschaft als eines der zentralen Themen unserer Zeit in Erscheinung tritt.
(Albert von Schirding: »Fremd bin ich eingezogen ...«, Süddeutsche Zeitung, 5. Oktober 1988)

Das Motiv der unsteten Fremdheit, des Sich-treiben-Lassens und der Verlorenheit hat Härtling schon in früheren Werken beschäftigt. Es ist sein Thema. »Hölderlin«, »Hubert« und auch »Felix Guttmann« sind Suchende, die sich zuweilen hinter berechenbarer Behaglichkeit verschanzen, ohne ihre Kraft zu neuen Aufbrüchen einzubüßen. Doch diese Geschichten erzählt der Autor, daß das Lesen eine Lust ist. Die schreibende Annäherung gelingt gerade durch weiterführende erzählerische Brüche.
Im »Wanderer« spürt Härtling Schicksalen nach, vielen Schicksalen, und er macht es seinen Lesern damit nicht leicht. Es gibt viele Brüche und Neuansätze, deren Funktion für das Ganze sich nicht leicht erschließen. Da wollen Schuberts Musik, Hölderlins Gedichte, Müllers »Winterreise«, Nietzsches Philosophie, Goethes »Faust II« und manch anderes nebeneinander doch zu einer Einheit finden: dem Motiv der »Fremdheit«. Dieser Gemischtwarenladen abendländischer Kultur, so interessant er auch zuweilen sein mag, wird manchen Leser verschrecken, der eine gut erzählte Geschichte erwartet hat.
(Burkhard Saul: »Wanderungen in die Fremde«, Evangelische Information Frankfurt, 22. Dezember 1988)

Mit dem »Wanderer« hatte sich Härtling eine neue Dimension in seinem autobiographischen Schreiben erschlossen. Genaugenommen verließ er das Reich der Imagination nicht mehr. Er begann sich sein Schicksal in vorhandenen Bildern neu zu erzählen, anstatt, wie in »Zwettl« und ganz anders in der »Nachgetragenen Liebe«, den entgegengesetzten Weg zu gehen und entweder ereignisgenau oder gefühlsexakt zu erzählen. Denn Härtling sieht sich in der »Wanderer«-Version eher als Bewohner eines Mythos und vergegenwärtigt sie sich auch bestens mit Hilfe dieses Mythos. Deswegen erscheint diese aus der Literatur entlehnte Methode genauso vielversprechend wie die Versuche, »reale« Geschichte nochmals erzählen zu wollen. Vor allem aber weicht er, wenn er in der Literatur verharrt, keineswegs seiner Realität aus – im Gegenteil. Er stellt sich ihr erst.
(Klaus Siblewski: »Ein nackter Mann zieht sich aus«, Nachbemerkungen zu Peter Härtlings autobiographischen Schriften, Köln 1997)

Empfang bei Bundespräsident Richard von Weizsäcker (1988)

Der iranische Revolutionsführer Khomeini, der für die Hinrichtung Tausender im Iran verantwortlich ist, hat nun zur Ermordung des in London lebenden indischen Schriftstellers Salman Rushdie, seiner Verleger und Leser aufgerufen. Wir fordern die Bundesregierung auf, bei der Regierung im Iran die Rücknahme dieses Aufrufs zum Mord notfalls mit wirtschaftlichen Mitteln zu erzwingen.
(Jurek Becker, Eva Demski, Hans-Magnus Enzensberger, Jürgen Fuchs, Günter Grass, Peter Härtling, Uwe Timm u. a.: Telegramm an Kanzler Kohl, 22. Februar 1989)

Lieber Peter, diesen Brief schreibe ich widerwillig, mehr noch gezwungenermaßen. Mehr als zwei Jahrzehnte habe ich mich als aktives Mitglied der Akademie der Künste Berlin verstanden, wobei ich mir von Anfang an der geschichtlichen Last und also auch der politischen Verpflichtung dieser Institution bewußt gewesen bin. Meiner Meinung nach hat sich die Akademie dieser besonderen Verantwortung entzogen, indem sie einer Solidaritätsveranstaltung für den zum Tode verurteilten Schriftsteller Salman Rushdie ihre Räume verweigerte. Nun wird diese Veranstaltung heute abend notgedrungen in Neukölln (Hasenheide) stattfinden, wobei der notwendige Polizeischutz für die Beteiligten zugesagt ist. Gleiches hätte in den Räumen der Akademie stattfinden können: schließlich ist die Polizei unter anderem dafür da, gegebenenfalls solche Aufgaben zu übernehmen. (...) Vor allen anderen Berliner Institutionen hätte die Akademie dieser Herausforderung gegenüber an Ort und Stelle Widerstand bezeugen müssen. Indem sie ihre Räume verweigert, gibt sie terroristischem Druck nach, entledigt sich der Verpflichtungen ihrer Vergangenheit und nimmt sie eine Haltung ein, die ein schlechtes Beispiel gibt. Aus den genannten Gründen sehe ich mich gezwungen, die Akademie der Künste als Mitglied zu verlassen. Freundlich grüßt Dich Dein Günter Grass.
(Brief an Peter Härtling, Direktor der Abteilung Literatur, 9. März 1989)

Lieber Günter, Dein Brief, mit dem Du mir Deinen Austritt aus der Akademie mitteilst, macht mich traurig, denn ich halte Deine Erklärung für ungerechtfertigt und für ungerecht. Seit mehr als zwanzig Jahren gehören wir gemeinsam der Akademie an. Wir haben manchmal miteinander gestritten, doch meistens für die Sache: für eine politisch argumentierende Akademie, die sich ihrer schändlichen Haltung im Jahre 1933 bewußt ist. Für eine Akademie, die rigoros Partei ergreift für Künstler, die verfolgt und unterdrückt werden.
Das alles ist selbstverständlich, und diese Politik wurde auch selbstverständlich von Deinem Nachfolger im Präsidentenamt, Giselher Klebe, fortgesetzt. Dass Du nun ihm, dem Senat der Akademie und mir vorwirfst, wir hätten uns der Loyalität für den bedrohten Salman Rushdie feige entzogen, ist wahrhaft ungerecht. Ich weise diesen Vorwurf mit ebender Heftigkeit, mit der Du ihn ausgesprochen hast, zurück.
Du weißt, daß ich zu den ersten zählte, die sich öffentlich gegen die ungeheuerliche Mord-

drohung wandten. Du weißt, daß ich im Linksrheinischen Radio aus dem Roman Rushdies gelesen habe. Du weißt vielleicht nichts von den anonymen Drohanrufen, die ich danach bekam. Ich rief keine Polizei, bemühte niemanden um Hilfe. Aber ich habe Giselher Klebe in seiner vorsorglichen Entscheidung unterstützt, die Räume der Akademie nicht für eine große, das Publikum möglicherweise gefährdende Veranstaltung zu öffnen. Das ist seine Verantwortung, die des Präsidenten der Akademie. Der Senat hat ihm zugestimmt. Wie kannst Du diese Abstimmung als eine gegen Rushdie und Dich auslegen? Das ist mir unbegreiflich .... *(PH: »Offener Brief an Günter Grass«, 10. März 1989)*

Vielleicht – und ich wünschte es uns, der Akademie – überdenkst Du noch einmal Deinen im Zorn gefassten Entschluss. Keiner in der Akademie stimmte gegen Rushdie, gegen Dich, gegen die unanfechtbare Freiheit der Meinung und der Künste. Es ging nur darum, Gäste der Akademie, das Publikum also, vor möglichem Schaden zu bewahren.

Es ist eine Meinung. Zugegeben: nicht Deine. Sie wird aber immerhin von Menschen vertreten, die, wie Du, den Mordaufruf des Ajatollah Khomeini öffentlich verurteilten und mit Dir zusammen als "Herausgeber" des Buches fungieren werden.

Ich verstehe Dich nicht –

Dein

PH

Mai 1989

Ungarn öffnet als erstes Land des Ostblocks die Grenzen zum Westen. Damit besteht für DDR-Bürger eine neue Möglichkeit zur Flucht in den Westen, die sie in den kommenden Monaten in großer Zahl nutzen werden. In Ungarn bestimmen seit 1988 Reformer den politischen Kurs. Demokratische Grund- und Menschenrechte sind in Kraft getreten.

Juni 1989

Chinas Demokratiebewegung wird auf dem »Platz des Himmlischen Friedens« von Panzern der Armee niedergewalzt. Zehntausende von Menschen, unter ihnen viele Studenten, hatten sich dort seit Wochen versammelt, Presse- und Meinungsfreiheit gefordert. Um ihr Regime nicht weiter in Gefahr zu bringen, schicken die kommunistischen Machthaber Armee und Panzer. Resultat: über 3000 Tote und mehr als 60.000 Verletzte.

Im Sommer 1989 besuchten wir die Härtlings in ihrem Ferienpalazzo in Montepulciano und erzählten von Peter Schamonis Film »Maximiliana – Die widerrechtliche Ausübung der Astronomie«, der die Geschichte des »Hobby-Astronomen« Ernst Wilhelm Leberecht Tempel (1821 bis 1889) erzählt. In diesem Film spielt Max Ernst mit, der sich in einer Szene weit aus einem Turmfenster lehnt und ruft: »Er war ein Genie, aber hatte kein Diplom!« Wir dachten sofort an den forcierten Abbruch von Härtlings Nürtinger Schulzeit. Mein Mann ging spontan mit Peter auf den Balkon des Palazzos und rief mit ihm gemeinsam: »Er war ein Genie, aber hatte kein Abitur!«
(Alexa Gelberg)

Oktober 1989

Anläßlich der Feiern zum 40. Jahrestag der DDR-Gründung kommt es in Ostberlin und anderen Städten der DDR zu Demonstrationen, bei denen u. a »republikfeindliche« Parolen gerufen werden:»Gorbi hilf uns«, »Keine Gewalt!«, »Jetzt oder nie: Demokratie!«, »Freiheit für die Inhaftierten!« und »Wir bleiben hier!«. Die Polizei geht mit Knüppeln und Wasserwerfern gegen die Demonstranten vor. Kurz darauf versammeln sich in Leipzig mehr als 70.000 Montagsdemonstranten und skandieren: »Wir sind das Volk«. Die Zahl der friedlich protestierenden DDR-Bürger wird in den nächsten Tagen ständig zunehmen. Gleichzeitig fliehen immer mehr Menschen über die offenen ungarischen und tschechischen Grenzen. Erich Honecker tritt aus »gesundheitlichen Gründen« zurück.

Gegen 0.00 Uhr beginnt im Bereich der Gethsemane-Kirche die Auflösung der Demonstration. Schildbewehrte Räumfahrzeuge, Bereitschaftspolizei in Schutzausrüstung, Hundestaffeln kesseln die Demonstranten ein (Dänenstraße) oder jagen sie durch die Nebenstraßen. Fast gleichzeitig lösen die Sicherheitskräfte die letzten Personengruppen auf. Es kommt zu einer hohen Zahl von brutalen Zuführungen. Der Schlagstockeinsatz ist die Regel. Auch hier üben die Zivilkräfte des MfS rohe Gewalt aus. Einige Demonstranten flüchten in Häuser und Wohnungen. MfS und Volkspolizei dringen gewaltsam auch in die Wohnungen Unbeteiligter ein und verschleppen die Anwesenden.
(»Ablauf der Ereignisse am 7. und 8. Oktober 1989 in Berlin«, aus: »und diese verdammte Ohnmacht«, Basis Druck, 1991)

»Wir stehen erst am Anfang des grundlegenden Wandels in unserem Land. Helfen Sie uns, eine wahrhaft demokratische Gesellschaft zu gestalten, die auch die Vision eines demokratischen Sozialismus bewahrt. Das bleibt kein Traum, wenn Sie mit uns verhindern, daß er wieder im Keim erstickt wird. Wir brauchen Sie. Fassen Sie zu sich und zu uns, die wir hierbleiben wollen, Vertrauen.
(Christa Wolf, »Für unser Land«, Aufruf in der »Aktuellen Kamera« vom 8. November 1989)

9. November 1989

Maßnahme der DDR-Führung gegen Demonstrationen und Ausreisewelle: »Privatreisen nach dem Ausland können ohne Voraussetzungen beantragt werden ... Die zuständigen Abteilungen Paß- und Meldewesen der Volkspolizeiämter in der DDR sind angewiesen, Visa zur ständigen Ausreise zu erteilen.« SED-Politbüromitglied Günter Schabowski gibt während einer Pressekonferenz beiläufig den Fall der Mauer bekannt. Tausende von Ostberlinern strömen zu den Grenzübergängen, die bald darauf vollständig geöffnet werden müssen – Jubel, Taumel, Rührung, Sekt in Strömen. Tage später wird Hans Modrow zum Ministerpräsidenten gewählt. Helmut Kohl präsentiert bald darauf sein Konzept zur »Wiedervereinigung«.

Sommer 1989

Ich habe mit den vielen, die der Krieg entließ, verfolgen können, wie unterschiedlich die beiden deutschen Staaten mit der Erinnerung an die Nazizeit umgingen. Wie unterschiedlich aufgearbeitet und verdrängt wurde. Wie der Kalte Krieg die beiden Deutschländer einschnürte, einschränkte und einander entfremdete. Ich habe erfahren, wie wir uns hier im Westen in die verordnete Demokratie einübten, wie diese Demokratie allmählich ihre Gründe und Hintergründe bekam und wie jene Tugenden, die ein offenes Staatswesen ausmachen – Gemeinsinn, Freiheit, Friedfertigkeit, Gerechtigkeit –, durch Gewinnstreben, Fortschrittsblindheit, pervertiertes Leistungsmaß, Konsumterror geschwächt und verraten wurden.
Wir haben zusehen müssen, wie im Deutschland drüben, nach einer scharfen Abrechnung mit dem Faschismus, übergangslos der Stalinismus die Gesinnungen knebelte und danach

ein noch immer großherzig gedachter Sozialismus von bürokratischer Tücke und Unfähigkeit, von Denunziantentum und Bereicherungswut zugrunde gerichtet wurde.
So haben die drüben alle Hoffnungen fahren lassen müssen, die wir hüben ihnen allenfalls materiell machen können. Denn mit Ideen, mit Entwürfen, mit dem, was uns Menschen zu sozialen Wesen macht, hapert es bei uns. Zur Zeit haben wir es in Deutschland mit gefühlsseligen Stotterern zu tun. (...) Vielleicht gelingt es uns – und dies könnte die Fortsetzung der Revolution in beiden deutschen Staaten sein –, in der kommenden Zeit ruhiger und offener Erfahrungen auszutauschen, die Temperaturen anzugleichen. Vielleicht gelingt es uns, die opulent ausgestattete Leere, die nicht wenige von uns für den Sinn des Lebens halten, aufzufüllen mit behutsamen Gefühlen und vorsichtigen Ideen. Bald werden die armen und die reichen, die aufbrechenden und ausharrenden, die ermutigten und die mutlosen Deutschen entdecken, daß sie bloß Teil einer Unruhe sind, die Europa und die Welt erfaßt hat. *(PH, »Rede zum Dritten Advent 1989« in der Walldorfer Hüttenkirche)*

Januar 1990

Hunderte DDR-Bürger stürmen die Zentrale der Staatssicherheit in der Ostberliner Normannenstraße, um die dort gelagerten Akten für Strafverfolgung und Geschichtsschreibung zu sichern. Sie müssen feststellen, daß die Mitarbeiter der Zentrale bereits mit der Vernichtung belastender Unterlagen begonnen haben. Die restlichen Akten werden später zum Fundus der Gauck-Behörde. In den folgenden Monaten kommt es vielfach zur Enttarnung von Stasi-Spitzeln.

Februar 1990

Der sowjetische Staats- und Parteichef Michail Gorbatschow gesteht Bundeskanzler Helmut Kohl während eines Besuchs in Moskau zu, es sei »Sache der Deutschen, Zeitpunkt und Weg der Einheit selbst zu bestimmen«. Kohl hat inzwischen einen 10-Punkte-Plan zur »Wiedervereinigung« vorgelegt, während Intellektuelle und Bürgerrechtler der DDR gegen einen »Anschluß« votieren und einen autonomen Staatenbund mit der BRD vorschlagen. Die ersten und letzten freien Wahlen in der DDR wird am 18. März die »Allianz für Deutschland« (DA, DSU, CDU) gewinnen.

Im gegenwärtigen Wahlkampf dominieren, vor allem auch auf bundesrepublikanischer Seite, die vergeßlichen Heimholer. Es ist anzunehmen, daß es solche platten goldstaubbeglänzten Lösungen nicht geben wird, wie sie von Bonner Nothelfern und Planern angeboten werden. Sicher müssen wir Reichen und Satten helfen. Auch mit Konsumgütern. Vor allem aber sollten wir uns entschließen, nicht ständig zu überreden, sondern hinzuhören. Hinhören auf die »andere« Geschichte, die nun übersprungen und vergessen werden soll.

Ach wir alle sind, hie wie dort, verdammte Verdrängungskünstler. Wehe, wir schaffen es! Dann werden uns wieder die Taten und Untaten von ehedem verfolgen, werden Halbwahrheiten und Verdächtigungen in unsere Zukunft hineinwirken und sie entstellen. Derzeit scheint es so, als ob die westlichen Demokratien die beste Antwort auf die Fragen der Zukunft finden könnten. Sie bieten Erfolg, Konsum, ein momentanes Fortkommen an – doch sie dürften ratlos reagieren, wenn die armen Völker ihren Teil beanspruchen, wenn die Fundamentalisten die individuellen Freiheiten für eine Obszönität halten, wenn die Reichen aus Angst und Überlebenseifer die Erde und die Atmosphäre noch weiter vergiften, wenn die Gifte unsere Leiber blähen und uns die Luft ausgehen wird. So weit ist es nicht mehr bis dahin. Die Völkerwanderung hat längst begonnen. Sie verwischt Identitäten und läßt sie um so schmerzlicher spürbar werden. Die Fremde wird zum Lebenszustand. *(PH, »Nachdenken über Deutschland«, Diskussionsveranstaltung in der Akademie der Künste, 4. März 1990)*

Jetzt könnte der Westen die berühmte politische Reife und Vernunft beweisen, die er gerne vorgibt, und als »demokratisches System« die Überlegenheit über die »Diktatur des Proletariats« zur Realpolitik machen, indem die Vereinigung vor allem als ein moralisches und emotionales Problem verstanden und das zwischenmenschliche Zusammenwachsen höher bewertet wird als das wirtschaftliche. Im Moment allerdings sehe ich wachsende Angst vor den »Wessis«, die uns in ihrer Expansion und ihrer Wirtschaftskraft weit überlegen sind, und ich höre zunehmend von Ängsten gegenüber den »Ossis«, die jetzt mit versorgt werden müssen und das Sozialsystem der Bundesrepublik gefährlich ins Schwanken bringen könnten. Schon wieder sind Projektionen zugange, die die wahren Verhältnisse verschleiern sollen und den Zündstoff legen für künftigen Bruderzwist und »Bürgerkrieg«. *(Hans-Joachim Maaz, »Der Gefühlsstau«, Argon 1990)*

Salzburg, Sommer 1990

»Herzwand« handelt, wie alle Autobiographien, vom Rückblick aufs Erlebte, sein Anlaß ist eine heikle Herzuntersuchung, die der Autor über sich ergehen lassen mußte. Erinnerungen an die Nachkriegsjahre in Nürtingen, den Selbstmord der jungen Mutter, seine Anfänge bei der Zeitung, das Halbverhältnis mit einer Kollegin durchmischt er mit der wiederaufgerufenen Gegenwart des Klinikaufenthalts. (...) Wahllos zieht es sich im prätentiösen Kurzsatz-Stil über die Zeilen, verschmäht keinen Jargonfetzen, verlängert sich gelegentlich zur wiederholungsreich klappernden Periode. »Du mußt, heißt es, Du sollst endlich, heißt es, Wenn du nicht bald, heißt es. Nimm Vernunft an, heißt es.« Allen Ernstes heißt es so bei Härtling. Er ahnt nicht, daß soviel Larmoyanz bei so kläglicher Bemühung um Rhetorik schon aus dem Tagebuch eines Dreizehnjährigen komisch herausstäche. Bitterseelenernst durchziehen solche aufgeblasenen Kümmerlichkeiten seinen Lebensroman. (...) Bienengleich und unverdrossen sondert er seinen greulichen Kitsch ab. (...) Ein Stein, wen's da nicht grauste und überliefe vor Peinlichkeit. Wer solche Arten Text goutiert, mag ein gutgesinnter Mensch sein. Für die Literatur ist er verloren. *(Michael Maar: »Tränen an der Backe eines Unbekannten«, FAZ, 25. August 1990)*

Die Autobiographie als Experiment der Erinnerung wie der Gestaltung – das darf zumindest Anspruch auf Ungewöhnlichkeit erheben. Stellt sich nur die Frage, ob die Mühe gelohnt hat. Als Leistungsprobe für ihn sicherlich. Daß das Verschachteln von Zeitebenen und ein ständiger Perspektiven-Wechsel auch dem Leser gefallen, kommt auf dessen Orientierungsbedürfnis an. Gut lesbar ist der erste Teil des Lebensromans von Härtling gewiß; man liest seine weiche, fast zarte Prosa mit Anteilnahme und Spannung, ja mit Genuß. *(Toni Meissner: »Das inwendige Lachen aus Glück und Angst«, Abendzeitung München, 31. August 1990)*

Der Fall Peter Härtling ist naturgemäß weniger spektakulär. Obwohl schon etwas dazu gehört, mit einer Herzoperation biographisch zu wuchern, denn wenn man ein schwaches Herz hat, sollte man es auch zu schützen wissen. Es ist der gute, alte Peter Härtling, der noch ein bißchen weicher und diffuser geworden ist, es mit sich und der Welt noch besser meint, das lyrische Du noch schamloser nutzt und in jenem beklommenen Innehalten vor dem Leben noch schamhafter traurig ist, als wir es schon gewohnt sind. (...) Personen tauchen in der »auf sonderbare Weise unvertrauten Kulisse« (wie unvertraut?, wie sonderbar?) auf, treten wieder ab und hinterlassen keine Spur beim Leser. Die Sprache latscht auf den abgetretenen Wegen deutscher Innerlichkeit daher und zieht die Füße nach. Dieser

Roman bildet nichts ab, weder die Umwelt noch das Innenleben. Er beschreibt nichts und imaginiert nichts, entzündet nichts und weckt nicht das mindeste Interesse. Herzwand ist die verlegene Pflichtübung eines Autors, der nichts mehr zu sagen hat und gleichwohl das Schreiben nicht lassen kann. *(es, »Pflichtübungen«, taz, 2. Oktober 1990)*

Es ist ein schmales Prosastück nur, aber eines voller Schönheiten und Entdeckungen, verfaßt von einem, der mit leiser, wie immer auch eindringlicher Stimme spricht: von sich und seinem Widerstand, von der Zeit und den Schwierigkeiten, ihr mit Hilfe der Erinnerung auf den Grund zu kommen.
(Klaus Bellin: »Herzwand«, Deutschlandsender Kultur, 5. Oktober 1990)

Prominentestes Opfer der Saison ist Peter Härtling, den sich die Frankfurter Allgemeine Zeitung für ihre diesjährige Schlachtplatte auserkoren hat. Das Presseecho auf Härtlings neuen, autobiographischen Roman »Herzwand« war sehr gespalten. Michael Maar in der FAZ blies zum Halali (...) Nach der Lektüre dieser Einschätzungen fragt man sich, ob man selbst bescheuert ist oder ob die Kritiker tatsächlich keinerlei objektive Qualitätsmaßstäbe haben. In Anbetracht der Tatsache, daß Maars Kritik weniger ein Verriß, denn ein Abschlachten des Autors ist, bleibt nur noch die Vermutung, daß hinter dem Ganzen Absicht steckt, also Politik.(...) Wohin die profilierungssüchtigen Praktiken führen können, hat Hanns-Joseph Ortheil in einer Sendung anläßlich von Reich-Ranickis 70. Geburtstag in Aussicht gestellt: »Ich sehe eine ganz entscheidende Wendung. Es gibt immer mehr junge Reich-Ranickis, die in den Redaktionsstuben sitzen und einmal so schreiben wollen wie er. Es gibt immer mehr Leute, die auf das Negativurteil hin lesen, die einen immensen Spaß daran finden, sich durch Verrisse zu profilieren. Das ist eine ganz miserable Entwicklung, denn das erzieht die Leute zur Unwahrhaftigkeit. Es erzieht Leute von vornherein mit scheelem Blick nur noch auf die Beantwortung der Frage hin zu lesen: Wie kann ich jemanden vernichten?!« *(Wolfgang Krüger, Journal Frankfurt, 25. Oktober 1990)*

Knapp sechs Wochen nach seinem Beginn ist der »Golfkrieg« zu Ende. US-General Schwarzkopf erklärt die Operation »Wüstensturm« zum Erfolg, Saddam Husseins Truppen für geschlagen. Mit dem Einsatz von Marschflugkörpern und Kampfflugzeugen hatten die »Alliierten«, die im wesentlichen aus dem Militär der USA bestehen, auf die Besetzung Kuwaits durch irakische Truppen reagiert. Die geplante Ausweitung des Krieges durch Iraks Raketenangriffe auf Israel schlug fehl. Viele irakische Divisionen und Panzerbrigaden sind vernichtet. Hunderte von Ölquellen brennen, wurden von flüchtenden irakischen Soldaten in Brand gesetzt. Neben den vielen Menschenopfern ist noch ein weiteres Opfer zu beklagen: die Pressefreiheit. Das US-Militär versorgte die Presse mit gezielt falschen Informationen und Bildern.

Große Freude herrschte im Hause – denn der Namensgeber Peter Härtling, derzeit wohl einer der bekanntesten Kinderbuchautoren, war eigens aus Frankfurt angereist. Schuldirektorin Koch: »Wir möchten kein Denkmal, wir wollten und wollen einen lebendigen Menschen, den man sehen, hören und anfassen kann, der Interesse zeigt, das Leben berührt, sich mit Problemen auseinandersetzt und Partner ist, der aber vor allem für die Menschen spricht, die der Sprache nicht so mächtig sind.
(...) Härtling selbst bezeichnete sich als »Schutzgeist der Schule«, der den Kontakt halten und vor allem mit Kindern und Lehrkräften reden möchte. Wichtig sei ihm dabei, daß man voneinander lerne. Schulelternbeiratsvorsitzender Wagner bezeichnete die Namensgebung als Ehre und Auszeichnung, auf die man stolz sein könne.
(hz, Schleswiger Rundschau, 18. März 1991)

Ich lebe, schreibe hier in der Mitte Europas. Ich bin ein Eurozentriker, sosehr mir die Bilder aus der anderen Welt nachgehen, bis in den Traum. Doch ich beginne zu begreifen, daß mich meine Kultur, mein Wohlstand, mein schlechtes Gewissen bald nicht mehr schützen werden vor dem Zustrom hungernder und hoffender Fremder. So kann ich vorerst meine Fremde nur an der ihren messen. (...) Was maße ich mir an, wenn ich vom Anspruch der Kinderliteratur spreche? Wie viele jener Kinder, die im Augenblick rund um die Erde auf der Flucht sind, sich müd und hungrig an ihre Mutter klammern, wie viele von ihnen werden je die Gelegenheit haben, ein Wort zu lesen, ein Buch aufzuschlagen, einen Traum zu schreiben? Soll mich das entmutigen? Nein, nicht um der Kinder willen, die das Glück haben, ihre Phantasie, ihre Ängste und Zuversichten in Geschichten wiederzufinden und sie für sich weiter zu erzählen. Ich kann ihre Aufbrüche beschreiben und ihre Rückfälle. Ich kann erzählen, wie ein Zusammenleben immer von neuem ausprobiert wird, damit es lebendig bleibt.
(PH, »Der Anspruch der Kinderliteratur«, Vortrag im Institut für Jugendbuchforschung Frankfurt, 28. Juni 1991)

September 1991

Gewalttätige Jugendliche attackieren im sächsischen Hoyerswerda vietnamesische Händler. In den folgenden Tagen kommt es zu weiteren Übergriffen: Hunderte von Neonazis greifen Ausländerunterkünfte mit Stahlkugeln, Steinen und Molotow-Cocktails an. Zivilcourage gegen den Mob hat Seltenheitswert. Nach fünftägigen Ausschreitungen betreibt die Polizei die Evakuierung von Gastarbeitern und Asylanten. Der brutale Rassimus von Hoyerswerda wird zum Fanal für viele weitere Angriffe auf Fremde.

Schriftsteller und Journalisten appellieren an den STERN, die Kündigung von Gerhard Kromschröder zurückzunehmen, dessen Einsatz die Zeitschrift angeblich zuviel Geld gekostet hat: »Er hat im Golfkrieg für den STERN sein Leben aufs Spiel gesetzt. Als einziger deutscher Print-Journalist fuhr er ins bombardierte Bagdad. Seit Mai bekommt Gerhard Kromschröder, der als Nahost-Korrespondent mit seiner Familie in Kairo lebt, kein Gehalt mehr. Gerhard Kromschröder steht für besten und mutigen Journalismus.« Unterschrieben wird der »Appell an den Stern« u. a. von Ralph Giordano, Gerhard Zwerenz, Elke Heidenreich, Ota Filip, Max von der Grün und Peter Härtling.

Die Totenfelder wuchern
und vertilgen das Land.
Mit den Krähen hat
sich mein Gedächtnis
in die Berge
geflüchtet.
Dort brennt nun der Fels.
Und in den springenden Höhlen
singen Kinderseelen:
Was ich nicht weiß,
macht mich nicht heiß.

(PH, »Der Rückblick«,
in: »Das Land, das ich erdachte«, Radius 1993)

Sehr geehrte Damen und Herren,
mit Bestürzung haben wir Ihre Absicht vernommen, auf Vorschlag Ihres Präsidenten Walter Jens die Mitglieder der ehemaligen Akademie der Künste der DDR en bloc in Ihre Akademie zu übernehmen. Wir weisen Sie darauf hin, daß sich dieser Schritt gegen die intellektuelle und künstlerische Opposition der ehemaligen DDR wendet. Die Mehrheit der in Frage kommenden Mitglieder der Ost-Berliner Akademie repräsentierte und legitimierte bis zuletzt das gegen die Freiheit der Künste gerichtete Regime der DDR. Da wir durch Einsicht unserer Akten in der Gauck-Behörde mehr und mehr die Verstrickung staatstragender Künstler in das Sykophanten-System der Staatssicherheit erkennen mußten, schlagen wir vor, statt einer En-bloc-Übernahme die Mitglieder der DDR-Akademie zunächst auf eventuelle Mittäterschaft in der Staatssicherheit überprüfen zu lassen. (...) Ihr Versuch stellt einen Affront gegen alle Künstler dar, die in der DDR wirklich Widerstand geleistet haben, und richtet in der Kulturszene des vereinigten Deutschland einen bleibenden Schaden an.
(Brief an die Akademie der Künste Berlin-West, u. a. unterschrieben von: Wolf Biermann, Freya Klier, Jürgen Fuchs, Erich Loest, Bärbel Bohley, Helga Schubert, Peter Schneider und Hans Christoph Buch)

Diskussion in der Akademie der Künste
(mit Christoph Hein)

In den schwierigen Zeiten der Debatte um die Vereinigung der Akademien gab es gnadenlose Angriffe von seiten derer, die diese Vereinigung verhindern wollten. Damals stand Härtling mir, dem Präsidenten, immer in ruhiger, souveräner Weise zur Seite. Ich kenne ihn als einen Freund von großer Gelassenheit, mit dem Willen zum Ausgleich. Peter Härtling ist das Gegenteil eines Fanatikers, vielmehr der Inbegriff eines souveränen, hochgebildeten Menschen, von dem ich viel gelernt habe. Wir sind beide immer Linksliberale gewesen, ein Leben lang – das aber kann man sich nur leisten, wenn man selbst einen eisernen Bestand hat, eine »letzte Bastion«, wie es bei Anna Seghers heißt, die uns anderen Menschen gegenüber verlässlich sein läßt. *(Walter Jens)*

Lieber Peter, im jugendherbergähnlichen Hotel – aber warum läßt Du Dich auf so was ein?! – hast Du an mich gedacht und das in unverwechselbarer P.H.-Prosa ganz wunderbar gesagt: hab hunderttausend Dank! Ich will versuchen, all Deine Wünsche für mich zu erfüllen, denn Du hast erahnt, erspürt, daß sie vollkommen mit meinen eigenen Wünschen identisch sind. Das trifft so leicht kein anderer in dieser Einfühlungsgenauigkeit ... Herzlich grüßt Dich, mit kleiner Umarmung (»klein« nur räumlich, äußerlich, im Innern GROSS) Deine Gabriele *(Brief von Gabriele Wohmann, 4. Juni 1992)*

Seit ein paar Wochen habe ich mein Buch über Franz Schubert abgeschlossen. Zu Ende mit ihm bin ich aber keineswegs. Und ich frage mich nicht mehr, wohin ich mit ihm gelangen werde. In meinem Buch über den Wanderer hatte ich begonnen, sein Lebensmäander nachzureden. Inzwischen erscheinen mir diese Sätze nur noch wie eine allzu tastende Skizze – Bewegungen, die noch nicht aus einer gemeinsam gewordenen Erinnerung auf seine Musik antworten. Im Gedicht wußte ich mehr von ihm: »Weil er zu vertraut war, wird er nun fremd.« Darüber kam ich nicht hinweg. Das habe ich in den eineinhalb Jahren, in denen ich mich fast ausschließlich mit ihm beschäftigte, begreifen müssen. (...) Ich bin kein Musiker, aber ich lebe mit Musik. Ich denke nicht daran, Musik interpretieren zu wollen. Wenn schon, will ich sie erzählen. Oder wenigstens schildern, woher sie kommt, woran sie sich erinnert, wogegen sie anstürmt, woran sie sich entzündet, wohin sie drängt. Das hatte ich mir vorgenommen, als ich im Winter 1990 die ersten Sätze zu meinem Schubert-Buch probierte. (...) Ich weiß nicht, wie nah ich ihm gekommen bin. Manchmal unterbrach ich meine

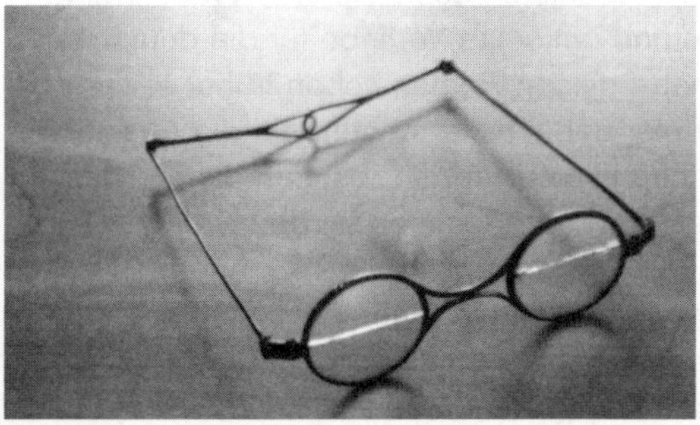

Schuberts Brille (im Geburtshaus Himmelpfortgrund 27, Wien)

Arbeit. Ich konnte nicht mehr schreiben, weil er mir zu lieb geworden war. Da half ich mir mit seiner Musik. Hörend erfuhr ich von neuem seine Fremde: Mein fremder Freund.
(PH, »Mit Schubert unterwegs«, Manuskript 1992)

August 1992

Bürgerkriegsähnliche Zustände in Rostock-Lichtenhagen: Mehr als 1000 Rechtsradikale liefern sich unter dem Beifall von Bewohnern mit Steinen, Leuchtraketen und Molotowcocktails Straßenschlachten mit einer im wesentlichen überforderten Polizei. Zuvor hatten sie, unbehelligt, eine Plattenbau-Unterkunft von vietnamesischen Gastarbeitern in Brand gesetzt. Ausgangspunkt für die fremdenfeindlichen Krawalle war eine Demonstration gegen die überfüllte Zentrale Aufnahmestelle für Asylbewerber des Stadtteils. Politiker und Presse des Auslands äußern sich zunehmend besorgt über die brutale Wiederkehr des Verdrängten.

Musikerromane sind in der deutschsprachigen Literatur selten, sieht man einmal ab von Thomas Manns »Dr. Faustus« und Franz Werfels »Verdi«. Erst kürzlich hat sich Dieter Kühn mit Beethoven beschäftigt, und auch Wolfgang Hildesheimer hatte sich mit seinem »Mozart«-Buch eine Jahrtausendgestalt der Musikgeschichte ausgesucht. Ihnen gesellt sich nun Peter Härtling hinzu, der – aufgeteilt in »zwölf Moments musicaux« – den Lebensweg des Komponisten nachzeichnet. Wer Härtling nur ein bißchen kennt und um seine Vorliebe für die deutsche Spätromantik weiß, hätte diesen Roman schon früher erwartet. (...) Es geht dem Erzähler dabei nicht so sehr um die Ausleuchtung des biographischen Hintergrunds (obschon die Metternich-Zeit in mancherlei Bezug wahrgenommen wird). Härtling konzentriert sich auf den Bewegungsablauf in Schuberts Leben, ganz so, als ginge er mit ihm die einzelnen Stationen noch einmal gemeinsam auf einer Wanderschaft durch. »Die schlimmen, schlimmen Wandersleut«, singt es dabei in Schuberts Kopf, und wer seine Musik kennt, weiß natürlich, was das Wandermotiv für die Romantik bedeutet hat: eben nicht nur Heiterkeit und Eichendorffsche Naturbesoffenheit, sondern vor allem Unruhe, Unbehaustsein, die Angst vor übermächtiger Bedrückung, die den Sensiblen hinaustreibt: »Fremd bin ich eingezogen, fremd zieh ich wieder aus.« (...) Härtlings Schubert zeigt das Bild eines Menschen, dem die Kunst zum Ziel seiner Flucht aus der Einsamkeit wird. Schöner wurde dieses Leben nie in Worte gesetzt.
(Wolf Scheller: »Die schlimmen, schlimmen Wandersleut«, Badische Zeitung, 22. August 1992)

Sie sparen 36 Mark. Wenn Sie das neue Buch von Peter Härtling (59) nicht kaufen: »Schubert«. Früher schrieb der Mann aus Chemnitz u. a. wunderbare Kinderbücher. Mit dieser Schubert-Biografie strebt er nach Höherem. Will die breite Käufermasse erreichen. Mit flachem Witz und Schlüssellocherotik. Vergißt vor lauter Eifer, das Musikgenie als einfachen Mann darzustellen, daß Schubert komponierte. Schade.
(BILD Hamburg, 21. September 1992)

Werde ich alt, frage ich mich. Bin ich es schon? Ich bin sicher, daß ich den Zwanzigjährigen ebenso in mir spüre wie das Kind. Was mich beunruhigt, ist die Merkwürdigkeit, daß der Mann von Fünfunddreißig offenkundig in mir stillhält, abgestorben ist. Der leistungsfähigste, jener, der sich auf der Höhe seiner Möglichkeiten befand, ging mir verloren. Bin ich schon alt?
Heute bekam ich einen Brief, in dem ein Schullehrer eine Verabredung für den 27. Oktober im Westerwald bestätigt. Ich hätte das telefonisch zugesagt. Bin ich das gewesen? In meinem Kalender steht es anders. Nach ihm soll ich in Berlin sein. Wieso fällt mir nichts, überhaupt nichts mehr ein? Es gab eine Zeit, da konnte ich mich auf mein Gedächtnis verlassen, und andere fürchteten sich sogar vor ihm. Muß ich mich jetzt vor meinen Gedächtnislücken ängstigen? Wovor noch? Bin ich schon alt?
Ich nehme Tabletten am Morgen, am Abend. Mich plagen Hypertonie und Diabetes. Gelegentlich brennt es in der linken Brusthälfte. Gegen meinen Willen kann ich müde werden. Und die Depressionen mehren sich. Ich werde alt, das trifft zu. Jedoch das Glück, das ich empfinde, rekapituliere ich alles, wofür ich gelebt, wovon ich gelebt habe, dieses Glück wiegt die Trauer über das, was mir genommen wurde, was ich verlor, zumindest auf.
(PH, »Vom Altern«, Rede zum 10. Jubiläum des Fördervereins Dr. Vöhringerheim, Kreuzkriche Nürtingen, 9. September 1992)

Theaterpremiere von »Ben liebt Anna« in Tübingen (LTT 1992)

Die Brandanschläge waren der Politik peinlich. Zu verlockend waren indessen die steigenden Flüchtlingszahlen, um sie nicht zur Ablenkung des Frusts und der Aggression zu mißbrauchen, die sich durch mannigfache interne soziale Spannungen und Ängste angestaut hatten. Mit Hilfe des »Asylanten«-Feindbilds ließ sich – fürs erste – die Illusion nähren, mit der Revision des Artikel 16 würde der Flüchtlingsstrom gestoppt, der Arbeitsmarkt kuriert, die Wohnungsnot behoben und das gestörte Wir-Gefühl zwischen Ost und West endlich hergestellt werden können. Die zentrale Frage, seit der offiziellen Vereinigung dringend zu beantworten, lautet klipp und klar: (...) Vertrauen wir auf die Kraft, interne soziale Probleme und Konflikte in selbstkritischer, friedlicher Kooperation zu überwinden, oder nehmen wir erneut zu fatalen paranoiden Konzepten Zuflucht, zum unheilvollen Junktim von primitiver Sündenbockprojektion und nationaler Selbstgerechtigkeit? *(Horst-Eberhard Richter, asyl-taz, 16. November 1992)*

Als der Krieg zu Ende war, machten mir die Erwachsenen vor, wie rasch und wie folgenlos das Vergessen sein kann. Aus meinen nazistischen Vorrednern wurden Patentdemokraten, bußfertige Christen – auf alle Fälle Erfolgreiche im aufblühenden Wirtschaftswunderland. Mir sind die schnellen Anverwandler unheimlich bis auf den Tag. Aber einige wenige erzählten unsere Geschichte weiter, und als die Verfassung für die Bundesrepublik Deutschland, das Grundgesetz, geschrieben wurde, erinnerten sie sich an alle, die verfolgt wurden, die Asyl suchten, ins Exil gingen, und sie formulierten für den Artikel 16 einen großen, großmütigen Satz: »Politisch Verfolgte genießen Asylrecht.« Da öffnet sich ein Tor. Da nimmt Geschichte aus Gewissen ihr Recht wahr. Dieser Artikel wurde nicht abgelehnt. Er soll jetzt, nach 43 Jahren Verfassungswirklichkeit, zerredet und gestrichen werden. Nach dem Wunsch von Demokraten, die Söhne und Töchter der Verfolger und mitunter auch der Verfolgten sind. (...) Nein, Ihr Verdränger, Ihr Vergeßlichen! Nein; Ihr von Erfolgen blankgeriebenen Egoisten! Nein! Und Nein auch gegen die Jungen, die von neuem in unserem Land Menschen verfolgen, Schwächere demütigen, Feuer legen. (...) Den furchtbaren Kindern von Rostock und Wismar wurde weisgemacht, daß der Antifaschismus in der Gesellschaft Ost ein Patentrezept sei, so wie der Kapitalismus im Westen ein Patent für Gedächtnisverlust! Die Kinder wuchsen reglementiert auf und fielen in eine Freiheit, die ihnen niemand erklärte, womöglich – und das ist ein Menetekel für uns – niemand erklären wollte und konnte. So suchten sie, die schwach Gewordenen, ihre Feinde unter den Schwächsten, fanden ihre Parolen genau dort, wo die Väter und Großväter geschwiegen hatten. (...) Ich rufe uns auf, Menschen Zuflucht zu geben, die verfolgt werden von Folterern, von Ideologen, von Totschlägern, vom Hunger. »Politisch Verfolgte genießen Asylrecht.« *(PH, »Nein!«, asyl-taz, 16. November 1992)*

| Dezember 1992

Die Regierung Kohl einigt sich mit der SPD auf eine Änderung des Asylrechts – Absatz 2 des neuen Artikels 16 a bestimmt, wer Asylrecht n i c h t genießt. Danach kann in Zukunft jeder, der an deutschen Grenzen Asyl beantragt, in das Nachbarland, aus dem er kommt, zurückgewiesen werden. Damit wird das Asylrecht von 1949 faktisch aufgehoben.

| Mai 1993

Ein Brandanschlag gegen ein von Türken bewohntes Haus in Solingen fordert fünf Tote – zwei junge Frauen und drei Kinder. Tage später wird ein Schüler festgenommen, der gesteht, mit anderen Jugendlichen den Brand gelegt zu haben.

Du liegst wie ein Walroß im Wasser.
Hoch ragt Dein Bauch aus dem Kinderplanschbecken
und wir halten uns daran fest,
wenn Du Wellen machst.

Sonntägliches Frühstück mit Zwiebelfleisch.
Oft sitzen mehr als Zehn um den Tisch.
Wir reden miteinander, erzählen, diskutieren,
finden uns wieder in hitzigen Auseinandersetzungen,
in denen uns Deine rhetorische Überlegenheit zur Raserei bringt.
Die Themen ändern sich.
Deine Aufgeschlossenheit und Dein Interesse dauern an.

Stimmen Deine »Druckverhältnisse« nicht,
gerätst Du in Rage, bist wortgewaltig wütend,
und verzweifelt setzt Du Dich an die »Hermes«,
malträtierst sie, die mechanische,
reißt den Wagen zurück (so daß der Hebel schon abgebrochen ist)
und schreibst Dir den Kopf frei. (...)

Aus dem Planschbecken ist lange schon ein Fischteich geworden,
aber wir halten uns noch immer an Dir fest,
denn wir brauchen deine Wärme.

(Fabian (30), Friederike (28), Clemens(27), Sophie (23): »108 Jahre mit Dir«, in: »Festgabe zum 60. Geburtstag von Peter Härtling«, Hg. Peter Bichsel, Radius 1993)

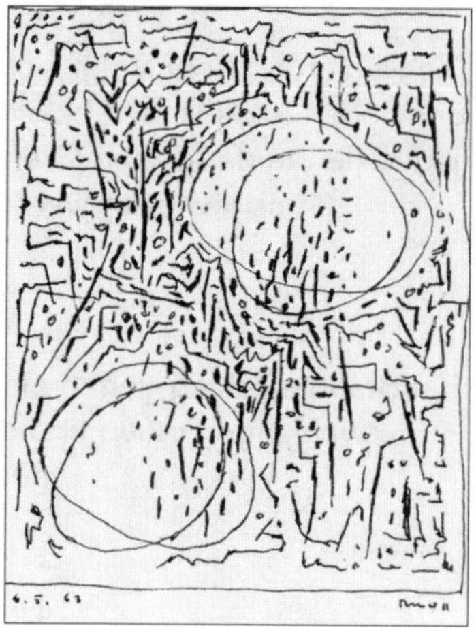

Zeichnung von Fritz Ruoff
(Geschenk von Hildegard Ruoff zum 60. Geburtstag)

Man hat mich aufgefordert, einen Beitrag für das Buch zu schreiben, das Freunde, die Deinen Lebensweg begleiten, zusammenstellen. Zugleich hat man mir Verständnis entgegengebracht, wenn es von meiner Seite heißt: »Ach-nein-lieber-doch-nicht!«
Das hat mich trotzig gemacht. Ich denke über die fünfundvierzig zurückliegenden gemeinsamen Jahre nach, und es wird mir ganz wehmütig zumute. Habe ich sie tief genug erlebt oder überstürzt an mir vorbeiziehen lassen? Vielleicht bin ich zu selbstverständlich mit unserer Gemeinsamkeit umgegangen: Hand in Hand mit Dir als Dreizehnjährige durch die Wiesen und Wälder um Nürtingen streifend; im Klassenzimmer des Gymnasiums unsere Geheimnisse austauschend; Deine Nachhilfe bei meinen Leseerlebnissen; dann Yamin plötzlich zwischen zwei Buchdeckeln; Deine Arbeit im Büro, auf die ich eifersüchtig war; unsere Kinder kommen und gehen aus dem Haus – zugegeben, oft meine kleine Leibgarde gegen Dich – aber auch viel Glück und Nahsein; dann auch große Ferne, Hilflosigkeit und Versagensängste, wenn Du etwas Neues anfängst – immer wieder bei jedem deiner Bücher; kein verflixtes siebtes Ehejahr, und das jährliche Datum unseres Hochzeitstages fiel uns meist erst im nachhinein ein, so daß wir uns nur verschämt darauf aufmerksam machten. Ein Strudel, hat er mich einfach mitgerissen? Typisch für uns das Bild: Du stürmst voraus, ich hinterher: mal emsig, mal bockig und unzufrieden, mit Mühe oder leichtfüßig, mal besorgt und Dein Ungestüm beschwichtigend, freudig oder einfach so, ohne viel nachzudenken.
Was soll's? Ich laß mich wieder überraschen. Ich liebe Dich und das Leben mit Dir. Ganz fest Deins.
(Mechthild Härtling, in: »Festgabe zum 60. Geburtstag von Peter Härtling«, Hg. Peter Bichsel, Radius 1993)

Februar 1994

Beim ersten Kampfeinsatz der NATO seit ihrer Gründung im Jahre 1949 schießen US-Abfangjäger zwischen Banja Luka und und Novi Travnik vier serbische Kampfflugzeuge ab. Seit Wochen hatten die Serben die bosnische Enklave Bihac mit Artillerie und Luftbombardements angegriffen. Nato-Planer und US-Militärs hatten sich u. a. daraufhin entschlossen, erstmals das seit 16 Monaten über Bosnien-Herzegowina verhängte Flugverbot durchzusetzen. Die Anwesenheit von UN-Friedenstruppen vermochte bislang nicht zu verhindern, daß der seit 1991 andauernde Krieg zwischen den verschiedenen Nationalitäten auf dem Balkan eskaliert: in sogenannte »ethnische Säuberungen«, Vertreibung, Vergewaltigung, Massenmord.

März 1994

Steven Spielbergs Film »Schindlers Liste« erhält sieben Oscars. Das Werk erzählt die Geschichte des deutschen Fabrikanten Oskar Schindler, der während der Nazizeit mehr als 1000 Juden vor dem Transport in die Vernichtungslager rettete.

Hinunter.
Das Land, das ich erdachte
bricht weg
wie ein Stück Schiefer,
hinunter.
Hinunter
ins irrende Gedächtnis:
Schon wieder Krieg?
Nach wie vielen Kriegen
schon wieder Krieg?
Ich lag verschüttet
unter meiner Kindheit.
Nichts nahm ich mit.
Nun bricht's von neuem
weg,
was ich fand, erfand,
mein Land,
stürzt hinunter:
eine Tafel
mit meiner verwischten Schrift,
und verglüht
im Krieg,
im nicht mehr angesagten Krieg.
(PH, »Krieg«, in: »Das Land, das ich erdachte«)

Empört reagierte der Autor Peter Härtling auf die Entscheidung des Hamburger Landgerichts, die eine Auslieferung seines neuen Buchs »Božena« vorerst unmöglich macht: »Ich lerne, wie schmerzlich die Spanne zwischen Recht und Gerechtigkeit sein kann.« Das Landgericht hatte die einstweilige Verfügung bestätigt, die der Luchterhand Literaturverlag gegen den neuen Verleger seines ehemaligen Autors, den Kölner Kiepenheuer & Witsch Verlag (KiWi), erwirkt hatte. KiWi kündigte Berufung vorm Oberlandesgericht an. Härtling hatte am 6. Januar bei Luchterhand gekündigt und am 31. März erneut, »weil der Autorenrat Luchterhands dem Inhaberwechsel nicht zugestimmt« habe. Härtling wechselte zu KiWi. Luchterhand behauptete aber, die Rechte für Božena zu haben. Im November steht eine Feststellungsklage vor dem Landgericht zur Entscheidung an, mit der der Autor die Aufhebung seines Vertrages bestätigen lassen will. Ihre Entscheidung hatte die Richterin am Dienstag damit begründet, daß sie den Vertrag Härtlings mit Luchterhand weiterhin als wirksam betrachte. »Seit mehr als zwanzig Jahren hatte ich mit Luchterhand zusammengearbeitet. Sogar, als es dem Verlag schlecht ging. Die Treue wurde mir zur Falle«, so Härtling. »Erst boten meine Verlegerinnen mich und mein Werk auf dem Markt feil. Jetzt beansprucht mich der neue Verlagsherr – so als ginge es um ein paar Kisten Kaffee. Mit juristischen Finessen versucht er meine Existenz zu ruinieren, mich zum Schweigen zu bringen und meine Phantasie zu lähmen.« Härtling betonte: »Božena wird an die Öffentlichkeit kommen, nicht bei Luchterhand, sondern bei KiWi.«
(Ino, »Wie um ein paar Kisten Kaffee«, taz-hamburg, 11. August 1994)

»Božena« war das erste Buch, das ich zusammen mit Peter Härtling bei KiWi gemacht habe. Die Auseinandersetzung mit Luchterhand war eine sehr windige Angelegenheit. Ich

hatte tatsächlich den Eindruck, daß das Ganze nicht ganz koscher war, aber um Härtlings Wechsel nicht zu gefährden und dafür zu sorgen, daß »Božena« ohne jede weitere Verzögerung erscheinen konnte, hat Neven DuMont von Kiwi dann in erster Instanz diese Entscheidung akzeptiert und mußte eine Art Bußgeld zahlen. Wäre dieses Verfahren wirklich durch mehrere Instanzen geschleppt worden, hätte Herr von Boetticher, der neue Eigentümer des Luchterhand-Literaturverlags, mit Sicherheit verloren. Eine solche gerichtliche Auseinandersetzung war nicht akzeptabel, ich fand die Vorgehensweise moralisch relativ empörend: Wenn sich ein Autor aus guten Gründen – und Härtling hatte nun weiß Gott gute Gründe – für einen neuen Verlag entscheidet und nicht gerade silberne Löffel gestohlen hat, dann läßt man ihn gehen und einigt sich gentlemanlike. *(Martin Hielscher)*

Im Grunde hat Peter Härtling nun einigen Grund zur Freude: Die juristischen Ärgernisse um die Veröffentlichung seiner Novelle »Božena« dürften einen verkaufsträchtigen Publicity-Schub für das schmale Buch gezeitigt haben, das am Samstag endlich in den Buchläden liegen soll. Härtlings Kölner Verlag Kiepenheuer & Witsch teilte gestern auf Anfrage mit, daß nun mit der Auslieferung begonnen werde, nachdem Dietrich von Boetticher, Geschäftsführer des Luchterhand Literaturverlags, am Vortag auf einen »Unterlassungsanspruch« gegen die Verbreitung verzichtet hatte. Über die Details – nicht zuletzt über den bemerkenswerten Luchterhand-Vorschlag, Kiepenheuer & Witsch möge 100.000 Mark je zur Hälfte an den Autor und die Künstlersozialkasse zahlen – wurde gestern in Köln unter anderem mit Härtling selbst geredet.
Worum geht es in »Božena«? Bei einem deutschen Anwalt in ihrer Heimatstadt Olmütz (Olomuc) hat die junge Tschechin Božena Koska in den frühen 40er Jahren als Sekretärin gearbeitet. Nach dem Krieg gerät ihr dies zum Schaden: Unter der ersten tschechischen Regierung wird sie als Nazi-Kollaborateurin diskriminiert, und noch dreckiger ergeht es ihr, als 1948 die Kommunisten an die Macht kommen. Nun ist sie eine »Faschisten-Hure«, die im Arbeitslager harte Buße für ihr »Vergehen« tun muß. (...) Mühsam durch die harte Lakonik, die Distanz der Sprache gebändigt, spricht Trauer aus diesem Text, Trauer über zerstörtes Leben und die offenbar durch nichts zu durchbrechende Macht des kollektiven Wahns. Daß diese Trauer nirgendwo in Sentimentalität abgleitet, gehört zu jener Kunstleistung, die Härtling mit seinem neuen Werk unstreitig erbracht hat. Sie wird auch dann Bestand haben, wenn die Querelen um die Veröffentlichung nur noch ein Artikel im Raritätenkabinett der Verlagsgeschichte sind. *(Markus Schwering: »Lektüre folgt dem Sommergewitter«, Kölner Stadt-Anzeiger, 17. August 1994)*

Die politischen Zeitläufte bilden nur den notdürftig skizzierten Hintergrund der Novelle, die sich ganz auf das Innenleben ihrer Heldin konzentriert. Erst, wenn man bedenkt, daß hier ein Autor eine Frau neu erfindet, die für seinen Vater gearbeitet hat und ihn tatsächlich geliebt haben könnte, wird ersichtlich, daß die Novelle vor allem den Versuch bedeutet, den toten Vater der Liebe zu versichern. Einer Liebe, die stärker war als der Tod, dreißig Jahre aber auch stärker als das Leben. Aus Not und Einsamkeit ebenso wie aus Trotz gegen die Verhältnisse beharrt Božena auf einer Leidenschaft, die ihren Gegenstand überhöht, ihm zugleich jedoch Schuld aufbürdet durch das Opfer, das sie ihm bringt. So ist diese Novelle einer nachgetragenen Liebe auch eine Anklageschrift, verhüllt in die Chronik eines ungelebten Lebens.
(Hubert Spiegel: »Falten werfen«, FAZ, 17. September 1994)

Lesung in Köln 1994 (Božena)

Das beschädigte Kind, das sich immer wieder zurückziehen und wiederfinden mußte, ist wie ein Kern in mir. Ein allmählich sehr fester Kern. Und wenn ich heute zum Beispiel Bücher für Kinder schreibe, dann schreibt nicht nur der alte Härtling, sondern meine Schreibhand wird auch geführt von dem Jungen, dessen Stimme ich im Kopf habe, dessen Bewegungen in mir zappeln. Der aufsässig ist, mißtrauisch, oft allein, den man auch immer wieder an die Hand nehmen muß. Aber dessen Aufsässigkeit ich auch wieder brauche, die sich mir überträgt, von der ich zehre. Es ist ein Junktim, ein unauflösbares Junktim. Und je älter ich werde, um so spürbarer ist das Kind in mir. Je spürbarer es wird, desto mehr Lebendigkeit vermittelt es auch. Ich habe das Kind schon ein paarmal an die Hand genommen, in Chemnitz, in Hartmannsdorf, auch in Olmütz. Und jedesmal passierte etwas, das mir eher gut- und wohltat: das Kind war putzlebendig und sehr neugierig. Gleichzeitig ist dieses Kind ob all seiner Erfahrungen auch ein Fremder geblieben. Und meine Zuneigung zu denen, die unterwegs sind, und zu denen, die gejagt werden, verlassen und in die Ecken gedrängt werden, meine Zuneigung zu denen ist eine Kinderzuneigung, die nicht aufzuheben ist, die bleibt.
(PH, Manuskript 1994)

Peter Härtling hat eine ungelöste Beziehung zu seinen Eltern, die gerade deshalb ungelöst ist, weil sie ihm auf schreckliche Art und Weise viel zu früh gestorben sind. Ich denke, ein Teil der Trauer, die man spürt, wenn man Härtling kennt, vielleicht sogar ein Großteil dieser Trauer, ist auf diese Tatsache zurückzuführen. Solch schmerzliche Erfahrungen sind nicht wiedergutzumachen, und sein Schreiben hat damit zu tun: mit der deutschen Geschichte, mit dem Kind der Hitlerzeit, die ihn von Vater und Mutter entfernt hat. Der Tod der Eltern konnte seine Heimatlosigkeit nicht aufheben, also arbeitet er sich an Schriftstellern und Musikern ab, die ebenfalls in ihrer Zeit nicht heimisch werden konnten. Zwar hat Härtling seinen Ort im Jetzt gefunden, aber gleichzeitig leidet er zwangsläufig an den Katastrophen seiner Familie. Diese Last trägt er. Nach wie vor.
(Martin Hielscher)

Ich war elf, trug die Pimpfenuniform, spielte mich auf und vom Elternhaus fort. Die Männerwelt, für die ich dressiert wurde, schien mir für alle Ewigkeit haltbar. Ein schweigender und störrischer Zivilist wie mein Vater, der damit bestraft wurde, daß man ihn schwer krank zur Wehrmacht einberief, ein Zivilist wie er gehörte einer vergangenen Zeit an, die wir Pimpfe zu verachten angehalten waren. 1000 Jahre hatte der Führer dem Reich versprochen. Eine Unendlichkeit, die mit einem Male knapp wurde. Im Winter 1944 begannen sich die Erwachsenen zu verändern. Sie gerieten auf die verschiedenste Weise außer sich. Mitunter wagte ich zu widersprechen, mich zu wehren. Doch der verzweifelte Übermut überrumpelte mich, riß mich mit. Die Veränderungen stellten sich nicht allmählich ein, sondern wurden von einem Tag zum anderen deutlich: so, als hätte es in der Geschichte einen Riß gegeben. Plötzlich waren die Frauen darauf aus, mit den wenigen Männern, die sich in der Etappe halten konnten, Feste zu feiern, lauter und wüster als je zuvor. Plötzlich nahm keiner mehr daran Anstoß, daß die Parteifunktionäre in Gesprächen nur noch als »Goldfasane« bezeichnet wurden. Plötzlich wurden aus Durchhalte-Ideologen Meister des unauffälligen Rückzugs. Plötzlich ersetzten Schlager die Märsche. »Ich weiß, es wird einmal ein Wunder geschehn« und »Es geht alles vorüber, es geht alles vorbei«. Der blanke Hohn summte mit. Betrunken grölten Männer, Frauen, Halbwüchsige, Nazis und solche, die schon zu vergesssen begannen, die Parole der Stunde: »Genießt den Krieg, der Frieden wird fürchterlich.« Kinder, Kriegskinder begriffen mehr, als die Erwachsenen annahmen. Deren Zynismus jedoch verstanden sie nicht. Der schien den Erwachsenen zu helfen, noch lauter, noch gemeiner, noch gleichgültiger zu sein. Die einen feierten. Die anderen denunzierten die Feiernden. Die einen glaubten blind an einen Sieg Hitlers. Die anderen räumten schon sich selber auf.

(PH, »Wo der Krieg zu Ende ging«, Zum 50. Jahrestags des Kriegsendes, Manuskript 1995)

Wie kommt Schumann nach Finnland?

ZDF-Reportage: Peter Härtling schreibt im Mökki

(tsch). Wie wohl Schumann nach Finnland kommt? Hat man ihn am Ende mit Jan Sibelius verwechselt? Alles ganz anders: „Schumann in Finnland" heißt ein Film, ein „elektronisches Tagebuch" des Mainzer „Stadtschreibers" Peter Härtling. Der gewann 1995 diese von ZDF/3sat und der Stadt Mainz ausgelobte Ehrung und entschloß sich, das von der Preisregel verlangte Werk dem romantischen Komponisten zu widmen – dessen Leben, Werk und Zeit.

Gemeinsam mit der Sängerin Mitsuko Shirai und dem Pianisten Helmut Höll zog er in ein finnisches Holzhaus, Mökki genannt, um dort acht Wochen über Robert Schumann zu meditieren und sich bei der Entstehung eines Werks über ihn filmen zu lassen. Geht das – ein Schriftsteller schreibt ein Buch, und die Kamera beobachtet ihn dabei? Läßt sich zeigen, wie dieses Buch entsteht, würde die Arbeit daran nicht unter den Dreharbeiten inmitten der Einsamkeit der finnischen Seenplatte leiden? Würden das Fernsehteam nicht die für Härtling wichtigen Gespräche mit den Freunden stören?

Alles ging gut und gelang letzten Endes. Härtling: „Ich erzähle von meiner Arbeit mit den Augen der Kamera." Die Fremde, die er in der unberührten Natur Finnlands empfand, sei ihm, so Härtling, zum „Grund" seines „Gespräches mit Schumann" geworden. Eine Fremde, „die sich nie freundlich öffnet, die streng und für sich bleibt: Diese Gegend aus Wald und Wasser, die sich unaufhörlich unter dem nordischen Sommerlicht ändert. Schließe ich die Augen, ist meine Erinnerung noch immer erfüllt von der nächtlichen Helle, vom Geschwätz des Wassers, von der Musik Schumanns, meiner Stimme, die mir wie eine befremdete Entgegnung auf das finnische Glück vorkommt." **Schumann in Finnland, ZDF, 23.15 Uhr**

(Freie Presse Chemnitz, 21. Dezember 1995)

Peter Härtling kam zu uns nach Finnland und hat dort auf der Insel Kivisaari einen großen Teil seines Schumannbuches geschrieben. Abends hat er uns oft aus seinem Manuskript vorgelesen. Außerdem entstand ein schöner Zyklus von Kivisaari-Gedichten. Es war ein wunderbares Leben da oben im Norden, zwischen Sauna und Konzertsaal, zwischen Pilzen, Fischen und Steinen. Natürlich haben wir auch Schumanns Musik diskutiert. Spontan fällt mir da ein Gedicht ein, das Schumann vertont hat: »Was will die einsame Träne«. Das ist ein Lied, das, wenn man es einfach vom Blatt musiziert, sehr leicht einen melancholischen Ton bekommen kann. Peter aber wies auf die Ironie dieser einsamen Träne hin, die da so verloren im Auge hängt, und auf einmal war klar, daß man den musikalischen Text anders lesen kann und bei Schumann durchaus auch Ironie möglich ist. Plötzlich hat man bei so einem Lied den Mut, es anders zu musizieren. Und merkt, daß es Sinn macht, sich im Klang mitteilt. Das sind wunderbare Anregungen. Ich kann von mir sagen, daß ich durch die Begegnungen mit Peter in jeder Hinsicht sehr viel mutiger und konsequenter geworden bin. *(Hartmut Höll)*

In Finnland (mit Hartmut Höll)

In Schumann empfinde ich die Fremde, die ihn von anderen trennt. Schumann hat als Künstler nie die Resonanz gehabt, die er verdiente. Er ist auch von der Kritik nicht akzeptiert worden. Schumann hat eine Fremde gespürt, die er selbst durch die Distanz zu seiner Umgebung hergestellt hat. Diese Distanz hat er kritisch gesehen, aber er hat sie herstellen müssen, um seine Musik schreiben zu können. Insofern war er den meisten seiner Zeitgenossen fremd.
Es sind ohnehin Grenzgänger, denen ich in meinen Romanen nachgehe. Wenn ich deren Leben verfolge, sind es lauter Anfänge und Versuche, Neues durchzusetzen, eigenen Ideen zu folgen – ob nun Hölderlin das bessere Leben suchte, ob Schumann die neue Musik seiner Epoche oder ob Schubert, dieser ahnungslose Engel, in seinen späten Werken die neue Musik erschafft.
Ich brauche diese Grenzgänger, die mich ermutigen, einen Ton zu finden, der die Menschen, die meine Bücher lesen, erregt, aufbringt, sie traurig macht, in Tränen versetzt. Solch einen Ton brauche ich, da bin ich tatsächlich Romantiker.
Wenn ich hingegen aktuelle Romane lese, entwickle ich sofort eine Haltung, die ich für kontrolliert halte – ich lese, sage: Gut gemacht, Nicht schlecht gemacht oder Prima, wie der Autor das baut! Mehr kommt meistens bei mir nicht an. Ich aber möchte Bücher lesen, an denen ich schwer atme, die mich erschrecken, die mir vor Erregung aus der Hand fallen. *(PH)*

Januar 1996

Bei einem Brandanschlag in Lübeck sterben zehn Menschen in einem Asylbewerberheim. Zunächst ermittelt die Polizei in der rechten Szene, später verhaftet sie einen jungen Libanesen, der selbst in dem Heim wohnte. Der Libanese wird Monate darauf in einem Gerichtsverfahren freigesprochen. Die Täterschaft bleibt ungeklärt. Der Anschlag erregt bundesweite Empörung.

Februar 1996

Der Schriftsteller Peter Handke liest im Hamburger Thalia-Theater aus seinem Reisetagebuch »Eine winterliche Reise zu den Flüssen Donau, Save, Morawa und Drina oder Gerechtigkeit für Serbien«. Seit Wochen ist in den Medien eine Auseinandersetzung um Handkes »Friedenstext« entbrannt, in dem er die serbische Zivilbevölkerung verteidigt und die bosnischen »Muselmanen« angreift. Im August letzten Jahres hatte die NATO den größten Kampfeinsatz ihrer Geschichte begonnen und mit Kampfflugzeugen serbische Stellungen sowie Munitionsdepots, Kommunikationseinrichtungen und Flugabwehrstellungen in Bosnien angegriffen. Im Monat zuvor waren die bosnischen Serben in die Muslim-Enklave Srebenica einmarschiert und hatten dort mit Vertreibung und Massenmord begonnen.

Härtling hat, wie wir alle, ausschließlich und nur Autobiographien geschrieben. Er hat es vielleicht etwas deutlicher gemacht als mancher andere. Sein »Schubert« ist autobiographisch, auch der Schumann, und zwar autobiographisch allein schon in dem Sinn: Dieser Schumann geht mich was an! Schumann ist ein Teil seiner Biographie – nicht nur die Musik, auch die Leiden Schumanns, auch dessen intellektuelle Verzweiflung. *(Peter Bichsel)*

Peter Härtling hat keine nüchterne, faktenorientierte Biographie geschrieben, er präsentiert eine Mischung aus Dichtung und Wahrheit, aus Roman, Essay und Reflexionen. (...) Geschickt breitet er den Lebensweg des Komponisten auf zwei Handlungssträngen parallel aus. Alternierend wird über Schumanns Karrierestationen und sein schlimmes Ende in der Heilanstalt berichtet, wo er seine zwei letzten Lebensjahre verbrachte. In diesen Episoden spielt der Krankenpfleger Tobias Klingelfeld (er ist Schumanns Schatten) eine zentrale Rolle. Er hat die Aufgabe, das cholerische Genie zu begleiten und minutiös zu bobachten. (...) Schon früh zeichnet sich ab, daß Schumann von äußerst sensibler und labiler Natur ist. Seine Gemütskurve ähnelt einer Achterbahn, Phasen von höchster künstlerischer Produktivität gehen in tiefe von Selbstzweifeln geprägte Depressionen über. Und wie mit früheren Figuren hat Härtling auch mit Schumann viel gelitten. Wahrscheinlich ist es dieser intensiven Anteilnahme zu verdanken, daß wieder ein höchst einfühlsames, atmosphärisch dichtes, bisweilen leicht melancholisches Porträt entstand. *(Peter Mohr: »Ein kranker Künstler und sein Schatten«, Mitteldeutsche Allgemeine, 12. September 1996)*

Die Person, die Schumann in Endenich schließlich dauernd absorbiert, ist sein Pfleger Klingelfeld. Aus ihm macht Härtling die zweite Hauptperson seines Romans. In der Hauptquelle der Krankengeschichte, im ärztlichen Tagebuch des Dr. Richarz, figuriert Klingelfeld nur am Rande, als der »Wärter«, den Schumann mal verjagen, mal nicht loslassen will. Aus diesem Nobody, nicht aus dem prominenten Arzt, macht Härtling die Reflektorfigur seiner Endenich-Kapitel (...) Härtlings Roman würdigt so mehr als den schaffenden und leidenden Komponisten und dessen persönliches Umfeld, er ist eine Hommage an die bescheidene, aber unbeirrbare Humanität eines Pflegers, auf dessen Schattendasein nur ein Autor aufmerksam machen kann, der einmal mehr sich der Geschichte der Gewinner verweigert.
(Daniel Rothenbühler, Tages-Anzeiger, Zürich, 30. September 1996)

Sehr geehrter Herr Härtling, ich möchte mich bei Ihnen bedanken für ein Buch, welches ich immer langsamer lesen wollte, damit ich noch recht lange in ihm leben kann. Aber ich konnte es nicht. Ihre Schumannbiographie hat mir den Atem verschlagen. Neben einer sich durchziehenden Traurigkeit transportiert es für mich so viel an Lebenslust und Mut, daß es mir zu einem kleinen Elixier der letzten Zeit wurde. Und obwohl ich die Musik Schumanns schon lange in mein Herz geschlossen hatte, öffnete sich durch das Lesen Ihres Buches das Herz von neuem und viel weiter noch, so daß ich die Lieder kaum noch hören kann, ohne den Tränen nah zu sein. *(Leserbrief, F. K., Leipzig)*

Hallo HART ling

Na das ist ja schön, daß du so frauliche
Gefühle hast.
Konsequente Männer lassen sich da umoperieren.

Spring erstmal selbst über deinen Schatten,
ehe du es wagst über Robert Schumann zu
schreiben.
Du Leichenschänder

(Anonymus)

März 1997

Fünfzig Jahre nach Gründung der »Gruppe 47« widmet ihr das Literarische Colloquium in Berlin eine interessante Gesprächsreihe: Günter Grass debattiert mit Walter Höllerer und Peter Bichsel über »Die Tagungen als Lesewerkstatt«, und SFB-Kulturchef Hans-Peter Krüger befragt F. C. Delius, Klaus Wagenbach und Hans-Christoph Buch zum Thema »Gruppe 47 und die Politik«. Inge Feltrinelli, Gustav Korlén und Peter Härtling erörtern in einer weiteren Veranstaltung den internationalen Ruf der Gruppe um Hans Werner Richter.

Mai 1997

Nach einer Präsidentschaft, die nicht zuletzt von zahlreichen Konflikten um die Vereinigung der Berliner Akademien der Künste belastet wurde, scheidet Walter Jens aus dem Amt. Sein Nachfolger wird der ungarische Romancier und Soziologe György Konrád. Die Wahl des Jens-Nachfolgers war noch einmal spannend geworden, nachdem im Vorfeld die Namen verschiedener Kandidaten (u. a. Christa Wolf, Ivan Nagel und Peter Härtling) bekannt geworden waren, die jedoch alle aus unterschiedlichen Gründen ablehnten. Konrád hatte kurzfristig seine Kandidatur erklärt und sich im ersten Wahlgang durchgesetzt.

Verlagsfest bei KiWi in Köln (mit Martin Hielscher)

Die Schreihälse,
die mir nachstellten,
ein Leben lang,
die Besserwisser,
die Parolenspeier,
die Traumtöter,
hier
endlich
werde ich sie hinunter
treiben
in die Gruft,
sie zwischen steinerne Blätter
pressen:
Schatten von Blutsaugern –
knapp übers Amen

(PH, »Kapuzinergruft«,
in: »Horizonttheater«, KiWi 1997)

Winterreise
»s' ist Krieg, s' ist Krieg«

Er erzählt von vorn.
Spitzt den Kindermund.

Winter. Tag. Außen. Melchingen. Himmelberg.
Es ist bitterkalt. Eine Mutter und ihre Kinder wärmen sich in eisigem Wind notdürftig an einem Kohlenfeuer – hinter ihnen steht ein klappriger Leiterwagen mit ein paar Habseligkeiten. »Lern frieren«, mahnt die Mutter mit finsterem Gesicht ihren Sohn, »hier gibt es keine Wärme!« In einiger Entfernung irrt ein altertümlich gekleideter Wanderer fröstelnd im Gehrock vorbei, den schäbigen Koffer in der Hand. Aus dem Schatten der drei Windräder, die auf dem Berg gen Himmel ragen, tritt ein Engel, die weißen Flügel unterm Arm. Ein Wagen mit Blaulicht macht am Horizont Jagd auf Flüchtlinge, in einem rosengeschmückten Bauwagen sitzen froststarre Menschen vor halbleeren Biergläsern, ein Ziehharmonikaspieler zertrümmert enthusiastisch den gewohnten Sound der »Winterreise«: »Fremd bin ich eingezogen ...«

Peter Härtling hat ein Stück für das Lindenhof-Theater geschrieben, einen zweiten dramatischen Versuch, nachdem sein »Gilles« im Jahre 1969 als Autorenstück in Berlin zwar den Hauptmann-Preis erhielt, ob der Inszenierung in Hamburg aber durchfiel: »Geringe Dramatik«, »Ohne szenisches Fleisch«. Nun, Ende 1997, die »Melchinger Winterreise«, eine Collage der frühen Erinnerungen, die wesentlich Härtlings Kinderhand schrieb. Gleichzeitig bezieht er den Gefährten Schubert mit ein und findet Worte für ihre gemeinsame »Fremde«. Das Theater Lindenhof hat den Text congenial und bildermächtig dramatisiert. Regisseur Christoph Biermeiers Ouvertüre findet mitten im kalten Winter droben auf dem Himmelberg statt. Dort stellt er fröstelnde Zuschauer ins Offene seiner Bilder, Zuschauer, die sich erst nach dem Rücktransport in der Theaterscheune des Lindenhofs aufwärmen können, um dort die Fortsetzung der »Melchinger Winterreise« als Bühneninszenierung zu erleben.

»Die Szenen in der Scheune waren mir zu festgelegt, auch zu literarisch überfrachtet. Sie mußten notwendigerweise hinter den Szenen vom Himmelberg zurückstehen, die mit ihrer Eindringlichkeit, ihren kargen Dialogen und durch die Einbeziehung der Landschaft ein grandioses Erlebnis waren.« Natürlich sind Inge Jens und ihr Mann Walter bei der Premiere der Freunde vom Lindenhof dabei, selbstverständlich haben sie der Kälte auf dem Himmelberg mit leuchtenden Augen getrotzt. Die Presse reagiert ähnlich zwiespältig wie Inge Jens, mitunter auch un-verfroren auf das Stück des »Gelegenheitsdramatikers« Härtling: »Der Melchinger Engel hat ein zerschlagenes Stück zusammengefügt, das auf jeder anderen Bühne unweckbar tot geblieben wäre!« (Süddeutsche

Zeitung). Manch Kritiker inszeniert sich kontrapunktisch, während seine Kollegen das »eindrucksvolle szenische Mosaik«, gar das »melancholisch, sinnlich-intelligente Theaterereignis« loben oder die Aufführung zumindest »des Hinsehens meistens wert« erachten. Das Publikum reagiert eindeutig: Härtlings »Stationen der Erinnerung« werden drei Winter lang Tausende von Zuschauern begeistern.

»Du wirst wiederkommen, und Deine Fremde wird gewachsen sein!« Diesen Satz gibt Benjamins »Engel der Geschichte« dem trotzigen Jungen (Härtling) in der »Melchinger Winterreise« als Prophezeiung mit auf den Weg, als der am Ende des Stückes die Stadt der Ruoffs, der Lehrer und Tanten, auch das Grab der Mutter verläßt. Der Schmerz dieser wachsenden Fremde hat auch den Autor selbst nicht verlassen. Die Traumata der Kindheit sind ihm Movens, er berührt seine Verletzungen oft genug, kehrt zu ihnen zurück, erzählt sie in Figuren und Geschichten immer wieder und neu. Jetzt, wo das »Kind« im alten Härtling sich ob all der nie erledigten Wut und Hilflosigkeit zunehmend und machtvoll bemerkt macht, muß er sich erneut retten, den Grund der eigenen Geschichte einmal mehr erinnernd von vorne erzählen: Er wird über seine Tanten schreiben (»Große und kleine Schwester«), noch einmal über Zwettl (»Reise gegen den Wind«) und hat es bereits getan, als er »Tante Tilli«, seine wunderbar verrückte Trösterin aus der Zeit im mährischen Brünn, für die Welt der Kinderbücher neu entwarf.

Die Rezensenten loben das »Leuchten« der Tilli-Figur, die »liebenswerte, weise, schrullige Alte«, die »vor Lebendigkeit sprüht«. Sie sind begeistert von einer Tante, die es mit ihrem ganzen verrückten Wirr und Warr schafft, die Vaterentbehrung des jungen David zu entschärfen. Als Härtling im Frühsommer 1998 einer Einladung des Lesezentrums der PH Heidelberg zur Veranstaltung »Kinderliteratur im Gespräch« folgt, wird er dort nach autobiographischen Bezügen in »Tante Tilli« gefragt. Es sei schließlich sein Kopf, der erzählt, antwortet er, es gehe um seine ureigene Erzählhaltung, um »Finden und Erfinden«, und noch wichtiger: »Es gibt niemanden, der geschrieben hat, dessen Macken, dessen Verletzungen, dessen Lust und Lüsternheit Sie nicht aus seiner Kindheit bestimmen können. Wenn Sie anfangen, die Kindheiten von Schriftstellern und Schriftstellerinnen zu erkunden, werden Sie immer feststellen können, wo wirklich die Verdrängung, die Gründe, auch die Abgründe stecken, und da ich eine Kindheit mit beträchtlichen Verletzungen hinter mir habe, komme ich auch nie ganz davon los.«

Diese »beträchtlichen Verletzungen« und die nur unzulänglich vernarbten Wunden sind es, die bei jedem neuen Schmerz, den ihnen das Leben zumutet, zu pulsieren beginnen. Gleichzeitig aber sind sie der hochsensible Grund dafür, daß Peter Härtling fähig bleibt, sich zu empören, wachsam zu sein, nicht zu vergessen. Also hat er noch vor »Tante Tilli« – mitten hinein in eine erregte öffentliche Diskussion um Gewalt gegen Kinder –

von »Jette« geschrieben. Die Geschichte der Freundschaft eines Mädchens zu zwei alten Buchhändlern, die ob dieser Freundschaft in den (falschen) Verdacht des sexuellen Mißbrauchs geraten. Schreibt in einem weiteren Buch auch über »Lena« und ihre verzweifelte Frage: »Kannst Du nicht bei uns bleiben, Pap?«. Härtling erzählt Wirklichkeit, beharrt auf Sehnsucht.

Und hofft. Als Rote und Grüne im Herbst 1998 die Wahlen gewinnen, scheint für Momente die Starre der Republik heilbar, scheint die Demokratie neuen Atem finden zu können. Die Hoffnung trügt. »Der siebte Kanzler regiert nun schon eine Weile. Er hat den Anfang hinter sich, aber nicht den Aufbruch ... Einen Augenblick schien es, als könnte sich erneuern, wovor wir uns mittlerweile fürchten und was von den Leitartiklern bloß noch höhnisch apostrophiert wird: Die politische Vision«, schreibt Härtling in einem Aufsatz über das Ende der Geduld. »Visionen« sind nach dem Scheitern der Ismen obsolet geworden. Die Post-Moderne existiert im Hier und Jetzt, kennt keine großen Entwürfe, kein Versprechen von Zukunft, nichts, keine Hoffnung auf einen Ort, an dem die Trümmer der Geschichte sich nicht häufen, kein gesellschaftliches Projekt, für das es sich zu leben lohnte: Entzauberung der Entzauberung und der kritische Gestus der Moral weitgehend »betäubt, nicht amputiert« (Zygmunt Baumann). Die Betäubten indes geben sich hilfsweise zynisch, seit Jahren schon, und attackieren jene, die es noch mit der Moral halten. Immer wieder attackieren sie auch Härtling. Doch er, der »Gutmensch«, gibt nicht klein bei, tritt gegen sie an, immer wieder, »vielleicht, weil ich altmodisch geworden bin«.
Peter Härtling schreibt auch weiter »altmodisch«, mit tiefem Gang. Über die beiden Schwestern Ruth und Lea, die große, die kleine, über seine Tanten, über Käthe und auch Lotte, für die er im »Horizonttheater« noch ein Sterbelied dichtete: »Dobrou noc. Sei ruhig und komm an.« Der alte Neffe erzählt von der ersten Tschechoslowakei, von deren Besetzung, von Flucht, von Enge, von Gewalt, von Fremde, auch von Nürtingen, findet, erfindet, schlüpft in die Haut der Schwestern, spürt ihre nahsüchtige Distanz, ihre wütende Einsamkeit: »Ich kann Dich nicht mehr sehen, ich habe Dich satt!«
»Lesenswert«, urteilt die Kritik, »lebendig vorgestelltes Porträt«, aber auch »harmlos wie der Entwurf einer Vorabend-Fernsehserie« und damit verbunden der Anwurf: »Dieser Roman wird sich verkaufen«. Genau das tut er. Es ist wieder von Härtling als »häufig gelesenem Volksschriftsteller« die Rede, was den jungen Olmützer Germanistikprofessor und Experten für deutsch-mährische Literatur Jörg Krappmann schier begeistert: »Warum soll es etwas Schlechtes sein, für das gesamte Volk zu schreiben? Der Begriff Volk meint ja nicht nur das Proletariat, nicht nur die sogenannte niedere Masse, sondern die Bevölkerung in ihrer Gesamtheit. Da sind Intellektuelle dabei, auch das Bürgertum, natürlich auch die Kinder, und alle wollen lesen, alle müssen lesen, um Aufklärung und Bildung zu erreichen.«

Inzwischen eskaliert einmal mehr der Krieg auf dem Balkan. Der serbische Ministerpräsident Slobodan Milošević weigert sich, seine Truppen aus dem Kosovo zurückzuziehen, um die Rückkehr der albanischen Flüchtlinge zu ermöglichen. Bei den Luftangriffen der NATO gegen Serbien sind jetzt auch erstmals deutsche Kampfflugzeuge dabei – eine höchst umstrittene Premiere: »'s ist Krieg! 's ist Krieg! O Gottes Engel wehre,/Und rede du darein!/'s ist leider Krieg – und ich begehre/Nicht schuld daran zu sein!« Härtling zitiert in Artikeln Matthias Claudius, fühlt sich hilflos, spürt zunehmend Furcht und Mit-Leid angesichts von neuem Terror und Vertreibung, steht frierend auf einem »Balkon aus Papier« und spricht in seinen neuen Gedichten u.a. vom »verminten Morgen«, von der eigenen verdammten Ohnmacht: »Nun hört das Kind/ohne mich,/auf zu reden/im neuen Krieg.« Auch von Nächten ist die Rede, in denen ihn seine Toten plagen, »stumme sich ausbreitende Geschwüre«. In solchen Bildern verdichtet Härtling, wie so oft, längst nicht nur die eigenen Alpträume, sondern auch die der mit-leidenden Leser seiner Generation, die sich Jahre später als »Kriegskinder« auf Kongressen versammeln werden, um die schmerzliche Realität ihrer Depressionen und Neurosen öffentlich zu bekunden.
»Sie werden nicht mehr frei ihr ganzes Leben lang« – Hitlers Prophezeiung hat Gültigkeit. Auch für Peter Härtling, doch nicht unumschränkt. Er, der beharrlich die Schatten der eigenen und der kollektiven Geschichte aufsucht, tritt auch ins Licht, empfindet sich oft genug »bodenlos heiter« und läßt Erinnerungen funkeln. Als er im Oktober 1999 in der Berliner Akademie dem Schriftsteller Peter Rühmkorf die Rede zum 70. Geburtstag hält, kann er sich die Bemerkung nicht verkneifen: »Es stimmt, ich habe dir eine scheuern wollen, dir in Gestalt Leslie Meiers, nach einem furchtbaren Gemetzel auf dem Lyrik-Schlachthof.« Jetzt allerdings bleiben die Begegnungen der ehemaligen Kontrahenten »watschenfrei«, man lacht sich mitten ins Gesicht: »Gratulation con amore!«

Im Jahr 2000 folgen weitere Gratulationen, noch mehr »Geburtstage«: »Mit Stolz und Freude schauen wir auf unsere Namenswahl zurück, die glücklicher nicht hätte verlaufen können: Peter Härtling unser Namenspatron, ist uns Schutzgeist und Schriftsteller zum Anfassen zugleich. Er besucht seine Schule regelmäßig, um dann sehr geduldig für alle Fragen und Anliegen zur Verfügung zu stehen. Gleichzeitig ist er uns durch seine Bücher gegenwärtig und gibt uns damit Halt und Orientierung.«
Heidi Möstl, die Leiterin der Peter-Härtling-Schule im hessischen Friedrichsdorf, feiert im Frühjahr mit Schülern und Lehrerinnen das 25jährige Bestehen ihrer Grundschule und gleichzeitig den fünften Geburtstag des Härtling-Patronats. Inzwischen ist keine laute Rede mehr davon, auf welche Widerstände der engagiert vorgetragene Wunsch von Eltern und Lehrerinnen traf, ihre Schule nach Härtling zu benennen. »Er gehörte immerhin zu den Startbahn-Gegnern, und deshalb gab es heiße Debatten im Stadtparlament und im Kreistag. Außerdem ist er ein lebender Schriftsteller, der durchaus noch einmal negativ auffallen könnte. Diese Einwände mußten wir erst einmal ausräu-

men«, erinnert sich Lehrerin Margot Schad. Die »Pfründenhalter« sind also durchaus nachtragend. Und doch: Inzwischen sind es fast ein Dutzend Schulen, die den Namen Peter Härtlings tragen, ob in Wuppertal, Gaildorf, Werl oder Springe, ob in Düsseldorf, Schleswig oder Remchingen. Weitere werden folgen. Bei der Feier in Friedrichsdorf ist der Schutzgeist persönlich anwesend, hält vor Eltern, Lehrerinnen und Kindern seine Rede. Härtling plädiert darin für Sinnlichkeit, für Neugier und Phantasie und warnt vor dem Autismus der neuen elektronischen Welten, vor einer Gesellschaft der einsamen Einzigen: »So will ich nicht enden!«

Gegen die Kälte der Cyber-Gesellschaft hat er sich längst wieder einen neuen romantischen Gefährten zur Seite gestellt, wieder einen Ruhelosen, einen Außenseiter, mehr noch: einen hochnervösen Begabten, einen verwirrt Suchenden, einen »Dapertutto« und besessenen Liebhaber. Er hat ihn, bemüht man noch einmal das Bild von Peter Bichsel, zu sich in die »gute Stube« gebeten und dort mit ihm (und mit dessen Julia!) viele Tage und Nächte verbracht: E.T.A. Hoffmann – »Er könnte, wenn Sie so wollen, auch der ältere Vetter oder auch der Bruder von Schumann sein« *(PH)*.

Ebendas bemerken auch die Kritiker des neuen Buchs »Hoffmann oder die vielfältige Liebe«, wenn sie Härtlings wichtigste Roman-Gefährten von Hölderlin bis Schumann begutachten: »Sie alle könnten Brüder sein!« Die Damen und Herren der Kritik erstaunt das ungenierte Auftauchen des Autors in seinen Figuren, sie bemängeln, die Gefährten seien bloße »Projektionsflächen«, oder kritisieren, die Emphase Härtlings für Grenzgänger der Romantik sei inzwischen zur »Masche«, gar ein »Abgrund der Anverwandlung« geworden.

Härtlings Nähe zu seinen »Brüdern«, den Wanderern, den Grenzgängern, den Ruhelosen, wird einmal mehr augenfällig. Und tatsächlich: Nie hat Härtling (Haupt-)Figuren entworfen, die ihm nicht ans Herz und unter die Haut gingen, immer war deren Fremde auch seine eigene. So schaffte er Figuren, in denen er toben, wüten, verzweifeln, lieben konnte, wie er es sich in seinen autobiographischen Romanen nie erlauben würde. All diese Figuren hat Härtling gebraucht, ihren Atem, ihre Nähe, das Gespräch, die Konfrontation mit ihnen – ein schier lebensnotwendiger Dialog. Härtling ist also dem »Bruder Hoffmann« auf den Pelz gerückt, auch unter den Pelz, doch dieses Explorieren von Nähe, interveniert sein damaliger Lektor Martin Hielscher, ist längst nicht alles: »Härtling ist ein Autor, der Nähe und Distanz zugleich herstellen kann, einer, der große Distanzen überbrücken und gleichzeitig wahren kann. Er stellt in seinen Texten eine sehr komplexe dialektische Bewegung her.« Das Lob dieser Dialektik stimmen auch andere Rezensenten von »Hoffmanns vielfältiger Liebe« an, die Härtlings »fast erotisches Verhältnis« zu den Schriften E.T.A. Hoffmanns rühmen und den so in der »Romanze« Verlebendigten als einfach »hinreißend« empfinden.

Anfang des Jahres 2001 liest Härtling – mitunter kopfschüttelnd – in den Feuilletons nicht nur die Kritiken seines Hoffmann-Buchs, nein, er begegnet in den Schlagzeilen der vorderen Seiten auch den Attacken auf die »Grünen«-Regierungsmitglieder Joschka Fischer und Jürgen Trittin. Die abservierten Konservativen rechnen qua Kampagne hilfsweise mit »68ern« und »Spontis« gleichermaßen ab: »Eine Schande für Deutschland!« Die Herren sind (wieder einmal) nachtragend – ob RAF, Antisemitismus oder Häuserkampf, alles ist ihnen Material für die Hatz. In seiner »Neunten Weinheimer Rede« spricht Peter Härtling denn auch von den »unsinnig verteufelten Sechzigern und Siebzigern«, stellt sich dabei (beinahe) auf die Seite der APO und ihrer seinerzeit »offen gedachten, rigide formulierten Sozialphilosophie«, um Minuten später gegen eine deutsche Realität zu donnern, die sich durch »unverhohlene Leistungsgesinnung, Shareholder-Value-Mentalität und einen nicht selten unverfrorenen Subjektivismus« definiert. Nach dieser Rede überreicht er im Rathaus von Weinheim den Preis, der seinen Namen trägt, zum neunten Mal: Der »Peter-Härtling-Preis« zeichnet Kinder- und Jugendliteratur aus. Hans-Joachim Gelberg hat den Preis im Jahre 1983, anläßlich des 50. Geburtstags seines Autors, gemeinsam mit der Stadt Weinheim gestiftet, um im Namen der Hirbels, Bens, Annas und Lenas das Nachwachsen junger und engagierter Autoren zu fördern.
Auch junge Musiker rufen bei ihm an. »Hätten Sie nicht Lust, mit uns aufzutreten?« Hat er nicht immer, aber im Falle des »Trio Jean Paul« sagt er nicht Nein!, sondern schlägt vor: »Probieren wir's mal!« Im Sommer 2001 treten die vier – lesend und musizierend – gemeinsam mit Schubert beim »Schleswig-Holstein-Musik-Festival« auf, haben bei anderen Konzerten Schumann im Repertoire, demnächst auch Hoffmann. Gefunden hat man sich, erinnert sich Cellist Martin Löhr, über die Musik des großen Bewunderers von Jean Paul: »Plötzlich bekam Schumanns Musik für uns einen neuen Hintergrund, einen neuen Sinn.« Martin Löhr sieht sich noch heute stark beeinflußt von der Auseinandersetzung mit Härtling: »Ich kann Schumann eigentlich nicht mehr spielen, ohne mir im Geiste Härtlings Lesestimme vorzustellen und daraus den Kontext für mein Spiel zu begreifen.«

Der seelische Kontext des Dichters wird indes zunehmend von den Schatten der eigenen Biographie bestimmt, »vom Kind, das in mir wächst und wütet«. »Ich habe alles oft genug erzählt«, notiert er verzweifelt. Schon Monate zuvor hielt er in den Zeilen eines Gedichts fest, daß sich die Worte »überdrüssig meiner Erinnerung« von ihm abwenden. Der lebensspendende Atem der Worte wird kurz, bald darauf gar keuchend: Elfter September, Terrorangriffe, die New Yorker Türme stürzen ein, Tausende von Menschen sterben, ein neuer Krieg beginnt, ein archaischer Feldzug gegen das »Böse«. Peter Härtling wird sich hilflos fühlen in der nächsten Zeit, sich ruhig rauchen, seine Tabletten nehmen, auch die Betablocker, das Herz, ach, das Herz!, und wird wieder neuen Halt suchen, für sich und das gebrannte Kind nach Worten suchen, die sich nicht von ihm abwenden.

November 1997

Der Bundestag beschließt mit großer Mehrheit eine Änderung des Strafrechts in Fällen von Kindesmißbrauch. Das novellierte Gesetz sieht die lang geforderte härtere Bestrafung der Täter vor. Gerade in der letzten Zeit hatten Fälle von Mißbrauch und Mord an Kindern die Öffentlichkeit erregt. Bereits in den 80er Jahren war es zu hitzigen Debatten über die Häufigkeit von Mißhandlung und Mißbrauch gekommen.

Dezember 1997

In Göttingen besetzen Studenten die Parteibüros von SPD und CDU. Sie wollen deutlich machen, daß es sich bei den derzeit überall stattfindenden Studentenstreiks nicht nur um die Forderung nach Bildungsreformen dreht: »Wir demonstrieren gegen eine neoliberale Umverteilungspolitik, die massiven Sozialabbau und Bildungsklau mit sich bringt.«

Nach einem guten Essen im Erpfinger Gasthof Hirsch sind wir mit den Härtlings zu Fuß über den Himmelberg nach Melchingen zurückgelaufen. Es war ein wunderbarer Wintertag, bestes Wetter, und in all dem Leuchten kam uns die Idee, wir sollten hier oben unbedingt ein Stück machen. Kein Sommertheater wie sonst, sondern ein Wintertheater. Das war ein sehr kühnes Vorhaben, wer jagt schon sein Publikum in die Kälte und verlangt dann noch Eintritt? Wir haben trotzdem versucht, das Projekt zu konkretisieren. Da wir wußten, daß für Peter Härtling die »Winterreise« von zentraler Bedeutung und gerade auch das »Fremd bin ich eingezogen« eine Art Lebenslied oder Lebensmusik geworden ist, war schnell klar, daß wir auf dem Himmelberg Schuberts »Winterreise« aufführen wollten. Peter hat dann einen ersten Entwurf gemacht, der allerdings stark an Wilhelm Müller und den Themen der Lieder orientiert blieb. Das reichte nicht, wir wollten, daß seine eigene Geschichte, daß Nürtingen, die Alb stärker darin vorkommen. Er hat das Stück dann entsprechend umgeschrieben, hat u. a. Szenen mit seiner Mutter, der Schwester und auch mit sich selbst als Buben eingebaut. So entstand diese sehr persönliche »Melchinger Winterreise«, die anläßlich seines 65. Geburtstags Premiere hatte.
(Uwe Zellmer)

»Melchinger Winterreise«
Bernhard Hurm als »Der Wanderer«

Jemand spielt auf einer Ziehharmonika andeutend die ersten Takte des Ersten Liedes: »Fremd bin ich eingezogen ... «. Bricht ab, spielt, »erinnernd«, eine Passage von »Am Brunnen vor dem Tore«.

DER WANDERER *(hebt das Megaphon an die Lippen):* Das nicht. Bitte das nicht!
ENGEL DER GESCHICHTE *(schlägt die Flügel probeweise und treibt den Wanderer etwas von sich weg):* Was dann? Wenn das noch nicht? *(Er spricht den Anfang ohne Megaphon, wiederholt ihn mit, nachdem es ihm der WANDERER, sich vor den Flügeln vorsehend, gereicht hat.)*
DER WANDERER: Dein Thema war nicht gemeint. Meins! Das ist, vielleicht, etwas anderes.
DER ENGEL *(reißt aufgebracht dem Wanderer das Megaphon aus der Hand):* Es ist ein und dasselbe! Ein und dasselbe. Der ist ein und dasselbe, dein Text und mein Text.
DER WANDERER *(leiht sich noch einmal das Megaphon):* Wenn es so ist, fang an! *(Er weicht den Flügeln aus, die der Engel noch heftiger bewegt, tritt vor ihn, schmiegt sich an den Engel, macht sich klein und hält ihm die Flüstertüte an den Mund.)*
DER ENGEL: Es gibt ein Bild von Paul Klee, das Angelus Novus heißt. Angelus Novus. Angelus Novus. Neuer Engel heißt. Ein Engel ist darauf dargestellt, der aussieht, als wäre er im Begriff, sich von etwas zu entfernen, worauf er starrt.
DER WANDERER *(ohne Megaphon noch in den Text des Engels hineinschreiend):* Punkti, Punkti, Strich und Strich, fertig ist das Mondgesicht!
DER ENGEL *(stoppt, fährt irritiert fort):* Neuer Engel ... neuer Engel ... Worauf er starrt ... Seine Augen sind aufgerissen, sein Mund steht offen, und seine Flügel sind ausgespannt. *(Spannt die Flügel aus. Der Wanderer drückt sich förmlich in den Engel hinein, daß die beiden fast wie eins erscheinen.)* Seine Augen sind aufgerissen. Sein Mund steht offen, und seine Flügel sind ausgespannt – Der Engel der Geschichte muß so aussehen.
(PH, »Melchinger Winterreise«, Radius, Stuttgart 1998)

Stefan Hallmayer
als »Engel der Geschichte«

Der Engel treibt vom Wegrand zwei Frauen und einen Mann in die Menge. Sie standen im Dunkeln, zusammengedrängt, sich umarmend gegen die Kälte und die Fremde. Der Engel läuft hinter ihnen her. Die Harmonika »stammelt« wieder das Erste Lied.

DER ENGEL: Sie sehen aus, wie sie nicht aussehen dürfen. Sie spielen. Ganz klar spielen sie. Wie es sich gehört. Sie spielen Mutter, Tochter und Sohn. Die Kinder sind elf und dreizehn. Hier, in unserem Spiel, sind die Kinder erwachsen, weil sie inzwischen erwachsen sind. Die Kinder stecken in ihnen als erinnerte Körper. Die Mutter hingegen, diese Frau im schönen, schäbigen Pelz, ist so alt, wie sie ist. Nur wird sie nicht älter werden, was wir wissen, was ich weiß. Sie weiß es nicht. Sie hat es mit den Kindern nach hier verschlagen, auf der Flucht, 1945, in die Fremde, in eine andere Sprache, in die Gegend von Ingen, die sie nicht einmal dem Namen nach kannte, dem Namen nach.

Gina Maas als »Der Sohn«

DIE MUTTER: Überkingen, Unterkingen, Bempflingen, Reutlingen, Metzingen, Nürtingen, Melchingen, Bopfingen, Bimperlingen, Erpfingen, Böslingen, Geislingen, Kusterdingen, Fremdlingen.

DER SOHN: Ich schrei nicht. Ich will nicht schreien. Ich lerne reden wie die hier. I ka's scho. Das geht blitzschnell. Mei Maul verwächst.

DIE MUTTER: Halt die Gosch.

DER SOHN: Das kannscht du gar nicht sagen. Das bischt du net. Nicht einmal in meiner Erinnerung sprichst du meine neue Sprache.

DIE TOCHTER: Mir ist kalt.

DIE MUTTER: Lern frieren. Hier gibt es keine Wärme.

(PH, »Melchinger Winterreise«, Radius, Stuttgart 1998)

Man wandert also vorbei an Bildern, die von Unbehaustsein und Heimatlosigkeit erzählen, einem existentiellen Thema der Lindenhöfler. Vorbei an Bildern aus Härtlings Autobiographie, aus Schuberts Leben. Vorbei auch an Schubert selbst, der mit Koffern ziellos über die Alb irrt. Bilder, die auf dem Himmelberg, vor der Kulisse dieser urzeitlich anmutenden Windrad-Türme, herb-archaische bis surreale Qualitäten gewinnen. Und da draußen auf der Alb kann es wirklich sakrisch kalt sein. Drinnen in der warmen Theaterscheune geht es weiter – mit Erinnerungen des dreizehnjährigen Härtling (»Meine Mutter geht fremd«), mit Rückblenden auf den Maler und Nazigegner Fritz Ruoff, mit Szenen aus Schuberts Leben. (...) Alles in allem haben die Lindenhöfler die Bilder- und Szenenfolge von Härtling zu einem melancholischen, sinnlich intelligenten Theaterereignis gemacht, die der Regisseur Christoph Biermeier mit charmanten Brechungen spickt. Sogar Schuberts letzter Brief (»Lieber Schober«! Ich bin krank!«) hat, obgleich tragischer Kulminationspunkt, in Biermeiers Inszenierung einen kleinen Haken: Bernhard Hurms Schubert setzt trance-

ähnlich an und bricht ab – und Ida Otts pedantische Souffleuse flüstert ihm das nächste Stichwort ein. Die beiden keifen miteinander, erst dann geht die Szene weiter – aber um so eindringlicher.
(Matthias Kolb, »Schubert vor dem Eisabsturz«, Stuttgarter Zeitung, 15. Dezember 1997)

Eigentlich sollte die Melchinger Winterreise ein Stück über Schubert werden, dann wurde es vor allem ein Stück über einen Schubert-Liebhaber namens Härtling. Dem Gelegenheitsdramatiker dient die Losung »Fremd bin ich eingezogen/Fremd zieh ich wieder aus« dazu, die Leiden des jungen Härtling und des sterbenden Schubert zu verklammern. Entstanden ist eine Collage, die den Jammer über allgemeine und persönliche Vergänglichkeit eher hilflos ventiliert. Auch inszeniert Härtling eine kaum strukturierte Reise durch seine Stoffe und Motive. (...) Härtlings Winterreise ist eine Auftragsarbeit fürs unvergleichliche Lindenhoftheater. Uns erscheint's gerade umgekehrt: Als hätten die Lindenhöfler und Chistoph Biermeier das Stück in Härtlings vagem Auftrag gerettet. (...) Aus Theatergängern werden Spurenleser, und die Alb, mit einem Himmel von Alfred Kubin gebraut, ist die größte aller Bühnen: Man ist verloren und geborgen zugleich, wird unsichtbar und von allen Seiten beobachtet. Der Engel der Geschichte umflattert die Zuschauer hämisch und wehmütig, halb Weißclown, halb Mephisto. Bei Benjamin heißt es: »Er möchte wohl verweilen, die Toten wecken und das Zerschlagene zusammenfügen.« Glaubt der Melchinger Engel, uns alle wecken zu können? Ein anderes Wunder hat er schon vollbracht: Er hat ein zerschlagenes Stück zusammengefügt, das auf jeder anderen Bühne unweckbar tot geblieben wäre.
(Peter Kuemmel, »Wie man Tote weckt«, Süddeutsche Zeitung, 15. Januar 1998)

»Melchinger Winterreise« – nach der Premiere

UN-Generalsekretär Kofi Annan setzt ein Abkommen über Waffeninspektionen im Irak durch. Die USA und Großbritannien hatten zuvor einen Militärschlag angedroht, um Saddam Hussein zur Aufgabe seiner ablehnenden Haltung zu zwingen.

Davids Tante Tilli macht nicht nur Theater, sie ist tatsächlich eine Frau des Theaters – eine gealterte, schrecklich fidele Sängerin. Jetzt sitzt sie gut gelaunt im Souffleurkasten, schwärmt von vergangener Zeit, steht aber auch mit beiden miniberockten Beinen im Leben. Mit ihrem kleinen Schminkkoffer kann sie sich vor verblüfftem Publikum in Windeseile verwandeln. Tante Tilli ist ein Original. Für David ist Tante Tilli ein Teil der Familie. Davids Vater arbeitet im Ausland und ist fast nie daheim. Seine Mutter, die ihren Beruf als Schneiderin nicht aufgeben wollte, hatte daher vor zehn Jahren, nach Davids Geburt, ihre Brieffreundin aus Brünn gebeten, zu ihr zu ziehen. Seitdem leben Mutter, David und Tante Tilli zusammen. (...) Ausgerechnet dieser Vater besteht nach seiner Rückkehr darauf, daß die »komische Tante« verschwindet, wenn er bleiben soll. Verzweifelt kämpft David um seine Familie. Er bringt seinen Vater zur Vernunft, beschämt ihn, verliert ihn aber auch. Peter Härtlings Bücher gleichen sich, ohne sich zu wiederholen. Er fordert und fördert unermüdlich Wirklichkeit in der Kinderliteratur und redet der Sehnsucht nach Familie das Wort. Härtling berührt, weil er harte Realität und das Verlangen eines Kindes nach Wärme überzeugend miteinander verknüpft.
(kd, »Tante Tilli gehört zur Familie«, Schwäbische Zeitung, 27. Februar 1998)

Peter Härtling entwirft mit Tante Tilli eine wunderbare Figur, die vor Leben sprüht und vormachen kann, wie es geht: das Lachen, das Weinen, das Nahesein und das ewige Spiel, wenn man eigentlich im Innern ein Kind bleibt. Eine wie Tante Tilli kann natürlich im Leben niemand aus dem Hut zaubern. Aber es wäre gut, wenn Kinder in ihren trennungsgebeutelten Familien Ausschau halten nach Tante, Onkel oder Oma, auch wenn sie keine richtigen Verwandten sind.
(Beate Simon, »Gesucht: eine wie Tante Tilli, auch wenn sie keine Tante ist«, Der Tagesspiegel, 12. April 1998)

Inwieweit ist es problematisch, wenn Kinder keine solche Tante, keine solche Auffangfigur haben? Tante Tilli ist eigentlich so positiv dargestellt, daß sie uns beinahe wie eine »Traumtante« erscheint.

Das ist sie ja auch. Wissen Sie, das ist eine Aufforderung und zugleich eine Herausforderung an die Erwachsenenwelt. Ich erfinde immer wieder solche Figuren, aber ich habe auch von solchen Figuren gelebt. Wenn Sie beispielsweise mein Buch »Krücke« nehmen, wo ein Kriegsinvalide, ein Dreißigjähriger, mit einem Jungen im Jahre 1945 durch Österreich und Deutschland zieht. Das Vorbild für Krücke gab es, das war ein wunderbarer Mann. Es war ein ganz toller Mensch, der Kindern geholfen hat durch Phantasie, Spaß und vieles andere mehr. Und in beinahe jedem Kinderleben tauchen am Rand oder auch zentral solche die Phantasie aktivierenden Erwachsenenfiguren auf, die etwas verrutscht, die etwas absonderlich sind, die vielleicht etwas mehr Wärme haben als andere, in die man etwas »hineinerzählen« kann. Und genau um die geht es mir. Das sind die, die Kindern auch beibringen, daß Erwachsensein einen Rest von Kindheit bewahren kann. Denn diese Figuren sind ja eigentümlicherweise, wenn sie genau hinschauen und genau lesen, immer altgewordene Kinder. Tante Tilli ist im Grunde wirklich in vielerlei Hinsicht Kind geblieben.

Bei Tante Tilli handelt es sich um eine »Mutter-Geschichte« oder um eine »Frauen-Geschichte«. David muß seinen Vater ziehen lassen; die Sehnsucht nach ihm bleibt natürlich, aber er hat die Mutter und seine Tante Tilli.

Für mich ist das beinahe ein und dasselbe. In den Geschichten sind Vater und Mutter als zentrale Figuren, als Bezugsfiguren austauschbar. Sehr viele Kinder erleben heute ohnehin immer nur eine Elternhälfte. (...) Wir befinden uns längst in einer Gesellschaft, in der die Sprünge, auch die Abschiede, die neuen Aufbrüche viel schneller werden. Für Kinder ist das eine extreme Belastung, denn sie binden sich erst einmal absolut unreflektiert und blind, weil sie das brauchen. Geht ein Teil verloren, geht er dem Kind verloren. Also war ich, der ich als Waisenkind aufgewachsen bin, immer schon jemand, der sozusagen Ersatz gesucht hat. Mir ist das heute viel klarer als damals, als ich anfing, die Bücher zu schreiben. Ich habe immer Ersatz gesucht, aber einen Ersatz, der dann auch etwas bringen mußte. Ob Originalität oder Erfahrung, Wissen, das ist egal. Ob es die beiden alten Buchhändler in »Jette« sind oder ob es ein Schausteller ist, wie Papa Schnuff in »Theo haut ab«: Es sind immer wieder diese Figuren, ich brauche sie als Ersatz für Verluste.

(Bernhard Rank u. a., »Kinderliteratur im Gespräch«, PH Heidelberg, 29. Juni 1998)

Die kindlichen Gefühle sind von Bedeutung nicht als etwas Vergangenes, dessen man sich entledigen müßte, sondern als einige der schönsten Kräfte im Leben des Erwachsenen, die wiederhergestellt werden müssen: Spontaneität, Phantasie, Unmittelbarkeit im Gewahrsein und im Zugriff auf die Umwelt.

(Frederick S. Perls, »Gestalt-Therapie«, Klett-Cotta 1988)

In Wahrheit verhält es sich mit der menschlichen Spezies so, daß wir auf eine körperliche und geistige, gefühls- und verhaltensmäßige Entwicklung hin angelegt sind, mit der unsere kindlichen Merkmale nicht etwa zurückgedrängt, sondern eher noch betont werden. Wir sind darauf programmiert, in vieler Hinsicht kindlich zu bleiben; wir haben niemals zu jener Art von »Er-wachsenen« werden sollen, die die meisten von uns nun einmal geworden sind. *(Ashley Montagu, »Zum Kinde reifen«, Klett-Cotta 1981)*

September 1998

Nach 16 Jahren Kanzlerschaft wird Helmut Kohl abgewählt. Bei den Bundestagswahlen erhalten SPD und Bündnis90/Die Grünen eine regierungsfähige Mehrheit. Im folgenden Monat wählen die Abgeordneten mehrheitlich Gerhard Schröder zum Regierungschef, Joschka Fischer amtiert als Außenminister.

Oktober 1998

Martin Walser erhält den Friedenspreis des Deutschen Buchhandels. Seine »Erfahrungen beim Verfassen einer Sonntagsrede«, die er in der Frankfurter Paulskirche vorträgt, bringen ihm empörte Kritik und Proteste ein: »(...) Kein ernst zu nehmender Mensch leugnet Auschwitz; kein noch zurechnungsfähiger Mensch deutelt an der Grauenhaftigkeit von Auschwitz herum; wenn mir aber jeden Tag in den Medien diese Vergangenheit vorgehalten wird, merke ich, daß sich in mir etwas gegen die Dauerrepräsentation unserer Schande wehrt. Anstatt dankbar zu sein für die unaufhörliche Präsentation unserer Schande, fange ich an wegzuschauen.«

»Klassentreffen« bei Cordes in Kiel (1998)

Ich bin mir nicht sicher, wann er zum ersten Mal auftauchte, verhöhnt und abgetakelt: der »Gutmensch«. Ein Typ wie eine Vogelscheuche, die auf postmodernem Feld keine Vögel mehr vertreiben muß. Einer, der aus der Zeit fiel und dem endlich mit aller Verve gesagt werden kann, wie er auf die Nerven geht. Eine ideologische Absonderung, um es den Ideologen heimzuzahlen; allerdings mit Falschgeld. Keine Wortprägung hat mich in jüngster Zeit so empört. Vielleicht, weil ich altmodisch geworden bin, keine Lust mehr habe, jedem Trend zu folgen, vielleicht aber auch, weil ich noch immer einige jener Werte für wichtig halte, die die Konservativen, von links attackiert, für sich beanspruchten und die nun ihren Nachfolgern eher peinlich sind (...) Eine gelungene Karriere setzt keinen guten Menschen voraus. Bei einem ökonomischen Coup, bei einer Mega-Fusion, stört der geringste Anflug von Güte, es sei denn, es wird um die Güte eines Produkts gefeilscht. Die Apologeten des Gutmenschen halten die Verbindung zwischen gut und Mensch für überholt. Der gute Mensch ist, in der Sprache seiner Verächter ausgedrückt, ein Auslaufmodell. Seine Emotionen und seine Moral haben sich verbraucht. Und er ist langsam, viel zu langsam. *(PH, »Der Gutmensch«, Manuskript 1999)*

»Ich kann dich nicht mehr sehen, ich habe dich satt.« Ruth und Lea sind Schwestern. Allabendlich treffen sich die beiden alten Damen im gemeinsamen Wohnzimmer vor dem Fernseher, der nie vor den Nachrichten angestellt werden darf. Es ist eines der vielen kleinen Rituale, die den Alltag der beiden ungleichen, einsamen Schwestern zusammenhalten. Der Abend endet, wie so oft, im Streit über die Erinnerung an ein Leben, das nur noch chiffriert aufgerufen werden kann: der Domplatz, die Schwarzawa, Pan Lersch, Kostkas Laden, Jiri, Maminka, der Fliegerhorst. Es sind Menschen und Orte aus einer anderen Welt, die erst die große, dann die kleine Schwester vor fünfzig Jahren verlassen haben. Sie gehören zu Brünn, wo am Vorabend des Ersten Weltkriegs Peter Härtlings Geschichte beginnt. (...) Das lebendig vorgestellte Porträt der Frauen erschließt sich aus der bewegten Vergangenheit in die statische Gegenwart. Härtling verschmilzt die unterschiedlichen Eigenschaften der beiden und die geretteten kollektiven Bilder in einer Weise, die die trotz aller Unterschiede gemeinsame mentale »Gestimmtheit« der Frauen erklärt. Ein »Außen« hat in diesem Raum, der zu eng ist für beide und aus dem trotzdem keine auszubrechen wagt, keinen Platz, denn er ist besetzt von Vergangenem. Sie konnten und können sich kaum ertragen, doch sie tragen gemeinsam die Last einer Erinnerung, die am Leben erhalten werden muß, bei Strafe des Todes. *(Ulrike Baureithel, FREITAG, 5. März 1999)*

Peter Härtling ist ein Schriftsteller, der soziale Konflikte und historische Konstellationen in seinen Romanen schon immer gern um starke Figuren herum inszenierte. Weshalb ihm auch das Leben von Künstlern häufig Anlaß von biographischen Romanen war. Härtling erzählt diese fiktionalen und zugleich faktenkundigen Bücher inzwischen freilich mit faltenloser Routine, eingängig und unterhaltsam. Er ist so im Laufe der Zeit zu einem häufig gelesenen Volksschriftsteller mit aufklärerischen Impulsen geworden. (...) Dieses neue Buch von Peter Härtling ist so harmlos, daß ich manchmal den Eindruck hatte, als läse ich den Entwurf zu einer Vorabend-Fernsehserie: jedes Kapitel eine Fortsetzung. (...) Einst hat Peter Härtling in seinen Romanen Erzählräume entworfen und mit Erinnerungen gefüllt, deren Erfindung die menschliche Existenz berührte: »Niembsch«, »Janek« und »Das Familienfest«. Auch sie fragten nach Menschen und ihren Geschichten in der Geschichte, bohrten nach der wirklichen Wirklichkeit, bezeugten existentiellen Zwang, der sich in den Formen jenes Erzählens manifestierte. Härtlings Roman »Große, kleine Schwester« hat von alledem nichts. Jene Romane waren literarische Erfolge. Dieser wird sich verkaufen. *(Heinz Ludwig Arnold: »Bleib, Schwesterlein, bleib!«, Literaturkritik.de, No. 7 1999)*

März 1999

Die NATO beginnt mit Luftangriffen gegen Serbien – Präsident Slobodan Milošević hat sich geweigert, seine Truppen aus dem besetzten »heiligen« Kosovo abzuziehen. Hunderttausende Kosovaren sind bereits vor den Serben nach Albanien und Griechenland geflüchtet. Erstmals seit Ende des Zweiten Weltkriegs beteiligen sich Soldaten der deutschen Luftwaffe an Kampfeinsätzen.

April 1999

Zwei Jugendliche erschießen in Littleton/Colorado zwölf Mitschüler und einen Lehrer. Zuvor hatten sie den Geburtstag Adolf Hitlers (20. April) als »Tag der Abrechnung« im Internet angekündigt. Nach ihrem Amoklauf begehen sie Selbstmord. Im Jahr zuvor wurde aus Jonesboro/Arkansas eine ähnliche Wahnsinnstat gemeldet: Zwei Schüler ermordeten vier Mädchen und eine Lehrerin.

s' ist wieder Krieg. Ich lese Claudius, höre Nachrichten, bin verblüfft über die martialische Laune mancher Kommentatoren, und wenn ich im Fernsehen die Flüchtlinge im Wald, auf Feldwegen und vor geschlossenen oder offenen Grenzen sehe, spüre ich auf einmal wieder das Kind in mir, das nicht mehr laufen, nur noch erschöpft taumeln kann, dessen Hände von den Griffen der bleischweren Koffer wundgerieben sind. Die Erwachsenen vertrösten: Wir werden schon irgendwo unterkommen. (...) Wer bringt den Serben, den Albanern, den Bosniern und Kroaten bei, daß sie nicht zueinander passen, daß die

Geschichte des einen der Geschichte des anderen tödlich widerspricht? Und wer könnte ihnen den eingeredeten Haß unbeirrt und geduldig ausreden? Im Mai 1991 las ich in Belgrad und Zagreb. »Unten in Split« hatten die Schießereien begonnen. Der Krieg würde nie erklärt werden, doch die Mordlust, in der manche schon redeten und drohten, war ein böser Vorbote. Sie machte mir angst. Mein Dolmetscher in Belgrad, ein alter serbischer Jude, Schriftsteller von Rang, erzählte bei Tisch: Seit Jahren treffe er sich morgens mit seinem Nachbarn, einem Mann aus dem Kosovo, und gehe mit ihm Semmeln holen. Neuerdings würden sie von allen aus dem Haus gemieden, als verbreiteten sie die Pest. Dennoch hielten sie an ihrem morgendlichen Gang und ihrer Freundschaft fest. Der Serbe lebt inzwischen in Wien. Wo der Mann aus dem Kosovo geblieben ist, weiß ich nicht.
(PH, »s'ist wieder Krieg«, Plateau No. 3, Radius Verlag)

| November 1999

Beginn der CDU-»Spendenaffäre«: Ex-Kanzler Helmut Kohl gibt zu, es habe unter seinem Parteivorsitz »Schwarze Konten« gegeben, auf denen Spendengelder eingezahlt wurden, die im späteren Rechenschaftsbericht der Partei nicht mehr auftauchten. Die Namen der »Spender« will Kohl nicht nennen. Im Laufe der nächsten Monate wird es zu immer neuen Schlagzeilen kommen: CDU-Geldwäsche in Hessen, dubiose Konten in der Schweiz, schwarze Auslandskonten der Bundes-CDU. Letztendlich finden sich auf Schwarzkonten der CDU insgesamt 20 Millionen Mark ungeklärter Herkunft.

| Dezember 1999

»Zugegeben: ich bin Insasse einer Heil- und Pflegeanstalt ...« – Günter Grass erhält in Stockholm den Nobelpreis für Literatur, nicht zuletzt für seinen Roman »Die Blechtrommel«. Nach Heinrich Böll (1972) ist Grass damit der zweite deutsche Schriftsteller, der diese Ehrung im Frack entgegennimmt.

Vor fünf Jahren gab sich die Grundschule Friedrichsdorf im Hohen Weg den Namen »Peter-Härtling-Schule«. Und dieser Name ist für uns Programm und Profil zugleich. An unserer Schule kommt es nicht nur auf den Verstand an, sondern auch Phantasie, Gefühl und Kreativität sind uns wichtig. So gestalten unsere Lehrkräfte ihren Unterricht entsprechend aus, damit Schülerinnen und Schüler erfahren, was Literatur, Kunst und Musik bedeuten. Diese, unsere Ziele erreichen wir mit einer ganzen Menge von Aktivitäten, die über den normalen Unterricht hinausgehen. Hierbei ziehen Schulleitung, Kollegium und Eltern an einem Strang, denn ohne eine breite Unterstützung wäre ein solches Arbeiten nicht möglich. *(Heidi Möstl, »Grußwort der Schulleiterin«, Mai 2000)*

Peter Härtling war mir schon vor der Debatte um die Namensgebung ein Begriff, weil ich viele seiner Bücher gelesen habe, wobei mir »Schubert« und »Schumann« am allerbesten gefallen haben. Ich mag seinen Stil sehr, seine Gedankengänge, auch wie er Gefühle beschreiben kann. Das gilt ebenfalls für seine Kinderbücher – es gibt ja nicht viele Schriftsteller, die sowohl für Erwachsene als auch für Kinder schreiben können. In seinen Büchern finden Kinder ihre Lebenssituationen wieder, er schildert keine heile Welt, sondern erzählt von Kindern aus zerbrochenen Familien, auch von Krankheit und Tod.

Schüler der PH-Schule Friedrichsdorf (mit Margot Schad und Heidi Möstl)

Als wir 1993 damit anfingen, einen neuen Namen für unsere Schule zu suchen, waren wir uns ziemlich schnell einig, daß dieser Name mit Literatur zu tun haben mußte – jede Lehrkraft bei uns beschäftigt sich mit Literatur, die Kinder der verschiedenen Altersstufen ebenfalls. Außerdem wollten wir einen noch lebenden Schriftsteller, weil der vielleicht ein wenig mit uns zusammenarbeiten würde. Es war uns allerdings bewußt, daß es ein Problem mit der Zustimmung der Politik im »Hochtaunus-Kreis« geben würde.
1994, sogar noch 1995, gab es im Magistrat bzw. auch im Stadtparlament heiße Debatten. Man hatte gerade in Friedrichsdorf einiges gegen Peter Härtling vorzubringen, er galt nämlich immer noch als sogenannter »Startbahn-Gegner«. Diese Argumentation mußten wir erst mal entkräften. Später ging die Sache in den Kreistag, und auch der hatte in dieser Richtung Probleme. Die größten Kopfschmerzen bereitete es den Kreistagsmitgliedern allerdings, daß Peter Härtling noch am Leben war und daß von ihm eventuell noch Negatives zu erwarten sein könnte. Wieder wurde heiß diskutiert, doch dann griff unser Landrat ein: »Also wenn die Lehrer, Eltern und Schüler den Peter Härtling als Namenspatron möchten, dann stimmen wir dem zu!« Er hat sich mutig über manch mißtrauisches Votum hinweggesetzt und bekam schließlich die Zustimmung. *(Margot Schad, Lehrerin)*

Juni 2000

Der 39jährige Alberto Adriano stirbt an den Folgen rechtsradikaler Gewalt. Der Farbige war am Pfingstsonntag von drei Jugendlichen im Stadtpark von Dessau schwer mißhandelt worden. Gegen die drei Tatverdächtigen wird Haftbefehl erlassen. Sie haben die Tat bereits gestanden und als Motiv »Ausländerhaß« angegeben. Nach diesem Überfall wollen Asylsuchende Dessau möglichst schnell verlassen. Rund dreitausend Menschen protestieren mit einem Trauermarsch.

Juli 2000

Ein elfjähriges Mädchen aus dem Kosovo wird bei einem Brandanschlag auf ein Asylbewerberheim in Ludwigshafen schwer verletzt. Die Täter hatten einen Molotowcocktail in das Schlafzimmer einer albanischen Familie geworfen. Tage später werden vier Jugendliche festgenommen. Die Täter sind 14–18 Jahre alt, werden der Skinhead-Szene zugerechnet und begründen ihren Mordversuch mit »Fremdenhaß«. In letzter Zeit ist eine Zunahme rassistischer Aggression zu beobachten. Innenminister Otto Schily reagiert darauf mit scharfen Worten: »Wer Rassismus und Fremdenfeindlichkeit predigt, gehört vor Gericht, und wir werden ihn lehren, was eine demokratische Gesellschaft ist.«

Meine Toten wachsen
in mich hinein,
stumme, sich ausbreitende
Geschwüre.
Maserungen in meinem
Fleisch.
Mit der Zeit werden sie mehr sein
als ich.
Wucherungen,
die meiner Seele
den Raum rauben.
Nur mein Gedächtnis
sparen sie
aus.

(PH, »Ein Balkon aus Papier«, KiWi 2000)

In der Akademie der Künste (mit Christa Wolf)

E.T.A. Hoffmann gehört durchaus in eine Reihe mit Schubert und Schumann, denn ich begreife ihn als Musiker. Und als solcher ist er ein großer Romantiker, ein Mozartverehrer, ... ja doch, da meldet sich wieder der Giovanni. Hoffmann können Sie auch als älteren Vetter oder Bruder von Schumann nehmen. Schumann hat sich mit Kreissler beschäftigt, auch ständig den Hoffmann im Kopf gehabt, er war so absonderlich wie Hoffmann, auch einer, der in die eigene Phantasie sprang, in seine phantastischen Räume. Deswegen hat Hoffmann seinen Platz in der Reihe. Er paßt auch insofern, als er Grenzen berührt – ich möchte mit dem, was ich schreibe, auch Grenzen spüren. *(PH)*

Seit fast vierzig Jahren widmet sich Peter Härtling in seinen Werken den Künstlerbiografien. (...) Stets strebte Härtling eine Mischung aus historisch verbrieften Fakten und imaginierter Realität an, eine genau austarierte Synthese aus Dichtung und Wahrheit, aus Roman, Essay und Reflexionen. Nun widmet sich der 67jährige Autor in bewährter Methode dem künstlerischen Multitalent Ernst Theodor Amadeus Hoffmann. Wie in den Vorgängerwerken zeichnet Härtling kein Heiligenbild, sondern präsentiert uns eine vielseitig begabte Figur, die an sich selbst höchste Anforderungen stellt. E.T.A. Hoffmann ist unter Härtlings Federführung ein ruheloses Individuum, »ein Kurzschläfer mit wüsten Träumen«, in denen ihm die Gespenster begegnen, die er später literarisch verewigt hat. (...) Durch das bedingungslose Eintauchen in die fremde Sphäre hat sich für Autor Härtling anscheinend die Figur verselbständigt und beim Schreiben völlig neue Facetten entwickelt. Aber sind sich die von ihm porträtierten Figuren der Kunstgeschichte nicht alle auf eine sonderbare Weise ähnlich? Waren sie nicht alle in ihrer künstlerischen Größe exponierte Außenseiter, Individuen, die ihre größten Probleme mit dem eigenen emotionalen Haushalt hatten? Pendelten sie nicht alle zwischen Genie und Wahnsinn? Diese gleichermaßen innere wie

äußere Zerrissenheit scheint auf Härtling seit Jahr und Tag eine große Faszination auszuüben. Auch dieser Roman ist sprachlich perfekt erzählt und doch: Ob Schubert, Schumann, Hölderlin, Waiblinger oder nun Hoffmann – sie alle könnten Brüder sein, da Härtling die Psychologie der Figuren allzusehr zur Routine geworden ist.
(Peter Mohr: »Kurzschläfer mit wüsten Träumen«, Esslinger Zeitung, 24. Februar 2001)

Allmählich komplettiert sich die Galerie der problematischen, mit sich und ihrer Welt zerfallenen Romantiker in Peter Härtlings Prosa. Hölderlin, Lenau, Schubert, Wilhelm Müller – offensichtlich allesamt Projektionsflächen, Identifikationsfiguren, denen nachhörend, nachlesend, nachschreibend, Härtling sich auch der Arbeit der Selbstvergewisserung unterzieht. Nun also E.T.A. Hoffmann, der als Universalgenie am Rande des Irrsinns in der Rezeptionsgeschichte geradezu zum Prototyp des romantischen Künstlers avanciert ist. Härtling schreibt keine poetisierte Biographie, sondern konzentriert die Darstellung auf die fünf Bamberger Jahre – zweifellos Schlüsseljahre in Hoffmanns Leben. (...) Hier wird munter heruntererzählt – ohne originelle Pointen, ohne Spannung, ohne wirkliche Höhepunkte. Dem Roman fehlt der Reiz des neuen Blicks, der zum Beispiel Härtlings Schumann-Buch durch die Einführung des Pflegers Klingelfeld so bemerkenswert gemacht hat. Wer soll als nächstes drankommen? Novalis, Tieck, Jean Paul? Der romantisch Zerrissenen sind noch einige. Härtling aber sollte aufpassen, dass er nicht weiter zu geringen Kosten eine Masche abfährt – und sein Publikum dadurch langweilt.
(Markus Schwering: »Das Genie aus der Weinstube«, Kölner Stadt-Anzeiger, 2. März 2001)

Wörter
fressen sich mir
unter die Haut.
Die Schattenredner
sagen mir nach,
was ich nicht sagte.
Ihre Rede setzte sich
fest,
Knorpel und Geschwüre.
Ich habe es
ausgehalten:
Meine Schmerzen sind
nicht
ihre.

(PH, aus »Ein Balkon aus Papier«, KiWi 2000)

Ich habe ob der negativen Kritiken an Härtlings Romanen sehr stark gelitten. Härtling hat ja seit seinem Hölderlin-Roman immer wieder ein Tabu gebrochen: Er hat damals aus einem Autor, der – nicht zuletzt von den Nazis – zu einem unangreifbaren Gott stilisiert worden ist, einen Menschen gemacht, der quasi Erde an den Füßen hatte, der lieben konnte, ein Kind gewesen ist. Er hat einen Roman über Hölderlin geschrieben, ohne diesen großen Dichter in irgendeiner Form kleiner zu machen. Doch die deutsche Literatur braucht die Inthronisierung, braucht die Entfernung zu ihren Dichtergöttern, braucht das Abstrakte, das Unnahbare. Und Härtling gehört zu den Autoren, die diese Haltung verweigert haben. Man hat ihm diesen Tabubruch nie verziehen, hat ihn mit Hilfe von Kritik oft genug kleingemacht, hat diese Art von Nähe, die er auch zu den Figuren seiner folgenden Romane hergestellt hat, immer wieder benutzt, um ihm vorzuwerfen, daß er sich nicht auf Augenhöhe mit dem künstlerischen Schaffen dieser Autoren und Musiker befindet. Genau das Gegenteil ist der Fall.
Bei mir ist immer wieder der Eindruck entstanden, daß diese negativen Kritiker nicht genau gelesen haben. Sie haben sich einfach nicht die Mühe gemacht. Ich habe, wie gesagt, unter diesen Kritiken sehr gelitten und natürlich gesehen, wie sehr sie auch Härtling getroffen haben – er ist nun wirklich kein Autor, der gegen derlei Kritik immun wäre. Die berühmten, die großen, die gestandenen, die durchgesetzten Autoren sind genauso verletzlich wie alle anderen. Sie können sich vielleicht auf die Dauer besser trösten, weil sie beim großen Publikum Erfolg haben, aber solch harte Kritik trifft sie immer. *(Martin Hielscher)*

Solche Diskussionen gibt's halt, daß da einer sitzt und sagt: »Ich kann mit diesem Härtling überhaupt nichts anfangen, das ist doch alles nur Volksliteratur, was der schreibt!« Ich sag dann immer: Aber der Härtling kann ganz genau einschätzen, was er macht, er weiß genau, wie er es macht – dann ist der Kritiker augenblicklich stumm. Dessen bösartige Bemerkung bezog sich im Grunde auf Proust, der Kerl sprach in Wirklichkeit von seinem Proust und wollte sich wichtig machen: das ist ja nur ein Härtling. Und dann sag ich: Genau das ist er, ein Härtling, und der weiß, wer der Härtling ist, und er weiß genau, was der Härtling macht. Ich würde Härtling übrigens wünschen, daß er tatsächlich ein Volksschriftsteller ist. Wenn einer in unserer Generation das Zeug dazu hat, dann ist er es. *(Peter Bichsel)*

Peter Härtling ist eigentlich ein sehr, sehr warmer Mensch. Wenn man ihm begegnet, spürt man nichts von irgendeiner Fremde. Nur in längeren Gesprächen merkt man, daß er unter dem Zustand dieser Welt leidet. Er ist sicher ein großer Idealist, der sich die Welt ganz anders wünscht, als er sie täglich vorfindet. Und das ist schon ein Punkt, an dem wir uns getroffen haben. Man ist ja auch in der Musik immer am Suchen, ist umgetrieben von der Unmöglichkeit, das Ganze darzustellen, und von dem Zwang, nur Aspekte dieses Ganzen musizieren zu können. Gerade seine ständige Suche nach Möglichkeiten der Grenzüberschreitung hat Härtling so vital gehalten und uns aneinander fasziniert.

Er ist für mich ein Mensch, der eigentlich immer jung geblieben ist, der eine kindliche Neugier für alles empfindet, was er nicht kennt. Und der gleichzeitig eine große Menschlichkeit ausstrahlt, in der man sich aufgehoben fühlt. *(Martin Löhr, Trio Jean Paul)*

Das Junge Theater Bonn führt im September 2001 erstmals das Stück »Krücke« nach der gleichnamigen Vorlage von Peter Härtling auf. Hubert Habich zeichnet für die Dramatisierung verantwortlich, Andreas Lachnit für die Inszenierung. Ein Stück von »Erfahrungen, die nicht loslassen«, urteilt der »Generalanzeiger« und lobt die Darstellung des jungen Thomas und seines Begleiters, des einbeinigen Kriegskrüppels namens »Krücke«: »Dieses seltsam aus der Bahn geworfene Gespann kämpft sich durch dick und dünn – und das ist spannend wie ein Krimi.«

Szenenfoto »Krücke« (1992)

Bereits die Verfilmung des Buches durch Jörg Grünler im Jahre 1992 hatte großen Erfolg: Die Eikon/DEFA/ZDF-Produktion gewann beim »Deutschen Filmpreis« 1993 drei Filmbänder in Gold. Heinz Hoenig wurde u. a. für die überzeugende Darstellung der Titelfigur ausgezeichnet. Beim Max-Ophüls-Filmfestival des gleichen Jahres erhielt das Werk den Publikumspreis.

Elfter September

Terroranschläge in den USA: Innerhalb von nur 18 Minuten rasen zwei entführte Passagierflugzeuge in das World Trade Center in New York. Eine halbe Stunde später crasht eine ebenfalls entführte dritte Maschine auf das Pentagon in Washington. Beide Türme des World Trade Centers stürzen innerhalb der nächsten zwei Stunden in sich zusammen. Tausende von Menschen werden unter den Trümmern begraben. Alle Geheimdienste der westlichen Staaten vermuten, daß Kommandos von Usama Bin Laden, der sich bei den Taliban in Afghanistan aufhält, hinter den Attacken stecken. »Die Welt wird nie wieder so sein wie vor dem elften September.« – Mit dieser Botschaft verbinden Kommentatoren die (zutreffende) Voraussage, künftig würden Sicherheitsbedürfnisse die Freiheitsrechte im Innern demokratischer Staaten und die Möglichkeiten weltweiter friedlicher Konfliktbewältigung stark einschränken. Die NATO erklärt erstmals den »Bündnisfall«. Die USA fordern von den Taliban vergeblich die Auslieferung Bin Ladens und werden nur wenige Wochen nach dem Anschlag Afghanistan mit Marschflugkörpern und Bombergeschwadern angreifen.

Mehr und mehr beansprucht mich das Kind, das ich gewesen bin. Je älter ich werde, um so nachdrücklicher wächst es sich aus. Ich habe es nie vergessen, aber ich bin es nicht mehr gewesen, konnte es nicht sein. Jetzt holt es mich zurück durch die Jahre, die uns beiden verlorenzugehen drohten, zu den Aufbrüchen und Verlusten, die wir teilen und die ich anders sehen muß als der Junge. Es kann sein, ich rede es mir ein. Ich habe alles oft genug erzählt. Und manche Orte, die längst zu Stichworten geworden waren, Hartmannsdorf, Olmütz, Brünn, Zwettl, habe ich besucht und ihre Vergangenheit an meiner Gegenwart geprüft. Ich bin ein Kriegskind. Ich war ein Pimpf Hitlers. Höre ich heute junge Leute über Hitler, Heß und die Nazis reden, rufe ich das Kind zur Hilfe. Es weiß die Geschichte anders. Es ist ein gebranntes Kind. Und ich bin ein alter Mann mit einem unsichtbaren Brandmal. Das Kind hat durch den Krieg, der Gewissen und Moral bösartig ummünzte, Vater und Mutter verloren. Seit Jahren ziehe ich deren Spur in meinem Gedächtnis nach. Ein Gedächtnis, das ich auffüllte mit Musik, Bildern, Poesie, mit den Lebenserzählungen anderer: Grenzgänger, Epochenspringer wie Schubert, Hölderlin, Schumann, E.T.A. Hoffmann, Waiblinger. Es kann sein, sie entfernen sich. Ich stehe mit dem Kind an meiner Grenze. Oder soll ich sagen, an unserer? Ein alter Mann und der Junge, der ich gewesen bin. Das Kind, das in mir wächst und wütet, sich in meinen Träumen austobt und die Geschichte nicht anehmen will, die ich erlebte, ertrug, nachredete: beinahe siebzig Jahre des zwanzigsten Jahrhunderts. Hör zu, flehe ich das Kind an, hör endlich zu. Es ist deine Geschichte geworden. Unsere. *(PH, »Eine Zusammenfassung«, Manuskript 2001)*

Das alte Kind

»Ich möchte mich nicht schonen!«

Er verliert den Atem.
Nimmt das Kind an die Hand.
Und wird leichter.

»The sky was falling and streaked with blood.« *(Bruce Springsteen)*
Die Terrorangriffe auf das New Yorker World Trade Center haben tiefe Wunden gerissen, Trauer und Wut provoziert. Tausende von Opfern, die nie geborgen werden können, liegen unter den Trümmern: »You're missing!« Die USA sind im Schockzustand. Und werden es bleiben. Nichts scheint mehr sicher, die Welt wird zunehmend bedrohlich. Derweil greifen US-Bombengeschwader das Afghanistan der fundamentalistischen Taliban an. Dort halten sich islamistische »Kämpfer« und Führer jener Terrororganisation auf, die für den Massenmord in Manhattan verantwortlich ist: »Al-Khaida«. Auf afghanischem Boden sind »Spezialkommandos« unterwegs, um Terroristen und Talibanführer zu jagen. Darunter auch deutsche Elitesoldaten.

»s' ist Krieg.« Einer, der die Welt in Atem hält. Längst ist die Ausweitung des »Kriegs gegen den Terror« geplant, die perfiden »spin-doctors« der Bush-Regierung haben die »Achse des Bösen« definiert: Saddam Husseins ölhaltiger – in Zeiten seines Kriegs gegen den Iran noch unterstützter – Irak zählt als »next stop« dazu, ... und war doch bereits Monate vor dem September 2001 im Visier der US-Regierung. Ein Prozeß kommt in Gang, gewalttätig, unumkehrbar. Die Bilder und Nachrichten von Toten, Verwundeten, Flüchtlingen, schreienden Kindern, zerschossenen Hochzeitsgesellschaften, die, soweit nicht von der Militär-Zensur getilgt, auch Peter Härtling im Jahre 2002 erreichen, sie treffen das Herz des ehemaligen Kriegskindes, verursachen Unruhe, Hilflosigkeit, auch Zorn. Nichts ist vergessen. Das Kind ist hellwach.

Derweil muß der alte Härtling, kurz vor siebzig, weiterhin seinen Alltag bewältigen. Immer unterwegs und rastlos. Reisen zur Akademie in Berlin, deren Abteilung Literatur er seit vielen Jahren vorsteht, Sitzungen, Reden, dann wieder ein Nachruf, diesmal auf Luise Rinser: »Noch in der alten Frau steckte ein Mädchen!« Immer wieder Lesungen, auch szenische, auch in Nürtingen, zusammen mit Zellmer und Hurm, klar doch, Hölderlin: »Die Suse gefiel ihm«. Immer wieder Lesungen, aus gutem Grund: »Ich schreibe ja nicht für mich, obwohl es mich meistens zufriedenstellt, sondern ich schreibe einen Endlosbrief an Adressaten, die ich nicht kenne. Die Lesungen geben mir Gelegenheit, einige dieser Adressaten kennenzulernen. Manchmal genügt ein kurzes Gespräch, um zu spüren, was ich da in einen anderen Kopf hineingeredet, welche Wünsche und Bilder ich in ihm geweckt habe. Das ist mir unheimlich wichtig.«

Härtling baut bereits an einem dramaturgischen Gerüst für sein nächstes Buch, arbeitet an einem »Erinnerungsbuch«, das sein Verlag anläßlich des siebzigsten Geburtstags herausbringen wird. »Lauter Anfänge«, so der Arbeitstitel. Das Werk begleitet ein neuer Lektor, ein junger, so jung, daß der, hoch im Norden, noch mit den Kinderbüchern seines Autors aufgewachsen ist: »Für mich war tatsächlich der ›Hirbel‹ mein erstes Härtling-Buch.« Olaf Petersenn kennt Peter Härtling bereits aus Kiel, er hat dort Germanistik studiert, ihn u. a. oft genug in der Buchhandlung »Cordes« gesehen und gehört, wo immer wieder »Klassentreffen« stattfinden: Bichsel trifft Hein trifft Grass trifft Härtling. Petersenn wird das Fürchten lernen. Um seinen Autor.

Ebenso wie Wolfgang Erk, vom Stuttgarter Radius-Verlag, bei dem Härtling seit langem viele seiner Gedichtbände publiziert. Gerade haben Rote und Grüne, wider Erwarten, noch einmal die Wahlen gewonnen, zuvor eine Beteiligung Deutschlands an einem Irak-Krieg ausgeschlossen, gerade haben sich die Wasser von Oder und Elbe beruhigt, sprechen Verleger und Autor auf der Frankfurter Buchmesse über einen neuen Lyrikband. Ebenfalls für den Siebzigsten, im nächsten Jahr. Erk: »Ich wünsche mir sieben plus siebzig neue Gedichte.« Härtling schmunzelt, wiegt seinen Kopf, nimmt noch ein Glas und noch eine Zigarette. Und sagt: »Vielleicht, schon möglich.« So viele Gedichte werden es nicht werden.

Noch Ende des Jahres 2002 schickt Härtling die ersten Verse nach Stuttgart, in denen ihm »das Kind den Atem raubt«, eine Elster im Garten »Übermorgen gibts Krieg« prophezeit, er Trost sucht unter »gläsernen Himmeln« und in »Spuren von Bildern, von Buchstaben, Engelshaaren«. Gedichte, Prosa – er entwirft, schreibt parallel, hat gleichzeitig Termine mit Medien, auch ein Gespräch daheim in Walldorf, im kalten Februar, über den Prozeß des Schreibens, das Wie, das Warum und über die erste Kritikerin aller Texte: »Für mich ist meine Frau die wichtigste Instanz, wichtiger noch als der Lektor, wichtiger noch als Freunde.«

Im März 2003 marschieren Briten und Amerikaner im Irak ein. Wochen zuvor hatten weltweit Millionen gegen diesen angeblichen »Präventivschlag« protestiert. Noch im Januar hatte auch Härtling zusammen mit Intellektuellen und Künstlern eine Erklärung unterzeichnet: »Verhindern wir einen völkerrechtswidrigen Krieg!«. Carl Amery, Hark Bohm, Peter Ensikat, Jürgen Flimm, Hannelore Elsner und viele andere sagen darin bittere Wahrheiten (voraus): »Wir widersprechen der Behauptung, daß der Krieg gegen den Irak unausweichlich ist und daß er die Sicherheit in dieser Region der Welt erhöhen würde ... Der internationale Terrorismus ist durch Kriege nicht wirksam zu bekämpfen, eher würde er aus einer Spirale von Haß und Gewalt neue Anhänger rekrutieren.«

Während Flugzeugträger Stellung beziehen, die Motoren von B-52-Bombern gestartet und britische wie amerikanische Truppen gegen den Irak in Marsch gesetzt werden, beginnt die Leipziger Buchmesse. Am Abend wird der Deutsche Bücherpreis 2003 vergeben: »Ein Tag der Freude!« und »Glückwunsch, Peter Härtling!« lobpreisen die Gazetten. Der Preis für das »Lebenswerk« geht an einen Autor, der »es sich auf seine ganz subjektive Weise, menschenfreundlich und spielerisch, zur Aufgabe gemacht hat, das deutsche Bildungserbe für Menschen zu aktualisieren, die sich auf nicht-akademische Weise mit den großen Schöpfergestalten der Musik- und Literaturgeschichte anfreunden wollen« *(Berliner Morgenpost)*.

Laudatorin Jutta Limbach, Chefin der Goethe-Institute, hat indes anderes im Sinn, als sie emphatisch von der Messe-Bühne verkündet: »Er ist einer von uns!« Limbach spricht von der Generation der »Kriegskinder«, zu der auch sie gehört, von der ständigen Herausforderung durch die »bedrückenden Erlebnisse der Kinderzeit« und von ihrem Lieblingsbuch: »Nachgetragene Liebe«. Am Ende widmet sie Härtling das passende Kästner-Zitat: »Nur wer erwachsen wird und ein Kind bleibt, ist ein Mensch!« Das so geehrte Kind im erwachsenen Autor bedankt sich kurz, nur kurz, um dann sofort, angesichts des fernen Geschützdonners, den Krieg als Form der Sprachlosigkeit zu erinnern: »Sobald die Gespräche enden, übernehmen die Sprachlosen die Macht. Die Gesichter dieser Sprachlosen kenne ich, sie machen mir große Angst.«

»s' ist Krieg«. Menschen sterben im Irak. Aber es gibt davon keine Bilder, wie die von Robert Capa: Es herrschen Zensur und Manipulation, wie schon zuvor im Golfkrieg von Bush Senior. Aber es existieren die Bilder im Kopf, die sich mit aktuellen Ereignissen assoziieren. Eigene Bilder, Härtlings eigene Erfahrungen, seine Angst, alter Schmerz, der sich immer wieder gemeldet, in seinem Werk, vor allem in den Gedichten, Ausdruck gefunden hat, auch in der Unruhe, die ihn heimsuchte, ihn oftmals vor sich hertrieb, auch des Nachts, gegen die er hilflos anrauchte. Und noch eins ist wahr: Härtlings Lebenszeit war auch bestimmt von herzzerreißendem psychischen Streß. Folgenreich: Wenige Wochen nach der Preisverleihung in Leipzig schlägt Härtlings Herz lebensbedrohlichen Alarm: »Hinter den Rippen wuchs ein Stein« – da schreibt Härtling schon wieder, Gedichte aus der Rehabilitation für seinen Stuttgarter Verleger: »Lauterbacher Verse«. Zuvor aber war er Todesangst und Vernichtungsgefühlen ausgesetzt: »Mit einem Mal spüren Sie, daß die Existenz, all das, was Sie vorhaben, in Frage gestellt ist und enden kann. Ich hab diesen Infarkt, der mir vor kurzem sozusagen die Zigarette aus der Hand schlug, so ernst genommen wie den Aufprall auf einer Wand.« Die Familie ist weiterhin schwer besorgt, besteht auf Schonung. Doch in Härtling ist längst dieser richtungweisende Satz entstanden: »Ich möchte mich nicht schonen!« Aufschreiben wird er ihn später.

Nach dem »Aufprall«, nach Intensivstation und Rehabilitation, geht es sofort weiter: »Obwohl gerade erst von schwerer Krankheit genesen, ließ es sich der Kinderbuchautor nicht nehmen, persönlich zur Feierstunde zu kommen, bei der die Finther Grundschule ganz offiziell den Namen Peter-Härtling-Schule bekam.« Er steht und lacht schon wieder, noch ein wenig grau im Gesicht, noch berührt von Schatten, aber schließlich hat er es im letzten Jahr an die Finthener geschrieben: »Ja, eine Schul' in Mainz, in der Nachbarschaft, das wäre nach meinem Geschmack.« Also kommt er, im Juni 2003, denn sie wollen ihn, gerade ihn als Patron, die Eltern, die Lehrer, die Kinder, natürlich auch die Schulleiterin Heidemarie Bugner: »Es standen Peter Härtling, Erich Kästner und Astrid Lindgren zur Wahl. Wir haben uns dann, ohne viel nachzudenken, für Härtling entschieden. Die Eltern, die Kinder kannten seine Bücher, er ist ohnehin in allen Schulbüchern präsent, die Gründe lagen einfach auf der Hand.«

Der Krieg im Irak gilt inzwischen offiziell als beendet, ein Sieg wurde verkündet, der neuen und permanenten Terror provoziert. Peter Härtling liest wieder öffentlich, unternimmt zumindest Versuche von Lesungen, denn irritierende Schwächezustände stellen sich ein: »Ich finde so gut wie keinen Halt.« Nach dem Herzinfarkt folgt ein Hirninfarkt, ein irgendwie kleiner, angeblich unspektakulärer – Schwierigkeiten mit der Artikulation, partielle Sehstörungen, das rechte Bein schmerzt, ein Arm macht Probleme. Die Blutzufuhr zum Hirn muß sichergestellt werden. Wieder ein Krankenhausaufenthalt, eine Operation: »Die Baumschatten vorm Fenster/schwärzen ein/und rücken auf mich zu./Mir geht die Luft aus.« Düstere Tage. Trotzdem: »Wenn es mir dreckig geht, schreibe ich Gedichte.« *(PH)*

Er schreibt nicht nur Gedichte. In den letzten Monaten hat Härtling gegen den rebellierenden Körper auch weiter an seiner Prosa gearbeitet und zusammen mit Hans-Joachim Gelberg eine Werkausgabe seiner »Reden und Essays zur Kinderliteratur« vorbereitet. Zudem hat er sein »Erinnerungsbuch« zu Ende geschrieben, das nun den Titel »Leben lernen« tragen wird, und es bei Lektor Petersenn abgeliefert, den das erste Lektorat mit Härtling, ob der Krisen seines Autors, ziemlich mitgenommen hat: »Das war für mich eine sehr beklemmende Erfahrung.« Doch es geht weiter. Schon im September wieder ein »Gratulor!«: Peter Härtling erhält die Ehrenbürgerschaft in Mörfelden-Walldorf, Gefährtin Eva Demski lobt: »Ich gratuliere der Gemeinde zu ihrem neuen Ehrenbürger!« Und in Berlin stellt Adolf Muschg, der neue Präsident der Akademie der Künste, der ersten Lesung aus dem »Erinnerungsbuch« die Worte voran: »Wer das Buch ›Leben lernen‹ liest, lernt ein Kind kennen oder erkennt es wieder, das seine Eltern früh verlieren mußte, um sie lebenslänglich wiederzugewinnen, in einem anderen Leben, in dem der Bücher.«

Auch die Kritiker lesen das neue Buch: »Lebenserinnerungen eines alten Mannes«, »voll bitterer Farbe und verhaltener Energie«, »äußerst kurzweilig«, »lebhaft erinnert«, »Namedropping und Harmonisieren, als wollte der erkrankte Autor niemanden mehr verletzen«. Die kritischen Federn sind nicht so recht zufrieden. Nur einer geht über jedes Abwägen, jedes Differenzieren weit hinaus, einer aus der Fraktion der »Vatermörder«, eine neue, eine giftige Feder: »Angesichts dieser biederen Prosa bekommt man sofort Lust, eine Rolle doppellagiges Klopapier in die Schreibmaschine zu spannen und den psychedelischen Bewußtseinsstrom fließen zu lassen.« Das kommt flockig daher, locker, »eher abfällig als begeistert« (Perlentaucher.de), vernichtend gar, aber erst im Dezember, gegen Ende des Jahres. Davor liegt der Geburtstag Härtlings, der siebzigste. Und er erlebt ihn.

Hartmut Höll hat im Mozartsaal der Stuttgarter Liederhalle einen Festakt ausgerichtet. Einen noblen, mit Unterstützung von Härtlings Verlagen, im Namen der »Hugo-Wolf-Akademie«: Ansprachen, Musik, Gesang und Rezitation. Freunde und Weggefährten tragen vor: Scott Weir, Peter Lika, Bernhard Hurm, Mitsuko Shirai, Ida Ott, Karin Kiwus, Cornelia Froboess u. a. intonieren des »Wanderers vielfältige Liebe zur Musik«. Kurz darauf folgt die bodenständige Variante der Feierlichkeiten: Die Geburtstagsgesellschaft reist auf die Alb, im Theater Lindenhof wird an langen Tischen gefeiert, gegessen, getrunken, gelacht, der Siebzigjährige mittendrin – für Stunden keine Spur von Fremde, aufgehoben im Kreis der Freunde und Verwandten. Und kein Ende der Feierlichkeiten. Im Januar 2004 bringen Nürtinger Schülerinnen und Schüler in der Regie von Uwe Zellmer ein »poetisches Geschenk« für den Jubilar auf die Bühne: »kommen – gehen – bleiben«, so der Titel, analog zum inzwischen bei Radius erschienenen Gedichtband, ansonsten aber eine regelrechte Härtling-Revue: »Die Rührung, die Freude waren Peter Härtling und seiner Frau Mechthild anzusehen.« *(Nürtinger Zeitung)*

Dann eine Reise nach Zwettl. Die erste Lesung vor Ort. Vor Zeitgenossen trägt er aus seinem neuen Text vor: »Die Suche nach dem verlorenen Grab.« Und findet das Grab des Vaters. Zumindest den Ort, wo es nun tatsächlich sein soll – auf dem Soldatenfriedhof Allentsteig, am Rande des alten Truppenübungsplatzes, dort, wo schwarze Kreuze in Reih und Glied die Toten militärisch exakt ordnen. Viele »Unbekannte Soldaten« liegen dort unter der Erde. Einer von ihnen: Rudolf Härtling. Das alte Kind stapft schwer durch den hohen Schnee und trägt sich in die ausliegende Liste für Friedhofsbesucher ein. Sein Name wird bleiben.

Härtling verfaßt Texte, gerade auch Vorworte, hält Reden zum Mörike-Geburtstag: »Immer ist Mörike sich davongelaufen«. Er ist unterwegs mit Hoffmann und dem Trio Jean-Paul, mit Schumann ebenfalls, und natürlich wartet die »Literatur im Kreuzverhör«, im 29. Jahr bereits, immer in Hessen und immer die Frage: »Wer ist's?«. Die Zuhörer können daheim vor den Radiogeräten mitraten.

Bald darauf das Angebot einer weiteren Ehrenbürgerschaft, ausgerechnet von der Stadt Nürtingen. Von jener Stadt, in die er ganz und gar fremd einzog, die ihm lange Zeit allzu eng schien, mit der er ein Leben lang haderte, der er nicht verzeihen konnte, wie sie seit 1946 ihre »Ostflüchtlinge« empfing. Jene Stadt, in der er gegen diese Fremde revoltierte, aber auch Freunde wie Fritz Ruoff oder Erich Rall fand, vor allen Dingen aber seine Frau Mechthild, und mit ihr die ganze Maier-Familie. Trotzdem blieb Groll, mal laut, mal leise. Manch einer hat Härtling die ständige Erinnerungsarbeit in bezug auf Nürtingen nicht vergessen, stimmt gegen den neuen Ehrenbürger oder enthält sich. Die große Mehrheit im Gemeinderat aber steht hinter dem Vorschlag und stimmt für ihn. »Es war eine skurrile Wiederholung des Kampfes zwischen Aufbruch und Enge. Aber jetzt ist der Zwist aufgehoben. Die Nebengeräusche aber werden bleiben.« Peter Härtling trägt sich in das goldene Buch der Stadt ein.

Nicht nur die Nürtinger »Nebengeräusche« werden bleiben, auch die tönenden Erinnerungen des einstigen Kriegskinds bleiben präsent und reagieren auf auslösende Reize: »Heult eine Sirene vor dem Fenster,/bittet Mutter mich, die Mappe mit den Dokumenten in den Keller zu nehmen«. Auf der »Intensivstation«, nach dem Herzinfarkt, notierte er das. Vielen seiner Generation geht es nicht anders, ihre Traumata aus Krieg und Nachkrieg verursachen körperliche Sensationen, sie reagieren mit »Flash-backs« auf aktuelle Auslöser wie Krieg und Gewalt. Gerade mit zunehmendem Alter machen sich Verletzungen und Beschädigungen bemerkbar, die lange Zeit in Schach gehalten werden konnten. »Je älter ich werde, desto spürbarer ist das Kind in mir!« Mit solchen Sätzen hat Härtling seine Generation immer wieder schreibend, redend, handelnd repräsentiert. Seine Suche, sein artikulierter Schmerz, sein Sehnen, seine Verluste, seine erinnernden Sätze, sie haben nicht nur eine »Leser-Gemeinde« formiert, sondern in bezug auf die kollektive Biographie auch eine kleine, radikale »Erinnerungsgemeinschaft«. Eine Gemeinschaft, die sich lesend bei Peter Härtling wiederfindet, verstanden fühlt und die Erinnerung wachhält. Ihre Gefühlswelt entspricht jener, für die er Worte findet und lange schon *ein* Thema mit Variationen komponiert.

Jetzt, im Frühjahr 2005, nachdem bereits Forschungen und Sachbücher den Weg bereitet haben, wird diese Generation plötzlich in der Öffentlichkeit zu dem Thema, das sie in Härtlings literarischem Werk, und nicht nur in seinem, schon lange war. Anläßlich des 60. Jahrestags des Kriegsendes berichten die Medien massiv über die Generation der »Kriegskinder«, die ihre Angst- und Panikattacken, ihre Schlaflosigkeit und Depressionen nicht länger im Privaten verbergen können, die auffällig werden und professionelle Hilfe brauchen. »Wir haben eine Geschichte, wir sind Geschichte, wir verkörpern Geschichte!« – Hartmut Radebold, Jahrgang 1935, Arzt, Psychotherapeut und Buchautor (»Abwesende Väter«), trägt diese Sätze in bezug auf die »beschädigenden« Erfahrungen der »schweigenden« Generation« bei einem Kongreß in Frankfurt vor: »Die Generation der Kriegskinder und ihre Botschaft für Europa sechzig Jahre nach Kriegsende«. Auch Härtling wird reden.

»Ich komme mir vor wie ein ausgestelltes Kriegskind. Und so ausgestellt zu sein, mit allem, was man über die Jahre mitgeschleift hat, ist bedenklich. Die Kriegskinder, von denen hier die Rede ist, sind, ich kann es Ihnen versichern, ausnahmslos traumatisiert.« Er spricht von sich als »Flüchtlingskind«, von seiner Fremde, seinen Toten, seiner »Selbsterzählung«. Härtling erinnert aber auch an jene, die auf diesem Kongreß selten genug Thema sind: »Spräche man heute in Russland oder in Polen über Kriegskinder, würde man viel schlimmere Geschichten erfahren, als wir hier austauschen können.«

Im Sommer folgt noch eine Reise nach Zwettl, erstmals seit 1946 auch mit seiner Schwester Lore: »Dieses Kind, das mit offenen, auch verletzten Blicken die Stadt anschaute, dieses ordentliche Kind neben dem unordentlichen Buben, rückte manches zurecht.« Hört dort von neuen Anschlägen in Europa, vom Terror in London: nichts ist vorbei! Das Manuskript, an dem er seit dem letzten Jahr gearbeitet hat, liegt zu diesem Zeitpunkt schon längst im Verlag, ist bereits gesetzt, das Buch wird im August 2005 ausgeliefert: »Die Lebenslinie«. Er erzählt darin wieder autobiographisch. Vom »Schmerz, der ihn im Arm traf«, von »wachsender Verzweiflung und Atemlosigkeit«. Und schreibt gegen alle Angst und Ohnmacht den entscheidenden Satz: »Ich möchte mich nicht schonen!« Und schont sich doch. Denn er fragt in dem Buch nicht, was ihn oder wie er sich an den Rand trieb, nein, Härtling will weiter. Mag sein Werk auf solche Fragen antworten, das gesamte.

Eine »Wiederauferstehungsgeschichte«, »ungemein aufrichtig, ungekünstelt«, »eindringlich, ohne Larmoyanz«. Die Kritiker sind berührt. Nur der eine oder die andere möchten noch wissen, »wie die Erfahrung der Todesnähe die Lebenslinie neu justiert hat?«. Wer dieser »Neujustierung« nachspüren will, »der sollte lernen, Gedichte zu lesen« *(Erich Fried)*. Härtlings neue Gedichte, die »Schattenwürfe«, erscheinen im Herbst 2005, zur Buchmesse, wieder im Radius-Verlag: In ihren Zeilen ist er zu Haus, läuft sich nach, wird »leichter«, lehnt sich ruhig an seine Gewohnheiten und traut seiner Geduld ... auch dem Kind, das ihm so schmerzhaft Wege wies, immer wieder weisen wird, dem Kind, das fremd in diese Welt einzog: »Ich beginne in dem Kind, das/ich mir einrede, alt zu werden:/die Welt verliert an Gewicht.«

Peter Härtling sieht wieder Erzählräume vor sich, luftig, licht, einladend, die er betreten wird, bald schon, um suchend, schreibend neue Fremde als Freunde, Gefährten zu finden: »Ich bin neugierig auf Menschen, auch neugierig auf Dinge, neugierig auf Bücher. Diese Neugier setzt bei mir Energien frei, Energien für die Suche nach Menschen, mit denen ich umgehen kann, von denen ich lernen kann, die ich lieben kann.«

Januar 2002

Fortsetzung der US-Bombenangriffe im Osten Afghanistans. Dort sollen sich Al-Khaida-Kämpfer sammeln, um über die Grenze nach Pakistan zu fliehen. Einheimische berichten von Angriffen der US-Luftwaffe auf Dörfer und vom Tod zahlreicher Zivilisten.

Die schwedische Kinderbuchautorin Astrid Lindgren stirbt im Alter von 94 Jahren in Stockholm. Unvergeßlich bleiben ihre Figuren: Pippi Langstrumpf, Kalle Blomquist, die Kinder aus Bullerbü. Generationen von Kindern lasen ihre Bücher, die millionenfach verkauft wurden. Nicht wenige von ihnen dienten als Drehbuchvorlage.

Februar 2002

Deutsche Soldaten kämpfen in Afghanistan. Erst jetzt bestätigt Verteidigungsminister Rudolf Scharping (SPD), was viele seit einiger Zeit vermuten: rund hundert Elitesoldaten vom »Kommando Spezialkräfte« (KSK) beteiligen sich seit Wochen an Aktionen gegen Bin Ladens Terrororganisation Al-Khaida.

In Walldorf (2002)

Das Schreiben ist wie ein Sog, der mich wachhält. Aber Schreiben wie Atmen? Das würde ich akzeptieren für den Zwanzig- bis Dreißigjährigen. Da war das Schreiben ganz sicher so etwas wie Atmen, war Teil meiner selbst. Heute würde ich sagen, mein Schreiben ist zwar immer noch ein Atmen, aber das Atmen eines fast 69jährigen. Manchmal geht der Atem schwer, manchmal rasselt er, manchmal kommt ein schwerer Husten auf, auch vom Rauchen, manchmal aber atme ich wieder wie ein Zwanzigjähriger – das sind schon richtige Glücksmomente. *(PH)*

Bis auf den letzten Platz war die Kreuzkirche am Mittwoch gefüllt, als sich ein Trio anschickte, mit der szenischen Lesung »Heimkunft« Friedrich Hölderlins Spur aufzunehmen. Ein stimmiger Start ins Nürtinger Hölderlinjahr. Der Schriftsteller Peter Härtling, Bernhard Hurm und Uwe Zellmer, die beiden Intendanten des Melchinger Theaters Lindenhof, ließen das gespannte Publikum die menschliche Stimme des Dichters hören. (...) Spuren galt es zu folgen, die immer wieder von Nürtingen fort und wieder nach Nürtingen zurückführen. Hölderlins Kindheitszuhause sei die Stadt, sagte Härtling. Keine andere Stadt gebe es, in die er sich so oft flüchtete, aus der er so oft floh. Es ist nicht leicht, die Heimat des Dichters zu benennen, wenn dieser den Begriff Heimat eher als idealisierten Ort betrachtete. Zellmer las aus den Briefen Hölderlins. Klar ist die Intention, besonnen, ja zurückhaltend der Ton. Anders Bernhard Hurm. Er rezitierte Gedichte. Schwierig ist dem intellektuellen Strom zu folgen. Wer könnte schon behaupten, ein Hölderlingedicht auf Anhieb verstanden zu haben? Doch erfühlen, ja erfühlen kann man den großen Geist, wenn ein Mann wie Hurm ihm enthusiastisch Fleisch und Blut verleiht. (...) Die letzte Passage Härtlings an diesem Abend wird zum Liebesbekenntnis für Schreinermeister Ernst Zimmer und dessen Tochter Lotte. Sie pflegen den Entrückten, den vom Wahn Geplagten – jahrzehntelang. Intime Einblicke sind es, die die Hörer durch Härtlings Augen bekommen. Und als dem Höhepunkt der Krankheit, die Härtling dramatisch intoniert, die lange sanfte Phase der Ruhe nach der plötzlichen Besserung folgt, nimmt er uns förmlich mit zum Besuch im Turm. Abschied.
(Andreas Warausch, »Heimkunft: Hölderlins Weg nach Nürtingen hat begonnen«, Nürtinger Zeitung, 22. März 2002)

| April 2002

In Erfurt dringt der neunzehnjährige Robert Steinhäuser während einer Abiturprüfung bewaffnet in das Gebäude seines ehemaligen Gymnasiums ein und schießt dort gezielt auf Lehrkräfte. Er bringt bei seinem Amoklauf sechzehn Menschen um und begeht danach Selbstmord. Steinhäuser mußte im Jahr zuvor wegen Urkundenfälschung und undiszipliniertem Verhalten die Schule verlassen, hatte aber seinen Eltern nichts davon erzählt. Als Sportschütze hatte er sich legal Pistole, Pumpgun und Munition zugelegt. »Wir haben keine Antwort und wollen auch keine schnellen Antworten geben« – Bundespräsident Johannes Rau reagiert besonnen, während sich andere Politiker bereits mit wohlfeilen Erklärungen des Amoklaufs überbieten.

Noch in der alten Frau steckte ein Mädchen, rasch, empört, neugierig, mit einem höchst empfindlichen Selbstbewußtsein. Es fiel ihr nicht schwer, Freunde vor den Kopf zu stoßen und Feinde zu umarmen. Wer sie dann lachen hörte, hörte auch das Mädchen. Vom Kichern hinter der vorgehaltenen Hand bis zum schmetternden Gelächter. Die Rinserin.

Luise Rinser. Luise. (...) 1968 wurde ich ihr Verleger bei S. Fischer. Ich muss gestehen, dass ich mich mitunter vor ihren Besuchen fürchtete, denn sie kannte, wenn es um sie und ihre Arbeit ging, kein Atemholen, überfiel mich mit einem brisanten Gemisch aus Plänen und Vorwürfen. Ihr etwas auszureden, bedurfte nicht nur der Freundlichkeit und der Geduld, sondern auch fein dosierter Wutausbrüche. Wieder hatte ich das Mädchen vor mir, das vor Zuversicht und Ehrgeiz leuchtete und zugleich zornig mit dem Fuß aufstampfte. Im Laufe von sechs Jahren übten wir uns ein. Ohne Anspannung, die wir schließlich beide genossen, verlief keine Begegnung. Ihr Mißtrauen galt weniger mir als denen, die ich gewissermaßen in persona vertrat: den Literaten. Sie hielt sich für missverstanden, als christliche Unterhaltungsschriftstellerin verkannt. Ich wagte es nur einmal, ihr diesen Verdacht auszureden. Ich solle mich nicht um ihretwillen krümmen, herrschte sie mich an, und danach lachte sie, aber nicht hinter vorgehaltener Hand. Sie lachte auch, als sie mir erzählte, sie sei von den Grünen als Kandidatin für die Bundespräsidentenwahl aufgestellt. Ist es dir ernst? fragte ich. Sie nickte heftig. Es wird nix werden, sagte sie, doch ich kann die jungen Leute nicht vor den Kopf stoßen.
(PH, »Luise Rinser«, Nachruf, Akademie der Künste, Berlin 2002)

Als junger Lektor bei KiWi anzufangen, war schon eine Herausforderung. Daß ich dann gleich das Lektorat für Peter Härtlings Erinnerungsbuch übernommen habe, hängt damit zusammen, daß es in diesem Verlag nur einen einzigen Lektor für deutschsprachige Literatur gibt, was mich automatisch mit Härtling zusammenbrachte. Ich hatte glücklicherweise keine Schwierigkeiten, mich auf ihn einzustellen, weil ich zum einen von Kindesbeinen an mit seinem Werk vertraut bin und er zum anderen ein enorm zugänglicher Mensch ist. Die Erfahrung lehrt ohnehin, daß die Zusammenarbeit mit älteren, bekannten Autoren oft viel unproblematischer ist, als man gemeinhin glaubt. Bei Härtling gibt es keine besonderen Eitelkeiten, und er ist sehr offen für neue Anregungen oder Einwände. Eine höchst angenehme Zusammenarbeit also. *(Olaf Petersenn)*

Geh weg, ruft das Kind
und läuft dir hinterher.
Du folgst seinem Ruf.
es holt dich ein.
Halt an, sagt das Kind
und erzählt dich zurück.

An den Anfang eines Satzes,
den du eben noch dachtest.
Es atmet eine Weile mit dir,
es raubt dir den Atem.
Es treibt dich ans Ende
des Satzes. Es verspricht
dir ein wortloses Glück.
Komm mir nach, ruft das Kind
und läuft dir voraus.

(PH, »Eine Kehre«, »kommen-gehen-bleiben«,
Radius, Stuttgart 2003)

März 2003

Invasion der Briten und Amerikaner im Irak. Erste irakische Einheiten ergeben sich. Das Pentagon meldet den Beginn von massiven Bombardements. Auf dem Marsch nach Bagdad treffen alliierte Einheiten auf heftigen Widerstand. Die Bewohner der bombardierten Städte stehen vor einer humanitären Katastrophe. Die massiven weltweiten Proteste gegen den Krieg dauern an.

Statt die Summe der Bücher zu ziehen, die Peter Härtling als einer der Großen der Literatur geschrieben hat, werde ich eines herausstellen: Er ist einer von uns! Das meint nicht nur seine gesellschaftliche Bodenhaftung und sein Verständnis für unsere Alltagsprobleme, alles Vorzüge, die seine Texte auszeichnen, nein, er gehört auch meiner Generation an, die wir bei Kriegsende große Kinder waren. (...) Die bitteren Erfahrungen der frühen Jugend haben das Denken und Schreiben von Peter Härtling geprägt. Er hat früh zu schreiben begonnen, um sich in einer Zeit des inneren und äußeren Chaos seiner selbst zu vergewissern. Dieser Wunsch, sich schreibend zu erinnern und bedrückende Erlebnisse seiner Kinderzeit durchzuarbeiten, hat ihn bis in die heutige Zeit immer wieder herausgefordert. (...) Peter Härtling hat immer auf seine nüchterne Erzählweise vertraut, die ihn davor bewahrt hat, belehrende Einsprengsel

mit Jutta Limbach und Butt (Deutscher Bücherpreis)

in Kinderbücher einzufügen. Sein wirklich über die Jahrzehnte hinaus bewahrtes Einfühlungsvermögen in die Welt der Kinder schützt ihn vor Schulmeisterei und Anbiederei. Peter Härtling, ich schulde Ihnen nicht nur Dank als Mutter und als eine zum eigenen Vergnügen Lesende, ich schulde Ihnen auch Dank als Präsidentin des Goethe-Instituts, denn Sie sind, wie man bei uns sagt, für Goethe viel gereist. Von Ihnen geht die Sage, daß jede Ihrer Lesungen zu einem musikalischen Auftritt wurde, so daß, meine Damen und Herren, bei diesem Troubadour nicht nur die deutsche Literatur, sondern auch die Schönheit der deutschen Sprache zu ihrem Recht kam. Für Sie, verehrter Peter Härtling, trifft eine Lebensweisheit von Erich Kästner zu: »Nur wer erwachsen wird und ein Kind bleibt, ist ein Mensch!«
(Jutta Limbach, Laudatio für Peter Härtling, Deutscher Bücherpreis, Leipzig, März 2003)

Das erste Buch, das ich veröffentlichte, war ein schmales Bändchen: 16 Seiten Gedichte. Und das erste Gedicht, das ich als 16jähriges Nachkriegskind schrieb, beginnt mit der Zeile: »Vielleicht ein Narr wie ich«. Dieses Gedicht stellt suchend die Frage nach Menschen, nach einem Miteinander, einem närrischen Miteinander, es fragt nach Menschen, die nicht aus Schnittmusterbögen entstanden sind, nach solchen, die leiden können, lachen können, saufen können, die glücklich sein können, sich wehren können. Dieses Gedicht fragt nach Menschen, die eine menschliche Sprache sprechen.
Mir ging heute durch den Kopf, dass der Krieg, der uns jetzt alle so sehr verwirrt, im Grunde eine Form von Sprachlosigkeit ist. Sobald die Gespräche enden, übernehmen die Sprachlosen die Macht, und die Gesichter dieser Sprachlosen kenne ich, sie machen mir große Angst. Wir arbeiten in einem Metier, das mit Sprache, mit Phantasie zu tun hat, mit der Aufmerksamkeit für andere, auch mit der Wut auf andere, auch mit Zorn, all das findet seinen Ausdruck. Aber dieses Metier ist immer an Sprache gebunden. Wer spricht, spricht den anderen an, wer aber schweigt, schlägt dem anderen ins Gesicht. Ebendas erleben wir gerade, und ich wünsche uns allen eine Zeit der Gespräche, so schwierig sie wohl sein wird.
(PH, Dankesrede, Bücherpreis 2003)

Fritz Ruoff: »Der große Trommler« (1954)

Du fällst ins Atemloch
und schreist den Himmel an,
die Doppelader mit dem falschen Schlag.
Brich durch die Wand,
verlier, was du verloren gabst,
und lerne ein paar Wörter neu:
kommen,
gehen,
bleiben.

(PH, Lauterbacher Verse, No. 5, Radius 2003)

Es war sehr warm am Tag unserer Namensgebungsfeier. Peter Härtling kam, erzählte uns zunächst ausführlich von seiner Krankheit, was mich erstaunte, dann aber fragte er ganz

simpel: »Wie läuft denn die Feier nun ab?« Als ich ihm das Programm vorlas, meinte er lachend: »Ach, ich soll auch was sagen?« und stieß seine Frau an: »Du, was soll ich denn bloß hier reden?« Nun lachten beide, aber er beruhigte mich: »Haben Sie vielleicht ein Buch von mir griffbereit? Ich schau' da mal ganz schnell rein!« Wir haben ihn ein paar Minuten allein gelassen, damit er sich vorbereiten konnte, haben danach die Härtlings noch durch die Schule geführt, und schließlich war es soweit: Die Kinder standen schon aufgereiht, voller Erwartung da: »Meine Güte, der Peter Härtling kommt!« Er ist wie durch ein Spalier gelaufen, hat die Hände der Kinder geschüttelt, die ihn alle sofort um Autogramme baten.
Seine Rede hat uns dann alle sehr berührt, er sprach zauberhaft, ganz lässig, ganz locker, für jeden verständlich – wir waren schlichtweg begeistert. *(Heidemarie Bugner)*

Namenspatron mit Schülern und Triangel
(Mainz-Finthen, Juni 2003)

Ich kann diese Welt mit ihren Einbruchlüsten und Gemeinheiten kaum ertragen. Denken Sie an den Krieg, den wir gerade hinter uns haben, einen Krieg, der uns nicht erreichte, uns aber hilflos machte. Es gibt in dieser Welt eine Erfahrung von Ohnmacht und Hilflosigkeit, mit der wir lernen müssen umzugehen. Alles ist zu groß, zu »global« – ein scheußlicher Begriff, und diese Globalität, in die wir verwickelt sind, führt dazu, daß wir hilflos reden, hilflos stottern, uns hilflos verhalten. Ich kann diese Welt im Augenblick nur ertragen, indem ich mich auf den Besuch meiner Kinder und meiner Enkel freue; wenn ich ein Lied höre, ein Gedicht lese, mit meiner Frau spreche, dann kann ich es aushalten.
Ich selbst habe in letzter Zeit schlimme Einbrüche erfahren, bin an die Grenze geraten. An die Existenzgrenze. Mit einem Mal spüren Sie, Ihre Existenz, alles das, was Sie vorhaben, ist in Frage gestellt, kann enden. Ich hab diesen Infarkt, der mir vor kurzem sozusagen die Zigarette aus der Hand schlug, so ernst genommen wie den Aufprall auf einer Wand. Daß ich jetzt meine Adern der Chirurgie freigebe, macht mir wenig Angst. Vielleicht lassen sich danach noch ein paar Sätze schreiben, mit denen ich atmen kann. *(PH)*

Auf der Seite 212 der Autobiographie von Peter Härtling habe ich einen beiläufigen Satz gelesen, den ich als Blitzlicht empfand: »Ich wage es nicht mehr, mich mit ein paar Sätzen gegen den Wahnwitz zu stemmen.« Ja, habe ich gedacht, so ist es. Irgendwann merkt man, daß das Empörungspotential irgendwie geschrumpft ist. Erheischte Unterschriften gegen allerlei Ungerechtigkeiten gibt man ungern oder gar nicht mehr, der Griff nach der Fernbedienung beim Anblick des täglichen Grauens ist Gewohnheit. Nicht wie bei Herrn Walser, der in der Paulskirchenrede ein Recht auf seelisches Ungestörtsein einklagt und sich bei der Wirklichkeit darüber beschwert hat, sie störe sein Wohlbefinden. Ach, nein, das gerade nicht. Im Gegenteil. Wir entschuldigen uns schweigend bei der Wirklichkeit, daß wir uns nicht mehr recht imstande fühlen, bei ihrer Verbesserung aktiv mitzuwirken. Ein bißchen Schönheit und Anmut in sie tragen, winzige Partikel – das ist schon alles. Mehr können wir leider nicht mehr bieten. Wann das anfängt? Ich weiß es nicht. Man merkt nicht, wie es anfängt.
(Eva Demski, »Laudatio für Peter Härtling zur Ehrenbürgerschaft in Mörfelden-Walldorf im September 2003«)

Auch dieser Herbst bringt zwei echte Autobiografien, will sagen Autobiografien aus Erfahrungsfülle. Die eine ist minder, die andere mehr gelungen. Zuerst die minder Gelungene. Peter Härtling hat in »Leben lernen« nicht das seinem Leben adäquate Erzählmodell gefunden. Auch er müßte, dürfte ein Leben im Widerstand beschreiben: Widerstand zum Nationalsozialismus, der seine Jugend belastet, Einspruch gegen die totalitären Restbestände nach 1945, denen er als junger Journalist, vor allem beim »Monat« in Berlin, Paroli bietet. Schließlich sein Eintreten für die Eigensinnigen und

Einsiedler, denen, vom Lenau-Roman »Niembsch oder der Stillstand« (1964) an, sein Engagement als Schriftsteller gilt, seine Rolle als Bewahrer und Auffrischer des bildungsbürgerlichen Erbes, mit der er sich in den letzten Jahrzehnten verdienstvoll gegen Traditions- und Gedächtnisverlust gestemmt hat. Doch was er gibt, sind »Lebenserinnerungen eines alten Mannes«, um mit Wilhelm Kügelgen zu sprechen. So biedermeierlich herabgedimmt, nicht selten sentimental getränkt, kommt Peter Härtling in seinem Aneinanderreihen possierlicher Episoden daher: Müde bin ich, geh zur Ruh!
(Tilmann Krause, »Mehr als Zeitgenosse sein«, WELT, 25. Oktober 2003)

Härtling erzählt in seinen Erinnerungen »Leben lernen« anekdotenreich nicht nur von Wendepunkten und Prägungen, er zieht auch Linien von der Biographie zu den Dichtern und Künstlern, die er zum Gegenstand seiner oft formexperimentellen Erzählstücke macht. Ob die schwäbischen Dichter Nikolaus Lenau, Eduard Mörike, Wilhelm Waiblinger oder Hölderlin, ob die Komponisten Schumann, Schubert oder ob E.T.A. Hoffmann – in ihnen porträtiert der Wortkünstler Peter Härtling Brüder. Sie sind Einzelgänger, Außenseiter, Unbequeme, Grenzgänger. Wo Härtling seinen Lebensentwurf in dieser Autobiografie resümiert darstellt, ist die Lektüre äußerst kurzweilig und bringt intellektuellen Gewinn. In der zweiten Hälfte gleitet sie ein wenig hinein in Namedropping und ins Harmonisieren. Als wollte der erkrankte Autor zu seinem 70. Geburtstag niemanden mehr verletzen.
(Stephan Reinhardt, »Macht der Einnerung«, Büchermarkt, Deutschlandfunk, 14. November 2003)

Härtlings Schaffen ist die Geburt der gehobenen Unterhaltungsprosa aus dem Geist der akademischen Tischrede. Aus leeren Augen starren einen die Marmorbüsten der Dichterfürsten und genialischen Tonsetzer an. In der Schilderung und Beurteilung seiner so geliebten Kultur findet Härtling selten Formulierungen jenseits von vorgestanzter Booklet-Prosa. (...) Das erste Kapitel dieser Erinnerungen trägt den Titel »Das alte Kind«. Härtling schildert darin, wie er als kleines Kind vor dem Spiegel seinen hochrespektierten Großvater imitierte. Als junger Autor wird er davon träumen, wie Mozart zu schreiben, pling, pling. Nicht etwa wie Schönberg, Berg oder gar, Gott bewahre, Bill Haley. Er wird sein Leben lang maßnehmen an den gipsernen Ahnen, nicht an seinen Zeitgenossen.
(Stephan Maus, »Nachrichten aus der Käseglocke«, Süddeutsche Zeitung, 17. Dezember 2003)

Ich empfinde es als einen natürlichen Vorgang, daß sich junge Kritiker, die jetzt zum Glück in größerer Zahl in den Feuilletons schreiben, an den großen Figuren abarbeiten, die noch immer vor ihnen stehen. Daß manche dabei in gewisser Weise überreagieren und Urteile fällen, die ich nicht für gerechtfertigt halte, kann ich trotzdem verstehen. Das Werk von Peter Härtling muß man im einzelnen würdigen, man muß sich jedes einzelne seiner Bücher vornehmen und wird feststellen, daß die Schreibweise jedes Romans eine eigene Notwendigkeit hat. Das sind keine dahererzählten Geschichten, das sind geformte, groß angelegte Romane, denen man erst einmal nachspüren muß. Natürlich findet man bei Härtling nicht den jungen, forschen, abrupten, hektischen Ton. Er hat einen ganz und gar eigenen Ton gefunden, den man sofort erkennt, einen regelrechten Härtling-Ton.
(Olaf Petersenn)

Es war Freitag und noch zu früh für die Zeitung, für die er als Kritiker arbeitete, so daß er den Artikel nicht lesen konnte, in dem er den jüngsten Roman einer nationalen Koryphäe in Grund und Boden verrissen hatte. Manche Schriftsteller wurden unangenehm alt, mit der Zeit kannte man all ihre Obsessionen und Manierismen, es wurde zu wenig gestorben in der niederländischen Literatur. Reve, Mulisch, Claus, Wolkers, Nooteboom, die hatten schon geschrieben, als er noch in den Windeln lag, und wie's aussah, dachten sie keineswegs daran, das Schreiben einzustellen, seiner Meinung nach nahmen sie die Idee ihrer Unsterblichkeit etwas zu wörtlich.
(Cees Nooteboom, »Paradies verloren«, Suhrkamp 2005)

Ich habe Peter angerufen und gefragt, ob er schon etwas für den 13. November geplant hat. Das war nicht der Fall, da habe ich ihm vorgeschlagen, seinen Geburtstag doch mit

der Hugo-Wolf-Akademie, deren Kurator er ist, in Stuttgart zu feiern. Nach erstaunlich kurzem Zögern sagte er zu. Nun werden viele Freunde von ihm kommen und mitwirken. Wir haben ein Programm mit Musik von Mozart und Schubert zusammengestellt, dazu werden seine Texte gelesen. Musik und Text sind eng verflochten, eine Komposition, die angesichts der Person Peter Härtling auch nicht schwerfällt. Ich freue mich riesig darauf, das ganze Programm ist eine Überraschung – es reicht von den drei großen Wanderer-Liedern Schuberts bis hin zu Mozarts »Cosí Fan Tutte«. Gelesen werden Gedichte und Prosa. Scott Weir wird übrigens die Arie des Don Ottavio »Dalla sua pace« singen und Egenia Grekova die der Zerlina: »Batti, Batti, o bel Masetto«. Der »Don Giovanni« gehört einfach zu ihm. *(Hartmut Höll)*

In einem fort drängten neue Gäste ins Haus, um dem Jubilar die Ehre zu geben – Geistesprominenz aus ganz Deutschland, darunter die Vertreter renommierter Buchverlage, Mitglieder der Hölderlingesellschaft und des Schillerarchivs. (...) Immerhin gelang es Uwe Zellmer, in einer kurzen Begrüßungs- und Gratulationsansprache ein Bekenntnis zu der langjährigen Freundschaft abzulegen, die das Theater Lindenhof mit Peter Härtling verbindet. (..) Dann hatte Bernhard Hurm das Wort und trug, dem Wahl-Württemberger Härtling zu Ehren, ein Gedicht des wohl größten schwäbischen Lyrikers, Friedrich Hölderlins »Gang aufs Land« vor. Und lud darin ein: »Komm ins Offene, Freund!« Eine Aufforderung, der an diesem Nachmittag freilich keiner Folge leistete. Denn erstens war es draußen ziemlich unwirtlich, man befand sich auf der Albhochfläche und nicht in Hölderlins lieblichem Neckartal, und zweitens sollte in Bälde, ebenfalls Härtling zu Ehren, eine Sonderaufführung von Kleists »Zerbrochnem Krug« beginnen. Die wollte sich natürlich keiner entgehen lassen.
(bad, »Eine Party für den Freund und Weggefährten«, Schwarzwälder Bote, 17. November 2003)

Nürtingen, Kreuzkirche (Januar 2004)

Januar 2004

Die Zahl der Arbeitslosen hat im vergangenen Jahr den höchsten Stand seit 1997 erreicht. Die deutsche Bundesanstalt für Arbeit teilt in Nürnberg mit, daß im Jahre 2003 durchschnittlich 4.376.000 Menschen ohne Arbeit waren. Das sind über 300.000 mehr als im Jahre 2002.

»Von Anfang an bestand die Überzeugung, daß Saddam Hussein eine üble Figur war und daß er wegmußte« – Paul O'Neill, ehemaliger Finanzminister unter George Bush, eröffnet dem Fernsehsender CBS, daß sich Experten bereits im Frühjahr 2001 mit Militärstrategien gegen den Irak und einer Nachkriegszeit ohne Saddam Hussein befaßten. Mittlerweile wurde der ehemalige Diktator im Irak festgenommen. Die blutigen Unruhen im Irak dauern auch nach dem offiziellen Kriegsende (Mai 2003) an.

Die Grabstelle meines Vaters bleibt für mich eines der Rätsel der Bürokratie. Es gab ja oft genug Nachfragen – meine Tanten, auch meine Mutter, sie haben hier in Zwettl beim Bürgermeister, in Allentsteig, in Döllersheim immer wieder nachgefragt, was aus meinem Vater geworden ist. Tante Lotte ist extra aus Brünn gekommen, hat die Suche energisch betrieben. Die Frauen sind gemeinsam bis vor die Lager gefahren, haben in der russischen Kommandantur vorgesprochen. Das Verrückte war, daß ein Mensch nur wenige Kilometer von seiner Familie starb, ohne daß die Familie es überhaupt wahrnehmen konnte. Wir haben meinen Vater ein Jahr lang in Gedanken am Leben gehalten und waren alle, auch meine Mutter, sicher, daß er tatsächlich noch lebt. Diese bürokratisch verwaltete Entfernung, die hat mich schon aufgebracht.

Soldatenfriedhof Allentsteig, Zwettl 2004

Eines aber hat mich sehr berührt: Ich habe in Stuttgart, am Totensonntag, aus meiner Erzählung »Die Suche nach dem verlorenen Grab« gelesen. Danach kam einer von denen, die die Soldatenfriedhöfe, auch die in Rußland, einrichten, und sagte zu mir: »Sie dürfen da nicht mehr so genau sein.« Ich habe ihm geantwortet: »Ich bin nur genau, um jemanden bei mir zu behalten. Ich bin deswegen genau, weil ich mich an jemanden erinnern will, und eben dafür wird nicht gesorgt.« Ich weiß, daß Kriegsgräberfürsorge eine schwierige Sache ist. Trotzdem. Ich versuche meinen Kindern und Enkeln immer wieder zu erklären, was Kriege anrichten. Diese Erinnerungslücke, die Vater heißt, bleibt mir seit sechzig Jahren. *(PH)*

Nach dem Friedhofsbesuch, Zwettl 2004

LeserInnenbrief,
(Nürtinger Zeitung, 6. Juli 2004)

Charakter und Verzicht

G.W. Zum Artikel „Das ist wichtiger Teil meiner Lebensgeschichte" vom 1. Juli: Wer möchte sich jetzt wen ans Revers heften?! Die Stadt den Dichter oder der Dichter die Stadt?

Diese Larmoyanz, wenn es um des Dichters Kindheit und Jugend in Nürtingen geht! Es gab damals viele Flüchtlingskinder, denen es ähnlich erging. Viele haben gelitten. Sicher ist es für ein Kind schwer, wenn sich die Mutter das Leben nimmt. Er war aber nicht allein. Es gab eine Oma und einen väterlichen Freund.

Wenn Herr Peter Härtling Charakter hat, dann verzichtet er auf die Ehrenbürger-„Würde und Bürde".

Die Freien Wähler in Nürtingen hatten vergangene Woche für Schlagzeilen gesorgt, wurden sie doch als Anti-Härtling-Front geoutet. Wie berichtet, war durchgesickert, daß die Herren der zweitgrößten Ratsfraktion für neun Gegenstimmen und Enthaltungen bei einem Antrag der Stadtverwaltung gesorgt hatten. Damit werden sie freilich kaum verhindern, daß der renommierte Schriftsteller Peter Härtling zum Ehrenbürger der Stadt ernannt wird. Der Autor hatte von 1946 bis 1954 in Nürtingen gelebt und hier seine ersten Texte geschrieben. Die Stadt taucht zudem in etlichen seiner Werke auf.
(Regina Schultze, »Der Anti-Härtling-Front ist es nun peinlich«, Esslinger Zeitung, 8. Juli 2004)

Aus der Bürgerschaft kam die Idee, der Nürtinger Gemeinderat beriet zunächst nichtöffentlich darüber, die Unabhängigen und die Freien Wähler machten keinen Hehl aus ihrer Ablehnung. Doch am Ende zeichnete der Gemeinderat den Schriftsteller Peter Härtling wegen seiner literarischen Verdienste um die Stadt mit der Ehrenbürgerwürde aus. Vor der entscheidenden Sitzung rechtfertigten sich die Nürtinger Freien für ihre Haltung. Nicht Härtlings oft kritische Auseinandersetzung mit Nürtingen gebe den Ausschlag für die Ablehnung, sondern die mit der Ehrenbürgerschaft verbundenen hohen Maßstäbe, die der Autor nicht erfüllt. Für den Rest des Gemeinderats steht hingegen fest, daß sich Härtling sowohl persönlich als auch literarisch mit Nürtingen eng verbunden fühlt. Härtling will die Auszeichnung »freudig« annehmen.
(ert, »Ehrenbürgerwürde für Peter Härtling«, Nürtinger Zeitung, 6. August 2004)

Verleihung der Ehrenbürgerurkunde
(mit OB Otmar Heirich, Nürtingen, Oktober 2004)

Oktober 2004

Die österreichische Schriftstellerin Elfriede Jelinek erhält den Literaturnobelpreis »für den musikalischen Fluß von Stimmen und Gegenstimmen in Romanen und Dramen, die mit einzigartiger sprachlicher Leidenschaft die Absurdität und zwingende Macht der sozialen Klischees enthüllen«. Die Büchner-Preisträgerin schrieb Romane wie »Die Liebhaberinnen«, »Die Ausgesperrten« oder »Die Klavierspielerin«. Ob ihrer kritischen Haltung gilt sie den rechten Fraktionen der Alpenrepublik als Feindbild: »Die kritischen Künstler sind geprügelt worden als Nestbeschmutzer und als Leute, die ihre Kompetenzen überschreiten. Das hat einen ziemlich zerstört, nicht nur mich, sondern sicher auch in gewisser Weise einen Turrini oder einen Gerhard Roth oder einen Josef Haslinger.«

Januar 2005

In den Kunst-Werken Berlin-Mitte wird die »Vorstellung des Terrors« eröffnet, eine Ausstellung über die Reflexe der RAF in der Kunst der letzten Jahrzehnte. Objekte wie »Ferienhaus für Terroristen«, T-Shirts mit dem Aufdruck »Prada-Meinhof«, stilisierte Fahndungsfotos und Video-Chronologien werden präsentiert. Vor Ausstellungsbeginn gab es lange öffentliche Debatten über die Gefahr des »Mythos RAF«, das Für und Wider des Projekts. Es kam schließlich auch ohne staatliche Finanzierung zustande.

In bezug auf die Kriegskinder können drei Bereiche zentraler Beschädigungen benannt werden: Trennung und Verluste von wichtigen Beziehungspersonen, Gewalterfahrungen sowie Verluste von Sicherheit, Geborgenheit und Heimat. (...) Eltern, Ärzte, Lehrer und Fürsorgerinnen waren nach 1945 tief beunruhigt durch den großen Umfang an Verhaltensstörungen bis hin zur Kriminalität bei den betroffenen Kindern und Jugendlichen, waren beunruhigt durch deren Angstzustände, ihren innerlichen Rückzug, durch Abkapselung und Schlafstörungen. Erst aufgrund eines mehrjährigen psychischen Abwehr- und Bewältigungsprozesses gelang den Kriegskindern eine allmähliche Stabilisierung im Sinne von »Funktionieren«. Die traumatisierenden Erfahrungen blieben allerdings abgekapselt erhalten und waren so nicht zu bewältigen, geschweige denn zu bearbeiten. (..) Nach dem Anfang der 50er Jahre findet das Thema »Kindheiten im Zweiten Weltkrieg«, abgesehen von autobiographischen Darstellungen in der Kinder-, Jugend- und Erwachsenenliteratur, jahrzehntelang kein öffentliches oder fachliches Interesse mehr, erst recht nicht die Frage nach möglichen dauerhaften Folgen. (..) Seit 1999/2000 vorgelegte Forschungsergebnisse erlauben heute generelle Aussagen über die Folgen und über typische Verlaufs- bzw. Bewältigungsmuster – Folgen finden sich individuell physisch, psychisch, psychosozial. Zum Beispiel anhaltende partielle oder vollständige posttraumatische Belastungsstörungen, Angst und Panikzustände, leichtere bis mittelschwere depressive Syndrome. (...) Zusätzlich besteht der Verdacht, daß zum Beispiel coronale

Herzkrankheiten durch entsprechende Kriegskindheitserfahrungen, hier verstanden als Ausdruck eines chronisch pathologischen Stresses, bedingt sein könnten.
(Hartmut Radebold, »Kriegskindheit in Deutschland – damals und heute«, Eröffnungsvortrag beim Frankfurter Kongreß, April 2005)

Ich muß gestehen, daß mir die gewaltige Menge von Zuhörern und das große Interesse am Thema ein wenig Sorgen machen. Ich komme mir vor wie ein ausgestelltes Kriegskind. Und so ausgestellt zu sein, mit all dem, was man über Jahre mitgeschleift hat, ist bedenklich. Die Kriegskinder, von denen hier die Rede ist, sind, ich kann's Ihnen versichern, ausnahmlos traumatisiert. Ich habe über viele Jahre versucht, mich zu vergewissern, auch als Erwachsener im übrigen, ich habe auch versucht, erwachsen auf mich, das Flüchtlingskind, zu reagieren. Ich empfinde mich noch immer nicht als Kriegswaise, nicht als Kriegskind, sondern als Flüchtlingsjungen, und ich spüre noch immer die Fremde, die wir erfuhren, als wir hier in diesem Land ankamen, in dem unsere Sprache gesprochen wurde und in dem sich die, die uns empfingen, darüber wunderten, daß wir auch die ihre sprachen. (...)

Rede beim Frankfurter »Kriegskinder«-Kongreß (April 2005)

Ich hab mich vor dieser Rede gefragt, wie diese Erfahrungen nach 1945 weitergegeben wurden. Heute gibt es eine Mode, die mir unheimlich ist: die Jahrestage – wir sehen in Filmen, lesen in Erzählungen, welche Passionen die Deutschen haben erleiden müssen. Es wird uns allerdings nicht gesagt, weshalb. (...) Wie also wurden zwischen denen, die den Krieg anzettelten, und der nachfolgenden Generation Erfahrungen weitererzählt? Gar nicht! Es gab zwischen Eltern und Kindern eine furchtbare Diskretion. Diese Diskretion führte dazu, daß Kinder und Eltern permanent von einem schlechten Gewissen heimgesucht wurden. Auch das ist eine der Traumatisierungen, von denen ich spreche. Es wurde den Kindern gesagt: Rühre nicht daran! (...)
Ich stehe nun hier in der Gegenwart und bin als Kind im alten Mann, als Flüchtlingsbub, mit meiner Erinnerung ausstellbar. Es ist eine Erinnerung, mit der ich kein Beispiel abgeben möchte, denn ich weiß, spräche man heute in Russland oder in Polen über Kriegskinder, würde man viel schlimmere Geschichten erfahren, als wir hier austauschen können, und auch viel schlimmere Verletzungen und Blessuren entdecken.
Ich träume bis heute einen bestimmten Traum – und Träume haben auch mit Traumata zu tun –, ich träume, wenn ich mich aufgeregt habe oder unter Druck stehe, von Toten, die ich als Kind gesehen habe. Mein Gedächtnis sammelt die Toten ein, meine Selbsterzählung versucht mit ihnen zu reden. *(PH, Eröffnungsvortrag beim Frankfurter Kongreß, April 2005)*

Wie lange haben Sie gebraucht, um das Buch vom Hirbel zu schreiben?
Ein halbes Jahr. Das hört sich zwar lang an, aber ich schreibe manchmal Kapitel zwei- oder dreimal. Bis sie richtig sitzen.

»Kinderakademie« (Mai 2005)

Was schreiben Sie gerade?
Das ist eine Frage, die ich ungern beantworte, weil ich nicht gern über ungelegte Eier rede. Weißt du, ich schreibe an einem Buch, von dem ich glaube, sobald ich darüber erzähle, kann ich es nicht mehr schreiben.
Wie lange haben Sie noch vor, Bücher zu schreiben?
Spielst du etwa auf mein Alter an? Ich möchte Bücher schreiben, solange ich kann, solange mein Kopf in Ordnung ist und mitmacht. Und ich Lust habe an Wörtern und Sätzen, Lust habe zu erzählen. Da gibt es keinen Ruhestand.
Wieviel Bücher haben Sie geschrieben?
Ungefähr 60. Davon sechzehn oder siebzehn Bücher für Kinder.
Wie sind Sie auf das Buch »Ben liebt Anna« gekommen?
Das Buch hat einen Familiengrund. Einer unserer Söhne, der Clemens, war zum ersten Mal richtig verknallt. Der Clemens hat aber einen älteren Bruder, den Fabian, und wenn man verliebt ist, ist so ein älterer Bruder eine furchtbare Sache. Der Fabian war es also, der uns erzählte: »Hört mal, der Clemens schwärmt für ein Mädchen!« Wir saßen gerade beim Essen, ich beugte mich über den Tisch und fragte den Clemens: »Sag mal, wer ist denn das Mädchen? Ist die aus deiner Klasse?« Da schoß ihm das Blut in den Kopf, er sprang auf, lief weg und ließ uns beim Essen sitzen. Ich dachte erst, renn' ihm nach und sag' ihm: Das war ein starker Abgang, mein Lieber! Das habe ich dann doch nicht gemacht, denn ich habe mich geschämt. Ich sagte mir, warum warst du so taktlos, vor allen Dingen vor den Geschwistern, die ihn jetzt dauernd hänseln werden. Damals ist mir klargeworden, daß es eine ganz, ganz schwierige Sache ist, wenn Erwachsene mit Kindern über Liebe sprechen. Und ich nahm mir vor, ein Buch zu schreiben, in dem über Liebe gesprochen wird.
Welches ist eigentlich Ihr Lieblingskinderbuch?
Das ist noch immer der Hirbel, weil es das schwerste war. Dazu kommt noch ein anderes Buch, in dem ich selbst eine Rolle spiele, das heißt »Krücke« und spielt nach dem Krieg.
(Fragen von Schülern an Peter Härtling, Kinderakademie Berlin, Mai 2005)

Mai 2005

In Berlin wird das Holocaust-Mahnmal erstmals für Besucher geöffnet. Das Stelenfeld, in der Nähe des Brandenburger Tors errichtet, geht auf einen Entwurf von Peter Eisenman zurück. Ein unterirdisches Dokumentationszentrum liefert die Erzählung zu den abstrakten grauen Quadern des Mahnmals. Der Eröffnung gingen jahrelange Kontroversen voraus.

Im Juni 2005 werden die 53. Europäischen Wochen in Passau eröffnet. Unter dem Motto »Sonne, Mond und Sterne – Natur, Kunst, Religion« ehrt das Festival Adalbert Stifter. Bis weit in den Juli hinein stehen über 70 Veranstaltungen auf dem Programm. Schirmherr der Europäischen Wochen ist in diesem Jahr der deutsche Schriftsteller Peter Härtling. Wenige Wochen später wird Härtling den »Charintischen Sommer« im österreichischen Ossiach eröffnen. Thema des Eröffnungsvortrags: »Fest oder Event?«. Im Vortrag wird er Goethe zitieren: »Leben ist ein großes Fest,/wenn sich's nicht berechnen läßt.«

Juli 2005

Bombenanschläge in London. Attentäter zünden Sprengsätze in drei U-Bahnen und einem Doppeldeckerbus. Über 50 Menschen sterben, 700 werden verletzt. Ein erstes Bekennerschreiben von Al-Khaida taucht auf. Tage später werden vier Muslime aus Leeds als Täter identifiziert, drei davon Briten pakistanischer Herkunft. Kurz darauf versuchen weitere Attentäter in London Anschläge in Bus und U-Bahn. Die Zündung der Sprengsätze schlägt fehl, die Täter werden verhaftet. Im März vorigen Jahres hatte eine Serie von Bombenattentaten in Madrid fast 200 Menschen getötet.

Es war ein Zwettl, das sehr sommerlich wirkte, sehr farbig, sehr habsburgisch, sehr gelassen, eine liebe kleine Landstadt. Doch hinter dieser schönen Fassade spielten sich alte Geschichten ab: Ich hatte meine Schwester, die Lore, eingeladen, mit uns Zwettl zu erkunden, uns dort zu treffen, und sie war zu meiner Überraschung sehr schnell darauf eingegangen. Auf diese Weise hatte ich einen anderen Blick. Die Stadt veränderte sich, weil zwei Perspektiven vorhanden waren, die des Mädchens und die des Jungen. Dieses Kind, das mit offenen, ängstlichen, auch verletzten Blicken die Stadt anschaute, dieses ordentliche Kind neben dem unordentlichen Buben rückte manches zurecht. So wurde mir zum Beispiel klar, daß es damals tatsächlich eine Schulzeit für uns

gab, die ich immer ausgeblendet hatte. Sicher war ich, so würde ich es heute immer noch sagen, ›ein paar Wochen‹ auf dem Zwettler Gymnasium, doch die Lore wußte es besser, sie brachte sogar ihr Zeugnis mit, in dem lauter Einser stehen – der einzige Dreier, das sind die drei Tage, an denen sie die Schule nicht besucht hat.
Wir waren in Zwettl Bruder und Schwester. Auch in unseren Gefühlserinnerungen. Wir wurden beide als Kinder hineingeworfen in dieses Elend, waren aber gleichzeitig vom Wesen her in hohem Maße unterschiedlich. Wir entwickelten uns bereits damals auseinander. Sie hielt sich meistens im Kreis der Familie auf, aber nach mir mußte man rufen: Peter! Ich war nie da. Jetzt wurden mit einem Male Bilder ganz deutlich. Späte Bilder, über die ich mich mit Gefühl und Mitgefühl beugen konnte. Es waren intensive Nähen, die ich da empfand. *(PH)*

Alles fange mit einem Schmerz an, liest man. Einem Schmerz, der den linken Arm hinaufkrieche und die Brust umspanne wie ein Gitter ... Der Autor erleidet im Frühling 2003 einen »Vorwandinfarkt«. Der Notarzt läßt ihn in die Klinik transportieren. Dort entwässert man die Lunge, setzt ihm Stents in die Aorta, so daß der Kreislauf normal zirkuliert. Alles scheint sich wieder einzupegeln, doch dann beobachtet der Autor, dass er »schlecht artikuliert«. Beim Reden wird ihm der »Gaumen schwer«. Er taumelt, hat Schwindelanfälle. Diagnose: Hirnschlag, wenn auch nur in leichter Form. Was ihn in dieser Situation am ärgsten bestürzt, ist nicht seine körperliche Abzehrung, sondern die Tatsache, daß es ein Handicap beim Schreiben gibt: Er trifft die Tasten auf der Schreibmaschine nicht mehr, die Finger hauen daneben: »Die Wörter verweigerten sich der Hand. Der über Jahrzehnte eingeübte Mechanismus war gestört.« (...) Peter Härtling bietet in seinem Buch keine Chronik der Pein und des Jammers. Im Gegenteil, er schiebt alle Larmoyanz weit von sich weg. Mitleid erheischt er nirgends. Er beschränkt sich auf präzise Feststellungen seines Befindens. Zu bereuen gibt es für ihn nichts. (...) Die Maxime des Autors, der wie kein zweiter die Vorlesekultur in Deutschland durch Tausende von Auftritten pflegte, lautet: »Ich möchte mich nicht schonen«. *(Ulf Heise: Die gestundete Hoffnung, Leipziger Volkszeitung, 24. August 2005)*

Peter Härtling hat die Fähigkeit, sein Leiden, seine Ängste überzeugend in gültige Sprache umzusetzen. Das hat er schon in seinem Buch »Herzwand« bewiesen. Schreibend sieht er sich zu, er beobachtet sein wechselndes Befinden, seine Schmerzen und Befürchtungen. (...) Am Ende kommt er ins österreichische Zwettl. In seiner und in

der Biografie seiner Familie ist Zwettl ein Meilenstein. Hier kamen die Härtlings im Jahr 1945 als Flüchtlinge an, hier haben sie damals den Vater verloren, dem sich der Autor jetzt besonders verbunden fühlt. Durch Zwettl, schreibt er, läuft »meine Lebenslinie. Es ist auch der Ort, an dem die Erinnerung ihre Richtung wechselt.« Dieser ungenaue Schlußsatz, mit dem der Text abbricht, überrascht den Leser nicht wenig. Nachdem er den Autor durch eine Lebenskrise begleitet hat, möchte er doch wenigstens wissen, wie die Erfahrung der Todesnähe die Lebenslinie neu justiert hat. Sie kann ja nicht mehr so weiterlaufen wie bisher. Härtling sagt darüber nichts. Dennoch: sein Buch liest man mit Spannung und zunehmender Teilnahme.
(Ekkehard Rudolph, »Eine Grenzerfahrung«, Stuttgarter Zeitung, 7. Oktober 2005)

Meine alte Liebe bettet sich auf wärmender
Nachrede. Großmütig verabschiedet sie alle
Erwartungen. Mürbe ist ihre Haut geworden.
Aber Lippen und Fingerkuppen rufen wach,
wovon wir lebten. Komm, Liebe, rede ich in ihre Ruhe,
jetzt beginnt wunderbar, was mit uns enden könnte.

(PH, aus: »Schattenwürfe«, Radius 2005)

Peter und Mechthild Härtling

Postskriptum

Ich wünsche dem Peter Härtling, eine große Zumutung ist das, nämlich eine große Anstrengung, ich wünsche ihm noch einmal ein sehr großes Buch, das eventuell sogar Neues bringt. Ich weiß, das darf man eigentlich nicht wünschen, vor allen Dingen, wenn man den Begriff der Werktreue hochhält, aber vielleicht kann dieses Buch eine Summe seiner Begabungen, seiner Erlebnisse sein. Vieles hängt natürlich von der Physis ab, von der Psyche ohnehin, und es hängt natürlich auch von den Zeitläuften ab, von denen ich nicht versprechen kann, daß sie gut und immer besser werden. Aber daß er diesen Zeitläuften noch einmal etwas zu sagen hat und dabei ein Echo empfängt, das ist mein herzlicher Wunsch. *(J. Hellmut Freund)*

Anhang

Peter-Härtling-Bibliographie

Gedichte

1953	poeme und songs, Bechtle
1955	Yamins Stationen, Bechtle
1957	in zeilen zuhaus. Vom Abenteuer des Gedichts, des Gedichteschreibens und Gedichtelesens, Neske
1958	Unter den Brunnen, Bechtle
1962	Spielgeist Spiegelgeist, Goverts
1972	Neue Gedichte, hrsg. von Hans Dieter Schäfer, Bläschke
1977	Anreden, Gedichte aus den Jahren 1972 – 1977, Luchterhand
1979	Ausgewählte Gedichte 1953 – 1979, Luchterhand
1983	Vorwarnung, Luchterhand
1987	Die Mörsinger Pappel, Luchterhand
1989	Die Gedichte 1953 – 1987, Luchterhand
1989	Zwanzig Transparentblätter/Fünfzehn Gedichte, zusammen mit Jürgen Brodwolf, Radius
1992	Engel – gibt's die? 28 Gedichte und 30 Übermalungen, zusammen mit Arnulf Rainer, Radius
1993	Das Land, das ich erdachte, Gedichte 1990 – 1993, Radius
1997	Horizonttheater, Kiepenheuer & Witsch
2000	Ein Balkon aus Papier, Kiepenheuer & Witsch
2003	kommen – gehen – bleiben, Radius
2005	Schattenwürfe, Radius

Romane, Erzählungen, Prosa

1959	Im Schein des Kometen. Die Geschichte einer Opposition, Goverts
1964	Niembsch oder Der Stillstand. Eine Suite, Goverts
1966	Janek. Porträt einer Erinnerung, Goverts
1969	Das Familienfest oder Das Ende der Geschichte, Goverts
1971	Ein Abend eine Nacht ein Morgen. Eine Geschichte, Luchterhand
1973	Zwettl, Nachprüfung einer Erinnerung, Luchterhand
1974	Eine Frau, Luchterhand
1976	Hölderlin, Luchterhand

1978 Hubert oder die Rückkehr nach Casablanca, Luchterhand
1980 Nachgetragene Liebe, Luchterhand
1980 Der wiederholte Unfall, Erzählungen mit einem Nachwort des Autors, Reclam
1982 Die dreifache Maria, Luchterhand
1983 Das Windrad, Luchterhand
1985 Felix Guttmann, Luchterhand
1986 Brief an meine Kinder, Luchterhand
1987 Waiblingers Augen, Luchterhand
1987 Die kleine Welle, Vier Geschichten zur Schöpfungsgeschichte, Radius
1988 Der Wanderer, Luchterhand
1990 Herzwand. Mein Roman, Luchterhand
1991 Brief an meine Kinder: erweitert um einen zweiten Brief, Luchterhand
1992 Schubert, Luchterhand
1994 Božena, Kiepenheuer & Witsch
1996 Schumanns Schatten, Kiepenheuer & Witsch
1998 Große, kleine Schwester, Kiepenheuer & Witsch
2001 Hoffmann oder die vielfältige Liebe, Kiepenheuer & Witsch
2003 Leben lernen. Erinnerungen, Kiepenheuer & Witsch
2005 Die Lebenslinie. Eine Erfahrung, Kiepenheuer & Witsch

Dramatik

1970 Gilles, Ein Kostümstück aus der Revolution, Goverts
1998 Melchinger Winterreise. Stationen für die Erinnerung, Radius

Bücher für Kinder und Jugendliche

1970 ... und das ist die ganze Familie, Tagesläufe mit Kindern, Georg Bitter
1973 Das war der Hirbel, Beltz & Gelberg
1975 Zum laut und leise Lesen, Geschichten und Gedichte für Kinder, Luchterhand
1975 Oma, Beltz & Gelberg
1977 Theo haut ab, Beltz & Gelberg
1979 Ben liebt Anna, Beltz & Gelberg
1980 Sofie macht Geschichten, Beltz & Gelberg
1981 Alter John, Beltz & Gelberg
1983 Jakob hinter der blauen Tür, Beltz & Gelberg
1987 Krücke, Beltz & Gelberg
1988 Geschichten für Kinder, Beltz & Gelberg

1989 Fränze, Beltz & Gelberg
1989 Peter Härtling für Kinder, Der bunte Hund – Sonderheft, Beltz & Gelberg
1991 Mit Clara sind wir sechs. Von den Scheurers, die sich alle Mühe geben, eine Familie zu sein, Beltz & Gelberg
1991 Fundevögel: Geschichten zum Wieder- und Wiederlesen. Für Kinder von neun bis neunzig, hrsg. und mit einem Nachwort von Peter Härtling, Radius
1992 Erzählbuch. Geschichten, Gedichte, Texte, Proben, Auswahl von Hans-Joachim Gelberg, Beltz & Gelberg
1993 Lena auf dem Dach, Beltz & Gelberg
1995 Jette, Erzählbuch. Geschichten, Gedichte, Texte, Proben, Beltz & Gelberg
1997 Tante Tilli macht Theater, Beltz & Gelberg
1998 Johann Wolfgang von Goethe: »Ich bin so guter Dinge«. Goethe für Kinder, ausgewählt von Peter Härtling, Insel
2000 Reise gegen den Wind, Beltz & Gelberg
2003 Reden und Essays zur Kinderliteratur, hrsg. von Hans-Joachim Gelberg, Beltz & Gelberg
2004 Friedrich Schiller: »und mich – mich ruft das Flügeltier«. Schiller für Kinder, ausgewählt von Peter Härtling, Insel
2005 W.A. Mozart: »Ich bin ein Musikus«. Mozart für Kinder, ausgewählt von Peter Härtling, Insel
2006 Heinrich Heine: »Lebet wohl, wir kehren nie, Nie zurück von Bimini!«. Heine für Kinder, ausgewählt von Peter Härtling, Insel

Essays, Kritiken, Aufsätze, Reden, Interviews, Herausgaben

1961 Palmström grüßt Anna Blume, Essay und Anthologie der Geister aus Poetia, Goverts
1966 Vergessene Bücher, Hinweise und Beispiele, Goverts
1968 Die Väter, Berichte und Geschichten, hrsg. von Peter Härtling, S. Fischer
1968 Nikolaus Lenau: Briefe an Sophie von Löwenthal (1834–1845), hrsg. von Peter Härtling, Kösel
1969 Franz Hessel: Von den Irrtümern der Liebenden. Eine Nachtwache, Erzählungen, hrsg. von Peter Härtling, Rogner & Bernhard
1971 Leporello fällt aus der Rolle, Autoren erzählen das Leben von Figuren der Weltliteratur weiter, hrsg. von Peter Härtling, S. Fischer
1973–1976 Otto Flake: Werke, 5 Bände, hrsg. von Peter Härtling und Rolf Hochhuth, S. Fischer
1976 Christian Friedrich Daniel Schubart, Strophe für die Freiheit, hrsg. und eingeleitet von Peter Härtling, Deutsche Verlagsanstalt

1979 Mein Lesebuch, S. Fischer
1981 Meine Lektüre, Literatur als Widerstand, hrsg. von Klaus Siblewski, Luchterhand
1982 Du bist Orplid, mein Land! Texte von Eduard Mörike und Ludwig Bauer, hrsg. von Peter Härtling, Luchterhand
1983 Literatur in der Demokratie. Für Walter Jens zum 60. Geburtstag, hrsg. von Peter Härtling, Kindler
1984 Der spanische Soldat oder Finden und Erfinden, Frankfurter Poetik-Vorlesungen, Luchterhand
1984 Und hören voneinander. Reden aus Zorn und Zuversicht, Radius
1984 Deutsche Gedichte des 19. Jahrhunderts, hrsg. von Peter Härtling, Deutscher Bücherbund
1984 Geschichten für uns, ausgewählt von Peter Härtling, Kiepenheuer & Witsch
1984 Friedrich Hölderlin, ausgewählt von Peter Härtling, Kiepenheuer & Witsch
1985 Zueignung. Über Schriftsteller. Erinnerungen an Dichter und Bücher, Radius
1988 Auskunft für Leser, hrsg. von Martin Lüdke, Luchterhand
1988 Die Erklärung, ausgezeichnete Kurzgeschichten, hrsg. von Peter Härtling, Theodor Weißenborn, Rudolf Otto Wiener, Quellverlag
1988 Ein uneingelöstes Vermächtnis, Rede zur Eröffnung der Hermann-Kurz-Ausstellung, Reutlingen 1988, Schweier
1989 Wer vorausschreibt, hat zurückgedacht, Essays, hrsg. von Klaus Siblewski, Luchterhand
1990 Noten zur Musik, Radius
1990 Zwischen Untergang und Aufbruch. Aufsätze, Reden, Gespräche, zusammengestellt von Günther Drommer, Aufbau
1990 Peter Härtling im Gespräch, hrsg. von Klaus Siblewski, Luchterhand
1991 Brüder und Schwestern. Tagebuch eines Synodalen. Mit der Rede UnserLand MeinerLand KeinerLand AllerLand, Radius
1990 –1994 Textspuren. Konkretes und Kritisches zur Kanzelrede, acht Bände, hrsg. von Peter Härtling, Radius
1991 Der Anspruch der Kinderliteratur, Jahresgabe 1991 des Freundeskreises des Instituts für Jugendbuchforschung, Johann-Wolfgang-Goethe-Universität Frankfurt am Main
1991 »Ich war für all das zu müde«, Briefe aus dem Exil, hrsg. von Peter Härtling, Luchterhand
1992 Vom Altern, ein Vortrag, Förderverein Dr.-Wöhringer-Heim
1993 Gegenden, Orte – Hölderlins Landschaft, ein Festvortrag, Schwäbische Bank, Stuttgart
1994 Das wandernde Wasser. Musik und Poesie der Romantik, Salzburger Vorlesungen 1994, Radius
1994 Die Gegend meines Vaters, in: Erlebte Geschichte, hrsg. von Jürgen Pfeiffer und Gerhard Fichtner, Verlag Schwäbisches Tageblatt

1994 Behalten Sie mich immer in freundlichem Andenken. Briefe von und an Friedrich Hölderlin, ausgewählt und hrsg. von Peter Härtling, Kiepenheuer & Witsch
1994 Hölderlin und Nürtingen, Schriften der Hölderlin-Gesellschaft, Band 19, hrsg. von Peter Härtling und Gerhard Kurz, Metzler
1998 Hörst du's schlagen halber acht: Die Welt der Schule in Gedichten und Prosa, hrsg. von Peter Härtling und Christoph Haacker, Radius
1998 Notenschrift. Wörter und Sätze zur Musik, Radius

Sämtliche bei Luchterhand erschienenen Titel sind vom Verlag Kiepenheuer & Witsch übernommen worden.

Auszeichnungen

1964 Literaturpreis des Verbandes der deutschen Kritiker
1965 Niedersächsischer Förderungspreis für junge Künstler
1965 Ehrengabe des Kulturkreises des BDI
1966 Prix du meilleur livre étranger
1971 Gerhart-Hauptmann-Preis
1974 Schubart-Preis der Stadt Aalen
1976 Deutscher Jugendbuchpreis
1978 Wilhelmine-Lübke-Preis des Kuratoriums Deutsche Altershilfe
1977/78 Stadtschreiber von Bergen-Enkheim
1980 Züricher Kinderbuch-Preis
1985 Preis der Stiftung zur Förderung der geistigen und künstlerischen Arbeit
1987 Hermann-Sinsheimer-Preis der Stadt Freinsheim
1987 Friedrich-Hölderlin-Preis der Stadt Bad Homburg
1988 Ehrensenator der Universität Tübingen
1990 Andreas-Gryphius-Preis
1992 Lion-Feuchtwanger-Preis
1994 Titel »Professor ehrenhalber«
1995 Stadtschreiber-Literaturpreis Mainz
1995 Großes Bundesverdienstkreuz
1996 Karl-Preusker-Medaille
1996 Wilhelm-Leuschner-Medaille
2000 Eichendorff-Preis
2001 Ehrendoktor der Universität Gießen
2001 Sonderpreis des Deutschen Jugendbuchpreises
2003 Deutscher Bücherpreis
2006 Gerty-Spies-Literaturpreis, Rheinland Pfalz

Peter Härtling - Lebenslauf

Peter Härtling wird am 13. November 1933 in Chemnitz als Sohn der Erika Härtling und des Rechtsanwalts Rudolf Härtling geboren. Kurz darauf zieht die Familie ins nahe gelegene Hartmannsdorf und im Jahre 1942 weiter ins tschechische Olmütz (Olomouc). 1945 flüchten die Härtlings von dort ins niederösterreichische Zwettl, wo der junge Peter den Einmarsch der Roten Armee erlebt. Im Juli des gleichen Jahres stirbt sein Vater im unweit gelegenen russischen Kriegsgefangenenlager Döllersheim – Mutter und Sohn erfahren zunächst nichts davon. Noch in Zwettl wird Erika Härtling von einem russischen Offizier vergewaltigt. Zusammen mit Mutter, Schwester, Großmutter und Tante flüchtet Peter Härtling im Jahre 1946 weiter nach Westen – Endstation Nürtingen. Dort begeht die Mutter im gleichen Jahr, nach Erhalt der Nachricht vom Tod des Vaters, Selbstmord. Der lesehungrige Peter Härtling sucht und findet in Nürtingen väterliche Freunde: den Maler Fritz Ruoff, den Pfarrer Martin Lörcher und den (Deutsch-)Lehrer Erich Rall. Während des Schulbesuchs lernt er seine spätere Frau kennen. Im Winterhalbjahr 1951/52 verläßt Peter Härtling das Gymnasium ohne Abschluß, weil ihm Haltung und Provokationen einiger Altnazi-Lehrer unerträglich werden. Nach einem kurzen Aufenthalt in HAP Grieshabers »Bernsteinschule« beginnt er im August 1952 ein Volontariat bei der »Nürtinger Zeitung«. In dieser Zeit erscheint sein literarisches Debüt: der kleine Gedichtband »poeme und songs« (1953). Ein Jahr später wird Härtling Redakteur bei der »Heidenheimer Zeitung«, Stationen im Feuilleton der »Deutschen Zeitung« (1956 bis 1962) in Stuttgart und Köln und bei der in Berlin herausgegebenen Zeitschrift »Der Monat« (ab 1964 Mitherausgeber) folgen. Anfang 1967 wechselt er als Cheflektor zum Frankfurter S. Fischer Verlag, wo er im Jahre 1968 Sprecher der Geschäftsleitung wird. Ende 1973 scheidet er aus dem Verlag aus und arbeitet seitdem als freier Schriftsteller, schreibt Prosa und Lyrik für Kinder ,wie auch für Erwachsene.
In den Jahren 1965 und 1969 tritt Härtling im Rahmen des »Wahlkontors« öffentlich für Willy Brandts SPD ein, entwickelt Wahlkampfslogans, schreibt Reden. 1979 und 1980 beteiligt er sich aktiv am Widerstand gegen den Bau der »Startbahn West« am Frankfurter Flughafen. 1982 erhält er den Naturschutzpreis des Bundes für Umwelt und Naturschutz, 1995 wird ihm das Große Bundesverdienstkreuz verliehen. Härtlings Reden und Essays gegen Fremde, Gewalt und Krieg sind Legion.
Auch Universitäten und Hochschulen entdecken den Autor: So erhält er 1983/84 eine Gastdozentur für Poetik an der Universität Frankfurt am Main, wird Poetik-Dozent am »Mozarteum« in Salzburg, hält Vorlesungen an der Musikhochschule Karlsruhe und wird 1994 vom Land Baden-Württemberg zum Professor ernannt. 2001 wird er Doktor h.c. der Universität Gießen, im gleichen Jahr erhält er eine Dozentur von der Universität Dresden.

Härtling ist seit 1966 Mitglied des PEN-Zentrums der Bundesrepublik Deutschland, seit 1967 Mitglied der »Akademie der Wissenschaften und der Literatur« und seit 1968 Mitglied der Berliner »Akademie der Künste« – über zwanzig Jahre war er Direktor der dortigen Abteilung Literatur. Der »Deutschen Akademie für Sprache und Dichtung« in Darmstadt trat er 1982 bei. 1985 wurde Härtling für sechs Jahre als Vertreter der »Evangelischen Kirche in Hessen und Nassau« in die Synode der EKD gewählt. Für seine Verdienste um öffentliche Bibliotheken erhielt Härtling 1996 die »Karl-Preusker-Medaille« der Deutschen Literaturkonferenz. Außerdem ist er Namensgeber für 15 Schulen.
Die Peter-Härtling-Schulen sind in Aachen, Böklund, Düsseldorf, Estedt, Faßberg, Friedrichsdorf, Gaildorf-Eutendorf, Langenfeld, Mainz-Finthen, Remchingen-Wilferdingen, Riedstadt, Schleswig, Springe, Werl, Wuppertal.
Seit 1959 ist Härtling mit der Psychologin Mechthild Maier verheiratet; er hat vier erwachsene Kinder – Fabian, Friederike, Clemens und Sophie.

Danksagung

Merci vielmals!

Danksagungen haben oft genug eine allererste Adresse, eine, die es brauchte, unbedingt, ohne die nichts und überhaupt nichts, kein Anfang möglich.

Zuvorderst also Dank an Peter Härtling und seine Frau Mechthild. Sie haben sich drei Jahre lang ebenso geduldig wie neugierig all meinen Fragen gestellt, gemeinsam mit mir ihr Leben erinnert, die Zeitläufte diskutiert und mir vertrauensvoll all die Schätze ihres Archivs (manchmal auch ihres Weinkellers) zur Verfügung gestellt. Dank aber auch an all jene Kräfte, die in dieser Zeit Peter Härtlings Lebenslinie fortschrieben.

Die Arbeit an diesem Buch begann im Grunde mit den Recherchen für ein Hörfunk-Feature (RBB, Koproduktion DLR/SWR) zum 70. Geburtstag Peter Härtlings: »Fremd bin ich eingezogen ...« Nicht zuletzt mein Berliner Redakteur Wolfgang Bauernfeind hat mich engagiert in meinem Anliegen unterstützt, die biographische Spur Härtlings aufzunehmen, dem Dichter von Ort zu Ort nachzugehen und dessen Freunde und Weggefährten aufzusuchen. Dank ihm für all die guten Ratschläge und Kompliment der Regie von Gerda Zschiedrich, die, nach höchst einfühlsamen Debatten, mit ihrem Studioteam all die Töne zu einem Hörbild komponierte.

Im Nachdenken über Form und Inhalt der vorliegenden Biographie habe ich brüderliche Unterstützung von Uwe Zellmer (»Theater Lindenhof«) erfahren, der mir, droben auf der Alb, bei langen Spaziergängen aufmerksam zuhörte, mich, wenn nötig, auf Distanz brachte und immer wieder die richtigen Fragen stellte – Thanx a lot! Gleichzeitig ist Zellmer auch einer der vielen, die mir in den letzten Jahren ausführlich und mehrfach über ihre Begegnungen, ihre Freundschaft, ihre Arbeit mit Peter Härtling in langen Gesprächen Auskunft gaben, aber auch wertvolle Dokumente zur Verfügung stellten:

Hans Bender, Peter Bichsel, Eva Demski, J. Hellmut Freund, Hans-Joachim und Alexa Gelberg, Hartmut Höll, Bernhard Hurm, Walter und Inge Jens, Martin Hielscher, Lore Klemm (geb. Härtling), Martin Löhr, Ingeborg Ningel, Mimi Neunteufel, Ulrich Renz, Thomas Scheuffelen, Erwin Roth, Hildegard Ruoff, Werner Schoenicke, Klaus Siblewski, Ludvík Václavek, Wolfgang Werth ... mir hat ein höchst lebendiger Kreis von Härtling-Kundigen geholfen, all die Bilder, Fakten und Sätze zu finden, die eine biographische Erfahrung erst möglich machen – die tatsächliche Summe all der Kundigen ist der Totale des Lesebuchs zu entnehmen. Der große Dank indes steht an dieser Stelle.

Merci vielmals auch an die Archivare: an den immer kreativen Friedel Moll in Zwettl, an die findige Frau Schneider von der Akademie der Künste in Berlin, an den nimmermüden Reinhard Tietzen in Nürtingen, an Christine Gerlach vom Stadtarchiv Chemnitz, an die hilfreichen Germanisten unter Jörg Krappmann und Ingeborg Fialova in Olomouc, an den »Bernstein«-kundigen Bernhard Rüth in Rottweil, an die geduldige Regina Wahnisch in Wien und bestimmt nicht zuletzt an den umtriebigen Rudolf Müller in Hartmannsdorf. Sie alle haben mir geholfen, das Gedächtnis von Härtlings Orten zu erkunden, und es zum Leuchten gebracht.

Dann sind da noch die »Peter-Härtling-Schulen« – weit mehr als ein Dutzend existieren inzwischen. Schulleiterinnen und Lehrerinnen haben mir detailliert Auskunft über das freundschaftliche Verhältnis zu ihrem Namenspatron gegeben, haben sich auch an all die engagierten Auseinandersetzungen erinnert, die es mitunter brauchte, um das Patronat durchzusetzen. Ich durfte einige Schulen besuchen, Gespräche mit quicklebendigen Kindern führen und die Erfahrung machen, daß gerade in den Härtling-Schulen eine Menge interessierter Leser nachwachsen. Danke für die Hoffnung. Auch für das Lachen und die Neugier der Kinder.

Natürlich gibt es auch Freunde, die mir halfen, Zeit und Raum von Härtlings Leben höchst konkret zu begreifen: zum Beispiel Horst Petri, mit seinem psychoanalytischen Scharfblick für Kriegskindheiten und deren Folgen, oder der Maler Joern Schlund, der für mich die Lebenswelten der letzten sieben Jahrzehnte noch einmal in all die Farben tauchte, die ihnen Bedeutung gaben. Beide waren auf eine so wunderbare Art und Weise neugierig und beteiligt, daß ihnen dafür heißer Dank gebührt. Ebenso wie all den Büchern und Zeitungsartikeln, die mir in der Stärke von Hundertschaften zur Seite standen. Danke, daß sie geschrieben wurden.

Eine feste Umarmung noch für Axel Haase: Er ist einer dieser Agenten, die nach langer Nacht immer einen starken Kaffee parat haben oder ein gutes Wort, das lächeln macht; einer, der sich sorgt und der versorgt, einer, den man braucht. Danke dafür. Und ein heftiges Merci an meinen Lektor Marco Verhülsdonk, der mir Raum schaffte und Atem, der mit sanftem Druck korrigierte und mir auf den Fersen blieb – ein wahrer Fels
in der tosenden Verlagsbrandung!
Bleibt meine Frau. Ja, sie blieb! Danke! Trotz all meiner Reisen und Klausuren blieb sie mir äußerst gewogen, hatte nächtelang immer mehr als nur ein Ohr für mich, war von Herzen meine schärfste Kritikerin und gut und bitte weiter so.

Es waren viele, noch mehr, die mittaten. Dank dafür.

Bildnachweis

S. 15, 18, 28, 37, 44, 48, 49, 70, 77, 80, 82, 88, 91, 92, 96, 98, 111, 112, 115, 117, 119, 127, 130, 136, 137, 147, 152, 157, 164, 168, 171, 174, 181, 183, 188, 190, 193, 207, 209, 212, 214, 215, 216, 217, 220, 222, 223, 227, 229, 230, 240, 242, 246, 247, 249, 250, 268, 269, 275, 278, 283, 288, 290, 292, 295, 289, 293, 294, 307, 309, 310, 315, 319, 328, 332, 335, 344: Peter Härtling

S. 9, 16, 17, 19, 21, 22, 23, 27, 34, 35, 36, 37, 38, 40, 41, 43, 49, 53, 66, 67, 68, 69, 72, 73, 74, 75, 89, 90, 98, 103, 104, 113, 126, 127, 129, 131, 144, 145, 148, 153, 164, 169, 177, 189, 192, 197, 207, 213, 224, 238, 251, 254, 249, 281, 278, 282, 313, 318, 330, 332, 336, 337, 338, 339, 341, 342, 345: Detlef Berentzen

S. 291: Freie Presse Chemnitz

S. 15, 20: Lore Klemm

S. 21: Gerhard Kühn

S. 22, 25, 34: Stadtarchiv Hartmannsdorf

S. 36, 39, 41: Stadtarchiv Olomouc

S. 48, 50, 51, 53, 55, 57, 58: Stadtarchiv Zwettl

S. 343: Privatarchiv Friedel Moll

S. 49, 52: Mimi Neunteufel

S. 59 links: Albert Hilscher, Fotoarchiv der Arbeiter-Zeitung, Verein für Geschichte der Arbeiterbewegung, Wien

S. 59 rechts: Fritz Zvacek, Fotoarchiv der Arbeiter-Zeitung, Verein für Geschichte der Arbeiterbewegung, Wien

S. 60: Bilderdienst, Fotoarchiv der Arbeiter-Zeitung, Verein für Geschichte der Arbeiterbewegung, Wien

S. 65, 68, 69, 72, 73, 74, 93: Stadtarchiv Nürtingen

S. 77, 97, 118, 194, 252, 286, 332: Hildegard Ruoff

S. 79, 80: Christian Phleps

S. 83: aus Katalog Christine Dietz, Bernhard Rüth u.a. (Hg.) »Die Bernsteinschule. Keimzelle der Nachkriegskunst«, Ravensburg-Rottweil, 1998

S. 88, 94, 339: Archiv Nürtinger Zeitung

S. 105, 106, 107, 110, 111: Erwin Roth

S. 114, 116: Archiv Deutsche Zeitung

S. 132: Werner von Scheidt, aus »Werkstattbuch«, Beltz & Gelberg, 1998

S. 154: Renate von Mangoldt

S. 144, 151: Archiv »Der Monat«

S. 169, 170: aus »Heiß und Kalt – die Jahre 1945–69«, Verlag Elefantenpress, 1986

S. 170: Archiv Deutsche Nationalzeitung

S. 175: Archiv BZ

S. 178: Archiv »Merkur«

S. 198, 318: Filmarchiv eikon

S. 190: Archiv Preußischer Kulturbesitz

S. 196: Peter Knorr

S. 225, 226: H. J. Anders

S. 243: © Cornell Capa Photos by Robert Capa © 2001 / Magnum Photos / Agentur Focus

S. 225, 237, 245, 280: Archiv Akademie der Künste

S. 248: Böll-Fotos © Erbengemeinschaft Heinrich Böll

S. 256: Börsenblatt

S. 257: Manfred Thomas

S. 267, 272, 273, 286: Alexa Gelberg

S. 277: Wolfgang Krüger, Karikatur aus »Journal Frankfurt«

S. 303, 304, 305: Bernhard Trebuth

S. 306: Archiv Theater Lindenhof

S. 312: Archiv Peter Härtling-Schule in Friedrichsdorf

S. 331: Jens Kalaene / picture-alliance / dpa

Soweit es möglich war, hat der Verlag die Copyright-Frage zu den Bildern geklärt. Nicht erwähnte Inhaber von Bildrechten werden gebeten, sich beim Verlag zu melden.

Siglen zu den Werken Peter Härtlings:

NL = Nachgelassene Liebe
LL = Leben lernen
ZNeE = Zwettl. Nachprüfung einer Erinnerung
HW = Herzwand

Peter Härtling
Die Lebenslinie

Eine Erfahrung
Gebunden

Der Schmerz traf ihn im Schlaf, wand sich den linken Arm hinauf, schnürte ihn ein und wurde erst durch den herbeigerufenen Notarzt gelindert. Danach: eine Reise durch Kliniken, Reha-Zentren und Orte der Vergangenheit – zurück ins Leben.
Ein ergreifendes, zutiefst persönliches und dadurch exemplarisches Buch über eine Grenzerfahrung und eine Möglichkeit, damit umzugehen.

»Ein ungemein aufrichtiges, ungekünsteltes Buch.«
Hannoversche Allgemeine Zeitung

»Peter Härtling hat auf beeindruckende Weise schreibend wieder zu sich selbst gefunden. Ein Buch, das Mut macht und mit leisen Tönen die subjektive ›Wiederauferstehungsgeschichte‹ eine Schriftstellers erzählt.« *Landshuter Zeitung*

Peter Härtling
Leben lernen

Erinnerungen
Gebunden

Es ist ein einzigartiges Leben, und es ist Geschichte einer ganzen Generation: Eine Kindheit im Krieg, eine grausame Flucht, ein mühsamer Neuanfang, eine unvollständige Ausbildung, eine rasante Karriere – und eine große, lebenslange Liebe.

»Peter Härtling hat seine Autobiographie geschrieben, die liest sich so spannend wie ein Roman.« *Brigitte*

»Das leise Bekenntnis eines langen Lebens. Ungemein fesselnd.« *Rheinischer Merkur*

»Sehr privat und politisch zugleich ...« *Aachener Nachrichten*

»Ein Buch, in dem Peter Härtling seine wunderbare Erzählkunst vereint mit unzähligen Informationen zur Zeitgeschichte, spannenden Ereignissen und sehr persönlichen Bekenntnissen.« *Heidenheimer Nachrichten*

Peter Härtling
Hoffmann oder Die vielfältige Liebe

Eine Romanze
KiWi 710

Fünf Jahre verbrachte der Musiker, Komponist, Maler, Schriftsteller und Richter E.T.A. Hoffmann (1776–1822) in Bamberg, als Theaterkapellmeister, Direktionsgehilfe und vieles mehr, ein irrlichternder Geist und Erotiker in mitunter quälenden, provinziell engen Verhältnissen. Umrahmt von der Vor- und Nachgeschichte konzentriert sich Peter Härtlings mit hoher Intensität geschriebener, kühn komponierter Roman auf diese Bamberger Jahre – vor allem auf Hoffmanns nicht ganz platonische Liebe zu ganz jungen Sängerinnen, auf seine Verfallenheit an die Gesangsschülerin Julia, das Urbild seiner Kindfrauen, aber auch auf Hoffmanns turbulente Ehe mit seiner polnischen Frau Mischa.

»Eine der schönsten, skandalösesten und elendsten Liebesgeschichten der Romantik.« *Die Zeit*

Peter Härtling
Schumanns Schatten

Roman
Gebunden
Sonderausgabe

In diesem Künstlerroman erzählt Peter Härtling vom Leben und Sterben des großen romantischen Komponisten Robert Schumann (1810–1856), wobei sich die Kapitel abwechselnd den letzten beiden Jahren Schumanns in der Klinik bei Bonn und den Stationen seiner Biographie widmen. Ein dichtes, vielstimmiges melancholisches Meisterwerk.

»Ein höchst einfühlsames, atmosphärisch dichtes, bisweilen leicht melancholisches Porträt.« *General-Anzeiger Bonn*

Peter Härtling
Horizonttheater

Gedichte
Gebunden

Peter Härtling, der in den fünfziger Jahren als Lyriker zu schreiben begann, hat in jeder Phase seines Lebens und Schreibens Gedichte veröffentlicht, in denen er immer offener, ungeschützter und zugleich kunstvoller von sich und seiner Zeit Zeugnis ablegt. Seine Gedichte aus dem Band »Horizonttheater«, in ihrem Ton elegisch und abgeklärt zugleich, sind von großer, einfacher Schönheit.

Peter Härtling Werke Band 1–9
Herausgegeben von Klaus Siblewski
Gebunden

Werke Band 1
Im Schein des Kometen / Janek

Werke Band 2
Eine Frau / Hubert oder die Rückkehr nach Casablanca

Werke Band 3
Das Windrad / Felix Guttmann

Werke Band 4
Niembusch oder der Stillstand / Ende der Geschichte

Werke Band 5
Hölderlin

Werke Band 6
Die dreifache Maria / Waiblingers Augen / Schubert

Werke Band 7
Zwettl / Nachgetragene Liebe / Der Wanderer / Herzwand

Werke Band 8
Gedichte

Werke Band 9
Erzählungen, Aufsätze, Vorlesungen

Peter Härtling im
Verlag Kiepenheuer & Witsch –
eine Auswahl

Eine Frau
Roman

Große kleine Schwester
Roman

Hölderlin
Roman

Schubert
Zwölf Momente musicaux und ein Roman

Felix Guttmann
Roman

Herzwand
Roman

Waiblingers Augen
Roman

Briefe

Kiepenheuer
& Witsch www.kiwi-verlag.de